W0281962

Amanda Dykes

Der Wind und Wellen lenkt

Über die Autorin

Amanda Dykes liebt es, sich bei einer guten Tasse Tee auf die Suche nach den richtigen Worten für ihre Geschichten zu machen, die von der ersten bis zur letzten Zeile Hoffnung atmen. Zum Glücklichsein braucht sie nicht mehr als einen verregneten Tag, Kerzenschein und einen guten Roman, in dem sie sich verlieren kann. Die ehemalige Englischlehrerin hat bereits mehrere kürzere Erzählungen veröffentlicht, die u. a. von *Publishers Weekly* hoch gelobt wurden. *Der Wind und Wellen lenkt* ist ihr erster Roman.
www.amandadykes.com

AMANDA DYKES

Der Wind und Wellen lenkt

Roman

Aus dem Amerikanischen von Beate Zobel

GerthMedien

Für Dad und Mom – ihr habt Licht in jede Dunkelheit gebracht.

<u>Landkarte:</u>

Ansel-by-the-Sea	Ansel-by-the-Sea
Joe's Landing	Joes Anleger
Jenny's House	Jennys Haus
Sailor's Rest	Seemannsklause
Everlea Estate	Everleas Landsitz
Weg von Blitz	Die Meerenge
Ed's House	Eds Haus
The Gables	Giebelhaus

N
E
S
W
Ansel by the Sea
Joe's Landing
Ed's House
Jenny's House
The Gables
Everlea Estate
Sailor's Rest
Weg Von Blitz

Lies eines geringeren Dichters Lieder,
herausgeströmt aus seinem Herzen
wie Regenguss aus Sommerwolken,
wie Tränen aus den Lidern quellen;

der doch durch langer Tage Mühe
und Nächte, ohne Ruh zu finden,
in seiner Seele hören konnte
Musik der schönsten Melodien.

Henry Wadsworth Longfellow, aus „The Day Is Done“

Im Himmel hat er die Stufen zu seinem Thron gebaut
und auf der Erde die Fundamente für das Himmelsgewölbe gelegt.
Er ruft das Wasser aus dem Meer,
und schon ergießt es sich auf die Erde.
Sein Name ist „der Herr“!
Amos 9,6

Prolog

„In diesem großen alten blauen Meer erzählt jede Welle eine Geschichte.“

Bob sagte mir das vor langer Zeit mit dem rauen Klang einer Stimme, die es gewohnt war, Wind und Wellen zu übertönen.

Ich lachte, den Blick von seiner alten Anlegestelle aus auf die Wellenkämme gerichtet, die sich immer neu aufbauten, dann aber schnell wieder verschwanden, schneller, als ich mit meinen zehn Jahren zählen konnte.

„Zu viele Wellen“, sagte ich. „Das kann nicht sein.“

Sein Lächeln bildete einen Kranz von Fältchen um die blauen Augen und er drückte meine Hand.

„So viele Wellen, Annie. Vergiss das nie.“

Es sollten Jahrzehnte vergehen, bevor ich verstand, wie wahr das ist. So viele Geschichten. In dieser verschlafenen Bucht, wo gebrochene Lebenswege wie die Wellen des unruhigen Meeres heranrollen und am sandigen Strand zur Ruhe kommen und Halt finden und geborgen sind ... Nie hätte ich gedacht, dass in dieser Bucht auch für mich so vieles zerbrechen würde.

Und noch weniger ahnte ich, wie viel Schönes dieses Zerbrechen hervorbringen würde.

eins

Ansel-by-the-Sea, Maine

September 1944

In einem Winkel im äußersten Nordosten des Landes splittert Holz, ein Magen knurrt, ein Junge kann es kaum erwarten, dass er endlich achtzehn wird. Schon ist das Holz gehackt, er steht in der Küche, pumpt Wasser in das alte Waschbecken, um sich die Arbeit des Tages von den Händen zu spülen und nach dem Brief zu greifen, der heute eingetroffen ist – Absender: Der Präsident der Vereinigten Staaten von Amerika. Der rote Lack des Küchentisches ist abgeblättert, der Brief liegt darauf wie ein alter Freund, der schon mal hereingekommen ist und es sich bequem gemacht hat, während der Hausherr noch beschäftigt ist. So selbstverständlich liegt der Brief da auf dem Tisch.

Aber an diesem Brief ist nichts selbstverständlich.

Irgendwo auf der Überfahrt über die Bucht hat er im Schiff des Postboten ein paar Wasserspritzer abbekommen. Das ist hier in Ansel-by-the-Sea häufig so, und es ist auch kein Problem. Der Briefträger mit seinen detektivischen Fähigkeiten stellt jede Sendung richtig zu, auch wenn die Adresse nach der Überfahrt oft kaum noch lesbar ist. Heute ist ein Wassertropfen auf den Vornamen des Empfängers gefallen. *Bliss* kann man noch erkennen, auch der Name des Hauses ist trocken geblieben – im Normalfall reicht dem Briefträger der Familienname, selbst die Adresse, Seemannsklause, braucht er nicht.

Robert Bliss reißt den Umschlag auf, packt den Brief viel zu fest.

EINBERUFUNGSBEFEHL

Das Blut rauscht ihm in den Ohren. Endlich. Seit vier Jahren wartet er auf diesen Tag, seit damals, als er mit den anderen aus dem Dorf die Rede des Präsidenten verfolgt hat. Roosevelt verkündete den Beginn der Mobilmachung. Alle hatten sich vor dem einzigen Fernseher des Ortes versammelt, im Bücher-, Takel- und Köderladen, hatten neugierig die Hälse gereckt und versucht, die Kugeln im Blick zu behalten, die ein Glasgefäß füllten, das auf einem Sockel stand. Jede dieser Kugeln enthielt einen zusammengerollten weißen Zettel, Zahlen standen darauf. Ein Mann hob einen hölzernen Löffel hoch in die Luft, aus dem gleichen Holz geschnitzt wie das Mobiliar des Raumes, in dem vor langer Zeit die Unabhängigkeitserklärung unterzeichnet worden war, und mischte die Kugeln durch. Langsam und würdevoll bewegte und mischte er sie, bis sie so konfus waren wie die vom Krieg erschütterte Welt außerhalb des eigenen Landes. Das Fernsehbild flimmerte unscharf, doch in großer Klarheit transportierte es das Gewicht des Augenblicks, das dort in Washington auf den Männern lastete, die nun weit mehr als nur Nummern zogen. Nein, hier wurden Lebensläufe neu geschrieben, wurde über Schicksale von Einzelnen und deren Familien entschieden, die für den Krieg ausgewählt wurden.

Das ist vier Jahre her, aber das gleiche Gefühl durchströmt Robert jetzt, das Wissen, dass sich jetzt erfüllt, wofür er geschaffen wurde. *Für eine Zeit wie diese.*

Er hält den Brief noch etwas länger, spürt deutlich die Sehnsucht, die er tausendfach in seinen Abendgebeten gen Himmel geschickt hat. Nun hat er die Antwort in der Hand. Jetzt, mit achtzehn, würde er gehen. Endlich – und das, obwohl die Einberufung offiziell ausgesetzt war, um die „Produktion an der Heimatfront" durch den Abzug zu vieler Arbeitskräfte nicht zu schwächen. Er konnte sich nicht mehr freiwillig melden. Doch nun wird er einberufen, wird gebraucht, wird gehen und kämpfen. Beschützen. Das Einzige, worin er jemals gut war.

Sein Daumen streicht über den verrutschten Absenderstempel, oben rechts in der Ecke des Umschlags – die Musterungsbehörde seiner Region.

Der Präsident der Vereinigten Staaten,

Er ist noch nicht bereit, die Anrede zu lesen, sein Blick wandert über das Blatt, bis zum letzten Absatz. HOCHACHTUNGSVOLL, in Großbuchstaben.

Sie haben sich bei Ihrer zuständigen Meldebehörde registrieren lassen, um sich den Bodentruppen oder der Marine der Vereinigten Staaten zur Verfügung zu stellen. Von den für Sie zuständigen Mitarbeitern wurde Ihr Antrag geprüft und Sie wurden zur Ausbildung und zum Dienst innerhalb der amerikanischen Streitkräfte ausgewählt.

Ausgewählt. Ausbildung. Dienst. Robert atmet stoßweise, während er die Worte liest.

Wir möchten Sie deshalb zur Vorstellung beim Musterungskomitee einladen …

Die folgenden Worte sind per Schreibmaschine in den Vordruck eingefügt.

… in der Machias Railroad Station, und zwar morgens um 7.15 Uhr am 17. Oktober 1944.

Er überfliegt den Rest, schließt dann die Augen. Schluckt. Eine Zeile hat er noch nicht gelesen. Etwas in ihm sperrt sich, er will diese Zeile nicht lesen. Es wird sein Name sind. Muss sein Name sein. Sein Magen krampft sich schmerzhaft zusammen. Er ist nicht der Einzige in der Familie, an den dieser Brief gerichtet sein könnte. Möglicherweise steht der andere Name dort.

Nur das Ticken der Uhr ist in der Stille zu hören, während deutscher Bombenhagel das britische Festland überzieht. Er hebt den Blick, muss den Anfang des Briefes lesen.

An –

Die Tür fliegt auf, Robert fährt zusammen. Instinktiv verbirgt er den Brief hinter seinem Rücken. Es ist sein Bruder Roy, der mit einem halb verspeisten Apfel in der Hand hereinstürmt und ihm kauend zugrinst. Die Zwillinge sind identisch, mit zwei Ausnahmen: Roy kam zwei Minuten früher auf die Welt. Und Roy trägt neuerdings einen schlichten Ring an der linken Hand. Sosehr Robert sich dagegen wehrt, noch immer brennt etwas entsetzlich in seinem Inneren, jedes Mal, wenn er ihn sieht.

„Kommst du mit?", fragt Roy. „Wir gehen Muscheln suchen."

Robert faltet den Brief so beiläufig wie möglich zusammen, will die Aufmerksamkeit nicht darauf lenken. „Wir?"

„Du, ich, Jenny. Und …" Roy holt tief Luft, seine Schultern sind gerade und breit. Es steckt etwas von dem kleinen Jungen in ihm, irgendein aufregendes Geheimnis. „Und noch jemand. Verrate ich nicht. Wirst du noch rechtzeitig mitkriegen. Gehen wir!"

Robert nickt, steckt den Brief in die Gesäßtasche. Wenn möglich, vermeidet er diese Ausflüge mit dem frisch vermählten Paar. Aber wegen dem Brief – Roy soll nicht in dessen Nähe bleiben, je weiter weg von dem Brief, desto besser. In dem Moment erstarrt Roys Lächeln. Er sieht den leeren Umschlag auf dem Tisch.

Zwei lange Schritte, er greift danach, dreht ihn um, ohne ihn vom Tisch zu heben. Nicht zu übersehen, der Absender ist das Kriegsministerium.

Eine dunkle Welle schwappt über die beiden. Sie wissen: Es gibt nur zwei Menschen, an die dieser Brief gerichtet sein kann. Und so stehen sie sich gegenüber, erstarrt, Auge in Auge.

Robert presst den Kiefer zusammen.

Roy deutet auf seine Gesäßtasche: „Der Brief?"

Bleischwer ist das Blatt jetzt, als Robert es herausbefördert.

Roy schnappt danach, entfaltet es, liest von der ersten Zeile an – sein Gesicht wird kalkweiß.

Roberts Herz sinkt. Er sieht jetzt nicht den Brief, aber lesen kann er ihn im Gesicht seines Bruders. Und es ist nicht, was er erhofft hatte.

Wieder öffnet sich quietschend die Tür, dieses Mal nicht so ungestüm. Das kann nur Jenny sein, niemand schließt die Tür so behutsam wie sie. Sechs Wochen liegt die Hochzeit nun zurück, doch sie hat immer noch das Strahlen einer Braut. So hätte Mutter es gesagt, diese Redewendung war von ihr.

„Arm wie Kirchenmäuse und reich wie Könige", war Jennys Kommentar, als Roy die Eheringe präsentierte. Er hatte sie aus dem Holz eines alten Baumes geschnitzt, ein Stück, das seine Eltern vor Jahren auf dem Berg gefunden hatten.

Roberts Blick ruht auf Jenny, die jetzt hinter ihrem Mann erscheint, den Muschelkorb aus Holz und Draht in der Hand. Der frische Wind hat ihre Wangen rosig gefärbt, sie sieht noch schöner aus als sonst – die Art von Schönheit, die einem Mann den Atem rauben kann. Robert senkt den Blick.

„Hast du es ihm gesagt?" Sie legt ihre Hand in Roys Hand. Robert zwingt sich hinzuschauen. Er muss das sehen, muss sie so sehen. Mit Roy zusammen. Seine Augen müssen es aufnehmen, sein Herz muss sich das anschauen, damit seine Seele es begreifen kann. Sie gehört jetzt zu Roy. Für immer.

„Ich …" Roy starrt sie an, als wäre er einen ganzen Ozean weit von ihr entfernt. Sie drückt seine Hand und plaudert unbekümmert. Ihre melodische Stimme klingt wie Musik, sie ist begeistert, redet schnell, füllt die Stille aus, die mit dem Brief entstanden war.

„Ihr könnt es euch vorstellen", sagt sie, „eure Mutter war begeistert. Roy, du hättest sie sehen sollen." Ihr Lachen ist wie helles Glockenläuten. „Sie ging direkt zum Auto und fuhr nach Machias, zu Mrs Laughlin, wegen Wolle. Sie sagt, sie muss sofort anfangen, eine Decke zu stricken …" Sie redet weiter, ihre Hand ruht jetzt auf ihrem Bauch. Bleischwer legt es sich auf Robert. Sein Blick wandert von Jenny zu

Roy, bleibt dann bei dem Brief hängen. Dann sieht er Roy an. *Ein Baby.* Roy wird Vater – und hat einen Brief in der Hand, der sein Todesurteil werden kann.

Sein Bruder weicht seinem Blick jetzt nicht mehr aus. Alles verblasst, sie sind wieder zehn Jahre alt und schauen aufs Meer. Ein Sturm zieht auf, so groß wie der ganze Himmel. Dad muss in die Stadt fahren, Mama holen, bevor der Sturm losbricht. *„Bleibt zusammen, Jungs"*, befiehlt er mit seiner tiefen Stimme und entschwindet ihren Blicken. *„Bleibt im Haus, geht nicht raus, wenn der Sturm da ist, lasst euch gegenseitig nicht aus den Augen."* Robert hatte damals versagt. Dieses Mal durfte sich das nicht wiederholen.

Jenny hat aufgehört zu reden, der Glanz ist von ihren Wangen verschwunden, ihr Lächeln ist erloschen. „Was ist los?", fragt sie und sieht ratlos von einem Bruder zum anderen, die etwas verbindet, was sie nicht weiß.

Roy schüttelt den Kopf. „Nichts. Ich sag es dir später." Er bemüht sich zu lächeln, schafft es schließlich und zieht Jenny an sich heran, so nahe, bis ihr Kopf auf seiner Schulter ruht.

Und dann gehen die drei zusammen los, wie immer. Von klein auf sind sie zusammen zum Muschelsuchen gegangen. Wie Tausende von Malen davor graben sie bei Miltons Farm die Schätze aus. Jenny schüttelt den siebartigen Korb, Roy beackert mit seiner großen Harke den Meeresboden und grinst dabei in Jennys Richtung, als wäre sie aus purem Gold, während sich in Roberts Brust angesichts dieser Ungerechtigkeit ein dunkler Abgrund öffnet.

„Warum seid ihr denn so still?" Diese kleinen Sommersprossen-Spritzer über ihrer zierlichen Nase bohren den Stachel nur noch tiefer in sein Herz. Um ihretwillen, für sie … auch jetzt, er versucht, so etwas wie ein Lächeln zu bewerkstelligen. Verstümmelt und gezwungen fühlt es sich auf seinem Gesicht an, wahrscheinlich erinnert sein Aussehen gerade an einen aufgeblähten Kugelfisch. Sie lacht ihr silberhelles Lachen, und etwas von der Härte in ihm schmilzt.

Er weiß, egal, was passiert ist – und sein Blick wandert zwischen ihr und seinem Bruder hin und her, diesem Mann, der keiner Fliege etwas zuleide tun kann –, er weiß es mit absoluter Sicherheit: Er ist bereit, für diese beiden alles, absolut alles zu tun.

„Trefft ihr euch heute Abend?", fragt Jenny die Brüder und löst ihre Hand von Roy. „Es ist doch eure Geburtstagstradition, aber ich habe noch gar nicht mitgekriegt, dass ihr darüber geredet hättet, deshalb war ich mir nicht sicher …"

Roy schaut Jenny an, saugt ihren Anblick auf, in sich ein Wissen, wovon sie noch nichts ahnt. Jede Minute, die er ab jetzt ohne sie verbringt, ist verschenkte Zeit, jetzt, wo die Uhr tickt und der Einberufungstermin näherrückt. Wenn er heute Abend auf die Insel geht und dort die alte Geburtstagstradition aus Kindheitstagen mit seinem Bruder wieder aufleben lässt, verliert er kostbare Zeit mit seiner Braut.

„Vielleicht lassen wir es dieses Jahr ausfallen, hab ich mir überlegt", sagt Roy deshalb, schaut Robert an und sein Blick ist klar: *Bitte, du musst das verstehen.*

Robert versteht alles, nie hat er etwas besser verstanden als das, und so fleht er innerlich, Roy möge ihn nicht hassen für die nächsten Worte, die er gleich sagen wird. Aber es gibt nur diesen einen richtigen Weg.

„Nein", sagt Robert. Von dem harten Klang des Wortes selbst erschrocken, stottert er hilflos, wie so oft. „Ich dachte – nun, lass es uns machen." Er fühlt wieder dieses Kugelfisch-Lächeln auf seinem Gesicht. „Bitte, um der alten Zeiten willen. Nur noch ein Mal."

Die letzten Worte treffen Roy mehr, als Robert beabsichtigt hat. Das Schweigen ist lang, Jennys Blick wandert ratlos von einem zum anderen. „Dann macht es doch einfach", sagt sie und streichelt wieder über ihren noch flachen Bauch. „Man weiß ja wirklich nicht, wie oft ihr das noch zusammen tun könnt."

Der Satz ist lieb und harmlos gemeint, aber Robert zuckt innerlich zusammen. Er wird sich dem entgegenstellen. Falls heute Abend alles so läuft, wie er es sich vorstellt, werden die gemeinsamen Tage von Roy und Jenny nie enden.

zwei

Robert taucht die Ruder tief in den nachtschwarzen Atlantik. Dann zieht er sie zu sich heran und die Barke kommt der zerklüfteten Küste hinter seinem Rücken etwas näher. Die burgähnliche Silhouette einer kleinen Insel zeichnet sich in der Ferne ab, mit Brüstungen aus Kieferkronen und einer Hügelkette als Wall. Es liegt eine Dringlichkeit in seinen Bewegungen, entschlossen kämpft er sich vorwärts.

Mit einem langen Blick über die Schulter sucht Robert die Küste ab und entdeckt die Laterne an einem niedrigen Ast. Ihr Licht fällt auf ein an den Strand gezogenes Ruderboot. Einmal mehr hat sein Bruder ihn geschlagen. Von Geburt an ist Roy ihm immer einen Schritt voraus. Wahrscheinlich steht er schon oben auf dem Hügel und zündet das Feuer an, das zu ihrer nächtlichen Feier gehört. Eigentlich hätten sie es schon vor einer Woche tun sollen, als wirklich ihr Geburtstag war, aber als verheirateter Mann hat Roy nun andere Prioritäten als früher. Heute ist der erste Abend, an dem ihr Treffen zeitlich möglich ist.

Kieselsteine knirschen unter dem von Sonne und Wasser gebleichten Boot, Robert springt an Land, zurrt die Leine an dem zerklüfteten Stamm einer jungen Zeder fest und schreitet in die von Kiefernduft erfüllte Nacht.

Das hier war schon immer ihr Revier, hier fühlten sie sich unabhängig und frei. Im Alter von neun Jahren hatten sie begonnen, die Insel mit ihren Booten anzusteuern, hinterließen ihre Namen auf Felsen, besiegelten geheimnisvolle Versprechen mit feierlichen Ritualen – der Spucke-Handschlag war eines davon –, sie schliefen im Freien und ihre Träume waren größer als die Weite des Himmels. Unter einem

Felsen hatten sie eine alte Holzkiste versteckt. Lieber hätten sie dafür als Versteck eine Höhle gehabt, wie sie es bei Tom Sawyer gelesen hatten, aber die gab es auf der Insel nicht. Die Kiste barg ihre Schätze, geheime Verträge und Landkarten, die sie in ein altes Notizbuch gekritzelt hatten.

Aber dann brach der Krieg, der auf der anderen Seite des Meers tobte, auch in ihre Welt ein und beendete abrupt ihre Kindheit. Aus ihren Spielen waren Strategien geworden, Landkarten wurden in die Erde geritzt. Ihre Insel war kein Ort kindlicher Abenteuer mehr, nun trauerten sie hier um ihren Vater. Der Krieg hatte ihre Familie erreicht, ihren Vater geraubt. Für Alastair Campbell MacGregor Bliss war es von höchster Bedeutung gewesen, seiner Familie ein Vorbild an Mut und Glaubenskraft zu sein. Das war er auch, bis zu seinem letzten Atemzug.

Dieses Erbe wird Robert heute ehren und fortführen. Natürlich kommt er auch, um mit seinem Bruder das Feuer zu entzünden und die üblichen Spiele zu machen, aber doch ist heute alles anders. Roberts Herz klopft vernehmlich, während er daran denkt. Er ist mit dem Entschluss hierhergekommen, das Schicksal seines Bruders zu wenden. Eher wird er diese Insel nicht wieder verlassen.

Mit diesen Gedanken stürmt Robert den steilen Weg hinauf, tritt auf die Lichtung, spürt unter den Füßen die trockene, harte Erde und sieht seinen Bruder im Lichtschein kauern. Roy sitzt auf einem Stein auf der anderen Seite des Feuers, den Kopf über die Knie gebeugt, die gefurchte Stirn von den flackernden Schatten der Flammen wie ausgemeißelt. Mit den Fingern reibt er die Haut zwischen den Augenbrauen – genau wie Dad das immer tat, wenn ihn etwas wirklich Bedrohliches belastete. Kein Wunder, dass Roy manche Verhaltensweisen von ihrem Vater übernommen hat, schließlich haben die beiden unzählige Stunden zusammen im Bootsladen verbracht. Das hat Roy zu Dads Ebenbild gemacht.

„Hey“, sagt Robert. Entschlossen schüttelt er die altvertraute Eifersucht ab, die ihm immer zusetzt, wenn er an die Beziehung zwischen Vater und Bruder denkt, und tritt ins orangerote Licht.

Roy richtet sich ruckartig auf, das Lächeln auf seinem Gesicht erscheint zu schnell. „Wird auch langsam Zeit!“ Ein Scheit knackt, Funken sprühen.

Das unerwartete Geräusch von statisch aufgeladenem Vinyl, gefolgt von aufbrausenden Orchesterklängen einer Big Band und dann Frank Sinatra: Stardust. Es kommt so unerwartet und wirkt so deplatziert hier draußen in der lauen Septembernacht, dass Roberts Kopf erschrocken herumfährt. Wo kommt das her? Ein Plattenspieler mit Handkurbel steht da, nicht sehr stabil, auf einem Stein, seinen trichterförmigen Lautsprecher leicht zur Seite geneigt wie ein neugieriger Hund mit schief gelegtem Kopf.

„Um alles in der Welt -!?“

„Ach, der.“ Roy schaut ein bisschen einfältig. „Jenny kam gestern mit mir zusammen her. War ihre Idee.“ Er geht zum Grammofon, zieht eine Hand aus der Hosentasche – auf der Hose ist noch der Staub der Sägemühle zu sehen – und hält die LP an.

„Lass ruhig“, wirft Robert ein.

Also kurbelt Roy und Robert denkt an das Mädchen, das dieses Grammofon hierhergebracht hat. Das passt zu ihr. Diese Insel hat Jenny schon immer ebenso gehört wie ihnen, auch wenn Grund und Boden rein rechtlich zum Besitz der Bliss-Familie zählen. All die Jahre ist Jenny mit ihnen über diese Felsen geklettert, viele missglückte Abenteuer waren halb so schlimm, weil sie dabei war. Jenny war so selbstverständlich Teil ihrer Welt, dass Robert sein halbes Leben lang praktisch nicht über sie nachgedacht hat. Sie gehörte zu seinem Leben wie der Atem, mit dem er seine Lungen füllte. Doch eines Tages reichte er Jenny die Hand, zog sie von dem muschelübersäten Strand in die Höhe – eine Geste, die vollkommen alltäglich war –, und plötzlich gingen in seiner Seele die Lichter an. Kleine Dreckspritzer hatten sich zwischen ihre Sommersprossen gemischt, die blauen Augen leuchteten hinter den dunklen Haarsträhnen, die bis zum Unterkiefer reichten und das Gesicht verdeckten. Jenny warf ihren Kopf zur Seite und drehte das Gesicht nach oben, spitzte die Lippen und pustete die Haare weg – eine ihrer typischen Bewegungen. Als sie ihn dann anlächelte, zog seine Brust sich zusammen und ihm blieb der Atem weg. Ihr Blick schien ihn zu durchbohren, als könnte sie sein Innerstes sehen. Da wusste er, für Jenny Thomas würde er alles tun, er würde von nun an alles daransetzen, dass sie eines Tages Jenny Bliss sein konnte.

Das Dumme war nur, dass sie damals erst dreizehn waren. Eigentlich fast noch Kinder. Doch nachdem die Jahre ins Land gegangen waren und die Zeit endlich gekommen war, um es ihr zu sagen, da suchte Robert zu lange nach den passenden Worten. Er drehte und wendete die Sätze in seinem Kopf und wartete auf den richtigen Moment, so lange, bis Roy plötzlich auch bemerkte, was Robert schon längst wusste. Das Mädchen aus der Nachbarschaft war mehr als die Spielkameradin von einst – Roy fand die Worte schneller und so wurden Roy und Jenny ein Paar. Robert hatte in der folgenden Zeit häufig das Bedürfnis, aufs Meer zu fahren, sooft es irgend möglich war.

Jenny sagte gern, Roy sähe aus wie eine jüngere Ausgabe des umschwärmten Schauspielers Gregory Peck. Zu Robert sagte sie das nie. Dabei waren sie identische Zwillinge! Natürlich, Roy war „der mit den Grübchen", wie sie oft sagte. Er war auch der, an dem der Geruch frisch gefällter Kiefernstämme haftete, während Robert nach Hummerködern und Salzwasser roch. Zu einem wie ihm sagten die Mädchen nicht solche Sachen.

„Also …" Roy schlägt seinen offenen Flanellmantel zurück, steckt die Hände in die Hosentaschen. Alles ganz normal und unbeschwert, als hätten sie nicht vor ein paar Stunden diesen Brief erhalten. „Dann wollen wir mal, oder?" Grinsend schlägt er Robert auf die Schulter und fängt an, Steine zu der schroffen Felskante zu tragen, wo die Insel steil zum Meer hin abfällt. Neun Steine für jeden, macht zusammen achtzehn, so würden sie gleich die Anzahl ihrer Lebensjahre feiern.

Das hatte ihnen immer Spaß gemacht, sie warfen Steine ins Meer und mit jedem Wurf dachten sie sich eine Mutprobe aus – eine lustige, alberne Herausforderung, die sie geschafft haben mussten, bevor das neue Lebensjahr zu Ende ging –, doch heute passte das nicht. Heute nicht.

Robert mustert den Bruder. Nie zuvor hat er Roy so gesehen – als kämpfe er, der Unerschütterliche, der für seinen Optimismus bekannt ist, gegen eine Strömung, die ihn mit sich in die Dunkelheit zu reißen droht.

Roy setzt sein Grinsen auf. „Los geht's", sagt er und legt Robert den ersten Stein in die Hand. „Du fängst an."

Robert dreht den Stein hin und her. Roys Hand hat ihn gewärmt. „Können wir reden?"

Roys Kiefermuskeln spannen sich an. „Später."

Was geht in Roy vor? Diese Tradition, dieser Überrest aus ihrer Kindheit, wird er plötzlich zu einer Art von Rettungsring?

Robert hat seinen Stein immer noch nicht in die tief unter ihnen brausenden Wellen geworfen. Roy holt nun selbst weit aus. „Na schön, dann fange ich an."

Ist dieses Spiel für Roy so wichtig, weil es ihre Tradition ist? Eine Pflicht, die zu erfüllen ist? So ist Roy, das ist sein Wesen, seine Namenshälfte passt dazu. Ihre Eltern hatten die Zwillinge nach einem schottischen Nationalhelden des frühen 18. Jahrhunderts benannt, der zunächst wie ein Robin Hood von Schottland war, dann aber als Viehdieb zum Geächteten erklärt wurde. Er hieß Rob Roy. Von ihm haben beide Jungs ihre Namen bekommen. Die beiden Seiten dieser Persönlichkeit teilen sie seither unter sich auf: Roy ist der Held und Robert der Spitzbube.

Roy hält mitten in der Wurf-Bewegung inne, er räuspert sich und fängt mit unnatürlich tiefer Stimme an: „Nah und fern, durch Berg und Tal …"

Robert wirft ihm einen schnellen Blick zu: „Dein Ernst?" Das alte Walter-Scott-Gedicht ist heute schwer zu ertragen.

Roy breitet die Arme aus, fordert ihn heraus. „Na komm, es sind doch nur Worte!"

„Ja, aber es ist Poesie."

„Na und?" Roy schlägt ihm mit dem Handrücken gegen die Brust. „Poesie wird dich nicht umbringen." Sein Blick wird feierlich. Und es braucht keine Fantasie, um zu ahnen, was unausgesprochen bleibt.

Möglicherweise ist es die letzte Gelegenheit, gemeinsam die Worte zu sprechen, die Dad ihnen immer und immer wieder vorgesagt hat, mit all den Geschichten, die er seinen Jungs von Rob Roy und seiner Tollkühnheit erzählt hat.

„Na gut." Robert holt Luft und stimmt mit so viel Begeisterung ein, als würde er das Periodensystem der Elemente aufsagen. „Nah und fern, durch Berg und Tal …"

Roys Stimme ist der von Dad zum Verwechseln ähnlich. Jedes Wort ist ein Funke, den sie in die Dunkelheit hineinsprechen.

„… wird in Menschen tausendmal helles Feuer heiß entfacht, wo man an Rob Roy gedacht."

Dann ist es ganz still.

Roy schleudert den ersten Stein in die Dunkelheit hinaus, hinunter in die kesselförmige Bucht, wo die Wellen sich laut tosend an den Felsen brechen. Der Stein pfeift durch die Luft und landet hoch aufspritzend weit draußen im Meer.

„Andere werfen am Geburtstag Konfetti in die Luft." Zögernd schaut Robert auf den Stein in seiner Hand.

„Ayuh", pflichtet Roy bei und gebraucht das in Maine typische Wort für „ja", das so sehr zu den Menschen hier gehört wie der salzige Geschmack in der Luft. „Für Leute wie uns gibt's kein Konfetti. Wirf jetzt deinen Stein." Damit tritt er einen Schritt zurück, um Robert mehr Raum zu geben.

„Um was soll es gehen?"

Roy steckt die Daumen in die Gürtelschlaufen. „Du legst nächsten Sonntag in der Kirche etwas in die Kollekte. Mit etwas meine ich aber Geld, dieses Mal bitte keine Schnecken."

Robert grinst. „Ich bin ja keine sieben mehr."

„Stimmt, jetzt wo du es sagst …"

„Pass auf!" Robert holt zum Wurf aus. „Wetten, du traust dich nicht, die Kuh von Mrs Jenson anzufassen?" Platsch. Beide wissen, dass das niemals passieren wird.

„Ich will, dass du den Schuppen reparierst, in den du reingefahren bist." Roy grinst. Wirft. Platsch.

Eine Pause entsteht. Als hätte der ganze Abend – vielleicht auch ihr ganzes Leben – nur auf diesen Augenblick abgezielt.

Robert nimmt seine ganze Kraft zusammen und wirft, so weit er kann. In weiter Ferne ein Aufklatschen. „Ich will, dass du nicht in den Krieg ziehst."

Mit einem Schlag verfliegt jegliche Illusion jener lange vergangenen Jungenjahre wie Frostnebel über dem Meer.

„Was?" Roy fährt herum, stahlblaue kalte Augen fixieren Robert.

„Was ich gesagt habe."

Roy schüttelt den Kopf. „Wie kannst du so etwas sagen? Soll ich etwa …" Er sieht sich unsicher um, spricht mit gesenkter Stimme weiter. „Soll ich mich vor dem Wehrdienst drücken?" Sein Gesicht verdunkelt sich, als hätte Robert ihm ein Messer ins Herz gestoßen. „Hältst du mich für so feige?"

„*Nein.*" Schnell stößt Robert das Wort hervor. „Ich meine ... du sollst nicht gehen." Er zieht die kalte Luft ein. „Ich mache das. Ich gehe. So etwas gibt es manchmal, dass sie einem Bruder erlauben, anstelle des anderen zu gehen. Oder, wenn nicht …" Seine Stimme soll unbekümmert klingen, was ihm aber nicht gelingt. „Wir sind Zwillinge. Wir können auch einfach … Namen tauschen. Das hat in der Schule auch funktioniert."

Roy starrt Robert fassungslos an. „Was redest du da? Du weißt doch ganz genau, dass ich das niemals tun würde! Nicht, nachdem Dad …"

„Bitte." Eine Flut unterdrückter Gefühle färbt Roberts Stimme dunkel. „Du hast eine Frau." Das Wort *Frau* bringt er fast nicht heraus. Der Schmerz ist allumfassend. Aber er weiß, dass es so genau richtig ist.

Jenny zu lieben bedeutet, ihr ein Leben mit dem Mann zu ermöglichen, den sie gewählt hat: Roy.

Roys Kiefermuskeln arbeiten. Da holt Robert zum nächsten Schlag aus. „Du hast ein Kind."

Roys Kinn hebt sich, er richtet den Blick hinaus auf die Bucht. Nur einen Steinwurf weit entfernt steht das Haus, in dem sie beide aufgewachsen sind, unweit davon leuchtet das Licht am Ende von Jennys

Anlegestelle. Robert beobachtet ihn voller Angst – er spürt, etwas ist anders. Wenn Robert sonst den Namen Jenny auch nur erwähnt hat, begann Roy sofort, wie ein Leuchtturm zu strahlen. Heute ist das Gegenteil der Fall. Sein Bruder scheint sich innerlich zu verschließen.

Dann spricht Roy und seine Stimme knarzt wie der Boden eines Schiffes, das man über steiniges Ufer zieht. „Denkst du, andere Soldaten haben keine Frauen? Keine Familien? Glaubst du nicht, dass sie genau deshalb kämpfen, weil sie die Menschen, die sie lieben, beschützen wollen?"

Robert weiß das nur zu gut. Genau aus diesem Grund hatte ihr Vater sich damals für den Dienst beim Militär gemeldet. Damals konnten Männer sich noch freiwillig der Armee anschließen. Und genau das war der Grund, warum Robert es noch einmal versuchen musste. *„Sohn, pass gut auf die Familie auf."* Mit diesen Worten hatte Dad ihm als Fünfzehnjährigem in die Augen gesehen, als wäre er ein erwachsener Mann. Damit hatte er ihn zurückgelassen. Robert war nicht der Ältere, aber jeder in der Familie wusste, dass er derjenige von beiden war, der das Feuer der Leute im Nordosten hatte, dieses innere Brennen, das er für seine Kämpfe nutzen konnte.

Steine fallen aus Roys Händen, fallen zu Boden. Aufgebracht geht er an Robert vorbei, kopfschüttelnd, ohne ihn anzusehen. Er wirft Erde auf das Feuer. Eine Wolke aus Staub und Rauch steigt auf und verschlingt den Lichtschein.

Der Rauch beißt in Roberts Lunge, während er die letzten Funken mit Händen voller Erde erstickt. Er muss das Gespräch fortsetzen. Aber Roy stürmt den Pfad hinunter, der jetzt in völliger Dunkelheit liegt, die Steilküste hinab, gefangen zwischen Logik und Pflichterfüllung.

„Warte doch!" Roberts Schritte dröhnen dumpf, verfolgen Roy. „Hör mir doch zu. Was soll ich denn stattdessen machen? Ich würde immer nur Muscheln aus dem Meer holen. Aber du …" Roy hält nicht an, nimmt eine dunkle Kurve nach der anderen, ist schon fast am Fuße des Hügels.

Hier unten schlagen die Wellen so laut gegen die Felsen, dass sie das wilde Pochen in Roberts Brust übertönen. Robert hat Roy eingeholt, packt ihn an der Schulter, dreht ihn zu sich um. „Du kannst etwas. Du kannst Schiffe bauen und Mutter helfen." Seine Argumente reichen nicht, Roys Gesicht verrät das deutlich. Mit einer ausholenden Geste zeigt er auf Jennys Haus. „Du hast diese Familie."

Da lässt Roy den Kopf hängen.

Roberts Brust hebt und senkt sich. Atemlos flüstert er: „Ich gehe an deiner Stelle."

Roy steht vor ihm, in kaltes Mondlicht getaucht, eine plötzliche Bö trifft das Wasser. Kraftvoll steht er da, als würden starke Wurzeln von seinen Füßen direkt in den Granit hineinwachsen. Unerschütterlich. Irgendwo in der Ferne schlägt eine Bojenglocke, hört nicht auf zu läuten.

Robert presst die Lippen aufeinander. Zu viele Sätze wollen heraus. Was auch immer für qualvolle Prozesse in seinem Bruder vor sich gehen, er will sie nicht unterbrechen. Roy atmet flach und schnell.

„Du wirst hier gebraucht", sagt Robert schließlich. Er spuckt in die Hände und streckt seinem Bruder die Rechte entgegen. Der schluckt. Roy ist offensichtlich hin- und hergerissen. Vielleicht sind sie aus dem Alter herausgewachsen, in dem man sich vor dem Vertragsabschluss in die Hände spuckt, aber die Bedeutung ist unverändert: Sie geben sich ein Versprechen, das nicht gebrochen werden kann. Nur, dass es noch nie zuvor um alles gegangen ist, um Leben und Tod.

Roy ballt die Faust, hebt den Arm und für den Bruchteil einer Sekunde atmet Robert auf. *Er lässt sich darauf ein.*

Doch dann sieht er, wie Roy sich noch weiter aufrichtet. Den Ausdruck kennt er. Das ist jetzt der Eagle Scout, Jugendleiter bei den Pfadfindern Nordamerikas, der bei seiner Ehre geschworen hat, für Gott und sein Vaterland das Beste zu geben.

Statt in Roberts ausgestreckte Hand einzuschlagen, schlägt Roy seine Faust in seine andere Hand. Er schüttelt den Kopf. „Erinnerst du dich an den Sturm?"

Robert wendet sich ab. Sie haben Tausende von Stürmen erlebt, aber er weiß sofort, welchen Sturm Roy meint. Dad musste in die Stadt fahren, um Mutter abzuholen ... und sie beide sollten auf jeden Fall zusammenzubleiben, hatte Dad sie streng ermahnt.

Sie waren zusammengeblieben. Aber sie waren nicht direkt nach Hause gegangen. Robert sah das neue Ruderboot im Wasser liegen, das Vater für Mr Simmons gemacht hatte. Er löste das Tau und sie ließen sich am Strand entlangtreiben, an der lang gezogenen Halbinsel vorbei, wo sich die Bucht zum Ozean hin öffnet. Vier Monate lang hatte Vater an diesem Boot gearbeitet. Für Robert als Zehnjährigen gab es damals nur einen Gedanken, er musste das Boot ausprobieren.

„Dieses blöde Boot", sagt Robert, „wenn ich dich doch einfach nur heimgebracht hätte, heim und ins Haus."

Roy schüttelt den Kopf. „Genau das ist der Punkt. Unser ganzes Leben lang hast du dich um mich gekümmert, bist vorangegangen, als wärst du schon mit dieser Verantwortung für mich auf die Welt gekommen. Dad und du, ihr habt immer darüber geredet, wie man auf mich aufpassen muss."

„Was ich dann damals bei dem Sturm ziemlich vermasselt habe", sagt Robert. Fast kann er noch den Regen spüren, den Sturm, der an ihnen zerrt und ihre Jacken aufbläht. Robert erinnert sich an den Schrei der Möwe und dass er Mitleid hatte mit dem Vogel, der irgendwo dort draußen über dem Meer gegen den Sturm ankämpfen musste. Je weiter er am Ufer entlangschritt, desto leiser wurde das Rufen der Möwe – bis er sich endlich umdrehte und blitzschnell erkannte, dass er keine Möwe gehört hatte. Es war sein Bruder Roy, der in dem klagenden Tonfall einer Möwe „Hilfe! Hilfe!" schrie.

Er erinnert sich, als wäre es gestern gewesen, wie glatt die Steine waren, als er in Windeseile den Weg zurückhastete, ohne darauf zu achten, dass seine Knöchel umknickten und Zweige ihn zerkratzten. Roy hing über einem Abgrund, unter ihm schäumte das Meer wie ein hungriges Raubtier. Roy war ausgerutscht und Robert hatte es nicht bemerkt.

„Du warst so stark", sagt er zu Roy. „Wie du dich da an den Felsen geklammert hast, mitten im Sturm …"

Roys Kiefer mahlen, er schaut in die Ferne. „Ich habe es geschafft, weil ich wusste, dass du kommst", sagt er. „Du bist immer gekommen. Bis heute."

Ja, er hatte Roy nach oben geholfen. Aber er hätte Roy überhaupt nicht aus den Augen lassen dürfen. Am Ende war das Boot kaputt, Roberts Ellbogen war ausgekugelt und tat bis heute weh, wenn stürmisches Wetter aufzog, und um Haaresbreite wäre sein Bruder damals gestorben.

Robert hatte sich auf den Felsen gelegt und Roy hochgezogen, während der mit den Füßen an der Klippe vergeblich nach Halt suchte. Als sie Dad später von dem Verlust des Bootes erzählten, konnten sie die grenzenlose Erleichterung auf Dads Gesicht sehen und die Kraft seiner Liebe spüren, als er sie beide in die Arme schloss.

Roy quält die Erinnerung sichtlich, obwohl doch alles gut gegangen war. „Ich habe dich immer um den Blick von oben beneidet."

„Den Blick von oben?" Robert versteht nicht, was Roy meint.

„Ja klar, es muss sich doch gut anfühlen, so auf jemanden hinunterschauen zu können, wie du an dem Abend zu mir hinabgeschaut hast, mit dem Bewusstsein, dass du den retten wirst, der da unten hängt. Das ist etwas ganz anderes, als hochzuschauen und zu wissen, dass man es mal wieder vermasselt und dem anderen großen Ärger eingebrockt hat."

„Was redest du? Du weißt, dass das nicht stimmt."

„Doch, genau so war es. Ist es noch." Er holt tief Luft, schlägt Robert auf den Rücken. „Bruder, jetzt bin ich dran. Du bist ein guter Kerl", sagt er, „jetzt möchte ich mal versuchen, auch einer zu werden."

Und damit geht er.

Der Mond steht hoch am Himmel, so hoch, dass es lange nach Mitternacht sein muss. Roy schiebt sein Boot ins Wasser. Alle spielerischen Abmachungen dieses Abends sind vergessen, genau wie der kleine Haufen Steine, der oben auf dem Hügel liegen geblieben ist. Die Zukunft liegt dunkel vor ihm, Roy rudert darauf zu, ohne zu ahnen, was ihn erwarten wird.

Roberts Füße rennen entschlossen über den schmalen Strand, laut knirschen die Steine unter ihm, als hätte sein Körper noch nicht verstanden, was seine Ohren und sein Herz gehört haben. Seine Hände arbeiten wie automatisch, lösen das Boot, er steigt ein. Während er sich von der verlassenen Insel entfernt, dem Ort ihrer Kindheit, steigt ein Gebet aus seinem Innersten auf. Aus aufgewühltem Herzen fleht Robert zu Gott – falls es so etwas wie einen gerechten Gott im Himmel überhaupt gibt –, er möge doch ihn in den Krieg schicken und Roy zu Hause bleiben lassen.

drei

Chicago

Mai 2001

Die Zahlen beginnen vor den Augen von Ann Bliss zu verschwimmen, der Bildschirm scheint zu flimmern, während das Knurren ihres Magens immer lauter wird. *Mittagspause.* Schnell tippt sie noch die letzten Zeilen ein, es geht um die aktuelle Entwicklung der Kaufgewohnheiten und Konsumtrends der Zwanzig- bis Dreißigjährigen. Dann klappt sie ihr Notebook zu und eilt zielstrebig durch das Labyrinth von Fahrstühlen, hohen Hallen und langen Fluren aus weißem Marmor bis zur Säulenhalle, die den Eingang des Calloway-Gebäudes in Chicago bildet. Wie gewohnt geht sie den kurzen Weg nach nebenan, wo im Erdgeschoss die Filiale einer großen Café-Kette angesiedelt ist. Darüber erhebt sich das Gebäude in den Himmel. Unzählige Stockwerke ragen über dem Café auf, Tausende von Geschichten sind hinter den hohen Mauern eingeschlossen. Es ist, wie Großonkel Bob damals sagte: *Jede Welle in diesem großen alten blauen Meer erzählt eine Geschichte.*

Mit der Hand auf der Türklinke bleibt sie zögernd vor der gläsernen Fassade stehen, schließt für einen Moment die Augen, erinnert sich. Sie war noch klein, als sie die Tür der *Kombüse* aufstieß und damit die Schiffsglocke über der Tür in Bewegung versetzte. Der Raum stand voll mit ungleichen Stühlen, die sich um einige Tische gruppierten. Heller Sonnenschein gab dem alten Mobiliar einen fröhlichen Anstrich, Geranienzweige nickten freundlich grüßend aus dem Blechkübel auf dem Tisch in der Ecke, der Bobs Stammplatz war.

Früher hatte man in diesen Räumen Angelköder verkauft. Dann wurden die Wände weiß getüncht, innen und außen, und eine Küche wurde nachträglich angebaut. So war das einzige Lokal in Ansel-by-the-Sea entstanden, wo man das ganze Jahr über etwas Anständiges zu essen bekam. Drei Dinge waren hier immer im Angebot: der atemberaubend schöne Blick auf den idyllischen Hafen von Maine, stapelweise heiße Pfannkuchen, die in Ahornsirup aus heimischer Produktion schwammen, dazu die neuesten Geschichten, roh und unbehandelt wie die Planken des Kais, an dem die *Kombüse* sich befand.

Würde Annie heute, nach so vielen Jahren, wieder die *Kombüse* betreten, Bess würde sie bestimmt mit dem gleichen Satz begrüßen wie einst: *„Schön, dass du da bist."* Und das mit Bess' typischem Akzent des Nordostens, der für Annie nach frischer Luft und alten Hollywood-Filmen klang, ohne harte Konsonanten und mit dieser leicht verwaschenen Aussprache. Mit dem Pfannenwender in der Hand würde sie Annie herbeiwinken und gleich darauf einen hellbraunen Pfannkuchen im zischenden Fett umdrehen.

Aber es ist zwei Jahrzehnte her, seit Ann zuletzt in Maine bei ihrem Großonkel war. Mit diesem abschließenden Gedanken stößt sie die Tür zum Café auf und erinnert sich selbst daran, dass ihre Heimat jetzt hier ist.

Sie taucht ein in den Geruch von Kaffee und Gebäck und mischt sich unter die Kunden in ihren dunklen Anzügen. Viele sitzen aufrecht auf den harten Stühlen, Laptops aufgeklappt, überfliegen die neuesten Artikel der *Chicago Tribune*, des *Wall Street Journals* oder des *Time Magazine*.

Ann bestellt, die junge Frau hinter der Theke lässt ein pseudo-frisches Gebäckstück in eine braune Papierhülle gleiten und hängt einen Teebeutel in den Pappbecher. Als alles fertig ist, ruft sie Anns Namen auf, im Tonfall eines Dozenten, der die Anwesenheit der Teilnehmer seines Steuerseminars abhaken muss.

Ann bedankt sich, nimmt das Wechselgeld und steuert den einzig freien Tisch an. Hier sitzt niemand, weil man von hier aus keine Aussicht auf die Skyline hat. Aber sie muss die Hochhäuser nicht sehen, sie erscheinen ihr wie die Gitterstäbe ihrer Welt. Ja, sie lebt freiwillig in dieser Gefangenschaft – es gibt derzeit keinen anderen Weg. Aber eines Tages wird sie sich freikaufen und das tun, was sie wirklich will. Falls sie noch einmal den Mut dazu aufbringen wird. Um ihr Ziel zu erreichen, hatte sie zwei Universitätsabschlüsse gemacht und dabei ein schwindelerregend hohes Studentendarlehen aufgehäuft, das sich langsamer abbauen lässt, als Granit zu Staub zerfällt. Darauf folgten drei Berufsjahre, in denen sie ihren Urlaub verfallen ließ und sich keinen einzigen Tag krank meldete. Das alles hat sie gern getan, um *eines Tages* dort anzukommen, wo sie leben und arbeiten will: Sie träumt davon, zu anthropologischen Themen Feldforschung zu betreiben; Menschen in ihrem natürlichen Kontext zu beobachten und zu befragen, das ist ihr Ziel. *Irgendwann einmal.*

Doch dieses Ziel ist wieder in weite Ferne gerückt. Das Einzige, was sie im Moment täglich sehen kann, sind die Menschen in diesem Café. Für Ann sind auch sie interessant, jeder hier verfügt über einen Schatz von Geschichten. Ann sieht viele Fragen in den beschäftigten Gesichtern. Sogar in der mechanischen Stimme und dem gelangweilten Blick des Mädchens hinter dem Tresen erspürt sie einen Grund für diese Leblosigkeit.

Bewusst achtet sie darauf, niemanden zu lange zu fixieren, nur flüchtig schweifen ihre Blicke, unauffällig bewegen sich ihre *Intel*-blauen Augen von einem zum anderen. Judy und Jim, die jungen Kollegen im Büro, haben ihre Augenfarbe so benannt. Sie, die Computerspezialisten in der angesehenen Designerfirma, finden es lustig, ihre Informatiker-Fachsprache auf alles Mögliche anzuwenden. Als Anthropologin passt Ann nicht zu den IT-lern, und was sie dort macht, hat auch wenig mit ihrem Beruf zu tun. Ihr Forschungsfeld ist der urbane Dschungel von Chicago. Statt Grundfragen der Zivilisation studiert sie Konsumenten. Kaufgewohnheiten anstelle von Glaubensüberzeugungen und Traditionen.

Aber das wird nicht so bleiben, tröstet sie sich selbst. Fürs Erste ist sie einfach froh, diese Stelle zu haben – eine feste Anstellung –, bis der katastrophale Ruf, den sie sich bei ihrem letzten Job eingehandelt hat, hoffentlich eines Tages verblasst sein wird.

Sie greift in ihre Segeltuchtasche und befördert Laptop und Zeitung hervor. Auf das feine Piepsen des Computers, das sich unauffällig unter die Geräuschkulisse des Cafés mischt, folgt ein Geräusch, das eher in den Cafés vor hundert Jahren üblich war.

Das Rascheln von Zeitungspapier.

Sie sitzt nun so gerade, dass jeder Wirbel sich einzeln gegen die starre Lehne des hellen Holzstuhls drückt, streicht sich eine kastanienbraune Haarsträhne aus dem Gesicht, nippt an ihrem Becher und wärmt sich daran.

Diese Lektüre, die jede Woche einmal im Briefkasten ihres Appartements steckt, kommt aus dem weit entfernten Maine. Vielleicht hat die Zeitung etwas Gischt abbekommen, dort im Norden, am Anfang der langen Reise, vom Meer bis zu ihr? Sie schließt die Augen, der Geschmack der Vergangenheit ist salzig. Sie sieht das kleine Mädchen wieder vor sich, das seine Hand in die grobe Hand des Seemanns gelegt hat.

Schnell blättert sie um, das Rascheln der Zeitung zieht einige Blicke an. Mit einer geübten Bewegung schlägt sie die erste Seite nach hinten um, keiner soll den Titel sehen: *Rusty Joe's – Tausch und Verkauf.*

Der erste Teil sind Anzeigen aus den Rubriken Vermischtes, Tiere, Fahrzeuge und Immobilien, das interessiert sie kaum. Nur beim Thema Viehzucht verweilt sie kurz, schmunzelt, wo es heißt: *Ziege gesucht. Biete Hummerfallen oder überzählige Salzwasserstiefel.* Ihr Lächeln ist eine Mischung aus Stolz und Vergnügen, gewürzt mit einer Prise Einsamkeit. *Ach ja, Maine.*

Sie blättert weiter und kommt schließlich zu dem Teil, der sie betrifft. Boote. Bevor sie die drei Anzeigen liest, die durch viereckige Einrahmungen hervorgehoben sind, kramt sie in ihrer Tasche nach einem Blatt, auf dem Zeitungsausschnitte aufgeklebt sind. Das Papier sieht aus wie die Hausaufgabe eines Grundschulkindes. Sie liest einige der aufgeklebten Nachrichten, lächelt vergnügt, einmal lacht sie laut auf.

Die Anzeige vor vier Wochen, so typisch für Bob, mit dem Humor eines Großvaters, der ihr so vertraut und vom Herzen her so nahe ist.

Vermisst: Murmeln. Irgendwo im Bootshaus. Hilft jemand einem alten Mann beim Suchen? B.

In der folgenden Woche ihre Anzeige:

Gefunden: Murmeln des alten Mannes. Waren aus Versehen in einer Hummerfalle. Einschreiben folgt.

Und sie hatte ihm ein Tütchen mit Murmeln geschickt, eingepackt in eine Landkarte, die sie selbst vom Hafenstädtchen Ansel gezeichnet hatte. Damit hatte sie ihr Versprechen, ihm keine Briefe zu schicken, nicht gebrochen, beruhigte sie sich selbst. Wobei sie bis heute nicht verstand, was das Problem zwischen Bob und ihrem Vater war. Jedes Mal, wenn sie einen Brief für Bob zur Post brachte, überschattete diese düstere Traurigkeit das Gesicht ihres Vaters. Damals – es war schon sehr lange her – hatte sie beschlossen, einen anderen Weg zu finden, um in Kontakt mit ihrem Großonkel zu bleiben. Ohne damit anderen Menschen wehzutun. Sie war damals erst zehn, aber sie begann, den Rasen der Nachbarn zu mähen. Mit dem Geld, das sie dafür bekam, konnte sie dann Anzeigen aufgeben. Sieben Dollar und fünfzig Cent bezahlte sie jede zweite Woche dafür. Ihre erste Anzeige hatte sie auf eine grüne Karteikarte gekritzelt und per Post direkt an *Rusty Joe's* geschickt.

Falls es überhaupt irgendwie möglich war, ihren Großonkel zu erreichen, dann auf diesem Weg, hatte sie sich überlegt. Abgesehen von seiner abgenutzten Bibel war *Rusty Joe's* Bobs häufigste Lektüre, obwohl viele gefüllte Bücherregale die Wände seines Hauses zierten. Und so war es geblieben und die Anzeigen flogen durch dieses Schlupfloch hin und her wie Tischtennisbälle, die die Zeit überbrückten.

Von ihm, vor zwei Wochen:

Gesucht: Flachländer, um nach Muscheln zu graben.
Diese städtischen Gauner sind nicht zu ertragen. B.

Letzte Woche dann ihre Botschaft:

Gesucht: Seemann, der keine Anzeigen mehr dichtet.
Reimen hat oft schon den Sinn vernichtet. Besser, er verzichtet.

Eine Nachricht folgte auf die andere, zwei Ordner stehen mittlerweile in ihrer Wohnung, voller Blätter mit Zeitungsanzeigen, so lange geht das zwischen ihnen schon hin und her. Und das alles, obwohl sie mit diesem Verwandten nur einen Sommer verbracht hat und der sie doch besser kennt als irgendjemand sonst.

Mit einem tiefen Atemzug wendet sie sich schließlich der neuesten Ausgabe des *Rusty Joe's* zu. Zwei der Anzeigen haben wirklich mit Booten zu tun, die jemand verkaufen will. Aber direkt dazwischen liest sie:

Komm heim, Annie. Bess.

Und plötzlich ist Anns Gesicht dasjenige, das eine Geschichte erzählt. Der Blick, mit dem sie auf die Nachricht starrt, hat das Potenzial, die ganze Welt zum Stillstand zu bringen.

Seit zwanzig Jahren hat niemand Annie zu ihr gesagt. Es kann nur einen Grund dafür geben, dass Bess ihr schreibt. Nur einen Grund, warum Bob es nicht selbst tut.

Irgendetwas muss ihm zugestoßen sein.

Alles, was um sie herum geschieht, weicht zurück, versinkt im Schweigen. Sie hört nur noch ihren Puls und das Rascheln des Papiers, auch das nur wie aus weiter Ferne und vor dem Hintergrund verworrener Bewegungen. Irgendwie gelingt es ihren Händen, die Tasche zu packen. Sie ist schon halb aus der Tür, als sie sich noch einmal umdreht und das Tablett auf den Tresen stellt, mit zitternden Händen und unsicher, ob ihre Beine sie tragen werden.

Mit viel Kraft schafft sie es, die Tür gegen den Wind und das Vakuum im Raum aufzustoßen. Wie betäubt setzt sie einen Fuß vor den anderen, geht zwischen Hochhäusern und über Straßen aus Asphalt, bis sie in einem Flugzeug sitzt, das sie nach Ansel-by-the-Sea bringen wird.

vier

Ann starrt durch den Mittelgang nach vorn, während der Bus sich der Haltestelle nähert. Ob Jona sich im Bauch des Fisches so gefühlt hat? Voller Ungeduld hinauszudürfen und zugleich voller Angst vor dem, was ihn draußen erwartet? Aber als Jona den Fisch verlassen musste, war sein Weg nicht mit Holzfällern verstellt, so wie hier. Manche sind bärtig, die meisten tragen karierte Flanellhemden, passend zum Farbspektrum der Landschaft von Maine. Alle wollen in die Wälder im Norden. Anns Haltestelle ist die letzte am Meer, danach kommen die Wälder, die sich auch jenseits der Grenze ausdehnen, wo Kanada beginnt.

Ann zupft an ihrem Nadelstreifenanzug. Hätte sie sich gestern doch einfach noch die Zeit zum Umziehen genommen, bevor sie zum Flughafen fuhr, ärgert sie sich zum hundertsten Mal. Sie hatte Kleidung, Bücher und Waschzeug in einen Koffer geworfen, aber nicht daran gedacht, ihre Bürouniform auszuziehen. So kämpft sie sich nach draußen, im Nadelstreifenanzug, mit bangem Herzen und dem schweren Koffer in der Hand, angestrengt bemüht, nicht über die schweren Stiefel der Holzfäller zu stolpern.

Endlich steht sie mit ihrem Gepäck am Straßenrand der Route 191. Der Bus fährt wieder an, stößt eine Diesel-Ruß-Wolke aus, wirbelt Staub auf.

Sie sieht ihm nach, dann schließt sie die Augen und hört es – das ferne Rauschen des Ozeans unten im Hafenbecken. Tief atmet sie die Meeresluft ein, dann dreht sie sich langsam um und lässt den Blick umherschweifen.

Dieser Anblick! Die grünen Hänge fallen zum Meer hin ab, der Hafen ist gekrümmt wie zu einem Lächeln. Weiße Häuser säumen die Küste, alles liegt ruhig zu ihren Füßen, unbewegt, bis auf das unermüdliche Anlaufen der Wellen gegen den Strand. Vor der Küste sind viele kleine Inseln ins Meer gestreut. Sie reichen bis hin zu den Rändern der beiden Halbinseln, die sich draußen im Meer fast berühren und diese sichere Bucht umschließen, die einer Oase gleicht. Seeleute steuern den Ort an als Versteck vor einem Hurrikan, ein geschützter Winkel, wo sie vor Anker gehen können, bis der Sturm vorbeigezogen ist.

Mit aufgeregtem Herzklopfen geht Ann die Straße hinunter und auf den Ortskern zu, betrachtet die kleinen Inseln, die den Eingang der Bucht markieren. Beinahe kann sie hören, wie Bobs Freund Arthur die Geschichte von der berühmten Fahrt des alten Joe an diesen Ort erzählt. Als der in einer stürmischen Nacht vor diesem Teil der Küste unterwegs war, hörte er den Satz: *Kopf hoch, Josef Krause*. Jener unvergessene Satz, der den Gründer des Städtchens bewogen hatte, mitten im Sturm Ausschau zu halten, bis er den Blitz sah, der die Durchfahrt erhellte und ihm so den Weg zu dem Ort wies, der seine neue Heimat werden sollte.

„Kopf hoch, Ann Bliss", flüstert sie und beginnt den Abstieg entlang der gewundenen Straße. Es fühlt sich so normal an, hier zu sein, viel selbstverständlicher, als wenn sie zu ihrer Wohnung in Chicago geht. Gleichzeitig fühlt sie sich entsetzlich fremd in dieser Welt.

Auf der Hauptstraße angekommen, zögert sie. Wenn sie hier rechts abbiegt, führt der Weg sie zum Ende der Bucht und zur Seemannsklause – Bobs Haus. Aber dorthin kann sie noch nicht. Zuerst will sie sich Gewissheit verschaffen. Stundenlang hat sie nun darüber nachgedacht, im Taxi, im Flugzeug und im Bus, aber ihr fiel keine andere Erklärung ein. Bess hätte nicht in Bobs Namen geschrieben, wenn Bob das auch selbst hätte tun können. Bestimmt wartet hier eine schlechte Nachricht auf sie. Sie weiß es. Trotzdem ist da auch immer noch ein Fünkchen Hoffnung …

Also geht sie links weiter, die Hauptstraße hinunter, an den Fassaden entlang, die Ann wie der mittelalterliche Kern einer deutschen

Stadt vorkommen. Ihr Koffer lässt sich nur mühsam über das alte Kopfsteinpflaster mit den vielen Schlaglöchern ziehen, die wohl eine Folge des kalten Winters sind. Die abschüssige Straße verläuft kurvig hinunter bis zum Meer, die Häuser daran wirken ebenso alt wie der Weg und haben ebenso ihren eigenen Charme. Die Giebel schauen auf die Grünfläche in der Ortsmitte, die weißen Mauerflächen sind von dunklen Fachwerkbalken eingerahmt, darüber die geschwungene Silhouette der Strohdächer. Vor den Fenstern sind dunkle Blumenkästen in vielen frohen Farben frisch bepflanzt.

Marktstraße heißt dieser Weg und man könnte erwarten, hier Kurzwarenläden, Bäckereien und eine bunte Mischung kleiner Geschäfte zu finden. Aber die verwitterten Schilder über den Türen sprechen eine andere Sprache.

Joes Hummer-Imbiss. Im Fenster ein Zettel mit dem Hinweis: *Winterpause. Ab Juni wieder geöffnet.*

Basar der kleinen Preise. Im Schaufenster: *Geschlossen.*

Bücher-, Takel- und Köderladen. An der Tür eine Notiz: *BTK geschlossen. Bin beim Angeln*, darunter steht: *brb*. Na so was. Ansel-by-the-Sea ist nicht gerade ein Zentrum des elektronischen Fortschritts, aber die moderne Vorliebe für Abkürzungen hat sich anscheinend auch hier schon durchgesetzt: BTK für „Bücher-, Takel- und Köderladen", brb für „be right back" – „bin gleich wieder da".

Das nächste Haus, *Steuerbord Immobilien,* die Anlaufstelle für alle, die auf der Suche sind nach Scheunen, Heidelbeerfeldern, Ferienhäusern oder historischen Kapitänsvillen, ist dunkel und offensichtlich unbewohnt.

Mit ihrem Koffer überwindet Ann Meter um Meter des Kopfsteinpflasters und von Laden zu Laden fühlt sie sich einsamer. Nicht nur, dass die Geschäfte alle geschlossen sind. Der ganze Ort ist totenstill. Niemand, der mit dem Hund spazieren geht, niemand, der ein Fahrzeug repariert oder ein Boot streicht, um es auf die kommende Saison vorzubereiten – für die Touristen und zum Hummerfang.

Um sich gegen dieses Gefühl der Verlassenheit zu wehren, greift sie nach ihrem Handy, möchte mit irgendeinem Menschen in Kontakt treten. Aber sie hat keinen Empfang. Nicht einmal ansatzweise. Verbindung zur Außenwelt? Fehlanzeige.

Unsicher lässt Ann ihren Blick über den Hafen schweifen und entdeckt mit Erleichterung eine Reihe von Booten, die draußen auf dem Meer aufgetaucht sind und auf den Eingang der Bucht zusteuern. Sie tanzen auf den Wellen auf und ab, während sie den Bojen ausweichen, als wären sie Schiffchen, die ein Weber über seinen Webrahmen bewegt.

Ein Blick auf die Uhr, erst 17.30 Uhr. Das ist noch zu früh für die Hummerfischer, besonders wo heute das Wetter so klar und ruhig ist. Außerdem würden sie sicher nicht alle gleichzeitig in den Hafen zurückkehren.

Unten am Wasser stapeln sich Hummerfallen auf langen Anlegestegen, rechteckige Drahtkörbe, die eigentlich repariert werden sollten. Zwei oder drei Leute wären normalerweise an jedem Steg beschäftigt. Aber die einzigen Menschen, die zu sehen sind, stehen auf den Booten und lenken ihre Schiffe in die Bucht.

Weiße Möwen kreisen am strahlend blauen Himmel, wenigstens ihr Rufen ist zu hören, tröstlich und vertraut. Da erhebt sich ein leichter Wind und weht einen Hauch von Pfannkuchen und Ahornsirup zu Ann herüber. Der Duft tröstet ihre Seele. Vielleicht sind einfach alle bei Bess.

Also weiter, klappernd und rumpelnd zieht sie ihren Koffer über das Pflaster, müde passiert sie den letzten und längsten Pier, der weit in den Hafen reicht. Endlich steht sie vor der *Kombüse*. Sie holt tief Luft, stößt die Tür auf, die Schiffsglocke schrillt.

Aber an der Theke hocken keine alten Seeleute. Es gibt keine Touristen an den Tischen. Und in der Ecke, an seinem Stammplatz? Ob Bob da sitzt? Sie dreht sich langsam um, rechnet fast damit, dass er seine Hand zum Gruß hebt, um dann zu ihrer Begrüßung kräftig auf den Tisch zu schlagen. Sie sieht sein Lächeln mit all den Fältchen um die Augen, tausend Lachfalten, die ihn immer freundlich schauen lassen.

Aber auch dieser Tisch ist leer. Ihre Augen brennen. Das Atmen tut weh.

Sie geht in die Ecke, zu dem Tisch. Das war ihr Tisch, der von Bob und von ihr. Ein Umschlag lehnt an dem blechernen Geranienkübel. Das weiße Papier sieht aus, als wäre jemand draufgetreten, ein paar eingetrocknete Kaffeeflecken zieren die Ecken. Sie will gerade danach greifen, da ist hinter dem Tresen eine Stimme zu hören.

„Kommen Sie rein", sagt die Stimme, ohne dass die Sprecherin sich zeigt, „schön, dass Sie da sind." Aber die Stimme klingt alles andere als erfreut. „Sie können sich überall hinsetzen, nur nicht an den Tisch in der Ecke."

Anns Hand zuckt zurück, sie schaut unwillkürlich, ob irgendwo Kameras installiert sind. Ein paar alte Bojen hängen von der Decke herunter, blau, grün, gelb und rot gestrichen, Deko, deren Farbe teilweise schon wieder abgeblättert ist. Woher weiß die Stimme, an welchem Tisch sie steht?

Schnell geht sie zum Nebentisch, setzt sich mit dem Rücken zum Hafen. Eine Frau taucht auf. Zum ersten Mal, seit Ann die Anzeige gelesen hat, lächelt sie ein tiefes, frohes Lächeln. Bess Stevens.

„Wie viele darf ich Ihnen bringen?" fragt Bess und meint das einzige Menü, das auf ihrer Speisekarte steht. Sie ist älter geworden, natürlich. Die schwarzen Locken sind mit silbernen Strähnen durchsetzt, werden aber immer noch, wie damals, von einem bunten Tuch zurückgehalten, das am Hinterkopf verknotet ist. Sie besaß schon immer diese raue Schönheit, dazu ein robustes Wesen, gepaart mit herber Freundlichkeit. Sie ist Ansel in Person.

Ann war ein schüchternes Mädchen an einem fremden Ort, als sie zum ersten Mal diesen Raum betrat. Doch immer war es Bess gelungen, die Einsamkeit zu vertreiben, mal durch den Trost frischer Pfannkuchen, mal mit Sätzen, die Anns Gefühle genau auf den Punkt brachten. *„Mädchen, kümmere dich nicht um die alten Blesshühner"*, sagte sie oft in Bezug auf die Fischer am Tresen. Dann kam sie näher, beugte sich zu Ann und flüsterte augenzwinkernd hinter vorgehaltener Hand: *„Na ja, ab und zu kannst du ihnen auch mal zuhören. Ein paar Sachen wissen sie schon. Aber verrate ihnen nicht, dass ich dir das gesagt habe."*

Bess gab Ann dieses tröstliche Gefühl dazuzugehören, damals, als es für sie keinen Ort auf der Welt gab, wohin sie gehörte. Die *Kombüse* wurde auch ihr erster Arbeitsplatz. Hier lernte sie, Pfannkuchen zu wenden. Diese Kunst war eines der Wunder dieses Sommers für sie.

Bess wartet mit gezücktem Stift, Notizblock in der Hand, und endlich sieht sie Ann an. „Eine Portion Pfannkuchen?"

Ann schüttelt die Erinnerungen ab. „Ja", antwortet sie und wirft einen schnellen Blick aus dem Fenster. Die Boote haben den Eingang der Bucht passiert. Dort irgendwo liegt die Seemannsklause. „Vielen Dank", stammelt Ann, „ich …" Sie weiß nicht weiter. Was soll sie sagen? *Ich bin hier wegen der Annonce? Tauschen und Verkaufen?*

„Ja?" Bess mustert sie jetzt mit schmalen Augen, erkennt sie nicht. Ann verliert den Mut. Aber andererseits – wie soll Bess sie auch erkennen? Sie haben sich ein halbes Leben lang nicht gesehen, ihre Freundschaft ist ewig her. Damals war sie ein schlaksiges Mädchen in abgeschnittenen Jeans.

„Bitte noch eine Tasse Kaffee." Sie hätte gern noch ein Wunder dazu bestellt – das Wunder, dass Bob erscheint. Inzwischen ist sie sich ziemlich sicher, dass dafür nicht weniger als ein Wunder nötig ist.

Bess nickt und verschwindet in der Küche. Ann schaut hinaus zum Hafen. Die Boote sind vor Anker gegangen, verabschieden sich mit ihrem Tanz auf den Wellen von den Hummerfischern, die jetzt in Ruderboote umgestiegen sind. Ebbe und Flut wirken sich in Ansel deutlich aus, zweimal täglich steigt und fällt das Wasser um dreieinhalb Meter, da bringt kein Fischer sein Boot zu nahe ans Land. Die Boote sollen schnell sein, um die Hummerfallen abzufahren, dafür haben alle einen Außenbordmotor. Aber Bob war so oft wie möglich mit Ruderboot unterwegs und hatte auch ihr das Rudern beigebracht. Wie schön hatte es sich angefühlt, selbst zu bestimmen, wohin man fährt! Zum ersten Mal in ihrem Leben gab sie damals selbst die Richtung vor.

Eins der Ruderboote steuert den Anleger ganz in der Nähe an, verschwindet aus Anns Blickfeld. Das nächste folgt, dann ein drittes. Allem Anschein nach hat die ganze Truppe nur eines im Sinn: nach einem langen Arbeitstag bei einem Kaffee zusammenzusitzen und zu reden, wie immer. Ann wird nervös, versucht, die Angst zurückzudrängen, will fliehen. Sie kann jetzt nicht einer ganzen Gruppe von Männern gegenübertreten, die sie vielleicht erkennen, während sie noch gar nicht weiß, was mit Bob eigentlich ist.

Die Hintertür ist ihre Rettung. Schnell legt sie genug Münzen auf den Tisch, um ihre Bestellung zu bezahlen. Ein Kopf taucht am Ende des Stegs auf, direkt bei der Leiter, die dort hinunter zum Wasser geht. Ein Mann steigt herauf, dreht sich um, reicht einem anderen die Hand. Dieser hilft dem Nächsten. Immer mehr Männer steigen herauf, immer größer wird Anns Panik.

Sie huscht durch den Raum, zur Hintertür, umfasst den Türknauf, will hinaus.

Ein unterdrückter Schrei lässt sie herumfahren, Metall schlägt auf Metall. Ann eilt zurück und um die Ecke. „Was ist passiert?"

Bess wirbelt herum, ihre blauen Augen sind schmal, schwimmen in Tränen, die Augenlider sind rot. „Alles in Ordnung. Ich bringe Ihnen gleich Ihren Kaffee." Sie nimmt die Hand aus dem fließenden kalten Wasser und greift nach einer frischen weißen Tasse. Doch der Schmerz lässt sie zusammenzucken, die Tasse rutscht ihr aus der Hand.

„Der Kaffee kann warten", sagt Ann, „haben Sie sich verbrannt?" Sie macht einen weiteren Schritt auf Bess zu und bückt sich, um die Hand besser sehen zu können. Den warnenden Blick von Bess ignoriert sie, das hat sie damals schon gelernt.

„Es ist nichts", beharrt Bess.

Ein leicht verbrannter Geruch macht sich bemerkbar, Rauch steigt aus der Pfanne auf. Der Pfannenwender liegt auf dem Boden, Bess will sich bücken, Ann ist schneller.

„Lassen Sie", sagt Ann, „ich helfe Ihnen." Und ehe Bess etwas einwenden kann, hat Ann die schwarzen Pfannkuchen auf einen Teller gelegt und bedeutet Bess, mit der verletzten Hand unter dem Wasser zu bleiben.

Bess ist sprachlos, wenn auch nur kurz.

Ann geht mit geübten Bewegungen zu dem Schrank in der Ecke, direkt neben dem schwarzen Wählscheiben-Telefon an der Wand. Soweit sie sich erinnern kann …

Bingo! Sie zieht den Erste-Hilfe-Koffer aus dem Schrank, öffnet das Metall-Gehäuse, findet ein Verbandspäckchen, nimmt Eiswürfel aus der verbeulten Kühltruhe unter der Theke und füllt sie in eine Tüte.

„Wieso wissen Sie, wo die Sachen sind?", fragt Bess mit gerunzelter Stirn und funkelnden Augen. Ann ist sich nicht sicher, ob sie schon erkannt werden will.

Sie lächelt flüchtig, lässt die Frage unbeantwortet und greift nach der verletzten Hand. Die Frau akzeptiert es zögernd, zuckt wieder, als sie die Finger bewegen muss. Die Haut ist rot und sicher tut die Verbrennung sehr weh, aber es ist nicht allzu schlimm. Vorsichtig legt Ann das Eis auf und wickelt den Verband darum.

Mit ihrer unverletzten Hand reibt Bess sich die Schläfe. „Danke", sagte sie, „ein dummer Fehler. Hab mich seit Jahren nicht so verbrannt. Bin heute nicht so ganz bei der Sache."

Ann schaut sie fragend an. „Ja?"

„Ist im denkbar schlechtesten Moment passiert. Gleich kommt ein ganzer Haufen Leute."

Wie auf ein Stichwort ertönt die Schiffsglocke. Bess schreckt auf. „Jetzt wollen alle ihre Pfannkuchen. Ich hab's ihnen versprochen …" Sie nimmt die Kaffeekanne mit der gesunden Hand, setzt sie wieder ab, greift nach der Teigschüssel. „Ich kann sie nicht enttäuschen."

„Geben Sie mir das", sagt Ann und greift nach der Schüssel, „ich mache das."

Bess zieht ihr die Schüssel weg. „Nett von Ihnen, aber die alte Bratpfanne hat so ihre Tücken."

„Sie haben eine Verbrennung." Anns Stimme wird sanft. „Lassen Sie es mich versuchen, ja? Ich helfe Ihnen, bis der größte Ansturm vorbei ist. Die Leute scheinen ziemlich hungrig zu sein."

Das stimmt. Die Stimmen sind verhalten, aber immer wieder geht die Glocke und mehr Männer drängen herein. Das ist kein gewöhnlicher Abend in der *Kombüse*, die halbe Stadt ist da.

„Na gut“, sagt Bess, nimmt die Kaffeekanne wieder auf und geht hinaus.

Ann findet das gelbe Butterstück, schiebt es über die eckige Pfanne, nimmt den Schöpflöffel und füllt den Teig in mehreren Kreisen in die Pfanne. Bewaffnet sich mit einem frischen Pfannenwender.

Bess erscheint in der Tür: „Nicht direkt über die Flammen“, erklärt sie und zieht die Pfanne in die richtige Position auf dem großen alten Herd. „Fünf Pfannkuchen hier in der oberen Reihe, dann drei in der Mitte und unten wieder fünf, so …“

„… wie eine Sanduhr“, vollendet Ann ihren Satz.

Bess wird kreidebleich. Sie öffnet den Mund, aber kein Ton kommt heraus.

Ihre blauen Augen schauen forschend in Anns Gesicht. Drehen die Jahre zurück. Ann sieht, wie Bess rechnet, in Hochgeschwindigkeit addiert und subtrahiert, versucht, diese fremde Person in ihrer Küche mit der Annie von damals in Einklang zu bringen. *Sommersprossen hinzufügen. Sechzig Zentimeter Länge abziehen. Mageren Mädchenkörper und verlorenen Gesichtsausdruck addieren. Das dumme Gebaren eines Großstadtmenschen wegdenken.*

„Wo ist Fletch?“, dröhnt es laut aus der Gaststube. „Bess, hast du Fletch gesehen?“

Bess schüttelt den Kopf, als müsse sie erst wieder wach werden. „Ayuh!“, ruft sie über ihre Schulter. „Zuletzt heute Morgen. Da ist er los, um die Sonne rauszulassen.“ Sie löst ihren Blick von Ann und fängt an, die Gäste zu bedienen.

In der folgenden Stunde ist die Küche eine Zeitmaschine. Hand in Hand, mit geübter Routine, arbeiten sie und löschen die Jahre aus, die seit damals vergangen sind. Teller werden über die Köpfe gehoben, harmonische Bewegungen, rhythmisch wie ein Tanz. Pfannkuchen wenden, Kaffee aufsetzen. Ann weiß wieder, was Bess jeweils braucht.

Gesprächsfetzen dringen in die Küche zu Ann.

Ein Satz trifft sie hart: „Bob wäre stolz auf euch, Männer.“

Ein anderes Bruchstück ist noch brutaler: „Er hätte das auch für uns getan.“ Hätte?!

Sie braucht Halt, umklammert die Arbeitsplatte. Krümmt sich zusammen, Tränen kommen, die Wahrheit sackt. Das ist der Leichenschmaus.

Den hält man nach einer Beerdigung.

Bob … ist von ihnen gegangen?

Wie betäubt kehrt sie zur Pfanne zurück, wendet Pfannkuchen, dankbar, eine einfache Aufgabe zu haben. Das hilft ihr weiterzuatmen, auch wenn sie vor Tränen nichts mehr sieht.

Sie wendet Pfannkuchen, reicht Teller hin und her. Und immer wieder die gleiche Frage der Männer: „Wo ist Fletch? Er sollte doch auch hier sein."

„Schwer zu sagen. Niemand weiß es", kommen die Antworten, „vielleicht war ihm nicht danach."

Keiner fragt: *„Wo ist Annie? Sie hätte doch auch hier sein sollen."*

Irgendwann kommt der Tanz zum Stillstand. Die Männer sind ruhig geworden, genießen das Essen. Leise tritt Bess zu Ann, nimmt ihr den Pfannenwender ab, legt ihn behutsam auf die Arbeitsplatte.

„Wird Zeit, dass wir reden, Kind."

fünf

Bess führt sie hinaus auf die Veranda, wo ein Tisch mit ein paar Stühlen steht und die beginnende Dämmerung Ann empfängt. Sie kennt das Gefühl – diese dunkle Kälte im Herzen, die sich ausbreitet und allem entgegenstellt, was auf sie zukommen will. Sie hatte dieses Gefühl schon einmal, damals war sie neun, fast zehn Jahre alt. Vater und Mutter hatten ihre kleinen Hände gehalten, während sie mit ihr redeten. Sie hätten das ihrem Kind gern erspart, doch dann ging es nicht anders – und ihre Welt wurde aus den Angeln gerissen.

Diesmal ist es Bess. Nicht im Wohnzimmer ihrer Kindheit, in Casco Bay. Heute bildet Ansel die Kulisse. Vögel singen ihr Abendlied auf dem begrünten Platz hinter dem Haus.

Ann dreht nervös den Ring an ihrem Finger, und wenn sie einen Wunsch frei hätte, würden die Worte nie ausgesprochen werden, die sie gleich hören wird. Sie schaut hoch und spürt selbst, wie flehend ihr Blick gerade ist. Am liebsten würde sie bettelnd auf die Knie sinken. Was immer Bess gleich sagen wird, es soll nicht wahr sein.

Bess ist eigentlich nie um Worte verlegen, aber jetzt kaut sie auf der Unterlippe und schweigt. Als sie endlich redet, verzichtet sie auf einleitende Worte und beschönigende Formulierungen. Sie legt sich die Worte nicht zurecht, mit denen sie Ann erzählt, was passiert ist.

Gut, dass sie es in Form einer Geschichte tut. Das hilft beiden, so sind Reden und Zuhören einfacher, als wenn man die Wahrheit in einem Satz zusammenfasst.

„Vor ungefähr einer Woche kam Bob hier vorbei", beginnt Bess, „setzte sich in seine Ecke, so wie immer, und machte ein paar Späße mit den Männern am Tresen.“ Sie stockt, erinnert sich. „Er bestellte Kaffee und Pfannkuchen, wie immer … und als er ging, drehte er sich an der Tür noch einmal um und sagte: ‚Bess, kannst du bitte ein bisschen auf meine Annie aufpassen? Halte diesen Tisch für sie frei, wenn es so weit ist, ja?‘“

Traurig schüttelt Bess den Kopf. „Die Glocke ging und er war weg. Ed und Arthur saßen wie versteinert am Tresen und sahen ihm nach. Er ging hinunter …“, Bess zeigt zum Hafen, wo die Anlegestege in die Wellen ragen, an ihrer Stirnseite verbunden durch die alte Ufer-Promenade, „… und dort saß er den ganzen restlichen Tag und hat Hummerfallen repariert, zusammen mit Fletch.“

Fletch, schon wieder dieser Name. Ann kramt in uralten Erinnerungen, Spinnenweben im Kopf, sie findet nichts. Offensichtlich auch ein Fischer, ein Freund von Bob, den sie nicht kennt.

„Ed und Arthur sind beide noch zu ihm hin und haben mit ihm geredet. Sie meinten, es ging ihm gut. Ich hab mir gedacht, du hast ihm vielleicht geschrieben, dass du ihn bald besuchen kommst, und vielleicht hatte er das deshalb gesagt. Aber wir waren alle beunruhigt, jeder hier. Irgendwie bekamen wir alle Angst, dass Bob uns vielleicht etwas verschwieg. Abends ging er dann heim …“

Ann beißt sich auf die Lippe. Mit einem Nicken ermutigt sie Bess weiterzusprechen, egal was jetzt kommt. Es muss ja gesagt werden. Gleichzeitig hat sie diesen brennenden Kloß im Hals.

Bess wirkt jetzt so traurig, dass es Ann ganz schwer ums Herz wird. Sie versucht, Worte zu finden. „Bob … ist er … tot?“

Bess hebt den Kopf. „Um Gottes willen, das denkst du?“

Anns Magen dreht sich. Sie will das nicht denken, will keine Hoffnung aufkommen lassen, würde die Enttäuschung nicht verkraften. Bloß jetzt nicht anfangen zu *hoffen*. „Dann geht es ihm gut?“

„Nein, gut geht es ihm nicht, wirklich nicht. Aber tot ist er auch noch lange nicht. Da braucht es schon noch mehr als das, um Bobs Leben auszulöschen. Viel mehr als das. Ein subdurales Hämatom.“ Sie spuckt die Diagnose aus, als hätte sie Angst, sich an den Worten den Mund zu verbrennen.

Ann stößt die Luft aus, ihre Schultern entspannen sich.

„Sein Zustand ist ernst“, fährt Bess fort. „Und er wird noch … na ja. Jedenfalls, Fletch hat ihn am nächsten Morgen gefunden, hat getan, was er konnte, und ihn schnell ins Krankenhaus gebracht. Er musste operiert werden, durch die Blutung war zu viel Druck auf dem Gehirn. Die Ärzte sagen, sein Zustand ist immer noch kritisch, das wird noch eine Weile so gehen. Und sie haben ihn in ein künstliches Koma versetzt. Wenn Fletch ihn nicht so schnell gefunden hätte …“

Ann zuckt zusammen. „Aber … er lebt.“

„Ja.“ Bess beugt sich über den Tisch und drückt Anns Arm. Diese Berührung von der stacheligen Bess zählt so viel, wie wenn man von jemand anderem eine warme, innige Umarmung bekommt. Ann kennt Bess und ihre raue Art und weiß, wie viel diese kleine Zuwendung bedeutet. „Er lebt. Er liegt im Krankenhaus in Machias.“ Ann erinnert sich an den Namen, die Stadt liegt auch an der Küste, ein paar Häfen südlich von hier. „Fletch kann dich morgen früh mitnehmen. Für heute ist die Besuchszeit zu Ende, sonst hätten wir dich jetzt gleich hingebracht.“

„Also …“, Ann zeigt auf die voll besetzte Gaststube in der *Kombüse*, „… ist das kein Leichenschmaus?“

„*Schhh*“, Bess wischt den Gedanken mit schnellen kleinen Handbewegungen weg, „nein, du kennst doch die Leute hier. Ist jemand in Schwierigkeiten, sind sie alle zur Stelle. Sie haben den ganzen Tag lang Bobs Fangkörbe für die neue Saison ausgelegt.“

Erleichterung mischt sich mit Irritation. „Bob fängt immer noch Hummer?“

„Dieser Mann ist so zäh und stark, wie der Tag lang ist“, sagt Bess. „Er ist so stolz darauf, mit seinen fast fünfundsiebzig Jahren immer noch aufs Meer zu fahren. Damit stellt er noch keinen Altersrekord auf, aber er ist entschlossen, alle Rekorde zu brechen. Fast jeden Tag fährt er mit der *Savvy Mae* raus, meist nimmt er sich ein paar Jüngere mit. Er sagt, sie können was lernen und er kann ihnen was beibringen.“

Damit ist er kein Einzelfall. Diese Hummerfischer können arbeiten, und das oft bis ins hohe Alter – sie kennen sich mit ihren Tauen und

Fallen hervorragend aus und sind stolz darauf. Die Arbeit gibt ihnen Kraft, so wie sie alle Kraft in die Arbeit geben. Trotzdem hatte Ann gehofft, dass Bob irgendwann auch etwas mehr Zeit haben würde, um sein Leben zu genießen. Aber für manche Leute ist Freizeit eher eine Qual und Bob ist wohl einer von ihnen. Er lebt hart und liebt auch hart – immer bereit, jeden Preis zu zahlen. Das weiß sie genau.

„Das mit der Anzeige tut mir leid", sagt Bess jetzt. „Ich wusste nicht, wie ich dich sonst erreichen kann. Bob hat uns deine Anzeigen immer vorgelesen, ich wusste also, dass du darauf achtest, ob wieder etwas von ihm kommt. Ich hab's noch untergebracht, gerade bevor die Zeitung gedruckt wurde."

„Danke, Bess." Ann legt ihre Hand auf die vom vielen Arbeiten grobe Hand der Frau. Mit einem schnellen Blick zur Straße stellt sie fest, dass der Ort immer noch wie ausgestorben ist. „Sieht nicht so aus, als könnte mich jemand zur Seemannsklause mitnehmen, oder?" Das Tageslicht verblasst schnell.

„Das sollte kein Problem sein." Bess lächelt warm und sagt: „Komm jetzt rein, Annie." In dieser Einladung schwingt alles mit, was man beim Gedanken an ein Zuhause und einen sicheren Hafen fühlen kann.

Aber Ann ist unsicher. Diesen vielen Männern gegenübertreten? Sie ist eine der nächsten Verwandten von Bob, aber diese Leute – die kennen ihn so unendlich viel besser, sie sprechen seine Sprache, teilen sein Leben und gehören zu dieser Welt, zu seiner Welt. Im Vergleich dazu fühlt sie sich wie eine Betrügerin, wie ein Eindringling, der sich eine Nähe herausnimmt, die ihm nicht zusteht.

Während Ann überlegt, steht Bess wartend an der Tür. „Komm einfach, wenn du so weit bist, Annie. Und dann schaust du mal, was Bob für dich auf dem Tisch in der Ecke dagelassen hat."

Die Sonne geht jetzt hinter den Birchdown Mountains unter, die wie riesige Wächter hinter Ansel aufragen. Es wird empfindlich kalt und Ann sehnt sich nach Wärme. Die Gespräche der Männer sind zu einem leisen Klangteppich geworden, den sie auf keinen Fall unterbrechen will. So unauffällig wie möglich geht sie zu Bobs Tisch.

Während das Tageslicht dem Abend weicht, wird der Schein der Lampen auf den Tischen heller, ergänzt von den Laternen, die im leichten Wind auf der Veranda schwingen. Das warme Licht spiegelt die Vertrautheit einer Gemeinschaft wider, die Wind und Wellen trotzt. Endlich hat sie es bis zu dem Tisch in der Ecke geschafft. Bobs Stuhl ist leer, so schmerzlich, dieser Anblick. Ihre Finger krallen sich um die Lehne des Stuhls, der ihm gegenübersteht. Da sitzt es wieder, das Mädchen mit den Sommersprossen, zerzauste Zöpfe fallen über den Rücken, ein Kind, das zaghaft zu glauben beginnt, dass es einen Platz in der Welt finden wird, eine Aufgabe, einen Sinn. Und das nur, weil ihr ein alter Fischer mit diesen freundlichen Augen gegenübersitzt und dem Kind das Vertrauen zurückschenkt.

„Sie können hier nicht sitzen!"

Die schroffe Stimme, die direkt hinter ihr ertönt, reißt sie aus ihrer Erinnerung wie ein Messerstich, der ins Herz trifft. Das Mädchen mit den Zöpfen würde sich jetzt erheben, die Hände in die Hüfte stemmen und kämpferisch fragen: „Wetten doch?"

Aber Ann im Nadelstreifenanzug dreht sich langsam um und fragt leise: „Wie bitte?"

Ein Mann hat sich mit verschränkten Armen hinter ihr aufgebaut, als wäre er der Hüter dieses Landes oder zumindest des kleinen, mit alten Bohlen belegten Grundstücks der *Kombüse*. Er mag vielleicht fünfunddreißig sein, aber sein Gesichtsausdruck wirkt älter, viel älter. Dunkle Schatten liegen um die Augen, entschlossene Züge bestimmen sein Gesicht, er hat etwas Ungezähmtes an sich. Als hätte er den Wind an Ketten gelegt und in seiner Brust eingeschlossen.

„Tut mir leid", sagt er, „Sie können hier nicht sitzen." Höfliche Worte, eine Stimme, die keinen Widerspruch duldet. Nicht der Akzent von Maine, aber die Ausstrahlung ist umso typischer für hier, bärenstark und wachsam.

Dunkle Stoppeln an seinem Kinn deuten auf einen langen Tag hin oder vielleicht auch auf mehrere lange Tage. „Dieser Tisch ist nicht …" Sein Blick wandert von Ann zu dem Tisch. Er setzt neu an. „Das ist nicht …" Seine Worte haben sich irgendwo unterwegs verhakt, sind gefangen. Anns Empörung sinkt in sich zusammen. Er schaut sie mit grauen Augen an und sie sieht seinen Schmerz, den gleichen tiefen Schmerz, den sie selbst auch spürt.

Er senkt den Kopf. Ohne weitere Erklärung geht er zur Tür.

„Schon gut", sagte sie laut, um gehört zu werden, während die Geräusche wieder zunehmen, die Tür hinter ihm ins Schloss fällt, die Glocke läutet. „Ich setze mich nicht an den Tisch." Niemand beachtet Ann, also greift sie nach dem Umschlag.

Plötzlich ist es ganz still im Raum und der Nachhall ihrer eigenen Stimme ist plötzlich so laut. Die Leute starren sie an. Eine Wand wächst zwischen ihr und den anderen, misstrauische Blicke treffen sie. Ann ist eine Fremde. Unausgesprochene Fragen gehen wie Pfeile auf sie nieder. Sie ist ein Eindringling, sie stört bei diesem Treffen, das ihren Großonkel ehrt.

„Moment mal!" Eine lebhafte Stimme, der man ihr Alter trotzdem anhört, auch wenn sie Funken sprüht, wie wenn man ins Feuer schlägt. „Das ist sie!"

Zu welchem der Gesichter gehört diese Stimme? Grinsend erhebt sich ein Mann, mit verwittertem rundem Gesicht, zeigt auf sie. Sein Fischerhut wackelt vor Freude hin und her. „Das ist Emma!" Gekrümmte Finger weisen in ihre Richtung.

Zuerst ist es ihr peinlich, auch um seinetwegen. Sie ist nicht die, für die er sie hält. Aber dann taucht eine längst verblasste Erinnerung auf.

Sie sieht Bob wieder vor sich, dazu zwei seiner Freunde, Ed Carpenter und Arthur Baxter. Wie Krebse kauern die beiden nebeneinander auf ihren Barhockern.

Bob hatte Ann zur *Kombüse* mitgenommen, um sie den anderen vorzustellen, am Anfang jenes Sommers, den sie bei ihm verbracht hat. „Emmanuelle Bliss", hatte Bob gesagt, „Williams Mädchen." Wie zwei Puzzleteile, die nicht zusammenpassten und nicht wussten, wie sie sich zusammenfügen sollten, waren sie damals gewesen, der alte Mann und das Mädchen, während die Eltern im Einsatz waren und keine Zeit für ihr Kind hatten.

„Emmanuelle." Arthur hatte ihren Namen damals ausgesprochen, als hätte Bob ihm gerade eine bittere Medizin in den Mund geschoben.

Annie hatte das Gefühl gehabt, etwas zu ihrer Verteidigung sagen zu müssen, und während Bob ihre Hand fest umschloss, hatte sie dem Mann erklärt, dass ihre Mama diesen Namen für sie ausgewählt hatte und dass sie ihn schön fand. Dass er bedeutete: „Gott ist mit uns." Das hatte sich Mama extra so für sie überlegt, damit sie das nie vergessen sollte. Sie dachte, damit hätte sie dem Mann genug Gründe gegeben, um nichts mehr gegen ihren Namen zu sagen.

„Emmanuelle?" Arthurs Gesicht verzog sich immer mehr, während er den Namen wiederholte. „Dieser Name ist viel zu groß für so ein Mädchen wie dich. Wie wäre es, wenn wir Emma zu dir sagen?" Damit streckte er ihr seine Hand zur Begrüßung entgegen.

„Warum nicht Elle?", mischte sich da der andere Mann ein, den ihr Großonkel vorhin als Ed vorgestellt hatte. Er war das Gegenstück zu Arthur. Seine Stimme war tief und warm, sein Akzent klang nach südlicheren Gegenden. Hochgewachsen wie eine Kiefer, mit tiefschwarzer Haut und auf eine besondere Weise würdevoll, der perfekte Ausgleich zu Arthurs launigem Humor.

Bob hatte sich zu ihr heruntergebeugt, um ihr in die Augen sehen zu können. „Was meinst du? Willst du einen Spitznamen?"

Sie biss sich auf die Lippen, war sehr schüchtern an diesem fremden Ort, so weit weg von zu Hause. „Annie", hatte sie gemurmelt. „Meine Mama sagt Annie zu mir."

Wie unendlich weit entfernt schien ihre Mutter ihr damals, einen ganzen Ozean weit weg und in einem Land, dessen Namen sie nicht einmal ihrer Familie verraten durfte. Annies Eltern waren Militärangehörige. Und zum ersten Mal waren beide gleichzeitig im Einsatz, drei Monate lang. Die Mutter hatte darauf bestanden, dass Annie so lange in Ansel bleiben solle, was dem Vater irgendwie unangenehm war. Er war nicht wirklich ärgerlich deswegen … auch nicht richtig traurig.

Als sie verriet, wie ihre Mama sie nannte, hatte Bob ihre Hand ganz fest gedrückt und seinen Freunden erklärt: „Das ist Annie und fertig."

Trotzdem, jedes Mal wenn Bob und sie in diesem Sommer das Lokal betraten, erklang die Begrüßung wie eine altbekannte Melodie: „Emma!“, freute sich Arthur.

„Annie“, verbesserte ihn Bob.

„Elle“, kam dann immer noch von Ed, der seine Hand zum Abklatschen hob. Ed hatte eine Narbe am Arm, voller Knoten, wie Annie noch nie eine Narbe gesehen hatte. Ganz vorsichtig schlug sie die ersten Male auf seine Hand, um ihm nicht wehzutun. „Keine Angst, Bobs Annie“, sagte er dann, „da tut nichts mehr weh, das ist vorbei. Unser Gott heilt alte Wunden, weißt du.“ Und dann hatte er seine Hand noch einmal gehoben, damit sie kräftig einschlagen konnte, was sie begeistert getan hatte.

Ann blinzelt, kommt zurück in die Gegenwart. „Arthur?“ Sie geht quer durch den Raum zu dem Mann mit dem Hut, streckt ihm die Hand entgegen. Er nimmt ihre Hand und hält sie fest, während er ihr forschend in die Augen sieht, und sie hat plötzlich das Gefühl, vor Gericht zu stehen. Was auch immer jetzt gleich kommt, es wird über ihr zukünftiges Schicksal unter diesen Leuten hier entscheiden.

Er lässt ihre Hand los, um seine Augen haben sich Sorgenfalten gelegt. Ihr wird flau. Aber im nächsten Moment streckt er langsam den Arm aus, zieht sie an sich und schließt sie in die Arme.

Ed sitzt etwas weiter weg, auch am Tresen. Er steht langsam auf, nimmt Ann in den Blick, aber seine Augen schauen durch sie hindurch, statt sie anzuschauen. „Kann das denn sein, ist das unsere Elle?“ Er streckt ihr die Hand entgegen, bewegt sich dabei aber nicht auf sie zu, wartet … und sie erkennt, dass er sie nicht sehen kann.

„Ed“, sagt sie voller Wärme und ergreift mit beiden Händen die seine. „So schön, euch beide wiederzusehen.“

„Bobs Annie.“ Ed schüttelt den Kopf, als wäre er Zeuge eines Wunders. „Er hat immer gesagt, irgendwann wird sie heimkommen. Es ist nur eine Frage der Zeit.“

Heimkommen. Das Wort trifft sie mitten ins Herz. Längst hatte sie das Thema Heimat für sich abgehakt, es gab für sie keinen Ort auf der Welt, der ihr dieses Gefühl vermittelte.

Arthur wendet sich den anderen Männern zu, die wie eine Gruppe zerlumpter Schaulustiger wirken. „Bob ist ihr Onkel", verkündet er strahlend.

„Bob ist ihr Onkel?", staunt jemand.

Arthur dreht sich zu Ann um und zwinkert ihr zu. „Bob ist dein Onkel."

„Na ja", sie legt den Kopf schräg und korrigiert, „Großonkel."

„Da hast du aber mal wirklich recht", bestätigt Arthur, „ein ganz großartiger Onkel. Komm, setz dich." Er klopft auf den Hocker, der auffällig leer zwischen ihm und Ed steht. Bobs Hocker. Das vertraute Du tut ihr gut.

Vorsichtig rutscht sie auf die Sitzfläche, Bobs Brief immer noch fest in der Hand.

Arthur freut sich, lacht mal hoch, mal tief, nimmt Anns Hand in seine Faust und reißt sie nach oben, als hätte sie gerade bei einem Boxkampf gewonnen. „Das Mädchen ist wieder da!"

„Also", sagt Ed, „dann mach doch jetzt einfach mal den Umschlag auf." Und er nickt, als könnte er trotz seiner Blindheit sehen, was Ann in ihren Händen hält. Eigentlich will sie das jetzt nicht. Sie würde den Brief lieber verstecken und den Inhalt – was auch immer das sein wird – erst lesen, wenn sie allein ist. Aber ein Blick in die Runde macht ihr klar, wie viel diesen Männern ein Gruß von ihrem Freund bedeuten würde. Falls in diesem Umschlag irgendetwas ist, das diese Männer trösten kann, dann wird das jetzt benötigt.

Sie steckt einen Finger in den Umschlag und reißt ihn zögernd auf.

sechs

Zuerst denkt sie, der Umschlag ist leer. Keine Nachricht, keine weise Botschaft von Bob.

Über den Rand des Umschlags hinweg betrachtet Ann die Leute vor ihr am Tresen. So viel Erwartung in den Gesichtern.

Sie untersucht den Umschlag gründlicher. Da, ganz unten in der Ecke ist etwas Kleines, Flaches. Verkratztes Metall, doch noch blank genug, um einen Lichtstrahl einzufangen und ein bisschen zu funkeln. Sie holt es heraus und hält es hoch.

Ein Schlüssel.

Nicht so ein schöner großer Bartschlüssel wie in den alten Märchen, sondern klein, rund und bescheiden – aber trotzdem hat er eine vertraute Form. Das ist der Schlüssel zu einem Vorhängeschloss. Der Name des Herstellers, *Master,* ist auf der abgewetzten Oberfläche noch vage erkennbar.

Fragend hält sie den Schlüssel hoch. Niemand hat eine Erklärung.

„Das ist mal wieder typisch Bob", meint Arthur schließlich zusammenfassend. „Bloß keine unnötigen Worte machen."

Ann fragt ratlos: „Weiß jemand, was ich damit aufschließen kann?"

„Du kannst Fragen stellen", stellt Arthur fest und wendet sich an Ed. „Weißt du, was man mit dem Schlüssel zu einem alten Vorhängeschloss aufschließen kann?"

Ed lässt sich Zeit mit seiner Antwort, was Ann das Gefühl gibt, er weiß mehr, als er sagen will. „Ich denke", beginnt er schließlich mit seinem Südstaaten-Akzent, „wenn Bob hätte mehr sagen wollen, dann hätte er das getan. Für mich sieht das wie eine Einladung aus."

„Eine Einladung wozu?“, fragte Ann.

Ed stößt die Luft mit einem tiefen Pfeifton aus. „Bei Bob weißt du nie. Vielleicht ein Abenteuer. Oder ein Schatz, den er uns allen verschwiegen hat.“

Arthur brüllt vor Lachen und Ed grinst, wird aber schnell wieder ernst, als er sich Ann zuwendet. Er schaut wieder durch sie hindurch. „Ich denke, es hat was mit den Antworten zu tun.“

„Antworten?“ Ann dreht das Wort in Gedanken hin und her und hat nur Fragen, Tausende.

In dem Augenblick kommt Bess durch die Vordertür, leise ertönt die Glocke.

„Sorry, Jungs“, sagt sie und geht eilig zu Arthur und Ed hinüber, „muss euch das Mädchen jetzt wegnehmen. Aber ihr werdet sie bestimmt bald wiedersehen.“ Sie wirft Ann einen erwartungsvollen Blick zu und hebt auffordernd die Augenbrauen.

„Ja“, sagt Ann aus tiefstem Herzen, „auf jeden Fall. Bis bald!“ Bess schiebt sie nach draußen und Ann fragt: „Wohin gehen wir?“

„Fletch ist da“, antwortet Bess mit einer Selbstverständlichkeit, als wäre damit alles gesagt. Als ob Ann wissen müsste, wer das ist. Vielleicht kennt sie ihn ja wirklich von früher. Ann runzelt die Stirn, versucht, sich zu erinnern. Zwanzig Jahre sind eine lange Zeit, und das Gedächtnis eines kleinen Kindes ist nicht so wahnsinnig groß.

Bess zieht sie weiter, hinaus in die kalte Abendluft. Ann hebt den Kopf in den frischen Wind und schaut direkt in ein paar Augen, die so temperamentvoll und unergründlich wirken wie der Himmel von Maine. Sie senkt den Blick, der Mann sieht sie direkt an. Es ist derselbe, der vorhin Bobs Tisch verteidigt hat. Falls er es darauf abgesehen hat, dass sie sich unwohl fühlt, dann macht er seine Sache gut.

Er ist groß, jünger als die meisten Männer hier. Den angespannten Kiefermuskeln nach zu urteilen, freut es ihn nicht besonders, dass Ann in der Stadt aufgetaucht ist.

Unter seinem blau-weiß karierten Flanellhemd, das nicht ganz zugeknöpft ist, sieht man ein graues T-Shirt. *Besser, du gehst* steht als Schriftzug auf dem Shirt.

Nette Begrüßung, wirklich.

„Annie, du erinnerst dich bestimmt an Fletch."

„Fletch?" Sie klingt ratloser als beabsichtigt.

„Ach, entschuldigt", lacht Bess. „Ihr beide gehört so sehr hierher, dass es sich anfühlt, als müsstet ihr euch schon kennen." Kopfschüttelnd fährt sie fort: „Annie Bliss, das ist Jeremiah Fletcher."

Es ist nur eine winzige Muskelbewegung, aber sie entgeht Ann nicht. Er zuckt minimal zurück, verengt die Augen ein kleines bisschen.

„Annie." Er spricht ihren Namen ganz langsam aus, als wäre sie ein altes Rätsel, allerdings eines, das sein Misstrauen weckt. „Sie sind gekommen."

Sie richtet sich auf und versucht, die Anspannung abzuschütteln. Das ist kein Bewerbungsgespräch und es hängt nichts davon ab, wie sie hier bewertet wird.

„Ja", sagt sie, „sobald ich in Kenntnis gesetzt wurde." Falscher Satz. Sie kann ihn leider nicht mehr zurückholen. Als eine gute Verwandte hätte sie natürlich wissen sollen, wie es ihrem Onkel geht. Es wäre ihre Pflicht gewesen, sich bei Bob nach seinem Befinden zu erkundigen, statt ihm immer wieder nur mitzuteilen, dass es ihr gut ging. Schuld kriecht in ihr hoch.

„Es tut mir leid", sagt sie dann, „wahrscheinlich sollte ich wissen, wer Sie sind." Keiner sagt es ihr, warum immer sein Name fällt, wenn es um Bob geht. Er sieht auch überhaupt nicht aus wie ein Fletch.

Nein, dieser Fletch hat keine sprühende, charismatische Persönlichkeit, wie sie sie von einem Fletch aus dem Kino kennt. Im Gegenteil. Jeremiah Fletcher erscheint irgendwie zeitlos, wie jemand, den es schon immer gab, außerdem so staubtrocken, wie historische Personen es für Schulkinder sind.

Ann schiebt diese Gedanken weg, damit kann sie sich später wieder befassen, falls sie diesen Mann irgendwann knacken will. Menschen sind für sie wie Kombinationsschlösser, jede kleine Information ein Zacken am Rädchen, das sie nur immer weiterdrehen muss, um sich ihre Geschichte zu erschließen.

„Ja, sollten Sie wahrscheinlich", sagt er und schaut sie an, als ob sie vieles nicht weiß, was sie wissen müsste, als ob sie auch vieles nicht tut, was sie tun sollte. Dann mustert er ihren Koffer, den Bess vor die *Kombüse* gestellt hat. „Ihrer?"

„Ja", sagt sie und geht zurück, um ihn zu holen, und verwünscht das unnatürliche Klappern ihrer Absätze auf dem Pflaster. Wenn sie doch ihre alten, ausgetretenen Stiefel anhätte, mit dem abgenutzten Leder und der blauen Gummisohle, die wären jetzt schön warm und bequem.

„Ich nehme an, Sie wollen in Bobs Haus schlafen?", stellt er fest und seine Stimme klingt abweisend.

„Natürlich wohnt sie in Bobs Haus", kommt Bess ihr zuvor, weist seine Frage zurück. „Annie ist hier so gut wie zu Hause, stimmt's?" Ohne die Antwort abzuwarten, wendet sie sich Jeremiah zu. „Jedenfalls dachte ich, du könntest sie über die Bucht bringen und dich darum kümmern, dass …"

„Mach ich", unterbricht er und in seinen Zügen lässt sich ebenso wenig erkennen wie am Himmel, der jetzt schnell dunkel wird.

„Und morgen früh ins Krankenhaus? Ich würde ja fahren, aber …" Bess wirft einen Blick auf ihr Lokal und muss den Satz nicht vollenden. Sie führt das einzige Restaurant im Ort und sie hat niemanden, der ihr hilft oder sie vertreten kann.

„Ja", sagt Jeremiah. Ann vermisst das typische *ayuh* und denkt darüber nach, was es für einen Ort bedeutet, wenn sich die sprachlichen Besonderheiten nicht erhalten. Oft ist das der erste Schritt auf dem Weg in die Bedeutungslosigkeit. Man gibt die eigene Sprache nicht mehr weiter, man vergisst die Geschichte, das Gefühl für den Ort geht verloren und schließlich sind auch die Traditionen verschwunden. Das hat sie aus dem Lehrbuch für Kulturanthropologie gelernt.

Ann verabschiedet sich von Bess, dann folgt sie Jeremiah zum Kai hinunter, wo ein Boot auf dem hohen Wasser der abendlichen Flut liegt. Der Rumpf ist leuchtend blau wie Tardis, die Raum- und Zeitmaschine bei Doktor Who, alles andere an dem Schiff ist weiß. Der altmodische Name des Schiffes, *Glad Tidings*, „Frohe Kunde", prangt in schönen Lettern auf dem blauen Rumpf.

Jeremiahs Gesichtsausdruck, der auch bisher schon nicht freundlich war, wird noch düsterer, als sie vor dem Steuerhaus des Schiffes stehen. Mürrisch deutet er auf den Klappsitz in der Kabine. Die ist winzig. Nicht gerade der Ort, an dem sie mit einem Mann, dem ihre Anwesenheit sichtlich unangenehm ist, so beengt zusammen sein möchte.

„Ich würde gern draußen sitzen, wenn Ihnen das nichts ausmacht", erklärt sie deshalb und zeigt auf eine Bank, die direkt vor dem Steuerhaus am Deck festgeschraubt ist. Jeremiah zuckt die Schultern und mustert ihre dünne Kleidung. Mit einem knappen „Machen Sie sich's bequem" wirft er ihr ein Sweatshirt zu, das hinter dem Sitz vor dem Steuer lag. „Auf dem Wasser wird's kalt."

„Kälte und Wind bin ich gewöhnt", sagt Ann, „Chicago." Jeremiah startet den Motor und sie spürt, wie das Schiff unter ihren Füßen ruckelt und bebt. Wind und Kälte hält sie aus. Aber nun begeben sie sich aufs Wasser und das ist eine ganz andere Herausforderung für Ann. Schnell setzt sie sich, sitzt wie erstarrt und ihre Hände umklammern krampfhaft die alten, verwitterten Streben der Holzbank.

Jeremiah lenkt die *Glad Tidings* hinaus in die Nacht und Ann hält die Augen fest geschlossen. *Das ist nicht schlimmer als Fliegen*, versucht sie sich einzureden. Aber sie glaubt ihren eigenen Worten nicht.

Als Gegenmaßnahme gegen die Angst schaut Ann sich an Bord um, versucht, sich auf die Details zu konzentrieren und sich klarzumachen, dass es für die Leute hier ganz normal ist, mit einem Kahn auf dem Wasser zu sein. Sie fahren doch nur über die Bucht. Kommen ja kaum weg vom Ufer.

Zum Glück fährt Jeremiah langsam, bleibt in Ufernähe und steuert das Boot in einem Halbkreis am Hafen entlang. Sie kommen vorbei an Hütten mit Schindeldächern, an verwitterten weißen Häusern, die sich an die steil abfallenden Hänge schmiegen, und an Fischerhütten am Ufer mit ihren Holzstegen, die ins Wasser ragen. Viele Häuser entlang der Bucht erinnern an alte deutsche Fachwerkbauweise, genau wie die Gebäude im Zentrum der Stadt. Sie stammen aus der Zeit, als

Josef Krause sich hier ansiedelte und versuchte, einen Ort zu schaffen, der ihn an seine Heimat erinnerte.

Dann lassen sie den Hafen hinter sich und passieren die Hummerkähne, die hier vor Anker liegen. Jeremiahs Schiff ist ganz anders gebaut, fällt Ann auf. Es hat nicht den robusten Charakter der Hummerfischer-Boote, das Deck ist länger, das Steuerhaus nimmt fast die ganze vordere Bootshälfte ein. Überall auf dem Deck stehen Plastikwannen, mit Plastikdeckeln verschlossen. Schwere Taue fixieren die Behälter an der eisernen Reling. Nirgends kann sie die Taue und Schleppnetze sehen, die sie von Bobs Boot her kennt. Rechts von ihr raschelt ein Stapel großer Plastiktaschen im Fahrtwind. Ann beugt sich vor, um etwas erkennen zu können. In den Taschen sind kleine Kartons in unterschiedlichen Größen. *Was ist denn das? Post vielleicht?* Sie muss sich beherrschen, um sich nicht noch weiter vorzubeugen und die Aufschrift auf den Päckchen zu lesen. Ihre ganze Ausbildung hat sie darin geschult, jeder Geschichte auf den Grund zu gehen und auch die kleinsten Details wahrzunehmen. Aber Ann ist ja nicht nur Anthropologin, sondern hoffentlich auch noch ein bisschen ein ganz normaler Mensch geblieben, der weiß, wie man sich benimmt. Und so versucht sie, die Privatsphäre dieses Mannes zu respektieren.

Sie dreht sich um und schaut zu ihm, ins Steuerhaus. Er hat das Licht eingeschaltet, hat die Hand leicht auf dem Ruder liegen, sein Blick geht über das Wasser. Dazu pfeift er eine Melodie, langsam und in Moll.

An der Wand neben sich hat er einen Schrank befestigt, auf dem sich Bücher stapeln. Jedes Brett des Regals hat ein kleines Geländer an der Vorderseite, um die Bücher auch bei rauer See an ihrem Platz zu halten. Ann versucht, die Titel zu erkennen. Bücher im Regal sind etwas anderes als Päckchen in Taschen, sagt sie sich. Wer Bücher offen hinstellt, muss damit rechnen, dass andere Leute lesen, was auf den Buchrücken steht. Bücher verraten viel über eine Person. Und Ann weiß noch nichts über diesen Mann, der, seinen Andeutungen nach zu urteilen, sie zu kennen scheint.

Die Titel stehen in alphabetischer Ordnung, fällt ihr auf. *Erste Hilfe. Gitarre für Anfänger. Maritime Traditionen und Überlieferungen. Meeresmikroben. Der Mondstein,* ein Krimi.

Na ja, ziemlich ausgefallene Interessen. Seltsam. Auf dem Regal darunter liegen zwei aufgeschlagene Bücher, die Titelseite nach oben. Sie sind zerfleddert und werden offensichtlich am meisten benutzt. Ann beugt sich vor, um mehr sehen zu können.

Eine kleine Bibel, die dünnen Seiten zerknittert, der Rücken fehlt. Daneben *Gesetze und Vorschriften für das Postwesen der Vereinigten Staaten.*

Das Buch, die Plastikwannen, die Taschen mit den Päckchen. Sie schaut den Mann an, der am Ruder steht, sein dunkles gewelltes Haar lugt unter der blauen Kappe hervor.

„Ist das hier ein Postschiff?"

Er wirft ihr einen kurzen Seitenblick zu, blickt dann wieder geradeaus aufs Meer. „Meistens", antwortet er. „Manchmal ist es auch eine Fähre oder ein Krankentransport. Aber meistens ein Postschiff. Bringt seit 1934 Menschen und ihre Post nach Ansel und zu den Inseln." Er klingt dabei wie der Sprecher eines Dokumentarfilms. „Das Boot meine ich. Nicht ich."

Ann dreht sich um und kreuzt ihre Beine an der Sitzkante, um besser mit ihm reden zu können. „Und seit wann sind Sie hier Teil dieses Lieferservices?" Sie versucht, den Bericht von Bess mit dieser neuen Information in Übereinstimmung zu bringen. Jeremiah hat Bob gefunden und zur Klinik gebracht.

Er klingt spöttisch: „Je nachdem, wen Sie fragen."

„Okay, sagen wir mal, ich frage die Stadt Ansel."

„Seit drei Jahren."

„Und wenn ich Sie frage?"

„Dann … gar nicht." Er grinst. „Ich kam als Sanitäter her, um die Feuerwehr zu unterstützen. Aber in einer Stadt wie Ansel sind medizinische Notfälle selten. Und da die Feuerwehr und die Post sich einen Raum teilen, wurde mir auch gleich noch die Zuständigkeit für die Post übertragen."

„Tatsächlich?"

„Ja, so was geht in Ansel." Er zuckt mit den Schultern. „Ist okay für mich. Hält mir ein paar Probleme vom Leib."

Sie studiert seinen Nacken, bemerkt, dass er ein Mensch zu sein scheint, der viel sieht, aber wenig sagt. Er wirkt nicht wie einer, der ständig Ärger macht. Aber irgendetwas rumort unter seiner Oberfläche.

„Interessantes T-Shirt", sagt sie und deutet auf die dicke schwarze Aufschrift *Besser, du gehst.*

Er schaut auf sein Shirt, dann zu ihr, hebt die Augenbrauen und nickt in ihre Richtung. Die Botschaft ist eindeutig und scheinbar nicht nur witzig gemeint.

„Deine Klamotten sollten bessere Manieren lernen", murmelt sie nur für sich selbst vor sich hin.

Sie will sich gerade abwenden. Soll dieser Typ doch machen, was er will. Was geht sie das an? Da macht er eine schnelle Bewegung, nimmt einen Edding aus dem Regal und zieht die Kappe mit den Zähnen ab. Mit einer Hand hält er das T-Shirt von sich weg, mit der anderen Hand schreibt er etwas darauf, Buchstabe für Buchstabe, langsam, weil er verkehrt herum auf das Ganze schaut.

BITTE hat er unter den Schriftzug auf den Stoff gekritzelt.

Sie ignoriert sein selbstgefälliges Grinsen und den erwartungsvollen Blick. Wenn er zu viele T-Shirts im Schrank hat … es ist ihr egal.

Schließlich tauchen sie in den dunklen Teil der Bucht ein. Die Nacht ist jetzt so schwarz, dass man kaum die Kiefern am Ufer oder die Schatten der Berge im Hintergrund ausmachen kann. Sie fahren an einer langen, schmalen Insel vorbei und münden dann in den Teil der Bucht, der die Verbindung zum offenen Meer bildet, eine Meerenge, die auf der einen Seite von mehreren Inseln begrenzt ist, auf der anderen Seite liegt der weit ins Meer hinausragende Ausläufer des Festlandes.

Die erste Besiedelung dieser Bucht ist eine besondere, schöne Geschichte, die Ann noch immer einen Schauer der Begeisterung über den Rücken jagt. Sie handelt vom alten Joe, wie man ihn hier nennt, der aber eigentlich Josef Krause hieß. Der war ein einfacher Fischer, der mit seiner Frau, drei Kindern und einem neugeborenen Baby in einem kleinen Fischerhäuschen in der Nähe von Saint John in New Brunswick lebte. Eines Tages, als er mit seinem Boot unterwegs war, kam starker Nebel auf und er verlor die Orientierung. Es wurde Nacht und ein heftiger Sturm zog herauf. Außer ihm waren nur noch die Heringe an Bord, die er gefangen hatte. Die Situation wurde kritisch und er musste damit rechnen, die Nacht nicht zu überleben. Nirgendwo war Land in Sicht und er hatte alle Hoffnung aufgegeben. Da fiel er auf seine Knie und flehte zu Gott um Rettung. Er betete, dass er seiner hungrigen Familie die Heringe heimbringen und alle gesund wiedersehen würde.

Doch der Sturm wurde noch stärker, die Wellen noch ungestümer, sie brachen sich über seinem Boot und warfen ihn zu Boden. Er lag mit dem Gesicht auf den nassen Planken und wiederholte sein Gebet. Und da – so wird erzählt – da hörte er eine Stimme, mehr als nur laut, so deutlich, als würde er sie direkt in seinem Herzen hören: *Kopf hoch, Josef Krause.*

Es war nicht die Zusage, dass er gerettet werden würde, und das Meer wich auch nicht zurück wie bei Mose … aber Josef tat, was ihm gesagt worden war. Er hob den Kopf und genau in dem Moment erhellte ein Blitz den Himmel, lange genug, um Josef in der Ferne eine Insel zu zeigen.

Er rappelte sich auf, eilte zurück zum Ruder und hielt, so gut es im Sturm ging, auf die Insel zu, die er soeben gesehen hatte. Als er näher kam, klang das Echo der himmlischen Stimme noch einmal in seiner Brust. *Kopf hoch, Josef Krause.*

Er sah zum Himmel, ein weiterer Blitz zeigte eine große Insel zu seiner Linken, eine weitere Insel vor ihm und eine dritte noch weiter entfernt. Bald darauf zuckte der nächste Blitz lange genug über den Himmel, um eine ganze Reihe kleinerer Inseln zu erhellen. Er fuhr zwischen ihnen hindurch und so fand er schließlich in die geschützte Bucht und zum sicheren Strand. Von Blitz zu Blitz und von Insel zu Insel wurde ihm der Weg gewiesen.

Am nächsten Morgen wachte er dort auf, wo er in der stürmischen Nacht Schutz gefunden hatte – unter einer ausladenden Kiefer. Vor ihm lag die ruhige Bucht, sanfte blaue Wellen rollten an den Strand, ein friedlicher Ort. Der Sturm hatte ihn hierhergebracht, die Inseln waren ihm zu Wegweisern geworden und er wusste, dass er hier leben wollte.

In den folgenden Wochen baute er am Ufer der Bucht ein Haus, und als er fertig war, brachte er seine junge Familie dorthin und gab dem Ort, der nur aus einer einzigen Familie bestand, den deutschen Namen Hansel. Andere Seeleute folgten ihnen und alle schätzten diese Bucht, die in allen Stürmen Sicherheit bot. Josef Krause schnitzte ein Ortsschild mit dem Namen Hansel-by-the-Sea. In den folgenden Jahrzehnten, in denen Wind und Wetter an der Tafel rüttelten, verschwand das „*H*". Dies wurde von den Einheimischen aber erst bemerkt, als neue Bewohner sich schon angewöhnt hatten, von Ansel zu sprechen.

Ann lächelt beim Gedanken an die Geschichte, während sie wieder aus der Meerenge herausfahren. Sie steuern jetzt auf die gegenüberliegende Seite der Bucht zu.

„Was ist?"

Ach, Mr Fletch, den hatte sie ganz vergessen.

„Ich habe gerade an die alte Geschichte gedacht", erklärt sie, „die von Josef Krause."

„Ja", sagt Jeremiah, „eine schöne Geschichte."

Er nickt und sie kann nicht einschätzen, ob ihn das Thema interessiert oder nicht. Konzentriert lenkt er das Boot auf einen Anleger zu, der im Schatten der Nacht kaum zu sehen ist. Es dauert ein paar Sekunden, bis Ann den Ort wiedererkennt.

„Oh, wow", freut sie sich dann atemlos, „das ist …" Der alte Holzsteg – hier hatte sie tausend Mal ihre Füße ins Wasser baumeln lassen, hatte auf dem Rücken gelegen, um die Sterne zu betrachten. Hier hatte sie Bob mit ihren Fragen gelöchert und mit ihren Ideen begeistert. Er hörte so gern zu und jeder Gedanke von ihr bekam einen Platz in seinem Herzen.

Sie kann es einerseits kaum erwarten, bei der Seemannsklause anzukommen, aber sie fürchtet sich auch vor dem kalten, stillen und leeren Haus.

„Da wären wir", sagt Jeremiah und verlangsamt die Fahrt. Sie stoßen leise gegen den Anleger und wissen, sie sind angekommen.

Ihr Koffer rollt hinter ihr her, hüpft klappernd über die Bretter, bis sie endlich an Land sind. Der Boden unter ihren Füßen ist weich, der Weg führt hinauf zum Haus.

Sie erstarrt.

Da vorn erhebt es sich, von Bäumen umgeben, steil windet sich der kurze Weg zu dem viktorianischen Kapitänshaus hinauf. Aber – es ist nicht kalt … nicht leise … nicht leer.

Im Haus brennt Licht.

sieben

Der Türknauf ist eiskalt. Aber das Licht, das links neben der Tür aus dem Fenster strahlt, gibt ihr ein wohliges Gefühlt. Dort saß sie gern, es war ihr Fenster, hier wartete sie Abend für Abend auf Bobs Boot. Vergangenheit und Gegenwart überlagern sich jetzt. Ann atmet tief ein, stößt die Tür auf, tritt über die Schwelle. Seit zweihundert Jahren dreht sich diese Tür schon in den Angeln und protestiert heftig quietschend gegen die alten Scharniere.

Jeder Schritt fühlt sich wie ein unerlaubtes Eindringen an, als würde das Haus fragen: *Wer … bist du?* Neugierig und vorwurfsvoll. Das Haus kennt sie nicht mehr, sie war zu weit weg, zu lange weg.

Eine Hand legt sich auf ihre Schulter. Sie macht vor Schreck einen Satz nach vorn, fährt herum – und sieht Jeremiah hinter sich stehen, Holzscheite unter dem Arm. Seine Hand zuckt zurück, als hätte er sich verbrannt. Zum ersten Mal ist in seinem stahlharten Gesicht etwas Weiches zu sehen.

„Tut mir leid", sagt er, „ich wollte Sie nicht erschrecken."

„Haben Sie auch nicht." Die Worte klingen schroffer als beabsichtigt. „Ich habe nur …" Sie unterbricht sich. „Warum – warum brennt das Licht? Wohnt hier jemand?"

Jeremiahs Gesicht verwandelt sich wieder zu Stahl. Er zeigt nach links auf die offene Tür, die zu Anns Lieblingszimmer führt. „Das Sofa ist dort." Und er geht ihr voraus in den Raum, um ihr den Weg zu zeigen.

Das stimmt doch alles nicht. Sie ist Bobs einzige Verwandte, na ja, zumindest die einzige, die noch mit ihm spricht. Und jetzt meint dieser Mann, den sie noch nie zuvor gesehen hat, er müsse ihr das Haus zeigen?

Aber wessen Schuld ist das denn? Die Frage ist berechtigt und Ann schämt sich.

Jeremiah stapelt die Holzscheite neben dem kalten gemauerten Ofen. Das war früher einmal ein Wohnzimmer, vor langer Zeit, aber Bob … er war nie der Typ, der viel im Wohnzimmer saß. Er baute Bücherregale vor die Wände und füllte sie mit Büchern, Werken aus vergangenen Zeiten, Buchrücken in vielen vergilbten Farben. In der Ecke steht die Weltkugel auf ihrem Sockel, wie damals, als sie so gern damit spielte. Das Spiel wurde nie langweilig: Sie schloss die Augen, drehte die Kugel und auf ein Kommando von Bob öffnete sie die Augen wieder. Wo ihr Finger war, dort würde sie später leben. Bob hat ihr das Träumen beigebracht und ihr die Welt gezeigt, die jenseits ihres Horizontes lag. An der Wand neben der Tür steht das Klavier und zwischen den Bücherregalen unter ihrem Fenster ist immer noch ihr Sessel eingezwängt. Er war ihr Schiff, damit steuerte sie tausend Inseln an, in Bücher versunken, während sie im echten Leben schreckliche Angst hatte, ein Boot zu betreten. Aber nach und nach hatte Bob ihr geholfen, auch diese Angst zu überwinden. Weitgehend zumindest.

Erinnerungen umschwirren sie wie Glühwürmchen und beschleunigen ihren Herzschlag. Sie atmet flach und schnell. Streicht mit der Hand über das Sofa, die Flanelldecke ist weich. Da bemerkt sie erst, dass der Stoff sich bewegt, unter ihren Fingern weggezogen wird.

Jeremiah steht vor ihr, zieht an dem Stoff, holt ihn zu sich. Seine Bewegung stockt, verlegen fasst er sich an die Kappe, dann zieht er weiter, stopft Laken und Decke unter den Arm. „Decken sind dort." Er deutet auf einen Schrank draußen im Flur. Dann greift er nach dem Kissen. Ein Kopfkissen, fällt Ann jetzt erst auf. Aus einer Truhe in der Ecke holt Jeremiah die eigentlichen Sofakissen.

„Bitte", er wirft die Kissen aufs Sofa, „alle für Sie."

Sie schaut auf das zusammengewickelte Bündel unter seinem Arm. „Haben *Sie* hier übernachtet?" Einen Moment lang sieht er ertappt auf. Über einen Meter achtzig lang, aber verlegen wie ein kleines Kind.

Er zuckt mit den Schultern. „Es fühlte sich nicht richtig an", sagt er, „dass das Haus leer stand."

Mit dieser knappen Erklärung geht er durch den Raum, bleibt in der Tür stehen, sieht sie an: „In der Küche ist was zu essen, nicht viel, aber es ist was da. Und ansonsten … Sie kennen sich ja aus."

„Ich werde mich erinnern."

Er zögert, überlegt offensichtlich, ob er ihr auch die nächste Info geben sollte. „Bob … hat mir erlaubt, mit meinem Boot hier anzulegen."

Ann nickt und versucht zu verstehen. Er scheint noch etwas sagen zu wollen. Irgendwie liebenswürdig, wie verlegen er wird, wie er nach Worten sucht. Dass Bob diesen Mann mag, das kann sich Ann gut vorstellen, wo auch immer dieser Fletch hergekommen ist.

„Es ist ein Hausboot."

Er wartet, bis sie begreift, was er sagt.

Aha. Er … er wohnt hier? Fast direkt vor ihrer Haustür?

„Ich werde Sie nicht stören." Nun hat er es plötzlich eilig. „Wir treffen uns morgen früh um sieben am Boot. Besuchszeit beginnt um acht."

„Gut", sagt sie, „danke …" Soll sie Fletch zu ihm sagen? Nein, zu vertraut, das passt zwischen ihnen nicht.

„Jeremiah", hilft er ihr, hebt den Blick und schaut ihr in die Augen. Forschend ist dieser Blick. Unverblümt. Vielleicht ein wenig zu sehr. „Jeremiah Fletcher."

Sie lächelt kurz, ein Hauch von Höflichkeit. „Danke, Jeremiah", sagt sie und versteht es als Friedensangebot, dass sie ihn mit seinem richtigen Namen ansprechen darf. Sie will ihm auch eines machen: „Ich bin Annie … Ann … Bliss." Das fühlt sich falsch an, beide Vornamen passen nicht. Außerdem weiß er doch, wie sie heißt.

„Weiß ich", sagt er auch prompt, zieht den Kopf ein und ist weg. Die Haustür wird zugezogen, das Geräusch seiner Schritte verschwindet in der Nacht. Sie steht am Fenster neben der Tür, sieht ihm nach, wie er mit den Händen in den Hosentaschen und gegen den Wind nach vorn gebeugt über den Steg geht und auf der *Glad Tidings* verschwindet.

Was für ein Tag! Die Erschöpfung setzt schlagartig ein, Körper und Seele sind ausgelaugt. Aber das Haus lockt, Erinnerungen stecken in jeder Ecke. Sie lässt es zu, geht umher und stellt überrascht fest, dass ihre Füße immer noch wissen, welche Dielen quietschen.

Gleich neben der Haustür steht die alte Telefonbank. Tisch und Sitzbank sind ein einziges Möbelstück. Sogar das alte schwarze Telefon ist noch da, mit einem Trichter, den man gegen das Ohr hält, und dem aufgesteckten Mundstück, um hineinzusprechen. Das Kabel ist abgeschnitten und an der Stelle ausgefranst, wo Bob es vor Jahren mit seinem Taschenmesser durchtrennt hat. *„Wer braucht schon ein Telefon"*, hatte er gesagt, *„wenn man einem anderen etwas zu sagen hat, dann soll man eben hingehen und es ihm sagen."* Sie lächelt, so lebendig ist die Erinnerung an seinen barschen Tonfall. Aber trotz dieser Schroffheit waren seine Worte stets ein Ausdruck seiner Wertschätzung für andere Menschen.

Auf dem kleinen Tisch, der mit der Bank verbunden ist, steht etwas, das aussieht wie ein selbst gebastelter Ständer für Belege, wie man sie aus Restaurants kennt, wo Bestellzettel aufgespießt werden: ein langer Nagel, mit der Spitze nach oben durch eine kleine unbearbeitete Holzplatte geschlagen. Nicht Bestellzettel für die Küche, sondern Briefumschläge stecken darauf. Jeder einzelne Umschlag trägt die gleiche Aufschrift, immer in Bobs Handschrift: *Mr Spencer T. Ripley.*

Am Ende des Flurs auf der rechten Seite ist die Küche, wo sie immer an dem alten Holztisch gegessen haben. Ann streicht über die abgeblätterte rote Farbe. Plötzlich hört sie das Geräusch von brutzelndem Speck in der Pfanne und der Duft von frisch gebackenen Brötchen ist wieder da. Sie haben immer hier gegessen, morgens, mittags und abends, kein einziges Mal haben sie das schöne Esszimmer im vorderen Teil des Hauses benutzt. Sie schaut sich um und stellt fest, nichts hat sich verändert, bis hin zur kupfernen Kuchenform von Uroma Savannah ist alles noch da. Sie hatte damals gelernt, in dieser Form den Haselnusskuchen nach einem alten Familienrezept zu backen. Auch das Hochzeitsfoto von Bob und seiner Braut sind am selben Platz wie damals, nicht einmal der silberne Rahmen ist angelaufen.

Nur eine Sache ist neu dazugekommen, ein gerahmter Text neben der Tür zur hinteren Veranda.

Sie schaltet das Licht an, durchquert den Raum und liest … erschrickt.

DARTMOUTH-ABSOLVENTIN ERWECKT VERGESSENES ALPENDORF ZU NEUEM LEBEN.

Sie erinnert sich gut an den Artikel. Die Überschrift sollte zuerst heißen, EIN VOM AUSSTERBEN BEDROHTES BERGDORF, aber das hatte sie damals verhindert. Immerhin lebten noch Leute in dem Dorf und man konnte nicht sicher sein, dass sie nicht eines Tages von diesem Artikel erfahren würden. Sie sollten nicht in der Zeitung lesen, dass ihr Dorf vom *Aussterben* bedroht war.

Das ist acht Jahre her, aber sofort spürt sie die Übelkeit wieder. Wie hatte sie sich nur anmaßen können, ein Dorf in der Schweiz retten zu wollen, das älter war als ihr eigenes Land? In dem Dorf lebten, abgesehen vom Bürgermeister, nur noch Rentner. Überall an den Berghängen standen malerische Häuser leer. Aber sie hatte ihren Universitätsabschluss und bildete sich ein, genau zu wissen, was andere brauchten. Ihre Ideen waren nicht schlecht, aber etwas mehr Demut wäre angebracht gewesen. Stattdessen hatte sie den Menschen das Blaue vom Himmel versprochen.

Ob Bob jemals erfahren hatte, wie dann alles gekommen war? Vielleicht kannte er nur den vielversprechenden Anfang der Geschichte? *Bitte, Gott.* Wie oft sie diese Bitte gen Himmel gesandt hatte. Wenn doch das Leid, das sie in Alpenzell verursacht hatte, ungeschehen gemacht werden könnte. *Bitte.*

Mit einem schweren Seufzen macht sie auch jetzt wieder den Schritt, den sie immer tun muss, um mit dieser Schuld leben zu können. Lass die Vergangenheit ruhen.

Dann schaut sie sich im oberen Stockwerk um, geht am Geländer entlang, betritt ihr damaliges Zimmer. Es war auch schon das Kinderzimmer ihres Vaters und davor das von Onkel Bob und Großvater

Roy. Lächelnd erinnert Ann sich daran, wie gern sie sich bei Sturm im begehbaren Kleiderschrank versteckt hatte. Um das Licht in dieser Kammer anzumachen, musste man an einer Kette ziehen. Sie liebte das Klicken, wenn das Licht anging, und sie erinnert sich an das warme Gefühl der Geborgenheit in diesem engen fensterlosen Raum. Er war ihr eigenes kleines Heiligtum.

Ann öffnet die Tür zu der Kleiderkammer. Wie selbstverständlich geht ihr Arm hoch, um nach der Kette zu greifen und das Licht einzuschalten – doch die Kette ist nicht mehr da. Stattdessen ist der ganze Raum von vorn bis hinten und hoch bis zur Decke vollgestopft mit Schachteln in unterschiedlichen Formen und Größen. Auf jeder steht eine Zahl, mit dickem schwarzem Stift quer darübergeschrieben.

„Was um alles in der Welt …?"

Sie streckt sich, greift auf den obersten Karton, und tatsächlich, da liegt die Kette. Sie zieht, das Licht geht an und beleuchtet die Kartons von hinten. Unheimlich sieht das aus, als gäbe es eine andere Welt, die hinter den aufgestapelten Kartonwänden beginnt.

Ann würde zu gern wissen, was das hier ist, zu gern würde sie ein paar der Schachteln öffnen, aber etwas hält sie zurück. Vielleicht Anstand? Was auch immer das hier ist, es gehört ihr nicht. Sie darf hier nicht herumschnüffeln.

Schnell macht Ann das Licht wieder aus, bevor sie es sich doch noch anders überlegt. Sie will den Raum verlassen. Aber während sie ihren Arm wieder herunternimmt, bleibt ihre Uhr an einem Karton hängen. Der Stapel gerät ins Wanken, drei Schachteln fallen zu Boden. Eine landet auf ihrem Fuß und ein scharfer Schmerz durchfährt sie. Sie zuckt zusammen und bückt sich, um die Schachtel von ihrem Fuß zu heben, und während sie danach greift, öffnet sie sich und der Inhalt fällt heraus.

Was ist …? Das ergibt keinen Sinn.

Sie kniet sich hin, untersucht, was herausgefallen ist … tatsächlich, ein Stein. Grau und unauffällig, an einer Seite eckig, sonst überall rund. Einfach nur ein Stein, der aus seinem Kartongefängnis befreit wurde.

Sie mustert den Raum noch einmal. Es müssen mindestens noch fünfzig Schachteln sein. Sind das etwa alles … Steine?

Sorgfältig stellt sie die drei Schachteln an ihren Platz zurück. Zwei davon sind nicht aufgegangen, aber sie hört und fühlt, wie etwas Schweres, Rundes in den Kartons hin- und herrutscht.

Ziemlich sicher sind das auch Steine.

„GrandBob, was hast du denn damit vor?", flüstert sie in die Leere des Hauses. Aber die Steine schweigen, sie verraten ihr Geheimnis nicht.

acht

Irgendwann stellt sich der Schlaf immer ein, auch an fremden Orten. Eingehüllt in die rote Decke, die ihre Urgroßmutter Savannah gestrickt hat, liegt Ann auf dem Sofa in Bobs Bücherzimmer. Lange kommen ihre Gedanken nicht zur Ruhe, obwohl sie sehr müde ist. Sie versucht es mit Bücher-Zählen. Der Mond scheint hell durchs Fenster, sodass sie die Regale gut sehen kann, die sich vom Boden bis zur Decke rund um den Ofen erstrecken. Aber unwillkürlich stellt sie sich beim Lesen Bob vor und ihr wird eng ums Herz, weil er jetzt nicht hier ist, nicht seine Bücher liest. Sie kann nicht aufhören, an die Kammer oben zu denken, an den Schrank mit den Steinen, deren Dasein sie beunruhigt und sie fragen lässt, was sie wohl bedeuten. Schließlich hört sie dem Meer zu – Welle um Welle, die ans Ufer schlägt, rhythmisch wie der Wind, der in Chicago um die Häuser pfeift – und damit schläft sie schließlich ein.

Ein tiefes Dröhnen lässt Ann hochschrecken. Sie eilt zum Fenster, sieht den schaukelnden Scheinwerfer am Ende des Stegs. Mühsam versucht sie sich zu erinnern, was gestern war, wo sie ist und was da draußen los ist. Etwas stimmt nicht.

Das ist das Boot von Jeremiah Fletcher … und sie ist zu spät dran.

Ann rafft die Decke zusammen und rennt nach draußen, wo es noch dunkel ist.

„Jeremiah!" ruft sie, aber er hat schon abgelegt. Hat sie verschlafen? Den Wecker überhört? „Ich komme!" Barfuß rennt sie über gefrorenes Gras, das unter ihren Füßen knirscht. Die Kälte macht sie vollends wach. „Ich bin da!" Aber er ist schon zu weit draußen, er hört und sieht sie nicht, denn er steht mit dem Rücken zu ihr und die *Glad Tidings* verschwindet in der Dunkelheit.

Anns Füße schlittern über die gefrorenen Holzplanken, die Arme rudern, sie verliert das Gleichgewicht, fängt sich erst in letzter Sekunde wieder. Weißer Atem kommt stoßweise aus ihrer Lunge und sie zittert. „Super, Fletch. Danke wofür noch mal?!" Die Männer gestern haben diesen Namen mit einem ganz anderen Ton ausgesprochen. Bei ihr klingt er bitter. Da schlägt die Uhr im Haus, fünf Mal. *Fünf Uhr.*

Oh. Ihr wird ganz heiß. Also ihr eigener Fehler, so eindeutig, wie jetzt die Morgendämmerung anbricht. Gerade war sie noch so wütend, weil Jeremiah ohne sie gefahren ist, und jetzt ist sie einfach nur dankbar. Die nächsten zwei Stunden beschäftigt Ann sich in dem viel zu stillen Haus. Knarrende Dielen, eine tickende Standuhr und die alten Poeten sind ihre einzigen Gefährten.

Um sieben Uhr sitzt Ann auf dem Steg, lässt die Füße baumeln und beobachtet den Nebel, der über dem Wasser liegt. Dann taucht die *Glad Tidings* auf, umfährt die Inseln und legt bei ihr an.

„An Bord, wer mitfahren will!", ruft Jeremiah und Ann steht auf. Sie ist gespannt. Die Stunde der Wahrheit. Damals hatte sie fast den ganzen Sommer üben müssen, um ohne Angst über das Deck auf Bobs Boot gehen zu können. Sie bezweifelt, dass es wie beim Fahrradfahren ist – wer es einmal kann, verlernt es nie wieder. Gestern Abend hat sie sich auf dem Boot schon nicht wirklich sicher gefühlt, heute Morgen ist es noch schlimmer. Immerhin sind seit damals auch zwanzig Jahre vergangen. Ann klettert an Bord, hält sich an der Reling fest und bleibt zögernd stehen. Jeremiah schaut demonstrativ auf die Uhr.

„Ich war pünktlich da", sagt sie.

„Stimmt nicht", widerspricht der Mann und verschränkt seine Arme vor einem grau-weißen Baseball-Shirt. „Ich würde sagen, Sie waren zwei Stunden zu früh." Empört geht sie Schritt für Schritt weiter, bis sie endlich vor ihm steht. Sie verschränkt die Arme, genau wie er.

„Also haben Sie mich bemerkt?"

Er zuckt mit den Schultern.

„Sie hätten auch reagieren können."

„Ich glaube nicht, dass Sie mich gehört hätten, so laut, wie Sie geschrien haben, und mit der riesigen Stola, in die Sie eingewickelt waren." Ein Mundwinkel zieht sich amüsiert nach oben, Grübchen werden sichtbar. Heute ist er nicht so stoppelig wie gestern, er hat sich offensichtlich rasiert.

„Stola?" Dieser Mann mit seiner Baseballmütze über den Augen sieht nicht so aus, als ob er das Wort *Stola* schon einmal benutzt hätte. „Sie meinen Decke."

„Was auch immer." Er tritt zur Seite. Heute ist sie passend gekleidet, mit knöchellangen Jeans, einem T-Shirt und darüber ihrem Lieblingsoberteil, einem bequemen tannengrünen Strickpulli mit Zopfmuster. Die Luft ist noch beißend kalt und sie friert, während sie vorsichtig über die Planken geht.

„Soso", stellt Jeremiah fest, „es hat Sie also erwischt."

„Was hat mich erwischt?"

„Sie haben Angst vor dem Meer", erklärt er ohne Umschweife. „Machen Sie sich nichts draus. Viele haben das. Bei den meisten Leuten ist alles gut, solange wir in der Bucht bleiben. Aber auf dem offenen Meer wird es für viele schwierig." Wahrscheinlich versucht er, sie zu beruhigen, aber für Ann ist sein Ton unerträglich herablassend. Sie wird immer wütender, während er weiterredet. „Wissen Sie, was ich den Schulkindern immer sage, die ich auf die Inseln bringe? Atmet tief ein, macht die Augen zu und …"

Eigentlich würden ihre Füße lieber festwachsen, als einen weiteren Schritt zu gehen. Der alte Albtraum ist zurückgekommen. Aber sie ist wütend genug, um diese bleiernen Füße entschlossen Schritt für Schritt über die *Glad Tidings* zu bewegen. Schließlich dreht sie sich zu dem Mann um, der sie mit gerunzelter Stirn beobachtet.

„Von mir aus kann's losgehen", erklärt sie lächelnd und mit einer betont fröhlichen Stimme, die ihr ängstliches Zittern verstecken soll.

Jeremiah geht zum Steuerhaus, behält sie dabei aber die ganze Zeit im Blick. „Wie Sie wollen", sagte er. „Aber … lassen Sie bitte meine

Reling heil." Mit einer Kopfbewegung zeigt er auf ihre Hände, die sich so verzweifelt an das Geländer klammern, als hinge sie über einem Abgrund. Diese Hände verraten, wie aufgesetzt ihr Lächeln ist.

Schnell löst sie die Hände von der kalten Stange und reibt sie aneinander. Ihr Gesicht ist glühend heiß. Kaum setzt sich das Schiff in Bewegung, sind die Hände schon wieder ans Geländer fixiert. Hat sie gerade ein Lachen gehört? Sie schaut hoch, aber Jeremiah Fletchers Augen sind starr auf den Ozean vor ihnen gerichtet.

Sie haben die Bucht verlassen und sind nun auf dem offenen Meer. Mit kleinen Schritten nähert Ann sich dem Steuerhaus, um einen Blick auf die Seekarte auf dem Monitor des Navigationsgerätes werfen zu können.

„Sagen Sie mal", fragt Ann, „kommen Sie eigentlich aus der Gegend hier?"

Jeremiah schaut sie an, als hätte sie ihn damit zu einem Wettkampf herausgefordert, nicht in der freundschaftlichen Weise, wie die Leute in Ansel sich miteinander vergleichen, sondern zu einem Kräftemessen, bei dem es um alles geht.

Ann weicht einen Schritt zurück.

„Ich würde mal sagen, ich bin nicht weniger von hier als Sie", antwortet er schließlich.

Was ist das für eine Antwort? Sie will gerade etwas darauf erwidern, da kommt er ihr zuvor.

„Sie waren zuerst hier", ergänzt er. Die schlichte Aussage klingt wie eine Einladung. Ihre Alarmglocken schrillen. Sie kennt ihn nicht und sie ist nicht bereit, etwas von sich preiszugeben. Auf jeden Fall jetzt noch nicht. Also antwortet sie ebenso unverfänglich wie er.

„Ayuh", das lokale Wort kommt immer gut, „das ist lange her."

„… hier bei Bob", bringt er seinen Satz zu Ende.

Sie nickt.

„Hören Sie mal, Annie …" Jeremiah spricht sie mit dem Namen an, unter dem alle Leute in Ansel sie kennen. Aber aus seinem Mund klingt es anders. Er ist neu, stammt nicht von hier. Aber wenn sie hört, wie er ihren Namen spricht, fühlt es sich irgendwie … richtig an. Er schaut aufs Wasser und sein Schweigen ist so lang, dass sie schon vermutet, er wird nicht mehr weiterreden. Da bläst er seine Wangen auf, stößt die Luft aus. „Wenn Sie ihn sehen …"

Sie schluckt, ihre Finger krallen sich um den Türrahmen. In seinem Gesicht spiegelt sich jetzt so viel Schmerz, dass das ganze Steuerhaus sich damit füllt und auch Ann hineingezogen wird.

Jeremiah wirkt ratlos und unsicher, weiß nicht, wie er weitermachen soll. Seine Kiefermuskeln arbeiten und er blickt ihr direkt in die Augen.

„Ein Mann, der es mit der ganzen Welt aufnehmen kann, so wie Bob … und dann kriegt er gar nichts mehr mit von der Welt … ich möchte nicht, dass es Sie schockiert. Er ist sehr verändert." Da ist plötzlich etwas Sanftes in seinem Blick. „Aber innerlich ist er immer noch der Alte, Sie werden sehen."

Das Schiff jagt über das Wasser und zieht einen weißen Schweif von Wellen und Gischt hinter sich her. Endlich sagt Ann: „Es ist schön, dass Sie ihn besuchen."

Jeremiah schüttelt den Kopf. „Das ist das Mindeste, was ich für ihn tun kann. Er hat mehr für mich getan, als ich ihm jemals zurückgeben kann."

Ann würde gern fragen, was er damit meint, das Zahnrad, das ihn ihr entschlüsseln soll, dreht sich einen Zacken weiter. Doch sie spürt, wie er sich gegen ihre Beobachtung, gegen ihr Interesse sträubt.

„Er hat … mich durch ein paar Sachen gelotst, als ich hierherkam", fährt er fort.

Und mit dieser vagen Andeutung verschließt er sich wieder, zieht die Mauer hoch. Was für „Sachen" er meint, wird unklar bleiben.

„Sachen, die er selbst auch hinter sich hat", fügt Jeremiah noch hinzu. Er steht ungerührt am Ruder wie eben, und doch ist er jetzt Lichtjahre entfernt.

Er bleibt in dieser Haltung, während sie in Machiasport anlegen, auch während der Taxifahrt zum Krankenhaus und im Fahrstuhl auf dem Weg zum dritten Stock. Schon im Fahrstuhl kann Ann neben der Zahl „3" das Wort *Intensivstation* lesen. Mit langen Schritten durchquert Jeremiah eilig den Wartebereich und spricht dann leise mit einer Krankenschwester, die hinter einem hellen Holztisch sitzt. Die Frau wirft Ann einen kurzen Blick zu, ihr Gesichtsausdruck zeigt Verständnis. Sie nickt und greift unter den Tisch. Hinter ihr klickt es, die Doppeltür öffnet sich und sie winkt ihnen hindurchzugehen.

Der Flur ist ziemlich dunkel, die Lichter sind ebenso gedämpft wie die Stimmen der Pflegekräfte, die über die Flure eilen. Jeremiah schaut Ann an und seine Miene verzieht sich zu einem traurigen Lächeln. Sein Blick ist jetzt so mitfühlend, dass sie Angst bekommt. Dieser Blick kann nur heißen, dass ihr gleich etwas sehr Schweres bevorstehen wird.

„Du kannst auch Dinge schaffen, Annie, die nicht so einfach sind." Sie hört die ermutigenden Worte von Bob, als hätte er sie gestern gesagt, und sie sieht die Fältchen in seinen Augenwinkeln.

Jeremiah wird langsamer, sie haben fast das Ende des Flurs erreicht. Er legt die Hand auf die Türklinke von Zimmer 308. Dann drückt er die Klinke herunter und hält die Tür auf, um Ann den Vortritt zu lassen. Sie hält den Atem an. Alles erscheint ihr jetzt wie in Zeitlupe – bis auf ihren Herzschlag, der hat sein Tempo verdoppelt. Sie will eintreten, etwas hält sie zurück. Es ist Jeremiahs Hand. Er hat ihre Hand ergriffen, umschließt sie, warm und beruhigend.

Die Morgensonne schickt ihre Strahlen durch die Lamellen der Jalousien. Der Geruch ist steril. Medizinisch und leer. Der denkbar größte Gegensatz zu Bob.

Dann sieht sie ihn. Er liegt im Bett, an Geräte angeschlossen, reglos, nur seine ausladende Brust hebt und senkt sich mit jedem Atemzug. Sie presst die Hand vor den Mund, um einen Aufschrei zu unterdrücken.

Sie tritt näher, studiert sein Gesicht, in das so viele freundliche Falten gegraben sind, ahnt, dass zu jeder Falte eine Geschichte gehört. Keine dieser Geschichten war angenehm. Auch wenn sie nicht alles über ihn weiß, sie hat genug gehört, um zu wissen, dass dieser Mann schlimmere Verluste erlebt hat, als sie sich vorstellen kann. Trotzdem: Was in ihrer Erinnerung am lebendigsten geblieben ist, ist sein Lachen.

Es war noch ganz am Anfang ihres Besuchs in jenem Sommer. Sie war zehn Jahre alt, ein dürres Mädchen, dessen Augen aus einem Gesicht voller Sommersprossen blitzten, die sie damals noch nicht störten. Er saß in einem alten hölzernen Gartenstuhl und hob eine Augenbraue, als sie sich neben ihm auf den Holzsteg fallen ließ. Er wusste nicht, was er mit diesem quirligen Mädchen anfangen sollte, und genauso wenig wusste sie, wie sie diesem alten Mann begegnen sollte. Man hatte ihr nicht einmal erklärt, wie sie eigentlich mit ihm verwandt war.

„Mister", fragte sie also, „wie soll ich zu dir sagen?"

„Also auf jeden Fall nicht Mister – das ist schon mal klar."

„Wie dann? Bist du … Granddad, mein Großvater?"

Er seufzte so tief, als hätte sie ihn nach dem Sinn des Lebens gefragt. „Du kannst ja Fragen stellen." Eine Zeit lang dachte er nach, grundsätzlich war er eigentlich nie in Eile. „Jetzt will ich dich mal was fragen. Woran erkennt man einen Großvater eigentlich?" Er sagte das mit so viel Bedacht, als würde er Bettwäsche durch eine Mangel drehen.

Sie zog nachdenklich die Lippen ein. „Ich weiß auch nicht genau. Er macht Toast Hawaii, spielt Karten und er hat Falten im Gesicht."

Bob war begeistert. „Stimmt genau! Ich sag dir was. Ich bin dein Großonkel Bob. Mein Bruder Roy, das war der Papa von deinem Papa, das war dein Granddad. Der hätte alles darum gegeben, dich kennenzulernen. Umso mehr ist es jetzt eine Ehre für mich, dich bei mir zu haben. Also, wie kannst du zu mir sagen? Vielleicht Grand-Guy?"

Annie lachte. „Nein! Wie wär's mit Grandpa?"

„Oder alter Knabe?"

„Nein, dazu bist du nicht alt genug!"

„Aber sehe ich etwa nicht alt aus?"

„Nur wenn du müde bist."

„Schön, dann sag mal, wie du gern zu mir sagen willst?"

Sie hatte ein bisschen überlegen müssen. „Ich glaube, ich mag GrandBob."

Er drehte sich zu ihr um und sie sahen einander an.

„GrandBob“, wiederholte er und zeichnete mit der Hand einen Halbkreis an den Himmel, groß wie einen Regenbogen, als würde er seinen Schriftzug am Broadway sehen. „Ja, Annie, das passt.“ Und von da an fühlte sie sich in Ansel ein bisschen mehr zu Hause.

Jeremiah tritt zu ihr ans Krankenbett und holt sie aus ihren Erinnerungen. „Sie sagen, man kann mit ihm reden, das sei gut für ihn“, erklärt er.

Annie nickt, unsicher, was sie hier in diesem Raum zu dem Mann sagen soll, der sie am besten kennt, während ein noch beinahe Fremder dabei ist. Hier fühlt sich einfach alles falsch an. Aber die Stille tickt weiter und endlich sagt sie etwas.

„Hallo, GrandBob.“ Ihre Stimme fühlt sich in der Stille, die in dem Raum herrscht, viel zu laut an. Sie wirft einen schnellen Blick zu Jeremiah. Er hat sich aus dem Stapel, der auf dem Tisch liegt, ein Buch genommen und sich in eine Ecke gesetzt. *Schiffe selbst bauen.* Sie sieht sich weiter im Zimmer um und entdeckt Bobs Jacke, die im offenen Schrank hängt, als wäre er gerade von einem seiner Strandspaziergänge gekommen. In der Ecke links von ihr spiegelt sich das Licht im goldenen Knauf eines Spazierstocks, der in einem nicht ganz geschlossenen Schrank steht. Sie nimmt ihn lächelnd heraus.

Schon vor zwanzig Jahren hatte sich Bob darauf gefreut, eines Tages diesen Stock zu besitzen. Der Stock ist über hundert Jahre alt, aus Ebenholz, mit einem für jede Stadt individuell gravierten Messing-Knauf. Nach einer alten Tradition ist er immer im Besitz des ältesten Bürgers der Stadt. Im Jahr 1909 hatte die Tageszeitung *Boston Post* siebenhundert dieser Stöcke an ebenso viele Städte in Neuengland verschenkt. Die Stöcke sollten der Stadt gehören und jeweils vom ältesten Bürger der Stadt benutzt werden. Auch Ansel hatte damals einen Stock erhalten und ist stolz darauf, ihn bis heute gehütet und immer weitergegeben zu haben. Die Symbolik ist, dass die Menschen, die ihrer Stadt so lange gedient haben, am Ende ihres Lebens etwas bekommen sollen, das ihnen dient. Allerdings, das kann ja nicht sein … Bob ist doch erst vierundsiebzig Jahre alt. Er ist noch lange nicht der Älteste in der Stadt.

Ann streicht über die Gravur und denkt an die Hände, die sich schon darauf gestützt haben.

Dem ältesten Bürger der Stadt
Ansel-by-the-Sea, Maine,
überreicht von der Boston Post

Weiter unten, in Klammern, steht noch: *(Zur Weitergabe).*

Deutliche Worte. Weitergeben, wenn das Leben des Benutzers verloschen ist. Ein ängstlicher Atemzug, ein angedeutetes Gebet. *Bitte, jetzt noch nicht. Lass ihn nicht … jetzt schon … weitergeben müssen.*

Für Außenstehende ist diese Tradition vielleicht fast schon makaber, aber in Ansel hält man das Erbe hoch, als eine Ehre und ein Zeichen dafür, wie Leben, Liebe und Weisheit von einer Generation zur nächsten weitergereicht werden. Keiner verdient diese Ehre mehr als Bob – trotzdem versteht Ann nicht, warum er jetzt schon diesen Stock besitzt.

Sie stellt den Stock an seinen Platz zurück und nimmt Bobs Hand. „Wir haben nie viele Worte gemacht, stimmt's, GrandBob?"

Keine geistreiche Bemerkung als Antwort. Der Gedanke an Bobs trockenen Humor tut weh. Sie drückt ihm die Hand und greift dann nach ihrem Rucksack, öffnet den Reißverschluss, holt die Mandoline heraus und legt sie auf ihren Schoß.

Eine Krankenschwester kommt herein, ihre Schritte sind beschwingt und ihre Verrichtungen sind voller Elan. Ihre Anwesenheit ist eine Wohltat. „Hallo, Bob", sagt sie, als hätte er sie ganz normal und hellwach begrüßt. „Ich sehe, Sie haben Besuch? Hat Ihr Freund heute seine Freundin mitgebracht?" Sie lächelt und winkt Ann zu.

„Äh, hm …" Ann steht auf. „Nein, nicht ganz." Sie errötet und Jeremiah sieht von seinem Buch auf.

Seine Miene ist ernst, die Kiefer fest zusammengepresst, als solle das der Krankenschwester sagen, dass sie gerade eine vollkommen absurde Idee hatte. Aber dann werden seine Züge etwas weicher. „Grüß dich, Shirley", sagt er. „Wie geht es Jim?"

„Er dreht fast durch, weil er den ganzen Tag zu Hause bleiben muss. Ohne Arbeit hält er es einfach nicht aus. Aber das wird noch ein bisschen dauern, bis er wieder rausfahren kann."

Jeremiah schüttelt bedächtig den Kopf. „Schon allein vom Stillsitzen kann ein Mann wie Jim verrückt werden." Er schaut Ann an. „Ihr Mann hatte einen Unfall beim Fischen."

„Das tut mir leid", sagt Ann.

„Danke, aber halb so schlimm", beruhigt Shirley warmherzig und freundlich. „Wir wissen alle, dass so was mal passieren kann, das gehört einfach dazu. Aber wir sind vor allem froh, dass er sich von der Leine befreien konnte, bevor sie ihn unter Wasser gezogen hätte." Sie nickt heftig. „Trotzdem, Fletch, wenn du diese Woche mal Zeit hättest vorbeizuschauen, ich glaube, das würde ihm sehr helfen, den Wahnsinn noch ein bisschen zu ertragen."

Jeremiah legt die Hand an die Mütze. „Ist mir eine Ehre", sagt er und Ann weiß, dass er das ernst meint. Er wechselt das Thema. „Das ist Annie Bliss, die Nichte von Bob."

„Groß-Nichte", korrigiert Ann.

„Absolut. So wie Mr Robert über Sie redet, da müssen Sie einfach großartig sein."

Sofort keimt Hoffnung auf. Er redet? „Ich dachte, er könnte nicht …?"

„Ach, entschuldigen Sie, so meine ich das nicht. Natürlich, jetzt ist er im Koma. Ich meine, davor. Wir kennen Mr Robert doch alle schon sehr lange."

„Mr Robert?"

Shirley winkt ab. „So sagen wir zu Bob. Meine Mutter nannte ihn immer Mr Robert. Wir hatten damals solchen Respekt vor ihm, dass wir gar nicht wussten, wie wir ihn anreden sollten. Bis er dann einfach darauf bestand, dass wir Bob zu ihm sagen. Er betonte immer, er sei ein ganz normaler Fischer, wie alle anderen auch. Aber hier in unserer Gegend sagen viele trotzdem immer noch Mr Robert zu ihm. Und Sie müssen sich keine Sorgen machen, wir passen gut auf ihn auf. Hat schon jemand mit Ihnen über seinen Zustand gesprochen?"

Ann nickt und meint damit das Gespräch mit Bess. „Aber nur wenig. Gehen Sie davon aus, dass er wieder zu sich kommen wird?" Sie muss ihren Verstand von ihren Gefühlen abkoppeln, um das überhaupt aussprechen zu können.

„Gott weiß, wie sehr wir das hoffen und dafür beten – und wir tun alles, was in unserer Macht steht." Sie legt Ann eine Hand auf den Rücken und massiert sie ein wenig mit ihrem Daumen, eine mütterliche Geste. „Die Ärzte haben ihn in ein künstliches Koma versetzt, damit alles ganz in Ruhe ausheilen kann. Wenn sie denken, dass er so weit ist, werden sie die Medikamente runterfahren. Dann ... na ja, sein Zustand ist schon ernst, aber wir hoffen, dass er dann wieder zu sich kommt."

Sie kontrolliert einige Schläuche und Monitore, dann geht sie zur Tür. „Spielen Sie ihm was vor", sagte sie noch und deutet auf die Mandoline, „das wird ihm guttun. Um ehrlich zu sein, es wird uns allen guttun."

Ann nickt, und während Shirley geht, fängt sie an zu zupfen. Lange, klare Töne. Kein bestimmtes Lied, nur eine leichte Melodie. Bis sie aus der Ecke des Raumes etwas wahrnimmt. Sie öffnet die Augen und sieht, wie Jeremiah sie beobachtet. Schnell senkt er seinen Blick wieder in sein Buch und Ann kann sich ein Lächeln nicht verkneifen.

„Wo haben Sie das gelernt?", fragt er jetzt.

Sie zupft weiter und denkt an den Tag zurück, als sie das Instrument zum ersten Mal in der Hand hielt.

Mit einer Kopfbewegung deutet sie auf Bob. „Von ihm", sagt sie und Jeremiah nickt, als hätte er damit gerechnet, als wäre das die einzig vernünftige Erklärung überhaupt. „Ich war zehn, als ich zu ihm kam und einen Sommer bei ihm verbrachte. Meine Eltern sind beim Militär, mein Vater war schon im Einsatz und Mom wurde dann auch zu einem Einsatz geschickt, bevor er zurückkam. Drei Monate waren meine Eltern beide weg. Bob nahm mich in dieser Zeit auf. Ich war das ängstlichste Kind, das man sich vorstellen kann, ich fühlte mich so verlassen." Die Musik sorgt für eine entspannte Atmosphäre und lockt noch mehr aus ihr heraus. „Ich hatte keine Ahnung, wer ich bin, wohin ich gehen sollte, nicht mal, woher ich kam. Ja, ich habe mich gar nicht wie ein eigenständiger Mensch gefühlt. Eher wie ein Haufen Scherben, die nicht wieder zusammenpassen."

Sie lacht trocken. Teilweise war das ja immer noch so. „Eines Tages ging Bob mit mir ins Wohnzimmer. Draußen schien die Sonne und in der Luft tanzte der Staub. Diese Mandoline lag auf dem Sofa. Ich erinnere mich, dass ich sie zuerst nur vorsichtig berührt habe. Er musste mir erst versprechen, dass nichts kaputtgeht, wenn ich sie nehme. Aber als ich sie dann in der Hand hatte, fühlte sich das an, als hätte sich mir ein ganz neues Universum geöffnet. Ein Universum, das ich aber nicht betreten konnte, für das ich keine Schlüssel besaß. Da sagte er …" Sie kneift die Augen zusammen, um sich genau zu erinnern.

„Lassen Sie mich raten", unterbricht Jeremiah. „Vielleicht … ‚Wenn alles um dich herum zerbrochen ist, dann wird es Zeit, etwas wieder zusammenzusetzen.'"

„Genau", sagt Ann und schaut ihn an. Woher wusste er das? „Er sagte, es sei für mich jetzt Zeit, etwas zu diesem Zusammensetzen beizutragen. Und er erzählte mir von dem Zimmermann, der mich wieder reparieren konnte."

Das Bild passte dann auch genau zu dem, was sie in diesem Sommer erlebte, während sie der Mandoline die ersten Töne entlockte. Die einzelnen Klänge waren dürr und bedeutungslos. Aber wenn sie zu einer Melodie verbunden wurden, dann entwickelten sie Kraft und Faszination.

Jeremiah nickt. „Ja, klingt richtig." Er sieht jetzt aus wie einer, der weiß, wovon er spricht.

Sie unterbricht ihr Spiel und reicht ihm das Instrument. „Spielen Sie auch?"

„Nicht so gut." Seine Hände bleiben in den Hosentaschen, während er zum Fenster geht. „Ich geh mal Kaffee holen. Was hätten Sie gern?"

Schon ist er halb aus dem Raum, entzieht sich allem, was sie ihm gerade offengelegt hat. „Tee? Kaffee?" Er schnippt mit den Fingern, zeigt auf sie: „Smoothie?"

„Wasser?“ Sie greift nach ihrem Portemonnaie. Er wehrt ab.

„Passt schon.“

Er geht und Ann steht auf und läuft im Raum hin und her. Jemand hat versucht, diesen Raum behaglich zu gestalten. Ein abgewetzter Gedichtband von Robert Frost, darunter eine noch abgegriffenere Bibel. In dieser Bibel hat er damals auch schon gelesen. Sie zieht die Schublade auf, darin liegt ein Ordner mit Einsteckhüllen und Metallringen. Ihre Finger gleiten über die abgehefteten Blätter. Jede Menge Zeitungsausschnitte von *Rusty Joe's*. Er hat sie auch aufbewahrt, genau wie sie. Ihre Dreißig-Worte-Nachrichten an ihn; die Sammlung reicht viele Jahre zurück.

Sie blättert weiter, findet ein zerrissenes Blatt, das wie ein Lesezeichen im Ordner steckt.

„Was hast du denn damit vor, GrandBob?“ Sie schaut den Mann an und für den Bruchteil einer Sekunde meint sie, ein Lächeln auf seinem Gesicht zu sehen.

Etwas fängt an zu piepsen. Sie weicht vom Bett zurück. Hat sie etwas kaputt gemacht? Stimmt etwas nicht mit Bob? Sie eilt zur Tür, will Hilfe holen, doch Shirley ist schon da.

„Keine Sorge, alles okay, ich muss nur eine neue Infusion anhängen.“

Ann atmet erleichtert auf. Dann stellt sie sich neben den Bücherstapel an Bobs Bett und würde sich gern nützlich machen. „Jemand hat Bobs Sachen hergebracht“, stellt sie fest. „War Bess da?“

Shirley schaut sie amüsiert an. „Ja, Bess war da. Aber wenn Sie sich fragen, wer den Raum hier so nett gestaltet hat, dann überlegen Sie doch mal. Es gibt nur einen Menschen, der jeden Tag hier ist. Er ist genauso ungern hier, wie Bob es wäre, wenn er bei Bewusstsein wäre. Aber er kommt trotzdem und er hat immer etwas dabei.“

„Er?“

Shirley sieht sie an, als ob sie sehr schwer von Begriff wäre. „Jeremiah Fletcher“, sagt sie dann.

Wenn Jeremiah Fletcher den Ordner hergebracht hat, hatte er dann auch ihre Anzeigen gelesen? Soll sie sich jetzt für Bob freuen oder muss die Situation ihr peinlich sein?

„Er sitzt jeden Tag hier und liest die beiden Lieblingsbücher von Bob“, fährt die Krankenschwester fort und zeigt auf die Bibel und auf den Ordner mit den Zeitungsanzeigen. „Dieser Mann, ich sag Ihnen was. Um nichts in der Welt würde er in der Öffentlichkeit den Mund aufmachen. Aber für diesen einen Menschen hier nimmt er sich jeden Tag Zeit und sitzt stundenlang an seinem Bett.“

Sie drückt auf einen Knopf, schaltet den CD-Player an, der auf der anderen Seite des Bettes steht. Meeresrauschen, das Geräusch des Ozeans, Wellen rollen durch das Zimmer. „Das hat er auch hergebracht. Aber ganz ehrlich, was er heute mitgebracht hat, das ist die Krönung.“ Sie zwinkert Ann zu und geht wieder.

Ann folgt ihr auf den Flur. „Was hat er heute gebracht?“ Ihr war nicht aufgefallen, dass er etwas dabeihatte.

„Na, das Wertvollste überhaupt“, lächelt sie, „er hat Sie mitgebracht!“

Jeremiah kommt von der anderen Seite her den Flur entlang, eine Wasserflasche in der Hand. Sie beobachtet, wie er an dem Fenster stehen bleibt, durch das man ins Zimmer sehen kann; er betrachtet Bob und seine Miene spiegelt ... Bedauern. Bedauern? Da versteht sie, dass er seine Zeit mit Bob heute ihr geschenkt hat.

„Shirley?“

„Hm?“ Die Schwester hat sich an den PC gesetzt und gibt Patientendaten ein.

„Gibt es hier einen Raum, wo ich WLAN habe und ein bisschen arbeiten kann?“

„Was sind das denn für Menschen, für die Sie arbeiten, die Sie nicht mal in Ruhe lassen, wenn Sie einen lieben Angehörigen im Krankenhaus besuchen?“ Shirley stemmt die Hände in die Hüften, bereit, den Kampf aufzunehmen.

„Ich muss nur kurz eine Mail schreiben“, erwidert Ann. Und sie will auch ein bisschen aus dem Weg sein, damit Jeremiah Zeit mit Bob haben kann. „Ich hätte vor zwei Tagen einen Bericht abgeben müssen, habe dafür aber bis heute Verlängerung bekommen.“

Wie kalt ihr bei dem Gedanken daran wird. Eine Auswertung über Konsumenten – Personen, die zu Zahlen werden. Und die sie von dem einen Menschen ferngehalten haben, von dem sie gelernt hat, sich für andere zu interessieren.

„Ja, klar, ein Stockwerk tiefer, neben dem Café ist ein Computerarbeitsplatz."

Sie findet einen Tisch vor, in einer Ecke des Foyers, mit einem Monitor, dessen Kunststoffrahmen vergilbt ist, und mit einer Internetverbindung, die sich laut einwählt und von da an ununterbrochen piepst. Das langsame Tempo, mit dem der PC hochfährt, passt zu der Gegend hier, wo die Bevölkerung eher auf dem Land und auf dem Meer arbeitet, als den ganzen Tag lang nur mit zehn Fingern zu tippen und auf einen Bildschirm zu starren.

Ann öffnet ihr E-Mail-Konto, schickt den Bericht ab, den sie unter Entwürfe gespeichert hat, und nutzt dann noch die Gelegenheit für ein paar Telefonate. Auf dem Rückweg lässt sie sich Zeit und betrachtet die historischen Bilder an den Wänden. Holzfäller. Männer auf Flößen aus Baumstämmen, die flussabwärts treiben, Löcher ins Eis schlagen und riesige Baumstämme auf dem Wasser transportieren. Mutig.

Als sie schließlich wieder vor Bobs Zimmer steht, dringen Gesprächsfetzen nach draußen. „… vielversprechend", hörte sie eine tiefe gedämpfte Stimme. „Aber noch zu früh, um etwas Genaues sagen zu können."

Sie späht durch die Jalousie und sieht einen Arzt im weißen Kittel. Neben ihm Jeremiah, sehr aufrecht, die Arme verschränkt. Er nickt. Shirley steht hinter den beiden und schreibt mit. Jeremiah stellt eine Frage, die sie nicht verstehen kann, und der Arzt antwortet. „Wochen, wenn nicht Monate. Wenn man aus dem Koma erwacht und schon im fortgeschrittenen Alter ist …" Er fährt fort, redet von Physiotherapie, stationär und ambulant.

Aber sie sieht nur Bobs Hand, die große, starke Hand, die sie festhielt und hochzog, wenn sie stolperte, als wäre sie leicht wie eine Feder. Dieselben großen Hände konnten mit äußerster Vorsicht einen kleinen Splitter aus ihrer Kinderhand ziehen, und wenn sie durch den Ort gingen, lag ihre Hand in der seinen und er führte sie mit ebenso viel Behutsamkeit wie Kraft.

„Werden Sie die Zeit haben, ihn bei seiner Genesung zu unterstützen?“

Wieso fragen sie diesen Mann? Einen Fremden? Diesen undurchschaubaren Kerl, der überhaupt nicht mit ihm verwandt ist? Es versetzt ihr einen Stich, bis ihr klar wird, warum man ihr diese Frage nicht stellt. Schon ist sie im Zimmer, und als Jeremiah gerade den Mund aufmacht, um etwas zu sagen, kommt sie ihm zuvor.

„Ich mache das.“ Sie klingt viel entschlossener, viel zuversichtlicher, als sie sich fühlt.

Drei Augenpaare starren sie an. Im Hintergrund piepsen die Geräte in ihrem gleichmäßigen Rhythmus.

„Entschuldigen Sie“, sagt der grauhaarige Arzt und rückt seine Brille zurecht, „Sie sind …“ Er blättert in der Akte in seiner Hand, als ob er dort etwas über Ann finden könnte.

„Ich bin die nächste Angehörige“, erklärt sie. „Fast. Ich bin die Großnichte, Ann Bliss.“ Sie strafft die Schultern, reicht ihm die Hand. Er schüttelt sie.

„Sie wissen, Miss Bliss, dass die Rehabilitation, falls er wieder wach wird, sehr zeitintensiv und kräftezehrend wird?“

Genau wie bei ihr. Er hatte sie nie aufgegeben. „*Wenn* er aufwacht –“ Ann weiß, wie unsicher das ist, aber sie bringt das schreckliche *falls* nicht über die Lippen. „Ich werde alles Notwendige lernen und ihn an jeden Ort bringen, an den er gebracht werden muss.“

Jeremiah schaut sie an, als würde sie gerade von einer Klippe springen … ohne schwimmen zu können.

Shirley hingegen strahlt und Ann richtet sich noch ein wenig gerader auf. Jeden Gedanken an Berichte für die Firma, begrenzte Urlaubstage und To-do-Listen schiebt sie beiseite.

Und dann fällt ihr Blick auf Bob, wie er da liegt, das Gesicht voller Falten, jede einzelne hineingegraben, weil er ein so großes Herz für andere hat.

Es gibt einen Weg. Es muss einen geben.

neun

Also“, Jeremiah sucht nach Worten, während sie zum Bootsanleger zurückgehen, „das war …“ Seine Mundwinkel ziehen sich nach unten, als würde er nachdenken und nach geeigneten Worten suchen.

Ann hebt abwartend die Augenbrauen.

„Sie haben vor, sich um Bob zu kümmern“, sagt er schließlich.

„Natürlich.“ Es wäre einfacher, wenn er nicht so skeptisch klingen würde. Aber sie ist froh, dass er keinen Halbsatz hinzufügt, der mit *falls* anfängt. „Allerdings wohl nur so lange, wie er sich selbst nicht dazu äußern kann. Wenn Bob wüsste, dass wir darüber reden, wie wir ihm helfen können, wieder auf die Beine zu kommen, würde er uns anblaffen: Lasst den Unsinn, ich komme sehr gut allein zurecht.“

Jeremiah schmunzelt. „Stimmt.“

Sie sind am Boot und Ann zaudert. *Das ist lächerlich.* Sie kneift die Augen fest zu, schluckt nervös und geht an Bord.

„Alles okay?“

„Bestens.“ Urplötzlich überkommt sie der Wunsch, dass er sie verstehen soll. Sie fängt an zu erzählen. „Es ist wirklich dumm. Als Kind habe ich Bob besucht und er hat bemerkt, dass ich Angst vor dem Meer habe. Das war eigentlich unerklärlich, meine Eltern hatten ein Boot, ich war schon als Baby draußen auf dem Meer. Meine Mutter hat aus einem alten Segeltuch eine Art Hängematte für mich gemacht und sie zwischen zwei Stangen auf dem Deck aufgespannt. Die Wellen haben mich in den Schlaf geschaukelt.“

Die Vergangenheit entfaltet sich wie eine zarte Knospe in der Sonne und bringt einen leisen Schmerz mit sich.

„Und was ist dann passiert?"

Ann zuckt mit den Schultern. Dafür ist sie jetzt noch nicht bereit, nicht gegenüber diesem Fremden. „Dinge ändern sich", sagt sie deshalb nur und spricht weiter. „Jedenfalls war ich dann hier und Bob hat eine Woche lang jeden Tag versucht, mich auf sein Boot zu kriegen. Aber ich konnte das nicht. Ich hatte damals ja kaum genug Mut, um den Mund aufzumachen. Ein ganzer Ozean war unvorstellbar einschüchternd für mich. Am siebten Tag nahm er mich mit zum Anleger und pfiff dabei einen alten Choral. Unter dem Arm trug er eine Rolle. Ich sah zu, wie er sie ausbreitete. Es war ein Stück Leinen. Er hatte es in Leim getränkt, mit Sand bedeckt und trocknen lassen." Sie spürt dieses Gefühl wieder, wie damals, als die Angst von ihr abfiel und der Neugierde wich.

„Er sagte: ‚Sand, das ist nichts anderes als sehr kleine Steine. Und Steine sind kleine Stücke Erde. Also fester Boden, egal wie hoch die Wellen rundherum sind.' Er zeigte auf den Sand und sagte: ‚Stell dich auf diese Steine und dann können wir einfach weitermachen. Mädchen, wir stechen in See!'"

Erst sehr viel später verstand sie, dass seine Worte auch noch eine viel tiefere Bedeutung hatten, die weit über Sand, Steine und Meer hinausging.

„Ja, klingt ganz nach Bob", stimmt Jeremiah ihr zu und die Härte ist aus seiner Stimme gewichen.

Er lenkt das Boot aus dem Hafen von Machiasport und Ann hat den Eindruck, er fährt seit ihrer Erzählung langsamer, irgendwie behutsamer. Sie fahren schweigend an grünen Inseln vorbei, die sich wie niedrige Hügel aus dem Wasser erheben, mit Kiefern bedeckt und von Granit gesäumt.

Links ragen steile Klippen empor wie Türme. Ann erinnert sich, diese Felsen sind der erste Hinweis, dass sie sich dem Hafen von Ansel nähern. Da hätten sie eigentlich einmünden sollen, um nach Hause zu kommen. Doch Jeremiah fährt geradeaus.

„Ich muss noch was erledigen." Mit einer Kopfbewegung zeigt Jeremiah auf Container voller Post.

Ann schaut auf ihre Uhr – 12.37 Uhr – und kann fast hören, wie er die Augen verdreht. Sie versteht ihn ja auch. Er war schon vor Sonnenaufgang unterwegs, wohin auch immer. Wahrscheinlich ist er jetzt müde und hungrig und mit seiner Arbeit in Verzug. Aber sie braucht eine Internetverbindung, um weitere E-Mails abrufen zu können. Andererseits hat er ihr seinen halben Arbeitstag geschenkt, damit sie Bob sehen kann.

„Ja, natürlich", sagt sie deshalb nur. „Sagen Sie mir, wie ich helfen kann."

„Erst mal könnten Sie hier das Ruder übernehmen." Jeremiah verlässt das Steuerhaus und stapft zu den Behältern. „Dann kann ich so lange die Sendungen vorbereiten."

„Was?" In Panik springt sie auf. Niemand am Steuer. Steuer? Ruder? Wie heißt das Ding überhaupt? Der Platz davor ist jetzt jedenfalls leer. „Hey, ich hab doch keine Ahnung davon!"

„Kein Problem", sagt er, „einfach geradeaus lenken."

Sie schluckt, greift nach dem Steuerrad und hält es fest, während sie so konzentriert auf die Wellen schaut, dass ihr von deren Bewegung ganz schwindlig wird. Sie passieren Bobs Insel auf der linken Seite und jetzt, bei Tageslicht, sieht sie etwas, was ihr in der Morgendämmerung entgangen war. Da ist ein Zaun rund um die Insel, verschlossen und traurig sieht das aus, wie ein abgetragenes schlaffes Kleidungsstück. Sie sieht genauer hin und unwillkürlich bewegen ihre Hände das Ruder in die Richtung. Schnell korrigiert sie den Fehler und stellt erschrocken fest, dass dieses Schiff sich wirklich von ihr steuern lässt. Da sie sich kennt, weiß sie, dass sie irgendwie alles vermasseln wird.

Ihr ist nicht bewusst, wie verkrampft sie ist, bis Jeremiah zurückkommt und zu ihr tritt. Er bewegt sich vorsichtig, der Raum ist sehr eng. Aber als er mit einer ruhigen, klaren Bewegung seine Hand auf den Griff an der Außenseite des Steuerrads legt, streift seine Hand die ihre.

„Sehen Sie? Gar kein Problem." Ihr fällt wieder auf, dass er nicht so spricht wie die Leute aus Maine.

Sie weicht zurück, stellt sich an die Tür und überlässt ihm den Platz.

Er legt an einer Insel an, die vor dem Hafen liegt. Ann erinnert sich an den Ort. Everleas Landsitz. Irgendetwas hat das auch mit ihrer Familie zu tun, aber sie kann sich nicht mehr erinnern. Gab es einen Bezug zu Urgroßmutter Savannah? Heute gehört ihrer Familie hier nichts mehr, aber sie hatte Bilder gesehen, ein viktorianisches Haus mit Spitzdach, Pavillon, Teich und allem, was dazugehört.

„Bin gleich wieder da", sagt Jeremiah, greift sich eine beige Umhängetasche und folgt dem steilen Pfad, der zwischen den Bäumen verschwindet.

Das Boot schaukelt sanft und die Sonne wärmt Anns Schultern. Um hier in dieser Landschaft auf einem Boot zu liegen und die Ruhe zu genießen, dafür geben manche ihre gesamten Ersparnisse aus, sagt sie sich selbst. Davor muss man doch keine Angst haben.

Trotzdem kann sie nicht aufhören, Notfallpläne zu schmieden und zu überlegen, wo die Schwimmwesten sind und wie sie am schnellsten von Bord und an Land kommen kann.

Sie wartet. Langsam verstreichen die Minuten. Sie streckt sich, geht zurück ins Steuerhaus. Alles sieht genauso aus wie gestern, nur dass sie es bei Tageslicht besser sehen kann. In der Ecke steht eine Gitarre, kleiner als gewöhnlich, mit Koffer und Schultergurten. Eine Wandergitarre. Hat bestimmt auch mit Bob zu tun.

Dann nimmt sie sich die alte Ausgabe des *Mondstein*-Krimis aus dem Regal. Eine gute Idee, die Wartezeit mit einem Buch zu verkürzen. Aber kaum hat sich Ann wieder draußen auf der Bank niedergelassen und das Buch aufgeschlagen, da fällt schon etwas zwischen den vergilbten Seiten heraus.

Sie greift nach dem Blatt und will es wieder ins Buch stecken und ihr Blick fällt auf die ersten Worte. *Hey Fletch …*

Ein Brief.

Ann wendet den Blick ab.

Unwillkürlich speichert ihr Gedächtnis die Handschrift wie ein Foto. Es ist eine glatte, geschwungene Schrift, schräg geneigt, wie wenn eine kräftige Brise darüber weht, die langen Bögen zeigen ein leichtes Zittern.

Ann will die nächsten Worte nicht sehen, kann es aber nicht verhindern, schaut nicht schnell genug weg. Sie prägen sich ihr sofort ein. *Ich weiß, du willst das im Moment nicht lesen …*

Ihr nahezu fotografisches Gedächtnis ruft die Seiten des Lehrbuchs auf, aus dem sie im Studium gelernt hat. Lies weiter, scheint es zu sagen. *Das Studium der schriftlichen Kommunikation ist entscheidend,* stand in einem der Bücher, *um Einblick in die Struktur und Funktion der menschlichen Interaktion zu gewinnen. Auch eine ganze Gesellschaft, sie sei modern oder historisch, kann nicht vollständig verstanden werden, wenn man darauf verzichtet …*

Sie steckt den Brief zurück ins Buch, schlägt es zu, presst den Brief fest zwischen die Buchdeckel. „Schluss damit", ermahnt sie sich selbst und verweist das Phantom von einem Lehrbuch in die Schranken. Mag ja sogar stimmen, was im Lehrbuch steht, aber wenn sie während ihrer kurzen und katastrophalen Karriere als empirische Anthropologin eine Sache gelernt hat, dann die: Wissen nützt nichts, wenn Vertrauen fehlt.

Und Vertrauen muss man sich verdienen.

Aus den Bäumen an Land ertönt ein Geschepper, als wäre ein Stapel Geschirr zu Boden gekracht. Ann eilt vom Boot und hastet den Weg hinauf, den Jeremiah vorhin genommen hat. Schon bald lichtet sich der Wald und vor ihr steht das Haus, genau wie auf den alten Fotos, in Blassgelb und Weiß. Auf der Terrasse kniet Jeremiah, mit einem besorgten Gesichtsausdruck.

Ein medizinischer Notfall. Er ist Sanitäter. Der Schlag, sein Blick, seine Körperhaltung – er versorgt jemand! Sie rennt zu ihm, zieht ihr Handy, will Hilfe holen. *Kein Netz.*

„Schätzchen, so was geht hier nicht." Eine Frau mit langem weißem Zopf und einem ausladenden Strohhut nimmt Ann das Handy aus der Hand. Sie hält es von sich weg wie einen drei Tage alten Fisch, den man wieder ins Wasser schmeißt. „Musst du telefonieren? Du kannst gern mein Funkgerät benutzen, wenn du das Festland erreichen musst."

„Ich … Es war nur ein Reflex …“ Ann bewertet die Szene neu. Jeremiah sammelt die Bruchstücke eines Porzellantellers auf, das Gesicht der Frau ist mit Erde verschmiert. Ihre Jeans hat sie unten in schwarze Socken gesteckt, die Knie sind dreckig. „Ich habe das Klirren gehört. Ist alles in Ordnung?“

„Abgesehen von der Kuchenplatte geht's allen gut“, antwortet die Frau. „Und bis auf das Gebäck. Aber das war sowieso misslungen.“ Sie weist mit dem Zeigefinger über die Schulter auf das Haus. „Da oben stapelt sich so viel Porzellan und Besteck. Ist wohl noch aus der Blütezeit dieses Hauses. Das edle Zeug verstaubt und ich esse am Lagerfeuer. So eine Verschwendung, findet ihr nicht auch? Es heißt ja, man könne im Alter nichts mehr dazulernen. Ich sehe das anders. Will jetzt endlich herausfinden, wie man ordentliches Essen macht. Der erste Schritt war dieses fürchterliche Gebäck. *Auf jeden Fall* wird all dieses Geschirr wieder zum Einsatz kommen, und zwar nicht nur als Staubfänger.“

„Wenn du vorhattest, was *Fürchterliches* zu machen, ist dein Gebäck doch prächtig gelungen“, grinst Jeremiah.

Die Frau wirft ihm einen tadelnden Blick zu und Ann ist im Begriff, sie und ihr Gebäck zu verteidigen. Doch da wirft die Frau ihren weißen Zopf mit einer schnellen Kopfbewegung nach hinten und lacht schallend auf.

„Der war gut, Fletch.“ Sie richtet den Zeigefinger auf ihn und Jeremiah deutet eine Verbeugung an.

Ann hat das Gefühl, dass diese Frau noch nie Kontakt mit Menschen aus anderen Gegenden hatte. Irgendwie sympathisch, vielleicht sogar beneidenswert.

Jeremiah steht auf, die Scherben des Tellers in den Händen. Die Frau zeigt auf einen verzinkten Eimer. „Wirf sie in den Ascheimer, wo sie hingehören.“

Beim Blick auf den Eimer sieht Ann, dass auf der Asche ein trauriges Häufchen verkohltes Gebäck thront.

„Ich hab's mal wieder verbockt, wie ihr seht“, kommentiert die Frau ihren misslungenen Backversuch.

„Sylvia Phelps", stellt sie sich dann vor und streckt Ann die Hand hin, die in einem Gartenhandschuh steckt. Ann schüttelt sie und hat nun auch Erde an der Hand. Die Erde passt zu dieser Frau.

„Sie nannten mich Sully vom Berg", sagt sie. „Aber ihr könnt zu mir sagen, was ihr wollt. Einfach Sully. Oder Sylvia. Von mir aus auch Mary Poppins, ist für mich alles okay. Namen spielen keine Rolle. Wie heißt du?"

Ann kommt kaum mit, so schnell redet die Frau. „Mein Name? Ich bin Annie." Sie flüstert ihn fast ... diesen Namen, der so ungewohnt klingt, wenn sie selbst ihn sagt. So viele Jahre war sie einfach nur Ann. Aber jetzt, seit sie wieder hier ist ... „Annie Bliss", ergänzt sie. Der Name löst ein Kribbeln aus.

„Annie." Sully spricht den Namen langsam aus, als könnte damit etwas nicht stimmen. „Bobs Annie?"

Bobs Annie. Sie kann diese Worte gar nicht oft genug hören, so viel Zugehörigkeit, so viel Geborgenheit liegt darin. „Ja", sagt sie, „ich bin wegen Bob gekommen."

„Und ich dachte, du wärst in San Francisco, Miami oder Beirut oder was weiß ich wo."

„Fast richtig", lächelt sie und neigt den Kopf, „ich komme aus Chicago."

„Aha." Sully stemmt die Hände in die Hüften und mustert Annie von oben bis unten.

Jeremiah beobachtet das alles amüsiert. Jetzt nimmt er sich eine Schaufel und beginnt zu graben, hinter der Terrasse, wo es aussieht, als würde hier ein Gemüsegarten entstehen. „Hier, Sully?"

„Perfekt, Fletch, danke!" Sie dreht sich zu Annie um und deutet auf die weißen Korbstühle. Die beiden Frauen setzen sich. „Ich brauche einen Zaun. Dieses fürchterliche Wild hier in der Gegend hat es auf mein Grünzeug abgesehen."

Sully nimmt ein Taschenmesser und fängt an, einen Stock zu schnitzen. „Für die Fische", sagt sie und prüft mit der Fingerspitze, ob das Messer scharf ist. „Geht doch nichts über die althergebrachte Weise beim Fischen."

Annie stellt sich diese robuste, erdverschmutzte Frau vor, wie sie auf der vornehmen Terrasse des viktorianischen Anwesens sitzt. Sie und ihr Haus passen wirklich nicht zusammen. Und doch ist es in gewisser Weise auch genau richtig, wie sie hier auf dieser Insel lebt, mitten im Meer, das ungebändigt und wild ist wie diese Frau. Annie wittert die Geschichten, die man sich hier erzählen lassen kann.

„Was bauen Sie an, Sully?" Annie greift zu ihren professionellen Strategien. Beziehungen entstehen, indem man gute Fragen stellt. Dieser Ansatz hatte sie damals ursprünglich zur Anthropologie gebracht. Ihre Schüchternheit hatte ihr als Teenager sehr zu schaffen gemacht, aber dann hatte sie die Kraft des Fragens entdeckt. Wenn sie die richtigen Fragen stellte, begannen andere zu erzählen, manche hörten fast gar nicht mehr auf. Sie selbst brauchte einfach nur zuzuhören. Es wurde zu ihrer Lieblingsbeschäftigung. Welche Schätze wurden ihr anvertraut, einfach nur, weil sie ein paar schlichte Fragen stellte. Jedes Gespräch war eine Bereicherung.

„*Sie?*", bellt Sully. „Dass du nur mal sofort damit aufhörst, Schätzchen. Ich bin Sully für dich, wie für alle anderen alten Mainer auch. Wir machen es uns hier nicht mit Höflichkeiten kompliziert, wenn du verstehst, was ich meine."

Erschrocken zuckt Annie zurück. Dann muss sie grinsen.

„Also", wiederholt sie, „was baust du an, Sully?"

„Anbauen!" Sully spuckt das Wort voller Verachtung aus. „Wir haben hier doch nur Schlamm. In Maine gibt es keine Jahreszeiten, es herrscht immer Schlammsaison. Sommer, Herbst und Winter – immer ist alles matschig. Frühling kennt man hier gar nicht. Im Sommer wächst dann irgendetwas, aus dem Dreck."

Das hatte Annie ganz vergessen. Nachdem die Leute hier den schweren Winter hinter sich haben, schmilzt alles … und verwandelt sich in Matsch. Und doch – im ganzen Universum gibt es keinen Ort wie Maine. Die Rückkehr hierher ist für Annie, als würde sie eine sonnige Lichtung entdecken, ein lange verlorenes Zuhause wiederfinden, sich endlich am richtigen Ort niederlassen.

„War es auf dem Berg besonders schlimm mit dem Matsch?"

„Berg?“

„Du hast vorhin etwas von einem Berg gesagt. Kommst du von da?“

„Man kommt nicht von einem Berg. Der Berg *macht* einen Menschen. Ich war fünfzig Jahre Bergführerin, bis ich endlich meinen Kompass abgegeben habe.“ Sie deutet vorwurfsvoll auf Annie. „Nicht, dass ich einen gebraucht hätte. Kenne den Katahdin ja so gut wie meine Westentasche.“ Annie erinnert sich an den Namen, das ist der höchste Berg von Maine.

„Du hast dort bestimmt viel erlebt, hast viele Geschichten zu erzählen“, vermutet Annie.

Sylvia brüllt fast: „Geschichten!“ Sie deutet mit dem Kinn auf Jeremiah, der auf seiner Schaufel lehnt und zuhört, das Loch hat er fertig gegraben. „Ich sag euch was. Ihr beide kommt diese Woche noch mal vorbei und ich werd’ euch ein paar Geschichten erzählen. Ich fange mit dem tollwütigen Streifenhörnchen an und von den Horden der Besserwisser aus der Stadt erzähl’ ich euch auch. Wenn ihr Glück habt, koch’ ich auch was.“ Sie wirft einen bezeichnenden Blick zum Ascheimer. „Oder Pech, je nachdem.“

Damit scheint der Besuch beendet zu sein.

Sully bringt die beiden noch zur *Glad Tidings* zurück und winkt mit dem Schlapphut, während das Boot ablegt.

Während der gesamten Rückfahrt wirft Jeremiah immer wieder verstohlene Blicke zu Annie hinüber. Seine Miene ist undurchdringlich und Annie ärgert das. Sie kann ihm überhaupt nicht ansehen, was er denkt. Er hat ein Pokerface aufgesetzt, das nicht zu entschlüsseln ist.

„Machen Sie so was öfters?“, fragt sie ihn schließlich.

„Machst *du* so was öfters, muss es heißen. Annie.“ Er sieht sie mit einem leicht amüsierten Lächeln an. „Hast du nicht gehört, was Sully gesagt hat? Wir machen es uns hier nicht mit Höflichkeiten kompliziert. Jeremiah für dich.“

Annie ist sprachlos. Dieser Fremde, dieser abweisende Typ, dieser Mann, der sich so aufopfernd um Bob kümmert, dieser Mensch, den sie kaum kennt und der in ihr so viele Fragen wachruft … Aber okay.

Sie hat gehört, was Sully gesagt hat. Und … sie denkt an Bob. Bob verbindet sie beide. Wenn Bob hier wäre, wäre alles ganz einfach.

„Also, Jeremiah, machst du so was öfter?"

„Was?"

Annie weist auf Sullys Insel. „Pfostenlöcher graben, währen du Post auslieferst."

„Nein, kann ich nicht behaupten." Jeremiah lächelt unsicher.

„Aber andere Sachen in der Art gehören schon zu deinem Job, oder?"

„Na ja, das gehört insgesamt zum Leben hier dazu. Hast du das vergessen?"

Schon hat er sie wieder zum Schweigen gebracht. Sie kennt die Großstadt, ist vertraut mit der Anonymität und der geballten Dynamik, wo so viel Leben auf engem Raum stattfindet, pulsierend und voller Energie und durchaus mit seinem eigenen Reiz, wo aber auch schon ein Augenkontakt zum Sicherheitsproblem werden kann und der Werbeslogan der Versicherungsagentur im Nebenhaus das Gespräch mit dem Nachbarn ersetzt. Die Großstadt lädt dazu ein, auf der Oberfläche der Gesellschaft zu surfen … Was sie bisher immer als Vorteil sah. Auf jeden Fall als eine Art von Schutz und Sicherheit.

Nur diese wachsende Leere im Innern, die spricht eine andere Sprache.

Sie fahren schweigend weiter, bis die Seemannsklause in Sicht kommt. Jeremiah legt an und reicht ihr die Hand, während sie von Bord geht, hält sie dann noch ein paar Sekunden länger fest, als ob sie ihm sonst entwischen würde. „Annie, wo hast du das gelernt?", fragt er schließlich. Er forscht in ihren Augen und es fällt ihr schwer, seinem Blick standzuhalten und vor der Intensität nicht auszuweichen.

„Was gelernt?"

Er lässt ihre Hand los. „Sully. Ich bringe ihr jede Woche die Post, seit drei Jahren, aber noch nie hat sie mir was vom Berg erzählt."

Annie lächelt. „Dann ist es Magie."

„Na super." Er verdreht die Augen. „Erzähl mir nur noch, dass es mit den Mondphasen zu tun hat und …"

„Nein", unterbricht Annie und spürt die wachsende innere Abwehr. „Es ist die Magie des Fragens. Menschen. Man kann sie fragen und von ihnen lernen."

Er mustert sie. „Nicht immer."

„Was meinst du?"

Jeremiah wirft ihr einen Blick zu, der sie noch wütender macht. Damit stürmt er den Weg hinauf, als hätte er die Diskussion gerade abschließend gewonnen.

Sie joggt, um ihn einzuholen.

„Was meinst du?", fragt sie noch einmal.

„Nicht jeder wird dir deine Fragen beantworten, hier in der Gegend schon gar nicht."

„So wie du zum Beispiel, ja?"

„Zum Beispiel."

„Warum nicht?"

„Bob hat mir von dir erzählt."

Sie bleibt abrupt stehen.

„Was hat er dir von mir erzählt?"

„Na ja … dass du Menschen ausforschst."

Der Typ spinnt.

„Du bist eine Menschen-Detektivin. Das ist doch dein Job, oder? Leute beobachten und Sachen über sie herausfinden."

Seine Definition ist sehr schlicht, aber auf den Punkt gebracht. Mühelos schiebt er den Nebel der vergangenen vier Jahre, in denen sie Menschen zu Zahlen, Tabellen und Trends verarbeitet hat, zur Seite und fasst zusammen, wer sie ist und was sie tut.

„Ich bin Kunden- und Konsumanalystin", sagt sie dumpf. „Ich verarbeite Verbraucher- und Marktforschungsdaten, das sind Zahlen." Sie geht um ihn herum und auf dem kürzesten Weg zum schützenden Hauseingang, während er, warum auch immer, am Haus vorbei nach hinten geht.

Da sieht sie auf den Stufen, die sie von ihrer sicheren Zuflucht trennen, einen Mann im grauen Anzug. Annies Gedanken beginnen zu rasen. Er kann doch nur vom Krankenhaus sein. Oder von der

Bezirksverwaltung? Bringt er die Nachricht, die sie auf keinen Fall hören will? Das muss es sein. Sein Gesicht ist ernst, seine Augen schauen trüb hinter der Nickelbrille.

„Guten Tag“, sagte er mit emotionsloser Stimme, „ich bin hier in der Angelegenheit von Mr Robert Bliss.“

„Oh“, murmelt Annie mit großen Augen, „er ist doch nicht … hat doch nicht …“

„Ich habe einen festen Termin mit ihm und jetzt warte ich schon seit über einer Stunde.“

Sie kann ihre Erleichterung nur mühsam verbergen. „Verstehe.“

Erst jetzt scheint der Mann sie wahrzunehmen. „Spencer T. Ripley“, sagt er. „Ich glaube, wir hatten noch nicht das Vergnügen.“

Sie stellt sich vor, verschränkt die Arme und tritt einen Schritt zurück. „Sie haben also einen Termin mit Bob?“

„Nein, hat er nicht.“ Annie fährt herum. Jeremiah ist aufgetaucht, das Gesicht versteinert, Holzscheite unter dem Arm. Er fixiert Spencer T. Ripley wortlos, während er an ihm vorbei ins Haus geht.

„Hey!“ Annie folgt ihm und sieht, wie er einen Umschlag von dem aufgespießten Stapel nimmt, der zusammen mit dem abgeschnittenen Telefon auf dem Tisch hinter der Haustür steht. *Spencer T. Ripley* steht auf dem Umschlag. Stimmt, daher kam ihr der Name bekannt vor.

Jeremiah geht hinaus und drückt dem Mann den Umschlag an die Brust. Hastig greift der danach, reißt ihn auf. Jeremiah wartet mit verschränkten Armen.

Spencer überfliegt das Blatt wie ein Jäger, der nach seiner Beute sucht. Dann hält er inne. Schaut noch einmal darauf und das Leuchten in seinem Gesicht erlischt.

„Sehr lustig“, murmelt er. „Bitte sagen Sie Mr Bliss, das Komitee zur Förderung der Exzellenz in der maritimen Poesie wartet mit großem Interesse auf sein nächstes Werk, um es dem Publikum auf dem bald stattfindenden Kongress als Erstaufführung vorzustellen.“ Der Mann redet, als verläse er einen offiziellen Brief.

„Na dann viel Glück“, sagte Jeremiah.

Spencer T. Ripley wendet sich von ihm ab und nun Annie zu. „Sie sind Miss Bliss?“

Annie nickt, zieht eine Wasserflasche aus ihrer Tasche und nimmt einen Schluck.

„Ich wäre Ihnen sehr dankbar, verehrte Miss Bliss, wenn Sie meine Botschaft an den sehr verehrten Mister Bliss übermitteln könnten.“

Annie spuckt fast ihr Wasser aus – nicht weil Bob diese Ehrerbietung nicht verdient hätte, wohl aber weil sie sich das Gesicht vorstellen kann, mit dem er auf diese Botschaft reagieren würde.

Der Mann zieht eine blütenweiße Visitenkarte in markanter schwarzer Schrift aus seinem Jackett und reicht sie ihr. „Wenn Sie in Erfahrung bringen können, ob Mr Bliss das versprochene neue Werk verfasst hat, bitte setzen Sie mich in Kenntnis.“ Damit schickt er sich zum Gehen an, dreht sich aber dann noch einmal um und wirft Annie über die Schulter einen verschwörerischen Blick zu. Mit einem Zwinkern, als wäre er nicht Spencer T. Ripley, sondern Spencer Tracy, der Filmstar, fragt er jetzt: „Oder vielleicht können wir auch mal einen Kaffee zusammen trinken? Kommen Sie doch einfach mal vorbei, ich wohne über dem Maklerbüro hier am Ort.“ Ohne auf ihren erschrockenen Blick zu reagieren, fährt er fort: „Ich habe mich dort für die nächsten zwei Wochen eingemietet, um das Festival vorzubereiten.“

Jeremiah fallen die Holzscheite aus der Hand und landen mit Gepolter auf den Dielen, während Spencer in seinen feinen Lederschuhen den Weg hinunter zum Hafen geht.

Das Papier, das er aus dem Umschlag gezogen hat, lässt er achtlos zurück. Es segelt hinter ihm im Wind, vollführt einige Kreise, bis Annie es auffängt und liest, was Bob geschrieben hat.

Willst du dein Leben gut leben
Musst du dich selber gern geben.

Willst du ein Gedicht gut schreiben
Musst du lange auf Wortsuche bleiben.

Annies Blick wandert ratlos zwischen dem Zettel und dem sich eilig entfernenden Mann hin und her. Jeremiah beobachtet sie, so ernst wie immer, nur seine Augen lachen.

„Was war das denn gerade?", fragt Annie ihn ratlos.

Jeremiah hat sich gebückt, um die Holzstücke aufzusammeln, die aus ihrer braunen Papierhülle gerutscht sind. „Du bist gerade Bobs größtem Albtraum begegnet."

Annie kniet jetzt neben ihm und hilft, das Holz einzusammeln, während er erklärt, welche Plage dieser Spencer T. Ripley für Bob bedeutet. Dass die Abteilung des New England Oceanic College, die er leitet, gerade einen Kongress über maritime Literatur vorbereitet. Dass Vertreter der Universität vor drei Monaten unangekündigt in einer Gemeinderatssitzung erschienen sind und erklärten, Ansel-by-the-Sea sei als Veranstaltungsort für die prestigeträchtige Eröffnungsfeier des Kongresses über maritime Literatur ausgewählt worden. Dass der Gemeinderat protestiert und sie informiert hatte, dass es keine geeigneten Räume und freien Quartiere gebe, da genau an diesem Wochenende das berühmte Hummerfest stattfinden würde, das viele Menschen in die Stadt lockte. Und dass Spencer T. Ripley und sein Komitee für Exzellenz in maritimer Poesie es sich nicht hatten ausreden lassen, die Stadt trotzdem an ebendiesem Wochenende zu beglücken und dass sie den lokalen Dichterfürsten Robert Bliss zum Ehrengast und Hauptredner des Abends auserkoren hätten.

Ausführungen, die die meisten Mitglieder des Stadtrates unbeeindruckt und mit einem gelegentlichen unterdrückten Auflachen zur Kenntnis genommen hatten. Mr Ripley hatte Bob bis dahin noch nie getroffen – es wusste auch nicht, dass Bobs insgesamt etwas raues Gebaren sich um ein Vielfaches verschlechterte, wenn ihn jemand auf das Gedicht ansprach, das er vor über fünfzig Jahren veröffentlicht hatte.

„Wie hat Bob reagiert?"

„Kannst du dir ja wohl vorstellen", antwortet Jeremiah. „Bob war nicht bei der Gemeinderatsversammlung dabei, aber Spencer kam hierher, um ihm die ‚gute Nachricht' zu überbringen. Bob hat ihm die Tür vor der Nase zugeschlagen und weigert sich entschieden, an diesem Literaturkongress teilzunehmen. Die ganze Stadt spricht seither vom Bobkongress. Aber Bob wird zum Hummerfest gehen und nicht mal in die Nähe der anderen Veranstaltung kommen. Er hat einen Stapel von ‚Gedichten' geschrieben", Jeremiah zeigt auf den Zettel, den Annie noch in der Hand hält, und malt mit den Fingern Anführungszeichen in die Luft, „so hat er immer etwas griffbereit für den Fall, dass Mr Ripley wieder auftaucht. Er hat einfach ein paar flache Worte mit billigen Reimen verbunden, fertig."

Annie lächelt und würde den schroffen alten Mann jetzt am liebsten umarmen.

„Seither ist dieser Typ eine Plage bei jeder Stadtratsversammlung", fährt Jeremiah fort, „er hält uns über alle Entwicklungen auf dem Laufenden, was wirklich keinen interessiert. Jedes Mal reist er schon einen Tag vor der Versammlung an und hinterher taucht er bei Bob auf und hofft auf ein neues Gedicht. Irgendwie glaubt er wirklich daran, dass er den großen Dichter, der einst eine ganze Nation bewegt hat, wieder zum Schreiben bringen kann."

Immer wieder hatte Annie etwas von diesem berühmten Gedicht gehört, das Bob in den Vierzigerjahren geschrieben haben sollte. Aber bis jetzt hatte sie nicht den kleinsten weiteren Hinweis dazu in Erfahrung bringen können, auch wenn sie als Kind in jenem Sommer alles versucht hatte, um es einmal lesen zu dürfen. Bob hatte dadurch eine gewisse Bekanntheit erlangt, aber er weigerte sich, es auch nur als Gedicht zu bezeichnen. „*Das sind nur ein paar Worte*", brummte er jedes Mal, wenn er darauf angesprochen wurde.

„Die hätten alle einfach nur *Rusty Joe's* Kleinanzeigen lesen müssen", sagt Annie und Jeremiah lacht. Es ist das erste Mal, dass Annie ihn lachen hört. Ein tiefes, lebendiges Lachen, das sanfte Linien um seinen Mund zeichnet und die ganze Atmosphäre verändert. Annie stimmt in sein Lachen ein, ihre Blicke begegnen sich, ruhen für einen Moment ineinander.

Jeremiah wendet den Blick zuerst ab, schaut über die Schulter, den Weg hinunter. „Ich muss noch zum Bootshaus", erklärt er, bleibt aber unschlüssig stehen.

„Gut“, sagt Annie, „lass dich nicht aufhalten.“

Er reagiert nicht. Wieder einmal erlebt Annie, dass dieser Kerl nie in Eile ist. Egal, was gerade das Thema ist, er lässt sich Zeit und denkt in aller Ruhe nach. Sie versucht, die Stille auszuhalten. „Komm“, sagt er endlich, „du warst noch nicht im Bootshaus, also seit du wieder da bist, meine ich.“

„Na ja, tatsächlich war ich noch nie dort drin“, räumt sie ein.

„Nicht?“

Sie schüttelt den Kopf. „Es war immer abgeschlossen. Das Vorhängeschloss sah so aus, als würde es schon seit Jahrzehnten dort hängen. Ich hab mir immer vorzustellen versucht, was in dem Bootshaus sein könnte.“

„Und?“ Jeremiah hat sich auf den Weg gemacht, sie geht dicht an seiner Seite.

„Ich war damals erst zehn.“

„Ja, gut. Und was hat sich die zehnjährige Annie ausgedacht, wer oder was in dem Schuppen sein könnte?“

Sie spürt, wie ihr die Hitze am Nacken hochkriecht. „Du wirst mich auslachen.“

„Nein, warum? Was hast du vermutet?“

„Ich dachte, im Bootshaus wäre ein Drache.“

„Oh.“

„Was hättest du denn gedacht? Es war immer abgeschlossen, ein Stück vom Dach fehlte und in der Nacht konnte man manchmal einen rötlichen Lichtschein sehen. Es musste irgendetwas sein, das Feuer spuckt.“

Jeremiah sieht sie an, ein Funkeln in den Augen, das sie nicht deuten kann.

Tja“, sagt er dann. „in gewisser Weise warst du gar nicht so weit von der Wahrheit entfernt“, sagt er.

„Ach ja?“

„Es ist etwas Überlebensgroßes darin. Und bis heute kann ich mir keinen Reim darauf machen.“

„Was ist es?“

„Hier.“ Jeremiah zieht einen Schlüssel aus der Tasche und reicht ihn ihr. Annies Herz fängt wie wild an zu klopfen. Genauso sieht auch der Schlüssel aus, den sie in dem Briefumschlag bekam. Angelaufenes Metall, nur dass dieser hier noch etwas verkratzter ist. Waren das Duplikate? Hat Bob ihr mit dem Schlüssel, den er ihr kommentarlos hinterlassen hat, die Einladung ins Bootshaus geschickt? Sie kramt in ihrer Tasche, holt ihre Ausgabe des Schlüssels heraus und gibt Jeremiah seinen Schlüssel zurück.

„Sieht gut aus“, sagt sie und hält ihren Schlüssel hoch.

„Woher hast du den?“

Stimmt, Jeremiah war ja gar nicht mehr im Raum gewesen, als sie den Umschlag öffnete.

„Das war in dem Briefumschlag, den Bob für mich auf den Tisch gelegt hatte – sonst nichts, nur dieser Schlüssel, ohne Erklärung.“

Sie sieht, wie Jeremiah die Information verarbeitet und in Gedanken verschiedene Erklärungsmöglichkeiten durchgeht. Schließlich nickt er einfach nur und sagt: „Mal sehen, ob er passt.“

Der Weg macht eine Biegung, dann taucht das Bootshaus vor ihnen auf, mit dunklen Schindeln an der Seite und vorn einem fleckigen weißen Verputz. Zeitlos steht es da. Der Weg zum Wasser sieht unbenutzt aus, er ist von Unkraut überwuchert.

Am Dach ist immer noch die eine Ecke kaputt, die früher schon schadhaft war. Aber jemand scheint die Stelle zu reparieren. Eine Leiter lehnt an der getäfelten Wand und die Öffnung im Dach ist mit blauer Folie abgedeckt, die sich im Wind bauscht.

„Reparierst du es?“

Er legt den Kopf zur Seite. „Wie man’s nimmt. Eigentlich war Bob an der Sache dran. Ich wollte es ihm ausreden, aber …“ Seine Augen werden schmal, während er auf das Gebäude schaut. Etwas wie Bedauern liegt auf seinem Gesicht. „Hier habe ich ihn gefunden, nachdem er gestürzt ist.“

Ach so. Annies Magen zieht sich bei dem Gedanken zusammen.

„Ich will das fertig haben, bevor er aufwacht. Eigentlich hätte ich es vorher machen sollen.“

„Jeremiah, das war nicht deine …“

„Es war meine Schuld“, fällt er ihr ins Wort. Die angespannten Kiefermuskeln sagen klar und deutlich, dass das Gespräch zu Ende ist. Er steuert auf die Tür zu, Annie folgt. Sie weiß, wie Reue sich anfühlt. Wie oft denkt sie genau das? Es ist ihre Schuld. Wenn sie da gewesen wäre …

Jeremiah winkt sie zur Tür. An einem eisernen Riegel hängt immer noch dieses verrostete alte Vorhängeschloss. Der Anblick fühlt sich an, als würden sich zwei Abenteurer nach langer Zeit wiedersehen.

Sie steckt ihren Schlüssel hinein.

Nichts.

Auch ein zweiter Versuch trifft auf hartnäckigen Widerstand, das Schloss bewegt sich nicht.

Jeremiah hält jetzt seinen Schlüssel hoch, mit neu aufkeimender Hoffnung greift sie danach und steckt ihren eigenen in die Tasche. Dessen Geheimnis wird noch ein Weilchen warten müssen.

Der Schlüssel von Jeremiah passt. Eine lebhafte Erinnerung an den Drachen überfällt sie und Annie hält den Atem an. Das Metall klickt … und das Schloss öffnet sich.

zehn

Boston

Dezember 1944

Tausend Tonnen Metall kreischen, der Zug bremst ab und fährt langsam in den Südbahnhof von Boston ein. Robert hebt seinen Blick aus einer alten Ausgabe des Grafen von Monte Christo, streift Jenny kurz und schaut dann aus dem Fenster. Auf dem Bahnsteig bewegt sich ein Gewirr von Soldaten, manche in marineblauen Uniformen mit weißen Mützen, andere in Armeegrün. Leutnants und Gefreite, Unteroffiziere und Kapitäne, unzählige Wege, die sich hier für einen kurzen Moment kreuzen, ehe sie wieder in verschiedene Richtungen aufbrechen, zu Urlauben, Ausbildungen und Einsätzen aller Art.

Robert setzt sich jetzt aufrecht und beobachtet das Treiben. Das ist also Boston. Zwei Flaggen bewegen sich im Wind, hoch über den massiven Säulen des Bahnhofsgebäudes, über den Fenstern und Balustraden und der großen Uhr im Giebel der Steinfassade. In Rot, Weiß und Blau wehen die Fahnen und erinnern Robert daran, warum sie hierhergekommen sind.

Jenny, ihm gegenüber, rutscht unruhig auf ihrem Platz hin und her. Sie kramt in ihrer Handtasche und zieht wieder das Telegramm heraus – sie hat es schon mindestens zehn Mal gelesen, seit sie Ansel verlassen haben. Robert kann es schon auswendig.

JENNY, HABE ZWEI TAGE URLAUB AB MONTAG. DANACH LÄUFT SCHIFF AUS. WENN MÖGLICH, KOMM UND TRIFF MICH, USO ORGANISIERT EINEN BALL. DETAILS SPÄTER. 21 KLAFTER, ROY

Sie lächelt, als sie den letzten Teil liest. Diese Klafter sind der Geheimcode von Roy und ihr. Jedes Mal, wenn ein Brief hin- oder hergeht, kommt ein Klafter dazu, als Ausdruck dafür, dass sie wieder ein Stück ihres gemeinsamen Lebensweges gegangen sind. Für Roy als Schiffsbauer waren die Klafter eine wichtige Einheit – das Maß für die Tiefe, die Entfernung vom Schiff zum Meeresgrund. Man sagt auch nautischer Faden dazu. Klafter oder Faden entsprechen der Spannweite der Arme eines ausgewachsenen Mannes. Nach Roys Definition nahm die Liebe, die ihr gemeinsames Boot trug, mit jedem Klafter zu. Brief um Brief, Klafter um Klafter gewann ihre Beziehung an Tiefe.

Sechs Wochen waren sie nun schon getrennt und einige Klafter waren dazugekommen, ungeachtet der Entfernung zwischen ihnen. Inzwischen kannte auch jeder in Ansel den Code, und wer Jenny begegnete, fragte gern: „Wie viele Klafter habt ihr schon, Jenny?“ Jedem Fragenden tat es gut, Jennys Strahlen zu sehen, das selbst der Schmerz über die Trennung von ihrem Roy nicht ersticken konnte.

„Zwei Tage“, murmelt sie jetzt, „zwei Tage, dann ist er weg.“

Roy hatte gehofft, zwischen der Ausbildung und dem Einsatz nach Hause kommen zu können. Aber nun hatte er nur zwei Tage, da machte es mehr Sinn, wenn sie nach Boston kämen, als dass er die kostbare Zeit unterwegs verbrachte.

Sie legt die Hand auf den Bauch, denkt daran, dass noch ein anderer Passagier mit an Bord ist.

„Ich werde ganz anders sein als die anderen Mädchen auf dem Ball“, sagt sie leise. In ihrer Stimme mischen sich Staunen und Ernst. Das Leben, das in ihr wächst, verändert sie weitaus mehr als die kleine Wölbung ihres Bauches, die bereits sichtbar ist. Verändert die Person, die sie ist, ihre Art, in dieser Welt zu bestehen. Sie ist irgendwie stärker und sanfter zugleich.

Die Passagiere sind dabei, ihr Gepäck zusammenzusuchen. Gleich werden sich die Türen öffnen. „Jenny, tut mir leid, dass ich das sagen muss", bemerkt Robert jetzt, „aber du hattest nie eine Chance, so zu sein wie die anderen Mädchen."

Ihr Kopf schnellt hoch, sie hat ihr dunkles Haar in Locken gelegt, die ihr Gesicht umrahmen, wie es der aktuellen Mode entspricht. „Wieso denn das, Robert Bliss?"

„Frag mal Roy", lächelt er, „er wird dir sagen, dass du allen anderen um Klafter voraus bist."

Sie lacht. „Das ist lieb von dir. Aber denk nicht zu schlecht über all die anderen Mädchen. Roy und ich haben beim Tanz heute Abend so unsere Pläne für dich, weißt du?"

Robert zuckt zusammen. Er wird versuchen, genau das zu vermeiden. Im Gegenteil, er will mit dieser Stadt, ihren Menschen und ihren Festen so wenig wie möglich zu tun haben. Das Letzte, was er sich für diesen Abend vorstellen kann, ist mit Mädchen zu tanzen, die er nie wiedersehen wird. Als ob diese Tanzveranstaltungen, die von der USO, der United Service Organisation, durchgeführt wurden, irgendetwas Gutes zum Krieg beitragen könnten. Es war ja sicher gut gemeint von den verschiedenen Wohltätigkeitsorganisationen und der Regierung, dass sie den Soldaten etwas Ablenkung bieten wollten, aber für Robert passt das nicht. Als könnte eine Gala diesem Krieg irgendwie nützen.

Er wird Jenny sicher zum Haus ihrer Tante Millicent in Boston bringen und dann dafür sorgen, dass sie wieder gut zurück nach Ansel kommt. Ansonsten sieht er hier aber keine Aufgaben für sich.

Doch Roy erwartet sie am Bahnhof und hat ganz andere Pläne für die nächsten zwei Tage. Zuerst gibt es bei Jennys Tante ein Festessen – Rinderbraten mit verschiedenen Beilagen, ein für diese Zeiten extravagantes Menü, das nur deshalb machbar war, weil die ganze Nachbarschaft ihre Essensmarken zusammengelegt hat. Alle wollen dazu beitragen, dass der Soldat, den sie gar nicht kennen, einen schönen Abschied feiern kann, bevor er in den Krieg zieht. Trotzdem will sich kein entspanntes Tischgespräch entwickeln, Jenny und Roy schauen sich einfach immer nur an. Aber nach dem Essen sind sie fest entschlossen, Robert mit zu der Gala zu schleppen. Er wehrt sich mit Händen und Füßen, bis Roy schließlich an das Steinewerfen auf ihrer Insel erinnert. „Wetten, du wirst heute tanzen, kleiner Bruder?“ Da gibt Robert seinen Widerstand auf.

Es ist dunkel, als sie an der Symphony Station aus der Bahn steigen und zum Roseland-State-Ballsaal gehen. Die Klänge der Big Band sind schon von der Straße aus zu hören und locken die Gäste in die Lobby. Die USO hat die ganze Halle für diesen Abend gemietet. Strahlende Gesichter von attraktiven Mädchen, in langer Reihe aufgereiht, begrüßen sie, Hände sind auf dem Rücken verschränkt oder ergreifen bereitwillig jeden Soldatenarm, der ihnen angeboten wird, an dem sie dann durch die Flügeltüren in den Ballsaal entschwinden. Jedes Mal, wenn die Türen aufschwingen, dringen die funkelnden Lichtstrahlen der großen Discokugel nach draußen und setzen bunte Lichtpunkte in der Lobby.

„Also dann mal los.“ Roy geht zu einem Tisch, an dem eine Dame mit einem Stapel von Listen sitzt. Roy sieht vornehm aus in seiner Uniform, stolz zieht er das Papier aus dem Jackett, das ihnen hier Einlass gewähren wird.

Die USO Boston gibt sich die Ehre,
Marinesoldat Roy A. Bliss
zu einem Abend unter den Sternen einzuladen.

Die Frau blättert in ihren Unterlagen. Unterdessen richtet sich Roberts Aufmerksamkeit auf eine junge Frau in einem dunkelroten Kleid, die zögernd an der Flügeltür steht und durch den Spalt die Paare im Saal beobachtet. Die lange Reihe junger Hostessen in ihren Ballkleidern und mit ihrem strahlenden Lächeln interessiert Robert nicht. Aber diese Frau betrachtet er lange, wenn auch nicht so, wie andere Männer hier die Mädchen anschauen.

Sie ist schön, aber das ist es nicht. Was ihn interessiert, ist die Geschichte, die in ihrem Gesicht zu lesen ist, eine Traurigkeit, die tief in ihrer Seele verankert scheint, während sie die Paare auf der Tanzfläche beobachtet. Die Musik schwillt an, die Beobachterin richtet sich auf. Ihr blonder Kopf schüttelt sich kurz und sie presst die Kiefer zusammen. Er kennt diesen Ausdruck, es ist der Blick einer menschlichen Seele, in der ein Kampf tobt. Dann dreht sie sich um, und ohne noch jemanden anzuschauen, geht sie hoch erhobenen Hauptes durch den Haupteingang hinaus in die Nacht.

„Ach bitte, können Sie nicht eine Ausnahme machen?" Roy beugt sich über den Tisch und lächelt die Dame so charmant wie möglich an. „Er ist mein Bruder und er tut für dieses Land genauso viel wie die anderen in Uniform –"

„Es tut mir leid, Marinesoldat Bliss." Ihre Stimme ist süß und zähflüssig wie Honig, als sie säuselt: „Vorschriften sind Vorschriften und die USO ist eine Vereinigung zur Unterstützung von Soldaten."

„Aber schauen Sie sich diese Züge an!" Roy packt Robert am Kinn, schiebt dessen Wangen zusammen und präsentiert sein Gesicht. Das hat ihn bestimmt jetzt nicht weitergebracht.

„Durchaus, sehr attraktiv, aber –" Sie unterbricht sich, schaut von einem zum anderen, zuerst erstaunt, dann belustigt. „Sie sind ja identisch!"

„Stimmt." Roy strahlt und zieht verführerisch eine Augenbraue hoch: „Wäre es nicht schön, ein Zwillingspaar auf der Tanzfläche zu haben? Wir sind eine wahre Augenweide, wenn wir tanzen."

Lass mich doch einfach aus dem Spiel, denkt Robert und schweigt.

Die Reihe der Wartenden hinter ihnen wächst und ungeduldige Kommentare werden laut.

„Nein", sagt Robert entschlossen. Er spürt, wie die Frau ihn noch einmal mustert, ihr Blick wandert über seine braune Hose, das weiße Hemd und den abgetragenen Wollmantel ohne jegliches militärisches Abzeichen und die bescheidene Mütze, ein Überbleibsel aus den Jugendjahren ihres Vaters. Robert tritt einen Schritt zurück. „Schon gut. Wir sehen uns später."

Jenny tritt näher, fein herausgeputzt mit einer Sammlung ausgeliehener Kleidungsstücke und Accessoires, die die Frauen in Ansel ihr zur Verfügung gestellt haben: Die blauen Handschuhe sind von Mrs Crockett, das silberne Seidenkleid stammt von Roys und Roberts Mutter und wurde extra für den Anlass gekürzt, und die Schuhe, zu denen Jenny Pantoffeln sagt, sind von Liza Montgomery. Die ganze Stadt war wie im Fieber, als die Nachricht von Roys Telegramm die Runde machte. Der zentrale Platz mitten im Ort hatte ausgesehen, als wäre der Dachboden eines Hauses explodiert, Kleider, Schuhe und alle erdenklichen Dinge wurden gebracht und die Frauen übertrafen einander darin, Jenny all die Dinge anzudienen, von denen sie sicher waren, es sei das bestmögliche Outfit. Jenny hatte gelacht – ihr erstes echtes Lachen, seit Roy gegangen war. Als sie Robert dann mit ihren blauen Augen ansah und fragte: „Würdest du mich begleiten?", da gab es für ihn nur eine mögliche Antwort.

Jenny beugt sich zu der Lady hinter dem Tisch und flüstert ihr etwas zu, ihre Augen funkeln. Sie schiebt ihre Hand in die von Roy und deutet verschwörerisch erst auf Robert und dann auf die Reihe der wartenden Hostessen.

Wenn sich doch der Boden auftun und ihn verschlingen würde.

Die Lady dreht den Kopf zur Seite und mustert die drei, die Winkel ihres rot bemalten und leicht verschmierten Mundes verziehen sich zu einem Lächeln. Robert fürchtet schon, sie würde zustimmen und ihn den Löwen zum Fraß überlassen, da sagt sie mit einem Seufzen: „Es tut mir leid, Vorschriften sind Vorschriften."

Robert entspannt sich wieder, er geht jetzt zu der Dame, nimmt ihre Hand, die den Stift hält, und drückt einen Kuss darauf. „Vielen Dank", sagt er.

„Junger Mann", protestiert sie und zieht ihre Hand zurück, „ich sagte Nein. Sie können leider nicht zu dem Ball gehen. Es tut mir leid, aber …"

„Ich weiß", sagt Robert, setzt seine Mütze auf und wendet sich dem Ausgang zu. „Danke noch mal!" Zu Roy und Jenny, die ihn überrascht anschauen, sagt er nur: „Wir sehen uns morgen." Er tritt hinaus in die kalte Luft und die Soldaten, die auf den Einlass warten, machen ihm Platz. Er fühlt sich so befreit.

Draußen fällt leiser Schnee. Robert geht zur Ecke der Huntington Avenue, wo ein Zimmer in einer Jugendherberge auf ihn wartet. Noch ein paar Augenblicke, dann ist er dieser ganzen lästigen Geselligkeit entkommen und sicher in seinem Zimmer.

Aber seine Füße tragen ihn in die entgegengesetzte Richtung. Er kennt dieses Gefühl, die Anziehungskraft des Ozeans. Das Meer ist das Einzige, was ihm in dieser geschäftigen Stadt vertraut ist. Und nichts sonst ist groß genug, um ihn aus der Enge der Häuserschluchten zu befreien, die ihm wie ein Gefängnis erscheinen.

Er geht einige Querstraßen weiter, wandert durch den großen alten Stadtpark, den Boston Common, wo ein mit Lichterketten geschmückter Baum und ein Weihnachtslieder singender Chor ihn daran erinnern, dass morgen Weihnachten ist. Der Schnee schmilzt, sobald er den Boden erreicht, und bildet kleine Rinnsale auf den gepflasterten Gehwegen. Das Wasser weiß, in welche Richtung es fließen muss, und Robert lässt sich davon leiten, immer bergab, wo er irgendwann das Meer finden wird.

Das Zischen der Gaslampen und die Tanzmusik sind jetzt weit weg. Da taucht in der nächtlichen Stille ein anderer Ton auf. Metall schlägt auf Metall, rhythmisch, und Roberts Schritte passen sich dem Tempo an. Für ihn sind diese Schläge angenehmer als Glenn Miller und die Tanzkapelle. Wahrscheinlich sind das schon die Geräusche aus dem Hafen. Jemand arbeitet, tut etwas. Mit diesem Tanz ist er vertraut.

Die Metallschläge werden lauter. Was auch immer da gerade gearbeitet wird, er kann doch sicher dabei helfen. Vielleicht baut sich jemand eine Wellblechhütte? Er kommt näher, schaut sich um und lacht. Gut, das hier ist nicht Maine. Große weiße Villen. Nein, ein Blechschuppen ist unwahrscheinlich. Aber trotzdem … er würde so wahnsinnig gern helfen, irgendetwas Praktisches tun, mit jemandem zusammenarbeiten, bloß um diesen herablassenden Blick der Lady am Einlass des USO-Balls loszuwerden.

Er biegt um die Ecke … und eine Brechstange trifft ihn beinahe im Gesicht. Sein Ellbogen fliegt hoch, um den Kopf abzuschirmen, und er duckt sich blitzschnell. Die Person vor ihm – in Schatten gehüllt, mit dem Rücken zu ihm – lässt die Brechstange landen: auf dem Stoßdämpfer einer eleganten Limousine, es ist ein Buick Roadmaster. Der Wagen funkelt im Licht der Straßenlaterne, er ist höchstens ein Jahr alt. Aber die vordere Stoßstange weist schon Spuren schwerer Misshandlung auf, sie ist verbeult und verformt von der Wucht des Angriffs.

„Ich halte das für keine so gute Idee", sagt Robert, richtet sich gerade auf und tritt der Person entgegen, die er bis jetzt nur von hinten sah.

Dann schreckt er zurück. Dieser „Kerl" ist kein Kerl, ganz und gar nicht. Er … *sie* – tritt aus dem Schatten und Robert erkennt eine ausgesprochen weibliche Figur, in einem tiefroten Kleid mit einem teuren Pelzmantel darüber. Ihre dunklen Augen blitzen, die Haare sind zerzaust und fallen ihr wie Goldregen ins Gesicht. Das Gesicht, das er vor Kurzem betrachtet hat. Es ist die Frau, die er beneidete, als sie so entschlossen den USO-Ball verließ.

elf

Es ist mit Sicherheit eine gute Idee." Die junge Frau stemmt ihre Fäuste in die Hüfte, die Brechstange hinterlässt einen Fleck auf ihrem Rock.

„Aber Sie wollen doch nicht …"

Die Frau stößt mit der Brechstange in seine Richtung und er weicht zurück. „Hören Sie mir mal gut zu. Das ist die erste gute Idee, die ich seit Langem habe. Sagen Sie das mal Misses Hampstead und ihrem Mädchencollege." Ein weiterer Stoß mit dem Brecheisen in seine Richtung, wie um den Satz zu unterstreichen. Jetzt muss nur noch jemand vorbeikommen. Es sieht ja aus, als hätte er die junge Frau bedrängt und sie würde sich gegen ihn wehren. Am Ende wird er heute Nacht noch verhaftet.

Besser, er geht jetzt.

Aber er schaut sie an, wie sie da steht mit ihrem erhobenen Schwert – wie Zorro persönlich –, und er kann nicht gehen. Irgendein Magnetismus lässt seine Augen an ihr haften.

„Ich kenne keine Misses Hampstead."

„Nicht? Ihr Glück. Wer sie kennt, wird in kürzester Zeit die ‚vier Sprachen der Romantiker' – das sind deren Worte, nicht meine, bewahre – lernen." Sie tippt mit den Fingern gegen die Brechstange und zählt ab. „Französisch. Latein. Deutsch. Italienisch. Ha! Eine davon ist tot. Zwei davon sollte man nicht sprechen, wenn man nicht als Verräter gelten will. Tatsächlich stehen Deutsch und Italienisch jetzt nicht mehr auf ihrer Liste, sind ja jetzt die Sprachen des Feindes. Aber …"

„Dabei wären die beiden Sprachen gerade jetzt besonders nützlich", wirft Robert ein. „Die braucht man doch jetzt beim Militär."

Sie lässt sich auf das Gespräch ein und beruhigt sich ein wenig. Vielleicht, folgert er, ist sie die Art von widerspenstiger Frau, über deren Zähmung Shakespeare schrieb.

„Sagen Sie das mal meinem Vater", schimpft sie. „‚Geh zum Tanz', hat er gesagt, ‚leiste deinen Beitrag, um unseren Soldaten zu helfen.' Als Hostess! Als ob es den Krieg beenden würde, wenn wir die ganze Nacht über die Tanzfläche hüpfen."

Vielleicht war sie gar nicht so unzurechnungsfähig, wie es zunächst den Anschein gehabt hatte.

„Aber lässt er mich wirklich helfen? Darf ich eine Aufgabe im Krieg übernehmen? Als Krankenschwester? Oder was auch immer? Nein!" Sie dreht sich wieder zu dem Auto um und schlägt mit voller Kraft auf die Stoßstange. „Nein" – rumms – „macht" – rumms – „er" – rumms – „nicht."

Sie atmet tief aus und schaut ihn an. „Wissen Sie, was die arme Witwe in der Bibel getan hat, die nur zwei kleine Münzen besaß?"

„Sie … hat beide geopfert." Jetzt hat er zum ersten Mal Blickkontakt mit ihr und er versucht, sie mit den Augen festzuhalten, hoffend, dass er sie damit beruhigen kann.

„Richtig. Und wissen Sie, was ich mein Eigen nenne?"

„Keine Ahnung, ich kenne Sie ja gar nicht."

Er will auch keine Vorurteile hegen, aber nach ihrem Kleid, dem Pelzmantel, den Satinhandschuhen und den glänzenden Schuhen zu urteilen, dürfte es nicht gerade wenig sein.

„Dieses Auto. Und das ist auch schon alles. Es ist das einzig Wertvolle, das ich jemals wirklich selbst besessen habe. Und das auch nur, weil meine Großmutter es mir geschenkt hat. Sie war eine starke Person, nicht der Typ, der einfach die Dinge geschehen lässt und sich fügt, wahrscheinlich habe ich das von ihr geerbt."

Er betrachtet das Auto. „… und jetzt schlagen Sie es kaputt?"

Sie verdreht die Augen. „Damit ich der Rüstungsindustrie den Kotflügel spenden kann."

Tatsächlich schlägt sie auf die Stoßstange, nicht auf den Kotflügel, aber er will sie nicht korrigieren. Sie macht weiter. „Die sollen das einschmelzen und daraus Schiffe machen oder was auch immer sie mit dem ganzen gespendeten Metall machen. Vielleicht wird es eines Tages einem Soldaten das Leben retten. Wenn ich das schon nicht selbst tun darf." Sie schaut zur Seite, ihre Stimme ist leise geworden.

Aha. Diese Haltung versteht er. Er geht einen Schritt auf sie zu, hat die Absicht, ihr zu helfen.

„Sie können mich nicht davon abbringen." Entschlossen streicht sie sich die Haare aus dem Gesicht, ihre schmutzigen Finger hinterlassen einen grauen Strich auf ihrer Stirn. Der passt irgendwie zu ihr.

„Würde ich niemals wagen." Er kniet sich neben die Stoßstange, schiebt seine Hand dahinter, sucht nach der Schraube. Er findet sie, dann hält er inne und sieht zu ihr auf. „Wenn es Ihnen nichts ausmacht, dass ich meine Nase in Ihre Angelegenheit stecke …"

Sie verschränkt die Arme. „Ich …" Räuspert sich. „Das ist okay." Ihre Blicke begegnen sich und sie entspannt sich. „Danke."

„Wenn Sie die Brechstange so lange stillhalten könnten", grinst er, „und vielleicht das Werkzeug aus dem Kofferraum holen?"

Sie grinst nun ebenfalls und öffnet den Kofferraum.

Er findet den passenden Schraubenschlüssel, löst den ersten Bolzen, macht beim nächsten weiter. Sie bückt sich, um ihm zuzusehen, und schaut ihn dabei verstohlen an. Er bemerkt und erwidert jeden einzelnen ihrer Blicke. Während er die Schrauben löst, verändert sich die Atmosphäre. Im Vergleich zu vorhin, als das Brecheisen geschwungen wurde, ist es jetzt friedlich und ruhig.

„Ich … ähm …" Diese Frau – Phönix, Gewalt, Feuersturm, was sie auch sein mag – scheint in Gedanken die ganze Szene noch einmal durchzugehen. Sie verzieht das Gesicht und streift den Schnee von den Schultern ihres Pelzmantels. „Ich nehme an, Sie sind nicht aus der Gegend?" Sie spricht jetzt in einem höflichen Konversationston, als würden sie sich in einem Restaurant gegenübersitzen und hätten sich nicht gerade noch in einem Kampf zwischen Brecheisen und Stoßstange befunden.

Er lacht. Trotz seiner besten Kleidung hat man ihn nicht in den Ballsaal gelassen und selbst hier draußen auf der Straße fällt auf, dass er anders ist. „Ich vermute, ein Fischer aus Maine kann sich einfach nicht so gut tarnen, dass er in Boston nicht auffällt", sagt er. „Liegt es an meinen Kleidern?"

„Du liebe Güte, nein." Sie schaut an sich selbst herunter. „Kleider spielen für mich keine Rolle. Meine Mutter hat mir das aus New York mitgebracht, um den Soldaten den Kopf zu verdrehen." Sie streicht über den Rock, wo die Brechstange schwarze Spuren hinterlassen hat, und lacht. „So viel dazu."

„Es war ziemlich beeindruckend, Sie so zu erleben, mit der Brechstange", nickt Robert, „wirklich sehr überzeugend."

Sie lacht und ihr Lachen klingt wunderschön, als würde es aus einem hellen Ort in ihrer Seele strömen.

„Es sind nicht Ihre Kleider", sagt sie dann, „aber Sie sind einfach kein typischer Mann aus Boston … Sie haben so etwas …", sie schreibt mit der Hand einen großen Kreis in die Luft, „… etwas Wildes an sich. Aber auch eine Ruhe, ja, einen wilden Frieden."

„Das passt nicht zusammen."

„Oh doch. Es gibt nichts, was so wild ist wie Frieden." Sie betrachtet forschend sein Gesicht. „Aber irgendwie erinnern Sie mich auch an jemanden."

Sein Mut schwindet und er will gar nicht darüber nachdenken, warum. Das Gefühl kennt er. „Wahrscheinlich ist Ihnen mein Bruder hier in der Stadt begegnet." Er konzentriert sich wieder auf die Stoßstange und entfernt die letzte Schraube. „Wir sind Zwillinge. Weitgehend identisch."

Sie verzieht die Lippen und überlegt. „Nein, ich glaube nicht, dass ich Ihrem weitgehend identischen Zwillingsbruder begegnet bin." Dann schnalzt sie mit den Fingern. „Es ist dieser Schauspieler. Der mit diesem ... wissenden Blick." Sie überlegt, hinter ihnen zischt die Gaslaterne. „Gregory Peck!"

„Gregory Peck mit wissendem Blick und wildem Frieden", fasst Robert zusammen.

„Exakt. Gregory Peck, wenn der Wind ihm die Haare zerzaust und die Seele aufwühlt. Das sind Sie, Mister!"

Er hält ihrem Blick stand und stellt sich vor, dass sie sieht, was er weiß. Sie schaut ihn mit unverhohlenem Interesse an, mit einer Offenheit, als wäre er das faszinierendste Rätsel, dem sie jemals begegnet ist. Dabei ist er sich sicher: Sie wäre enttäuscht, wenn sie herausfinden würde, was für ein einfacher Mann vom Meer er ist, völlig ohne Geheimnisse.

„Robert", sagt er schließlich, „Robert Bliss."

„Robert Bliss." Sie spricht den Namen langsam aus und nickt. „Doch, der Name passt zu Ihnen."

„Ist nicht mein Verdienst." Er rüttelt an der Stoßstange, bis sie sich vom Auto löst.

„Nun, Mr Bliss …" Der Phönix erhebt sich und reicht ihm die Hand. Er schüttelt ihre Hand, ihr Schütteln wird immer langsamer, bis ihre Hand schließlich ruhig in seiner liegt. Die Nacht hüllt sie ein. „Schön, Sie kennenzulernen."

„Ganz meinerseits, Miss …?"

Das Lächeln verschwindet aus ihrem Gesicht.

„Ganz recht", sagt Robert. „Wie sagten Sie doch? Namen spielen keine Rolle?"

„Namen sind das Unnötigste überhaupt", weicht sie aus. „Außer wenn es so ein Name ist wie Ihrer. Aber wenn Sie es unbedingt wissen müssen – mein Name ist Eva. Eva … Rothford."

Sie stößt den Familiennamen schnell und leise aus, als wäre er ein unangenehmes Bekenntnis.

„Also Miss Roth…"

„Eva."

„Schön, also Miss Eva." Ihre Hand ruht immer noch in seiner. „Ich habe verstanden, dass dieser Name hier in der Gegend etwas bedeutet, aber – tut mir leid, wenn ich Sie enttäusche – ich habe ihn noch nie gehört. Auf jeden Fall würde ich diese Stoßstange gern zum nächsten Schrotthaufen bringen, falls Sie wissen, wo der ist."

„Oh, aber ich wollte doch …"

„Mit Ihnen." Die Worte kommen so schnell, als hätte er einen Hummerkäfig ins tiefe Meer geschleudert. Wie peinlich. Reden ist einfach nicht seine Stärke.

Sein Gesicht glüht. Er sollte besser aufpassen, was er zu dieser Frau sagt, die ihn jetzt amüsiert betrachtet. „Also, ich meine nur, falls Sie mich haben wollen."

Es wird ja immer schlimmer, das klingt schon wie ein Heiratsantrag. Sie scheint sich inzwischen grenzenlos zu amüsieren. Aber Gott sei Dank, Eva Rothford reibt ihre öligen Hände an ihrem Rock ab, als wäre der ein Geschirrtuch, hinterlässt dabei überall schwarze Flecken auf dem schönen Rot, streckt dann den Arm aus und scheint seine Begleitung zu erwarten.

„Also schön, Seemann", sagt sie, zieht ihren Pelzmantel aus, wirft ihn in den Kofferraum und schlägt den Deckel zu. „Dann wollen wir mal Altmetall spenden."

Er nimmt das eine Ende der Stoßstange, sie das andere, und so ziehen sie die gepflasterte Straße entlang, Acorn Street, wie das weiße Metall-Straßenschild auf einer Backsteinwand verrät. Die Straße ist eng, rechts und links gesäumt von roten Häusern mit schwarzen Fensterläden, viele haben ihre dunklen Türen mit weihnachtlichen Kränzen und roten Bändern geschmückt und Girlanden um die Gaslaternen geschlungen. Sie sind ein lustiges Gespann, die Dame mit ihrem feinen Kleid, der Herr in seiner bescheidenen Ausstattung, und zwischen ihnen diese Stoßstange, verbeult, aber glänzend. Alles ist ruhig. Robert hat immer noch das Bedürfnis, seinen Hemdkragen aufzuknöpfen und zu rennen, bis er das offene Meer erreicht, aber … das hier ist durchaus angenehm.

Am Ende der Straße türmt sich auf dem Bürgersteig ein wirrer Berg aus Metall. Bettgestelle, schmiedeeiserne Gartenzäune, Töpfe und Pfannen und jede andere vorstellbare Art von Metall. Auf die Ziegelwand, gegen die sich der Berg lehnt, hat jemand geschrieben: ALTMETALL FÜR DEN SIEG.

„Geht es Ihnen jetzt besser?", fragt Robert, als sie die Stoßstange auf den Berg gewuchtet haben.

„Viel besser." Eva reibt sich zufrieden die Hände. „Aber ich überlege, ob nicht das ganze Auto hier auf den Haufen gehört?"

„Ich weiß nicht", schmunzelt Robert, „wir sind zwar ein gutes Team, aber ich glaube, dass nicht einmal wir beide es schaffen würden, das Auto hierherzutragen."

Ihr Lachen hat etwas, das ihm direkt ins Herz fällt und sich dort ausbreitet, als gehöre es dorthin.

Etwas kommt auf dem Metallberg ins Rutschen, ein kleiner Gegenstand landet mit einem hellen Geräusch auf dem Pflaster. Robert bückt sich und hebt einen Hirsch aus Blech auf, ein Kinderspielzeug. Das Tier muss sehr geliebt worden sein, seine fein gearbeiteten Details sind ganz flach und abgerieben, fast eingeebnet.

Sie kommt näher, er öffnet die Hand und hält ihr den kleinen Hirsch hin. Sie nimmt ihn – ihre Berührung ist leicht, sie hält ihn wie einen Schatz und ihre Augen glänzen.

„Wow", sagt sie, schnüffelt ein wenig und richtet sich wieder gerade auf. „Das haut mich jetzt doch tatsächlich um." Sie setzt den Hirsch auf die Stoßstange wie auf einen Thron. „Na, dann kommen Sie mal mit, Robert, der Fischer. Wenn Sie noch ein bisschen weitergehen wollen, dann zeige ich Ihnen etwas, was Sie mit Ihrer Heimat verbinden wird. Wo auch immer die sein mag."

Er macht sich Sorgen, ob es für sie nicht zu kalt sein könnte – das Kleid hat zwar lange Ärmel, sieht aber nicht so aus, als ob es die zunehmende Kälte abhalten könnte. Robert zieht seinen Mantel aus, aber sie schüttelt verneinend den Kopf. „Danke, brauche ich nicht, durch das Gehen ist mir warm."

Sie führt ihn durch ihre Stadt und redet die ganze Zeit. Es kommt Robert so vor, als hätte sie ihr ganzes Leben lang Worte gesammelt und nun soeben beschlossen, dass er der Auserwählte sein soll, der sie alle hören darf. Nicht, dass ihn das irgendwie stören würde. Im Gegenteil. Ihre Wärme und Leichtigkeit bewirken, dass er sich wie zu Hause fühlt. Sie erzählt von den Jobs, die sie gern gemacht hätte, aber ihr Vater, der viele Beziehungen in der Stadt hat, hat all ihre Versuche vereiteln können. Sie wollte schweißen, Schiffe bauen, Kriegsanleihen verkaufen. „Wenn es nach meinen Eltern geht, gibt es nur einen einzigen Weg, wie ich etwas zum Krieg beitragen kann. Ich soll mich mit einem würdigen jungen Offizier einlassen.“ Sie sagt das leise und ihr Lächeln ist traurig.

„Ich … nehme an, der Offizier hat einen Namen?“

„Für meine Eltern schon. Aber wie gesagt, für mich sind Namen unnötig.“ Einen Moment schweigt sie. „Und Sie? Gibt es ein Mädchen, dem Sie Ihr Herz geschenkt haben?“

Er wendet den Blick von ihr ab und richtet ihn auf das Wasser vor ihnen. Sie hatte ihm gesagt, es sei der Charles River, in dem sich die Lichter von Boston und von Cambridge spiegeln. „Nein“, antwortet er, zögert dabei aber so lange, dass es sich eher wie ein Ja anfühlt.

„Aha“, stellt sie fest. „Das sieht mir ganz nach einem verliebten Mann aus.“ Sie legt den Kopf zur Seite und wartet auf seine Antwort. Nicht fordernd, sondern einladend.

Nein. Es bleibt bei dem Nein. Aber die Art, wie sie ihn anschaut, lässt ihn schließlich weitersprechen. „Früher mal, vielleicht. Aber jetzt nicht.“

„Was ist passiert?“ Ihre Augen schauen mitfühlend und besorgt. Und mit einem Funken Leidenschaft.

Eine kurze Antwort ist wohl am besten, denkt Robert und sagt: „Liebe ist manchmal eine Entscheidung.“

„Und Sie haben sich entschieden, nicht zu lieben?“

„Manchmal ist es Liebe, wenn man sich entscheidet loszulassen.“

Sie betrachtet ihn aufmerksam. Er spürt die Wärme ihrer Blicke und hört ihre Gedanken im Rauschen des dunklen Flusses. Der Wind trägt entfernte Klänge von Musik zu ihnen herüber, ein langsames Akkordeon, ganz anders als das Blechbläser-Getöse auf dem Ball.

In der Ferne sind Lichter in den Cafés angegangen, der Abend beginnt. Warmer, verlockender Duft von Knoblauch, Kräutern und Käse weht herüber und er hofft, dass sein Magen ihn jetzt nicht mit einem Knurren verrät. Er will auf keinen Fall irgendetwas von dem stören, was gerade in dieser unerwarteten Begegnung zwischen ihnen geschieht.

„Sie scheinen kein Mensch von der Sorte zu sein, die leicht loslassen kann", sagt sie schließlich.

Er presst die Kiefer aufeinander. Sie hat recht. So einer ist er nicht, und es doch zu tun, hat ihn mehr gekostet, als er sich je hätte vorstellen können, hat zutage gebracht, was wirklich in ihm steckt. Noch nie hat er zu irgendjemandem auch nur ein Wort davon gesagt. Diese schwere Last hat er in den tiefsten Tiefen seiner Seele verborgen. Doch sie schiebt ihre Hand in seine, als wäre sie der Schlüssel, der dieser Wahrheit die Tür öffnen kann.

„Wahrscheinlich nicht", sagt er schließlich. „Aber wenn die Gefühle", er kann nicht Liebe dazu sagen, weil er sich schon so lange damit müht, dieses Gefühl neu zu definieren, „nicht erwidert werden, dann ist das eine andere Situation. Dann muss man loslassen." Die restliche Geschichte sollte besser nicht erwähnt werden, aber er redet weiter. „Und wenn der Bruder dasselbe Mädchen liebt. Und sie heiratet. Dann geht es nicht anders."

Sie legt den Kopf schräg und denkt über das Gehörte nach. Mit schmalen Augen verharrt sie lange so, zu lange, das Schweigen dehnt sich, bis es schmerzt.

„Jetzt passen Sie mal auf …" Gleich wird sie ihm einen Vortrag halten. Er hätte kämpfen sollen, wird sie ihm vorhalten. Am Ende wird es ihm leidtun, dass er die Geschichte jemals erwähnt hat.

„… ich werde jetzt mit Ihnen tanzen", sagt sie stattdessen.

Er öffnet den Mund. Entgeistert sucht er nach Worten, will widersprechen, aber sie hebt die Hand, um seinen Protest zu stoppen. „Ich sehe das so: Wir hätten heute Abend auf dem Ball tanzen sollen, aber wir waren beide nicht daran interessiert. Aber glauben Sie doch nicht, Sie könnten einem Mädchen den Kotflügel durch die halbe Stadt schleppen …"

„Stoßstange."

„… Sie könnten einem Mädchen die Stoßstange durch die halbe Stadt schleppen, ohne dass da in ihrem Herzen etwas passiert. Sie sind ausgesprochen ritterlich, Mr Robert Bliss, und egal, was Sie davon halten, ich werde jetzt mit Ihnen tanzen."

Und so geschieht es, dass dort, am Ufer des Charles River – während die Soldaten und ihre Mädchen am anderen Ende der Stadt im Ballsaal feiern – ein Fischer diese junge Frau langsam, vielleicht nicht allzu elegant, aber mit großer Entschlossenheit in seine kräftigen, vom Kampf mit dem Meer gestählten Arme zieht. Und als sie in ihrem ölverschmierten Kleid eine Hand auf seine Schulter legt, die keine Uniform trägt, da verleiht sie ihm die höchste Auszeichnung, die ihn mehr ehrt als jede Medaille der Welt.

Und so tanzen sie. Mit Schnee bestäubte Gehwege sind ihre Tanzfläche, ihre Musik trägt der Dezemberwind in Fetzen vorbei.

Er spürt die Gemeinsamkeit zwischen ihnen. Sie gleichen sich – einsame Seelen, die um Einlass bitten und abgelehnt werden, die in den Schrecken des Krieges helfen, die Not lindern wollen, denen man aber den Zutritt verwehrt. Aber heute Abend haben sie beide ein Zuhause gefunden.

Es wird kälter, der Schneefall nimmt zu. Sie schauen zum Himmel. Stehen ganz still. Dieser Moment birgt etwas, das Robert nicht erklären kann – eine Vorahnung, als würden sie gerade nur die Ruhe vor einem heraufziehenden Sturm genießen.

Sie fröstelt und er lässt sie nur so lange los, bis er seinen bescheidenen Mantel ausgezogen und über ihr Kleid aus New York gelegt hat – dieses Mal wehrt sie sich nicht. Sie sollte etwas Besseres haben, denkt er, als diese abgetragene Wolle, die schon so viele Winter erlebt hat. Aber sie schiebt ihre Hand wieder in seine und zieht ihn zum Geländer.

Sie stehen jetzt hoch über der Flussmündung. Eva zeigt auf den Navy Yard, die Marinewerft im Bostoner Stadtteil Charlestown. Fünfzigtausend Arbeiter sind hier rund um die Uhr beschäftigt, um Kriegsschiffe zu bauen und zu reparieren. Die Werft liegt am anderen Ufer, wieder einmal ist Robert einen Ozean weit von der Marine entfernt.

Eva zeigt auf die Docks. „Da“, sagt sie, „ich dachte, Sie würden das vielleicht gern sehen.“

Robert schaut genau hin, will entdecken, was sie ihm zeigt. Er sieht Schiffe, Docks, Gebäude … und dann entdeckt er ein Schiff, das sich von allen anderen abhebt. Die hohen Holzmasten scheinen aus einer anderen Zeit zu stammen, die Leinen und Schnüre, die von den Masten zum Deck führen, sind wie in einer wunderbaren Symphonie aufeinander abgestimmt.

Das ist kein waffengraues Kriegsschiff, massig und mächtig.

Es ist ein Segelschiff aus einer anderen Zeit, als Schiffsbau mit kleinen Pflanzen begann, die zu einem Wald wuchsen, der seine Kraft aus der Erde zog, beständig und kraftvoll wie die Männer, die diese Stämme aus tief verschneiten Wäldern zogen. Die Männer, die mit harter Arbeit aus den Stämmen Schiffe bauten, die den feindseligen Meeren trotzen konnten.

„Ist das die …"

„Die *USS Constitution*", sagt Eva voller Stolz. „George Washington persönlich gab ihr diesen Namen, es ist das älteste seetüchtige Kriegsschiff der Welt." Robert lässt den Anblick der Fregatte auf sich wirken, die schon 1794 gebaut wurde und unzählige Seegefechte überstanden hat. Ihm ist, als würde sie mit langen Tentakeln nach ihm greifen und ihn in ihren Bann ziehen.

„Warum …" Er räuspert sich. „Warum zeigen Sie mir das?", fragt er und wehrt sich gegen das Gefühl, wie mit eisernen Tauen an das Schiff gefesselt zu werden.

Eva blickt ihn aufmerksam an, dann zuckt sie leichthin mit den Schultern, eine Geste in seltsamem Kontrast zu der Tiefe, die in ihrem Blick liegt. „Es erinnert mich an Sie."

Irgendetwas tief in seinem Herzen regt sich, während er den hölzernen Rumpf betrachtet, der entspannt auf der sanft bewegten Wasseroberfläche im Hafenbecken liegt.

„Dieses Schiff", erklärt sie, „wurde von der Zeit geformt. Es ist anders als all die anderen." Ihr ausgestreckter Arm beschreibt einen weiten Bogen, der die ganze Flotte der Kriegsschiffe umfasst. „Die wurden eilig gefertigt, müssen nützlich, stark und schnell sein. Wir brauchen sie jetzt auch, sicher. Aber das?" Sie richtet ihr zierliches Kinn auf das Segelschiff. „Die *Constitution* erzählt eine Geschichte, die sich über Jahrhunderte erstreckt. Und sie wird auch noch im

Wasser liegen, wenn dieser Krieg lange vorbei ist. Auch dann wird man sie nicht weniger brauchen. Sie ist ebenso wichtig und mutig wie die anderen."

Warum sagt sie das? Sie sind sich vorhin erst begegnet und er hat das Gefühl, sie versteht ihn jetzt schon besser, als er sich selbst oft versteht.

„Es wäre nicht dasselbe, wenn dieses Schiff nicht in diesem Hafen liegen würde. Wenn die Kriegsschiffe auslaufen und die Matrosen noch einmal zurückschauen, dann ist das Letzte, was sie sehen, diese Fregatte. Sie ist ihre Inspiration und steht für alles, wofür sie in den Krieg ziehen. Sie gibt ihnen Hoffnung, Mut ... Und hätte nicht jemand so viel Zeit investiert, um dieses Schiff zu bauen ..., ja, dann wäre unser Hafen ein trauriger Ort."

Sie schließt die Augen und hebt ihr Gesicht in den fallenden Schnee, ihre Hände halten sich am Geländer, sie lehnt sich zurück. „Dasselbe Empfinden habe ich im Blick auf Sie, Fischer Robert. Sie sind zu etwas Großem bestimmt."

Er will gerade protestieren und ihr die Wahrheit sagen – dass er ein ganz einfacher Mann von der Küste ist, der sich mit dem Meer besser auskennt als mit den Menschen. Aber er kommt nicht dazu, weil ein schwarzer Bentley neben ihnen am Bordstein hält.

„Verflixt noch mal", sagt Eva und streicht ihr Kleid glatt und ihr offensichtliches Bemühen, mit den Ölspuren im Gesicht Haltung zu zeigen, bringt sie Roberts Herzen noch näher. „Kümmern Sie sich nicht um das, was er sagt. Er kriegt immer alles mit, was in der Stadt passiert, und muss mir das immer wieder beweisen."

Er? Das hintere Fenster wird heruntergekurbelt und aus dem Dunkel spricht eine Männerstimme. „Hier bist du also, Evelyn." Mit einem flüchtigen Blick stellt er fest, dass Robert es nicht wert ist, gegrüßt zu werden.

„Hallo, Vater. Hattest du einen schönen Abend?" Sie klingt jetzt sehr vornehm, wahrscheinlich hat die berühmte Misses Hampstead ihr das beigebracht. Gleichzeitig verhält sie sich so, als wäre es nur natürlich, dass man sie hier findet, weit entfernt von dem Ball. Dazu dreckig, ohne Mantel, ohne weitere Begleitung, mit einem fremden Mann.

„Danke, das hatte ich. Ich hatte eine sehr angenehme Zeit, bis der Eigentümer des Restaurants Giovanni mich anrief, um mir mitzuteilen, dass du dich hier in der Gegend verlaufen hast."

Eva wirft Robert einen schnellen Blick zu, als würde sie sagen: *Sehen Sie?*

„Wie aufmerksam von ihm", antwortet sie, „sich so um ein junges Mädchen zu kümmern, das sich in der großen fremden Stadt niemals allein zurechtfinden würde."

Robert beschleicht das Gefühl, diese beiden nehmen sich an Schlagfertigkeit ebenso wenig wie an Vehemenz, wenn sie aneinandergeraten.

„In der Tat", sagt Mr Rothford. „Schön, komm jetzt nach Hause. Deine Mutter muss bezüglich deiner Hochzeit dringend einiges mit dir besprechen, und da du heute Abend keine anderen Verpflichtungen hast …"

Das ist gegen ihn gerichtet.

„Oh, ich habe heute *sehr* wichtige Verpflichtungen, Vater." Ihr Blick wandert zu Robert, dann wieder zurück zum Auto. Besorgnis durchzuckt ihren Blick, als wolle sie Robert etwas ersparen. „Aber sie sind derart, dass ich sie auch zu gegebener Zeit, *bald* schon, fortsetzen kann."

Sie dreht Robert den Rücken zu und will seinen Mantel zurückgeben. Er legt seine Hand auf ihre Schulter und beugt sich eine Winzigkeit vor.

„Bitte behalten Sie ihn", sagt er. Er braucht ihn jetzt nicht mehr, nachdem sie ihm etwas gegeben hat, das ihn mehr wärmt als jeder Mantel.

„Sehr gern", sagt sie. „Vorübergehend. Ich werde Sie finden, Robert Bliss."

Er schaut zu, wie sie in den Bentley steigt, und es zerreißt ihm das Herz. Sein Ehrgefühl stellt fest, dass sie für ein anderes Leben bestimmt ist – zumindest werden das viele so sehen. Für einen anderen

Mann. Und er weiß ja mittlerweile auch, dass er in der Lage ist, sein Herz dazu zu erziehen, der Liebe zu entsagen.

Aber noch tiefer als dieses Wissen fleht etwas in ihm den Himmel an, sie möge frei sein. Eines Tages möchte er der Mann sein, der Eva Rothford findet.

zwölf

Mai 2001

Knarrend öffnet sich die Tür zum Bootshaus. Annie hält den Atem an, die Dunkelheit im Inneren des Schuppens beschwört wieder den Drachen aus ihrer Kindheit herauf. *Verrückt,* schilt sie sich. Sie hatte immer angenommen, das Bootshaus müsste verschlossen sein, weil Bob sie vor dem beschützen wollte, was sich darin verbarg.

Jeremiah schiebt sich an ihr vorbei und verschwindet im Dunkeln. Kurz darauf flackert das Licht einer Petroleumlampe und Annie späht vorsichtig in den Raum. Jeremiah ist nicht zu sehen und Annie schreckt zusammen, als er plötzlich neben ihr auftaucht und den Schein der Laterne auf sie richtet.

„Geh vor", lädt er sie ein und hält die Lampe hoch.

Sie macht einen ersten vorsichtigen Schritt. Die Schwelle zu überschreiten fühlt sich an, als würde sie eine andere Welt betreten – eine Welt, in der es dunkel ist und nach Sägemehl, altem Holz und einem Hauch von Lagerfeuer riecht.

Das Licht der Laterne wirft gespenstische Schatten. Annie erkennt eine Werkbank und einen Hocker. Ein altes Kanu hängt von den Sparren herunter und bewegt sich im Wind ächzend hin und her. Der Rumpf sieht frisch geschliffen aus, die alte Farbe wurde weitgehend entfernt und viele Stellen offenbaren das kahle Holz.

„Roys Boot." Jeremiah schaut sie fragend an, zögernd, ob er mehr sagen soll. „Bob hatte nichts dagegen, dass ich es restauriere, ich hoffe …, dass das okay ist."

Es dauert einen Moment, bis sie versteht, dass er auf eine Antwort wartet. „Oh! Okay für mich …?“

„Na ja, du bist seine Enkelin. Es ist dein Boot, von Rechts wegen.“

Seltsam, sie steht hier und betrachtet ein Boot, das ein Mann gebaut hat, den sie nie kennengelernt hat … und dessen Blut in ihren Adern fließt.

„Ja, natürlich … Es … es sieht so aus, als … müsse es dringend mal wieder aufs Wasser“, antwortet sie.

„Genau wie du.“ Jeremiahs Augenwinkel kräuseln sich zu einem angedeuteten Lächeln.

„Na ja, es gibt da gewisse Unterschiede – zwischen mir und einem Boot.“

Jeremiah geht nicht weiter darauf ein, sondern überlässt es ihr, den Raum zu erkunden.

Annie geht tiefer ins Bootshaus, in eine Ecke, in der man die Spuren eines Brandes sieht. Die Wände sind schwarz verkohlt, wo die Flammen hochgeschlagen haben. Dort lehnt eine Leiter, zwischen Stapeln von Holzschindeln, die in ordentlichen Reihen gebündelt nebeneinander aufgereiht sind. Daneben liegt eine orangefarbene Bohrmaschine.

Jeremiah zeigt in die Ecke. „Ich hoffe, dass ich damit fertig werde, bevor Bob nach Hause kommt.“ Ein Anflug von Zweifel überschattet kurz sein Gesicht, trotzdem würde Annie ihn am liebsten dafür umarmen, dass er so selbstverständlich von Bobs Heimkehr spricht.

„Und hier“, Jeremiah geht voraus bis in die Mitte des Schuppens, „hier steht dein Drache.“

Er zeigt auf einen großen Block, etwa fünf oder sechs Meter breit, der fast bis zu den Dachbalken reicht und mit fleckigen alten Tüchern bedeckt ist. Die Form ist irgendwie schief, wie ein missratener Würfel. Seine Kanten sind nicht glatt, an verschiedenen Stellen fehlt etwas – von was auch immer, das da unter den Tüchern verborgen ist.

Annie tritt näher heran und mit einem fragenden Blick zu Jeremiah hebt sie den Stoff an.

Ihr Puls schnellt in die Höhe und ihr Atem stockt.

Sie nimmt ein größeres Stück Stoff fest in die Hand und wirft es mit Schwung nach oben, sodass es sich über den Würfel schlägt und den Blick freigibt auf das, was da aufgetürmt ist. Staub steigt auf, senkt sich auf sie, um sie und glitzert in den Sonnenstreifen, die durch die Ritzen dringen. Annie hustet und wedelt mit der Hand vor dem Gesicht, um nicht alles einzuatmen. Gleichzeitig rutscht der Stoff von dem Würfel und landet auf dem Boden.

Lage um Lage sind die Behältnisse sorgfältig aufgeschichtet. Manche sind einfach nur schlichte Kartons, anderen sieht man trotz Staub und Alter noch an, dass es edle Hutschachteln oder Verpackungen aus teuren Boutiquen waren. Blechdosen mit Dellen und Beulen wechseln sich ab mit einfachen, in Zeitungspapier gewickelten Brocken, überall stehen Absender-Adressen darauf. Die Päckchen stammen aus den unterschiedlichsten Lebensumständen. Manche scheinen aus ärmlichen Verhältnissen zu kommen, andere aus den Villen der Wohlhabenden. Und jedes einzelne Objekt trägt eine Zahl, genau wie die Kartons, die Annie in der Kammer im Haus gefunden hat.

„Noch mehr Steine", sagt Annie. Jeremiah wirft ihr einen überraschten Blick zu.

„Das weißt du?"

Sie schüttelt den Kopf. „Von denen hier wusste ich nichts. Aber im Haus habe ich auch solche Päckchen gefunden, in der Kammer neben dem Kinderzimmer. Das war früher ein begehbarer Kleiderschrank, jetzt ist er voll mit solchen Stein-Sendungen."

„Und die waren schon damals da, als du hier gewesen bist?"

Wieder schüttelt Annie den Kopf. „Nein, in der Kammer waren damals Kleider, ich habe keinen einzigen Stein gesehen. Aber ob es diese Sammlung hier schon gab …?" Sie hebt einen Karton auf, der auf dem Boden ganz außen in der Ecke steht. Das braune Packpapier ist an der Oberseite sorgfältig aufgeschnitten. Es ist dunkel im Schuppen, sie kneift die Augen zusammen, kann das sein? Der Poststempel ist von 1964. Unter dem Packpapier kommt eine große Packung Knox-Gelatine zum Vorschein, im typischen Design der Sechzigerjahre. Annie hebt den Deckel, und wo einst Gelatine war, liegt ein roter Sandstein, der so aussieht, als käme er von den Sedona-Felsen in Arizona. „Anscheinend lagern diese Steine hier schon eine ganze Weile." Sie runzelt die Stirn: „Woher wusstest *du* denn, dass es Steine sind?"

Verlegen zuckt er mit den Schultern. „Ich bin hier der Paketbote."

„Ja, und?" Annie schaut ihn herausfordernd an. Hat er keine bessere Erklärung? „Diese Sendungen sind aus der Zeit, als man noch an den Leiter des Postamts adressiert hat." Annie schaut genauer hin. Tatsächlich: *An den Postamtsleiter. Ansel-by-the-Sea, Maine.* „Oh."

„Vielleicht hätte ich es nicht tun sollen. Aber wenn man auf so etwas stößt", eine ausladende Armbewegung deutet auf den Steineberg, „an so einem Ort", ihr Blick folgt seiner Geste zu den Schatten, die auf den Wänden tanzen, „dann muss man doch einfach nachschauen." Jeremiah vergräbt die Hände tief in seinen Hosentaschen. „Und außerdem sind sie *wirklich* ans Postamt adressiert."

„Nur, dass du nicht nach Ansel gekommen bist, um Postamtsleiter zu sein", erinnert Annie ihn und stellt die Schachtel wieder an ihren Platz.

„Trotzdem bin ich es jetzt", erwidert er und grinst so, dass seine Grübchen zum Vorschein kommen.

„Aber was haben diese Steine mit Bob zu tun?", fragt sie, wieder ernst.

„Keine Ahnung", erwidert Jeremiah. „Ich weiß nur eins."

Annie wartet, was jetzt kommt

„Morgen ist Stadtratssitzung. Annie, wenn du es wirklich herausfinden willst, dann kannst du dort mal fragen."

Am nächsten Abend geht Annie die Markstraße entlang. Die Blumenkästen an den weißen Häusern leuchten mit einer üppigen Pracht roter Geranien im Wechsel mit blauen Glockenblumen. Das europäische Flair versetzt sie zurück in die Zeit, in der sie in Alpenzell abends durch ähnliche Straßen ging.

Der Kuchen ist noch warm, sie trägt ihn mal in der einen, mal in der anderen Hand. Um die Häuser am Marktplatz besser sehen zu können, schirmt sie mit einer Hand ihre Augen vor dem hellen Licht der Abendsonne ab. Jeremiah hatte ihr vorher noch ein paar Tipps gegeben. Um in dieser Ratsversammlung gehört zu werden, musste man zwei Voraussetzungen mitbringen: Man musste in Ansel geboren und aufgewachsen sein und man musste etwas zu essen mitbringen. Punkt eins konnte sie nicht bieten, also hatte sie sich für den zweiten Punkt umso mehr Mühe gegeben und einen Kuchen nach einem alten Familienrezept gebacken, das hier in der Gegend bekannt und beliebt war. Ein Blick auf die Uhr – 18.50 Uhr. Akzeptable zehn Minuten, bis die Sitzung beginnt.

Sie geht über den Grünstreifen und betritt die Bücherei. Zumindest … denkt sie, dass es die Bücherei ist. Als sie zuletzt hier war, stand da nur dieser alte Triebwagen, der über ein verlassenes Gleis von Birchdown Mountain bis hierher gezogen worden war. Er war an allen Seiten vom Boden bis zur Decke mit Regalen ausgestattet worden. Doch heute ist er das Foyer eines neuen Gebäudes, das hinter ihm aufragt.

Annie geht durch den Wagen und zu den gläsernen Flügeltüren, hinter denen sie bereits eine kleine Versammlung sieht. Stühle sind in drei Reihen angeordnet, unterbrochen von einem Mittelgang, davor sitzt eine Frau an einem Tisch. Die Sitzung scheint schon in vollem Gang zu sein. Hat sie sich in der Zeit geirrt?

So leise wie möglich zieht sie die Tür auf und zuckt zusammen, als diese vernehmlich quietscht. Sofort drehen sich alle zu ihr um.

„Können wir Ihnen behilflich sein?“ Die Frau, die vorn sitzt, mustert Annie über die Ränder ihrer Nickelbrille hinweg.

„Es tut mir sehr leid“, entschuldigt sich Annie. „Ich dachte, ich wäre zu früh für die Sitzung, aber …“

„Das sind Sie auch, meine Liebe“, sagt die Frau und ihre Stimme klingt etwas weniger schneidend als davor. Auf dem kupfernen Namensschild, das vor ihr auf dem Tisch steht, ist *Margie Lillian* zu lesen. „Derzeit wird hier das Treffen der Gesellschaft zur Erhaltung von

Ansel abgehalten. Wir vertagen uns in fünf Minuten und dann wird der Stadttrat ordnungsgemäß seine Sitzung eröffnen."

Annie ist überrascht von der förmlichen Redeweise der Lady und schweigt betroffen.

„Sie können solange im Foyer warten."

Annie verschwindet, dankbar für das gedämpfte Licht im Zugwagen. Sie setzt sich auf eine der langen Holzbänke hinter der Glastür und überlässt sich dem Zauber dieses engen Raums. Welche Reisen dieser Zug früher wohl unternommen hat? Welche Menschen damals hier saßen? Später drängten sich die Kinder von Ansel in dem Wagen, wenn in der kleinen Bücherei Geschichten vorgelesen wurden.

Irgendwie passend, denkt sie, dass die Gesellschaft für die Stadterhaltung hier tagt. Es sind immer die Bewohner, die den Erhalt der kleinen Städte garantieren und darauf achten, dass auch dort die Geschichte lebendig bleibt, wo es keinen bedeutenden Geschichtsverein gibt. Mit diesem alten Eisenbahnwaggon hat die kleine Stadt sich ihr ganz eigenes Museum geschaffen, wo die Zeugen der Vergangenheit ausgestellt werden und Geschichte lebendig bleibt. Eine Vitrine vorn im Raum präsentiert ein historisches Alltagskleid aus Kattun mit gelbem Blumenmuster. Es sieht eher aus wie ein Kleidungsstück, das ein Mädchen in den Südstaaten auf einer Farm getragen haben könnte, in die Wildnis von Maine passt es eigentlich nicht. Auf beiden Seiten der Eingangstür hängen Ölgemälde, auf denen die beliebten Maskottchen der Stadt aus den Sechzigerjahren zu sehen sind: Homer, der Waschbär von Maine, und ein Delfin, den man Jonny getauft hatte. Bob hatte Annie viele Geschichten von diesem ungleichen Freundespaar erzählt, das gemeinsam den Hafen unsicher machte. Auf einem Bild sieht man Homer, wie er auf der Kaimauer hockt, seine Pfote auf der Nase des Delfins. Ein anderes Bild zeigt Jonny, wie er hoch genug aus dem Wasser springt, um die Unterseite seiner Schnauze auf den Kopf des Waschbären zu legen, als würde er ihn zum Ritter schlagen. Es hatte eine Zeit gegeben, in der die beiden eine Menge Besucher anlockten, die zum Hafen kamen, sich Popcorn kauften und den beiden bei ihren Kunststücken zusahen.

Annie nimmt sich vor, demnächst noch einmal herzukommen und sich in dieser Schatzkammer von Ausstellung ganz in Ruhe umzusehen. Irgendwie liebt sie alles, was mit dieser Stadt zu tun hat, und diese Sammlung weckt in ihr den Wunsch, dazu beizutragen, dass der Charakter des Ortes erhalten, seine Geschichte bewahrt und die Zukunft gesichert wird.

Nein. Wie ein Schlag trifft sie das Bewusstsein, dass sie schon einmal ihre Liebe und Faszination für einen kleinen Ort umsetzen wollte – und wozu das geführt hat. Nein, lieber nicht in diese Richtung träumen. Sie ruft ihre Gedanken zur Ordnung und rekapituliert innerlich noch einmal die Sätze, die sie sich für diese Sitzung zurechtgelegt hat. Sie wird zu Menschen sprechen, die sie nicht kennen und doch mehr über ihre Familie wissen als sie selbst.

Knarrend öffnet sich die Tür und Arthur tritt aus dem Gebäude in den Triebwagen. Er dreht das Schild um, das mit Saugnäpfen an der Glastür haftet. *Gesellschaft zur Stadterhaltung* verschwindet und jetzt steht da *Stadtratssitzung Ansel-by-the-Sea.*

„Komm rein, Emma", zwinkert Arthur. „Entschuldige, ich meine natürlich Annie."

Sie folgt ihm in das Gebäude, wo jetzt im Licht der Abendsonne, die durch die Glasfronten scheint, überall kleine Grüppchen zusammenstehen und reden. Sully mit ihrem weißen Zopf, der ihr lang über den Rücken fällt, geht mit einem Silbertablett von einem zum anderen.

„Kuchen?", fragt sie gerade einen Mann, der mit seinem Handy beschäftigt ist. Schnell tippt er auf den Auslöser und schon hat er Sully mit ihrem breiten, hoffnungsvoll Kuchen anbietenden Lächeln auf seinem Display fixiert.

„Sehr eindrucksvoll", sagt er und dreht das Handy, sodass sie ihr Bild sehen kann.

„Hat dieser Apparat gerade ein Foto von mir gemacht?"

„Das können Sie glauben. Das ist die neueste Entwicklung, kommt demnächst auf den Markt. In einem Jahr hat das jeder, das garantiere ich."

Sully winkt ab. „Wer will denn ein Telefon, das Fotos macht? Dafür haben wir doch Kameras. Modeerscheinung, wenn Sie mich fragen.“ Sie hebt das silberne Tablett bis fast unter seine Nase. „Kuchen gefällig?“

„Aber sicher doch, Miss Sully. Vielen Dank.“

Sully geht weiter, glücklich, einen Abnehmer gefunden zu haben. Annie beobachtet den Mann, der vorsichtig abbeißen will, es erneut versucht, dann schließlich mit aller Kraft in den Kuchen beißt. Da zerbricht das dreieckige Gebäck in tausend Krümel. Er versucht, die Bruchstücke mit den Händen aufzufangen und dabei fällt ihm das Telefon aus der Hand.

Annie bückt sich danach und reicht es ihm, während er Krümel von seinem weißen Hemd abstreift. Er wirkt ein bisschen fremd, eher wie ein Mann von der Wall Street als jemand aus Ansel. Vermutlich ist er Mitte fünfzig, sein Haar ist grau meliert und sorgfältig gekämmt.

„Vielen Dank“, sagt er und reicht Annie die Hand. „Richard Wilkins. Die Leute sagen auch Rich zu mir.“

„Annie Bliss.“ Sie geben sich die Hand und Annie zeigt fragend auf sein Handy. „Haben Sie hier Empfang?“

Er lacht, als hätte sie gerade den allerbesten Witz gemacht. „Nein, Ma'am. Niemand in Ansel hat Empfang. Das macht ja den Reiz dieses Ortes aus.“

Er grinst und zeigt auf einen freien Stuhl neben sich, während die Dame vorn im Saal mit ihrem Hammer so resolut auf den Tisch schlägt, als wäre sie die Richterin in einer großen Kammer. Alle erheben sich und Margie Lillian wendet sich der Flagge zu, die hinter ihr von der Decke hängt. Gemeinsam sprechen alle Anwesenden den Treueschwur, jede Stadtversammlung wird so eröffnet: „Ich schwöre Treue auf die Fahne der Vereinigten Staaten von Amerika und die Republik, für die sie steht, eine Nation unter Gott, unteilbar, mit Freiheit und Gerechtigkeit für jeden.“

Arthur sitzt in der Reihe vor Annie, dreht sich jetzt um und flüstert Rich zu: „Sieht so aus, als würde uns der verrückte Poet heute erspart bleiben.“ Dazu hebt er triumphierend die Augenbrauen. In dem

Moment öffnet sich hinter ihnen quietschend die Tür und Spencer T. Ripley eilt mit langen Schritten herein.

„Zu früh gefreut", flüstert Rich in die Richtung von Arthur.

„Entschuldigung." Spencer schenkt der Lady vorn eine angedeutete Verbeugung und fragt dann ohne Umschweife: „Ist das Mikrofon freigegeben für Verschiedenes?"

„Sehen wir so aus, als wären wir bei Verschiedenem?" Eds Stimme kommt von der anderen Seite des Saals.

„Wenn Sie bitte Platz nehmen wollen", fordert Margie kühl.

Margie stellt fest, dass drei gewählte Stadträte anwesend sind – ihre Person eingeschlossen – und präsentiert die Tagesordnung. Dann gibt ein Redner den Straßenzustandsbericht. Er spricht über Schlaglöcher und eine Erdabsenkung, alles im letzten Winter entstanden. Der nächste Sprecher berichtet über den Stand der Vorbereitungen für das kommende Hummerfest.

„Es werden Händler aus dem ganzen Bundesstaat kommen", erzählt er begeistert und im Saal erhebt sich ein staunendes Raunen. „Natürlich hoffen wir wieder auf einen guten Umsatz, aber noch mehr wünschen wir uns, das Interesse der Menschen für unsere Gegend zu wecken. *Steuerbord Immobilien* wird dieses Jahr unser Hauptsponsor sein und das ganze Wochenende über seine Immobilien zur Besichtigung anbieten."

Rich beugt sich zu Annie und flüstert: „Diese Stadt stirbt aus."

Annies Puls steigt. „Wie meinen Sie das?" Sie flüstert leise, um nicht Margies Zorn auf sich zu ziehen.

„Es hält die jungen Leute nicht hier. Keine Arbeit. Touristen kommen nur im Sommer, und es werden auch immer weniger." Er zuckt mit den Schultern.

„Gibt es etwas, das Sie uns allen mitteilen möchten, Mr Wilkins?", kommt prompt der scharfe Kommentar von vorn.

Rich erhebt sich. „Ja, tatsächlich, wenn das möglich wäre?"

Margie Lillian sieht auf ihre Uhr, dann auf das Blatt mit der Tagesordnung. „Wenn es für alle wichtig ist und zum aktuellen Tagesordnungspunkt gehört, dann bitte."

Rich schiebt sich an Annie vorbei aus der Reihe und geht zum Mikrofon, das am hinteren Ende des Mittelgangs aufgebaut ist. Er beugt sich vor und räuspert sich, als wolle er zu einem ganzen Stadion sprechen.

„Ich biete für das Hummerfest die Dienste meines Skyblaster 3000 an."

Die Zuhörer werfen sich fragende Blicke zu.

Margie schaltet in ihren monotonen Fragemodus. „Können Sie uns bitte sagen, was ein …"

„Ein Skyblaster 3000 …", setzt Rich an und tritt von einem Bein aufs andere wie ein Kind, das ungeduldig vor der Achterbahn Schlange steht.

„Ja, was ist denn das?"

Er hebt die Hände über den Kopf, um seine Worte zu unterstreichen. „Stellen Sie es sich vor." Seine Stimme klingt so dramatisch, als wolle er Shakespeare zitieren. „Das Hummerfest. Höhepunkt des Sommers. Die Menschen kommen von nah und fern. Und was lockt sie her?"

Ed legt beide Hände an den Mund und antwortet für alle: „Der Hummer."

Rich deutet auf ihn. „Ja, der Hummer. Und außerdem das Licht, das sich über den Himmel bewegt und von überall her die Leute herbeiruft. Die Kraft von sechzigtausend Lumen holt die Menschen zu uns."

Arthur hängt einen Arm über die Rückenlehne des metallenen Klappstuhls und dreht sich zu Rich um, der hinten im Raum am Mikrofon steht. „Warum um alles in der Welt hast du dir einen Suchscheinwerfer gekauft, Rich?" Dann dreht er sich in die andere Richtung und flüstert Annie laut und vernehmlich zu: „Der Kerl kauft immer irgendwelchen unnötigen Kram. Er kam aus New York hierher, und seither versucht er, nach und nach ganz New York hierherzubringen."

Ed mischt sich ein: „Warum auch nicht? Er ist eben reich. Arbeiten hat er ja nicht mehr nötig."

Das Publikum lacht, alle genießen den Schlagabtausch.

Rich wirkt etwas eingeschüchtert. „Ich … habe es für die Jagd gekauft."

Ein dunkelbärtiger Mann starrt ihn an. „Du jagst aber nicht."

Rich hebt den Zeigefinger: „Aber das kann ja noch kommen."

„Und zum Jagen hast du einen *Suchscheinwerfer* gekauft? Was willst du denn jagen? Godzilla?"

Eine weitere Stimme ertönt: „Übrigens, es gibt auch spezielle Jagdscheinwerfer, solche, die nicht so stark sind, dass sie den ganzen Wald versengen."

„Entweder ganz oder gar nicht." Rich zuckt mit den Schultern.

Eine Frau, die auf der anderen Seite des Raumes sitzt, lässt ihr Strickzeug kurz sinken und erklärt kopfschüttelnd: „Stadtmenschen. Man kann sie aus der Stadt holen, aber den Blödsinn kriegt man nicht aus ihren Schädeln."

„Also schön." Rich lächelt gutmütig, trotz aller bissigen Kommentare. „Fakt ist, wir haben einen leistungsstarken Scheinwerfer, den wir beim Hummerfest einsetzen können – oder auch nicht." Er tritt vom Mikrofon zurück, dreht sich aber noch einmal um und beugt sich vor: „Ich hoffe aber, Sie werden ihn nutzen."

Zurück an seinem Platz macht er die Faust, reißt den Unterarm zurück und flüstert: „Skyblaster!", während er Annie zuzwinkert.

Die Lady mit dem Strickzeug erhebt sich. „Ist das Mikrofon jetzt freigegeben?" Margie Lillian nickt zustimmend. Spencer T. Ripley sieht verärgert aus. Er springt auf und bringt sich hinter der Frau in Position.

Sie steht einen halben Meter vom Mikrofon entfernt, als sie zu reden beginnt.

„Näher ans Mikro, Mrs Blanchard", ruft Rich dazwischen, „das wird im Fernsehen übertragen."

„Für wen denn, junger Mann?" Sie steht resolut da, eine Hand auf der Hüfte. „Fast die ganze Stadt ist anwesend."

„Das ist Ihr Moment", zwinkert Rich, „treten Sie näher."

Sie befolgt die Anweisung. „Rich, ich glaube nicht, dass wir einen Suchscheinwerfer brauchen." Ihre Stimme ist ausgesprochen freundlich, süß wie Honig, sodass ihre Äußerung klingt, als hätte sie ihm einen Gefallen getan, statt sein Angebot abzulehnen. „Sehen Sie doch nur, was wir schon alles haben. Die Gezeiten – nirgends im Land sind die Unterschiede zwischen Ebbe und Flut so groß wie bei uns! Der Hummer – weltberühmt. Die Sterne – die wollen wir doch nicht überstrahlen. Einer der Gründe, warum die Leute nach Ansel kommen, ist doch, dass wir hier *keine* Lichtverschmutzung haben. Nicht einmal Straßenlaternen." Und nach einer kurzen Pause fügt sie noch hinzu: „Und wir haben das Bauwerk. Die Leute werden sich immer freuen, das Bauwerk zu sehen, wenn es einmal fertig ist."

Annie weiß nicht, was sie mit „dem Bauwerk" meint. Es klingt fremdartig, selbst für Ansel. Später wird sie versuchen, herauszufinden, was das ist.

Lächelnd setzt Mrs Blanchard sich wieder und Spencer T. Ripley tritt ans Mikrofon.

„Guten Abend", sagt er mit einem übertrieben gewählten Ton, der im deutlichen Widerspruch zu seinem jugendlichen Gesicht steht. „Wie Sie wissen, befindet sich das Komitee zur Förderung der Exzellenz im Bereich der maritimen Poesie in der Endphase seiner Planung des ersten Jahreskongresses. Ich möchte Sie, liebe Einwohner von Ansel, in Kenntnis setzen über die jüngsten Entwicklungen …"

So geht es fort und fort, und je begeisterter er wird und je mehr Details er über den Kongress darlegt, desto mehr verliert er sein Publikum. Annie hat schon fast Mitleid mit ihm. Er schildert das Programm und die Workshops für den jambischen Pentameter *und auch* für freies Versmaß. „Wir werden uns mit *beidem* befassen! Können Sie sich das vorstellen?" Damit schließt er endlich seine schwarze Mappe. Gerade, als er im Begriff ist, vom Mikrofon zurückzutreten, fügt er noch etwas hinzu und Annie ist sofort elektrisiert. „Dabei haben wir unverändert die Absicht, Ihrem sehr verehrten Mitbürger Robert Bliss den Ehrenpreis für sein Lebenswerk zu überreichen. Das Komitee übermittelt die besten Wünsche für seine schnelle Genesung und freut sich auf den Moment, wenn er diesen prestigeträchtigen Preis entgegennehmen wird."

Diese letzten Worte scheint er direkt an Annie zu richten und ihr steigt plötzlich die Hitze ins Gesicht. Sie war auch heute wieder im Krankenhaus und hat dort, an Bobs Bett, für seine Genesung gebetet. Es braucht ein Wunder von Gott, um Bob gesund zu machen. Entsprechend berühren Spencers Worte ihr Herz. Doch hier im Saal ist die Atmosphäre erstaunlich frostig, als stünde eine Mauer zwischen Spencer und dem Rest. Für Annie ist das eine Gratwanderung. Einerseits liegt ihr natürlich viel am Vertrauen der Dorfgemeinschaft, andererseits würde sie auch zu gern erfahren, was Spencer über ihren Onkel weiß.

„Wenn es dazu keine weiteren Themen und Beiträge mehr gibt …"

Sully springt auf, immer noch mit Tablett in der Hand, und geht ans Mikrofon. Margie erinnert daran, dass Beiträge maximal drei Minuten dauern dürfen, und Sully legt los.

„Nachts scheint ein *Licht* in mein Fenster", erklärt sie voller Abscheu. „Ihr habt mich ja alle freundlich aufgenommen, seit ich vom Berg hierherkam, aber ich kann nicht einschlafen wegen diesem Licht." Minutenlang rätselt sie öffentlich darüber, was es mit dem Licht auf sich haben könnte. Als sie darauf hingewiesen wird, dass ihre Redezeit in dreißig Sekunden endet, geht sie im Raum umher und bietet ihr Gebäck an. Rich zischt ihr zu, sie soll zum Mikrofon zurückgehen, aber sie ignoriert ihn.

Annie beugt sich vor zu Arthur und fragt: „Was soll das werden?"

„Sie ist raffiniert", erklärt er anerkennend, „sie verlängert ihre Redezeit, indem sie Kuchen anbietet."

„Aber das Gebäck ist …" Annie unterbricht sich. Sie will nicht unhöflich sein.

„Ungenießbar? Das macht nichts. Essen ist für die Leute wichtig."

Auch Annie muss ein Teil von dem Tablett nehmen und sie beißt sehr vorsichtig eine Ecke davon ab. Da geht Sully wieder zum Mikrofon und deutet auf Ed.

„Das Licht kommt von *seiner* Insel. Ich kann nichts daran ändern, wo mein Haus steht, aber er kann etwas daran ändern, wohin er seinen Scheinwerfer richtet."

Beklommene Stille breitet sich aus. Wie kann man dem blinden Mann vorwerfen, ein Licht auf seiner Insel zu haben? Würdevoll erhebt sich Ed. „Haben Sie schon einmal darüber nachgedacht, dass ich das Licht vielleicht aus einem bestimmten Grund genau dort positioniert habe?" Ohne seine Frage zu beantworten, nimmt er sein Stück Treibholz, das er wie einen Blindenstock benutzt, und verlässt den Raum.

„Ed, wo ist dein richtiger Stock?", flüstert Arthur, aber es ist schon zu spät. Ed ist draußen.

„Ihre Redezeit ist um", erklärt Margie, zu Sully gewandt, „und damit beenden wir unsere heutige ..."

„Moment!" Annie war so gefesselt von allem, was um sie herum geschah, dass sie um Haaresbreite vergessen hätte, ihr eigenes Anliegen vorzubringen. Sie springt auf und zum zweiten Mal an diesem Abend richten sich alle Augen auf sie. „Ich brauche auch nicht mehr als drei Minuten." Sie lächelt und eilt zum Mikrofon.

Doch als sie vorn steht, hat sie alles vergessen, was sie gedanklich vorbereitet hatte. Was kann man dieser vom Aussterben bedrohten Stadt sagen? Sie wagt es nicht, ihre neugierigen Fragen zu stellen. Schließlich ist sie jemand, der sterbenden Ortschaften den letzten Rest gibt. Das hatte sie in Alpenzell bewiesen. Aber eigentlich könnte sie solchen Städtchen auch helfen, wenn sie nur den Mut aufbringen würde, es wieder zu versuchen.

„Die Zeit läuft, Miss ...?" Margies Blick ist streng.

„Bliss, Annie Bliss."

„Bob ist ihr Onkel!", ruft Arthur in den Raum und eine Welle des Mitgefühls schlägt ihr entgegen.

„Mein Großonkel, ja. Deshalb bin ich auch heute Abend hier. Ich wollte fragen ..." Wie soll sie das sagen? Wie kann sie diese Leute auf die Schachteln mit den Steinen ansprechen, ohne neugierig, herablassend oder anmaßend zu klingen? Oder vielleicht *ist* sie insgesamt auch einfach nur neugierig, herablassend und anmaßend?

„Noch zwei Minuten, Miss Bliss", erinnert Margie.

„Nun, also, wissen Sie, ich hoffe, die freundlichen Menschen hier aus Ansel können mir vielleicht helfen, etwas herauszufinden, was mit Bob zu tun hat.“ Ja, genau, so passt das. Kaum hat sie den Satz gesagt, da spürt sie, wie wahr er ist. Ihr größter Wunsch ist doch, ihm eine Freude machen zu können, falls – nein, *wenn* er wieder aufwacht. Vielleicht kann sie ihm mit diesen Steinen helfen, ihn überraschen, das Projekt zu Ende führen, das er angefangen hat … „Ich würde gern fragen, ob jemand etwas über die vielen Kartons mit Steinen weiß, die alle mit der Post an ihn geschickt worden sind. Es scheint im Laufe der Jahre eine ziemlich große Sammlung bei ihm angekommen zu sein und ich würde gern wissen …“

Die Atmosphäre verändert sich. Keiner im Raum schaut sie an. Alle starren auf ihre Schuhe, die Wand oder die Uhr. Jemand räuspert sich.

„Noch dreißig Sekunden“, sagt Margie.

Was würde sie jetzt dafür geben, wenn sie auch so ein Tablett hätte wie Sully, um ihre Redezeit zu verlängern. Erst jetzt fällt ihr der Kuchen wieder ein, den sie extra für diesen Abend gebacken hat. Er steht draußen im Triebwagen.

„Wenn da irgendjemand Licht ins Dunkel bringen könnte, mit diesen Steinen, das wäre …“

Die strickende Frau im Hintergrund lacht laut. „Wie treffend Sie das gerade gesagt haben, Licht ins Dunkel. Wirklich, wie passend, wirklich.“

„Ihre Zeit ist um“, greift Margie ein und wirkt fast so, als würde es ihr leidtun. „Die Versammlung ist geschlossen.“

Geschlagen tritt Annie ab, mit hochrotem Kopf verschwindet sie im Eisenbahnwagen, wo ihr Kuchen steht. Sie nimmt ihn mit und kann gar nicht schnell genug hinauskommen in die Dunkelheit. Doch kaum ist sie draußen, hört sie Schritte hinter sich.

„Sag bloß, ist das etwa der berühmte Bliss-Haselnusskuchen?“ Bess trägt wie immer das rote Tuch, mit dem sie ihre dunklen Locken zu bändigen versucht. Sie holt Annie ein.

„Bess!“ Annies Lächeln färbt ihre Stimme hell. „Ich habe dich gar nicht gesehen da drinnen.“

„Ich kam auch erst gegen Ende“, antwortet Bess. „Vorher musste ich die *Kombüse* noch schließen und bin dann durch die Seitentür in den Sitzungssaal gekommen." Sie kichert. „In letzter Zeit komme ich manchmal auch extra pünktlich, weil ich miterleben will, wie der junge Spencer sich immer tiefer in sein eigenes Grab schaufelt."

„Na, also heute war er nicht der Einzige, der sich blamiert hat."

„Hab ich gesehen." In den Büschen rund um den Dorfplatz zirpen die Grillen.

„Soll ich dir einen kleinen Tipp geben?"

„Ich bin absolut dankbar für jeden Tipp, den ich kriegen kann."

Bess steckt die Hände in ihre Taschen und richtet den Blick auf die Sterne. „Na schön, ich gebe dir zwei." Sie hebt den ersten Finger. „Tipp eins: Nächstes Mal nimmst du diesen Kuchen mit rein in die Sitzung. Savannahs Haselnusskuchen wird dir alle Türen öffnen. Zweitens ... wenn du wirklich wissen willst, was es mit den Steinen auf sich hat", sie wirkt hin- und hergerissen, „dann frag Ed."

Stimmt. Ed war schon weg, als sie ihre Frage stellte.

„Werd' ich machen, danke, Bess."

„Alles klar, gern. Wie ging es Bob heute?"

Annie berichtet von ihrem Besuch am Vormittag. Es hatte alles unverändert ausgesehen, aber der Arzt hatte sich vorsichtig optimistisch geäußert.

„Gut." Bess nickt. „Ich habe vor, morgen mal selbst hinzufahren." Dann deutet sie mit dem Kinn auf etwas, das hinter Annie aufgetaucht ist. „Ich glaube, du wirst abgeholt."

Jeremiah ist gekommen, im Mondlicht wirkt er noch größer als sonst. Als wäre er ein Bestandteil dieser Nacht, als wäre dies seine Heimat. Bess winkt ihm zu und verschwindet dann in Richtung ihrer Wohnung über einem der Geschäfte.

„Hallo", begrüßt Annie ihn, „wieso warst du denn nicht bei der Sitzung?"

Um seine Augen bilden sich Lachfältchen, während das restliche Gesicht unbewegt bleibt. „Die Stadterhaltungsgesellschaft und ich ... wir sind nicht ganz auf einer Linie."

„Gibt es da vielleicht eine interessante Geschichte?"

„Ja, ein andermal vielleicht."

Mrs Blanchard schlurft zu ihnen, aus der selbst genähten Stofftasche ragen die Stricknadeln heraus. „Ach, Jeremiah, würde es Ihnen viel ausmachen, morgen, wenn Sie Ihre Runde drehen, bei mir vorbeizukommen und mein Sturmlicht wieder anzuzünden? Ich frage das so ungern, aber …"

„Ist schon so gut wie erledigt", antwortet er.

„Du kannst Bobs Anzünder dafür nehmen", mischt sich Rich ein, während er in seinem khakifarbenen Anzug selbstbewusst zu der Gruppe dazukommt.

Annie runzelt die Stirn. „Seinen Anzünder?"

„Ja. Ist ein Qualitätsprodukt von einem superteuren Laden. Hab ich ihm gekauft. Eigentlich dafür gedacht, Crème Brûlée zu machen."

Annie presst die Lippen zusammen, um nicht loszulachen. Die Vorstellung, dass Bob etwas so Extravagantes besitzt, ist einfach zu komisch. Sie stellt sich vor, wie er reagiert hat, als er das Teil bekam, unnötig und teuer wie ein außerirdisches Raumschiff. Unvorstellbar, so etwas in seinen schwieligen, von schwerer Arbeit bei Wind und Wetter gezeichneten Händen zu sehen.

Auch Rich lacht und schüttelt den Kopf. „Er hat ein altes Päckchen Streichhölzer aus der Tasche gezogen und es neben den glänzenden Hightech-Anzünder aus Edelstahl gehalten, als könne er einfach nicht begreifen, warum jemand so etwas herstellt, wo es doch auch Streichhölzer gibt. Aber er hat den Anzünder dann doch benutzt, um Tauenden auf dem Boot zu verschweißen, damit sie nicht mehr ausfransen können." Rich schickt sich zum Gehen an, redet aber immer noch: „Du solltest es dabeihaben. Für das Sturmlicht von Mrs Blanchard."

Jeremiah geht Annie voraus zur *Glad Tidings*, die er an Joes Anleger unten im Hafen angedockt hat. Auch auf den anderen Booten an diesem Steg sind jetzt Leute, die von der Versammlung kommen. Wer nicht mit dem Boot gekommen ist, findet durch die Straßen des Städtchens zu Fuß nach Hause.

Jeremiah macht sich pfeifend daran, den Knoten des Taus zu lösen, mit dem das Schiff am Ufer festgezurrt ist. Annie steht zögernd vor dem Schiff. Sie spürt, wie er sie beobachtet.

Seine Blicke verunsichern sie zusätzlich und sie zwingt sich, an Bord zu gehen, auch wenn sie jetzt ihr ganzer Mut verlassen hat.

„Bin gleich wieder da", sagt Jeremiah, verschwindet hinter einem kleinen Gebäude am Kai und kommt gleich darauf mit einem Eimer zurück. Mit wenigen weit ausholenden Schritten ist er auf dem Schiff und steuert direkt auf sie zu. Sie will ihm ausweichen, aber er folgt ihr. Sie weicht zur anderen Seite aus und wieder folgt er ihr.

„Was soll das?"

„Könntest du stehen bleiben?" Er setzt an, um ihr den Inhalt des Eimers vor die Füße zu kippen, und sie springt zur Seite, weil sie damit rechnet, dass Wasser aus dem Eimer schwappt.

Aber es ist kein Wasser. Sand und Steine ergießen sich vor ihre Füße.

„Was …?"

Er dreht sich um, wortlos, und beschäftigt sich wieder damit, das Tau zu lösen, als wäre nichts gewesen. Schließlich ist er damit fertig, wirft es aufs Schiff, reicht Annie das Ende und bedeutet ihr mit einer Geste, das Tau aufzuwickeln. Bob hatte ihr beigebracht, wie man ein Tau locker über Unterarm und Schulter wickelt.

Jeremiah pfeift immer noch, als wäre es ganz normal, dass er ihr gerade einen Eimer Dreck vor die Füße geschüttet hat.

„Was soll das alles eigentlich?"

„Festland." Er zuckt mit den Schultern, als wäre damit doch alles erklärt. „So wie das von Bob."

„Von Bob?"

„Für dich." Er hebt den Arm und kratzt sich am Nacken in dem Versuch, so zu tun, als hätte das Ganze keine weitere Bedeutung. Aber irgendwie wirkt er auch verlegen dabei. Annie hingegen ist jetzt ziemlich … berührt. Endlich bleibt er vor ihr stehen und sieht sie an. „Wie dieser feste Boden aus Sand, den Bob damals für dich gemacht hat." Mit der Handfläche streicht er durch die Luft, wie um den Haufen Erde glatt zu streichen.

Sie kann ein Lächeln nicht unterdrücken.

„Mr Jeremiah Fletcher", erklärt sie, „das ist doch wirklich ein ganz reizender Gedanke …"

„Was genau machst du noch mal beruflich?"

Sie klappt den Mund zu. Der Augenblick hat seinen Zauber verloren. Wie soll sie erklären oder zugeben, dass sie eine gescheiterte Anthropologin ist, die den ganzen Tag nichts anderes tut, als Tabellen auszuwerten, um Kaufgewohnheiten zu analysieren? Wie soll sie ihm erklären, was es bedeutet hat, direkt nach dem Studium einen Forschungsauftrag zu erhalten, eine Feldstudie, um die sie von allen Studienkollegen beneidet wurde – um dann alles zu ruinieren?

„Ich bin Kunden- und Konsumanalystin", sagt sie.

Er geht ins Steuerhäuschen und prüft seine Armaturen. „Ja", antwortet er. „Ein Spitzel."

„Wie bitte?"

„Du bist so was wie eine CIA-Agentin."

„Pssst!" Annie unterdrückt ein Lächeln, während ihre Augen zwischen den anderen Booten um sie herum hin und her flitzen. „Ich versuche, das Vertrauen der Leute zu gewinnen. So bist du keine Hilfe."

„Ja, du aber auch nicht, wenn du weiter alle zwei Sekunden einen Blick über die Schulter wirfst."

Jetzt sieht Annie ihm direkt in die Augen. „Genau genommen ist meine Firma gerade in einem Umstrukturierungsprozess. Neulich hat mein Vorgesetzter mir erst gesagt, dass ich in Zukunft im Networking-Bereich als Kunden- und Konsumspezialistin eingesetzt werde."

„Aha." Jeremiah dreht den Schlüssel und erweckt das Boot zum Leben. Mit angestrengtem Blick schaut er geradeaus, als würde er über etwas Schwieriges nachdenken. „Das ändert nichts daran, du bist ein Spitzel."

Einen Augenblick lang ist Annie unschlüssig, ob sie sich empören oder ob sie lachen soll. Aber seine Miene ist so versteinert, dass sie das Lachen einfach nicht zurückhalten kann.

Das Schiff bebt und setzt sich in Bewegung. Annie wird es flau. *H_2O*, sagt sie sich selbst, *diese Wellen sind einfach nur Moleküle. Ich habe doch keine Angst vor Molekülen.*

Sie gräbt ihre Füße tiefer in den Sand. Jeremiah beobachtet sie dabei. Was ist denn das? Sollte er tatsächlich … lächeln?

„Stichwort Verhaltensforschung“, sie räuspert sich, „was weißt du über Ed?“ *Und über die Steine? Über das Bauwerk? Über diesen Schlüssel?* Die Fragen werden immer mehr und sie hat das Gefühl, sie sind wie Dominosteine aufgestellt. Wenn sie erst einmal den ersten Stein umgeworfen hat, dann werden alle anderen folgen.

Jeremiah sieht sie von der Seite an. „Nicht viel. Er gibt nicht viel von sich preis. Hast du ja sicher auch schon gemerkt.“

Er braucht jetzt seine Aufmerksamkeit, um den anderen Booten auszuweichen, und Annie nimmt an, dass er für heute sein Soll an Gesprächen erfüllt hat. Aber als sie aufs offene Wasser zusteuern, räuspert er sich. „Wie wäre es, wenn du mich morgen auf meiner Tour begleitest? Vielleicht findest du, was du suchst?“

dreizehn

Wieder ist der Mann vor Sonnenaufgang aufgebrochen, aber dieses Mal kommt er nicht zurück, um sie abzuholen. Er hatte gesagt, er würde seine Tour um acht Uhr beginnen, aber um Viertel vor acht ist das Boot nirgends zu sehen. Also macht Annie sich zu Fuß auf den Weg zum Hafen, um ihn aufzuspüren. Vielleicht hatte er gemeint, sie würden sich um acht Uhr bei der Post treffen.

Der Morgen ist feucht, Lupinen blühen, Annie geht an der kleinen weißen Kirche vorbei und nimmt den Steg, der über den Bach führt. Aus einigen Schornsteinen steigt gekräuselter Rauch auf, wo die Leute gegen die Kälte am Morgen heizen, und Annie zieht die Ärmel ihres Strickpullis fröstelnd bis über die Hände, um sich vor der Kälte zu schützen.

Im Ort angekommen geht sie am Anleger, dem Dorfanger und der *Kombüse* vorbei – Jeremiah ist nirgends zu sehen. Auch im Postamt ist niemand. Ein Zettel hängt dort: *Post ist unterwegs. Bitte warten Sie einfach.*

Erst als sie die Bucht schon zur Hälfte umrundet hat und sich auf dem anderen Landarm befindet, der weiter vorn als zweite Halbinsel ins offene Meer ragt, sieht sie Jeremiah durch den Nebel, in Jeans, einer sportlichen braunen Jacke und einer Baseball-Mütze. Dazu hat er eine Umhängetasche dabei und kickt mit den Schuhen Kieselsteine in die Luft, während er auf das Schulhaus auf der anderen Seite des Hafens zugeht.

„Jeremiah“, ruft Annie. Er dreht sich nicht um. Auch dann nicht, als man ihre eiligen Schritte am Ufer deutlich hören kann.

Als sie ihn fast eingeholt hat, streckt sie ihren Arm aus, als wollte sie ihm eine Stafette übergeben, und berührt seine kalte Schulter. Er fährt herum, seine Züge sind versteinert. Wütend sieht er nicht aus, aber verwundert.

„Annie?“ Er zieht einen Kopfhörer aus dem Ohr. „Was ist denn los?“

Sie ist empört, versucht aber, es sich nicht anmerken zu lassen. Die Haarsträhnen, die ihr wild ins Gesicht hängen, steckt sie hinter die Ohren, als könnte sie damit auch ihre Gefühle ordnen. „Ich dachte, wir waren verabredet?“

Er nickt. „Dachte ich auch. Ich hab dich an der Post erwartet.“

„Das tut mir leid. Ein Missverständnis. Macht es dir was aus, wenn ich ab jetzt mitkomme?“ Sie hofft, dass es okay ist, und folgt ihm. In ihrer Tasche, die sie für den Tag gepackt hat, befinden sich ein Notizblock, drei gespitzte Bleistifte, ein Müsliriegel und ein Apfel. Ach ja, dazu noch drei Stück Haselnusskuchen, in der Hoffnung, dass er ihr bei Ed helfen wird und dass Ed erzählt, was er weiß. „Und … was dagegen, dass ich dich etwas frage?“

Er geht wortlos weiter.

Sie versucht, mit ihm Schritt zu halten, aber ohne Erfolg. Schließlich bleibt sie stehen. Nach ein paar Schritten bleibt auch er stehen, dreht sich um und sagt: „Nein und nein.“

„Ooo… okay.“ Er ist so anders heute Morgen. „Na, dann gehe ich wieder und lasse dich in Frieden.“ Ihre Stimme klingt genauso kalt, wie sie sich fühlt, und sie kann nicht gehen, ohne ihm noch einen kleinen Hieb zu verpassen. „Ich werde der Gesellschaft zur Stadterhaltung meine Frage stellen.“

„Nein, es macht mir nichts aus, wenn du mitkommst, und nein, es macht mir auch nichts aus, wenn du Fragen stellst.“

Sie spürt, wie ihre Ohren rot werden. Wieso versteht sie diesen Mann ständig so falsch?

„Du denkst zu viel“, sagt er mit schiefem Grinsen, das die Grübchen zum Vorschein bringt. „Schlagendes Argument, sich an die Gesellschaft zu wenden. Du lernst dazu.“

Annie erwidert sein Lächeln. Sie darf diesen Mann nicht allzu ernst nehmen, auch wenn er immer schrecklich ernst aussieht.

Sie gehen vollends um die Stirnseite der Bucht und kommen auf die andere Seite des Hafens, schräg gegenüber von Bobs Haus. Hier beginnt die Meerenge. Annie war noch nie hier und ihr fehlt ein bisschen die Orientierung, als Jeremiah nach rechts abbiegt und auf einem schmalen sandigen Weg weitergeht. Der Weg ist eine Sandbank, wie eine Brücke führt sie durchs Meer zu einem lang gezogenen Stück Land, einer Insel, die – abgesehen von dieser Sandbank – ringsum vom Meer umschlossenen ist.

Jeremiah schaut auf seine Uhr und geht weiter.

„Sind wir gut in der Zeit?" Annie versucht es mit Small Talk. Sie hat gelernt, dass auch daraus manchmal sehr tiefe Gespräch entstehen können. Von daher haben auch belanglose Sätze ihre Berechtigung.

„Ja, passst", sagt er.

Schweigend gehen sie nebeneinander her, die feuchte Erde unter ihren Füßen ist gespickt mit Felsbrocken und Krebsen. Der Wind schiebt den Nebel beiseite und bringt stattdessen dicke Wolken mit sich. Schließlich erreichen sie die Insel.

„Willkommen auf Long Island", sagt Jeremiah.

Annie betrachtet die Natur, die sich vor ihnen ausbreitet – Bäume, Felsbrocken, Granit und noch mehr Bäume. Ein bisschen anders als das, was sie sich unter dem berühmten Namen „Long Island" vorgestellt hat.

Jeremiah nimmt die Landschaft in sich auf wie ein Verhungernder und sie hat das Gefühl, er wartet darauf, dass sie etwas bemerkt.

„Long Island", sagt sie nun und legt eine Hand über die Augen, um besser in die Ferne sehen zu können. „Ja, jetzt sehe ich es. Da." Sie zeigt auf eine Gruppe Kiefern, die auf einem Felsvorsprung über ihnen Halt gefunden haben. „Das ist Jay Gatsbys Haus, stimmt's? Ach, und da ..." Sie zeigt auf eine Erhebung direkt vor ihnen. Man sieht nicht, was dahinter ist, aber sie weiß es. „Die Hamptons", grinst sie und meint damit den Teil des New Yorker Long Island, wo viele Superreiche und Prominente wohnen.

Jeremiah pfeift anerkennend. „Guter Witz."

„War wohl kein so guter Witz, wenn du erst noch betonen musst, dass er gut ist, und dabei nicht mal lachst."

Jetzt lacht er doch. „Was willst du?", zwinkert er, „Long Island von Ansel kann es doch mit Long Island von New York schon lange aufnehmen."

Der sandige Weg führt sie mit einigen Kurven in einen dichten düsteren Wald. Ein Hüter von Geheimnissen, das ist dieser Ort. Annies Lächeln ist verschwunden, sie hat eher das Gefühl, ein Kind in Narnia zu sein oder Tolkiens Mittelerde oder Robin Hoods Sherwood Forest betreten zu haben. Irgendwie fühlt sich das hier so an, als wäre es ein sagenumwobener Ort. Und tatsächlich, hinter der nächsten Biegung sehen sie, dass es wirklich so ist.

Auf einer Lichtung steht eine Art Fischerhütte, ein mit Steinen sorgfältig markierter Weg führt dorthin, Moos wächst zwischen den Steinen. Die Hütte ist mindestens so wenig von dieser Welt wie eine Hütte in Narnia oder einer anderen der legendären Fantasiewelten der Literatur. Die Wände bestehen aus übereinandergeschichtetem Treibholz, wobei die Stücke mit ihren natürlichen Formen so zusammengefügt sind, als wären sie mit Zuckerguss zusammengeklebt, Schicht auf Schicht genau eingepasst, ohne Spalten zu lassen. Auch das Dach ist so gebildet, und die ineinandergreifenden gezackten Kanten der Hölzer auf dem schrägen Dach wirken wie die Türme dieser bescheidenen Burg. Sogar ein Fenster wurde in diesem Gewerk ausgespart. Nicht rechteckig ausgeschnitten, wie man es von einer Holzhütte oder einem Blockhaus erwarten würde, sondern so, wie es sich von der Form der Treibholz-Stücke ergeben hat, ein Fenster wie ein schiefes Bullauge.

Wer baute denn so etwas? Wohnte hier wirklich jemand? Sicher nicht im Winter, wenn der eisige Wind durch die Struktur pfiff.

Jeremiah beobachtet sie belustigt. „Geh nur weiter." Er deutet auf das Bauwerk. „Schau es dir ruhig aus der Nähe an."

„Musst du hier etwas zustellen?"

„Nicht wirklich", sagt er. „Keine Sorge, es ist niemand zu Hause."

Annies Neugier ist geweckt, sie duckt sich durch den niedrigen Eingang. Fahles Licht dringt ins Innere. Ein grob geschnitzter dreibeiniger Hocker steht neben dem Bullaugenfenster. Der Raum ist annähernd rechteckig, ein gemauerter Ofen steht in einer Ecke. In der anderen Ecke lehnt ein alter Reisigbesen an der Wand, einige Spinnweben umgeben ihn. Es ist schwer zu verstehen, wozu der Besen gebraucht wird, denn der Boden besteht nur aus festgestampfter Erde.

Sie hört ein leichtes Kratzen hinter sich. Als Annie sich umdreht, sieht sie Jeremiah am Türrahmen lehnen. Er hat sich auch durch den für Zwerge gemachten Eingang gezwängt, neben dem er noch größer wirkt.

„Wer hat hier gelebt?", fragt Annie voller Staunen. Vorsichtig streicht sie mit einer Hand über die Mauern des Ofens, fast ehrfürchtig.

„Du bist doch die Menschendetektivin", sagt er bloß. „Was denkst du denn?"

Sie stemmt die Hände in die Hüften, leiser Donner grollt in der Ferne. Sie betrachtet alles ganz genau. Das Treibholz in seiner unterschiedlichen Länge und Form ist zu vielen Schichten zusammengesteckt, bis auf ein paar kleine Unebenheiten erstaunlich perfekt.

„Es muss eine sehr akribische Person sein", denkt Annie laut, „jemand mit Liebe zum Detail, ein ordnungsliebender Mensch. Jemand, für den ein Zuhause wichtig ist und der alles schätzt, was gut und richtig ist. Gerechtigkeit, harte Arbeit. Kunst." Sie deutet auf den sorgfältig gemauerten Ofen und plötzlich erinnern die Steine sie an die Frage, auf die sie eine Antwort sucht. Könnte es sein, dass die Steine in Bobs Kammer und in seinem Bootshaus etwas mit dieser Hütte zu tun haben?

Es kommt Annie so vor, als würden beide Rätsel die gleiche Melodie singen, nur in unterschiedlichen Tonarten. Die Steine, die hier für den Ofen verwendet wurden, passen gut zusammen, alle haben das gleiche, von weißen Adern durchzogene Grau. Alle sind gleich. Darin unterscheiden sie sich von der farbigen Vielfalt der anderen Steine.

Trotzdem, irgendetwas Besonderes ist auch hier. Ein Haus aus Stöcken und Steinen, und doch wirkt es, als wäre es für die Ewigkeit gemacht. Annie muss an die drei kleinen Schweinchen denken, deren Häuser aus Stroh und Holz dem Wolf nicht standhielten. Aber diese Hölzer, vom Meer glatt poliert, sind dauerhaft miteinander verwoben, auch wenn der kalte Wind durch ihre Ritzen pfeift.

„Na ja, das ist jetzt alles Spekulation. Wahrscheinlich bin ich noch weit von der Wahrheit entfernt", sagt Annie schließlich.

Jeremiah zieht die Mundwinkel nach unten, die Augenbrauen hoch und zuckt mit den Schultern. „Du wirst es schon herausfinden", sagt er nur und geht.

Er ist ihr zehn Schritte voraus, sie holt ihn ein. „Warte doch! Heißt das, der Mensch, der das hier gebaut hat, ist noch in der Nähe?" Sie schaut sich in alle Richtungen um, ohne irgendwo ein Lebenszeichen zu entdecken. „Es kann nicht sein, dass hier jemand wohnt. Ich sehe keinen einzigen Hinweis darauf. Unmöglich, dass hier jemand leben kann …"

„Du wirst an diesem Jemand deine Freude haben", sagt Jeremiah bloß. „Und ich denke, er wird dich ein bisschen korrigieren, von wegen hier gebe es keine Hinweise und man könne hier nicht leben. Wo du in dieser Hütte nichts gesehen hast – wo auch sonst niemand etwas sehen würde –, da sieht er …" Jeremiah schüttelt bedächtig Kopf. „Nun, du wirst sehen, Annie."

Und mehr sagt dieser Mensch nicht zu dem Thema, es macht sie ganz kribbelig. Sie wandern weitere zehn Minuten, mal sehen sie das Meer, dann wieder nicht, je nachdem, wie der Weg sie bergauf und bergab führt. Die Insel ist lang und schmal, wahrscheinlich nur fünfhundert Meter breit, aber die buschigen Kiefern lassen die Landschaft weiter erscheinen. Annie will schon fragen, ob er sie mit diesem Gang über die Insel nur zum Narren hält, als sie einen Kiefernhain erreichen. Aus dem Blockhaus im Schatten der Bäume steigt Rauch auf.

vierzehn

Jeremiah hebt die Hand, um zu klopfen, aber die Tür schwingt schon auf und eine dunkle faltige Hand streckt sich heraus, um ihm auf die Schulter zu klopfen.

„Fletch", sagt eine volle Stimme, „dein Kaffee ist gerade fertig, komm rein."

Annie tritt nach links, um die Person zu sehen, die zu der Hand gehört. Damit hätte sie nicht gerechnet!

„Danke, Ed", sagt Jeremiah. „Ist es okay, dass ich ..."

„Natürlich, bring Miss Elle ruhig mit rein." Er stützt sich auf ein knorriges langes Stück Treibholz und hält ihnen die Tür auf. „Hab mir schon gedacht, dass du kommen würdest, Bobs Annie. Eigentlich hatte ich dich schon früher erwartet."

Annie sucht nach Worten, ihr fällt nichts Passendes ein. Wie kann ein blinder Mann wissen, dass sie da sind, bevor sie geklopft haben? Woher weiß er, dass Annie mitgekommen ist? Wie kann er hier auf dieser Insel leben, vollkommen allein, so fernab von allem? Alles, was sie herausbringt, ist ein ungelenkes: „Wie ...?"

Ed winkt ab. „Der alte Ed weiß viel", sagt er. „Weißt du, Bobs Annie, was man über Blinde sagt?"

„Dass alle anderen Sinne dafür umso besser entwickelt sind?", versucht Annie zu antworten. „Hast du gehört, dass wir kommen?"

„Ein tauber Elefant hätte euch beide gehört", lacht er. „Nein. Man sagt, es gibt einen Zustand, der ist schlimmer, als blind zu sein: Wenn man sehen kann, aber nichts erkennt. Das hat mal ein Mädchen gesagt, das taub, blind und stumm war. Sie hat viel verstanden."

Seine Worte sind so nüchtern wie sein Gesichtsausdruck. „Tatsache ist, Bobs Annie, dass du ein paar Sachen erkennen musst."

Seine Direktheit trifft sie unvorbereitet. Sie räuspert sich. „Zugegeben, ich suche nach einigen Antworten."

„Setz dich. Jeremiah hat mir, denke ich, ein paar Sachen zu sagen, und dann sag ich dir, was ich weiß."

Barfuß geht er zu der gegenüberliegenden Wand, wo sich seine Küche befindet. Er lehnt seinen Treibholzstecken gegen die Arbeitsfläche, hebt einen alten Kessel von dem Holzofen, gießt Kaffee in Blechtassen. Sie sind blau mit weißen Flecken und sehen aus, als kämen sie direkt aus einem Holzfäller-Camp. Er schlurft zurück, nicht das gebrechliche Schlurfen eines alten Menschen, sondern das tastende Suchen eines Archäologen, der seine Füße vorsichtig aufsetzt. *Seine bloßen Füße sind seine Augen,* überlegt Annie. Gleichzeitig sieht sie die makellos weißen Turnschuhe, die sorgfältig an der Wand neben der Tür stehen.

„Wo ist dein Ehrenbürger-Gehstock, Ed?", fragt Jeremiah.

Ed lacht leise, während er sie zu einer gemütlichen Sitzecke führt. „Meinst du den Stock mit dem schönen Messingknauf, den die *Boston Post* gestiftet hat? Den hab ich nicht mehr. Er kann jetzt einen anderen daran erinnern, dass er so alt ist wie Methusalem."

„Und wer ist der andere?", hakt Jeremiah nach.

Annie sieht den Stock wieder vor sich, sorgfältig verstaut im Schrank von Bobs Krankenzimmer.

„Ach, weißt du, ich habe jemanden gefunden … der braucht ihn nötiger als ich", sagt Ed nur.

Annie möchte mit der Wahrheit herausplatzen, ihm danken für seine freundliche Geste Bob gegenüber, der in seinem Leben nur wenige Ziele hatte, aber eines davon war, eines Tages mit diesem Stock durch Ansel zu gehen. Bob bedeutet dieser Stock sehr viel, auch wenn er Annie nie erzählt hat, warum.

Aber da Ed die Frage betont beiläufig beantwortet hat, kann sie ihm vielleicht am ehesten danken, indem sie seine Haltung respektiert und nichts sagt. Sie holt Savannahs Kuchen aus der Tasche und vergisst, dass sie ihn eigentlich als Köder einsetzen wollte, damit Ed ihr seine Geschichten erzählt.

Ed schnuppert anerkennend. „Das ist ein Duft, den ich immer und überall erkennen würde. Darf ich?“ Er hat immer noch die Manieren eines Gentlemans aus dem Süden.

„Natürlich.“ Annie schiebt den Kuchen in die Mitte des Kaffeetisches – einem Koffer, der auf vier Holzbeinen steht.

„Treibholz passt sowieso besser zu mir als dieser Stock“, sagt Ed, nachdem er den ersten Bissen Kuchen genommen und mit einem anerkennenden Nicken quittiert hat.

„Warum?“

„Das ist eine lange Geschichte, Bobs Annie. Mal sehen, ob wir heute so weit kommen.“ Ed macht es sich in seinem Schaukelstuhl bequem und schwingt quietschend vor und zurück. Die nächste Frage richtet er an Jeremiah. „Was gibt's Neues in Mississippi?“ Mit der Erwähnung dieses Namens verfällt er hörbar in seinen Südstaatenakzent.

Jeremiah reicht ihm einen Brief.

„Mach du auf, Fletch.“ Eds Stimme klingt belustigt.

„Mr Ed, Sie wissen genau, dass das verboten ist.“ Jeremiah grinst und Falten legen sich rund um sein Lächeln.

„Postvorschriften“, sagen beide wie aus einem Mund und Ed lacht herzlich und lange.

Ed steckt einen Finger in den Umschlag, reißt ihn auf, gibt Jeremiah den Brief. Das scheint ein Ritual zwischen den beiden zu sein, vermutet Annie und drückt sich so tief wie möglich in ihre blaue Sofaecke, um bloß nicht zu stören.

Jeremiah räuspert sich und fängt an zu lesen. Der Brief kommt von einem gewissen Hosea, der anscheinend Eds Neffe ist. Er beginnt mit *Lieber Onkel Ed* und enthält dann viele Neuigkeiten aus Mississippi, Eds Heimat. Der Enkelsohn Jimmy hat bald seinen Highschool-Abschluss, es gab ein Missgeschick mit einem Topf Soße und einem Pfefferstreuer, dessen Deckel nicht richtig zugeschraubt war, dazu Berichte über die Zikaden, die jetzt zu Beginn des Sommers zu neuem Leben erwacht sind.

Ein warmes Gefühl durchströmt Annie angesichts der unbekümmerten Leichtigkeit, mit der in dem Brief erzählt wird und die dort zu herrschen scheint, wo der Absender lebt. Erst als ein kalter Windstoß durch Eds Hütte pfeift, wird ihr wieder bewusst, dass sie im rauen Maine ist.

Als Jeremiah zu Ende gelesen hat, legt er den Brief in eine Blechdose, die bereits viele andere Briefe enthält.

Eds breitem Lächeln nach zu urteilen, ist dies seine Schatztruhe.

„Schreibt dein Neffe oft?", fragt Annie. Sie mag diese Vorstellung und sieht auch eine Parallele zu ihrer eigenen Art, wie sie schriftlich mit ihrem Onkel Kontakt gehalten hat. Sie nimmt einen Schluck Kaffee, dessen Bitterkeit durch etwas Sahne abgemildert ist.

„Hosea schreibt mir jede Woche, zuverlässig wie ein Uhrwerk", antwortet Ed, „aber er ist nicht mein Neffe."

Annie bedauert, das gesagt zu haben, und wenn sie nicht den Kaffee im Mund hätte, würde sie jetzt irgendwie versuchen zurückzurudern. Eigentlich gehört das zu dem kleinen Einmaleins ihres Berufes. *Man darf niemals irgendwelche Dinge annehmen, niemals eigene Schlüsse mit Tatsachen verwechseln.* Das ist ein Grundprinzip der Anthropologie.

Aber sie kann den Kaffee nicht so schnell schlucken, wie Ed weiterredet.

„Diese Briefe verdanke ich deinem GrandBob", sagt er.

„Bob?" Annie dreht die Tasse in ihrer Hand und Jeremiah beugt sich vor. Also weiß er das wohl auch noch nicht.

„Genau, Ma'am, und nicht nur Bob, sondern auch deinem Daddy, William."

Annie stellt die Kaffeetasse ab. Es ist das erste Mal überhaupt, dass sie hört, dass der Name ihres Vaters in einem Atemzug mit dem von Bob erwähnt wird. Immer haben alle dieses Thema so weiträumig umschifft, als stünde eine meterdicke Mauer zwischen den beiden Männern. Nie hat ihr gegenüber jemand auch nur angedeutet, warum das so ist. *„Da muss erst noch mehr Gras drüber wachsen"*, hatte man sie vertröstet, wenn sie gefragt hatte. Aber sie hatte nicht den Eindruck, dass da irgendetwas am Wachsen war. Im Gegenteil, die

Spannung hatte eher zugenommen, wie bei einem Staudamm, der schon sehr lange sehr viel Druck aushält, aber das vielleicht nicht für immer schaffen wird.

„Die beiden kennen Hosea?"

Von der Wand läutet eine Uhr. Ed lauscht und zählt mit. „Einen Teil der Geschichte können wir noch schaffen, bevor die Flut kommt und uns hier für den Rest des Tages vom Festland abschneidet. Ich muss noch vor der nächsten Flut nach Amerika." Er lacht. Das sagen die Inselbewohner hier in der Bucht, wenn sie vom Festland sprechen. „Ich werde mit euch über die Sandbank gehen, bevor sie überschwemmt ist, falls es euch nichts ausmacht, so eine langsame alte Krabbe dabeizuhaben."

„Es ist ja eher so, dass wir mit dir nicht Schritt halten können", erwidert Jeremiah und der alte Mann lächelt. Aber es stimmt, wie Annie bemerkt hat. Ed geht vorsichtig, aber flink, während er den Boden mit seinen Füßen liest.

„Nun, dann wollen wir mal. Die Geschichte geht weiter zurück, als unsere Zeit dafür heute reicht. Aber wir können ja mit dem Krieg anfangen."

Da war es wieder. Der Krieg. Alle Geschichten führten zurück zu diesem Krieg. Dieser finstere Knoten in der Geschichte war wie eine Zeitenwende, es gab ein Davor und ein Danach. Annie hatte das schon wahrgenommen, seit sie als Achtklässlerin mit weit aufgerissenen Augen im Geschichtsunterricht ihre erste Dokumentation vom Zweiten Weltkrieg gesehen hatte. Damals hatte sie zum ersten Mal die Last dieser Dunkelheit gespürt, die es nicht hätte geben sollen. Und jetzt … Wohin sie auch kam, überall schienen dunkle Geheimnisse im Schatten zu lauern.

„Es gab eine Zeit in meinem Leben, da hatte ich die Orientierung verloren. Ich bin durch die Gegend getrampt und umhergezogen bis ans Ende der Welt, wo es nicht mehr weiterging."

„Das war nach dem Krieg?", fragt Annie.

„Ja, genau. Eine ganze Weile später. Auch schon nach einem weiteren Krieg", sagt Ed und eine gewisse Schwere erfüllt den Raum.

„Warst du mit meinem Großvater zusammen im Zweiten Weltkrieg?“ Annie weiß so wenig über ihren Großvater Roy und hofft, von Ed könne sie etwas erfahren.

Ed lacht traurig. „Nein, Ma'am, leider nicht. Damals wurden amerikanische Soldaten noch nach Rassen getrennt.“

Annie wird rot. „Tut mir leid.“ Das hätte sie wissen müssen.

„Es war eine ganz andere Zeit“, fährt Ed fort. „Und gerade wir schwarzen Soldaten … wir verstanden ziemlich gut, was viele Menschen in Europa erlebten. Wir wussten, was es heißt, ausgegrenzt zu werden, in Ghettos leben zu müssen, kaum als Mensch betrachtet zu werden. Wir kennen das, wenn man verfolgt und ermordet wird für das, was man einfach von Geburt aus ist. Als wir in den Krieg nach Europa zogen, bedeutete das für uns sehr viel. Aber als wir zurückkamen …“

Ed schüttelt den Kopf. „Wir haben gekämpft, haben Leib und Leben gegeben, wie es so schön heißt. Als wir zurückkamen, hat die Regierung uns zwar geholfen. Aber manches andere hatte sich nicht verändert. Ja, wir waren amerikanische Soldaten. Wir hatten Anspruch auf Wohnungsbaudarlehen. Aber die meisten Banken gaben Leuten wie mir damals keine Darlehen, andere nur für Immobilien in Stadtteilen mit weißer Bevölkerung. Und wenn dann ein schwarzer Soldat sich mit staatlicher Unterstützung eine Wohnung in einem weißen Stadtteil besorgt hatte, dann war es den Nachbarn vollkommen egal, für welche Verdienste für Freiheit und Vaterland man sie bekommen hatte. Sie wollten uns nur loswerden. Genauso war es mit den Stipendien für Schulen und Unis. Kein weißes College wollte uns akzeptieren. Die Regierung gab viel Geld dafür aus, dass heimkehrende Soldaten an Schulen und Colleges ihre Ausbildung fortsetzen konnten. Die schwarzen Unis waren hoffnungslos überfüllt. Es gab dort einfach nicht genug freie Plätze.“

In seinem runzligen Gesicht spiegeln sich diese Erinnerungen und graben die Falten noch tiefer ein, als er jetzt die Augenbrauen zusammenzieht. „Wir haben es geschafft, den Krieg zu gewinnen, haben die Opfer der KZs in Übersee befreit. Aber was wir nicht geschafft haben, war, in unserem eigenen Vaterland Freiheit für uns, für die Schwarzen, zu erwirken." Eine nachdenkliche Pause entsteht.

„Ich hatte dabei noch mehr Glück als andere. Nachdem ich ein paar Monate in Mississippi auf Arbeitssuche war, bekam ich eine Stelle an der Universität von Alexandria. Jede Nacht war ich dort im Einsatz, um Tafeln zu wischen und das Gelände zu bewachen. Bei Sonnenaufgang ging ich nach Hause, und sobald es dunkel wurde, kam ich wieder. Gut zehn Jahre lang nach dem Ende dieses Krieges habe ich so in dem Gebäude gearbeitet, für das mein Urgroßvater das Fundament mitgelegt hatte."

Ed versinkt in Schweigen, aber Annie spürt, dass gleich etwas Bedeutsames kommen wird.

„Eines Tages hatte ich eine dumme Idee. Inzwischen waren die Gesetze geändert worden und Schwarze durften jede staatliche Schule und Hochschule besuchen. Das gefiel natürlich vielen nicht. Ich konnte einfach die schwarzen Kameraden nicht vergessen, die wir in Italien verloren hatten. Wir mussten über die Alpen, für unsere Esel machten wir Hufeisen aus eingeschmolzenem Stacheldraht, um wenigstens einen Tag weitergehen zu können. Wir gaben alles und haben die deutschen Soldaten zurückgedrängt. Viele gaben bereitwillig ihr Leben, weil wir alle wussten, dass es hier um mehr ging als um unser eigenes kleines Leben. Unzählige Kameraden kamen nicht mehr nach Hause. Für sie wollte ich weiterkämpfen, ihnen fühlte ich mich verpflichtet. Also zog ich los. Ich ging direkt ins Studentenbüro und schrieb mich für Medizin ein. Zuerst wunderte sich keiner, mich zu sehen, Ed und sein Wischmopp gehörten zum Alltag der Uni dazu. Aber als es sich herumsprach, dass ich mich jetzt als Student eingeschrieben hatte … Nun, damit hätte ich nie gerechnet, aber daraus entstand ein richtiger Krieg. Es gab Aufstände und Proteste und bewaffnete Polizisten brachten mich zu den Hörsälen. Das war wirklich nicht angenehm, aber ich hätte es aushalten können. Aber was dann passierte, das hat alles verändert."

Annie ist voll in die Geschichte eingetaucht, ist mit Ed zusammen auf dem Gelände dieser äußerlich so perfekten Universität unterwegs, die allerdings ihre Schattenseiten hat. In Gedanken steht sie zwischen den alten Bauwerken mit ihren Säulen und Kuppelsälen und wird Augenzeugin, wie ein ungerechtes System zu bröckeln beginnt. Und das alles hat irgendwie auch mit Bob und ihrem Vater zu tun?

„Eines Tages gingen viele Protestierende auf die Straße und jemand hatte eine Waffe dabei." Ed atmet stoßweise. Er reibt seinen Arm, wo die Narbe verläuft.

„Und du wurdest getroffen", murmelt Annie und wünscht, sie hätte Worte, um diese Wunde zu heilen.

Ed nickt und schürzt die Lippen. „Das war relativ harmlos", sagt er. „Aber da war noch ein anderer Mann, sein Name war Michael. Er war jünger als ich und seine Frau hatte gerade ein Baby bekommen. Er arbeitete als Bauarbeiter, auch seine Frau arbeitete hart. Die beiden wollten einfach nur das Beste, was sie tun konnten, für ihren Sohn. Ich nehme an, das war auch der Grund, warum Michael an diesem Tag mitmarschiert ist. Er war nicht meinetwegen da, wir kannten uns gar nicht. Ihm ging es bei diesem Protestmarsch allein um die Zukunft seines Sohnes." Ed schluckt. „Dieselbe Kugel, die durch meinen Arm ging, hat auch ihn getroffen."

Annie zuckt zusammen.

„Wir dachten, er würde sterben. Aber seine Stunde war noch nicht gekommen. Schon eine Woche später war er wieder zu Hause und umarmte seinen Jungen. Allerdings nur mit einem Arm. Dieser Mann war heil aus einem Weltkrieg zurückgekommen, aber dann ist das passiert."

Annie blinzelt, Tränen tropfen auf ihre gefalteten Hände. Jeremiah verschwindet kurz und schiebt ihr dann ein Taschentuch hin. Mit den Händen in den Hosentaschen bleibt er einen Moment neben ihrem Sessel stehen, dann setzt er sich wieder.

Ed schüttelt den Kopf. „Michael wurde an diesem Tag die Möglichkeit genommen, sich seinen Lebensunterhalt zu verdienen. Gejammert hat er nie. Stattdessen hat er gesagt, Gott hätte vermutlich etwas Besseres für ihn geplant. Und tatsächlich hat sich dann ein anderer, neuer Weg für ihn geöffnet. Ein guter Weg."

„Was hat Michael dann gemacht?“ Annie achtet bewusst darauf, den Namen ebenso respektvoll auszusprechen wie Ed.

Ed grinst. „Wie es sich nun mal so ergab, war gerade eine Stelle frei geworden. Sie suchten jemanden, der nachts die Tafeln putzte. Und Michael machte aus dem Tafelwischen eine ganze Wissenschaft. Er half mir beim Studium. Wir gingen zusammen durch die Säle und Gänge und putzten Tafeln und Fenster, während er mit mir Anatomie paukte, bis mir der Kopf rauchte. Nur ihm verdanke ich es, dass ich die ganzen Jahre durchgehalten habe. In ebendem Gebäude, das mein Urgroßvater miterbaut hat. In dem Gebäude, in dem Michaels Sohn einmal selbst unterrichten würde. Hosea Jones, Professor für Geschichte.“

„Hosea?“ Jeremiah löst die verschränkten Arme und klopft auf die Kiste mit den Briefen. „Dieser Hosea?“

„Genau der“, sagt Ed und strahlt. Aber dann verschwindet sein Lächeln und Traurigkeit überschattet seine Züge. „Zu schade, dass Michael das nicht mehr erlebt hat.“ Der Mann schließt seine Augen und schweigt so lange, dass Annie überlegt, ob sie einfach leise gehen sollen, damit er allein sein kann.

Doch dann gibt sie einem anderen Gefühl nach und schiebt ihre Hand behutsam in die seine. Und Ed redet weiter.

„Am Ende hat ihn diese Kugel doch noch umgebracht. Sieben Jahre später hat sich die alte Wunde entzündet und daraus entwickelte sich eine Sepsis. Ich war gerade mit dem Studium fertig und sollte meine Approbation erhalten. Ich war jetzt Arzt, aber dafür war ein Mann gestorben und ein Junge hatte seinen Vater verloren – für meine Approbation. Die außerdem völlig wertlos war. Ich wollte mich weiterbilden, Facharzt werden, aber keine Klinik nahm mich an. Niemand wollte damals in unserer Gegend einen schwarzen Arzt.“

Die Uhr tickt, bald wird das Meer steigen und den einzigen Weg nach Hause überfluten. Sie müssen jetzt aufbrechen, das weiß Annie, aber sie würde so schrecklich gern noch mehr von Eds Geschichte hören. Wie war er von Mississippi nach Maine gekommen? Und welche Rolle spielt Bob in dem Ganzen?

„Was ist dann geschehen?", fragt Annie vorsichtig und hofft, dass ihre Stimme zeigt, wie kostbar Eds Worte ihr sind.

Ed schüttelt langsam, entschuldigend den Kopf. „Was dann kam, ist nichts, worauf ich stolz bin", räumt er leise ein. „Ich schäme mich heute dafür, aber ich habe der Bitterkeit sehr lange Raum gegeben. Fing sogar an zu trinken. Eines Nachts saß ich an Michaels Grab, hatte viel mehr getrunken, als gut für mich war. Dann beschloss ich, dass der Mann, der Michael auf dem Gewissen hatte, auch etwas verlieren sollte. Ich nahm einen großen Stein mit, den ich in der Nähe von Michaels Grab gefunden hatte. Damit wankte ich durch die Stadt, über die Schienen, bis hin zum Haus dieses Mannes. Ich war entschlossen, mit meinem Stein ein Loch direkt in seine Wohnung zu schlagen. Aber …"

Annie sitzt jetzt auf der Kante ihres Sessels. „Aber … was?"

„Ich hab durchs Fenster geschaut und da sah ich ihn. Er saß am Küchentisch, die Petroleumlampe warf Licht auf sein Gesicht. Und dieses Gesicht sagte mir, dass auch er kein leichtes Leben hatte. Er saß über einige Papiere gebeugt und rieb sich den Kopf. Ein Baby fing an zu weinen, er stand auf, ging aus dem Zimmer und kam mit dem Kind auf dem Arm zurück."

Eds Kinn zittert. „Dieser Stein fühlte sich in meiner Hand an, als wäre er aus Eisen. Etwas zog ihn nach unten und ich wusste plötzlich, dass Michael das nicht gewollt hätte. Um die Wahrheit zu sagen, Bobs Annie, ich habe dort wirklich und wahrhaftig Gottes Stimme gehört."

„Was hat er gesagt?" Annies Herz klopft heftig. Die Stimme Gottes so deutlich zu hören – so wie Josef Krause und jetzt also auch Ed … das würde ihr wohl nie passieren. Für sie war Gott immer weit weg. Sie betete manchmal, wie jetzt an Bobs Bett, und sie kannte auch die Bibel. Beim Lesen der Bibel hatte Gott auch schon manchmal zu ihr geredet. Aber so ganz direkt, von Gott zu ihr, in ihre konkrete Situation hinein – so hatte sie Gott noch nie gehört.

„Warte."

„Warte?"

Ed nickt. „Ja, Annie. Das habe ich in meinem Herzen gehört. Einfach nur … *warte*. Klar und deutlich."

„Und … was hast du dann gemacht?"

„Ich habe gewartet. Den Stein habe ich in meinem Rucksack gesteckt, dann habe ich meinen Rausch ausgeschlafen und die Stadt verlassen. Ich wollte nicht mehr an Michael denken. Ich ging zu Fuß, fuhr per Anhalter, die Richtung war mir egal, Hauptsache, weit weg von der Stadt, in der ich in zwei Kriege verwickelt gewesen war, in der ich mir keine Wohnung kaufen konnte, die mir auch lange keine Ausbildung geben wollte und die meinem Freund das Leben genommen hatte. So war ich einige Wochen unterwegs."

„Bis du hierhergekommen bist?"

„Nein, gar nicht, ich ging in die andere Richtung, in die Gegend von New Orleans. Eines Tages kratzte ich meine letzten Münzen zusammen und kaufte mir ein Sandwich. Es war in Zeitungspapier eingewickelt, das schon drei Monate alt war. Die Zeitung war von dem Tag, an dem Michael starb. Und weißt du, was in der Zeitung war?"

Annie schüttelt den Kopf.

„Ein Sandwich." Ed zwinkert und Annie vermutet, dass er weiß, wie angespannt sie auf der Sesselkante sitzt und ihm zuhört. Offensichtlich macht es ihm auch Spaß, sie ein bisschen zappeln zu lassen.

„Nein, im Ernst, Bobs Annie, ich sag es dir. In der Zeitung standen seine Worte."

Seine Worte …? Nun ahnt sie, was Bob damals zu ihr sagte. Immer wieder hatte sie von Bobs Worten gehört, meistens von Bob selbst. Immer mal wieder knurrte er etwas vor sich hin über diese Worte, die er nur mal eben hingekritzelt habe und die sich viel weiter verbreitet hätten, als er jemals beabsichtigt habe. Offensichtlich waren sie auch bis nach New Orleans vorgedrungen.

Sie schämt sich ein wenig, dass sie diese Worte von Bob noch nie gelesen hat, und will das jetzt gerade auch nicht zugeben. Also ist sie still.

„Diese Worte waren für mich wie eine Einladung hierherzukommen", sagt Ed. „Jedenfalls Einladung genug, um mich auf den Weg zu machen. Ich änderte also meine Richtung und zog nach Norden. Wenn mir das Geld ausging, arbeitete ich, wenn es möglich war, ging ich zu Fuß. Dann sahen Bob und ich uns zum ersten Mal. Wahrscheinich sah ich aus wie Mose, mit einem Bart so lang wie der Nil und mit jeder Menge Straßenstaub auf meinen Kleidern. Ich war am äußersten Ende der Vereinigten Staaten angekommen, ich war auch persönlich völlig am Ende, ohne Hoffnung, jemals wieder einem Menschen etwas helfen oder nützen zu können, nach allem, was mit Michael passiert war. Ich hatte nur eine dreckige Seite aus einer Zeitung und den Stein, den ich neben dem Grab meines Freundes aufgehoben hatte. Das war mein einziger Besitz. Und so traf Bob mich an, pfeifend ging er die Straße entlang, prall gefüllte Taschen."

Ed schließt seine blinden Augen, um sich besser erinnern zu können. „Könnt ihr euch die Szene vorstellen? Bob, der da jemanden entdeckt, der neu in der Stadt ist, offensichtlich von sehr weit weg. So weit, dass er eigentlich gar nicht mehr weiß, woher er kommt, wohin er will oder warum er überhaupt noch irgendwohin gehen soll und ob er noch weitergehen kann. Eine ausgemergelte Gestalt, ohne einen Cent in der Tasche. Einer der aussieht, als hätte er tausend Jahre auf dem Buckel. Und dieser Kerl hockt da auf einem Felsen neben dem Steg."

Ed hält inne und Annie versteht, dass das ihr Einsatz ist. Es ist ein Rhythmus, ein Tanz, er bietet seine Geschichte portionsweise an, sie nimmt diese entgegen und verspricht, damit gut umzugehen. „Ja", sagt Annie, „das hört sich ganz nach Bob an."

„Allerdings. Er zog einen Stapel Geldscheine aus der Tasche. Hatte den ganzen Tag Hummer gefischt und war jetzt auf dem Heimweg. Melvin unten am Hafen hatte ihm dreißig Dollar für den Fang bezahlt. Ich hab erst später erfahren, dass das alles war, was er in dieser Woche überhaupt verdient hatte. Aber Bob sah mich an und sagte: ‚Hier, die dreißig Dollar kannst du haben. Sie gehören dir, wenn du mir ein bisschen zur Hand gehst.'"

„Und … warst du einverstanden?" Annie genießt es, sich die Szene vorzustellen. Ein jüngerer Bob, der diesem Fremden direkt ins Herz schaut, so wie er es immer tut.

„Ja. Das Geld war mir dabei gar nicht so wichtig, aber was er gesagt hat, umso mehr."

Annies Blick wandert durch den Raum. „Dass du ihm aushelfen sollst?"

„Für ihn war das vielleicht gar keine so große Sache, aber für mich ... Diese Worte bedeuteten mir alles. Plötzlich hatte ich wieder die Möglichkeit, einem Menschen etwas Gutes zu tun. Natürlich wusste ich gleichzeitig, dass er eigentlich mir etwas Gutes tat."

„Damals bin ich dann auf diese Insel hier gezogen." Er holt tief Luft, als wolle er diesen Ort in sich aufnehmen. Er liebt seine Insel offensichtlich wie am ersten Tag. „Wenn die Welt sich zu groß und zu dunkel anfühlt, dann ist es Zeit, auf eine Insel zu gehen."

Annie nickt. „Das verstehe ich. Eine Insel ist wie eine Zuflucht, eine Burg ... Nach allem, was du hinter dir hattest."

Langsam breitet sich ein Lächeln über Eds Gesicht aus, ein wissendes Lächeln. „Das hab ich zuerst auch gedacht. Ich wollte einfach nur weg von allem. Aber wenn man dann wirklich ein paar Jahrzehnte auf einem Stück Land gelebt hat, das ringsum vom Meer umgeben ist, dann sieht alles wieder anders aus."

Er hält inne, sein letzter Satz klang wieder wie eine Einladung, wie die Frage, ob sie mehr wissen wolle.

Sie sagt ihren Part: „Ach ja?"

„Die Isolation ist keine Arznei für die Seele. Nein, sie hilft gar nicht. Aber auf der Insel hast du Zeit und du beobachtest Ebbe und Flut, jeden Tag. Gott regelt den Ablauf der Gezeiten. Er nimmt den Himmel", Ed beugt sich vor, stützt die Ellbogen auf die Knie, seine Stimme versieht jede Silbe mit einem Ausrufezeichen, „und zieht damit den Ozean zurück, zweimal täglich rollt er das Meer weg, als sei das ein Kinderspiel ..." Er pfeift die Tonleiter einmal von oben nach unten. „Wenn er so etwas tun kann, dann kann er uns auch durch dieses Leben bringen. Bei Mose und dem Roten Meer hat er es geschafft. Genauso ist er auch für uns heute da. Aber immer schrittweise. Er geht mit uns, aber einen Schritt um den anderen. Wenn man auf einer Insel lebt, gibt es keine Ablenkung. Ich hab hier die Gezeiten beobachtet, hab gesehen, was Gott kann. Konnte es gar nicht verhindern, das zu sehen. Und ich hatte das nötig, Mann, wie hatte ich das nötig!"

Die letzten Sätze beunruhigen Annie. Ihre Welt ist vielleicht nicht allzu belastbar und nicht sehr stabil, aber sie hat eine Ordnung. Eds Worte stören diese Ordnung. Annie hat sich mit dem Gedanken angefreundet, dass es einen Schöpfer geben muss, der vielleicht auch beobachtet, was auf der Erde geschieht. Aber nur aus der Ferne. Was Ed hier sagt, klingt ganz anders … Als wäre Gott ihm nahe. Und sehr mächtig. Die Vorstellung behagt ihr nicht.

Sie räuspert sich und versucht, ihn zum Weiterreden aufzufordern, aber dabei das Thema zu wechseln. „Und die Insel ist dir zu einem guten Zuhause geworden?"

Er lässt sich auf das neue Thema ein.

„Oh ja. Ein Haus zu bauen, das konnte ich mir nicht leisten, also zog ich Holz aus dem Meer. Mein Land hatte mir ein eigenes Haus versagt, aber das Meer hat mein Baumaterial geglättet und es mir direkt vor die Tür geliefert." Er lacht ironisch. „Am Anfang sah es wirklich nicht nach viel aus, aber für mich war es eine Villa. Ich hatte eine sinnvolle Aufgabe und die Wellen haben mir ein Schlaflied gesungen … So bin ich langsam wieder zu einem Menschen geworden." Wieder eine nachdenkliche Pause.

„Als Bob erfuhr, dass ich hier auf der Insel in einer Hütte aus Treibholz wohne, kam er mit noch ein paar anderen und sie haben mir dieses Blockhaus gebaut. Sie haben die Baumstämme von Bobs Land in den Bergen geholt, haben sie mit Bobs Boot hergeschleppt, und bevor ich wusste, wie mir geschah, gehörte mir dieses Haus hier. Ein Haus, das Bob gebaut hat."

Es ist, als würden die Wände lächeln. Auch sie bewahren also eines von Bobs Geheimnissen.

Ed erhebt sich. „Wir müssen los", sagt er. „Die Flut kommt." Es ist ein sehr abruptes Auftauchen aus seiner Geschichte, wie wenn man mitten im Tiefschlaf aus einem lebhaften Traum gerissen wird.

Der Mann ist schon an der Tür, Hut auf dem Kopf, Schuhe in der einen Hand und den Muschelkorb in der anderen, bereit, die Schätze des Tages aufzunehmen. Der Wind zerrt an ihm, aber er steht ganz aufrecht da.

Annie kann kaum Schritt halten mit Ed und Jeremiah. Am Südzipfel der Insel bleiben sie erst einmal stehen und Ed hängt eine Solarlampe von einem Zweig ab. „Sagt mal", fragt er und bedeckt mit seiner Hand den Lichtsensor, „leuchtet das?"

Die Lampe ist ausgesprochen hell.

„Ja", sagt Annie und blickt hinüber zur nächsten Insel. Tatsächlich, dort ist der große Landsitz der Everleas, mächtig und hoch aufgerichtet wie eine viktorianische Lady. „Darf ich fragen, warum du das Licht hier aufhängst?"

Er stellt es hinter einen Baum auf die Erde, wo Sully es nicht sehen wird. „Hatte mir gedacht, sie würde sich über ein Lebenszeichen freuen. Ist doch auch ganz allein auf ihrer Insel. Manchmal tut es einer alten Seele gut, zu wissen, dass ganz in der Nähe noch ein anderes Herz schlägt." Er schiebt mit seinem Fuß etwas lose Erde um die Lampe, um ihren Schein zu verdecken. Lachend kommentiert er: „Na ja, manchmal liegt auch der alte Ed mit seiner Weisheit daneben."

Dann geht er den beiden voraus, zurück über die Insel. Als sie an der Sandbank ankommen, die durchs Meer zum Festland führt, ist der Weg durch die steigende Flut schon deutlich schmaler geworden. Annie dankt dem alten Kauz im Stillen. Wind und Wellen haben die intensiven Eindrücke von Eds Geschichte ein wenig sortiert und eine Frage drängt sich ihr auf.

„Ed", sagt sie, „was hat denn nun GrandBob mit dir und Hosea zu tun?"

Er bleibt stehen, dreht sich zu ihr um. Zieht die Luft ein, als söge er die Vergangenheit ein.

„Hoseas Vater hat eine Würdigung verdient", sagt er nach einigem Überlegen. „Dein Onkel Bob hat mir geholfen, einen Weg zu finden, wie ich das tun kann."

Annie wartet, hofft auf eine Erklärung. *Was für einen Weg?* Tonlos bittet sie um Antwort, sie ahnt, dass diese Antwort nur die Spitze eines Eisbergs sein wird.

„Wir gehen besser noch mal zurück zum Haus." Er zeigt auf Annie. „Dein Rucksack ist noch dort."

Annie fährt mit der Hand über die Seite, wo der Gurt sein sollte – tatsächlich, Ed hat recht.

Jeremiah wirft einen besorgten Blick auf das steigende Wasser. „Ich gehe zurück, geht ihr schon mal weiter, ich hole euch wieder ein."

Annie ist unschlüssig – Ed stapft über den nur noch sehr schmalen sandigen Pfad, Jeremiah joggt zur Hütte zurück.

„Mach schon", ruft Ed Annie zu, „es gibt keine Zeit zu verlieren." Er kichert und geht weiter und die Fortsetzung der Geschichte nimmt er mit.

Annie setzt sich in Bewegung, hinter Jeremiah her.

„Annie?" Eds Stimme ist wieder ernst, fast feierlich.

Sie dreht sich zu ihm um, er steht mit dem Rücken zu ihr, den Kopf lässt er nachdenklich hängen. Dann hebt er sein Gesicht zum Himmel und die ersten weichen Tropfen des beginnenden Regens fallen auf seine Haut, als würde sein von tiefen Falten durchzogenes Gesicht getauft und mit neuem Leben beschenkt. Er zögert, als überlege er, welchen Abschiedsgruß er wählt. „Wie kann ein blinder Mann, der nicht schwimmen kann und kein Boot hat, das Meer überqueren?"

Ist das ein Rätsel? „Ich weiß nicht. Wie?"

Er dreht sich um und wendet ihr sein Gesicht zu, seine blinden Augen leuchten von dem, was er in seiner Dunkelheit sieht. Sie hält den Atem an, um richtig hinzuhören, um seine Worte genau verstehen zu können.

„Einen Schritt nach dem anderen." Ed winkt und hebt wie ein Gentleman andeutungsweise seinen abgetragenen Filzhut. Er ist ein Gentleman und mit diesem Gruß legt er Annie die ganze Wärme und Herzlichkeit der Südstaaten zu Füßen. „Die Antworten liegen meistens auf der Hand oder direkt vor unseren Füßen. Besonders bei den Dingen, die unmöglich scheinen. Man muss nur die Augen öffnen."

„Und", etwas fügt er noch hinzu, „warte nicht zu lange, bis du hingehst."

„Wohin?" Annie geht einen Schritt in seine Richtung.

„Zum Bauwerk. Bobs Insel. Mir scheint, du wirst dort ein paar Antworten finden." Er gräbt seine schwieligen Füße in den nassen Sand und ein Lächeln breitet sich auf seinem Gesicht aus, während er bekräftigend nickt. „Mhm."

Und damit geht er weiter. Nichts an seinem Gang wirkt unsicher oder bemitleidenswert. Im Gegenteil. Er geht mit ausgreifenden, fließenden Bewegungen, nimmt den Stock aus Treibholz zu Hilfe, macht große Schritte und gräbt seine Zehen in den Erdboden, den sein Schöpfer gemacht hat. Annie beobachtet ihn mit angehaltenem Atem. Und dann hört sie ihn singen, mit tiefer, voller Stimme: *„Steh mir vor Augen, auf dich will ich seh'n. Herr, deine Wahrheit allein wird besteh'n. Sei du mir nahe bei Tag und bei Nacht. Wach oder schlaf ich, hab du auf mich acht."*[1] Annie schaut ihm nach, bis er nicht mehr zu sehen ist, fasziniert von der Lebensmelodie dieses Mannes, dessen Name nur zwei Buchstaben hat, für dessen Geschichte aber Millionen von Buchstaben nicht ausreichen würden.

Und damit entschwindet der blinde Mann ihrem Blick und lässt sie zurück unter einem Himmel, der das Unwetter nur noch kurz zurückhält.

fünfzehn

Annie keucht die leichte Anhöhe hinauf und taucht wieder in den bewaldeten Teil der Insel ein. Der Regen prasselt jetzt auf sie nieder. Sie hastet an der Treibholzhütte vorbei und kommt endlich zu der Lichtung, auf der das Blockhaus steht. Das Wasser rinnt ihr in die Augen, sie blinzelt und läuft direkt in etwas Festes, Warmes.

Zwei Hände legen sich um ihre Schultern, richten sie auf.

„So eilig?"

Jeremiahs Augen sind voller Freude. Überrascht schaut sie ihn an, fasziniert vom Regen, der rein und klar auf sein Gesicht fällt. Er deutet mit dem Kopf auf das Vordach am Eingang der Hütte. Es ist nicht breit, aber ein bisschen Schutz vor dem Regen bietet es doch.

„Danke", sagt Annie, noch etwas außer Atem, „danke, dass du wegen meiner Tasche zurückgelaufen bist."

„Es hat nur leider nichts gebracht", wehrt er ab. „Ed hat die Tasche eingeschlossen." Dann murmelt er noch etwas über Ed und seine alten Tricks.

„Wovon redest du?", fragt Annie.

„Ach, nichts." Er nimmt die Baseballkappe ab und rückt sie auf dem Kopf zurecht. „Der Mann sieht einfach viel mehr, als er zugeben würde."

Dem kann Annie zustimmen. Über das, was Ed heute gesagt hat, wird sie noch lange nachdenken. Aber jetzt will sie rasch in die Hütte, um es dann auch noch nach „Amerika" zu schaffen. Sie rüttelt am Türknauf, ohne Erfolg. „Der einzige Bewohner einer Insel, den das Meer von allen Seiten beschützt, muss seine Tür abschließen?"

„Manche Gewohnheiten legt man einfach nicht ab“, nickt Jeremiah. „Der Mann war zehn Jahre lang nachts für die Sicherheit eines ganzen Unikomplexes verantwortlich.“

Eine Windbö peitscht den Regen von der Seite gegen die beiden.

„Wie lange hat die Sandbank geöffnet?“

Jeremiah schnippt mit den Fingern. „Das habe ich vergessen. Ich wollte vorhin noch nach den Öffnungszeiten schauen. Hast du nicht das Schild gesehen: ‚Heute geöffnet bis …‘?“

Annie verdreht die Augen, weil er sich über sie lustig macht. „Du weißt, was ich meine.“

„Ja, weiß ich, und ich fürchte, wir haben unsere Chance verpasst“, antwortet Jeremiah wieder ernster.

Annie fröstelt. „Wann ist wieder …“ Sie zögert, will sich nicht noch einmal falsch ausdrücken. *Geöffnet* ist auf jeden Fall nicht der richtige Ausdruck. Also vielleicht so: „Wann ist wieder Ebbe?“

Jeremiah sieht auf seine Uhr. Annie folgt seinem Blick. Es ist 10.30 Uhr. Also waren sie zwei Stunden bei Ed. Es kam ihr wie ein paar Minuten vor.

Jetzt sitzen sie auf jeden Fall fest.

„Gegen acht Uhr heute Abend. Aber wir werden schon früher über die Sandbank können.“

Annie stemmt die Hände in die Hüfte und sieht sich um. Bäume, noch mehr Bäume, Felsen, Regen … und eine abgeschlossene Hütte.

Jeremiah schiebt seine Tasche von einer Schulter auf die andere und Annie erinnert sich plötzlich, warum sie eigentlich unterwegs sind. Erschrocken legt sie die Hand vor den Mund. „Die Post“, murmelt sie. „Es tut mir so leid. Ich helfe dir gern, den Rest schnell auszuteilen, ich versuche, das wiedergutzumachen …“

„Schon gut“, sagt er und geht den Weg wieder zurück, „du kennst doch den alten Spruch?“ Und gemeinsam rezitieren sie das inoffizielle Motto der amerikanischen Post, das in Stein gemeißelt über dem Säuleneingang des New Yorker Hauptpostamtes in Manhattan steht. „Weder Schnee noch Regen, weder …“

„… Hitze noch Dunkelheit“, ergänzt Annie.

„… wird die Postboten davon abhalten, ihre Arbeit zu tun. Ebbe und Flut werden allerdings nicht erwähnt. Und ebenso wenig vergessliche Detektivinnen, die ihre Taschen in verschlossenen Hütten lassen."

„Sturm könnte es auch noch geben, oder was denkst du?" Annie schaut zum dunklen Himmel und versucht, ganz normal zu klingen, während sie sich an Bobs Geschichten von den schweren Stürmen erinnert, die im Nordosten des Landes über die Küste hinwegfegen. Auch von Gewitterstürmen hatte ihr Bob erzählt, die urplötzlich losbrachen und die sonst harmlosen Wellen zu wahren Wellengebirgen aufpeitschten.

„Das hier?" Jeremiah winkt ab. „Das ist gar nichts." Er weist mit dem Kinn nach rechts, zu der Treibholzhütte. „Dort sind wir im Trockenen." Sie zwängen sich durch den Eingang, Jeremiah zieht sich einen Baumstumpf an den Ofen und bedeutet ihr, den Hocker zu nehmen. Aber Annie blickt sich beunruhigt in dem Raum um und hört dem Heulen des Windes zu. *Acht Stunden werde ich euch festhalten*, scheint er zu raunen, *acht Stunden, bevor ich euch wieder ins Leben zurückgehen lasse.*

Annie schluckt. „Bin gleich wieder da." Duckt sich, geht durch die Tür und kommt schon bald darauf mit einer Armladung von weitgehend trockenem Geäst zurück.

Jeremiah nickt anerkennend. „Gut mitgedacht", lobt er sie. „Wo hast du das gefunden? Ich hole noch mehr."

„Im Unterholz", sagt Annie und geht an die Feuerstelle. Ein Holz quer, zwei aufrecht dagegen lehnen, dass es wie ein Zelt aussieht. So hat sie es von Bob gelernt. „Unter den Bäumen. Wenn du das Holz von weiter unten nimmst, ist es nicht so feucht."

Jeremiah zögert, sieht sie an.

„Und wenn du gerade dabei bist", grinst Annie und breitet die mitgebrachten Äste neben dem Ofen zum Trocknen aus. „Könntest du auch etwas Kleinzeug als Zunder mitbringen?" Sie legt einige dünne Ästchen in das Zelt aus Holzscheiten. Dann steht sie auf und schaut sich um. „Wo kriegen wir jetzt Streichhölzer her?"

Jeremiah pfeift kurz, um ihre Aufmerksamkeit auf sich zu lenken, dann zieht er einen kleinen metallisch glänzenden Gegenstand aus seiner Umhängetasche.

„Ein Feuerzeug?“

„Für das Sturmlicht von Mrs Blanchard. Seit ich weiß, wie bei ihr der Wind ums Haus pfeift, nehme ich das immer mit.“

Als er bald darauf mit einer großen Ladung Holz zurückkommt, hat Annie das Feuer schon angezündet.

„Am Anfang hat es ein bisschen gequalmt im Schornstein, aber ich glaube, jetzt zieht es gut.“

Sie lassen sich auf ihren provisorischen Sitzgelegenheiten nieder und Annie reibt sich die Arme. Trotz ihres dicken Pullis hat sie eine Gänsehaut.

„Also hast du in Chicago auch immer Feuerholz gesucht?“ Jeremiah lehnt sich zurück und schlägt die Beine übereinander.

Annie lacht. „Ja, im Betondschungel, für meine Wohnung im fünften Stock ohne offenen Kamin.“

Jeremiahs Lächeln scheint den Raum zu erwärmen. „Und woher weiß dann so eine Städterin, wie man ein Feuer macht? Lass mich raten ... Bob?“

Annie nickt nachdenklich. „Ja und nein. Von Bob habe ich die Grundlagen gelernt, als Kind, aber später hab ich ein Jahr lang in einer zugigen Steinhütte in den Alpen gelebt. Da war ich oft Feuerholz suchen.“

Sie redet selten – eigentlich nie – über ihre Zeit in Alpenzell. Sobald sie an diese Zeit denkt, ist die Scham wieder da. Aber Jeremiah wartet, den Kopf zur Seite geneigt. Lädt sie ohne Worte ein, mehr von sich zu erzählen.

„Ich habe dort eine Zeit lang in einem Dorf gearbeitet, gleich nach dem Studium“, erklärt sie und denkt, dass sie eigentlich nicht mehr sagen will. Aber er sitzt einfach da, wartet und ist bereit, zuzuhören. Schwer zu ertragen.

Und gleichzeitig, und das ist nicht weniger schwierig, will etwas in ihr die ganze Geschichte erzählen. Wäre es nicht schön, alles ein einziges Mal jemandem anzuvertrauen und das Thema dann für immer ruhen zu lassen? Was, zugegeben, nicht sehr realistisch klingt.

Sie seufzt, erinnert sich an die Schönheit dieses Ortes in der Schweiz. Irgendwie auch ein bisschen wie Ansel, mit hohen Kiefern und dem Wind, der in den schwankenden Ästen flüstert. Schnee, der sich in weißen Streifen wie Adern von den Gipfeln ins Tal zieht. Steinhäuser und fleißige Menschen, die harte Arbeit gewohnt sind.

Annie hat sich einen Moment zu lange der Erinnerung hingegeben, nun wird sie förmlich davon überrollt. Und dann erzählt sie Jeremiah von Alpenzell.

„Die Leute dort hatten ein Problem", beginnt sie. „Im ganzen Ort gab es nur einen einzigen Menschen, der eine bezahlte Arbeit hatte. Das war der Bürgermeister. Alle anderen waren Kunsthandwerker im Rentenalter. Die jungen Leute waren alle in die Städte abgewandert, weil es dort Arbeit gab. Der Ort war kurz davor, auszusterben. Ich dachte … Keine Ahnung. Im Studium hatte ich viel darüber gelernt, wie Menschen denken und arbeiten und wie Gesellschaften entstehen und wie man sie zum Blühen bringt." Sie hebt eine Schulter und lässt sie wieder fallen. „Ich dachte wirklich, ich könnte den Leuten helfen."

Jeremiah hat sich vorgebeugt. „Und, hast du?"

„Dachte ich, am Anfang zumindest. In dem Sommer haben wir ein Kunsthandwerkerfest organisiert. Die Leute kamen von nah und fern, haben das Garn gekauft, haben beim Spinnen der Wolle zugeschaut, haben den Käse gekostet … Und sie haben immer wieder gesagt: ‚Hier würden wir auch gern wohnen.'" Sie lächelt. „Wenn du die Landschaft sehen würdest, würdest du das sofort verstehen. Das haben so viele Leute gesagt, dass mir die Idee kam … Es war krass, aber nicht völlig absurd."

„Was denn?" Jeremiahs Blick spiegelt echtes Interesse.

„Ich dachte, wir könnten die Finanzressourcen, die es im Ort gab, zusammen mit den leer stehenden Häusern als Anreiz nehmen."

„Wofür?"

„Um Leute anzulocken. Ich dachte, man müsste ihnen nur ein kostenloses Quartier und einen Umzugskostenzuschuss anbieten."

Jeremiah hat sich zurückgelehnt und die Arme verschränkt. Er denkt nach. „Es klingt …“

„Dumm? Naiv? Kurzsichtig? Ich weiß.“

„Ich wollte gerade sagen, *kreativ*.“

Schade, dass sie seine Worte nicht abgewartet hat. „Ich habe das Geld der Leute benutzt, um Anzeigen zu schalten und Umzugswillige zu beschenken. Und weißt du, was dann passiert ist?“

Jeremiah schüttelt den Kopf.

„Die Leute kamen wirklich. Sie blieben einen Monat, manche auch zwei oder drei. Aber dann … gingen sie einfach wieder. Sie sind im Herbst in ihre Häuser zurückgegangen, in die Städte, dorthin, wo auch die ursprüngliche junge Bevölkerung des Dorfes schon lebte.“

Jeremiah stößt den Atem aus, schüttelt den Kopf. „Manche Leute können so dumm sein.“

„Ich war dumm. Ich hätte das vorhersehen müssen … Es wäre so *einfach* gewesen, ein paar Schutzklauseln einzufügen, die das verhindert hätten. Mindestwohndauer, einziger Wohnsitz, diese Art von Bedingungen. Immerhin habe ich das Verhalten von Menschen studiert. Ich hätte mir doch denken können, dass so was passieren würde. Den Leuten ging es um einen schönen Sommeraufenthalt. Als die Fremden wieder weg waren, hatten die Dorfbewohner ihr Geld verloren, ihre Lage war nun viel schlechter als davor.“

Der Wind hat nachgelassen, der Regen trommelt gleichmäßig aufs Dach und die Wassertropfen suchen sich ihren Weg durch die Spalten zwischen den Hölzern. Es fühlt sich an wie in einer Höhle.

Jeremiahs Blick ist nachdenklich. „Was ist aus dem Ort geworden?“

„Alpenzell? Auf jeden Fall geht es ihnen wieder besser, seit ich weg bin. Ich habe mir in Chicago eine Arbeit gesucht, mit der ich niemandem schaden kann.“ *Auch niemandem nützen,* fügt sie innerlich hinzu, versucht aber, nicht weiter in diese Richtung zu denken. Immer wenn in ihr wieder dieses kleine Feuer auflodern will, das so gern etwas Großes vollbringen möchte, dann weiß sie inzwischen genau, wie sie es wieder austreten kann. Dann wendet sie sich wieder ihrem Computer zu, analysiert das oberflächliche Verhalten der Menschen und nimmt sich vor, nie wieder etwas Höheres anzustreben. So etwas würde sie keinem Ort mehr antun – ganz besonders nicht einem Platz auf der Welt, der ihr so kostbar ist wie Ansel, auch wenn sie innerlich versucht ist, einige Ideen für diese Bucht zu entwickeln.

„Ich habe gespart. Den Leuten ihre verlorenen Ersparnisse erstattet. Und mir selbst geschworen, so was nie wieder zu tun."

„Was?"

Sie lässt den Kopf hängen, die Scham lastet jetzt wieder im vollen Ausmaß auf ihr. „Leute zu etwas überreden, was so schlecht durchdacht ist."

Jeremiahs Augenbrauen heben sich nachdenklich. „Ganz ehrlich, ich finde, das war eine supergute Idee."

„Sag das mal den leeren Häusern." Sie steht auf und hofft, dieses schmerzliche Thema nun beenden zu können. „Apropos leere Häuser. Es ist echt verrückt, dass Ed das hier gebaut hat."

„Ja, er ist eben speziell."

Annie denkt an das, was Ed erzählt hat. Die Lebensgeschichten von Michael und Hosea und was Ed mit ihnen verband – all das scheint sich auf sie zu legen wie Schatten. „Was hat Ed gemeint, als er sagte, Bob habe ihm eine Möglichkeit gezeigt, Michael zu würdigen?"

Jeremiah schüttelt den Kopf. „Ich weiß nicht genau. Diesen Teil seiner Geschichte habe ich noch nie gehört. Aber du hast ja seinen Gesichtsausdruck gesehen. Er hat uns nicht alles erzählt und er scheint es auch zu genießen, uns ein bisschen auf die Folter zu spannen."

Annie zieht die Stirn kraus. „Es ist wirklich komisch. Bob ist eigentlich nicht der Typ, der viele Geheimnisse hat. Aber als ich damals hier war, da war ich vor allem mit meinem eigenen …" Sie sucht nach dem richtigen Wort. Trauma? Verwirrung? „… meiner eigenen Welt beschäftigt, vielleicht habe ich Bobs Geschichten gar nicht so richtig mitgekriegt. Oder er hat mir das ersparen wollen. Dabei hätte es so vieles gegeben, was ich ihn hätte fragen sollen."

„Was zum Beispiel?"

„Zum Beispiel nach meinem Großvater, seinem Bruder Roy. Ich weiß nur, dass er auf See bestattet wurde. Aber gibt es nicht vielleicht trotzdem irgendwo einen Gedenkstein oder irgendetwas für ihn? Vielleicht einen Stein auf dem Friedhof mit einer Inschrift, die an ihn erinnert? Ich habe nirgends einen Hinweis auf ihn gesehen."

Jeremiah steht auf, durchquert den Raum und bleibt dann stehen, um aus dem Fenster zu schauen. „Du kennst doch Bob", sagt er schließlich und steckt seine Hände in die Hosentaschen, „er verhält sich nie so, wie man es erwarten würde. Manche Gedenksteine ... sind lebendig und atmen. Menschen, die andere Menschen in ihrem Herzen tragen, bis sie sterben."

Er schaut in die Ferne und Annie sagt nichts, will nicht in seine Gedanken eindringen.

Jeremiah atmet tief ein. „Weißt du, ich meine Bob und Roy", sagt er dann, „wer die beiden kennt, redet so von ihnen, als wären sie eine einzige Person. Die Leute unterscheiden gar nicht zwischen ihnen. Jemand kann so sehr Teil eines anderen sein ..." Seine Augenbrauen ziehen sich zusammen. „Du weißt schon."

Tut sie nicht. Sie kann sich theoretisch zwar so eine enge Verbindung von zwei Menschen vorstellen, aber niemand war ihr jemals so nahe. Ob er gerade auch von sich selbst spricht? Seine Augen blickten so leer, als er das sagte, gleichzeitig ist da aber auch ein Leuchten in seinem Gesicht. Irgendetwas tut ihr im Herzen weh.

„Ja", sagt sie schließlich, „ich denke, ich weiß, was du meinst."

Falls es wirklich möglich ist, einen Verstorbenen so im Herzen weiterleben zu lassen, wie Jeremiah das gerade beschrieben hat, dann besitzt Bob diese Fähigkeit.

Trotzdem, es gibt da immer noch eine Menge Details, die nicht zusammenpassen. Ein Schlüssel. Eine Kleiderkammer und ein Bootshaus voller Steine. Diese Steine haben auf jeden Fall eine Bedeutung ... Und Annie ist fest entschlossen, hinter das Geheimnis zu kommen.

Während sie so neben dem Feuer sitzt, fällt die Anspannung der letzten Tage von ihr ab. Draußen ist alles grau in grau. Die Augenlider werden ihr schwer, der Kopf lehnt an Eds Treibholzwand. Sie schweigt neben dem ebenfalls schweigenden rätselhaften Postboten, das Feuer knistert und Annie schläft ein.

Als sie wieder erwacht, ist das Feuer heruntergebrannt und der Raum ist leer. Eigentlich müsste ihr kalt sein, aber … etwas Warmes umhüllt ihren Rücken. Es ist Jeremiahs Jacke, die nach Kiefern duftet. Sie erhebt sich, zieht die Jacke enger um sich und sieht Jeremiah draußen stehen, ein Schatten im Kontrast zur untergehenden Sonne. Er lehnt an einem Baum und schaut hinaus auf die Wellen.

Sie geht ein paar Schritte, will zu ihm. Etwas bremst sie.

Warte.

Das gleiche Wort, das Ed davon abgehalten hat, etwas zu zerstören. Ist auch sie im Begriff, etwas kaputt zu machen? Jeremiah lässt sich auf dem Stein nieder, neben dem der Baum nach oben wächst. Dann zieht er etwas aus seiner Tasche – ein Blatt Papier.

Annie hat das Gefühl, dass es dieser Brief sein könnte, der ihr neulich auf dem Boot aus dem Buch gefallen ist.

Er faltet das Blatt auseinander. Betrachtet es lange. Hält es in Händen … Dann faltet er es wieder zusammen und senkt den Kopf. Seine Stirn ruht auf den gefalteten Händen. Annie kennt diese Körperhaltung von ihrer Mutter. Wenn sie ihr Herz vor Gott ausschüttete, dann saß sie oft so da. Es ist eine Haltung der konzentrierten Zwiesprache mit dem Schöpfer und Vater im Himmel. Die unbeantworteten Fragen werden gestellt und die schweren Lasten abgegeben, die man nicht allein tragen kann.

Es ist vollkommen still. Jeremiah betet und Annie spürt zutiefst: Dies ist ein heiliger Moment.

Sie wartet, bis er zurückkommt. Dann gehen sie gemeinsam über die Sandbank zurück aufs Festland, in die Freiheit.

Und doch hat Annie das Gefühl, dass sie dort auf der inzwischen dunklen Insel ein Stück Freiheit zurückgelassen hat.

sechzehn

August 1945

In den Nächten im Frühsommer 1945 knisterte die Luft. Die Atmosphäre war angespannt. Radiowellen trugen die Neuigkeiten in die Häuser: im April die Nachricht vom Tod Franklin T. Roosevelts, der sein Land in diesen Krieg geführt hatte, im Laufe des Sommers dann immer wieder Berichte von weiteren Schiffen, die nach Japan mussten. Würden die Amerikaner in Japan einmarschieren? Wie viele Menschen müssten da auf beiden Seiten sterben? Es geisterten Zahlen von Opfern durch die Medien, immer höher, immer unvorstellbarer, als hätte man vergessen, dass jede einzelne Zahl ein Gesicht hatte, ein Leben war. Der Krieg in Europa war schon seit Mai vorbei, aber der Pazifikkrieg dauerte weiter an.

Es ist Mitte August. Am Abend geht Robert zum Anleger.

Die Holzplanken sind nass vom Tau. Das ist greifbare Realität, er kann das Wasser sehen und fühlen. Wie wohltuend ist die Natur, ganz anders als die von Menschen produzierten Dinge, die so schwer zu verstehen, so schlecht einzuschätzen sind. Der Tau ist jeden Abend da und erinnert daran, dass es immer weitergeht, Tag für Tag gibt es Aufgaben zu erledigen und über allem wacht der Schöpfer des Universums. Er kann aus dem Wasser des Meeres den Tau machen und er kann auch jeden Einzelnen durch das Grauen dieses Krieges bringen.

Seine Gedanken gehen zu Roy. Ob er auf seinem Schiff jetzt gerade auch den Tau bemerkt? Wo er wohl gerade ist? Und Robert betet, wie er es Tausende Male zuvor getan hat: *Bitte lass ihn heimkehren.*

Ein leiser Schrei aus dem Haus, das kann nur seine Mutter sein. Die Fliegenschutztür wird aufgestoßen. Robert hört ihre Schritte auf dem Weg, sie rennt ihm entgegen, sein Herz schlägt wild.

Sie treffen sich am Ufer und er schaut ihr angespannt forschend ins Gesicht, legt seine Hand auf ihre Schulter. „Was ist los?" Mit großer Erleichterung sieht er die Freude in ihrem Gesicht.

„Der Krieg. Er ist …"

Ein Schrei ertönt aus der Bucht.

„Es ist vorbei", sagt sie. Ihr Staunen wird zu einem Lachen, es bricht ganz tief aus ihr heraus. Dazu laufen ihr die Tränen übers Gesicht. „Es ist vorbei!"

Ihre Worte erreichen Roberts Ohren, aber an seinem Herzen prallen sie ab.

In den Häusern in der Bucht gehen jetzt die Lichter an. Normalerweise ist es um diese Zeit überall dunkel. Fischer gehen mit der Sonne zu Bett, um auch morgens mit ihr aufstehen zu können. Aber heute ist alles anders.

Ein Schiffsmotor nach dem anderen wird angeworfen.

Mom legt ihm ihre Hand auf die Schulter. „Sie treffen sich."

Nun fängt auch Robert an zu lachen, ein Lachen, das so lange in seinem Herzen eingeschlossen war. „Ich mache das Boot startklar", sagt er und grinst. Viel lieber würde er jetzt direkt ins Boot springen, mit Vollgas aus der Bucht fahren und so lange über den Atlantik rasen, bis er seinen Bruder Roy gefunden hat und ihn nach Hause bringen kann. Sein letzter Stand war, dass Roy an Bord eines Zerstörers irgendwo im Nordatlantik ist, irgendwo in diesem Meer, dessen Wellen auch sein Boot tragen.

Seine Mutter verschwindet im Haus und kommt wenige Minuten später mit einem zugedeckten Korb und einer Thermoskanne zurück. Er kann nur raten, was sie da in dem Korb hat. In allen Häusern ist es das Gleiche. Lebensmittel sind rationiert, Vorräte sind knapp. Aber wenn es in Ansel einen Grund zum Feiern gibt, dann zaubern die Frauen im Handumdrehen ein Festessen, wie auch immer sie das schaffen. Und niemand beherrscht diese Kunst besser als Savannah Bliss.

Die Dunkelheit setzt ein, sie halten noch kurz bei Jennys Haus, die mit dem Kind auf dem Arm an Bord kommt, und Tante Millicent, die Unerschütterliche, kommt auch dazu. Nach Williams Geburt waren Jennys Eltern vorübergehend aus Minnesota hergekommen, wohin sie kurz nach der Hochzeit von Jenny und Roy gezogen waren. Als die Eltern wieder abreisten, hatte Tante Millicent darauf bestanden, bei Jenny zu bleiben und ihr zu helfen, ihren kleinen Sohn zu versorgen.

Sie fahren durch den Hafen, um Long Island herum und in die Meerenge. Und wie erwartet, auf einer der kleinen Inseln dort brennt schon das Freudenfeuer am Strand. Es ist die kleine Picknick-Bucht, wo Ansel seine Feste feiert. Hier gibt es keine Felsen vor der Küste und die Boote können ungefährdet durch verborgene Felsen nah an den Strand fahren.

Die Feier ist schon in vollem Gang, die Flammen lodern doppelt so hoch wie der große Reuben lang ist, der gerade ein Würstchen auf einen Ast gespießt hat und übers Feuer hält. Ethel und Pearl sorgen für die Musik, die eine spielt die Gitarre, die andere singt dazu, die Kinder haben einen Kreis gebildet und tanzen. Picknickdecken werden ausgebreitet und Mrs Crockett geht herum und verteilt große Stücke ihres frischen Blaubeerkuchens.

Auch in den großen amerikanischen Städten wird dieser Sieg gefeiert, man wirft Hüte und Konfetti in die Luft, aber dort weiß man nicht, dass zu einem richtigen Fest Mrs Crocketts Blaubeerkuchen gehört, aus Beeren, die vor wenigen Stunden noch die Sonne aufgesaugt und die Meeresluft eingeatmet haben.

Robert steht im Hintergrund und beobachtet das Freudenfest. So ist sie also, die Freiheit.

Bald darauf tanzen auch die Erwachsenen und Robert wird in den Squaredance hineingezogen. Tanzen ist nicht seine Stärke und es fällt ihm mit seiner schlaksigen Gestalt nicht leicht, sich in die vorgegebenen Bewegungen einzufügen.

Seine Gedanken gehen zurück zu einem anderen Tanz in einer Dezembernacht im Schnee, als sich ein temperamentvolles Mädchen am

Ufer des Charles River in seine Arme schmiegte. Drei Briefe hatte er ihr seit damals geschrieben, doch es kam kein Lebenszeichen von ihr. Vielleicht wird er es heute Abend noch einmal versuchen, ein letztes Mal.

Seine Gedanken werden jäh unterbrochen, als Mrs Bascomb, die vom Alter her seine Urgroßmutter sein könnte und meistens eine ziemlich mürrische Person ist, ihn am Arm packt und mit einem krächzenden Jubelschrei zum Tanz auffordert. Er grinst wie ein Idiot und fühlt sich auch ein bisschen so, als sie ihn mit „Jungchen" anspricht und sich von ihm herumwirbeln lässt.

Es wird gefeiert, bis der Mond hoch am Himmel steht und alle sich in ihrer Freude verausgabt haben. Roberts Jubel bricht erst ein paar Tage später so richtig auf, als der Brief von Roy kommt. Er kommt nach Hause. Ihr Schiff wird in Boston anlegen, in spätestens zwei Wochen.

Doch mit jedem Tag, den Robert wartet, nimmt dieses beklemmende Gefühl in ihm zu. Er kann sich nicht dagegen wehren. Irgendetwas stimmt nicht mit dem Brief. Roy hat ihn verfasst, aber der Brief ist anders als sonst. Ihm fehlt das Sprühen, die Lebensfreude.

Das Gefühl verdichtet sich, genau wie die stürmischen Wolken. Trotzdem, Robert gibt sich alle Mühe, seinen täglichen Pflichten nachzugehen, was soll er auch sonst tun?

Jeden Morgen legt er bei Joe an und kauft Benzin und Köder. Dann fährt er aufs Meer hinaus und kümmert sich um seine Hummerfallen. Am Nachmittag kommt er zurück und verhandelt mit Hal, bis sie sich auf einen Preis für seinen Fang geeinigt haben und er mit einem Bündel Geldscheine nach Hause geht, die Hal aus einem alten Eimer fischt, in dem er sein Geld aufbewahrt.

Auch der Mittwochmorgen verläuft so. Robert steht früher auf als sonst, weil Mutter heute nach Bangor fährt und schon frühmorgens alles für ihren Tag vorbereitet.

„Wir müssen doch was im Haus haben, wenn dein Bruder zurückkommt", sagt sie. „Wir werden aus dem Tag, an dem er und Arthur nach Hause kommen, einen unvergesslichen Festtag machen.

Vielleicht kommen die anderen Jungs ja am selben Tag zurück!" Mutter redet die ganze Zeit über alles, was sie geplant haben. Millicent fährt und Jenny und ihr Baby kommen natürlich auch mit. Die Fahrt dauert drei Stunden und sie haben unterwegs genügend Zeit, um das Fest zu planen. Vielleicht kaufen sie auch Feuerwerk und Konfetti, am liebsten würden sie eine ganze Blaskapelle mieten.

Draußen ist es noch dunkel, und als Robert an Jennys Haus vorbeifährt, brennen auch dort die Lichter, voller Hoffnung. Robert legt an Joes Steg an, wo auch schon andere Fischer sind, manche machen Witze, andere sind noch verschlafen, alle kaufen Köder und füllen ihre Benzinkanister.

Robert ist gerade startklar, hat Köder und Benzin gekauft, als er eilige Schritte hört. Er kneift die Augen zusammen und versucht, durch den morgendlichen Nebel zu erkennen, wer da durch die Hafenstraße angerannt kommt, und langsam wird eine Gestalt erkennbar.

„Robert", keucht der Mann. Es ist Jim, der Postbeamte. Er atmet schwer, rennen ist er nicht gewöhnt. „Gut, dass ich dich noch erwische."

Robert tritt näher. Jims blaues Hemd ist falsch geknöpft und steckt nur teilweise in der Hose, die Mütze sitzt schief. „Was machst du denn, Jim? Ist etwas passiert?" Sein Magen fühlt sich an wie ein Stein.

Die anderen Männer haben bemerkt, dass etwas nicht stimmt. Sie sind still geworden, beobachten vom Anleger aus, was passiert, wie Schachfiguren, die auf dem Spielbrett erstarrt sind.

„Das ist gerade gekommen." Jim reicht Robert ein Stück Papier. „Es kam über Funk. Ich hab mir nicht die Zeit genommen, es auf das richtige Papier zu schreiben." Stattdessen hat er die Nachricht auf einen zerrissenen Briefumschlag gekritzelt. „Aber es scheint wichtig zu sein. Wollte es dir unbedingt bringen, bevor du rausfährst."

Es ist eine Reihe von Zahlen, Koordinaten.

N 43° 4' 7.9

W 66° 0' 21.1

Robert hat schon viele Linien auf Navigationskarten gezeichnet, ist schon oft mit dem Kompass umgegangen, er weiß, dass diese Angaben einen Ort südlich von Neuschottland bezeichnen. Das ist nicht in der Heimat, sondern ein halbes Meer weit entfernt.

„Was bedeutet das?"

Jim zeigt auf das Papier. „Es ist von Arthur."

„Arthur Baxter?"

„Ayuh. Es war keine Zeit, alles aufzuschreiben. Sie lautete …" Jim kneift die Augen fest zusammen, nickt dann und erinnert sich. „Komm schnell. Wegen Roy. Arthur."

Im Unterbewusstsein nimmt Robert eine gewisse Bewegung der Männer hinter sich wahr. Irgendetwas geht da vor. Vielleicht machen sie ihm Platz, weil sie merken, dass er eine besondere Botschaft bekommen hat?

Arthur muss gegen tausend Vorschriften verstoßen haben, um ihm diese Koordinaten senden zu können. Er hätte im Normalfall niemals mitteilen dürfen, dass ihr Zerstörer nicht in Bewegung und damit auch angreifbar ist. Aber es musste so sein, sonst hätte er keine Position angeben können.

Übelkeit erfasst Robert. Er rennt los, um das in Nebel gehüllte Gebäude herum, in dem Joe weitere Benzinkanister aufbewahrt.

Joe kommt schon mit zwei weiteren Kanistern auf ihn zu. „Nimm die beiden auch noch mit." Damit hat Robert seine Treibstoffration der kommenden Woche verbraucht, mindestens. Aber das ist jetzt gerade nicht seine Sorge.

Sie kommen zu seinem Boot, der *Savvy Mae*. Es tanzt auf den Wellen, als wüsste es schon, was ansteht. Neben dem Schiff stehen die Männer Spalier, wie Soldaten, der große Reuben, Gus Packer, Melvin Buck, Tim Baxter. Jeder hat einen Benzinkanister in der Hand. Benzin wird zugeteilt, das ist ihre Ration, sie brauchen es, um ihren Lebensunterhalt zu verdienen. Es ist wie in der Geschichte, die Jesus erzählt hat, von der Witwe, die nur wenig hatte, aber alles gab. Sie halten ihr Weniges, das alles ist, was sie besitzen, Robert hin, in rostigen, verbeulten Kanistern.

Robert würde so gern ablehnen, aber er weiß, dass er für diese Hin- und Rückfahrt viel Treibstoff brauchen wird. Seine Hände umklammern die beiden Kanister, die Joe ihm gegeben hat, und er nickt den Männern in ihren gelben Öljacken zu. Ihre entschlossenen Gesichter, ihre selbstverständliche Hilfsbereitschaft und ihr schweigendes Mitgefühl sind mehr wert als eine Marineuniform und ein paar Orden auf der Brust.

Tim legt Robert die Hand auf die Schulter. Sein Sohn, Arthur, hat die Nachricht gefunkt. Aber er gibt Robert keinen Gruß mit, er schürzt die Lippen und nickt einmal langsam und bewusst. Ein Mann, der nicht viele Worte macht, wie sein Sohn. Seine Hand auf Roberts Schulter ist wie ein Segen, ein Zuspruch, den Robert jetzt auch verzweifelt gern von seinem eigenen Vater bekommen würde. Er würde an diesem Morgen alles dafür geben, seinen Vater bei sich zu haben.

Robert erwidert das Nicken und geht durch die Gasse, die die Männer ihm frei machen, auf sein Boot. An Deck wendet er sich um und lässt sich die Kanister reichen, befestigt sie, dann schaut er die Männer an, um sich zu bedanken. Sie haben ihm mit dem Treibstoff auch Hoffnung gegeben. „Ich danke euch", sagt er ernst, „ich werde euch das später bezahlen."

Joe schüttelt den Kopf. Sein Sohn Harry ist auch noch irgendwo dort draußen. „Sieh zu, dass du deinen Bruder findest", sagt er nur, „und bring ihn nach Hause."

„Gib auf dich acht, mein Junge", stimmt Gus ein. Und dann werden alle vom Nebel verschluckt, während Robert ablegt.

Sieh zu, dass du deinen Bruder findest. Der Satz hat etwas Endgültiges, etwas sehr Dunkles. Die Worte bohren sich in seine Seele, durch sein Herz und in die Adern, bis er mit einer scharfen Rechtskurve bei seinem Haus anlegt. Er rennt. *Gott, bitte lass sie noch da sein.* Mom soll mitkommen, Jenny auch. Er fliegt die ausgetretenen Stufen hinauf, stößt die alte Eichentür auf und spürt die Leere.

„Ma!"

Stille.

Er rennt hinaus, vielleicht arbeitet sie im Garten? Niemand.

Jennys Haus ist nicht weit entfernt, doch auch dort ist alles ruhig. Das Frühstücksgeschirr ist ordentlich weggeräumt. Er fasst den

Wasserkessel an, der auf dem Herd steht, und verbrennt sich fast. Sie müssen gerade erst losgefahren sein.

Seine Übelkeit nimmt zu, sein Magen krampft sich zusammen. Die Frauen fahren zum Einkaufen nach Bangor, bereiten ein Fest vor. Aber mit Roy ist etwas nicht in Ordnung.

Er nimmt sich noch kurz die Zeit, eine Nachricht zu schreiben, dass er vielleicht erst in ein oder zwei Tagen wieder da sein wird.

Als er endlich auf dem offenen Meer ist, dreht er den Motor auf.

siebzehn

Robert steuert auf die *USS Franktown* zu, ziemlich erschöpft nach fünf Stunden auf dem Meer und einer weiteren, in der er versucht hat, das Schiff ausfindig zu machen, das sich nicht mehr an den von Arthur angegebenen Koordinaten befindet. Die *Savvy Mae* ist wie eine Ameise im Schatten eines Berges. Er stellt den Motor ab, treibt auf den Wellen, eingehüllt in die blaue Weite, mit dem Ungetüm von einem Schiff neben sich. Robert versteht jetzt, warum man diese Schiffe als Zerstörer bezeichnet. Er ist wie David und das ist Goliath, nur fünfzigmal größer im Verhältnis zu ihm.

Es ist so still. Unheimlich still. Er hört das Knattern der Flagge im Wind, es ist die Marineflagge mit ihren achtundvierzig weißen Sternen auf blauem Grund, akkurat angeordnet in sechs Achterreihen.

Sein Puls hämmert. Irgendwo auf diesem Schiff schlägt das Herz seines Bruders. *Gott, bitte.* Dieses Herz hat schon neben seinem geschlagen, bevor sie ihren ersten Atemzug getan haben. Der Freund, mit dem er sein ganzes Leben zusammen verbracht hat. Nur eine Wand aus Stahl, dick genug, um dem Krieg standzuhalten, trennt sie jetzt, dazu ein militärischer Bewachungsapparat.

Stundenlang hat er überlegt, wie er vorgehen soll. Wie könnte er an Bord eines Kriegsschiffes gelangen, dessen Besatzung normalerweise keine Zivilisten in ihre Nähe kommen ließ?

Robert hatte viele Ideen gehabt – heimlich an Bord zu gehen, Seenot vorzugeben, sich als sein Bruder auszugeben – und jeden Gedanken hatte er zunächst hoffnungsvoll durchdacht und dann wieder verworfen: *Das wird nie funktionieren.*

Was hätte sein Vater in dieser Situation gesagt? Robert erinnert sich an diesen Blick, mit dem ihn sein Vater von der Seite ansah, Fältchen rund um die zusammengekniffenen Augen, wenn er lächelte. *Warum machst du dich denn so verrückt, mein Sohn? Die Antwort ist meistens ganz einfach. Egal wie konfus die Situation auch ist, tritt einfach ein paar Schritte zurück. Such den Anfang der Geschichte, bis du die naheliegenden Zusammenhänge wieder sehen kannst. Und dann machst du diese logischen ersten Schritte.*

Für seine Situation hier waren zwei Dinge erforderlich, um das Naheliegendste und Einfachste zu tun. Er brauchte Sonne und ein Stück Glas. Die Sonne müsste hinter den Wolken hervorkommen, die Sturm ankündigten, und das Glas bräuchte nicht größer zu sein als seine Hand.

Er wartet. Mit seinem Fernglas kann er Männer an Deck beobachten. Einige gehen hin und her, andere – vor allem zwei – beobachten ihn. Ein dritter kommt dazu und Robert sieht an der weißen Mütze mit schwarzem Schirm, dass es ein Offizier sein muss. Wahrscheinlich ist er der gerade wachhabende Offizier an Deck. Gesichter kann Robert nicht erkennen, die Uniformen schon. Das Blauweiß der Männer setzt sich deutlich vom militärischen Grau des Schiffes ab. Robert hofft und betet, dass einer von ihnen Arthur ist.

Man kann ihnen nicht vorwerfen, dass sie eben ihre Pflicht tun. Der Krieg mag vorbei sein, aber die weltpolitische Lage ist noch immer angespannt und das wird sicher auch noch lange so bleiben. Es gibt genug Leute, für die der Krieg nun anders ausgegangen ist, als sie gehofft hatten. Auch auf amerikanischem Boden gab es Saboteure, das war allgemein bekannt. Wenn er an Bord dieses Zerstörers Verantwortung hätte, dann würde auch er sehr genau beobachten, was dieses kleine Schiff da unten macht.

Robert schaut ungeduldig zum Himmel. Diese Wolkenmassen. Grau und regenschwer hängen sie über ihm. „Kommt schon", murmelt er, „bewegt euch!"

Die Wolken ziehen weiter, aber trotzdem dringt noch kein Sonnenstrahl zu ihm durch.

Irgendwann ist es dann doch so weit. Er hält den Spiegel in der Sonne und buchstabiert im Morsecode: ERBITTE ERLAUBNIS, AN BORD ZU KOMMEN.

Oben bewegt sich nichts. Dann verschwindet einer der drei Männer, der andere blickt den Offizier an.

Sie senden jetzt auch Signale. IDENTIFIZIEREN SIE SICH.

Robert gehorcht und fühlt sich dabei ziemlich klein und unbedeutend. SAVVY MAE. ROBERT BLISS.

Der dritte Mann kommt zurück, ein vierter folgt ihm. Der neu Hinzugekommene sendet das Signal. EINER AN ZWEI.

Das ist Arthur. Ihr alter Code. Damit hat ihnen Arthur früher schon Signale über die Bucht geschickt, wenn er, der eine, in Kontakt treten wollte mit ihnen, die zu zweit waren. Roberts Muskeln entspannen sich und erst jetzt bemerkt er, wie verkrampft er die ganze Zeit war.

Arthur spricht mit dem Offizier. Der Mann nickt und Arthur meldet: KOMM AN BORD.

Die *Savvy Mae* nimmt Kurs auf den Zerstörer, Robert legt an und zurrt sie fest, eine Strickleiter wird heruntergelassen. Er greift danach, schwingt sich darauf und vergisst in seiner Aufregung, die Unversehrtheit der Taue zu prüfen. Die Stufen der Leiter sind nass. Er rutscht ab, fällt, kann sie aber wieder packen. Er ist durchnässt, aber froh, dass keiner ihn beobachtet hat.

An Deck erwartet ihn niemand außer Arthur, die anderen Männer sind weg. Sein Gesicht spiegelt eine Mischung aus Freude und Grauen. Er zögert, in seiner Uniform ist alles anders als sonst, aber dann schiebt er alle militärischen Vorschriften zur Seite und schließt Robert in die Arme. Es ist die Umarmung eines Bruders. Und die Umarmung der Verbundenheit im Schmerz, in der Trauer. Arthurs grüne Augen sind voller Leid, ob es die Erfahrungen des Krieges sind oder das, was er gleich berichten wird – das weiß Robert noch nicht. Arthur hat sich verändert. Es ist jetzt fast ein Jahr her, seit er diesen Zug nach Machias bestiegen hat … Und es fühlt sich an, als läge ein ganzes Leben zwischen damals und heute.

Jemand kommt um die Ecke und Arthur beeilt sich, ihn militärisch zu grüßen.

Robert salutiert ebenfalls. Als Zivilist darf er das eigentlich nicht, aber er hat viele Bücher gelesen und sich gedanklich auf die Marine vorbereitet. Allerdings hat er sich seinen Einsatz anders vorgestellt.

Der Mann ist stehen geblieben. Die goldene Stickerei an seiner Uniform verrät, dass er Unteroffizier ist. Er mustert die beiden.

„Bliss?" Er runzelt die Stirn und mustert Robert fragend von oben bis unten. Sicher entgeht ihm dabei auch nicht, dass Robert vollkommen durchnässt ist.

Aber er entscheidet sich, das nicht anzusprechen. Stattdessen fragt er: „Woher haben Sie die zivile Kleidung?"

Robert schaut Arthur an. Wer bei der Marine ist, hat keine anderen Kleidungsstücke bei sich. „Ich bin … habe …" Er räuspert sich.

Der Mann hebt eine Augenbraue. Robert hätte den Satz mit einer höflichen Anrede beginnen müssen, so etwas wie „Sir" oder so. Das läuft hier gerade nicht gut.

Robert ruft sich die Seiten in Erinnerung, die er im Handbuch für Marinesoldaten gelesen hat. Dann sagt er: „Ich bitte um Erlaubnis, mich zu erklären."

„Was ist mit Ihrem Gesicht passiert, Bliss?"

Robert steht der Mund offen, er sucht nach einer Antwort. Natürlich, er weiß, sein Bruder ist der attraktivere von ihnen, aber das kann der Mann nicht meinen.

Der Unteroffizier tritt näher. „Erstaunlich. Keine Spur mehr von Ihrer Verletzung." Er schüttelt erstaunt den Kopf. „Freut mich, dass das so gut heilt. Schön, Sie an Deck zu sehen. Haben Sie einen schönen Spaziergang", nickt er freundlich und mit einer weiten Handbewegung zeigt er über das große Deck, auf dem Robert sich bewegen und erholen darf. „Von mir aus können Sie auch zehn Spaziergänge machen. Nach allem, was man mir gesagt hat, dachte ich eher, Sie würden nie wieder ans Tageslicht kommen." Er drückt Roberts Hand. „So viel dazu, dass Ärzte sich auch irren können, stimmt's?"

Arthur lässt den Kopf hängen. Und Robert versteht plötzlich alles.

Der Stimme des Unteroffiziers dringt wie aus weiter Ferne an seine Ohren, als wäre er weit weg in einer Blechdose. Er erzählt jetzt davon, dass die Kessel des Schiffs gerade repariert werden und dass sie übermorgen endlich weiterfahren können, wenn alles gut geht. Endlich zum Heimathafen. Der Unteroffizier redet von der Welle, die das Schiff schwer erwischt hat, aber immerhin, der Krieg ist gewonnen. Das Wichtigste ist erreicht. „Und dafür sind Sie der lebende Beweis, Bliss!"

Robert hat die Augen geschlossen. Als er sie wieder öffnet, sieht er den fragenden Blick des Unteroffiziers.

„Sir", bringt Robert endlich hervor, „ich bin hier, um meinen Bruder zu sehen."

Er ist kein guter Redner. Das ist noch nicht einmal eine Erklärung. Aber der Mann wäre nicht Unteroffizier geworden, wenn er nicht einen scharfen Verstand und eine schnelle Auffassungsgabe hätte. Robert sucht nach passenden Worten, aber in seinem Kopf herrscht dicker Nebel. Er sieht, wie der Mann sich mit fragendem Gesicht zu Arthur umdreht. Der nickt und zeigt auf das kleine Boot unten im Wasser. Endlich sagt er: „Bliss ist noch … unter Deck. Das ist sein Bruder."

Die Miene des Mannes ist finster. „Stimmt das?"

Robert spürt, dass jetzt tausend Gewichte an einem seidenen Faden hängen. Mit dem nächsten Atemzug wird eine Entscheidung fallen. Niemals darf ein Zivilist an Deck eines Kriegsschiffes, er hätte auch niemals wissen dürfen, wo der Zerstörer sich befindet. Er ist Roy so nahe, so kurz davor, seinen Bruder zu sehen. Es darf nicht schiefgehen … Robert überlegt, mit Gewalt an allen vorbeizustürmen und seinen Bruder unter Deck zu suchen. Aber er hört die Mahnung. *Egal wie konfus die Situation auch ist, geh einfach ein paar Schritte zurück.*

„Jawohl, Sir", sagt Arthur. Er schweigt, steht aber hoch aufgerichtet da. Bereit, sich zu dem zu bekennen, was er getan hat.

Sekunden verstreichen. Die Schiffsuhr ertönt, zweimal sechs Schläge. Es ist sechs Uhr abends – *achtzehnhundert Stunden*, korrigiert sich Robert. So sagt man die Uhrzeit beim Militär, eines von vielen Dingen, die er sich angelesen hat. Endlich rührt sich der Unteroffizier, der den beiden bis dahin wie erstarrt gegenüberstand. Er nimmt eine gespielte Ungezwungenheit an. „Das ist doch wirklich erstaunlich."

„Wie bitte?"

„Dass Bliss ... einen Zwillingsbruder hat", er mustert Robert und dessen Gesicht verdüstert sich, „der uns hier mitten im Atlantik zufällig gefunden hat." Jetzt schaut er wieder Arthur an. „Aber ich glaube, jeder von uns hat in diesem Krieg das eine oder andere Wunder erlebt. Am besten, Sie gehen jetzt runter in die Krankenstation, Bliss zwei. Wir nehmen Seeleute an Bord, die in Not geraten sind. Und Sie", er starrt auf die Pfütze, die sich jetzt rund um Roberts Füße gebildet hat, „Sie sind definitiv in Schwierigkeiten gewesen. Baxter? Bringen Sie diesen Mann nach unten!"

„Jawohl, Sir", kommt es wie aus einem Mund von Arthur und Robert.

Arthur geht Robert voraus durch ein Labyrinth enger Gänge. Tief unten laufen sie an Wänden entlang, hinter denen Maschinen stöhnen, zischen und in Bewegung sind. Man hört Stimmen aus dem Maschinendeck.

„Noch mal versuchen!", knurrt eine Stimme. Das Problem mit dem Kessel ist anscheinend noch nicht gelöst.

„Jawohl", antwortet eine jüngere Stimme, müde und entschlossen.

Arthur geht weiter. Die Decken sind niedrig. Robert hat das Gefühl, es wird immer enger, beklemmender, während er sich seinem Bruder Roy nähert. Inzwischen weiß er, dass es ihre letzte Begegnung sein wird.

Ein Matrose kommt eine enge Treppe herauf, darunter gähnt Dunkelheit. „Schlafquartier", erklärt Arthur und Robert späht angestrengt nach unten. Er sieht Stockbetten mit Leinenzeug, vier übereinander, Reihe um Reihe, als wären es Tausende.

Am Ende des Ganges erreichen sie eine oben abgerundete Tür mit einem Bullauge. Blasses Licht scheint aus dem Raum dahinter.

„Die Krankenstation", sagt Arthur und nimmt seine runde weiße Mütze ab. Robert tut es ihm nach. Durch das Fenster schaut jemand zu ihnen hinaus, der wie ein Arzt aussieht. Er hebt einen Finger, bittet sie, noch zu warten. Dann verschwindet er aus dem Blickfeld, nachdem er sich ein Stethoskop in die Ohren gesteckt hat. Arthur wirft einen Blick über die Schulter nach hinten, niemand ist im Gang. „Es sieht nicht gut aus, Robert."

„Erzähl es mir."

Arthur holt tief Luft. „In dem Augenblick, als der Krieg zu Ende war, da brach der Sturm los. Ein polnisches Schiff war in Seenot, wir empfingen ihren Notruf. Es wollte nach New York, war in den Sturm geraten und bekam bald darauf Schlagseite. Wir waren am nächsten dran, beeilten uns und zogen die Leute aus dem Wasser. Als wir dachten, wir hätten alle, da sah Roy noch ein Rettungsboot. Zwei Kinder lagen darin, so reglos, dass wir nicht sicher waren, ob sie noch am Leben waren. Und ihre Mutter – die schrie aus Leibeskräften. Hören konnten wir sie nicht, der Sturm war so laut, aber wir sahen ihr Gesicht …" Arthurs Stimme bricht ab. Er schlägt die Hände vors Gesicht, streicht sich von der Stirn über die Wangen bis zum Kinn.

„Männer ließen sich an Tauen ab und retteten die Kinder. Gleichzeitig machte unser Schiff aber starke Wellen, die das Rettungsboot heftig hin- und herwarfen. Wir warfen der Frau die Leine zu, aber in dem Moment, als sie danach griff, erfasste eine Welle ihr Boot und warf die Frau ins Meer, gegen das sie schon seit Stunden angekämpft hatte. Lange tauchte sie gar nicht mehr auf. Es war auch komplett dunkel. Wir holten einen Scheinwerfer, und als der die Wasseroberfläche erleuchtete, sahen wir, dass Roy sich schon an einem Tau abgelassen hatte. Die Frau versuchte, sich am Rettungsboot festzuhalten, und Roy streckte die Hand nach ihr aus. Aber sie erreichte beides nicht, weder das Boot noch Roys Hand. Da ließ sich Roy noch weiter ab, bis er ganz im Wasser war. Er versuchte, in ihre Nähe zu kommen. Ich dachte schon, sie gibt auf. Aber Roy schrie ihr etwas zu und das muss ihr irgendwie die Kraft gegeben haben, seinen Arm zu fassen."

Robert sieht die Szene vor sich wie in einem Film. Eine Hand, die sich in der Kälte ausstreckt. Verzweifelt entschlossen, ein Leben zu retten. Nur dass es dieses Mal nicht Robert ist, der nach unten schaut, sondern Roy. Ihm ist, als würde er die Stimme seines Bruders hören: *Es muss sich doch gut anfühlen, so auf jemanden hinunterschauen zu können, mit dem Bewusstsein, dass du den retten wirst, der da unten hängt.*

Arthur holt tief Luft. „Er machte sie am Tau fest und wir zogen. Roy wollte, dass die Frau zuerst in Sicherheit ist, bevor wir ihn an Bord holen. Als sie dann oben war, gingen wir an die Reling zurück, um Roy hochzuholen. Aber …"

Das Schweigen hat etwas Übles, Verzweifeltes.

„Eine unglaubliche Welle erfasste das ganze Schiff und schlug über Deck. Es hat ihn so heftig gegen die Schiffswand geschlagen, dass wir den Aufprall spürten."

Robert zuckt zusammen, als würde er hören, wie Fleisch gegen Metall schlägt, miterleben, was Arthur erzählt.

„Keine Ahnung, wie das möglich war, aber … er hat das Tau nicht losgelassen. Wir haben ihn hochgezogen und in die Krankenstation gebracht."

In der Flut von Bildern in seinem Kopf sucht Robert nach etwas, das ihm Halt geben könnte, nach einem Stück Logik, um sich zu orientieren und den Horror zu ertragen. Er hustet, sucht nach Worten, jenseits vom Schmerz.

„Wann war das?"

„Vor drei Tagen."

Drei Tage. Warum war Roy noch hier? Wenn sein Zustand doch so ernst war? Warum hatten sie ihn nicht auf ein Krankenhausschiff oder direkt ins Krankenhaus gebracht?

Arthur scheint die Frage zu ahnen. Er erklärt: „All die Leute, die wir aus Seenot gerettet hatten, verbrachten die Nacht im Maschinenraum. Die Matrosen hätten ihnen auch ihre Betten überlassen, aber im Maschinenraum war es wärmer. Am nächsten Tag kam ein Passagierschiff und nahm sie mit. Roy ging es zu diesem Zeitpunkt ganz gut. Er hatte eine Gehirnerschütterung und ein paar Wunden und Kratzer. Aber der Arzt meinte, wir wären ja sowieso bald in einem Hafen und bis dahin hätte es Zeit. Es wäre nicht eilig."

„Aber?“

„Aber wir hatten in dem Sturm mehr Wasser aufgenommen, als uns während der Rettungsaktion aufgefallen war. Die Welle, die über das Schiff gegangen war, hatte die Kessel unter Wasser gesetzt. Seither haben wir uns nicht bewegt. Es sieht immer so aus, als kriegten wir das Schiff wieder flott, und dann geht es doch wieder nicht. Roy … bekam eine Infektion. Das ging plötzlich ganz schnell und wurde sehr heftig. Der Arzt hat gesagt, so einen schweren Fall hätte er noch nie gesehen.“

Robert macht sich auf das gefasst, was gleich kommen wird. Er ahnt, dass Arthur ihm noch nicht alles gesagt hat.

Die grünen Augen seines Freundes sind rot geründert und sehen ihn jetzt direkt an. „Der Arzt sagt … er wird die Nacht nicht überleben.“

Es ist, als hätte eine Faust ihn im Magen getroffen.

Da öffnet sich die Tür und der Arzt bittet sie herein.

„Haben Sie es ihm gesagt?“ Die Stimme des Arztes ist ernst, er hat die Frage an Arthur gerichtet. Offensichtlich ist er in den Plan eingeweiht, Robert herzuholen.

„Jawohl.“

Der ältere Mann stößt einen tiefen Atemzug durch die Nase aus und schüttelt den Kopf. „Es wird nicht mehr lange gehen. Junger Mann, es tut mir so leid.“ Er legt Robert die Hand auf die Schulter. „Ich lasse Sie allein.“

Sie gehen an drei leeren Betten vorbei. Hinten in der Ecke liegt ein Mann, sein Gesicht ist geschwollen, die Hautfarbe fahl, entstellt, fast bis zur Unkenntlichkeit, selbst für den Bruder, der das Gesicht jeden Tag im Spiegel sieht. Die Brust hebt und senkt sich fast unmerklich.

Roy versucht, tiefer zu atmen, öffnet die Augen. Sein Blick wandert suchend über die Decke, ohne etwas zu erkennen.

Als Robert spricht, ist seine Stimme schroff. „Ich bringe ihn nach Hause“, sagt er. „Oder nach Bangor oder Machias. Oder …“ Er sucht in Gedanken nach einer Landkarte – nach einer Stadt in der Nähe. „Halifax. Oder nach Hause.“ Er merkt, dass er sich wiederholt. „Dort wird es ihm besser gehen. Ich hole Hilfe für ihn. Er wird seinen Sohn sehen … und …"

„Er hat nicht mehr lang", wiederholt Arthur die Worte des Arztes und dreht seine Mütze in den Händen. „Es tut mir leid."

Arthur geht und Robert kniet sich neben das Bett, blickt in das angeschwollene Gesicht seines Bruders, betrachtet die Augenbrauen, die sich sogar im Schlaf zusammenschieben.

Er weiß nicht, was er machen soll. Wie kann er helfen? Er nimmt die schlaffe Hand seines Bruders, als könnte er ihm etwas von seiner Kraft übertragen. Und er senkt den Kopf.

Gott!

Nur dieses eine Wort.

Auf einem provisorischen Nachttisch aus aufeinandergestapelten Kisten liegt eine Bibel und *Rob Roy, Sonderausgabe für Angehörige der Streitkräfte. Kurzfassung als Lektüre in Kriegszeiten*. An der Wand hängt ein Bild von Jenny und William. Jenny lächelt mit diesem Strahlen, das sie für Roy reserviert hat.

„Dachte ich mir doch, dass sie dich nicht davon abhalten können, zur Marine zu kommen", murmelt Roy. Seine Lippe ist eingerissen, aber er verzieht das Gesicht zu einem Grinsen, so gut es eben geht. „Kein Problem für meinen Bruder, an Bord eines Zerstörers zu kommen, der so sicher ist wie ein Tresor in der Bank."

„Kleinigkeit", sagt Robert.

„Ich hatte mich auf zu Hause gefreut", sagt Roy jetzt ernst.

In Robert toben die Gefühle. „Ich bring dich nach Hause."

Roy sieht ihn ruhig an. Sein Blick hat eine Tiefe, eine Kenntnis von Dingen, von denen Robert nichts weiß. Er ist der Ewigkeit näher, als Robert es je gewesen ist. Ein Friede umgibt ihn, der stärker ist als alle Gewitterwolken, die sich draußen gerade zusammenballen.

„Danke, Bruder, es ist alles gut."

Nichts ist gut.

„Ich bin hier, um dich nach Hause zu bringen."

Oder war er nur hergeholt worden, um zu hören, was Roy noch sagt?

„Sag … William … wenn es so weit ist, sag ihm, dass ich ihn liebe. Und dass alles gut ist. Das Leben ist groß. Aber Gott ist größer."

Stille.

„Und Jenny …" Roy schließt die Augen. „Gib ihr das." Er hebt mühsam eine Hand und öffnet sie. Ein Zettel liegt darin. In der Handfläche der flammend rote Streifen, wo das Tau sich in die Haut gebrannt hat. Feuerrot. Ein Beweis seines Mutes. „Sie wird wissen, was das ist."

Robert nimmt es. „Mach ich", sagt er. „Du bist ein guter Mensch, Roy."

Lange verharren sie in Schweigen. Robert fragt sich, ob Roy wieder eingeschlafen ist. Aber dann flüstert er: „Bob."

Der Schmerz brennt in Roberts Brust. Roy ist der einzige Mensch im ganzen Universum, der ihn so nennt, aber er haucht diesen Namen mit letzter Kraft. Roys Stimme ist atemlos und schwach. „Bleib nicht im Dunkeln, Bob, versprich mir das."

Was meint er damit? Robert versteht den Sinn der Aussage nicht. Vielleicht weiß Roy nicht mehr, was er redet. Aber in diesem Augenblick würde Bob seinem Zwillingsbruder einfach alles versprechen.

„Werd' ich nicht", sagt er und nickt bekräftigend.

„Es gibt so viel Licht", sagt Roy. „Geh lieber dorthin, wo das Licht ist."

„Ja, mach' ich", bestätigt Robert.

Das Leben scheint aus Roy zu weichen. Seine Atemzüge werden unregelmäßig, mit langen Pausen dazwischen. Robert stößt viele eilige Worte aus, will seinen Bruder festhalten. Er spürt, dass Roy geht, und er stemmt sich mit der ganzen Kraft seiner Seele dagegen, zieht an dem unsichtbaren Faden, der ihn mit seinem Bruder verbindet. „Bitte komm zurück und zeig mir das mit dem Licht", fleht er. Seine Augen brennen. „Komm doch mit mir nach Hause."

Aber die Hand seines Bruders wird schwer, dann liegt sie bewegungslos in der seinen.

Er ist heimgegangen.

Und die Welt ist dunkel geworden.

Robert hat kein Zeitgefühl, er weiß nicht, wie lange er da sitzt. Er bemerkt kaum, dass der Arzt kommt, nach dem Puls fühlt, ein paar Worte sagt. Alles hat seine Zeit, sagt er, und hier ist jetzt die Zeit zum Sterben. Männer kommen, mit gefalteten Händen stehen sie da, senken den Kopf, zeigen Respekt. Robert spürt, dass sie Dinge erledigen müssen, und er macht Platz. Sie hüllen seinen Bruder in Leinen und nähen die Tücher zu.

Dann wird beraten, ob er nach Hause gebracht werden soll. Robert schließt die Augen und sieht seinen Bruder vor sich, zehn Jahre alt, braun gebrannt, mit Piratenklappe über dem Auge. Sie sind auf ihrer Lieblingsinsel, stehen auf der Lichtung, wo Robert zuletzt versucht hat, Roy davon abzuhalten, in den Krieg zu ziehen. Damals waren sie Kinder. Jenny hatte aufmerksam beobachtet, wie Roy seinen Stock schwang, als wäre er eine Machete. Er hatte auf das Wasser gezeigt und mit der Überzeugung eines greisen Piraten erklärt: *„Dort draußen möchte ich begraben werden. Wenn ich sterbe, übergebt mich dem Wasser. Ich will dann bei Grandpa und all den tapferen Soldaten sein.“*

Grandpa starb im Ersten Weltkrieg, als Soldat, nachdem er monatelang auf See gewesen war. Damals gab es keine andere Möglichkeit als die Seebestattung. Aber Roy … Er könnte ihn jetzt mit nach Hause nehmen, zu Jenny bringen. Doch er hat diese Erinnerung vor Augen, wie Jenny als Mädchen mit großem Ernst genickt hatte, während Roy seinen letzten Willen mitteilte.

In der ganzen Benommenheit, die er erlebt, will er nicht tatenlos danebenstehen, während Fremde sich um seinen Bruder kümmern. Für Roy sind diese Männer vielleicht sogar Familie, aber ihm sind sie fremd. Seine Worte kommen unsortiert, er bittet um Seebestattung. Die Männer schauen ihn verständnislos an. So nahe an der Heimat, das muss eigentlich nicht sein.

Aber sie wissen ja nicht, was der zehnjährige Pirat gesagt hatte. „Er wollte es so“, sagt Robert nur. Sie nicken, einer nach dem anderen, und kümmern sich um alles, was eine Seebestattung erfordert. Ein tapferer Mann ist gestorben und sie werden ihm die letzte Ehre erweisen, so gut das hier eben geht.

Irgendwann ist alles erledigt. Die Ereignisse erscheinen Robert wie ein Traum, so irreal. Die Stimmen, die ihn umgeben, sind leises Murmeln. Er zieht den Nagel aus der Wand, nimmt Jennys Bild, dazu das Buch vom Nachttisch und den Ehering, der dort liegt, dann noch die Bibel und den Zettel, den Roy ihm gegeben hast. Schließlich folgt er Arthur nach draußen, durch die vielen Gänge im Rumpf des Schiffes und hoch aufs Deck, wo die Sonne unangenehm hell ist, obwohl sie gerade untergeht.

Arthur hält inne, legt eine Hand auf Roberts Schulter. „Ich – es tut mir leid, Bob."

Nur wenige Worte, aber Robert ist nicht entgangen, dass Arthur ihn mit dem Namen angesprochen hat, den bisher nur Roy benutzt hat. Damit hat Arthur alles gesagt, was man überhaupt sagen kann, in einem einzigen Wort.

Matrosen lassen die Arbeit ruhen, als die beiden an ihnen vorbeigehen. Sie ziehen ihre Mützen. Der Unteroffizier kommt, um Robert persönlich zu seiner *Savvy Mae* hinunterzulassen. Das gehört wirklich nicht zu seinen Aufgaben, es ist weit unter seiner Würde. Robert weiß das und spürt den Respekt des Unteroffiziers vor seinem Bruder und vor ihm.

„Bleiben Sie noch hier, bis die Sonne untergegangen ist", sagt ihm der Unteroffizier zum Abschied. „Ihr Bruder war ein tüchtiger Seemann. Ein guter Mann. Wir werden sein Begräbnis so gestalten, wie er es verdient."

Und so wird Roy bestattet, irgendwo im Atlantik, Robert ist mit seinem Boot nur ein paar Hundert Meter entfernt. Marinesoldaten in weißen Uniformen stehen Spalier, die untergehende Sonne färbt den Himmel feuerrot.

Robert kann die Worte nicht hören, aber er weiß, was gesagt wird. Ein Gebet. Ein Segen. Mit gesenkten Köpfen stehen die Soldaten da, während die Worte über Roys Körper ausgesprochen werden.

Robert spricht mit.

„Der Herr segne dich und behüte dich." Er denkt an Roys Grinsen. An die Grübchen. Etwas in ihm bricht auf. Dieser Abschied ist ein inneres Zerreißen, auf das er nicht vorbereitet ist, auf das nichts und niemand ihn hätte vorbereiten können.

„Der Herr lasse sein Angesicht leuchten über dir." Wie hatte Roy gesagt? *„Es gibt so viel Licht …"*

„Der Herr …" Seine Stimme versagt, ein unmenschlicher Schrei bricht aus seiner Seele. Er presst die Augenlider zusammen, Tränen strömen über sein Gesicht, sie mischen sich mit dem Ozean, dem viel zu weiten Meer.

„Der Herr schenke dir seinen Frieden. Amen."

Ein feierlicher Befehl hallt über das Wasser, die Männer machen sich bereit und feuern einen Salutschuss ab, dann noch einen … und einen dritten. Mit drei Salven Gewehrschüssen ehren sie Roy, eine wortlose Proklamation über dem Meer.

Robert weiß, welchen Anblick er hätte, wenn er fliegen und das Ganze aus der Vogelperspektive anschauen könnte. Er würde die Matrosen und Offiziere sehen, die in akkuraten Reihen auf Deck stehen und Salutschüsse abfeuern – die militärische Art, dem Schmerz in Form von Respekt Ausdruck zu verleihen.

Von oben würde er sich selbst in seinem bescheidenen Hummerfischerboot sehen, wie er zu dem Schiff hinüberschaut, von dem ihn ein breiter Streifen Meer trennt, und ebenfalls den Bruder ehrt. Er hat die Hand an die Mütze gelegt, den seit Kindheit schmerzenden Ellbogen vergessend. Er zittert.

Es ist nur ein Moment, aber er brennt sich für sein restliches Leben in seine Erinnerung ein. Sein Bruder, sorgfältig eingehüllt in Leinen und Segeltuch, sinkt hinunter in die Tiefe.

Die Wellen nehmen ihn auf, verschlingen den Schiffsbauer … und alles ist still.

achtzehn

Wie bin ich hierhergekommen? Robert bleibt vor dem Lattenzaun stehen, der Jennys gelbes Haus einfasst.

An die nächtliche Fahrt zurück nach Maine kann er sich kaum erinnern. Den größten Teil des heutigen Tages hat er damit verbracht, an der schroffen Küste nördlich von Ansel entlangzuwandern und nach Worten zu suchen, wie er seiner Mutter und Jenny die Nachricht überbringen kann. Vielleicht war das falsch gewesen, aber er hatte Arthur gebeten, das Telegramm noch einen Tag zurückzuhalten. Die Vorstellung, dass diese niederschmetternde Nachricht seinen Lieben in starren schwarzen Lettern auf einem Stück Papier mitgeteilt werden würde, war unerträglich für ihn gewesen. Robert wird ihnen die Nachricht persönlich überbringen.

Nun steht er vor Jennys Haus. Gewisse Regeln müssen befolgt werden, eine davon besagt, die Witwe erfährt es zuerst. Es kann gut sein, dass seine Mutter ohnehin auch hier ist und sich um ihren Enkel kümmert.

Jennys Haus wirkt blass in der untergehenden Sonne. Über dem Ort liegt ein Friede, rote Kletterrosen ranken an einem weißen Spalier hoch, hinter den Fensterläden leuchtet Licht, Lachen und Radioklänge dringen nach außen. Welch eine schöne Welt, alles ist hell und gut, so wie Jenny selbst. Gleich wird er in diese friedliche Welt einbrechen und alles für immer zerstören. Alles ist so verkehrt. Dies ist ein Haus, in dem man einen geliebten Menschen zurückerwartet.

Wie lange ist es her, dass er davon träumte, mit einem Blumenstrauß hinter dem Rücken an diesem Tor zu stehen. Damals hatte er noch gehofft, Jennys Herz zu gewinnen – nun würde er es brechen müssen. Statt Blumen hält er die letzten Gegenstände seines Bruders in der Hand.

Gott, bitte hilf mir jetzt.

Mit einem deutlichen Quietschen öffnet sich das Gartentor. Das Lachen im Haus verstummt. Auf der Terrasse geht das Licht an. Jenny hastet zur Tür. „Roy?"

In ihrer Stimme schwingt so viel Hoffnung mit, dass man die ganze Welt damit ermutigen könnte. Sie fasst nach seiner Hand. Erstarrt. Sieht die zivile Kleidung. Tritt näher, um im fahlen Licht der letzten Sonnenstrahlen besser sehen zu können. „Robert?"

Sie schaut an ihm vorbei, die Straße hinauf und hinunter. Niemand sonst.

„Tut mir leid", sagt sie verlegen. „Wir haben gehört, dass du ein Telegramm bekommen hast, und dachten, du holst ihn ab, um uns zu überraschen." Sie drückt seine Hand kurz, entschuldigend. „Ich ..."

Ihr Blick fällt auf seine andere Hand. Roys Mütze. Das Bild, die Bibel.

Dann sieht sie ihm ins Gesicht, sucht erschrocken nach Zeichen der Hoffnung, die er ihr nicht geben kann.

Entsetzt weicht sie zurück, eine Ahnung ergreift sie wie ein schwarzer Schatten. Sie schüttelt den Kopf, will es nicht wissen.

Ihre Tante Millicent kommt kurz nach ihr aus der Tür, ist gerade rechtzeitig da, um ihren Arm um die schwankende Jenny zu legen und sie ins Haus zu führen. „Komm", sagt sie mit einem auffordernden Blick über die Schulter zu Robert.

Wortlos, wie betäubt, folgt er den Frauen langsam ins Haus. *Der Krieg hat uns die Worte geraubt*, denkt er. Ständig suchen alle nach Worten. Immer wieder gibt es schlechte Nachrichten, nie hat man die richtigen Worte. Und dann – in solchen Momenten – da fallen die Worte unausgesprochen zu Boden, es gibt kein Wort, das groß genug wäre, um das auszudrücken, was gesagt werden müsste. Besonders wenn es Worte sind, von denen alle verzweifelt hoffen, dass sie nie gesagt werden.

Millicent führt Jenny zu dem blauen geschwungenen Sofa im Wohnzimmer. Robert nimmt seine Mütze ab, geht vor Jenny in die Hocke, auf ein Knie. „Jenny, ich …" Er zögert. Dann erzählt er von der Verletzung. Der Infektion. So vorsichtig wie möglich. Aber sie unterbricht ihn.

Sie blickt ihn direkt an, so direkt, wie nur sie das tut. In den blauen Augen ihrer Jugend steht Verzweiflung. Jenny greift nach seiner Hand. „Sag mir bloß …, dass er nicht allein war."

Seine Kehle schwillt fast zu, schmerzt. „Er war nicht allein."

Ihre Augen schwimmen, das Kinn zittert. Sie hebt den Kopf und nickt. Nickt immer wieder, als würde ihr das helfen weiterzuatmen.

Robert holt zitternd Luft. „Wir waren zusammen. Er wurde … gut versorgt. Ein Arzt war da und Arthur. Und …" Er greift in seine Tasche, sucht nach der Schachtel. Dafür hatte er extra noch in Halifax angehalten, bevor er nach Hause kam. Wie im Nebel war er durch die Stadt geirrt, hatte sich nicht um den erstaunten Blick der Damen im Juweliergeschäft gekümmert, als er nur eine leere Schatulle verlangte. Wenn er Jenny schon diese Dinge bringen musste, dann sollten sie zumindest angemessen verpackt sein, wie Schätze von unendlichem Wert.

„… er hatte dich, Jenny." Damit legt er die tiefrote Samtschatulle in ihre Hand. Sie öffnet das Döschen, sieht den abgenutzten hölzernen Ring, presst ihre Lippen zusammen, während sie ihn herausnimmt … und das zusammengefaltete Papier, das Roy ihm auf der Krankenstation gab.

Jenny presst den Ring an ihre Lippen und flüstert: „Danke."

Sie umschließt den Ring mit ihrer Hand, denkt an die Hände, die diese Ringe liebevoll geschnitzt haben. „Arm wie Kirchenmäuse und reich wie Könige", flüstert sie. Das Papier segelt zu Boden, ungelesen. Jenny erhebt sich, nimmt den Ring und rennt aus dem Raum, in die Küche, durch die Hintertür, auf die Terrasse. Zuerst ist es still, dann ertönt ein Klageschrei, wie Robert ihn bisher nur im Heulen eines winterlichen Sturmes gehört hat, so durchdringend, dass er die Nacht zerreißt.

Er hebt das heruntergefallene Papier auf und folgt Jenny in die Küche, aber Millicent schiebt sich an ihm vorbei, hebt gleichzeitig die Hand und bedeutet ihm zurückzubleiben.

Die Küche ist warm und sauber aufgeräumt. Ein frisches Holzscheit steckt im Ofen. Sein Blick fällt auf ein Foto in einem Messingrahmen, das neben einer Vase mit Lupinen auf dem Küchentisch steht. Ein Foto von Roy, stolz, in Uniform.

Da taucht eine winzige Hand aus dem Weidenkorb auf, der auf dem Tisch steht, an die Wand gelehnt. Robert tritt näher und Williams freundliches Gesicht ist ihm zugewandt, die Augen sind weit offen. Er sieht aus wie Roy, hat seine dunklen Haare und dazu die himmelblauen Augen von Jenny.

Vor der Tür ist Jennys verzweifelte Stimme zu hören, die keuchend nach Atem ringt, dann wieder vergeblich versucht, das laute Schluchzen zurückzuhalten, das aus ihr herausbricht. Es ist der Klang von Verlust, wenn der Tod auf das Leben trifft. Unmenschlich klingt das und nimmt an Intensität zu. So ein Geräusch kennt das Kind nicht und es macht ihm Angst.

William fängt an zu wimmern und Robert weicht unwillkürlich einen Schritt zurück. Diese Arme, die dem Meer trotzen, wissen nicht, wie man ein Baby wiegt. Jeder einzelne seiner steifen Muskeln spürt brennend seine Hilflosigkeit. Er weiß nicht, was man tut, wenn ein Kind weint. Aber seine Beine tragen ihn hin, tragen ihn zu dem Kind, vor dem seine Arme zurückscheuen. Ungelenk … und dann doch gar nicht so ungeschickt greift er hinein, umfasst das zarte Gesicht, denkbar vorsichtig, mit seinen schwieligen Händen.

Kleine Fingerchen suchen nach Halt, umfassen seine Finger, die Hände, die eben noch den Körper des Vaters zum Begräbnis vorbereitet haben. Roberts Hände beginnen zu zittern. Er möchte hierbleiben, umfangen von diesem unschuldigen Griff eines Kindes, das nicht weiß, dass Roberts Hände vom Tod befleckt sind. Am ganzen Körper zitternd zieht er seine von der Arbeit verkrümmten Finger zurück aus diesem Griff, aus der Lüge. Seine Fingerknöchel streicheln die zarte Wange.

William lächelt und ein Grübchen erscheint, nur eines, links. So gut, so rein. Das Flackern des Lichts spiegelt sich in diesen kleinen vertrauensvollen Augen. Tief in Robert bricht etwas auf, wie Felsplatten, die weit unten im Inneren der Erde verschieben.

Draußen in der Dunkelheit hat Jennys lautes Klagen nachgelassen und ist leisen Worten gewichen. Die Hintertür schwingt auf. Mit kleinen Schritten eilt Millicent herein, so geschäftig, wie nur sie sich bewegen kann. Robert vermeidet den Blickkontakt. Er legt das Papier aus der Hand, schiebt seinen Arm unter das Kind, hebt es aus dem Korb und drückt es an sein Herz.

Hier sollte jetzt Roy stehen, den Sohn an seine Brust drücken, das Schlagen des kleinen Herzens durch die Decken fühlen. So viel *Leben.* Er drückt William fest an sich, mobilisiert dazu alle Kräfte, die er besitzt, um dieses Kind zu halten. *Hier. Sollte. Jetzt. Roy. Stehen.*

Ausnahmsweise lässt Millicent ihn einmal ungestört. Sie geht zum Herd, dreht die Flamme herunter und das Blubbern der herzhaften Mahlzeit lässt nach. Sie setzt sich an den Tisch und wartet. In der Ecke tickt die Kuckucksuhr und erinnert Robert daran, dass Zeit immer kurz bemessen ist.

In Roberts Innerem setzt sich eine tektonische Bewegung fort, Verflechtungen entzerren sich, etwas knackt, bricht und weitet sich in seiner Seele. Er muss die Sätze sagen, er hat es versprochen. Vorsichtig, entschlossen drückt er seine Lippen gegen den Kopf des Kindes. Will er es trösten? Das Kind tröstet ihn mit seinem weichen dunklen Haar und dem Duft von Seife, der über seine Seele wäscht und ihm die Worte ermöglicht: „Er liebt dich." *Liebte?* Nein, das kann er nicht sagen. „Und … alles ist gut." Roy hat ihm noch mehr aufgetragen. Robert kann die Wahrheit der nächsten Worte im Moment nicht fühlen, er sagt sie trotzdem: „Das Leben ist groß. Aber Gott ist größer." Worte, die er dem Jungen sein ganzes Leben lang immer wieder sagen wird. Das schwört er hier und jetzt.

Das Kind ist ganz still, liegt entspannt in seinen Armen, es strahlt unvorstellbares Vertrauen aus und eine Wärme, die es nirgendwo sonst auf der Welt gibt.

Millicent nähert sich schlurfend. „Seine Mutter …“ Sie hebt die Hand, streichelt das Kind.

Natürlich. Jenny braucht William. William braucht Jenny. Das ist gut und richtig. Trotzdem, während Robert den kleinen Jungen weggibt in Millicents Arme, bricht der Abgrund in seinem Herzen weiter auf. Er spürt diese gewaltige Bewegung und zittert, während Millicent mit dem Kind durch die Hintertür verschwindet.

Ein Windstoß wirbelt das Papier über den Küchentisch, Robert fängt es ein. Er will es hier hinlegen, für Jenny, damit sie es später finden kann. Aber während er es in der Hand hält, sieht er die Nachricht, die sein Bruder mit letzter Kraft für die Frau geschrieben hat, die er liebte:

77 Klafter. Und noch mehr. Für immer.

Jennys Weinen ist ruhiger geworden, das Schluchzen mischt sich mit dem rhythmischen Knarren des Schaukelstuhls. Dann wird es ruhig auf der Terrasse, eine zerbrechliche Stille, die ihn ausschließt. In ihm brechen tiefe Schichten auseinander, er hört es förmlich krachen. Er muss gehen. Sonst wird er gleich alles mit sich reißen, wenn der Damm bricht.

Er steckt das Papier in den Babykorb, so, dass Jenny es gut finden kann, im richtigen Moment. Dann geht er leise durch die Vordertür hinaus, zieht sie hinter sich ins Schloss. Die Nacht nimmt ihn auf. Jetzt muss er eigentlich zu seiner Mutter gehen, ihr die Nachricht bringen. Aber hinter den Kiefern ist kein Lichtschein aus ihren Fenstern zu sehen. Er wird sie nicht aus dem Schlaf holen, um ihr den Albtraum zu erzählen. Das kann warten.

Robert atmet in tiefen Stößen, eilt durch dieses Meer an sauberer Luft. Geht, rennt, stampft zum Anleger und ins Ruderboot. Die Wellen sind unerträglich sanft. Er durchschneidet sie mit seinen Rudern, will, dass sie gegen ihn kämpfen. Der ganze Weg zur Insel ist ein einseitiger Kampf, der Ozean wehrt sich nicht, aber die Risse in seiner Seele klaffen, brechen immer weiter auseinander.

Als er am Ufer anlegt, ist sein Inneres bereits in tausend Scherben zerborsten. Was ihn noch zusammenhält, ist ihm selbst nicht klar.

Schon ist er oben, kann sich nicht erinnern, den Weg gegangen zu sein. Er steht auf der Lichtung, nichts hat sich verändert, seit er mit Roy zuletzt hier oben war. Es ist kalt, das Mondlicht ist weiß. Von ihrem letzten Feuer sind noch die verkohlten Überreste zu sehen. Unter dem Felsen steht die Kiste, in der die Schätze aus ihrer Kindheit aufbewahrt sind. Das Grammophon sitzt schief auf seinem Stein, der trichterförmige Lautsprecher starrt ihn mit geneigtem Kopf an, beobachtet ihn lauernd wie ein Hund.

„Schau mich nicht so an!"

Es starrt weiter, dumm, schweigend.

Ein paar Schritte und er kurbelt das Ding an. Nimmt die Nadel hoch, setzt sie auf die Platte, hofft inständig, dass es funktioniert. Aber das Holz ist verzogen, zu viel Morgennebel, regennasse Nachmittage, eisig kalte Nächte. Sein Lied ist verstummt.

Das Krachen in seinem Inneren hat sich bis an die Grenzen des Möglichen ausgebreitet. Entweder er zerfällt jetzt zu Staub oder er explodiert. Mit zugekniffenen Augen versucht Robert, auf die Stimme der Vernunft zu hören. Aber er hört nur Roys Worte: *„Bruder, du bist ein guter Kerl, jetzt möchte ich mal versuchen, auch einer zu werden."*

Die Worte treffen ihn wie Fausthiebe, er schiebt die Nadel über die Platte, hört das Kratzen, fühlt die Zerstörung. Er wendet sich ab von dem schweigenden Grammophon, die Stille verhöhnt ihn.

Blinde Wut erfasst ihn. Sein Bewusstsein registriert nicht mehr alles, was er tut. Er reißt einen Ast vom Baum, schwingt ihn wie einen Schläger, das Grammophon splittert, fünf, zehn Mal getroffen. Der Kasten ist zerstört, Drähte werden sichtbar, verhaken sich ineinander, Robert ergreift das Teil und schleudert es über die Klippe hinaus, hinunter ins Meer. Das Tosen der Wellen in der kesselförmigen Bucht, die sich mit lauter Urgewalt am Felsen brechen, entspricht dem Zustand seiner Seele in dieser Nacht. Er fällt auf die Knie, mitten in dem Friedhof von Steinen, die Roy und er in jener Nacht nicht mehr mit einer Herausforderung verknüpft ins Meer geworfen hatten. Robert nimmt einen Stein, seine Finger krallen sich in die Härte und endlich weint er. Sein Schluchzen erfüllt die Nacht.

Eine Hand legt sich auf seine Schulter.

Seine Mutter steht hinter ihm, eine Sturmlaterne in der Hand. Über ihrem Nachthemd trägt sie eines der karierten Flanellhemden seines Vaters. Sie schaut sich auf der Lichtung um. Überall Splitter. Sie sinkt auf die Knie, umfasst den einen Sohn, der ihr geblieben ist.

Und gemeinsam lassen sie den Tränen ihren Lauf.

neunzehn

Die folgenden Tage verschwimmen in Roberts Erinnerung. Jeden Tag und zu jeder denkbaren Urzeit kommen Boote über den Hafen, halten an der Seemannsklause oder an Jennys Haus – bringen Essen oder benötigte Gerätschaften, erzählen Neuigkeiten, um den Trauernden ein Lächeln abzugewinnen, reichen Taschentücher, um Tränen zu trocknen. Manche bringen Zeitungsartikel mit. Eine Zeitung aus Boston berichtet, dass U-Boote an die Küste von Maine gebracht werden, sie liegen in der Marinewerft in Kittery. Damit sei man gut gerüstet für kommende Kriege. Doch keiner kann an kommende Kriege denken, wenn vom jüngsten Krieg noch so viele Wunden offen sind.

Robert bleibt zu Hause, hin- und hergerissen zwischen dem Wunsch, wieder aufs Meer zu fahren – zumal Jenny, Mom und er auch die Hummerfänge brauchen, um finanziell durch das Jahr zu kommen. Aber er bleibt da, bleibt bei Jenny, bei seiner Ma, weil er deutlich spürt, dass verwundete Herzen mehr Pflege brauchen als Hummerfangkörbe.

So kommt immer wieder ein Hummerfischer vorbei, alle paar Tage bringt einer etwas Geld und meint: „Das ist aus deinen Fallen." Doch Robert weiß, dass das nicht stimmen kann. Seine Fallen hat niemand geflickt, viele halten die Beute nicht mehr. Diese Männer haben genug damit zu tun, ihre eigenen Körbe zu reparieren, auszulegen, mit Ködern zu bestücken. Jeder hier ist auf das wenige Geld angewiesen, das er damit verdient.

Also dankt Robert den Männern und bittet sie, das Geld zu behalten. Aber das bringt nichts, später findet er die Scheine unter einem

Stein oder unter der Fußmatte, sie hängen am Ködernetz oder an einem Nagel, der in einen Terrassenpfosten geschlagen wurde.

Millicent, Jenny, Ma und Robert haben seit Roys Tod kein Essen mehr gekocht. Nicht, dass sie es nicht hätten versuchen wollen, aber jedes Mal, wenn einer von ihnen in die Küche geht, um einen Schrank zu öffnen, und überlegt, was man kochen könnte, klopft es an der Tür. Wieder wurde ein Korb abgestellt oder ein Krug gebracht, Gekochtes oder Geerntetes darin. Ma kommt langfristig nicht gut damit zurecht. Sie ist dankbar für die Liebe und Fürsorge, will aber auch gern selbst wieder etwas zu tun haben. Also fängt sie an, Blaubeeren einzukochen, von denen ihnen viele Schüsseln voll gebracht werden, „zum Nachtisch".

Zum Essen treffen sie sich abends abwechselnd in einem der beiden Häuser, versuchen, den Schmerz hinunterzuschlucken, den der leere Platz verursacht. Es tut ihnen gut, einander zu haben, und das gemeinsame Gebet, das zu jedem Essen dazugehört, gibt ihnen Halt und Trost.

Jeder von ihnen hat Mühe, zu den alltäglichen Beschäftigungen zurückzukehren. Ist das nicht wie ein Verrat an Roy? Können sie denn ohne ihn wieder am Leben teilnehmen, weitermachen, ihn dabei unwillkürlich zurücklassen? Aber geht es anders?

Wetten, du schaffst das? Robert sieht Roy vor sich, wie er diese Worte ausspricht, wie sie sich gegenseitig zu schwierigen Dingen herausfordern. Und so fährt er eines Morgens im September wieder hinaus aufs Meer. Bei Melvins Boot hält er an, um Köder zu kaufen, und ist froh, dass Melvin dafür Geld von ihm nimmt. Melvin ist ein Mann, der wenig Worte macht, aber spürt, wie viel es Robert bedeutet, wieder „normal" zu sein. Dazu gehört auch, dass man für Köder bezahlt.

„Sieht nach 'nem guten Tag aus", sagt Mel und schaut zum Horizont, wo die Morgensonne gerade ein paar Wolken in goldenes Licht taucht.

Melvin hat recht. Die Sonne strahlt hell, die Luft ist frisch. Bob ahnt, dass es für ihn viel zu tun geben wird. So lange haben seine Körbe im Meer gelegen, ohne dass er sich um sie gekümmert hat.

Die Arbeit ist schwer, aber sie ist auch ein Segen. Er zieht die Hummerfallen aus dem Wasser und mit ihnen verzieht sich auch der Nebel aus seiner Seele. Sein Boot bringt ihn an den Inseln vorbei, die die Sommerurlauber inzwischen verlassen haben, ohne dass er deren Abreise bemerkt hätte. Die Fenster ihrer Ferienhäuser sind zugenagelt, die Fahnen eingezogen. Anzeichen, dass die nächste Jahreszeit bald kommen wird.

Auch dem Geplauder des mobilen Seefunkdienstes, das aus seiner Ultrakurzwellen-Funkanlage dringt, hört er gern zu. Er hat sich selbst noch nicht zurückgemeldet, redet nicht mit, wenn es um Gezeiten, Wind und Nebel geht. Aber er hört Arthurs Stimme, trotz allem Knacken beim Empfang, der vor Böen im Süden warnt.

Wie gut es tut, die Stimme des Freundes zu hören. Arthur hat sich von ihm ferngehalten. Robert weiß nicht genau, warum. Vielleicht wollte er ihm Raum geben, Abstand, wollte nicht stören? Aber vielleicht steckt auch mehr dahinter. Vielleicht derselbe Grund, warum auch Jenny ihn nicht mehr direkt anschauen kann? Robert kann ihnen das nicht vorwerfen. Er ist die wandelnde Erinnerung an den, der nicht mehr nach Hause kommen wird. Es fällt ihm ja selbst schwer, täglich in den Spiegel zu schauen. Alles, was er da sieht, erinnert ihn an Roy.

Als er an diesem Nachmittag mit seinem Boot an Jennys Haus vorbeifährt, hört er ein metallisches Klopfen, ein Hammer trifft rhythmisch auf einen Nagel, mit einem Widerhall wie Gewehrfeuer. Jenny kniet vor einem selbst gemalten Schild. Es ist so schön wie alles, was Jenny macht, frische weiße Farbe, sorgfältige, klare schwarze Schrift. Hat sie ihrem Haus einen neuen Namen gegeben? Während er näher kommt, blinzelt er, um lesen zu können, was das steht.

Zu verkaufen.

Er stellt den Motor ab.

Sie schlägt den letzten Nagel in die Tafel. Am äußersten Ende ihres Anlegers, zum Wasser hin, steht das Schild. Sie dreht sich um und schaut Robert an. Ihre Haare sind mit einem weißen Tuch nach hinten gebunden, fallen über das Tuch nach vorn und umrahmen ihr

Gesicht. Ihr Overall ist mit Farbspritzern übersät. Die Augen, mit denen sie ihn ansieht, sind gerötet. Zum ersten Mal seit Wochen weicht sie seinem Blick nicht aus.

So stehen sie einander gegenüber, Auge in Auge, die Wellen tragen das Boot näher an Jennys Steg. Bevor er weiß, was er tut, ist das Boot festgezurrt und er steht vor ihr auf dem Steg, noch immer hält ihr Blick den seinen.

Sie schluckt.

Er mustert wieder das Schild und aus der Nähe sieht er jetzt, dass die Buchstaben mit zitternder Hand gezeichnet wurden. Aus der Ferne sehen sie so gerade aus. Aber jetzt erkennt er, wie schwer ihr das gefallen ist.

Jenny lässt den Kopf hängen, greift nach dem Ring von Roy, den sie an einer Kette um den Hals trägt, sodass er vor ihrem Herzen hängt.

„Robert, es tut mir leid", sagt sie schließlich. Es ist das erste Mal, dass sie direkt mit ihm spricht, seit er an jenem Abend mit der Nachricht, die er überbrachte, ihre Welt zerstörte.

„Du … gehst fort."

Sie nickt, deutet mit einer Kopfdrehung zum Haus. Der alte schwarze Buick ihrer Eltern steht hinter dem Haus, er glänzt immer noch so schön wie vor zehn Jahren. Niemand hatte hier jemals so ein Auto besessen. Damals hatten Roy und Robert Jennys Vater geholfen, den Weg vom Hafen bis zum Haus zu verbreitern und Farn zurückzuschneiden, damit er mit dem Wagen überhaupt nach Hause fahren konnte.

„Meine Eltern nehmen uns auf", sagt Jenny. „Sie verkaufen das Haus hier. Wir ziehen nach Minnesota." Sie versucht zu lächeln und lässt ihre Stimme bewusst zuversichtlich klingen. „Sie haben ein Zimmer für uns."

Für uns.

Natürlich, sie meint William.

„Jenny …" Seine Stimme ist rau. *Geh nicht.* Nur diese zwei Worte sind in seinem Herzen. Es gibt so viele Gründe, so viele Gefühle, die alle in die eine Richtung drängen. Er denkt an die gemeinsamen Jahre, die hinter ihnen liegen und sein Herz höherschlagen lassen, daran, wie er Jenny loslassen musste, und er denkt an Roys Kind, das bei ihr aufwachsen wird.

All diese Gedanken ziehen und zerren an ihm wie die Federn einer Falle, die jeden Moment zuschnappt, und zu allem hat er nur die zwei Worte: „Geh nicht." Er spürt die Verzweiflung in seinen Augen, sieht, wie Jenny sie bemerkt, und während sie sich schweigend gegenüberstehen, wechseln sie tausend unausgesprochene Worte.

Sie atmet langsam aus, mit halb offenem Mund. „Ein Teil von mir wird immer hierbleiben, Robert. Ehrlich gesagt, der größte Teil meines Herzens." Sie schaut nach Osten zu ihrer Insel, legt die Hand über die Augen. „Aber wenn wir hierbleiben, um hier zu leben", versucht sie zu erklären, „dann leben wir nicht. Wir würden nur … existieren." Sie blickt auf ihr Haus, wo ihre Mutter mit William auf dem Arm gerade aus der Tür tritt und einen Koffer hinter sich her zum Auto zieht. „Ich schulde Roy mehr als das. Und William auch."

Robert spürt die Trennung wie eine Wand, als hätte Jenny mit ihren Worten eine Linie im Sand gezogen – sie gilt für die Vergangenheit ebenso wie für die Zukunft – und genau in der Mitte stehen sie. Er streckt seine Hand nach ihr aus, durch die Wand hindurch, greift nach mehr Zeit hier, auf der Grenze. Und dann tut er das, wovon er schon lange träumt. Mit dem Finger streicht er ihr über die Wange, zeichnet ihr Kinn nach, nimmt ihr Gesicht in seine Hände. Doch es ist anders, vollkommen anders, als er es sich vorgestellt hat. Er umfasst ihr Gesicht und spürt durch und durch, dass seine Liebe zu ihr die Liebe eines Bruders ist – die Liebe, um die er gerungen hat, zu der er sein Herz ermahnt hat –, und sie ist sehr stark.

Er senkt den Kopf und weiß nicht, was er mit dieser Erkenntnis anfangen soll. „Du hast hier immer einen Platz, Jenny."

Sie lächelt, zarte Linien bilden sich um ihren Mund. Das ist noch ungewohnt in ihrem Gesicht, aber es wird zu ihr gehören. „Wenn wir Tante Millicent in Boston besuchen, vielleicht kannst du dann auch dazukommen, dann könnten wir uns wiedersehen." Etwas von der alten Jenny blitzt plötzlich wieder auf. Der Übermut längst vergangener Tage. „Du weißt ja, sie heißt jeden willkommen."

Er lacht.

Sie schiebt die Hände in die Taschen ihres Overalls und befördert etwas zutage, nimmt seine Hand, legt es auf seine Handfläche und schließt seine Finger darum.

„Roys Stein", sagt sie. „Er hat ihn immer aufbewahrt. Von der Stelle, wo er fast … Von der Stelle, wo du ihn gerettet hast, damals in dem Sturm, als ihr noch Kinder wart." Während sie redet, lässt sie ihre Hände auf seinen ruhen, umschließt seine Hände, die den Stein umschließen, den sein Bruder in jener dunklen Nacht mitgenommen hat.

Als sie ihre Hände zurückzieht, dreht er den Stein in den seinen. Die rostrote Oberfläche ist von den Wellen geglättet.

„Er hat mir gesagt, dass er diesen Stein immer aufbewahren wollte … um nicht zu vergessen, wie es aussieht, wenn man mutig ist."

Typisch Roy. Schon als Kind hatte er Gedanken wie ein Erwachsener.

„Mut", sagt Robert, „ich wünschte, Roy könnte mir sagen, wie Mut aussieht." Gerade jetzt könnte er eine Extraportion Mut sehr gut gebrauchen.

Jenny legt den Kopf zur Seite und sieht ihn überrascht an. „Weißt du das wirklich nicht?"

„Was?" Der Stein ist ganz warm in seinen Händen.

„Roy hat immer gesagt, Mut sieht so aus wie du. Den Arm ausstrecken. Den anderen hochziehen. Und er sagte, das würdest du immer machen, weil es einfach so in dir steckt."

Sie legt ihre Hand auf seinen Arm, drückt ihn sanft. „Ich bin dir so dankbar, dass du ihn damals in dieser Nacht gerettet hast, Robert. Ich werde dir immer dafür dankbar sein." Der Wind wird stärker, lenkt ihren Blick zum Horizont. „Du kennst Roy." Sie spricht von ihm in der Gegenwartsform und das fühlt sich gut an. „Mach etwas Besonderes damit, Robert Bliss." Der Blick aus ihren blauen Augen ist durchdringend. Er weiß, dass sie von dem Stein spricht, aber es liegt noch so viel mehr in ihren Worten.

Robert lächelt. „Minnesota kann sich freuen, das Land bekommt eine ganz besondere neue Bewohnerin, Jenny Bliss."

Sie zieht ihre Hand zurück, winkt ab. „Mal sehen."

Er geht nicht, ohne vorher versprochen zu haben, sich später noch von ihnen zu verabschieden.

Eigentlich will er seine *Savvy Mae* nach dieser Begegnung nach Hause lenken, zur Seemannsklause. Aber der Stein liegt so schwer in seiner Hand. Ohne sich das bewusst überlegt zu haben, hält er auf die Insel zu.

„Mach etwas Besonderes damit."

Am Strand zieht er seine Watthose über die alte Jeans, schlüpft in die Salzwasserstiefel, bindet die ledernen Schnürsenkel zu und geht von Bord, den Weg hinauf zur Lichtung.

Etwas regt sich in ihm, erhebt sich in Kraft.

Er wirft den glatten Stein in die Luft, fängt ihn wieder auf. Dann ist er bei dem Friedhof der Steine, die Roy und er hier liegen gelassen haben. Robert hebt einen auf, er ist aus Granit, scharfkantig, die weißen Stellen reflektieren das Licht. Er denkt an das, wofür dieser Stein steht – ein Leben, das noch nicht gelebt wurde und zu dem Robert seinen Bruder so gern herausgefordert hätte an jenem Abend, als der Einberufungsbefehl sie erreichte. Aber das hatte Roy ihm nicht erlaubt.

Er hebt noch einen Stein auf. Als hätte er einen Schlüssel in der Hand, öffnet sich ihm plötzlich eine Erinnerung. Er schaut durch die Tür, die nur einen Spaltbreit offen ist, auf die Tanzfläche des USO-Balls. Die Kugel an der Decke dreht sich, wirft Licht in allen Farben, Punkte und Strahlen, Paare bewegen sich darin. Das Licht fällt auf Soldaten, Matrosen, Offiziere, Leutnants. Jeder wird angestrahlt, bewegt sich mit einem Lächeln durch das Licht, tanzt in die von Kämpfen beherrschte Zukunft, der sie entgegengehen. Und hinter den lächelnden Gesichtern unvorstellbar viel Mut.

Jetzt hat er drei Steine im angewinkelten Arm und hebt einen vierten auf. Es ist, als wäre er in eine andere Welt eingetreten, eine starke Kraft treibt ihn voran, etwas zieht ihn weiter, einen Weg entlang, dessen Ende er nicht absehen kann.

Robert hält den vierten Stein in der Hand und blickt in ein Meer von Gesichtern, Marinesoldaten, die Besatzung des Zerstörers. Die Salutsalven werden abgefeuert, ein Trompeter spielt, die letzten Strahlen der untergehenden Sonne tauchen alles in goldenes Licht, und sein Bruder findet seine letzte Ruhestätte, begleitet von den vierundzwanzig lang gezogenen Tönen des Taps, dem Signalruf der Trompete, der alle militärischen Trauerfeiern begleitet.

Der Boden der Lichtung ist immer noch mit den Splittern des Grammophons übersät. Robert versucht sich zu erinnern, welches Lied hier zuletzt erklang, aber ein anderes Lied drängt sich in den Vordergrund. Seine Mutter hatte es in jener Nacht gesungen, als sie Robert hier fand, ihn in ihre Arme schloss und mit ihm weinte. Er hatte sie in seinem Boot nach Hause gebracht, ihr Boot ins Schlepptau genommen. Wie betäubt von all dem Schmerz fühlte er sich, als er mit seiner Mutter durch die mitternächtlichen Wellen ruderte. Sie hatten sich dann zu Bett gelegt, obwohl Robert wusste, dass sie beide nicht schlafen würden.

Als das erste Licht des Tages vor dem Fenster schimmerte und die Dunkelheit sich endlich langsam hob, hatte er die Stimme seiner Mutter gehört. Sie hatte eine schöne Stimme, wie Silber – aber an diesem Morgen klang sie brüchig vom Weinen in der Nacht. Doch das Lied, das sie sang, war umso schöner. Es erklang mitten in Schmerz und Zerbrochenheit, mit schwankender Stimme, ein mutiges Morgenopfer der Anbetung für ihren Herrn. Mit diesem Lied hielt sie ihm ihr zerbrochenes Herz hin, in der Erwartung, von ihm gestärkt zu werden.

„Mein Glaube fest sich bauen kann, auf das, was Gott für mich getan. Ein froh Gefühl gar bald zerstäubt, Christus, der ew'ge Felsen bleibt. Wer diesem Felsen fest vertraut, der hat auf keinen Sand gebaut. Ist auch verhüllt sein Angesicht, des Heilands Gnade wanket nicht. Wenn auch der Sturmwind um mich bläst, der Fels hält meinen Anker fest. Wer diesem Felsen fest vertraut, der hat auf keinen Sand gebaut."[2]

Worte, mit denen sie über ihre Dunkelheit hinausgriff und sich auf eine Wahrheit stellte, die sie nicht sehen konnte.

Hier oben auf den Klippen sammelt Robert Stein um Stein, bis er keinen weiteren mehr halten kann. Sein Tun ist ohne Sinn und doch das Sinnvollste überhaupt. Eine unerklärliche Kraft zieht ihn weiter, es ist undenkbar, sich diesem Drängen zu widersetzen. Und so fährt er fort, Stein um Stein, Erinnerung um Erinnerung. Licht umfließt Felsen, Hingabe mischt sich mit Opferbereitschaft, Kraft mit Mut. Er trägt Steine, bis er keine Kraft mehr hat.

Dann steht er mitten auf der Lichtung. Vor ihm der Ozean, hinter ihm die Felswand der Insel.

„Und jetzt?"

Robert spricht die Frage laut aus und wartet, ob er eine Antwort hört. Tatsächlich, irgendwo zwischen den Schreien der Möwen und dem fernen Klang der Bojenglocken taucht ein Wort auf, als würde es ihm ein Steinmetz ins Herz meißeln. Unmissverständlich.

Baue.

Er hört, wartet, wüsste gern mehr. Aber das ist alles. Robert setzt die Steine aufeinander, formt einen Steinhaufen, tritt zurück. Stemmt die Fäuste in die Hüften und betrachtet sein Werk. Denkt an Roys Leben, das er mit den Steinen verbindet, an das Licht, von dem Roy sprach. *„Bleib nicht im Dunkeln. Es gibt so viel Licht. Geh lieber dorthin, wo das Licht ist."*

Und da weiß er, was seine Aufgabe ist.

Er geht über die Lichtung, zu dem überhängenden Felsen, unter dem Roy und er ihre Schatztruhe versteckt haben. Er öffnet den Deckel und holt ein altes Notizbuch heraus. Das Papier ist wellig geworden, jahrelange Feuchtigkeit hat sich ausgewirkt, aber es ist noch da, das genügt. Ein Bleistift findet sich auch in der Kiste, er spitzt ihn mit seinem Taschenmesser. Worte reihen sich aneinander, ergießen sich durch ihn auf das Papier, als hätte jemand einen Wasserhahn geöffnet und er versucht, Tropfen einzufangen. Es sind nicht seine Worte, nicht wirklich, er schreibt sie nur auf.

Nach ein paar Zeilen hält er inne. Eine steile Falte bildet sich auf seiner Stirn. *Leben? Geben?* Das reimt sich ja. Erstaunt schüttelt er den Kopf.

Und plötzlich ist da die Stimme seines Bruders aus der Vergangenheit: *„Na und? Poesie wird dich nicht umbringen."*

Robert wundert sich nur kurz, dass ihm das jetzt einfällt. Roy hatte diesen Satz an ihrem letzten gemeinsamen Abend hier auf der Insel gesagt. Er lacht, schreibt weiter. Als drei kurze Verse aufs Papier geflossen sind, reißt er die Seite aus dem Notizbuch und fährt direkt auf die andere Seite des Hafens. Er überquert den Marktplatz und steuert auf das Zeitungsbüro der *Pier Review* zu. Das Büro ist geschlossen. Ohne weiter nachzudenken, steckt er das Papier in den Briefkasten und geht wieder.

Als er in dieser Nacht wieder einmal nicht schlafen kann, lässt er die ganzen Ereignisse noch einmal Revue passieren. Er war wie in Trance und er kann es nicht anders erklären, als dass eine Kraft, die nicht seine eigene war, ihn geleitet und vorwärtsgezogen hat. Er war wie ein Instrument in der Hand eines anderen, Größeren. Und dieses eine Wort – *baue* – sagt ihm, dass dies erst der Anfang ist, dass er auch weiterhin als Instrument gebraucht wird. Vielleicht noch sehr lange. Wenn alles gut geht, wird Gus seinen Zettel im Briefkasten finden und sein Gedicht in der örtlichen Zeitung abdrucken – seine Bitte um Steine, seine Idee, wie man die gefallenen Söhne von Ansel ehren kann. Er wird Steine bekommen, er wird bauen, ein paar Wochen lang, vielleicht wird es auch ein paar Monate dauern. Ein anonymes Gedicht, ein kleiner Leuchtturm auf einer winzigen Insel – so kann das Leben der Gefallenen Licht verbreiten, anderen Licht spenden, Weg weisen, Orientierung geben. Aus Seenot retten.

Ein ganz einfacher Plan.

Und es wird nicht lange dauern, bis er umgesetzt ist.

zwanzig

Juni 2001

Man hätte schon fast an eine Verschwörungstheorie glauben können, so entschlossen hüten Ansels Bürger ihr Geheimnis. Annie zieht die Tür des Bücher-, Takel- und Köderladens hinter sich zu und ist frustriert. Der Ort mag ja malerische Straßen und liebenswerte Menschen beherbergen, aber das ist nur eine Seite der Medaille. Insgeheim haben sich wohl alle gegen sie verschworen und scheinen eisern entschlossen zu sein, ihr die Geschichte von Bob um keinen Preis zu verraten.

Wo sie auch hinkommt, die Menschen lächeln sie an … bis sie nach Bobs Gedicht fragt oder etwas über die Ruine auf der Insel wissen will, die vermutlich mit dem *Bauwerk* gemeint ist. Obwohl es von Jeremiahs Boot aus, mit dem sie jeden Tag zum Krankenhaus fahren, für Annie eher aussieht wie die verfallene Ruine eines alten Schlosses.

Sie bindet ihre Haare zu einem Pferdeschwanz zusammen und ist dankbar für den leichten Wind, der die unerwartete Hitze erträglicher macht. Sie haben erst Anfang Juni und es ist schon so heiß. Aber Hoffnung liegt in der Luft. Was der Arzt heute Morgen über Bob sagte, klang so ermutigend. Seine Werte sind gut, er stabilisiert sich, man überlegt schon, die Medikamente zu reduzieren und abzuwarten, ob er aus dem Koma erwacht.

Annie ist inzwischen umgeben von Puzzleteilen, die alle zum Leben ihres Großonkels gehören. Sie würde sich wünschen, dass sie das Bild schnell zusammensetzen kann. Wenn er ins Leben zurückkehrt, möchte sie ihn mit etwas begrüßen, worüber er sich wirklich freut. Immer häufiger betet sie auch dafür, dass ihr das gelingen möge. Doch der rostige Schlüssel, den er ihr bereitgelegt hat, liegt immer noch ungenutzt in ihrer Tasche, obwohl ihre Mission eigentlich so dringend ist.

Da niemand bereit ist, ihre Fragen zu beantworten, hat sie nur noch eine Hoffnung – dass das Land ihr verrät, was die Menschen verschweigen.

An diesem Nachmittag nimmt sie allen Mut zusammen und reaktiviert alles, was sie jemals über Boote gehört hat. Sie schließt sorgfältig die Schwimmweste – in einem mit hundert Dezibel schreienden Orange –, löst Bobs altes Ruderboot von seinem Anlegeplatz, wo es entspannt auf den Wellen dümpelte, klettert die Leiter hinunter und springt hinein. Bei jedem Schritt versichert sie sich selbst, dass sich nicht gleich ein Abgrund unter ihr auftun wird. Sie steigt nur in ein nettes, solides Holzboot, das mühelos auf den Wellen schwimmt und dafür sorgen wird, dass sie ihre Antworten bekommt. Wasser – das sind nur Moleküle, erinnert sie sich selbst. Sie taucht die Ruder ein, schließt die Augen und zieht die Ruder mit aller Kraft durchs Wasser.

Etwas stimmt nicht. Sie öffnet die Augen und sieht, dass sie gleich gegen die Pfähle kracht, auf denen der Anlegesteg ruht. Ihr Herz rast und sie schafft es gerade noch, die Richtung zu ändern.

„Anfänger“, murmelt sie und rudert kräftig, bis sie von dem Anleger weit genug entfernt ist. Ab jetzt beginnt das Tauziehen zwischen ihr und dem Meer. Gleichzeitig versucht sie ein Gespür dafür zu entwickeln, wie sie das Boot lenken kann. Irgendwann haben ihre Bewegungen tatsächlich einen eigenen Rhythmus gefunden. Sie empfindet einen gewissen Stolz, auch wenn sie inzwischen außer Atem ist und ihre Muskeln brennen. Was für ein Erfolg! Sie, Annie Bliss, die ausgewiesene Landratte, ist allein *auf dem Meer* unterwegs. Nur sie und die Wellen, dazu noch genug Kraft, um das Rudern mindestens weitere fünf Minuten durchzuhalten. Damit wird sie bestimmt problemlos zu Bobs Insel kommen.

Ein sanfter Wind bremst ihr Vorankommen, sie dreht sich um, will wissen, wie weit sie schon vom Festland entfernt ist.

Sie ist gerade mal ein paar Meter weit gekommen, liegt praktisch noch vor der Seemannsklause.

Annie zieht die Ruder ins Boot, lässt den Kopf hängen und lacht über sich selbst.

Da ertönt das Geräusch eines herannahenden Motors. Die *Glad Tidings* nähert sich dem Anlegesteg.

Annie steigt die Röte ins Gesicht, sie taucht die Ruder wieder ins Wasser und arbeitet mit aller Kraft. Sie will zu dieser Insel und versucht den Anschein zu erwecken, als wäre das für sie ein Kinderspiel. Aber ihr ist klar, dass sie wahrscheinlich nicht gerade entspannt aussieht.

Der Motor wird abgeschaltet, die *Glad Tidings* kommt ganz nahe an sie heran.

„Willst du vielleicht mitfahren?" Jeremiah sieht aus, als wäre er gerade einem Katalog für Outdoor-Ausrüstung entsprungen, die Haare sind vom Wind zerzaust, die Augen gegen das helle Sonnenlicht zusammengekniffen. Ihr Pferdeschwanz ist dabei, sich aufzulösen, und sie hofft inständig, dass die Schweißperlen von ihrer Stirn nicht gerade jetzt über ihr Gesicht laufen.

„Nein danke, alles gut." Sie rudert weiter.

„Wo geht's denn hin?"

„Ach … aufs Meer." Für mehr Worte würde sie mehr Puste brauchen und die hat sie im Moment nicht.

Er schaut in die Richtung, in die ihr Boot zeigt. Dann verschwindet er und kommt gleich darauf mit einem leuchtend orangefarbenen Bündel zurück. „Dann nimmst du besser das hier!" Er wirft es zu ihr runter und sie fängt es auf, wickelt es auseinander und hat den Eindruck, einen Tauchanzug bekommen zu haben.

„Was ist denn das?"

„Eine Notfallausrüstung. Wenn du damit noch weiterfährst" – er zeigt mit einem Finger auf Bobs Ruderboot – „dann wirst du die brauchen."

Autsch. Das Wort *Notfall* trifft sie unangenehm. Sie rollt den Anzug wieder zusammen. Alles in ihr will einfach nur weiterrudern und beweisen, dass sie das kann. Aber wenn es tatsächlich sein kann, dass sie diese Insel nie erreicht … Der Gedanke ist stärker als ihr Stolz.

„Bist du sicher, dass es dir nichts ausmacht? Du schipperst mich jetzt schon seit Tagen herum und …"

„Komm schon, Annie."

Als das Ruderboot wieder am Strand und Annie an Bord der *Glad Tidings* ist, da bedauert sie, dass sie Jeremiah nicht von vornherein gebeten hat, für sie auch diesen Fahrdienst zu übernehmen.

„Wohin?"

Annie zieht den Schlüssel aus ihrer Tasche, streicht mit dem Daumen über die Kratzer – und betet, dass sie jetzt das richtige Schloss für den Schlüssel findet. „Bobs Insel."

Die Insel ist anders als die meisten anderen im Hafen, nicht flach oder mit nur leichtem Anstieg, sondern eher wie ein Berg, der aus dem Meer ragt. Zwar nur ein kleiner Berg, aber immerhin. Der Meeresboden rund um die Insel ist Granit und es ist schwer für den Anker, einen Halt zu finden. Zweimal umrunden sie die Insel und Jeremiah manövriert das Boot so nahe wie möglich ans Ufer, ohne es in Gefahr zu bringen. Dann weist er Richtung Heck auf eine Truhenbank und sie folgt seinen Anweisungen, nimmt das Rettungsfloß heraus und löst den Aufblasmechanismus aus. Damit paddeln sie zusammen an Land und gelangen an ein kurzes felsiges Strandstück, von dem ein überwucherter Weg wegführt … geschützt von einem Maschendrahtzaun. Eine verwitterte Tafel aus Sperrholz erklärt *Durchgang verboten*. Das Tor ist mit einem einfachen Vorhängeschloss versehen.

Der Zaun, die Tafel, das Schloss … Wenn der Schlüssel hier passt, dann ist das wie eine Einladung.

Hoffentlich.

Annie hebt das kleine Vorhängeschloss an, wiegt sein beträchtliches Gewicht in der Hand und eine erwartungsvolle Freude steigt in ihr auf. Dieser kleine Gegenstand trennt sie von so vielen Antworten … oder noch mehr Fragen.

Jeremiah bleibt schweigend im Hintergrund, er spürt wohl, dass dies ein wichtiger Moment für Annie ist. Sie nimmt ihren Schlüssel, steckt ihn ins Schloss, schließt die Augen … dreht ihn um.

Klick.

Der innere Mechanismus löst sich, hörbar, noch nicht sichtbar. Das Schloss selbst klemmt, hängt wohl schon lange hier. Doch nach ein paar weiteren Bemühungen und gutem Zureden gibt es schließlich nach. Annie kann das Vorhängeschloss entfernen und das Tor kratzt über den felsigen Boden.

Mit aufgeregt klopfendem Herzen und einem großen Strahlen im Gesicht dreht sie sich zu Jeremiah um. „Sollen wir?"

Sie gehen durch das Tor und folgen schweigend dem Pfad, der sie steil bergauf führt. Lange Gräser und jede Menge Unkraut streifen Annies Knie und flüstern *schhhh … schhh* als respektvollen Willkommensgruß.

Sie erreichen die Anhöhe und treten hinaus auf eine Lichtung. Eine alte Feuerstelle ist in der Mitte zu sehen, verkohlte Holzscheite, lange erkaltet, von Gras überwachsen. Unter einem Felsvorsprung wurde eine kleine Holzkiste sorgfältig versteckt und eine alte Leiter lehnt an der Felswand, die die Anhöhe nach hinten abschließt.

Annie bewegt sich vorsichtig; sie ist sich sehr bewusst, dass sie gleich in eine sehr alte Geschichte eintauchen wird.

Und dann sieht sie es. Vielmehr tritt sie in dessen Schatten und fühlt die Kühle. Fast drohend lauert der Schatten, rufen die Mörtelnähte.

Ein Turm, direkt vor ihr zwischen der Lichtung und dem Rand der Klippe. Steine in allen erdenklichen Formen, zusammengefügt, als wäre jeder als Nachbar des anderen in diese Form gemeißelt worden. Das Bauwerk erhebt sich zylinderförmig wie ein kleiner Turm direkt vor ihren Füßen.

„Oh, wow."

Jeremiah kommt näher, im Schatten spürt Annie die Wärme, die von ihm ausgeht.

„Unglaublich."

Schweigend stehen sie nebeneinander vor dem Monument, das keine Worte braucht, um sie beide in ehrfürchtiges Staunen zu versetzen.

Ein Eingang, gewölbt und offen, ruft sie geradezu, in den verwitterten geheimnisvollen Bau einzutreten. Annie fröstelt. Das Gefühl hatte sie auch damals während ihres Auslandssemesters in England, als sie die Ruinen von Rievaulx Abbey in North Yorkshire besuchte. Sie stand damals ebenso in Ehrfurcht vor den alten Mauern wie heute, fühlte die Jahrhunderte, die lange vor ihrer Zeit verstrichen waren, dachte an das Leben, das in diesen Mauern gelebt wurde, und an die vielen Geschichten, die diese Steine erzählen könnten.

Allerdings ist das hier gar keine Ruine. Dieser Turm ist noch am Wachsen. Annie sieht es deutlich an den Steinen, die wie Puzzleteile auf dem Boden ausgebreitet sind. Manche liegen in kleinen Gruppen beieinander, als wären sie sortiert. Sie warten darauf, in die Mauer des Turmes eingefügt zu werden.

Das Bauwerk.

Aber … was soll das werden? Was auch immer hier entstehen soll, es ist schon vor längerer Zeit zu einem Stillstand gekommen. Annie tritt näher, während Jeremiah zu dem Felsvorsprung geht. Sie kann seine Fragen und Vermutungen fast hören.

Aber sie selbst will den Theorien und Mutmaßungen jetzt keinen Raum geben, nicht solange dieses Drängen in ihr ist.

Vorsichtig bewegt sie sich auf den Eingang zu, bleibt an der Grenze zwischen Licht und Dunkel stehen. Sie lässt ihren Augen Zeit, hineinzuschauen und sich an die Dunkelheit zu gewöhnen. Schatten um Schatten erfasst ihr Auge, bis sie das ganze große Mosaik erkennen kann. Runde Wände und eine Treppe, die in der gleichen Bauweise gefertigt ist; aus sorgfältig aufeinander abgestimmten Steinen zusammengefügt, läuft sie an der runden Wand spiralförmig nach oben. Oben leuchtet das Blau des Himmels, als sähe man durch ein riesiges Teleskop. Keine Decke. Eine provisorische Holzplattform und darüber ein kleines spitzes Holzdach, wie man es über alten Brunnen sieht. Doch der eigentliche Turm hat kein Dach.

Der Wind weht ein einzelnes Blatt über die Mauer, das in vielen Kreisen langsam durch die einfallenden Lichtstrahlen nach unten schwebt, während Annie mitten im Zentrum des Turmes steht.

„Was ist das für ein Ort?", fragt sie laut und die Wände werfen ihre Stimme als Echo zurück.

„Annie?" Jeremiahs Stimme klingt aufgeregt, begeistert.

Sie dreht sich um und stößt fast mit ihm zusammen. Er trägt die Holzkiste, die er aus ihrem geschützten Platz unter dem Felsvorsprung herausgeholt hat.

„Das musst du sehen", ruft er. Seine Augen funkeln, als er die Kiste auf einem Felsen in der Nähe absetzt und vorsichtig den Deckel hebt.

Im ersten Moment wirkt der Inhalt schlicht, als hätte ein Junge eine Schatzkiste gepackt. Ein Bleistiftstummel, der mit einem Taschenmesser gespitzt wurde, ein alter Comic-Band, ein Notizblock … und ein größerer aufgerollter Bogen Papier. Jeremiah nimmt die Rolle heraus und reicht sie Annie.

Das Papier ist vergilbt und steif. Annie rollt es vorsichtig auseinander, breitet es auf dem flachen Felsen aus. Jeremiah bückt sich nach vier Steinen, mit denen er die Ecken beschwert.

Gemeinsam betrachten sie die präzise, von Hand gefertigte Zeichnung. Ja, es ist ein Turm. Und oben auf dem Turm finden sie die Erklärung.

Eine Linse. Wie eine gläserne Krone, die sich über den Turm wölbt und ihn zu einem …

„Ein Leuchtturm!", sagen beide wie aus einem Mund.

Jeremiah holt noch etwas aus der Kiste. Ein Stück von einer Zeitungsseite. Das meiste ist verbrannt, die Ränder sind schwarz und riechen nach Feuer. In der Kopfzeile ist *PIER* in Frakturschrift zu lesen, der Rest fehlt. Darunter stehen noch ein paar Zeilen:

So schickt eure Steine
Und erhebt das Herz
Und erlaubt euch, wieder zu leben.

Der Rest fehlt, ist verbrannt. Annie zieht die Luft tief ein, viel mehr Luft, als eigentlich in ihre Lunge passt. „Ist das … Bobs Gedicht?"

Jeremiah legt seine Hand unter ihre, sodass sie das Stück Papier gemeinsam halten.

„Mir fällt nur eine Möglichkeit ein, wie wir das herausfinden können", nickt er.

einundzwanzig

Das Gebäude der Lokalzeitung, der *Pier Review*, ist verschlossen. Ein handschriftlicher Zettel am Fenster verkündet: *Geschlossen. Keine Nachrichten sind gute Nachrichten.* Jeremiah angelt ein paar Centstücke aus seiner Hosentasche und geht zu dem Münztelefon an der Ecke des Platzes. Es ist ein Relikt aus früheren Zeiten, mit seinen drei verglasten Wänden, deren Kanten mit abblätternder schwarzer Farbe bemalt sind. Die Tür fehlt und Jeremiah ist nach wenigen Sekunden schon zurück. „Es geht niemand ans Telefon."

Annie stützt die Hände in die Hüfte und betrachtet das Gebäude. Es ist zu spät, hier ist alles geschlossen. Aber ein Licht brennt über dem Maklerbüro *Steuerbord Immobilien.*

„Spencer T. Ripley."

„Was?" Jeremiahs Schultern versteifen sich. „Oh nein. Nicht der."

Sie schaut ihn an. „Ich kenne keinen anderen Robert-Bliss-Gedicht-Experten, der zufällig gerade in der Gegend ist ..."

Ein langes Schweigen, bevor er antwortet: „Da hast du allerdings recht, Annie." Und ohne sie anzusehen, bedeutet er ihr, dass sie vorangehen soll.

Spencers Wohnung ist so klein, dass drei Personen darin kaum Platz finden, zumal so viele Ordner und Bücherstapel herumliegen, dass man meinen könnte, er wolle eine zweite Bücherei in der Stadt eröffnen.

Als Annie ihn nach dem Gedicht fragt, fängt der Mann an zu strahlen, wie wenn die Sonne durch die Wolken bricht.

„Sie meinen das Gedicht von Robert Bliss?“ Er lacht laut vor Begeisterung. „Sie meinen das Gedicht, das eine ganze Nation berührt hat? Das Trauer in Hoffnung verwandelt hat? Das Gedicht, das …“

„Ziemlich sicher, dass wir genau das meinen“, unterbricht ihn Jeremiah.

„Bitte entschuldigen Sie.“ Spencer winkt fassungslos mit einer Hand. „Wissen Sie, wenn es um Poesie geht – besonders solche, die sich gegen den Krieg wendet –, das ist … es ist einfach phänomenal. Kennen Sie das Foto von dem Matrosen, der am Times Square in New York die Krankenschwester küsst, als Japan kapituliert und der Krieg zu Ende ist?“

Annie nickt. In Kulturanthropologie hatten sie es ausführlich besprochen, gleich im ersten Semester.

„Bobs Gedicht ist auch so etwas. Ich meine – es ist ebenso oft abgedruckt worden, war mindestens genauso bekannt. Jenes Foto hat den Jubel über das Kriegsende eingefangen, aber Bobs Gedicht hat zu den verwundeten Herzen gesprochen, für die der Krieg zu einer Tragödie wurde. Es hat ihnen einen Weg aufgezeigt, wie man weiterleben kann. Es hat geholfen, mit dem Schmerz umzugehen und auch darin einen Sinn zu sehen.“

Annie schluckt und sie weiß schon genau, was er auf ihre nächste Frage antworten wird. „Haben Sie … zufällig ein Exemplar dieses Gedichtes?“

Er lacht wieder, greift nach zwei Mappen, die auf einem Stapel gleich neben der Tür liegen. Dann legt er sie auf einen runden Tisch, schlägt leicht darauf und meint: „Das ist nur der Anfang.“

Nur der Anfang? Hat Bob eine ganze epische Ballade geschrieben?

Annies Hände zittern ein wenig, als sie den ersten Ordner aufklappt.

Eine ausgeschnittene Spalte einer Zeitung ist mit schwarzen Klebeecken auf ein Blatt Papier geklebt, darüber der Name der Zeitung, ebenfalls ausgeschnitten. *The Pier Review*, aus Ansel-by-the-Sea in Maine. Dann folgen drei bescheidene Strophen.

Leuchtturm

Verfasser: anonym

So schickt eure Steine
Und erhebt das Herz
Und erlaubt euch, wieder zu leben.
Für Freude und Schmerz,
für Schlacke und Gold –
für die Toten, die immer noch geben.

Und Stein auf Stein
Und Kraft auf Kraft
Soll ihr Mut den Wellen entsteigen.
Denn ihr Leben verlosch nicht,
wird an Land zu einem Licht,
um nun andern den Heimweg zu zeigen.

Und in dem Licht …
Wird endlich sein …
Endlich, endlich Leben im Licht.

Zu Ehren eines gefallenen Soldaten und als Beitrag für den Bau eines Leuchtturms, der anderen den Weg nach Hause weist, schicken Sie einen Erinnerungsstein an den
Postamtsleiter, Ansel-by-the-Sea, Maine.

Annie schaut Jeremiah an. Jeremiah schaut Annie an. Beide denken an den Turm, von dem sie gerade kommen, dessen Bild ihnen vor Augen steht, sich vor ihnen erhebt. Und langsam beginnen sie zu verstehen.

Annies Herz schlägt schneller angesichts der möglichen Bedeutung. Sie sucht nach Worten … findet sie aber nicht.

Jeremiah blättert um. Auf der nächsten Seite das gleiche Gedicht, in einer Zeitung aus Connecticut, eine Woche später abgedruckt. Annie blättert um – New Hampshire. *Umblättern.* New York. *Umblättern.* Boston. So geht es immer weiter, bis nach Kalifornien im Westen und Texas und Florida im Süden – und alle Städte dazwischen und darüber hinaus. 1945. 1946, 1947. 1951, dazu Zeitungsausschnitte über den Koreakrieg. 1965 – Vietnam. Dann werden die Abstände der Jahreszahlen größer, während sie sich der Gegenwart nähern, aber auch 1980 wurde das Gedicht noch gedruckt, dann die 90er-Jahre, Desert Storm, der Krieg im Irak.

Annie schlägt das Herz bis zum Hals, ihre Augen brennen feucht, während sie einen Abdruck von 1981 verfolgt.

„Das ist doch kaum zu glauben, oder?" Spencer hat sich mit ihnen über die Zeitungsausschnitte gebeugt und schiebt seine Brille auf dem Nasenrücken nach oben. „Dass etwas über einen so langen Zeitraum immer wieder abgedruckt wird – das ging durchs ganze Land, lange bevor es das Internet gab." Er ist ganz aus dem Häuschen. „Wirklich, ein Phänomen."

Von der anderen Seite des Tisches beobachtet Jeremiah die Szene mit einem Gesichtsausdruck, der nicht nur Bewunderung für das Gedicht ausdrückt.

Er schaut gar nicht auf den Ordner. Er schaut Annie an.

„Annie?"

Sie schnieft, ist ganz durcheinander, wie erstarrt, seit sie den Zeitungsausschnitt von 1981 gesehen hat – Beirut.

„Es ist nichts", sagt sie und schließt den Ordner unter Aufbietung aller Kraft. Es geht so schwer, als würde der Deckel einen Zentner wiegen.

„Moment." Spencers Stimme ist leise und voller Begeisterung. „Wenn Sie das erst gesehen haben … Wo habe ich bloß diesen Ordner hingelegt? Einen Augenblick …"

Er geht aus dem Zimmer, Annie und Jeremiah bleiben allein zurück – und mit ihnen die zahllosen Lebensgeschichten, die ihnen gerade vor Augen stehen.

Jeremiah rührt sich nicht, immer noch ruht sein Blick auf Annie. Seine Züge, stoisch wie immer, zeigen doch einen Schimmer von

Mitgefühl. Zögernd schiebt er seine Hand über den Tisch, bis sie nahe bei ihrer liegt, die immer noch den Ordner umklammert hält.

Er nimmt ihr den Deckel des Ordners sanft aus der Hand, legt seinen Daumen neben ihren.

„Was ist denn?“ Die leise Stimme wirbt um ihr Vertrauen.

Sie hebt den Blick, sucht den seinen, ist eisern entschlossen, stark zu bleiben … dann kann sie die Tränen nicht mehr zurückhalten, sie fallen direkt auf seine Hand. Er hebt die Hand, wischt ihr die Tränen vom Gesicht.

Seine Berührung ist stark. Und sanft.

Erzähl es ihm. Es ist wie ein inneres Locken, Drängen, Ermutigen. Überdeutlich.

Sie zieht die Luft tief ein, öffnet den Ordner wieder, zeigt auf den Zeitungsausschnitt, in dem es um Beirut geht, tippt zweimal darauf, zieht die Armbündchen ihres Pullis über ihre Hände.

„Da … da war mein Vater, während ich hier war. In diesem Jahr.“

Als sie damals auf Bobs Anleger stand, ihre Finger in seine vom Wetter gegerbte Hand schob, da verstand sie nur, dass dieses große blaue Meer, das sich vor ihnen endlos ausbreitete, ihr ihre Eltern weggenommen hatte. Schrecklich weit weg. Sie hatte nicht geahnt, dass sich zur selben Zeit Bobs Bootshaus mit Steinen füllte. Jeder Stein stand für ein verlorenes Leben. Wie leicht hätte es auch das Leben ihrer Eltern sein können. *„In diesem großen alten blauen Meer erzählt jede Welle eine Geschichte“*, hatte er gesagt.

Wie wenig hatte sie damals verstanden. Auch jetzt kann sie noch nicht viel mehr sehen als nur die Oberfläche.

Spencer kommt zurück, ein Dokument in der Hand. Jeremiahs Aufmerksamkeit gilt immer noch Annie. Nur langsam lässt er ihre Hand los, während Annie versucht, dem zuzuhören, was der Literaturkenner zu sagen hat.

„Hier“, Spencer reicht ihr einige Seiten, „damit hat sich alles verändert.“

Die Schrift ist klein, Annie überfliegt den Text. *Time Magazine*, 1947.

DAS ERBE EINER NATION WIRD ERRICHTET, lautet die Überschrift. Kleiner steht darunter: *Fischer und Dichter Robert Bliss gibt einem ganzen Land Hoffnung, indem er an der felsigen Küste von Maine einen Leuchtturm aus gesammelten Steinen baut.*

Annie stockt der Atem. Auf der nächsten Seite das großformatige Bild eines jungen Mannes. Licht und Schatten spielen perfekt zusammen und zeigen das Gesicht des bis dahin anonymen Poeten. Er schaut über das Meer, in der Hand hält er einen Stein. Seine Augen scheinen eine Unendlichkeit von Geschichten zu sehen – Geschichten, die seit Jahren ruhen.

Unausgesprochene Worte, zu denen Annie den Schlüssel besitzt.

zweiundzwanzig

Oktober 1945

Eine Woche ist vergangen, seitdem diese Worte ihm in den Sinn gekommen sind, und nun erscheinen sie im *Pier Review*. Mehr als „die Worte“ kann er selbst nicht dazu sagen, für ihn ist es kein Gedicht. Er war nicht sein Verdienst, dass die Worte sich in Reih und Glied angeordnet haben, in Versmaß und Reimen, wie Soldaten bei der Armee.

Am Tag, als die Worte in der Zeitung stehen, verfolgen sie ihn wie ein Schatten. Am Anleger werfen ihm die Leute verstohlene Blicke zu, als er sich in der *Kombüse* Pfannkuchen bestellt, mustert Mrs Stevens, die Mutter von Bess, ihn eindringlich. Bess steckt fragend den Kopf aus der Küche, sagt aber nichts. Anscheinend wissen alle, dass er das war – natürlich, in so einer kleinen Stadt. Aber niemand bringt ihm einen Stein.

Am zweiten Tag geht er gar nicht in den Ort. Immer noch kein Stein.

Der dritte Tag ist ein Sonntag. Er nimmt seinen ganzen Mut zusammen und geht zur Kirche. Ansel bildet mit einigen anderen kleinen Ortschaften in der Gegend zusammen eine Kirchengemeinde, nur zweimal im Monat kommt ein Pfarrer vorbei. Da die Gottesdienste nur halb so oft stattfinden, sind sie doppelt so bedeutsam. Robert will seiner Mutter nicht zumuten, allein in der Kirche sitzen zu müssen, nach allem, was sie verloren hat. Savannah Bliss ist eine starke Frau – daran besteht gar kein Zweifel –, aber in letzter Zeit hat Robert ganz entschieden das Bedürfnis, sie zu schützen. Sie und er sind übrig geblieben, die halbe Familie lebt nur noch. Und sie leiden beide unter diesen Phantomschmerzen, schauen in der Kirchenbank verstohlen zu den Plätzen, wo Roy und Vater immer saßen.

Also geht Robert zur Kirche und setzt sich in die Bank. Der Pfarrer, der Ansel heute besucht, spricht über das Lukasevangelium. Er erzählt von dem jungen Esel, den man Jesus brachte. Den Jüngern, die sich darum kümmern mussten, kam ihr Auftrag sicher unsinnig vor. Aber sie taten, wozu ihr König sie aufgefordert hatte.

Der Pfarrer beschreibt, wie Jesus auf dem Esel den Ölberg hinunterritt. Am Fuße dieses Berges würde er schon bald verraten und zur Hinrichtung geführt werden. Doch als Jesus nach Jerusalem einritt, jubelten ihm die Leute aus ganzem Herzen zu.

Der Pfarrer fordert seine Zuhörer auf, sich den Schmerz vorzustellen, den Jesus empfunden haben muss, als er die Stadt vor sich liegen sah, der ein schlimmes Schicksal bevorstand.

Der laute Jubel der Menschen, die so viele Wunder miterlebt hatten, war für die Pharisäer nicht nachvollziehbar und sie forderten Jesus auf, die Menschen zum Schweigen zu bringen.

Robert weiß, was gleich kommt, und heute trifft es ihn so sehr, dass er schier das Atmen vergisst. Das Blut rauscht in seinen Ohren, während der Pfarrer zitiert: „Glaubt mir: Wenn sie schweigen …“, es pocht noch stärker in Roberts Kopf, in seinem Herzen, „dann werden die Steine am Weg schreien.“

An die restliche Predigt kann Robert sich hinterher nicht mehr erinnern. Er versucht zwar, sich zu konzentrieren, aber er hat das Gefühl, unter ihm wird ein Fundament gelegt, auf dem er sicher und aufrecht stehen kann. Ob Gott das auch für Noah so gemacht hat, dessen Auftrag so unendlich viel größer war als seiner, fragt er sich. Auch Noahs Schiffsbau wirkte lange Zeit vollkommen unsinnig.

Nach dem Gottesdienst ist Robert der Erste, der wieder draußen im Sonnenlicht ist. Langsam kommen die Leute aus der Kirche, stehen noch zusammen, wie jede Woche. Sie tauschen Rezepte aus und Beileidsbekundungen. Robert wartet, bis seine Mutter so weit ist.

Da zupft es an seiner Jacke. Er senkt den Blick, die kleine Lainey Foster steht da, ihr Gesicht ist verschmiert, genau wie ihr Sonntagskleid. Große braune Augen schauen zu ihm auf und sie hält ihm ihr Händchen entgegen.

Er stößt sich von dem Baum ab, gegen den er sich lehnt, kniet nieder und ist bereit, das zu empfangen, was das Kind für ihn hat.

Es ist schwer – und es ist warm, hat die Wärme der Kinderhände aufgenommen – ihm stockt der Atem.

„Das ist für meinen Papa", sagt die Kleine. „Mama sagt, es ist ein Innerung-Stein."

„Ein *Erinnerungsstein.*" Er wiederholt ihre Worte, kostet sie aus, während er den Stein in der Hand dreht. Mit zwei Worten hat das Kind gesagt, wofür er mit seinem unbeholfenen Gedicht eine Ewigkeit gebraucht hat.

Aus einiger Entfernung schaut die Mutter den beiden zu. Sie trägt einen roten Mantel, presst eine Hand gegen ihren Mund, die Finger sind verkrampft, die andere Hand hält Laineys kleinen Bruder.

„Passt du darauf auf?" Das Mädchen bückt sich, hebt einen Kiefernzapfen auf, dann noch einen, umschließt mit jeder Hand einen. Sie ist bereit, die nächste Fracht zum nächsten Ort zu tragen, wohin auch immer.

„Ja", sagt Robert, „dein Papa war ein tapferer Mann, Lainey. Genauso wie du, du tapferes Mädchen."

„Okay." Sie nickt, dreht sich um und ruft dann noch einmal über ihre Schulter: „Danke, Mister!"

Er steht auf, hebt eine Hand, um Mrs Foster zu grüßen, ihr zu danken. Für den Stein und für so viel mehr.

Sie nickt ihm zu, mit Tränen in den Augen, und nimmt die Kiefernzapfen entgegen, die Lainey ihr bringt.

Es ist die Erinnerung an das Gesichtchen von Lainey, die Robert am nächsten Morgen dazu bringt, zum Postamt zu gehen. Er wird wohl keine weiteren Steine mehr bekommen, denkt er, auf jeden Fall nicht genug. Was hatte er sich da bloß eingebildet? Ein Leuchtturm? Dafür würde man viele Steine brauchen. Warum hatte er sich das nicht vorher überlegt? Er hätte sich das doch ausrechnen können, bevor er die Worte in der Zeitung bringt. Außerdem hat er auch keine Ahnung, wie er Licht auf diesen Turm bringen soll. Nur wegen Laineys Stein, der ihm aus so einem reinen Herzen anvertraut wurde, geht er überhaupt zur Post. Vielleicht liegt dort ja auch tatsächlich ein Päckchen für ihn – oder zwei.

Jim schaut aus dem Fenster des hinteren Raumes im Postamt und ruft: „Das wird aber auch Zeit!"

„Hast du was für mich, Jim?"

„Ayuh. Da hast du mir ja was eingebrockt, Junge!"

„Was meinst du?"

„Du hast diesen Artikel geschrieben", das Wort *Gedicht* ist für Jim genauso fremd wie für Robert, „aber du hast deinen blöden Namen nicht dazugeschrieben. Jetzt kommen diese ganzen Pakete ohne Namen hier an und ich kann sie dir nicht bringen."

„Wie kommst du darauf, dass ich das war?"

„Was denkst du denn, wo du lebst, Junge?"

„Ich hatte gehofft, keiner würde es rauskriegen", murmelt Robert.

„Der ganze Ort weiß, dass du das warst. Als ob wir in der ersten Reihe dabeigesessen hätten, als du es geschrieben hast. Wenn du deinen Namen geheim halten willst, wie soll ich dich denn dann ansprechen? Ansel Nummer vierhundertvierundfünfzig?"

„Von mir aus."

„Komm mit, *Robert*." Er winkt ihn zu sich nach hinten.

Ansel Nummer vierhundertvierundfünfzig folgt Jim nach hinten, in den Abstellraum, wo dreizehn Pakete neben der Tür aufgestapelt sind. Alle sind an den *Postamtsleiter* adressiert. Die Absenderadressen sind, wie erwartet, alle hier aus der Gegend, aus den umliegenden Städten Machiasport, Cutler, Jonesboro. Alles Leute, denen man den *Pier Review* weitergegeben hat oder die beim täglichen Klatsch und Tratsch von dem Aufruf gehört haben.

Wobei Jonesboro eigentlich ein bisschen zu weit entfernt zu sein scheint, als dass die Nachricht per Mundpropaganda dort angekommen sein könnte. Aber die Menschen in Maine überraschten ihn immer wieder damit, wie weit sie gelegentlich herumkamen. Vielleicht würde er irgendwann auch ein paar Sendungen aus Bangor oder sogar Beals Island und Bar Harbor bekommen.

Jim zieht ein Taschenmesser aus der Hosentasche. „Dann kann ich sie jetzt auch mal aufmachen. Die Postvorschriften verlangen, dass der Empfänger öffnet. Und das bin leider nun mal ich. Aber dann hoffe ich, dass du das ganze Zeug hier wegbringst, junger Mann."

Paket um Paket öffnen sie, jedes enthält einen Stein. Manche sind faustgroß, andere halb so groß, manche auch doppelt so groß. Aber was Robert unvorbereitet trifft, ist das, was da noch in den Paketen ist, außer den Steinen.

Fotos. Männer, die meisten sind so alt wie er, in Uniform und mit einem stolzen Lächeln. Hinten auf den Fotos stehen Namen. Ihre Geschichten, ihre Auszeichnungen. In einem Paket liegt ein Brief, der die Geschichte eines Mannes erzählt, der bei der Landung der Alliierten in der Normandie dabei war und mit seinem Mut vielen seiner Kameraden hatte helfen können.

Bei einem anderen Stein liegt der Brief eines jungen Amerikaners, der am Ende des Krieges in Paris war und seiner Frau von dort aus schrieb. Er berichtete von den Menschen, die auf den Straßen tanzten, und den Straßenlaternen, die alle eingeschaltet waren. *Es war so schön, so viel Licht zu sehen, nach all der Dunkelheit …*

In einem anderen Paket liegt ein Stein für einen Deutschen, der als Kind nach Amerika kam. Als amerikanischer Soldat, der Deutsch sprach, hatte er geholfen, manches Blutvergießen zu vermeiden.

Briefe und Geschichten, die die Steine verbinden. Erinnerungssteine. Jeder Stein hat ein Gesicht und steht für ein Leben. An diesem Tag – und an vielen kommenden Tagen – entnimmt Robert Steine aus Kartons und Geschichten aus Briefen. Aus der Abstellkammer der Post trägt er Kartons durch die Hintertür auf sein Boot, alle bereits geöffnet von Jims zuverlässigem Taschenmesser.

So werden Steine übers Wasser gebracht, Stein um Stein, in Roberts Boot. Und weiter auf die Insel, diese kleinen Stücke aus so vielen verschiedenen Welten, und dort oben auf der Lichtung finden sie ihren Platz im großen Mosaik. Hier entwirft Robert Pläne, zeichnet Skizzen, fängt an, diese Zeugen zerbrochener Lebensgeschichten zusammenzusetzen. Bei jedem Stein betet er, betet für die Familien, die Schicksale, die Trauernden, bittet um Trost, Halt und Licht. Und bei jedem einzelnen Stein hört er Roys Stimme, wie er ihn ermutigt weiterzumachen: *„Bleib nicht im Dunkeln. Es gibt so viel Licht. Geh lieber dorthin, wo das Licht ist.“*

Darüber vergehen die Monate. Die Flut der Pakete reißt nicht ab, die Adressen der Absender werden immer entfernter. Die Bilder und Geschichten sammelt Robert im Bootshaus, unsicher, was er damit machen soll und wie er sie angemessen würdigen kann. Die Steine kommen und Robert baut. Meistens bei Nacht. Wenn er die Hummer aus den Fallen geholt und sich das Meerwasser abgewaschen hat, dann rudert er zur Insel und arbeitet, bis seine Augen vor Müdigkeit brennen und seine Muskeln schmerzen … Und es wird ihm leichter ums Herz, je schwerer ihm die Arme werden.

Fast ein Jahr später bringt eine Zeitung in St. Louis das Gedicht und schreibt Bobs Namen mit dazu. *Von Robert Bliss.* Ein Journalist in St. Louis kannte jemanden in Georgia, der jemanden in Ansel kannte, der nicht nur wusste, wer der geheimnisvolle anonyme Dichter ist, sondern auch bereit war, es preiszugeben. Der landesweite Klatsch und Tratsch hat Robert aufgestöbert.

Bob hasst das. Er will nicht bekannt werden. Eigentlich wollte er auch diese Worte gar nicht schreiben. Seine Hände haben es getan, als Werkzeuge eines anderen.

Durch den Artikel in St. Louis kommt eine neue Welle von Steinsendungen nach Ansel, aber ein paar Monate später sind die meisten verbaut und mit einem flauen Gefühl stellt er fest, dass er noch viele Steine braucht, damit das Licht dieses Turms hoch und weit aufs Meer hinausleuchten kann. Aber wie kann er mehr Steine wollen, angesichts der Geschichten, die sie verkörpern?

So wartet er.

Und obwohl er eigentlich immer noch verärgert ist, dass jemand seinen Namen der Presse verraten hat, ist er doch auch froh, als eines Tages ein Reporter des *Time Magazine* auf seiner Insel erscheint. Es ist ein Nachmittag im Sommer 1947, als der Journalist um ein Interview bittet und einen Bericht über den Leuchtturm schreiben will, der einer ganzen Nation Hoffnung gibt.

„Sie sind wirklich eine lebende Legende, wissen Sie das?", fragt der Mann im karierten Mantel mit Hut und feinen Lederschuhen, die jetzt ziemlich staubig sind.

Bob arbeitet weiter, verteilt Mörtel, fügt Steine zusammen. „Das hier sind die Legenden", wiederspricht er und deutet auf den Turm.

„Es gibt im ganzen Land sehr viele Menschen, die gern mehr über den Mann wissen würden, der den Turm baut." Der Reporter hat Stift und Papier gezückt. „Können Sie mir etwas über ihn erzählen?" Der Mann weiß, wie er es anstellen muss. Er schaut sich um, stellt indirekte Fragen, verschafft sich Zutritt zu dem, was Bob zu erzählen hat.

Bob steht neben den wenigen verbleibenden Steinen, die noch keinen Platz gefunden haben. Zu jeder anderen Zeit hätte er diesen Kerl davongejagt, und zwar so entschieden, dass der nie wieder versuchen würde, sich Bob zu nähern. Aber … er braucht Steine.

„Nein", sagt er schließlich nur.

Der Reporter wartet, ob Bob nicht doch noch seine Meinung ändert.

„Ich kann von ihnen erzählen." Bob deutet auf den Turm. „Von den Männern und ihren Familien."

Der Reporter tippt mit dem Stift auf den Block. „Einverstanden."

„Eine Bedingung", fügt Bob noch hinzu.

„Ja, bitte?"

Bob weist mit dem Kinn auf die Kamera, die der Mann um den Hals hängen hat. „Keine Bilder. Nicht von mir."

Sie geben sich darauf die Hand. Drei Stunden später, die Sonne geht bereits unter, verlässt der Mann die Insel. An seinen Händen klebt Mörtel, er hat Bob während der Unterhaltung beim Bauen geholfen, sein Block ist voller Notizen … und in der Kamera hat er ein Bild von Bob, das er unerlaubterweise noch rasch geschossen hatte, ehe er sich an den Abstieg vom Hügel machte.

Bob würde das Bild in den nächsten Monaten hassen lernen. Als es gedruckt wird und die Leute aus der Stadt ihm die ersten Exemplare bringen, packt er alle Kopien weg und verkneift sich jegliche spitze Bemerkung über jenen Reporter. In Ansel freut man sich. Die Leute fühlen sich geehrt. Vielleicht sind einige sogar … ein bisschen stolz? Aber Bob will mit dem allen am liebsten gar nichts zu tun haben. Ihm geht es um die Steine, und die kommen jetzt wieder, sie kommen in großen Mengen – eines Samstagnachmittags wird ihm sogar ein Stein persönlich vorbeigebracht ...

Es ist heiß und die Sonne blendet Bob, der auf seiner Insel arbeitet. Er hört Schritte, die den Weg hochkommen.

„Na, Mr Robert Bliss", sagt eine Stimme, die wie Musik in seinen Ohren klingt. Weiblich und stark, eine Stimme, der man anhört, dass sie etwas zu erzählen hat. „Ich bin ja grundsätzlich immer noch der Meinung, dass Namen das Unnötigste überhaupt sind, aber mal ganz ehrlich: Hätte ich schon vor einem Jahr gewusst, dass Sie dieser namenlose Fischer sind, der den Leuchtturm baut …"

Robert ist aufgestanden, starrt in die grelle Sonne. Im Gegenlicht sieht er die Silhouette einer Frau. Das kann doch nicht sein.

„Eva …" Er räuspert sich, kann den Blick nicht von ihr abwenden, während sie näher kommt. „Miss … Rothford."

Sie hebt einen der Steine vom Boden auf, fasst ihn so zart und behutsam an, dass er sie am liebsten dafür küssen würde.

„Für dich bin ich Eva", sagt sie einfach. Sie hat sich verändert, seit jenem Abend in Boston. Da ist dieselbe Stärke, immer noch dieses funkensprühende Feuer, aber etwas ist anders. Sie trägt Jeans und eine schlichte weiße Bluse, über den Haaren ein blaues Tuch mit Blümchenmuster. Es unterstreicht ihre blauen Augen und das leichte Rosé ihrer Wangen. Sie wirkt ruhig und entschlossen, unbeugsam und doch frei, in sich selbst ruhend.

„Wunderst du dich über meine Kleidung?“ Ihr ist aufgefallen, wie eingehend er sie betrachtet und vermutlich mit damals vergleicht. „Ja, ich habe jetzt andere Sachen, bessere als damals.“

Was meint sie damit? Weil sie damals ein Ballkleid anhatte?

„Dies hier zum Beispiel.“ Über ihrem Arm hängt eine Jacke, die sie jetzt wegzieht. Darunter kommt alte Wolle zum Vorschein, die er nur zu gut kennt. Viele Winter hat sie ihm gute Dienste geleistet. „Ein Seemann hat mir den Mantel geliehen, vor gut einem Jahr in einer verschneiten Nacht in Boston. Ich hoffe, es wird ihm nichts ausmachen, wenn ich …“

„Sicher nicht.“

Sie hält inne, ihr Lächeln vertieft sich. „Schön.“ Sie geht einen weiteren Schritt auf ihn zu. „Ich habe jetzt blaue Overalls, weißt du? Die sind einfach am besten. Hast du so etwas schon mal probiert? Wir bekommen die in der Schweißerei.“

„Schweißerei?“

„Ja. Nach der Geschichte mit dem Kotflügel …“

„Stoßstange.“ Er wiederholt den Witz von damals und spürt, wie es zwischen ihnen wieder knistert.

„Nach der Geschichte mit der *Stoßstange* …“, sie lässt sich nicht irritieren, „… da bekam meine Mutter Angst um ihre schmiedeeisernen Jugendstilgeländer im Haus und hat meinen Vater dazu gebracht, mir zu erlauben, mich etwas weniger kreativ am Krieg zu beteiligen.“

„Ich habe dir geschrieben“, unterbricht er. Es ist eine Mitteilung und eine Frage. Sie hatte ihm nicht geantwortet. Weder auf den ersten Brief … noch auf den zweiten …. oder den dritten … und auch nicht auf den vierten. Irgendwann muss ein Mann dann auch die Botschaft verstehen.

„Du hast anscheinend vielen Leuten geschrieben“, weicht sie aus und zieht ein zusammengefaltetes Papier aus ihrer Gesäßtasche. Den Artikel aus dem *Time Magazine*.

Er geht auf sie zu. „Du hast nicht zurückgeschrieben.“

„Du hast meinen Vater kennengelernt.“ Ihre Augen sind groß, ernst und voller Lachen. „Im Haus Rothford bekommt man nicht immer seine Post.“ Er dreht sich um, kommt noch näher. Sie riecht nach Erbsen. Die Sonne strahlt direkt auf eine ihrer Haarsträhnen und er braucht seine ganze Willenskraft, um nicht die Hand zu heben und ihr übers Haar zu streichen.

„Ich … hätte mich trotzdem auf die Suche nach dir machen sollen, auch ohne Post von dir.“

Ihr Blick wandert zum Turm. Dann zu ihm. Schließlich zu dem Artikel in ihrer Hand. „Sie waren offensichtlich sehr beschäftigt, Mr Anonymus.“ Ihre Augen zwinkern ihm zu, aber es ist auch Traurigkeit in ihrem Blick. Ein tieferes Verstehen von allem, was geschehen ist, allem, was er verloren hat.

Wellen brechen am Strand, die Sonne nähert sich dem Horizont, Vögel schmettern ihr Abendlied.

„Jedenfalls“, sie holt Luft, stemmt die Hände in die Hüfte, „es sieht so aus, als hätten wir bald kein Tageslicht mehr, Seemann. Sagen Sie mir, was ich tun kann.“

„Bleibst du hier?“

„Also, ich meine, nur, falls du mich haben willst.“ Sie kaut auf ihrer Lippe. Zum ersten Mal versprüht sie nicht nur Zuversicht, sondern macht sich vor ihm verletzlich.

Sie haben die Rollen getauscht. Damals bat er um die Erlaubnis, ihr mit der Stoßstange helfen zu dürfen, sie mit ihr zusammen zum Altmetall zu tragen, das für den Krieg bestimmt war. Heute wartet sie auf seine Einladung, ihm zu helfen. Wenn er sie will, wird sie mit ihm zusammen aus diesen Steinen einen Turm der Hoffnung bauen, aus Erinnerungssteinen, die für die Opfer des Krieges stehen.

Wenn du mich heiratest. Er sagt es nicht. Das wäre zu forsch. Zuerst braucht es eine Zeit zum Lernen, Erkennen, Öffnen der Herzen, erst dann sind diese Worte angebracht.

Aber als er seine Hand öffnet und sie ihre hineinlegt, da passt etwas, als wäre es füreinander bestimmt, für diesen Augenblick geschaffen … Und Robert weiß, er wird diese Worte nicht lange zurückhalten können.

dreiundzwanzig

Juni 2001

Am Morgen, nachdem Annie so viel über GrandBob herausgefunden hatte, über sein Gedicht und seinen Turm, da hatte sie nur einen Gedanken gehabt: Sie wollte an diesem Bauwerk weiterbauen. Kaum hatte der Gemischtwarenladen an Joes Anleger geöffnet, war Annie dort und besorgte sich Mörtel und Kelle. Jeremiah sah sie dabei, schüttelte zuerst den Kopf, grinste dann mit einem Mundwinkel, sodass ein Grübchen auf seiner Wange erschien – und dann ging auch er in den Laden und besorgte sich das gleiche Werkzeug wie Annie.

Das war vor einer Woche gewesen. Seither stiegen sie jeden Abend den Weg zur Lichtung hinauf und machten dort weiter, wo Bob aufgehört hatte, sie fügten Stein an Stein und setzten die Idee um, die vor langer Zeit in den Hintergrund getreten war.

Drei Tage hatte sie gebraucht, um den Mut aufzubringen und sich Jeremiah anzuvertrauen. Die nächsten zwei Tage brauchte Jeremiah, um Annie zu überzeugen, dass sie damit vor die nächste Stadtversammlung treten kann.

Jetzt steht sie hinter dem Mikrofon. Vor ihr sitzt Spencer T. Ripley, bereit, sich alles zu notieren. Vorn sitzt Margie Lillian und ihr warnender Blick macht allen klar, dass keiner es wagen sollte, ihre Macht zu unterschätzen. Es läuft leider gar nicht gut für Annie. Als ihre drei Minuten schon fast abgelaufen sind, verlässt sie den Rednerplatz und verteilt Haselnusskuchenstücke, deren knuspriger Rand dem Original-Südstaaten-Kuchen von Uroma Savannah alle Ehre macht. Die Anwesenden kauen andächtig und Annie nutzt die Stille.

„Also, wie Sie sehen …", sie breitet die Arme aus und vermisst in diesem Moment eine Tafel oder irgendeine Möglichkeit, ihre Vorstellung grafisch zu präsentieren, „… könnte am Hummerfest erstmals eine Fähre zur Insel fahren. Das Angebot würde sich herumsprechen, mehr Interesse wecken und den ganzen Sommer über würden Leute nach Ansel kommen. Wir könnten ihnen die Fotos und Geschichten zeigen und den Artikel aus dem *Time Magazine*, und die Besucher könnten versuchen herauszufinden, welcher Stein zu welcher Geschichte gehört."

Margie Lillian hat die Augen streng zusammengekniffen und kaut an ihrem Kuchenstück. Kritisch bedenkt sie jeden Aspekt dieses Plans. „Bei allem Respekt, Miss Bliss, bitte helfen Sie mir zu verstehen, wie wir eine Steinsäule in eine Touristenattraktion verwandeln sollen. Nichts für ungut, aber … an diesem Bauwerk wurde seit Jahren nichts mehr gemacht. Auch die öffentliche Sicherheit müsste berücksichtigt werden. Im Übrigen habe ich Bedenken, dass diese Ausflugsfahrt zur Insel dazu führen würde, dass die Leute hier im Ort weniger Zeit verbringen und damit auch weniger Geld ausgeben. Sie würden wegen eines Leuchtturms kommen, der noch nicht einmal leuchtet …" Kopfschüttelnd lässt sie den Satz unvollendet.

Annies Magen verkrampft sich. Weil sie genau das – und noch Schlimmeres – befürchtet hatte, wollte sie eigentlich heute Abend überhaupt nicht hierherkommen. Zusätzlich überlagert die Erinnerung an Alpenzell natürlich jeden ihrer Schritte hier in Ansel. In ihrem Kopf hat sie eine regelrechte Gefahrenliste gespeichert. Es gibt viele Möglichkeiten, auch diesem Ort durch unausgegorene Ideen zu schaden. Ganz abgesehen davon … Wie würde Bob darüber denken? Mit den Händen in der Kuchenteigschüssel hatte sie alle diese Gedanken bearbeitet, durchgeknetet – und wäre am Ende fast nicht mehr zu der Sitzung gegangen, wenn nicht schon der Kuchen fertig gewesen wäre.

Mit rotem Kopf schaut sie in die Runde. Rich studiert sein Kuchenstück und nickt zustimmend. Hat er ihr nicht zugehört? Eine

Wortmeldung von einem Geschäftsmann, der nicht nur das typische Denken der Menschen aus Ansel kennt, hätte jetzt wirklich geholfen.

Ed und Sully sitzen weit auseinander, der Mittelgang trennt sie. Sie ignorieren sich.

Jeremiah sitzt ganz hinten, hat den Kopf in die Hände gestützt und die Ellbogen auf den Knien. Er verfolgt alles aufmerksam und nickt ihr ermutigend zu.

Margie spricht wieder. „Sollen wir Jeremiah Fletcher bitten, Ihr Anliegen weiter vorzutragen?"

Annies Gesicht brennt. Ein schneller Blick zu Jeremiah. Der groß gewachsene Mann verhält sich so reglos wie möglich, hat die Augen weit aufgerissen und zuckt mit den Schultern. Ob er gerade in Betracht zieht, sie zu unterstützen? Aber Shirley, die Krankenschwester auf Bobs Station, hatte gesagt, Jeremiah hasse es, in der Öffentlichkeit etwas zu sagen.

Er beugt sich vor, stützt die Hände auf die Knie, als würde er gleich aufstehen. Sein Gesicht glüht. Würde er sich wirklich überwinden?

„Nein", sagt Annie schnell. Das will sie nicht von ihm verlangen. Nicht nach allem, was er ihr schon gegeben hat. „Vielen Dank." Sie lächelt ihm zu, dann redet sie weiter. „Alle Ihre Einwände sind berechtigt und ich habe auch daran gedacht. Deshalb habe ich einen Plan gemacht, wie man das Risiko minimieren kann. Man kann die Aufenthaltszeit auf der Insel begrenzen und das Schiff nur ein paar Mal fahren lassen. So könnte man erst einmal herausfinden, wie das Angebot ankommt. Nicht alle Ihre gut überlegten Bedenken kann ich ausräumen", sie schürzt die Lippen, „aber eins weiß ich." Ihr Herz klopft heftig, der nächste Satz gilt auch für ihr eigenes Leben. „Tief greifende Veränderungen verlangen nach tief greifenden Veränderungen. Wenn Ansel um seine Existenz kämpft, dann finde ich es angemessen, die Sache zumindest zu versuchen."

Wenn sie daran denkt, wie sie Ansel zuerst erlebt hat, als einen sicheren Hafen in einer stürmischen Zeit ihrer Kindheit, dann wächst in ihr der Wunsch, für diesen Ort zu kämpfen. Dann wird die Leidenschaft größer als die Angst. „Ansel wird gebraucht. Ich habe gehört, dass man zu dieser Bucht auch Hurrikanversteck sagt, und ich wage zu behaupten, dass diese Bezeichnung auch im übertragenen Sinn gilt."

Margie nickt nachdenklich. Sie als Hafenmeisterin weiß besser als irgendjemand sonst hier im Raum, wie wertvoll diese kleine sichere Bucht bei Sturm für die Schiffe ist.

Annie wagt einen letzten Versuch, die Anwesenden zu überzeugen. „Das Bauwerk der Insel besteht aus unzähligen Lebensgeschichten von Menschen, die im Sturm einen sicheren Hafen für sich selbst gebraucht haben oder für andere zu einem geworden sind, Geschichten, die entdeckt und erzählt werden wollen."

„Ihre Zeit ist um, Miss Bliss. Ihr Vorschlag kommt überraschend und ist von großer Tragweite, während das Fest schon in wenigen Tagen beginnt. Aber wir werden weiter darüber beraten." Sie schaut zur Uhr und schließt die Versammlung, indem sie an den Filmvortrag heute Abend im Hafen erinnert. Es wird so ähnlich sein wie ein Autokino, nur dass man von Booten aus auf eine riesige Leinwand schaut, die auf Joes Anleger aufgebaut ist.

Annie sieht sich nach Jeremiah um, aber er ist verschwunden.

Dann ist sie wieder auf der Straße, wo der Duft von frischem Popcorn in der Luft liegt. Er kommt aus der *Kombüse*. Der Gastraum ist dunkel, aber in der Küche brennt Licht.

„Gut gemacht." Sully hat Annie eingeholt und begleitet sie jetzt zur *Kombüse*. In ihrer Stimme liegt kein Sarkasmus. Annie kennt die Frau zwar noch nicht so gut, aber sie ist sich sicher: Wenn Sully etwas nicht gefällt, dann sagt sie das auch.

„Oh, vielen Dank", antwortet Annie. Sie ist dankbar für diese unerwartete Ermutigung, ihr Herz flattert immer noch.

„Ich wusste gar nichts von dem Leuchtturm", sagt Sully dann und klingt nachdenklich.

Annie lacht. „Dann sind wir ja schon zwei. Für Ansel ist das ziemlich gut. In einem so kleinen Ort ist es sicher ein Kunststück, ein Geheimnis zu bewahren."

Sully pflichtet aus tiefstem Herzen bei: „Oh ja, das kann man wohl sagen!" Sie gehen schweigend nebeneinander her und Annie denkt wieder daran, dass die Frau ganz allein auf ihrer Insel wohnt und sich trotzdem so über das Licht aufgeregt hat.

„Was hältst du von einer Tasse Kaffee, Sully?“

Unsichere Blicke.

„Ich würde gern noch mehr über dein Leben in den Bergen wissen.“ Annie hofft, dass Sully sich darauf einlässt, und freut sich, als diese wortlos nickt.

Die *Kombüse* hat zu, aber Annie beschließt, Bess zu fragen, ob sie sich nicht trotzdem hier zusammensetzen können. Annie kann den Kaffee ja selbst machen, dann hat Bess bestimmt auch nichts dagegen.

Ihre Vermutung ist richtig. Bess ist emsig dabei, Popcorn zuzubereiten, und hat gar nichts dagegen, wenn die zwei Frauen sich auf ihre Stühle setzen und noch ein bisschen reden. Annie bringt dampfenden Kaffee und schiebt das Schälchen mit Sahne über den Tisch zu Sully.

„Was macht der Garten?“, fragt Annie, bevor sie einen Schluck Kaffee nimmt, in den sie reichlich Sahne gegeben hat.

„Na ja, Preise werde ich damit nicht gewinnen“, grinst Sully, „aber ich denke, ein paar Karotten werde ich ernten, und das ist ja dann auch schon was.“

Annie lächelt und überlegt, ob sie überhaupt das Recht hat, sich in dieses Leben einzumischen. Andererseits kann sie es auch schwer ertragen, etwas zu wissen, was für diese mutige Frau vielleicht wirklich wertvoll sein könnte.

Als ob sie Gedanken lesen könnte, schluckt Sully ihren Kaffee und öffnet ihr Herz. „Ganz ehrlich, manchmal ist es ganz schön einsam dort draußen. Das hätte ich selbst nicht gedacht, wo ich doch so lange in den Bergen gelebt habe. Aber die letzten zwanzig Jahre in den Bergen habe ich mit meinem Mann zusammengelebt. Wir beide waren eine späte Liebe. Er starb und hinterließ mir dieses Anwesen. Damals merkte ich immer öfters, dass so eine alte Frau wie ich in den Bergen mehr schadet als nützt.“ Sie schüttelt den Kopf und überlässt es Annies Fantasie, sich den Rest dazuzudenken.

„Du bist doch keine alte Frau“, widerspricht Annie. „Du hast mehr Temperament und Biss als die meisten zwanzigjährigen Städter“, lacht sie. „Mich eingeschlossen.“

„Nein, das stimmt so nicht.“ Sully breitet die Hände aus, als würde das Annies Gedanken widerlegen. „Du kannst noch unendlich viel mehr tun als ich. So wie heute Abend. Als du von dem Leuchtturm gesprochen hast, da hat man so viel Leidenschaft gespürt. Das fand ich wirklich beeindruckend.“ Sie seufzt. „Ich glaube, die Einsamkeit setzt mir wirklich langsam zu. In dem leeren Haus mitten im Wasser spüre ich das mehr als vorher in den Bergen.“

Ihr Einsatz. Auf diesen Moment hat sie gewartet. „Sully ... darf ich dir mal etwas sagen?“

„Klar, Mädchen, raus mit der Sprache. So ein alter Esel wie ich ist nicht so schnell beleidigt.“

Annie holt Luft. „Dieses Licht. Von Eds Insel ...“

„Dieses Höllenfeuerwerk! Endlich hat der Terror aufgehört. Ich ...“

„Hast du dich jemals gefragt, warum Ed das macht?“

„Natürlich habe ich mich das gefragt. Wozu braucht ein blinder Mann denn überhaupt ein Licht? Aber so direkt konnte ich ihm das doch auch nicht sagen, oder?“

„Vielleicht sieht der Mann viel mehr, als er zugeben würde“, wiederholt Annie die Worte, die Jeremiah gesagt hat, und hofft, Sully ahnt, was sie meint. „Das Licht gibt es, seit du auf deiner Insel wohnst. Ein Lichtschein, der sich auf die Insel einer neuen Bewohnerin richtet, die allein ist, mitten im Meer. Das Licht wurde von jemandem aufgehängt, der sehr gut weiß, wie einsam man sich auf einer Insel fühlen kann.“

Sully wird unruhig, rutscht auf ihrem Stuhl hin und her, rührt heftig in ihrem Kaffee.

„Es ist ein Lebenszeichen“, sagt Annie, „für dich.“

„Also ... Als ob ich ein Licht bräuchte, um das zu wissen.“ Ihre Worte klingen barsch, aber die Linien auf ihrem Gesicht sind weicher geworden, die Stirn liegt in nachdenklichen Falten. Ihre Finger spielen mit dem Löffel auf der Serviette und ihr Blick ruht darauf. Mit den Füßen klopft sie einen Takt.

Dann steht sie auf und zieht sich eilig die Jacke über. „Ich habe noch zu tun", sagt sie. „Vielen Dank für den Kaffee, Annie. Lass dich nicht abhalten, den Turm zu bauen." Damit verschwindet sie durch die Hintertür der *Kombüse.*

Annie hat noch gar nicht ganz realisiert, was gerade passiert ist, als Bess den Kopf durch die Küchentür steckt. „Hast du noch eine Minute?"

„Für dich? Immer." Annie folgt ihr in den angenehm warmen Raum.

„Würdest du das Popcorn zum Anleger bringen?" Bess zeigt auf einen Karton voller rot-weiß gestreifter Popcornpackungen, alle randvoll. Es duftet köstlich nach heißer Butter und Salz.

„Klar." Sie hebt den Karton an. „Wohin genau?"

„Fletch." Bess zupft an dem roten Tuch, das ihre Haare zurückhält. „Er ist heute für das Popcorn zuständig."

Annies Gesicht verdunkelt sich. Dieser Mann … ein Rätsel. Jedes Mal, wenn sie denkt, sie würden sich ein bisschen näherkommen, versteckt er sich augenblicklich wieder hinter seiner Mauer.

„Was ist eigentlich seine Geschichte?" Annie stellt den Karton neben sich auf eine der Arbeitsflächen aus Edelstahl.

„Seine Geschichte?" Bess schüttet die nächste Ladung flauschig weiß aufgeplatzter Körner aus dem Topf und gießt neues Öl hinein, fügt Maiskörner hinzu und schließt den Deckel. Sie bläst die Wangen auf und schüttelt den Kopf. „Das kann ich dir auch nicht sagen, Annie-Schatz."

Annie nickt. Das will sie respektieren. „Ich verstehe ihn nur einfach nicht. Manchmal habe ich das Gefühl, er könnte …", sie sucht nach Worten, um den Gedanken zu Ende zu führen, „… ein guter Freund werden." Vielleicht sogar mehr. „Ein echter, wirklich guter Freund. So einer, wie man im Leben nicht viele findet." Ein Freund, der einem Mädchen einen Eimer mit Erde vor die Füße kippt, damit sie ihre kindischen Ängste überwinden kann. „Aber manchmal ist er auch so ..."

Bess nickt. „Verschlossen."

„Genau."

„Ja, so ist Fletch. Er ist der ehrlichste und zuverlässigste Mensch auf der Welt. Aber wenn du ihm zu nahe kommst, dann zieht er diese Mauer hoch und es geht gar nichts mehr."

„Dafür muss es doch einen Grund geben", sagt Annie, mehr zu sich selbst als zu Bess.

Die hat den Topf genommen, hält den Deckel fest und schüttelt kräftig, damit die Körner nicht anbrennen. Annie faltet neue rot-weiße Schachteln auseinander und schaufelt das abgekühlte Popcorn hinein.

„Gibt es ja auch", sagt Bess.

„Ich will nicht neugierig sein", beeilt Annie sich zu sagen, zumal Bess ja eben erst sagte, dass sie nicht über Fletch reden will. „Ich habe gerade nur laut gedacht." Ihr fällt der Brief ein, dessen erste Zeile sie aus Versehen gelesen hat, und gleich kommen die Schuldgefühle wieder hoch.

„Das von seiner Frau weißt du aber schon, oder?", fragt Bess. Sie hebt fragend die Augenbrauen.

„Seine … *Frau*?" Ihre Gedanken rasen, schaffen es nicht, diese Information zu verarbeiten. Jeremiah Fletcher hat eine Frau?

Bess nickt. „Seine verstorbene Frau. Das weiß eigentlich jeder hier im Ort. Sie ist vor einiger Zeit gestorben, in Seattle. Danach ist er hier aufgetaucht, hat sich aber von allen ferngehalten. Es war so, als wäre er so weit wie möglich von dem, was er erlebt hat, weggelaufen. Und hier am Meer ging es nicht mehr weiter. Aber er lässt sich auch vom Meer nicht aufhalten. Jeden Morgen fährt er raus."

„Ja." Wirklich, jeden einzelnen Morgen, und das noch vor Sonnenaufgang.

„Keiner weiß, wohin er fährt. Irgendwie läuft er immer noch vor etwas weg, jeden Morgen, wenn es noch dunkel ist."

Annie füllt immer noch Popcorn in Faltschachteln, aber ihre Bewegungen sind langsamer geworden. Sie sieht kaum, was sie tut, so sehr versucht sie, das zu verstehen, was sie gerade gehört hat. Es tut ihr weh, daran zu denken, was den Mann quälen mag, was er durchgemacht hat.

„Eine Sache solltest du über Fletch wissen." Bess nimmt den Topf vom Herd und schaltet die Platte aus. „Er lässt keinen so schnell an sich ran. Manchen gegenüber öffnet er sich nie."

Annie nickt und versucht, sich innerlich damit abzufinden. Es ist einfach so, sie hat diesem Mann jetzt schon mehr von sich erzählt als irgendjemandem sonst. Aber er … bleibt hinter seiner Mauer.

„Aber *wenn* er sich jemandem gegenüber öffnet … dann mit Haut und Haaren und unwiderruflich. Da ist er wie Bob. Kein Wunder, dass die beiden so enge Freunde sind. Es ist erstaunlich, aber Fletch erinnert mich an jemand, den ich mal gut kannte."

„Nämlich?"

„Ayuh. An deinen Vater."

„Du erinnerst dich an meinen Vater?"

„Jeder in Ansel erinnert sich an ihn", sagt sie. „Er hat damals alle Herzen im Sturm erobert." Die Erinnerung scheint sie traurig zu machen.

„Und dann?"

„Wir vermissen ihn sehr, das ist einfach so. Ich bete seither dafür, dass er zurückkommt."

Die Frage füllt Annie ganz aus, es ist ihre tiefste Frage überhaupt. „Ich weiß, dass er hier war, nachdem meine Grandma gestorben ist. Aber warum ist er wieder gegangen?"

Bess stößt einen lauten Pfeifton aus. „Das ist eine lange Geschichte", seufzt sie. „Die heben wir uns für einen anderen Tag auf. Wenn du willst, kannst du morgen vorbeikommen, dann erzähle ich dir alles, was ich weiß, wenn du es wirklich wissen willst. Aber jetzt", Bess zwinkert und nimmt den Karton mit dem fertigen Popcorn hoch und gibt ihn Annie in die Arme, „bring das zu Fletch, bevor ein Mob aufgebrachter Kinobesucher sein Boot stürmt."

vierundzwanzig

Was Bess gesagt hat, beschäftigt Annie, während sie zum Hafen geht. Die Dämmerung ist in Dunkelheit übergegangen und Joes Anleger ist in ganzer Länge mit Laternen erleuchtet. Die Lichter geben der einfachen hölzernen Bretterkonstruktion das Flair eines italienischen Straßencafés. Eine große Leinwand nimmt die ganze Länge des Stegs ein und urplötzlich hat sich der Hafen mit Schiffen gefüllt, die Annie noch nie gesehen hat. Zwischen die nach harter Arbeit aussehenden Schiffe der Hummerfischer haben sich Jachten und luxuriöse Hausboote gemischt, alle achten auf die Ruderboote, Kajaks und Kanus, die dazwischen ihren Weg suchen.

Annie drückt den Karton an sich, während sie die Schönheit der Szene in sich aufnimmt. Auf der Leinwand erscheint flimmernd der Schriftzug des Filmstudios und dramatische Musik beschwört die Kinostimmung der 1950er-Jahre herauf. Meeresaufnahmen laufen über die Leinwand.

„Hallo!“ Das laute Flüstern gilt ihr. Es kommt von Jeremiah, der an der Kaimauer steht. Sie schüttelt die vielen Gedanken ab und eilt zu ihm.

„Hast du einen neuen Job?“ Er spricht so leise, als ob sie wirklich im Kino wären.

„Ja, ich denke, das passt zu mir“, grinst sie.

Seine Augen lächeln. „Nichts dagegen. Würdest du mir heute Abend ein bisschen helfen?“ Er zeigt auf ein Ruderboot. Das Innere ist mit Kissen und Decken höchst bequem ausgestattet. „Ihre Gondel erwartet Sie, Signorina.“

Ihr erster Gedanke ist Flucht. Sie will nichts mit diesem Boot und diesem Mann zu tun haben, nicht noch mehr Zeit mit ihm verbringen. Aber die Art, wie er da steht und auf sie wartet, dieses kurze hoffnungsvolle Aufleuchten, das über sein Gesicht flackert … Sie lässt sich bitten.

Als sie schließlich gut eingebettet zwischen Kissen und Popcornpackungen im Boot sitzt, streckt er den Arm aus und legt einen Schalter um. Über ihnen gehen die Lichter an, ein Metallschild im altertümlichen Stil früherer Jahrmärkte wird von runden Glühbirnen angestrahlt: *Frisches Popcorn.*

„Woher hast du denn dieses Schild?“

„Von Rich. Hat er der Stadt geschenkt.“

„Ach.“

Jeremiah rudert zwischen den Booten hin und her, immer dorthin, wo jemand winkt. Annies Aufgabe ist es offensichtlich, die Balance zu halten und volle Packungen hochzureichen, ohne allzu viel zu verschütten.

Auf der Leinwand stolpert eine Schauspielerin beim Einsteigen in einen Bus und verliert dabei das Gleichgewicht. Annie lacht über den Gesichtsausdruck der Frau. Genau in dem Moment kommt eine höhere Welle und bringt das Ruderboot zum Schaukeln. Um Haaresbreite wäre es Annie ebenso ergangen wie der Frau im Film, hätte Jeremiah sie nicht gerade noch am Handgelenk packen können. Sein Griff ist fest, aber nicht grob. Die Berührung durchzuckt sie wie ein Stromschlag.

„Danke“, sagt Annie und lacht unsicher. „Ich bin immer noch nicht wirklich seetüchtig, schätze ich.“

Jeremiah winkt ab und auf seinem Gesicht macht die Heiterkeit der Sorge Platz.

„Du hast es mir immer noch nicht erzählt.“

„Was?“

„Das mit dem Meer.“ Er taucht die Ruder ins Wasser, zieht sie sanft zurück. „Was ist damals passiert, dass du so …“

„… dass ich so ein jämmerlicher Angsthase bin?“

Er lächelt sanft. „Ich wollte sagen, dass du so nervös bist."

Das ist eine schöne Art, ihre Panik vor dem Meer zu beschreiben. Sie verspürt wirklich den Wunsch, ihm alles zu sagen, gleichzeitig aber auch diesen trotzigen Stolz, der sie blockiert. Warum soll sie noch mehr von sich preisgeben, wenn er ihr gar nichts anvertraut? Außerdem – was geht es ihn eigentlich an?

„Ich …" Die Worte wollen heraus, trotz des inneren Widerstreits. *Sag es ihm einfach.*

„Ich habe deinen Brief gelesen", plappert sie plötzlich los, nur um im nächsten Augenblick die Hand vor den Mund zu schlagen. Das wollte sie nun wirklich nicht sagen. „Ich meine … Ich wollte das nicht, aber gleich am ersten Tag, auf deinem Boot, da fiel dieser Brief aus dem Buch und ich habe die erste Zeile gelesen." Sie hasst sich selbst dafür, dass dieses Schuldgefühl sie zu einem Bekenntnis zwingt und um Vergebung bettelt. Doch ihr Ton ist trotzig, ihr Eingeständnis wie eine Waffe. Sie will ihn konfrontieren, will, dass er ihr auch seine Geschichte erzählt. Von wem ist dieser Brief? Warum dachte der Verfasser, Jeremiah würde den Brief zunächst nicht lesen wollen? Warum ist er immer so abweisend? Einen Moment lang überkommt sie eine böse Lust, ihn herauszufordern, ihn in die Ecke zu drängen. *Das hättest du nicht gedacht? Ich weiß etwas über dich. Deine Mauer nützt dir nichts.*

Er wendet den Blick ab. Taucht die Ruder tiefer ins Meer, so tief, dass sie die Blätter nicht mehr unter der dunklen Wasseroberfläche erkennen kann.

Reue erfasst sie, fegt die Rachelust davon. „Ach, Jeremiah." Was macht sie hier eigentlich? „Es tut mir leid. Ich hätte das Blatt einfach wieder in das Buch legen sollen, ohne hinzuschauen. Ich habe ja nur die erste Zeile gelesen, aber …"

„Und woher kommt nun diese Angst vor dem Wasser?" Er schaut sie an. Geht einfach über das hinweg, was sie gerade gesagt hat.

„Was?"

„Also gut, du musst es mir nicht sagen. Man soll niemanden dazu zwingen, etwas zu sagen, solange er noch nicht dazu bereit ist." Jetzt geht es nicht nur um den Brief. „Aber wenn du es mir erzählen willst …"

Annie seufzt. „Es ist eine blöde Geschichte", setzt sie schließlich an, „und sie ist sehr lange her."

Er wartet. Rudert. Horcht. Nimmt ein bisschen Popcorn, als mache er es sich bequem, um eine interessante Geschichte zu hören. Ihre Anspannung lässt nach.

„Ich war noch klein. Nach allem, was ich bis dahin wusste, war das Meer … ein Freund. Es war gewaltig, aber auch faszinierend schön. Bis zu jenem Tag. Ich war mit meiner Mom schwimmen, kam zu nahe an einen Landungssteg und Mom wollte mir helfen. Aber sie geriet in eine starke Rippströmung, die sie aufs offene Meer hinauszog." Annies Kehle zieht sich zusammen und jedes Wort, das sie herausbringt, tut weh. Sie schüttelt den Kopf. „Ich war schon damals eine gute Schwimmerin, aber in dem Moment dachte ich, das war's. Ich konnte ihr nicht helfen, sondern nur zusehen, wie sie verschwand …" Tränen sammeln sich in ihren Augen und sie wischt sie fort. Jeremiah bewegt die Ruder nicht mehr, beugt sich vor, passt sich dem sanften Schaukeln des Bootes an. Langsam nimmt er ihre Hand.

„Sie hatte Glück, dass sie wieder aus der Strömung herauskam. Dabei war sie Marinetaucherin und für solche Dinge ausgebildet. Trotzdem hätte das ihr Ende sein können. Letztlich hat sie es geschafft, aber diese Angst, die ist mir geblieben."

Jeremiah nickt. „Manche Erinnerungen wird man nicht mehr los." Er sagt die Worte mit Bedacht, er kennt diese Wahrheit.

Dann wartet er wieder. Ihr ist es unangenehm, so viel von sich preiszugeben. Sie mag nicht weiterreden. Vor allem, da sie jetzt ja weiß, was er durchgemacht hat. Doch er wartet.

„In den nächsten Jahren hat das Meer sie mir dann immer wieder weggenommen. Meinen Vater auch. Nicht für immer, aber immer sehr weit weg. Zu irgendwelchen Einsätzen. Dads Vater, Roy … Du weißt ja, was mit ihm passiert ist. Und Moms Vater war nach demselben Krieg noch jahrelang vermisst. Meine Eltern hatten sich geschworen, dass sie niemals vergessen wollten, wie sehr der Krieg das

Leben von Menschen prägt. Um diesem Schwur treu zu sein, haben sie sich dann entschieden, zur Armee zu gehen. Sie haben das nicht leichtfertig getan, aber sie dachten, ihre Ziele wären so gut, dass sich die Opfer, die sie dafür bringen mussten, lohnen würden. Sie wollten ihr Land schützen – und auch die Familie, die sie hoffentlich einmal haben würden."

In Annies Elternhaus sammelten sich die Auszeichnungen, Beweise für ihre mutigen Einsätze. Sie wurden nicht zur Schau gestellt. Dad sagte immer: „*Das ist meine Pflicht, nichts, womit man angeben kann.*" Aber Annie prahlte damit. Wenn sie in der Schule erklären musste, warum immer nur ein Elternteil zu Hause war, oder, noch schlimmer, wenn sie wochenlang bei Schulkameraden wohnen musste, weil sich der Dienst ihrer Eltern wieder einmal überschnitt – dann brauchte sie diese Abzeichen und Ehrungen ihrer Eltern. Wie hätte sie sonst erklären können, dass man sie schon wieder allein gelassen hatte?

Ihre Eltern sagten immer, sie täten das alles für sie. Aber das war für Annie als Kind nichts, was ihr Herz trösten konnte. Sie vermisste ihre Eltern einfach nur. Später wurde aus diesem Schmerz dann Mitleid. Ihre Eltern taten ihr leid. Die dunklen Ringe unter ihren Augen erzählten von Erlebnissen, die ihnen den Schlaf raubten, aber nie ausgesprochen wurden. Manchmal sahen sie Annie einfach nur an, mit diesen nachdenklichen Blicken, als müssten sie sich daran erinnern, warum sie das alles taten, für wen sie es taten. Dieses Bewusstsein war für sie so nötig wie die Luft zum Atmen.

Ihre Eltern waren die Ersten, die Annie intensiv studierte und erforschte. Sie legte ihr ganzes Herz in dieses Vorhaben. Und es brachte sie auf die Idee, einen Beruf zu ergreifen, mit dem sie anderen helfen konnte.

Annie reißt sich von den Erinnerungen los und kehrt zurück in die Gegenwart, wo Jeremiah immer noch darauf wartet, dass sie weiterspricht. „Ich habe die Tage gezählt, bis sie endlich aus der Armee entlassen wurden. Meine Mutter fing an zu zeichnen, mein Vater entdeckte das Lesen für sich. Ich habe ihnen Farben und Bücher geschickt, alles, was ihnen Freude machen sollte. Es war so schön, dass sie zur Ruhe kamen und sich mit Dingen beschäftigen konnten, die nichts mit Krieg zu tun hatten."

Annie holt tief Luft. „Aber in letzter Zeit … hat sich etwas verändert. Sie fahren ständig nach Florida. Dad sagt, es sei eine beratende Tätigkeit, mehr verrät er nicht."

Sie hatte ihren Vater gefragt und er hatte ausweichend geantwortet, am Schluss hatte sie mehr Fragen gehabt als am Anfang. *„Es ist … ein wichtiges Projekt. Etwas, das ich tun muss, Lotse Ann. Ich muss da etwas in Ordnung bringen."* Er hatte sie mit dem Kosenamen aus ihrer Kindheit angesprochen, der aus der Zeit stammte, als sie mit ihm auf seinem Schiff gewesen war und den Lotsen spielen durfte.

Sie fährt fort. „Wahrscheinlich sind sie jetzt auch dort. Sonst wären sie bestimmt gekommen, um Bob und mich hier zu besuchen. Oder zumindest … Mom wäre gekommen. Sie versucht immer, zwischen den beiden zu vermitteln. Es war damals auch ihre Idee, mich den Sommer über zu Bob zu schicken. Ich glaube nicht, dass Dad das gemacht hätte. Aber Mom und Bob haben über die Jahre viel geredet, und als Bobs Frau starb …" Annie schüttelt den Kopf. Sie erinnert sich genau, wie sich die Trauer bei ihnen allen breitgemacht hatte. Dad war wieder einmal weg gewesen und sie und Mom hatten aus der Zeitung erfahren, dass Eva Bliss gestorben war. „Ich glaube, sie wusste, dass Bob und ich uns in diesem Sommer gegenseitig brauchten."

„Deine Mutter scheint eine weise Frau zu sein", sagt Jeremiah. „Redest du viel mit deinen Eltern?"

„Ja. Ich habe sie auch gleich angerufen, als ich wusste, was mit Bob los ist. Sie werden in ein paar Tagen zu Hause sein und Mom hofft, dass sie Dad überreden kann, herzukommen und Bob zu besuchen."

Jedes Mal, wenn sie im Krankenhaus waren und etwas Neues erfuhren, rief Annie ihre Mutter an – was allerdings nicht so oft der Fall war. „Wir sind eine unmögliche Familie. Ich schicke ihnen ständig Farben und Bücher und sie fahren ständig nach Florida, um über was auch immer zu beraten."

Sie zuckt die Schultern, wirkt hilflos. „Jedenfalls habe ich dir jetzt viel mehr erzählt, als du wissen wolltest. Ich glaube, ich habe einfach schon sehr früh gelernt, dass das Meer uns Menschen wegnimmt. Diese Angst steckt in mir drin, sie ist zu einem Teil von mir geworden, sie gehört zu mir wie das Blut, das in meinen Adern fließt."

„Manche Dinge machen so etwas mit einem", nickt Jeremiah.

Annie wartet, hofft – betet innerlich –, dass er noch mehr sagt. Er wirkt, als würde er sich wirklich gleich öffnen. Aber was auch immer sich da öffnen und zeigen will, es prallt gegen die hohe Mauer, die Jeremiah um sich errichtet hat, und fällt wieder zurück in die Schatten.

Am Ende des Abends, nachdem das Happy End über die Leinwand geflimmert ist und die Lichter am Anleger gelöscht wurden, gleiten Jeremiah und Annie in dem schmalen Ruderboot übers Wasser. Sie halten sich nahe am Ufer und fahren an Everleas Insel entlang. Annie macht sich Sorgen, was mit Sully los ist, weil sie nach dem Gespräch vorhin so plötzlich die *Kombüse* verlassen hat. Aber das Haus ist dunkel, die Insel liegt ruhig da.

Auf der anderen Seite des schmalen Wasserstreifens, auf Eds Insel, ist es ebenso dunkel und still. Aber während sie unter einem Baum hindurchfahren, sehen sie einen silbernen Schimmer. Das Mondlicht spiegelt sich in etwas Metallischem.

Annie deutet darauf und schaut Jeremiah fragend an. Er bringt das Boot etwas näher zum Ufer. Vor ihnen in den Ästen schimmert es wie ein silberner Kronleuchter – Teile eines fein gearbeiteten Silberbestecks, die man in die Zweige gehängt hat. Kunstvoll verziert, vermutlich viktorianisch – und möglicherweise ein Teil des Bestecks, für das Sully eine Verwendung suchte, als sie anfing, sich im Backen zu versuchen. Eine leichte Brise bringt die unterschiedlich großen Gabeln und Löffel zum Klingen und aus dem Baum ertönt eine silberhelle Symphonie. Der Wind weht nach Westen und trägt die Klänge direkt zu Eds Insel hinüber.

Eine Gestalt taucht unter den Bäumen an der felsigen Küste von Eds Insel auf. Annie hält den Atem an. Was immer hier geschieht, sie dürfen jetzt auf keinen Fall stören. Die Gestalt bückt sich, hebt etwas hoch, macht sich daran zu schaffen … und dann wird es hell.

Eds Lampe strahlt wieder. Er bringt sie in die richtige Position und richtet sie direkt auf das selbst gebaute Windspiel. Und dort oben, in dem alten viktorianischen Haus – Annie könnte schwören, dass an einem der oberen Fenster ein Vorhang zurückgezogen wird … dass jemand dort steht.

Annie gibt Jeremiah ein Zeichen. So leise wie nur irgend möglich taucht er die Ruder ins Wasser, das Boot gleitet weiter, lässt das Zusammenspiel von Licht, Wind und sanften Klängen zurück und ebenso alles, was zwischen den beiden Inseln vielleicht gerade sonst noch aufkeimt.

fünfundzwanzig

Juli 1950

Der Tidenhub in Ansel ist größer als an den meisten Küsten der Welt. Zweimal täglich steigt das Meer um dreieinhalb Meter und zieht sich dann wieder zurück, um die überspülte Landschaft wieder freizugeben. Genau wie die Gezeiten, so kommen auch die Steine mal flutweise, mal spärlich nach Ansel. Hat eine Stadt irgendwo im Land die Worte in ihrer Zeitung gedruckt, dann rollt eine neue Flutwelle an. Jim stapelt sie im Lagerraum hinter dem Postamt, bis Robert und seine couragierte Ehefrau sie ins Boot schaffen und dann den Weg hinauf auf die Anhöhe der Insel schleppen.

Seit Jahren geht das schon so. Es gibt Monate ohne eine einzige Sendung, dann wieder eine neue Welle, die langsam abebbt, bis zur nächsten Flut. Bob und Eva verbauen sie Schicht um Schicht, Leben um Leben wird gewürdigt, bis wieder alles Baumaterial aufgebraucht ist. Dann warten sie.

Es ist vier Jahre her, seit das Gedicht zum ersten Mal erschien. Gerade ist wieder Ebbe, was die Steine betrifft. Bob legt die Kelle zur Seite, bietet Eva den einen Arm, seiner Mutter den anderen, und bringt sie nach Ansel, zu den Feierlichkeiten anlässlich des Unabhängigkeitstags.

In Ansel-by-the-Sea kann man hart arbeiten, gründlich ausruhen und ausgiebig feiern. Aber seit der Krieg vorbei ist, haben die Feiern an diesem Tag neue Bedeutung gewonnen, man feiert mit tieferem Ernst und lauterem Jubel. Am Anfang und am Ende des Tages wird gebetet, auf das Gebet folgen Minuten des stillen Gedenkens an die Gefallenen. Aber dazwischen … Wie ausgiebig wird da die Freiheit gefeiert, eine Freiheit, die nicht garantiert war und die auch hätte verloren gehen können. Es ist, als würde an diesem Tag morgens ein Feuerwerk gezündet, dessen Zündschnur lang genug ist, um bis zum Abend immer neue und immer größere Feuerwerkskörper zu entzünden.

Der zentrale Platz ist mit Blumen geschmückt, alles ist in Rot-Blau-Weiß getaucht. In einem Pavillon spielt die Highschool-Band, ein großer Name für die sieben Kinder mit ihren alten, verbeulten Instrumenten. Die patriotischen Klänge tragen dazu bei, dass das Geld locker sitzt und das Kuchenbuffet guten Umsatz macht. Es ist ein fröhliches Picknick, bei dem jeder den Kuchen der anderen bestaunt und probiert. Dazu gruppieren sich alle Anwohner in der Mittagssonne auf ihren Picknickdecken und warten auf den Höhepunkt des Tages: das Hummerkistenrennen.

Alle säumen das Ufer zwischen Joes und Mels Bootsanlegestellen. An den äußersten Enden der Stege ist eine fest zusammengebundene Reihe von hölzernen Hummerkisten befestigt. Sie schwimmen auf dem Wasser und warten auf Freiwillige, die mit großen, schnellen Schritten von Kiste zu Kiste springen, wie Frösche über Seerosenblätter, ohne dabei im eisig kalten Wasser zu landen. Sieger ist, wer es unter dem lauten Jubel der Zuschauer möglichst schnell von einem Steg zum anderen schafft.

Der Bürgermeister eröffnet das diesjährige Rennen und fordert „alle Bürger, die mutig genug sind“, heraus, ihr Glück zu versuchen. Bis auf das leise Tuscheln der Zuschauer ist es ganz ruhig geworden. Alle warten, ob der unvermeidliche Melvin Buck auch dieses Jahr wieder antreten wird.

Tatsächlich, er tut es wieder! Er trägt eine rote Kappe mit weißem Schild und ist ganz in seiner Rolle, der Darsteller, der die Bühne betritt, für die er geschaffen wurde. „Na, dann! Ihr habt es so gewollt. Ich mache den Anfang!“ Die Zuschauer lachen. Melvin macht immer den Anfang.

In Shorts und einem gestreiften, sorgfältig geknöpften Hemd betritt er den Steg, reckt die Arme in die Luft und dehnt sich wie einer, der gleich bei der Olympiade antreten wird.

„Auf die Plätze", sagt Bürgermeister Boone und hält seine goldene Taschenuhr hoch, „fertig … los!" Melvin springt vom Steg auf die erste Kiste und dann schnell weiter, bevor sie kippt oder zu tief unter die Wasseroberfläche gedrückt wird. Er springt von Kiste zu Kiste und es sieht so aus, als würden die Kisten alles versuchen, um ihn abzuwerfen, sie schwanken, schaukeln und kippen. Melvin schafft die Hälfte der Strecke, dann noch zwei weitere Kisten, doch die nächste dreht sich unter seinem Gewicht zur Seite und das war's. Melvin landet platschend im Wasser, taucht aber gleich darauf mit lautem Triumphgeheul wieder auf.

„Juhuuuu!" Man kann ihm wirklich nicht nachsagen, dass er ein schlechter Verlierer ist. „Zwei mehr als letztes Mal!", jubelt er.

Aus der Menge ruft jemand, dass er bei diesem Fortschritt noch zwölf Jahren braucht, bis er es zur anderen Seite schafft.

„Zwölf Jahre – kein Problem, ich bin dabei!", albert Melvin und klettert die Leiter hoch, die am Ende des Stegs ins Wasser geht.

Etliche weitere Männer versuchen sich, die meisten kommen auf der anderen Seite an. Der große Reuben hält den Zeitrekord.

„Wer kann diese Zeit toppen?", ruft der Bürgermeister und will dabei Reubens Arm in die Luft reißen, aber während der Arm des Bürgermeisters vollkommen ausgestreckt ist, verharrt Reubens Arm unschlüssig gleich über dem Kopf des Bürgermeisters. Reuben wird rot und tritt von einem Fuß auf den anderen.

Eva wendet sich Robert zu und sieht ihn erwartungsvoll an: „Na, Seemann, versuchst du es auch?"

Er zieht eine Augenbraue hoch. „Um nichts in der Welt." Das letzte Mal, als er hier mitgemacht hat, war das nur, weil Roy ihn bei ihrem jährlichen Steinwurfritual dazu herausgefordert hatte. Damals hatte er festgestellt, dass das Meer viel kälter ist, wenn man Publikum hat, und dass es fast unmöglich ist, das Gleichgewicht zu halten, wenn die ganze Stadt zuschaut.

„Maxwell Yost!“, ruft ein Jugendlicher aus der Menge. Er wiederholt es und ein paar andere Halbwüchsige stimmen in den Schlachtruf ein. „Maxwell Yost! Maxwell Yost! Maxwell Yost!“

Sie rufen nach Mr Max, dem ältesten Bürger der Stadt. Siebenundneunzig Jahre alt. Maxwell fährt seinen Rollstuhl nach vorn. „Hört, hört! Lasst es den alten Maxwell versuchen!“ Und er hebt seinen Stock in die Luft – das Geschenk der *Boston Post* für den ältesten Bürger der Stadt. Schließlich legt er den Stock wieder auf seine Beine, doch die Jungs rufen weiter, dass er es versuchen soll.

Zorn steigt in Robert auf. Er kennt diesen Scherz, der Älteste im Ort solle es mit den rutschigen Kisten versuchen, das ist ein alter Witz. Eigentlich nicht böse gemeint. Aber wie können sie es wagen! Fast auf den Tag genau vor siebenundachtzig Jahren war dieser Mann elf Jahre alt und Trommler bei der Armee. Der Junge hatte sein Instrument zurückgelassen und stattdessen die Verantwortung für eine Kanone in Gettysburg übernommen. Als Elfjähriger hatte er in dieser berühmten Schlacht im amerikanischen Bürgerkrieg mit ihren grauenhaft vielen Toten gekämpft. Hatten die jungen Leute keinen Respekt vor diesem Mann?

Robert lässt Evas Hand los und sie wirft ihm einen Blick zu, fragend und verschwörerisch. „Zeig's ihnen!“, sagt sie leise.

Langsam geht er auf Mels Bootsanleger zu und kommt dabei an Mr Max vorbei.

Er bückt sich tief, bis zum Ohr des alten Mannes. „Für Gettysburg“, sagt er.

„Hört, hört!“, ruft Mr Max, „macht Platz für den jungen Bob!“

Robert grinst, als er diesen Namen hört. Die ganze Stadt ist dazu übergegangen, ihn so zu nennen, wie das früher nur Roy tat. Ein schönes Gefühl. Auch nett von Mr Max, ihn jung zu nennen. Er fühlt sich gar nicht mehr jung, obwohl er erst dreiundzwanzig ist. Aber in den letzten fünf Jahren hat er gefühlte zehn Leben gelebt.

Der Bürgermeister gibt das Signal, Robert legt beide Hände auf ein vorgestrecktes Knie. „Dieser Lauf ist für Mr Max!“ Die ganze Stadt bricht in Jubel aus. Der alte Mann strahlt.

Die Kistenschnur schlängelt sich auf dem Wasser wie eine Schlange und scheint ihn herauszufordern.

„Auf die Plätze", ruft der Bürgermeister, „fertig … los!"

Mit einem Sprung und hoch aufspritzendem Wasser landet er auf der ersten Kiste. Er springt zur nächsten und übernächsten, bei jedem Sprung tauchen seine Füße ins Wasser ein. Arthur ist in einem Ruderboot in der Nähe, bereit, ihm das Ruder hinzuhalten, falls er ausrutscht und fällt, aber es ist wie ein intuitiver Tanz, Schnelligkeit und Muskelkraft tragen ihn voran.

Er keucht schwer. Mit jedem Sprung spritzt ihm das Salzwasser ins Gesicht. Noch sechs Kisten bis zu Joes Steg. Fünf Kisten. Vier – drei –

Sein Fuß berührt die vorletzte Kiste, schon durchströmt ihn die Siegesfreude. Da kommt eine Welle, Wasser spritzt, will ihm den Sieg wieder nehmen, die Hummerkiste kippt unter seinem Fuß, er rutscht und sinkt – doch der Gedanke an Mr Max lässt ihn noch einmal hochschnellen, die Schwerkraft überwinden und die letzte Kiste treffen, ehe er kopfüber auf den Holzsteg stürzt. Ziel erreicht.

Jim vom Postamt erwartet ihn, schlägt ihm auf den Rücken und sagt etwas, das Robert aber nicht versteht. Sein Keuchen ist zu laut, der Jubel der Leute kommt noch dazu.

Robert rappelt sich auf, Jim packt sein Handgelenk und reißt es hoch in die Luft. „Neuer Rekord!"

Die Band spielt auf, Blechbläser in der Ferne, die Leute drängen sich um ihn, schütteln seine Hand, hauen ihm auf die Schulter. Auf das alles würde er gern verzichten.

„Das war Mr Max", sagt er mit glühenden Wangen. Man sieht ihm an, dass er am liebsten auf dem Dorfplatz wäre, der jetzt gerade menschenleer ist. Wenn er sich nur hier irgendwie aus dem Staub machen und dort sein könnte. „Das war für Mr Max", sagt er und senkt den Blick.

„Mis-ter-Max! Mis-ter-Max! Mis-ter-Max!" Dasselbe Trio wie vorhin nimmt seinen Sprechchor wieder auf, will die Aufmerksamkeit der Leute. Nun drängen sie auf Robert ein, heben ihn auf ihre Schultern und tragen ihn über den Bootsanlegesteg. „Für Mr Max!"

Plötzlich bleiben sie stehen.

Auch die Menge wird still.

Robert versucht zu erkennen, was los ist, aber die Sonne blendet ihn. Er hebt eine Hand, um seinen Augen Schatten zu geben, und sieht eine Frau in einem einfachen schwarzen Kleid. Sie kommt auf ihn zu, zeigt auf ihn.

Er hat sie noch nie in seinem Leben gesehen. Trotzdem löst ihr Anblick etwas wie einen Stromschlag aus – als ob er sie doch kennen würde.

Den Jungs, die ihn immer noch tragen, ist die Kinnlade heruntergefallen, diese seltsame Person versetzt sie in Unbehagen.

„Sie sind es", sagt sie. Sie ist durch und durch außergewöhnlich – eisblaue Augen, sie fixiert ihn, als würden ihre Blicke ihn durchleuchten. Ihr Gesicht gibt keinen Hinweis auf ihr Alter. Nur die Ringe unter ihren Augen lassen darauf schließen, dass sie schon länger lebt als er, dass sie ganze Welten durchlebt hat, aber viel älter als dreißig wird sie wohl nicht sein. Ihr langes dunkles Haar fällt ihr in einem dicken Zopf über den Rücken.

Endlich springt Robert von seiner ungewollten Sänfte, landet auf dem Boden und spürt eine Grenze. Ihm ist, als könne er nie wieder zurück, hat er erst einmal diese Linie übertreten.

Sie überschreitet die Linie, ohne ihn auch nur einen Moment aus den Augen zu lassen.

„Sie … Sie sind ein guter Mann." Sie wählt die Worte mit Bedacht. Ihre Sprache klingt, als käme sie von weit her – vielleicht aus Europa? Jedes Wort hat Kraft, wird bedeutungsvoll gesagt, hat einen langen Weg zurückgelegt, um hier endlich gesprochen zu werden.

Er sollte widersprechen. Sie kann es nicht wissen. Aber er ist kein guter Mann. Doch dieses Feuer in ihrer Stimme duldet keinen Widerspruch. Eva ist jetzt an seiner Seite, hat ihre Hand in seine geschoben. Zusammen stehen sie reglos da, ehrfürchtig in der Ahnung, dass dieser Moment besonders ist. Etwas geschieht hier, auch wenn sie es noch nicht einordnen können.

Ganz Ansel schweigt, ausnahmsweise.

Die Frau hebt eine Hand, zitternd, berührt seine Wange. „Ein guter Mann“, sagt sie wieder. Ihr Blick ist weit, als würde sie ein ganzes Universum voller Leid und Elend sehen, während Robert nur diesen Augenblick wahrnehmen kann. Sie hebt die andere Hand, berührt Evas Wange. Mit großer Überzeugung wiederholt sie: „Gute Menschen.“

Robert senkt den Blick. Das Einzige, was er dieser Frau anbieten kann, ist die Wahrheit. „Es tut mir leid, ich glaube nicht, dass ich die Person bin, für die Sie mich halten.“

Sie hört nicht zu. Ihr Gesicht war bis jetzt stark und unbewegt wie das Antlitz einer Marmorfigur. Jetzt kommt Bewegung in ihre Züge. Sie nimmt ihre Hände zurück und lächelt traurig.

Die Worte, die sie dann murmelt, sind unverständlich. Robert denkt zuerst, es wäre ihr ausländischer Akzent, verstärkt durch die Trauer in ihrer Stimme. Doch dann – Wort um Wort – hört er, dass sie in eine andere Sprache gewechselt hat. Könnte das Deutsch sein? Nur wenige wagen in diesen Jahren, in Amerika Deutsch zu sprechen. Der Krieg liegt noch nicht lange zurück, man hat sich noch nicht entspannt. Vor Kurzem erst sind drei deutsche Kriegsgefangene aus einem Gefängnis in Maine entkommen und die Aufregung war groß. Angst und Entsetzen sind noch lange nicht vergessen.

Dann schnappt Robert ein paar Worte auf, die er kennt. *Danke – Leben.* Gleich darauf noch zwei weitere Worte. Als die Frau diese Worte ausspricht, hält die ganze Stadt den Atem an – *Auschwitz. Stutthof.* Die Geschichten von diesen Lagern hat man auch hier gehört, Gräueltaten, über die auch in Maine getrauert wurde. Aber wer hätte erwartet, dass jemand, der dieser Hölle entkommen ist, einmal ausgerechnet in Ansel landet und die Dinge zur Sprache bringt?

Eva legt den Kopf zur Seite, beugt sich vor, hört genau hin. Ihre Fremdsprachenkenntnisse kann sie hier selten nutzen. Sie ist hellwach.

„Meer“, sagt sie. „Sie war im Meer – und …“

Die Frau bemerkt, dass Eva übersetzt, und sie redet schneller. „Sie war in Auschwitz. Kam frei, hatte kein Zuhause. Versuchte, nach Amerika zu kommen … aber das Schiff … ging unter. Sie war im Rettungsboot …“

Jetzt bleibt Robert die Luft weg. Diese Geschichte kennt er. Sie wurde ihm in dem grauen Rumpf eines Kriegsschiffes erzählt. Konnte das …? Seine Augen suchen in der Menge der Umstehenden nach Arthur, aber der ist nirgends zu sehen. Seine Mutter entdeckt er, die mit weit aufgerissenen Augen in der Menge steht.

Eva fährt fort. „Sie war unterkühlt und kurz vor dem Ertrinken und ihr … ihre Kinder?“ Sie streckt die flache Hand aus, senkt sie und macht eine Geste, als streiche sie einem Kind über den Kopf.

Die Frau nickt. *„Ja! Ja! Drei!“* Sie sagt es auf Deutsch, hebt drei Finger hoch.

Das stimmt nicht. Roy hatte zwei Kinder und eine Frau gerettet, nicht drei.

Die Frau redet weiter, ihre Stimme versagt immer wieder, so viele Gefühle brechen auf. Sie zeigt auf Robert. Hält inne, holt zitternd Luft, schüttelt den Kopf, schürzt ihre Lippen. Ihre Augen schwimmen, sie sieht Robert an und nickt. *„Gut“*, sagt sie auf Deutsch und spricht dann wieder auf Englisch weiter, „guter Mann.“

Robert sieht ihr in die Augen. „Das … war mein Bruder“, sagt er leise. Sein Blick ist eindringlich, aber behutsam, er will, dass sie es versteht. Sie weiß wohl nicht, wie es mit seinem Bruder weiterging, nachdem sie von dem Zerstörer auf ein anderes Schiff wechselte. Diese Frau hat so viel gelitten, es steht ihr ins Gesicht geschrieben. „Mein Zwillingsbruder.“ Er malt mit dem Finger einen Kreis um sein Gesicht. Formt mit den Händen ein X vor seiner Brust. „Nicht ich.“

„Nein?“, sagt sie fragend, auf Deutsch.

„Mein Bruder“, sagt er und schaut Eva Hilfe suchend an.

„Bruder“, flüstert Eva auf Deutsch.

„Mein Bruder“, wiederholt Robert nachdrücklich.

Er sieht seine Mutter, links von sich, die näher herangekommen ist, eine Träne rinnt über ihre Wange.

Die Frau starrt ihn lange an, bis ihm das Blut ins Gesicht steigt.

Endlich senkt sie den Blick und kramt in ihrer Tasche, einer alten braunen Handtasche, bei der einer der beiden hölzernen Henkel fehlt. Sie holt ein Papier heraus, entfaltet es, hält es hoch.

Es ist das Foto aus dem *Time Magazine*.

„Sie", sagt sie und zeigt zuerst auf ihn, dann auf das Bild. „*Sie* … sind ein guter Mann." Sie schließt die Augen, als würde sie versuchen, sich an etwas zu erinnern, das sie sich mühsam eingeprägt hat. „Mister Robert Bliss."

Sein Atem schmerzt. Es ist, als hätte jemand den Stöpsel des Ozeans gezogen und das Wasser läuft ab, rings um ihn wirbelt das Wasser, fließt ab und verschwindet. Er bleibt ungeschützt zurück.

Keiner regt sich. Ein rascher Blick in die Runde und Robert sieht, dass sogar die Kinder, die auf die Bretter eines Gerüsts neben dem Dock geklettert sind, genauso gefesselt auf die Frau und ihn schauen wie alle Erwachsenen. Selbst die Leute auf den Booten halten inne und sehen her.

Eva bricht das Schweigen mit einer sanften Folge von Worten, im deutschen Tonfall, melodisch und klar, Worte, die das Vertrauen der Frau gewinnen.

„Kommen Sie", sagt sie in Englisch, lächelt und legt einen Arm um die Schulter der Frau. „Robert, Savannah, das ist Mrs Liesl Rosen. Es gibt viel zu erzählen."

sechsundzwanzig

Mit ihrer warmherzigen Art hat Eva die kleine Gruppe zu den Bänken auf dem Hauptplatz von Ansel geführt, wo sie jetzt zu Füßen des Denkmals für Josef Krause sitzen. Mrs Crocketts stellt ihnen ihren Blaubeer-Rhabarber-Kuchen hin, der wie immer außen goldbraun und knusprig, innen saftig und insgesamt äußerst lecker ist. Im Hintergrund hört man die Anfeuerungsrufe und den Jubel, der das Baseballspiel begleitet, an dem ein Großteil der Stadt teilnimmt. Liesl Rosen lässt sich dankbar von dieser Atmosphäre umhüllen und gibt der Hoffnung Raum.

Ihr Englisch ist jetzt viel besser als vorhin, nur gelegentlich muss Eva helfen, wenn englische Worte fehlen. So wird die Geschichte entfaltet.

Sie war fünfundzwanzig und wurde mit ihrem Mann und zwei Kindern in ein polnisches Lager gebracht. Festgetretene Erde war ihr Fußboden, die Baracken waren überfüllt, zu viert teilten sie sich ein Bett. Hunger und Kälte waren ihre täglichen Begleiter, oft konnten sie ihre Gliedmaßen vor lauter Kälte gar nicht mehr spüren. Das Dach war nicht dicht, manchmal war morgens eine Eisschicht auf dem Boden unter ihrem Bett. Zum Zudecken hatten sie nichts, nur die Kälte, die über allem lag. Aber sie waren als Familie zusammengeblieben, was an sich schon ein Wunder war.

Nach einiger Zeit wurden die Lagerinsassen nach Geschlechtern getrennt. Ihr Mann kam in einen anderen Teil des Lagers, bald darauf wurden auch die Kinder in anderen Baracken untergebracht. Von da an fürchtete Liesl um ihre Kinder. Sie waren in einem Arbeitslager und Kinder waren eine Last. In anderen Lagern wurden sie umgebracht, hatte sie gehört.

„Nutzlos“ waren die Kinder. Liesl sagt das Wort ganz leise. „Dabei sind Kinder doch die Zukunft, die das Leben weitertragen.“

Ihren Mann Luka sah sie nur selten. Er musste im Steinbruch arbeiten, sie war in der Munitionsfabrik. Das Bewusstsein, dass Menschen durch die Munition sterben würden, die ihre Hände anfertigten, lastete schwer auf ihrer Seele.

Es gab einen kleinen Winkel, an dem sie und ihr Mann sich immer am späten Nachmittag kurz begegneten. Während der Aufseher seine Runde drehte, hatten sie einen Moment, in dem sie unbeobachtet waren. Es blieb gerade genug Zeit, dass ihr kleiner Finger im Vorbeigehen seinen Daumen berühren konnte. Sehr, sehr selten war es möglich, dass sie kurz zusammenbleiben konnten, versteckt hinter einer Reihe von Sandsäcken.

Dann wurde es Winter und regnete viel. Das war ihre Zeit. Die Wärter hielten sich nicht so lange im Freien auf und die Mauer aus Sandsäcken war gewachsen. Hier konnten sie sich treffen und kostbare, tiefe Momente miteinander teilen.

An manchen Tagen hatte sie blaue Flecken und Wunden am Körper, war geschlagen worden bei der Arbeit in der Fabrik. Sie wollte nicht darüber reden, das hätte die Schmerzen, die ihr von den Wärtern zugefügt worden waren, nur verstärkt. Luka strich sanft mit seinen Fingern darüber, so behutsam wie irgend möglich, als Ausdruck einer tonlosen Klage, die grauen Augen voller Tränen. Dann flüsterte er mit rauer Stimme, die brüchig war von all der ertragenen Ungerechtigkeit: *„Eines Tages, Liesl.“* Eines Tages.

Sie verstand, was er meinte. Eines Tages ... würde das alles hier vorbei sein. Sie würden in ein besseres Leben gehen, an einen Ort, wo es Luft zum Atmen gab. Wo die Sonne sich nicht jahrelang versteckte. Dann würden ihre Hände den Acker bearbeiten, Dinge würden wachsen, statt zerstört zu werden.

Eines Tages. Mit diesen zwei Worten sagte der Mann ihr so viel, immer wieder fachte er damit die Funken der Hoffnung an. Diese

Dunkelheit würde vorbeigehen und einer besseren Zukunft Platz machen. Eines Tages würde in seinen dunklen Augen kein Leid mehr zu sehen sein. Eines Tages – ganze Bücher hätten ihr nicht so viel Kraft geben können wie diese beiden Worte.

Dann stellte sie fest, dass in ihr ein neues Leben heranwuchs – Leben an diesem Ort des Todes. Eines Nachmittags nahm sie die Hand ihres Mannes, flüchtig, in der kurzen Zeit ihrer Begegnung, legte sie auf ihren eingefallenen Bauch, in dessen Dunkel so ein Geheimnis wohnte. Errötend wie eine junge Braut flüsterte sie ihm die Worte zu: *„Eines Tages, Luka."* Die Luft zwischen ihnen schien zu knistern.

Ihr Lächeln erklärte mehr als alle Worte und er begann zu strahlen, als hätte ihm jemand seine Jugend, sein ganzes Leben zurückgegeben. *„Ja"*, sagte er und drückte ihre Hand. *„Ja, Liesl."* Seine Stimme war klar, so stark und fest, obwohl sie heiser war.

Dann war die Rote Armee auf dem Vormarsch und das Lager musste evakuiert werden. Die Insassen wussten nicht, ob das gute oder schlechte Nachrichten waren. Würden die Russen sie befreien? Oder die Deutschen sie vorher noch ermorden? Zu Fuß ging es los, Tausende von Häftlingen waren tagelang ohne Verpflegung unterwegs, in langen Kolonnen, Richtung Westen.

„Es war …" Liesls Stimme trägt die Worte kaum noch, mitten in Ansel, am Denkmal von Josef Krause, ihrem Landsmann. Die Erinnerung an die Qualen spiegelt sich in ihren Augen. Sie bricht ab, schüttelt den Kopf. „Ich habe dafür keine Worte", haucht sie und der Akzent, der ihr Englisch einfärbt, klingt wie tragische Poesie. „Es war Winter, überall lag Schnee, wir mussten marschieren, Tausende von Frauen. Die Hälfte starb unterwegs. Dann kamen wir ans Baltische Meer. Sie jagten uns über die Klippen … und dann begann die Schießerei." Sie presst ihre Hand auf den Mund und unterdrückt ein Schluchzen.

Eva streckt ihren Arm über den Tisch, nimmt Liesls andere Hand. „Sie müssen es uns nicht erzählen", sagt sie mit weicher Stimme.

Liesl wird ruhig, fasst sich wieder, atmet durch. „Ich werde so viel erzählen, wie notwendig ist", sagt sie mit wieder festerer Stimme, „weil es auch noch ein Wunder gab."

Sie erzählt, wie sie Luka suchte. Ihre Kinder waren bei ihr, aber ihren Mann fand sie nicht. Aber sie konnte seine Stimme in ihrem Herzen hören, immer wieder machten seine zwei Worte ihr Mut weiterzugehen, nicht aufzugeben. *Eines Tages. Eines Tages.* Gleichzeitig war ihr klar, dass sie alle dem Tod sehr nahe waren. Je deutlicher ihr das wurde, desto stärker veränderte es sie.

Freiheit.

„Man konnte uns nichts mehr nehmen, wir hatten schon alles verloren", versucht sie zu erklären. „Als ich das verstand, fielen meine Ketten ab. Die Angst war weg. Alles war weg, nur noch ... dieses ..." Sie ballt die Hand zur Faust und presst sie auf ihr Herz. „*Feuer*. Um es noch einmal zu versuchen."

Sie stahl sich davon, bevor sie springen musste. Ihre beiden Kinder hielt sie fest an der Hand. Zitternd drückten sie sich hinter einen Baum. Ein Kind wimmerte. Sie hielt es fest und betete um einen Ausweg. Was blieb ihr anderes übrig, als ihre ganze Hoffnung auf den Gott zu setzen, der das Rote Meer geteilt hatte? Verzweifelt flehte sie darum, dass er das Unmögliche tun und sie retten würde.

Als sie die Augen wieder öffnete, sah sie einen Spalt zwischen den dicht stehenden Bäumen. Gleichzeitig hörte sie von hinten Schritte näher kommen. „Kommt schnell, meine Lieben", flüsterte sie und zog ihre Kinder mit sich. Sie hatten eine grobe Treppe entdeckt, Felsen und Treibholz, in den weichen Waldboden eingebettet und kaum zu erkennen. Am Fuße der Treppe stand eine einfache Fischerhütte. Die Schritte kamen näher. Sie wies die Kinder an, die Treppe hinunterzulaufen und sich hinter der Hütte zu verstecken. Auf keinen Fall sollten sie aus dem Versteck kommen, egal was sie hören würden. Die Kinder sollten dort bleiben, bis es wieder hell würde. Wenn sie bis dahin nicht zu ihnen gekommen wäre, sollten sie loslaufen, „schnell und leise wie die Füchse", immer an den Klippen entlang nach Westen, bis sie irgendwo ein Zuhause finden würden.

Liesl war mit einem Auge bei den Kindern, mit dem anderen an der Baumgrenze. Es gab nur einen Weg, sie musste sich dem näher kommenden Soldaten in den Weg stellen, sonst würde er die Kinder sehen.

So kam es dann auch. Er packte sie grob an den Handgelenken, ohne ihr in die Augen zu sehen. Sie sah ihn direkt an und wollte den Blickkontakt herstellen. Als er ihr endlich ins Gesicht blickte, wurde sie von Schmerz und kalter Angst erfasst. Es legte sich wie eine Schlinge um ihre Brust. Der Mann – war ein Kind. Er hatte noch nicht viel vom Leben kennengelernt, er kannte nur den Tod. Sie sah es in seinen Augen. Die Kälte. Das Flackern in seinen Augen.

„Bitte“, sagte sie leise. Ihre Stimme war stark. Unerklärlicher Friede erfüllte sie. „Sie müssen das nicht tun.“

Er sah zur Seite. Zum Meer. Dann über seine Schulter zurück, wo er das Blutbad angerichtet hatte.

„Ich kenne nichts anderes.“ Seine Stimme brach. Er ließ sie los und stieß sie mit dem Gewehrkolben zu Boden. Sie schlug heftig auf, kroch rückwärts von ihm weg, weg von den schwarzen Stiefeln. Unter ihr knirschte der Kies.

Die Erde unter ihrem Schienbein gab nach, rieselte die Klippe hinunter. Gleich würde sie hinterherstürzen. Dort auf den Knien, mit den Armen auf der kalten Erde, betete sie um Befreiung. Sie betete ohne Worte, es war der Schrei ihrer Seele, der Gedanke an ihre Kinder. *Herr, erspare ihnen das. Lass nicht zu, dass sie mich finden und mit diesem Bild in ihrer Erinnerung weiterleben müssen. Beschütze sie, Herr.* Eine Hand legte sie auf ihren Bauch, der verzweifelte Wunsch, ihr ungeborenes Kind zu schützen. Dann sah sie auf.

Der Soldat schaute sie an. Ein böses Lächeln umspielte seinen Mund. Sie sah es in seinem Gesicht. Er würde sie töten. Sie den Fischen zum Fraß vorwerfen, zur Sicherheit noch einen Schuss abgeben. Genau wie bei den anderen.

Er bückte sich, seine Hand näherte sich ihrem Gesicht, als wolle er sie zu Boden drücken. Eine Träne tropfte ihr aus den Augen, fiel auf einen grauen Stein, der so groß war wie ihr Kopf, hinterließ kleine schwarze Spritzer.

Der junge Mann legte seine Hand auf ihren Hinterkopf, ließ sie dort kurz ruhen. Ein Segen? Das Todesurteil? Er kämpfte mit sich, die ganze Luft war davon erfüllt. Hatte ihr Leben es verdient, gerettet zu werden? Oder war sie ein Parasit, wie man ihm beigebracht hatte? Seine Hand auf ihrem Kopf, eine Nähe von Mensch zu Mensch – er war hin- und hergerissen.

Dann explodierte die Gewalt, er riss ihren Kopf hoch und schmetterte ihn gegen den Fels. Sie verlor das Bewusstsein.

Robert ist mit ihr auf dieser Klippe am Baltischen Meer, vollkommen in die Geschichte eingetaucht, kann seinen Blick nicht von ihr abwenden. Eva geht es ebenso. Seine Mutter hat den Kopf gesenkt, Tränen laufen über ihr Gesicht.

„Und dann … sind Sie wieder aufgewacht?", fragt Robert schließlich. Immerhin sitzt sie ihnen hier gegenüber. „Was für ein Wunder."

Eva schüttelt staunend den Kopf. „Wirklich, ein Wunder, Mrs Rosen, dass Sie diesen Marsch überlebt haben, dann diese Gewalt … und dass Sie, so nehme ich an, dann mit Ihren Kindern fliehen konnten?"

Liesls Gesicht strahlt wieder, die Schatten sind verschwunden. „*Ja*. Ich danke Gott jeden Tag dafür. Aber das ist noch gar nicht das Wunder, von dem ich eigentlich erzählen wollte … Als ich wieder aufwachte, war es nass und kalt und eine dünne Sandschicht bedeckte mich. Die Sonne war gerade aufgegangen, aber zwei Schatten fielen auf mein Gesicht. Es waren meine Kinder, sie beteten leise und drückten sich an mich. Mein ganzer Körper fühlte sich taub an, und als ich mich bewegen wollte, tat mir alles weh. Ich war aus einer ziemlichen Höhe hinuntergefallen – ich hatte Schrammen am ganzen Körper. Neue Wunden legten sich über alte Narben, es war wie ein Gewebe, das meinen Körper bedeckte. Aber – und das kann ich immer noch nicht glauben – er hat mich nicht erschossen. Dieser Junge."

Sie schüttelt den Kopf. „Es bricht mir das Herz, wenn ich an ihn denke. Ich hoffe so sehr, dass die Finsternis in seinem Leben nicht die Oberhand behält. Wie es in ihm gekämpft hat. Er hat mich über die Klippe geworfen …, aber er hat nicht geschossen. Ich möchte einfach glauben, dass noch ein Funken Licht in ihm war. Nun bete ich für ihn, dass er sich für das Licht entscheidet."

Eva drückt Liesl die Hand und fährt sich mit der anderen über die Augen. „Wie viel Güte Sie in Ihrem Herzen tragen."

„Wenn es doch nur so wäre", seufzt sie, „aber in Wahrheit habe ich lange Zeit etwas ganz anderes gefühlt. Dieser Moment, als der Junge mich angeschaut und beschlossen hat, dass ich nichts wert bin – ein Ungeziefer, das man zertreten muss –, das war ein sehr dunkler Moment. Danach war ich sehr lange in der Dunkelheit gefangen."

Sie schüttelt den Kopf ein wenig, um sich wieder auf den Fortgang ihrer Geschichte zu besinnen. „Meine Kinder und ich haben uns durch die polnischen Wälder geschlagen und irgendwie überlebt. Alle sprachen davon, dass der Krieg vorbei war, nicht überall, aber zumindest in unserem Teil der Welt. Es gab wieder Hoffnung für den Rest der Welt. Wir erfuhren viel Hilfe und so kamen wir schließlich auf ein Schiff nach Amerika. Luka hatte dort eine Schwester und wir hatten schon lange davon geträumt, eines Tages zu ihr zu gehen. Wollte ich jemals meinen Mann wiederfinden, falls er noch am Leben war, dann musste ich ihn dort suchen. Ich arbeitete, sparte und dann kam die Nachricht von Lukas Schwester. Sie schickte uns das Geld für die Fahrt über den Atlantik, einige Monate nach … nach der Klippe."

„Mit Ziel New York", bemerkt Robert und denkt an das Gespräch mit Arthur, als dieser ihm von der nächtlichen Rettungsaktion erzählte. Ganz aufrecht und leicht vorgebeugt sitzt er da.

Liesl nickt. „Als unser Schiff sank, hatte ich überhaupt keine Hoffnung mehr. Meine Kinder und ich – meine drei Kinder, denn ich war ja immer noch schwanger –, wir klammerten uns an dieses Rettungsboot und riefen um Hilfe. Meine beiden Kinder wurden geborgen, aber sie konnten mich nicht auch retten. Es sah so aus, als wäre für mein Baby und mich alles verloren – und dann kam Ihr Bruder. Als ich sah, wie er seine Hand nach mir ausstreckte …" Ihre Stimme erstickt in den Gefühlen, die von der Erinnerung heraufbeschworen werden, ihre Augen sind gerötet und voller Tränen. Bebend holt sie Luft. „Plötzlich war ich zurückversetzt in diesen Moment auf der Klippe. Eine Hand, die auf mich zukommt. Aber über mir war nicht das Gesicht des Soldaten, der bereit war, mich zu töten. Jetzt sah ich in das Gesicht eines anderen Mannes. Für ihn war ich kein Ungeziefer, das man vernichten muss. Er sah mich freundlich an. Dieser Mann ließ sich herab, bis er selbst im Wasser war, ohne dass er das hätte tun müssen. Er hat sein Leben aufs Spiel gesetzt für mich."

Das Gesicht seiner Mutter spiegelt Schmerz und Mitgefühl, aber es liegt auch ein leiser Stolz darin. Es ist der gleiche Stolz, den auch Robert tief in seiner Seele fühlt. Er vergisst fast das Atmen. Vor seinen inneren Augen wiederholt sich eine andere dunkle Nacht. Sein Bruder klammert sich am Felsen fest, er hängt zwischen Leben und Tod, ohne eine Möglichkeit, sich selbst zu helfen – mit dem Ausdruck größter Qual und Todesangst blickt er nach oben, hofft auf Hilfe, bis Robert kommt und ihn hochzieht, mit so viel Kraft, dass er dabei den eigenen Arm verletzt. Roy hatte nie aufgehört, sich Vorwürfe zu machen, diese Situation blieb belastend für ihn. Doch dann hatte er die Möglichkeit, den entsetzlichen Erfahrungen dieser Frau seinen Mut entgegenzusetzen.

Liesl streicht über den *Time*-Artikel, der auf dem Picknicktisch zwischen ihnen liegt. „Wir kamen schließlich über viele Umwege tatsächlich bei der Schwester meines Mannes in New Hampshire an. Sie hat dort eine kleine Farm, auf der wir alle leben. Wissen Sie, was dort angebaut wird?"

Sie lächelt jetzt wie ein Kind, voller Freude, als würde sie gleich erzählen, dass sie Stroh in Gold verwandeln kann oder dass Sonne und Mond abwechselnd in ihrer Scheune schlafen.

Liesl beugt sich vor und sagt mit größter Ehrfurcht und viel Stolz: „Mais." Staunend schüttelt sie den Kopf. „Mais! Wir bauen etwas an, das *Leben* bringt. Meine Kinder – sie sind gesund. Nicht mehr ...", sie bewegt die Hand durch die Luft, sucht nach dem Wort, „... nicht mehr *oysgedart*."

Robert schaut fragend zu Eva, die ratlos den Kopf schräg gelegt hat.

Liesl lächelt. „Tut mir leid", sagt sie, „mein Englisch muss noch besser werden. *Oysgedart* ist jiddisch und bedeutet, dass man nicht genug Fleisch auf den Knochen hat. Meine Kinder sehen nicht mehr aus wie Haut und Knochen, Gott sei Dank!"

„Eines Tages, als ich gerade dabei war, das Farmhaus zu putzen, fand ich diese Zeitschrift. Lukas Schwester hat mir den Artikel vorgelesen. Die Geschichte ist nicht mehr neu, ich weiß, aber … als ich Ihr Gesicht sah, da musste ich einfach herkommen, um Sie zu sehen." Eine Pause unterstreicht die Dringlichkeit dieses Anliegens.

„Nachdem meine Schwägerin mir den Artikel vorgelesen hatte, weinte ich die ganze Nacht. Ihr Bruder kam nicht mehr nach Hause zurück, wegen uns … Damit wir heute Mais anbauen können, der in der Sonne wächst, hat Ihr Bruder nie wieder die Sonne gesehen. In dieser Nacht ging ich hinaus aufs Feld, im Mondschein. Und ich habe das von dort geholt."

Sie greift in ihre zerschlissene Tasche und holt einen Stein heraus. Er ist groß, grau, mit blauen Streifen. „Für Ihren Leuchtturm, falls ich nicht zu spät bin." Sie hält ihn zärtlich in der Hand und reicht ihn mit zitternden Händen über den Tisch. „Für Ihren Bruder oder für Luka, vielleicht für beide."

Robert legt eine Hand unter die ihren, die andere legt er oben auf den Stein. „Sie sind nicht zu spät."

Roberts Mutter wischt sich die Tränen ab und nimmt Liesls Hand. Sie erkundigt sich nach den Kindern und saugt jedes Detail auf, als ob es ihre eigene Familie wäre. Alles, was sie hört, ist wie Medizin für ihr trauerndes Mutterherz.

„Ich …" Liesl senkt den Blick. „Es tut mir leid. Dass er nicht mehr zu Ihnen zurückkam. Wegen mir."

Roberts Kiefer mahlen. Ihm ist heiß und kalt. „Mrs Rosen, etwas müssen Sie wissen." Und er erzählt ihr von der Nacht, als Roy über dem Wasser hing und gerettet wurde. Er spricht darüber, wie diese Erfahrung seinen Bruder geprägt hat und wie sehr er sich danach gesehnt hat, auch einmal jemanden so zu retten, wie er gerettet wurde.

Während sie das hört, legt sich ein wunderbarer Friede um Liesl und hüllt sie ein wie ein Mantel. Sie lächelt traurig und dann sagt sie endlich den Namen, während sie aufs Meer hinausschaut. „Roy Bliss." Bis zu diesem Moment hat sie das vermieden. „Er … Wie sagen Sie das? Er hat den Lauf der Dinge verändert", sie zeigt auf das Wasser,

„die Gezeiten verändert. Für uns. Das Böse, das wir erlebt haben, kann niemand ungeschehen machen. Auch Roy Bliss konnte das nicht auslöschen. Aber er hat mehr getan. Er …"

Sie knetet ihre Hände. „*Unter Wasser.*" Hilfe suchend wendet sie sich zu Eva um.

Eva überlegt mit geneigtem Kopf. „Unter Wasser?"

„Ja, so ähnlich, aber … mehr. Ganz. Unter …"

„Eingetaucht?"

„Ja! Er ist in den Schmerz *eingetaucht*. Er hat sich selbst ganz hineingegeben. Mein Mann würde sagen, das ist genau das, was *Jeshua* für uns getan hat, als er durch sein Sterben das Leben gab. Gestorben, damit wir leben können. Ein Leben für ein anderes Leben. Was können wir anderes tun, als durch unser Leben sein Leben zu ehren?"

„Ihr Mann", fragt Eva vorsichtig, „Luka. Ist er noch nicht zurückgekommen?" Sie hat Hoffnung in ihre Worte gelegt. Robert ist ihr so dankbar für diese feine Art, die sie hat, er könnte sie küssen dafür. Wenn er diese Frage gestellt hätte, wäre das ganz anders ausgefallen, unbeholfen und grob.

Liesl lächelt nicht mehr. „Nein", sagt sie. „Noch nicht. Er wird auch nicht kommen, außer es geschieht ein Wunder. Aber … ich kann mich nicht beklagen. Wer schon so viele Wunder erlebt hat wie ich …"

„Ich glaube nicht, dass Gott darüber Buch führt, wem wie viele Wunder zustehen, Mrs Rosen", sagt Eva mitfühlend.

Die Frau lacht. „Sie haben recht. Vielleicht wird ja Ihr Licht, Mr Bliss, meinem Mann eines Tages den Weg nach Hause weisen."

Es ist spät. Das Footballspiel ist schon lange vorbei und Mrs Rosen hat in Machias den Zug bestiegen, der sie wieder zurück nach New Hampshire bringt. Robert sitzt am Küchentisch und hält ihren Stein in seinen Händen. In Gedanken ist er bei dem, was Liesl erzählt hat. Obwohl es schon lange nach Mitternacht ist und er schon bald wieder aufs Meer hinausfahren wird, geht er noch einmal los, zu Roys Bootshaus. Dort nimmt er Meißel und Hammer zur Hand und beginnt, zwei Worte in den Felsen einzumeißeln: *Eines Tages*.

siebenundzwanzig

Juli 1962

So viele Jahre. Seit Jahren kratzt Robert nun schon Geld zusammen, Kleingeld, Hummer-Lohn, gelegentliche Spenden, hin und wieder ein unerwartetes Geschenk. Der Krieg in Korea begann und ging vorbei. Seine Mutter ging in die Ewigkeit und er trauerte um diese reine, grenzenlose Liebe, mit der sie ihn und andere geliebt hat. Sie hinterließ ihm ein Erbe, die Seemannsklause und ein Stück Land oben in den Bergen. Und das Wertvollste von allem: das Haselnusskuchenrezept für Eva.

Jetzt ist der Krieg in Vietnam in vollem Gang, alle überlegen, ob oder vielmehr wann Amerika eintreten wird. Immer wieder wird das Gedicht irgendwo abgedruckt, Jahr für Jahr an den nationalen Gedenktagen, auch zu besonderen Ereignissen in den jüngeren Kriegen. Dann wird berichtet, dass der Leuchtturm immer noch nicht fertig ist, und es kommen wieder neue Wellen von Steinen nach Ansel. Nun sind es fast genug, um den Bau fertigzustellen.

Aber auch wenn noch einiges zu mauern ist, das eigentliche Problem ist jetzt ein ganz anderes. Es hat mit dem Licht zu tun, das von dem Turm ausgehen soll. Von dem Geld, das Robert als Fischer verdient, kann er sich eine Kerze kaufen, aber keine dieser großen Linsen, die er für einen Leuchtturm bräuchte. Auch nach all den Jahren, in denen er schon gespart hat, liegt immer noch ein himmelweiter Unterschied zwischen seinem Kontostand und dem Betrag, der auf dem Preisschild einer Fresnellinse prangt.

Man spricht das Wort *Fre-nell,* hat man ihm gesagt, ohne s. Trotzdem macht er es jedes Mal falsch, immer wieder rutscht ihm *Freschnell* raus. Und dann besteht die Dame am anderen Ende der Leitung, bei der Cornwell Company, immer auf *Fre-nell.* Ihr scheint das furchtbar wichtig zu sein. Er findet, sie übertreibt damit, dafür dass es eine Firma ist, die abgesehen von diesen Linsen einfach nur Backwaren verkauft.

Meistens hat er dieselbe Frau am Telefon, „die knallharte Trish", wie er sie nennt. Seit seinem ersten Gespräch mit ihr, vor vier Jahren, hat er ihre Stimme nicht mehr vergessen. Als er ihr seine Situation erklärte, wurde ihre Stimme mitfühlend. Der Leuchtturm würde eine ziemlich große Linse brauchen. Sie sprach von Ordnungen und erklärte, es ginge um die geometrische Größe und die Brennweite, die davon abhängt. Große Linsen mit großer Brennweite ergeben bei gleicher Lichtquelle ein helleres, weiter reichendes Leuchtturmlicht als kleine Linsen. Das war leicht zu verstehen. Dann erklärte sie, dass in seinem Fall eine Linse zweiter Ordnung nötig wäre, die hell genug war, um Meerengen und Inseln vor der Küste auszuleuchten. Sie wäre zwei Meter hoch und 1600 Kilo schwer. Eine Linse erster Ordnung wäre natürlich noch besser, sie wird in den großen Küstenleuchttürmen eingesetzt, aber die wäre so schwer und so teuer, dass alles noch viel unrealistischer würde.

Natürlich musste er ihr sehr naiv vorgekommen sein und er konnte es ihr nicht verdenken, dass sie herablassend klang, wenn sie ihm die Dinge erklärte. Er kam sich vor wie ein Kind, das sich Dinge wünscht, ohne zu verstehen, was es sagt.

„Es ist sehr ungewöhnlich", hatte sie ihm schon im ersten Gespräch gesagt, „dass eine Einzelperson eine Linse kauft, vor allem heutzutage. Diese Linsen werden kaum noch verwendet." Dann wurde ihr Tonfall mürrisch, und sie klagte darüber, dass die Leuchttürme heutzutage voller Hightech wären und die Leuchtturmwärter – „diese unerschütterlichen Seelen", wie sie sagte, die für die sichere Fahrt der Schiffe Leib und Leben mitten im Meer riskierten –, die wurden einfach ausrangiert.

Der heutige Telefonanruf verläuft nach dem gleichen Schema. „Es gibt kaum noch Leute, die anrufen, weil sie eine Linse kaufen wollen", erinnert sie ihn und klingt etwas müde, „schon gar nicht in der Größe. Haben Sie irgendwelche Besonderheiten geplant?"

„Nein", antwortet er, genau wie beim letzten Anruf, als sie die gleiche Frage stellte. Wie könnte er jetzt schon planen, in welcher Taktung das Lichtsignal erfolgen soll, ob es ein Dauerfeuer sein wird oder Intervalle haben soll und wie die angeordnet sein müssen? Er wird eine eigene Taktung brauchen, damit man den Leuchtturm vom Wasser aus von anderen Leuchttürmen in der Nähe unterscheiden kann. Aber so weit ist er noch lange nicht. Er hat ja noch nicht einmal eine Lichtquelle. So ähnlich sagt er ihr das auch.

„Mit welcher Organisation arbeiten Sie zusammen?" Robert empfindet ihre Fragen wie ein Verhör. „Vielleicht die Küstenwache? Mit ihr haben wir in der Vergangenheit schon öfters zusammengearbeitet und dort hat man auch die Mittel …"

„Klinge ich vielleicht wie eine korrupte Behörde?", schnaubt Bob wütend in den Hörer und es tut ihm auch fast gar nicht leid, ihr unangenehmes Gerede endlich gestoppt zu haben.

„Nein, Mr Bliss, natürlich nicht."

„Tut mir leid." Er reibt sich die Schläfen. Die Situation ist einfach ausweglos. So unendlich viele Familien verlassen sich darauf, dass er hält, was er versprochen hat. Die knallharte Trish kann nichts dafür, dass er nicht weiß, was er tun soll. „Ich rufe Sie wieder an."

Robert hat im Gemischtwarenladen neben Joes Anleger telefoniert. Jetzt knallt er das Telefon so auf die Gabel, dass alle Rollmaßband-Schlüsselanhänger, die auf dem Ladentisch ausliegen, zu klappern beginnen. Er vergräbt die Hände in seinen Hosentaschen und lässt den Kopf hängen. Mrs Crocketts muschelgroße Augen werfen einen schnellen Blick auf ihn. Dann konzentriert sie sich wieder ganz auf die Dosen mit Leberwurst, die sie gerade sortiert, als wäre das die wichtigste Beschäftigung in der Welt.

Hal sitzt am Tresen, über den *Pier Review* gebeugt, hat die Ellbogen aufgestützt und den Kopf in die Hände gelegt. Auch er tut so, als hätte er nichts Ungewöhnliches bemerkt. Er blättert um. In riesigen Buchstaben springt ihn die nächste Überschrift an: KRÄFTEMESSEN ZWISCHEN JOHANNES UND HOMER. Darunter ein Bild, das den Waschbär zeigt, der auf der Kaimauer sitzt, während der Delfin in der Ferne vorbeischwimmt. Gut, es scheint heute nicht viel Berichtenswertes zu geben.

„Ist nicht gut gelaufen?", fragt Hal und schaut über seine eckige Brille.

„Nein." Mehr sagt Bob nicht. Astronomische Preise in Größenordnungen von Tausenden von Dollars blockieren seine Gedanken.

„Zu teuer?"

Bob fährt sich mit der Hand durch die Haare. Es scheint nur noch einen einzigen Weg zu geben. „Ich weiß nicht, Hal, wie das gehen soll. Wie soll ich jemals so viel Geld zusammenkriegen? Wenn ich in dem Tempo weiterspare wie bisher, dann …" Er kneift die Augen zusammen und rechnet. Es ist nicht viel, was er monatlich zur Seite legen kann, obwohl sie sehr sparsam leben. Jeder Cent, den sie erübrigen können, fließt in das Projekt. Eva zieht mit ihm an einem Strang. Gott sei Dank für diese Frau! Sie ist genauso entschlossen wie er selbst, Licht auf den Turm zu bringen. Seit sie in Ansel wohnt, hat sie gelernt, von dem zu leben, was Land und Meer zur Verfügung stellen, und sie macht das so gut, als wäre sie hier geboren. Bei Ebbe sammelt sie mit ihm zusammen Muscheln und Krebse, sie fahren gemeinsam aufs Meer und fischen Jakobsmuscheln, im Frühjahr pflücken sie die noch zusammengerollten jungen Triebe des Straußenfarn, die sich als Gemüse-Delikatesse teuer verkaufen lassen, sie hat gelernt, wie man aus dem Baumstamm der Ahornbäume den Sirup gewinnt … Sie macht wirklich alles mit.

Nach ihrer Hochzeit mit Robert bekam sie von ihrer Familie keinerlei finanzielle Zuwendung mehr. Aber das kümmerte sie nicht. Sie krempelte die Ärmel hoch und stürzte sich in das neue Leben. Zuerst musste sie lernen, wie man kocht, putzt, erntet und baut. Es war nötig, um mit Robert zusammen in Ansel zu leben, und sie tat es gern, auch um für das Licht sparen zu können.

Vor acht Jahren hatten sie ein spezielles Konto dafür eingerichtet und gedacht, wenn der Turm einmal die volle Höhe erreicht haben würde, hätten sie auch das Geld angespart, das man für die Linse braucht. Wenn sie dann alles zusammenkratzen würden, müsste es doch klappen.

Bob lässt mutlos die Schultern hängen und lehnt sich gegen die Säule, an der das gelbe Telefon hängt. „Ich werde bis an mein Lebensende sparen müssen, um das bezahlen zu können. Allerdings bin ich dann zu alt, um das Ganze noch aufzubauen."

Hal legt die Zeitung aus der Hand, faltet die Hände und beugt sich über den Tisch. Er gehört zu denen, die Robert seine Hummer abkaufen, von daher hat er mehr Einblick in Roberts Finanzen als die meisten anderen in der Stadt. Er nickt in die Richtung des Ladentisches, der zwischen ihnen steht. „Stell doch eine Sammelbüchse auf." Hal sucht ein bisschen unter dem Ladentisch, findet eine rostige Kaffeedose, wickelt ein Papier darum, klebt es fest und schreibt *Licht für den Leuchtturm* darauf, mit einem dicken schwarzen Stift.

Es ist gut gemeint und Bob lässt ihn gewähren, auch wenn er den Gedanken furchtbar findet. Ihm ist völlig klar, dass sie es ohne ein Wunder nie schaffen werden, diese Linse zu kaufen.

Der Gedanke hält ihn nachts wach. Er hat auf der Insel so unendlich viele Steine sorgfältig mit Mörtel verbunden, gleichzeitig stehen noch viele Kartons im Bootshaus und verstauben dort, während er nach einer Lösung für das Licht sucht. Er hat vielen Menschen Hoffnung gegeben – eine falsche Hoffnung? Auf sein Versprechen hin hatten sie Steine eingepackt, hatten Liebe und Sorgfalt in die Päckchen gesteckt und sie auf den Weg zu einem Fremden geschickt, in den äußersten Norden, nach Maine.

In der Dunkelheit der Nacht kämpft Bob mit einem Gedanken, der ihm als die einzige Möglichkeit erscheint. Am Morgen, als die Sonne wieder hell strahlt und klare Luft vom Meer herangeweht wird, verzichtet er auf den Hummerfang eines ganzen guten Tages und fährt in die nächste Stadt, nach Bangor. Er trägt den alten Anzug seines Vaters.

Als Bob zurückkommt, hat er einen Umschlag mit Papieren in der Jackentasche stecken. Leider ist er überhaupt nicht erleichtert, einen Ausweg gefunden zu haben, sondern er kommt sich wie ein Verräter vor. Er hat es getan. Das Stück Land in den Bergen, das seiner Familie gehörte, ist verkauft. Die Bäume, unter denen er geht, ächzen aus Protest, Robert fühlt es bis ins Mark. Er hat dem Manager der Mühle erklärt, welche Prinzipien ihnen als Familie wichtig sind. Die Natur sollte erhalten bleiben, nicht ausgebeutet werden. Das hat er sich sogar schriftlich bestätigen lassen. Aber als er die Mühle verließ, mit genug Geld in der Tasche, um die Fresnellinse kaufen zu können, tat ihm der Schritt doch ungeheuer weh.

Beim Laden macht er Halt, um von dessen Telefon aus die knallharte Trish anzurufen. Das Beste an diesem düsteren Tag ist der Moment, als die Frau am Telefon verstummt, nachdem er seine Bestellung geäußert hat.

„Wie bitte?", fragt sie schließlich, als hätte sie ihn nicht richtig verstanden.

„Sie haben richtig gehört. Ich bestelle die Linse", wiederholt Bob und genießt den Moment hörbar. „Sobald sie fertig ist, können Sie die Linse zur Post bringen. Ich habe das Geld schon überwiesen. Schönen Abend noch."

„Aber Mr Bliss, Moment mal! Wir müssen ja noch die Papiere fertig machen und bei so einer Bestellung braucht es auch einige Zeit, bis die Linse angefertigt ist, und …"

„Schon gut", sagt Bob. „Schicken Sie alles Nötige her. Guten Abend!"

Im Hörer protestiert ihre Stimme noch blechern, aber er legt auf. Wie schön, zum letzten Mal dieses Klicken zu hören.

„Laufen die Dinge gut?", murmelt Hal hinter seiner Zeitung.

„Ayuh", antwortet Bob. „Bestens."

Der Hoffnungsschimmer in seiner Seele ist nicht groß, er ist klein wie ein Funke, fast erstickt vom Schuldgefühl. Vielleicht war es falsch, was er getan hat, um die Linse kaufen zu können. Aber der Funke reicht, um ihn durch die Wochen und Monate zu tragen, in denen er auf die Linse wartet. Er vertreibt sich die Zeit damit, Skizzen von

Lichtstrahlen und Brechungen zu entwerfen und sich damit zu beschäftigen, wie diese „Wunderlinse" funktioniert. Sie hat nicht die gekrümmte, aber glatte Oberfläche einer herkömmlichen Linse, sondern ist aus vielen konzentrischen Ringen aufgebaut. Wenn Licht durch die Fresnellinse tritt, wird es von jedem dieser Ringe gebrochen. Jeder Ring hat an der Oberfläche genau die Krümmung, die eine dicke Linse an dieser Stelle hätte, und bildet so die Krümmung einer normalen Glaslinse in vielen Stufen nach. Im Längsschnitt sieht das wie ein gezacktes Sägeblatt aus. Nun soll der Leuchtturm einen gebündelten Lichtstrahl möglichst weit in die Umgebung schicken. Dazu dient bei der Fresnellinse ein System aus Spiegeln und Linsen, das sich um einen Scheinwerfer dreht. Die Strahlen einer einfachen punktförmigen Lichtquelle werden durch die Anordnung des Glases aufgefangen und abgelenkt, gebrochen und dann wieder zu einem Strahl gebündelt. Dieser Lichtstrahl ist dann stark genug, um die Dunkelheit zu durchdringen und Schiffe in den sicheren Hafen zu leiten.

Ja länger Bob darüber nachdenkt, desto mehr staunt er über die Parallelen, die er findet. Etwas Ewiges scheint sich im Verhalten des Lichts zu spiegeln, ein Zusammenhang zwischen Brechung und Lichtintensität. Gebrochenes wird zu etwas Neuem zusammengefügt. Leid wird zu Kraft, was auch der menschlichen Seele nicht fremd ist. Bob kennt es von sich selbst. Während er darüber nachdenkt, bricht Licht durch seine Dunkelheit, er kann es in der Seele hören, ein Geräusch, als würde auch der Granitblock in seinem Inneren erste Risse bekommen.

Der Sommer geht zu Ende. Es ist kühl geworden, der Herbst kündigt sich an und Bob ist in Ansel unterwegs, als Jim ihm winkt, ins Postamt zu kommen. Eine Szene wiederholt sich: Jim führt ihn hinter den Schalterraum. Es ist etwas angekommen, was zu groß ist, um es im Postamt lagern zu können.

Die Lieferung muss ins Boot geladen werden und ein Mann namens Ed hilft ihm dabei. Als Bob ihn zum ersten Mal sah, saß er zerlumpt und verzweifelt am Straßenrand. Er war gerade erst in Ansel angekommen und hatte ihm eine erstaunliche Geschichte erzählt: Bobs Worte, in einer Zeitung in den Südstaaten abgedruckt, hatten ihn in den äußersten Norden des Landes geführt.

Die Kartons, die von den beiden ins Boot getragen werden, sind überraschend leicht für ihre Größe. „Zerbrechlich", steht überall und die knallharte Trish hat ihn letzte Woche am Telefon eindringlich gewarnt. *„Auch wenn die Kraft der Linse sehr stark ist, das Glas ist sehr dünn. Seien Sie äußerst behutsam. Es geht sehr leicht kaputt."* Ihre Stimme hat sich verändert, seit Bob die Linse tatsächlich bestellt hat, von Herablassung und Mitleid keine Spur mehr. Jetzt kümmert sie sich eher mütterlich um ihn, der Schutz der Linse scheint ihr sehr am Herzen zu liegen, zumal sie miterlebt hat, wie viele Jahre der Anstrengung ihn die Anschaffung gekostet hat. Sie ahnt wohl, dass hier etwas Kostbares geopfert wurde, um diesen Preis bezahlen zu können. *„Für so etwas gibt es keine Versicherung"*, hat sie ihn gewarnt. *„Seien Sie sehr vorsichtig."*

Der Inhalt der Kartons ist so wertvoll, dass Bob sich bewegt, als wären auch seine Knochen aus Glas. Zusammen mit Ed stellt er die Kisten so zart und sanft in die *Savvy Mae*, als hätten sie ein neugeborenes Baby im Arm. Das weckt in Bob eine Erinnerung, die viele Jahre zurückliegt. Er fühlt sich zurückversetzt in jene Nacht, als er die Nachricht von Roys Tod überbringen musste und den kleinen William im Arm hielt. Eine ähnliche Ehrfurcht empfindet er jetzt.

Das Wasser ist ruhig, Gott sei Dank, und trägt sie über die Bucht. *„Danke, Gott"*, seufzt Bob innerlich. In Gedanken plant er schon das Ausladen und wie sie alles sicher ins Bootshaus bringen können. Wie wird er die Linse lagern, bis der Leuchtturm fertig ist? Vielleicht im hinteren Teil des Bootshauses? Seit Roys Tod ist dort eigentlich niemand mehr hingekommen. Es ist ein guter Platz, Roys früherer Arbeitsplatz. Dort wird die gläserne Krone auf ihren Einsatz in dem Leuchtturm warten, den er für Roy errichtet.

Doch in dem Augenblick, als sie aus dem Boot steigen, sind all diese Gedanken wie weggewischt. Die Abenddämmerung hat eingesetzt, aber man kann trotzdem noch deutlich sehen, dass auf der Schwelle des Bootshauses jemand sitzt. Er hält den Kopf gesenkt, ein geschlagener, harter Mann, das strahlt seine Haltung aus.

Aber er wirkt auch irgendwie vertraut. Eine Ahnung beschleicht Bob, als würde er diesen Mann kennen. Es ist ein Fremder und doch nicht fremd.

Der Mann blickt auf – und Bob lässt um Haaresbreite den Karton fallen, den er mit Ed zusammen gerade den Weg hochträgt.

„Vorsicht!", ruft Ed erschrocken und legt ihm die Hand auf die Schulter. „Alles okay?"

Nein. Nein, überhaupt nicht.

Der Mann … ist Roy. Exakt das Ebenbild seines Bruders, so wie er ihn zum letzten Mal sah. Als wäre die Zeit seit 1945 stehen geblieben und hätte ihm heute, fast zwei Jahrzehnte später, den Bruder zurückgebracht. Bob ist kreidebleich.

Er schließt die Augen, schüttelt den Kopf, als könne er dieses Phantom damit abschütteln. Als er die Augen wieder öffnet, sitzt der Mann immer noch da, real und lebendig. Jetzt steht er auf und geht auf ihn zu. Dabei scheint ihn eine schwere Last niederzudrücken.

Bob schluckt. Sucht nach Worten. Will auf den jungen Mann zugehen. Ist wie gelähmt.

Es ist immer noch ein ziemlicher Abstand zwischen ihnen, als der Mann stehen bleibt und Bob anschaut, wachsam, ängstlich, entschlossen, als würde er einem Feind entgegentreten.

„Robert Bliss?"

Bob kann dieses Zittern am ganzen Körper nicht unterdrücken. Er nickt.

„Ich bin William."

achtundzwanzig

Der Junge sieht aus, als hätte er das Leid der ganzen Welt erlebt. Staubig, müde und verloren. Unter seinen Augen liegen dunkle Ringe, das braune Haar fällt ihm wild ins Gesicht – er hat die Züge eines Mannes, der schon vor langer Zeit feststellen musste, dass die Welt ein feindseliger Ort ist. Er hat es zu oft erlebt.

William zieht in das Zimmer, das früher das gemeinsame Kinderzimmer von Roy und Robert war. Wobei man nicht von *einziehen* sprechen kann – er hatte nur einen verdreckten Seesack dabei, der schlaff und fast leer über seiner Schulter hing.

„Und jetzt?" Bob bläst seine Wangen auf und richtet die Frage eher an sich selbst oder vielmehr an Gott. In letzter Zeit ist in seinem Inneren etwas gereift, eine Beziehung zu Gott ist gewachsen, der greifbar geworden, ihm nahegekommen ist. Seine Gedanken sind oft Dialoge mit Gott, meist Fragen, die er an ihn richtet. Auch jetzt hat er eine Frage, eine sehr große Frage. *Was nun?*

Was würde Eva jetzt machen? Sie ist über Nacht weg, kümmert sich um die kranke Mrs Bascomb. Wenn Eva hier wäre, würde sie diese Spannung mit ihrem warmen, wundervollen Wesen einfach auflösen und die Mauer, die den Jungen umgibt, behutsam und liebevoll abtragen.

Was war mit Ed? Sobald er verstanden hatte, wer William ist, hatte er sich verabschiedet. Er würde sich morgen wieder melden, meinte er bloß. Scheinbar hatte er gespürt, dass zwischen Onkel und Neffe viel in der Luft lag.

Also … *was nun?*

Essen. Die Antwort kommt prompt, ist naheliegend. Ein Mann muss essen und das wird für diesen Jungen wahrscheinlich ganz besonders zutreffen. Er ist hager, aber das mag seine natürliche Statur sein, Bob weiß es nicht. Das letzte Bild, das er von William bekam, ist Jahre alt. Der Junge war damals vier Jahre alt und fuhr Fahrrad, irgendwo in Minnesota, ein fröhliches Kind, das in die Kamera lächelte. Seine Mutter war auf dem Bild nicht zu sehen, vermutlich hatte sie das Foto gemacht. Danach hatte Jenny wieder geheiratet – einen Theodore Sawyer – und von da an wurden ihre Briefe seltener. Im letzten Brief bat sie Bob, ihr nicht mehr zu schreiben. Sie hatte es freundlich formuliert, aber die Worte brannten ein Loch in seine Seele. Zwischen den Zeilen konnte Bob lesen, dass Mr Sawyer seiner Frau nicht gestattete, Briefe mit einem anderen Mann zu wechseln. Zuerst war Bob sehr aufgebracht, später versuchte er, das zu verstehen. Die Bitte war trotzdem seltsam, unerwartet, irgendwie falsch – die Worte, die Jenny dafür gewählt hatte, wirkten gezwungen, angstvoll. Trotzdem musste Bob das respektieren.

Aber jetzt ist William da, wie eine Erscheinung von Roy, mit den Sommersprossen von Jenny und ihren blauen Augen dazu. Fast unwirklich.

Bob holt entschlossen Maismehl aus dem Küchenschrank und Buttermilch aus dem pistaziengrünen Kühlschrank, dazu Kabeljau, den er heute Morgen frisch gefangen hat. Der Junge braucht etwas Herzhaftes. Bob ist kein besonders begabter Koch, aber er kann einen Fisch filetieren und goldgelb braten. Zudem hat Ed ihm etwas beigebracht, das Po'Boy heißt, eine Spezialität aus Eds Heimat Louisiana. Es ist ein Sandwich aus Baguettebrot mit Roastbeef oder frittierten Meeresfrüchten, dazu Salat und rohes Gemüse, außerdem Mayonnaise oder ähnliche Soßen. „Ein Po'Boy ist wie Musik für die Seele", hat Ed ihm erklärt. Bob hat keine Garnelen oder Austern und Ed meint, dass ein Po'Boy mit Kabeljau so ist, „als würde man Luft trinken, obwohl man sich auf einen Schluck eiskaltes Wasser gefreut hat". Aber ein Po'Boy mit Kabeljau macht satt. Und das ist im Moment ja wohl das Wichtigste für diesen Jungen.

Auf der Treppe sind Schritte zu hören und Bob belegt das Sandwich mit Tomaten, Salat und scharfer Soße, der Lieblingssoße von Ed. Sie enthält viel Pfeffer, dazu noch alle möglichen Gewürze.

William schiebt sich durch die Küchentür. Hier im Licht sieht man noch deutlicher, wie lang er seine Kleidung vermutlich schon trägt, wie dringend sie gewaschen werden muss. Das durchgeknöpfte Hemd war wohl einmal himmelblau, jetzt erinnerte es eher an marmorierten Ton. Sein kakifarbener Blazer hat Flicken auf den Ellbogen, die Naht am rechen Ärmel ist aufgerissen. Er hält die zwei Enden des Ärmels mit seiner Hand zusammen und Bob bemerkt, dass sein Blick den Jungen verunsichert.

Er ist halb Junge, halb Mann, wie er da in der Küchentür steht, in seinen dreckigen Sachen. Sein Gesicht hat er gerade gewaschen, die Wangen sind gerötet, sein Blick eiskalt. Er muss Schlimmes erlebt haben.

Bob schiebt die Platte mit den Sandwiches auf den Tisch und nickt William zu. Er stellt noch Wasser dazu und setzt sich zu seinem Gast.

Dann faltet Bob seine schwieligen Hände und neigt den Kopf, ehe ihm klar wird, dass er heute laut beten sollte. Ein kurzer Blick zu dem Jungen und er sieht, dass dieser, mit dem Sandwich auf halbem Weg zum Mund, in der Bewegung innehält. Auch er senkt den Kopf, nicht unbedingt, um zu beten, aber um zu verstecken, wie rot er vor Verlegenheit geworden ist. Sein Sandwich lässt er dabei nicht los.

„Herr, wir danken dir für dieses Essen und für die ganze Fülle von Dingen, die wir heute erlebt haben. Und …", er öffnet ein Auge, sieht zu William, der den Kopf tief gesenkt hat, die Haare verbergen sein Gesicht, „… danke für die Familie. Amen."

William murmelt etwas, das wie *Amen* klingt, dann verfallen beide wieder in Schweigen. Sie essen. Keiner weiß, wo er anfangen, was er sagen soll. Das Essen ist das, was die beiden jetzt gerade verbindet, es ist der Klebstoff in einer Welt voller zerbrochener Beziehungen. Wieder einmal muss Bob daran denken, wie gut Gott sich das alles doch überlegt hat, als er das Essen schuf und dem Menschen einen Magen gab. Sie brauchten Nahrung, und das nicht nur körperlich.

„Kommst du aus Boston?", fragt Bob schließlich. Nach seiner letzten Information wohnen Jenny und Mr Sawyer dort. Tausende weiterer Fragen drängen sich auf, aber jede davon ist viel zu persönlich, um sie einem fast Fremden zu stellen. Dieses Recht, Fragen zu stellen, muss er sich erarbeiten. Aber wie?

William kaut langsam, schluckt. „Schon vor einer Weile."

„Ich war nur einmal dort. Mit deinen Eltern übrigens." Bei der Erwähnung dieser beiden Menschen wird Williams Blick starr, er fixiert die Tischplatte vor sich.

So viele Widersprüche. Seine Kleidung muss teuer gewesen sein, vielleicht sogar maßgeschneidert – und jetzt ist sie so abgetragen. Seine Haare sind lang genug, um ungepflegt zu wirken, aber auch nicht so lang, als würde er damit absichtlich seine Rebellion demonstrieren. In seinem Gesicht sind Funken des Temperaments zu sehen, das Jenny in ihrer Jugend besaß, und auch etwas von Roys leidenschaftlichem Geist … Aber alles ist trüb, leblos und unterdrückt. Er wirkt wie ein Mensch, dessen Ankerleine gekappt wurde und der nun umhertreibt und kein Ufer zum Anlegen findet. Und als wäre das schon lange so.

William legt sein halb aufgegessenes Sandwich auf den Teller, trinkt das Wasserglas zur Hälfte leer und schaut Bob zum ersten Mal überhaupt in die Augen.

„Ich … ich brauche einen Platz zum Schlafen, für eine längere Zeit", sagt er schließlich.

Bob nickt und überlegt. Wie würden Eltern reagieren? Er weiß es nicht genau, aber er denkt, es wäre doch wichtig, Jenny einzubeziehen. Auch wenn sie schon lange keinen Kontakt mehr haben.

„Wir müssen deine Mutter anrufen und sie fragen, morgen können wir das machen, im Ort ist ein …"

„Nein."

In dem Wort schwingen Gefühle des Scheiterns und der Trauer mit.

Jetzt lässt auch Bob sein Sandwich sinken und betrachtet den Jungen aufmerksam. Er ist sich vollkommen sicher. *Diese Trauer kenne ich. Das Gefühl hatte ich auch.*

Er greift nach einem Geschirrtuch, wischt sich die Hände ab. Räuspert sich. „Ist sie … gestorben?“ Bob sagt es, damit der Junge es nicht aussprechen muss, falls das wirklich stimmen sollte.

Ein Nicken bestätigt Bobs Vermutung und in Bob tut sich ein Abgrund auf. Aber das ist jetzt nicht der richtige Moment. Später.

„Vor einem Jahr“, sagt William und seine Stimme wird sanft. „Sie wurde krank. Alles ging ganz schnell.“

Ein Jahr. Wo war der Junge seither gewesen? Er sieht aus, als hätte er seither viel erlebt.

„Das tut mir leid“, sagt Bob. Oberflächliche Sätze kommen ihm in den Sinn. *Sie war eine gute Frau. Das ist ein schwerer Schlag.* Alle diese Sätze sind ernst gemeint, aber keiner reicht aus. „Sie war …“ Plötzlich sieht er Jenny vor sich. Ein Mädchen, das Flügel hatte, wo andere auf Füßen gingen. Sie glitt zwischen den Sonnenstrahlen hindurch, die ihre Sommersprossen wie Sterne leuchten ließen und sich in dem dunklen Haar verfingen. „Das Mädchen war durch und durch voller Leben, so viel Leben in einer Person“, sagt er schließlich.

William, der bis dahin immer noch auf den Tisch gestarrt hat, hebt den Kopf, wendet sein Gesicht Bob zu, ein tiefer Blick. Unausgesprochener Dank.

Es gibt noch so vieles, was Bob nicht weiß. Wo war der Junge? Wohin will er? Aber wie es den Anschein hat, würden diese Fragen das Kind unnötig in die Enge treiben, das vermutlich nicht einmal richtig weiß, wo es jetzt gerade ist. Bob schiebt die Fragen zur Seite und richtet seine innere Antenne auf den Himmel aus. *Was braucht er?*

Die Antworten kommen sofort, Worte, die aus entgegengesetzten Seiten in seine Gedanken einbrechen und zu einer einzigen Idee verschmelzen. *Ein Zuhause. Hoffnung.* Vielleicht stehen beide letztlich für dasselbe. Eine Seele, die ziellos auf dem Meer treibt, braucht eine Aufgabe, einen Sinn. Auch wenn es nur etwas sehr Kleines ist. Hat er nicht gerade diese drei Kartons bekommen, die er nicht allein hochheben will, aus Angst, den Inhalt zu beschädigen? Er hat an einem Tag gleich zwei Sendungen auf seiner Schwelle vorgefunden. Und sie sind eng miteinander verknüpft: das Licht und der Junge. Kann das Zufall sein?

„Also auf jeden Fall kannst du hier so lange bleiben, wie du willst", sagt Bob schließlich.

Die Regung ist winzig, fast hätte Bob übersehen, wie William sich minimal auf seinem Stuhl bewegt und die Schultern sinken lässt, als wäre ihm gerade eine schwere Last abgenommen worden. Er hat Raum bekommen – vielleicht nur wenig –, aber er hat wieder Luft zum Atmen. Und Bob kennt das. Wenn man so lange ohne Luft war, dass man gar nicht mehr weiß, wie sich das Leben davor angefühlt hat, dann ist schon ein einziger Atemzug wie ein neues Leben.

Am nächsten Morgen schleicht sich Bob schon vor Sonnenaufgang die Treppe hinunter. In der Küche schreibt er einen Zettel für William, sucht ein bisschen was zu essen für ihn zusammen – einen Apfel, zwei Brötchen, etwas Käse – und legt alles auf den Tisch. Draußen ist es kalt. Er ist auf halbem Weg zum Boot, als eine plötzliche Bewegung seinen Puls hochschnellen lässt. Ein langer Schatten löst sich von einem Pfosten am Anleger, an den sich eine Person gelehnt hatte.

Alle Muskeln angespannt, die Augen zusammengekniffen, versucht Bob herauszufinden, wer ihm da im Dämmerlicht auflauert. „Bist du das, William?"

Der vergräbt die Hände in den Jackentaschen und zieht die Schultern hoch. Er sieht aus wie ein ertapptes Kind. „Ich … würde gern helfen."

Bob wirft seinen Sack aufs Deck der *Savvy Mae*. „Helfen?"

„Mom sagte, du bist Fischer."

„Das stimmt", antwortet Bob. „Hummer. Hast du so was schon mal gemacht?"

„Nein …" Der Junge tritt von einem Fuß auf den anderen, fühlt sich sichtlich unwohl in seiner Haut. Als wolle er noch etwas sagen, was er aber nicht über die Lippen bringt.

Bob wartet.

„Ich war noch nie auf einem Boot", gibt er schließlich zu.

Bob grinst. „Nun, das werden wir gleich ändern." Er klopft seinem Neffen aufmunternd auf den Rücken und reicht ihm die Hand, um ihm an Bord zu helfen.

Was dann kommt, hat den Charme eines neugeborenen Fohlens, das seine ersten Gehversuche unternimmt. Bob schafft es, sein Lachen zu unterdrücken, er presst die Kiefer aufeinander und lässt den Jungen ganz in Ruhe selbst herausfinden, wie man sich auf einem schaukelnden Schiff bewegt. Niemand hat das Recht, einen anderen zu verspotten, der sich ans Meer gewöhnen muss. Also wirft er den Motor an und macht sich auf den langen Weg hinaus aus dem Hafen. Durch die Meerenge, an der Einfahrt der Bucht vorbei. Langsam und ruhig steuert Bob das Boot, bis sich Williams angespannter Griff an der Reling etwas lockert und seine Fingerknöchel nicht mehr weiß hervortreten.

Als sie dann auf dem offenen Meer sind, dreht er den Motor etwas weiter auf. Sie kommen an Gus Parker vorbei, der schon an seinen Fallen arbeitet, und Bob hebt die Hand zum Gruß. Dann haben sie die erste von Bobs Fallen erreicht. Er wählt eine Falle aus, von der er hofft, dass sie für William ein guter Einstieg sein wird. Neben seiner Boje hält er an. Sie ist mit der hölzernen Falle verbunden, die am Meeresgrund liegt.

„Woher weißt du, welche dir gehören?", fragt Willam und lässt den Blick über das Wasser schweifen, wo überall Bojen auf dem Wasser treiben.

„Die Streifen." Der Motor ist jetzt im Leerlauf, Bob packt die tropfende Boje und holt sie an Bord. Er zeigt auf das Muster – ein dicker blauer Streifen, darüber zwei dünnere rote. „Das ist unser Zeichen. Die anderen haben andere Muster und andere Farben. Aber die hier gehört uns."

„Aber was ist, wenn jemand deine Falle leert, bevor du da bist?"

Bob lacht. „Wer das wagt, der kann gar nicht schnell genug über die Berge laufen, hinter dem wären die Leute aus der ganzen Region her. Unsere Arbeit hat auch etwas mit Anstand zu tun. Jeder respektiert die Fallen der anderen, das ist normal."

Während er das sagt, sieht er eine Sehnsucht in Williams Augen. Auch er möchte zu einer Gemeinschaft gehören, in der Anstand und Respekt herrschen, in der man zusammenhält und füreinander einsteht. Bob sieht das und fragt sich, was diesem Jungen widerfahren ist, während er ganz auf sich gestellt überleben musste, und welche Last er seitdem trägt. Seinen gebeugten Schultern nach zu urteilen, eine sehr schwere.

Bob legt die Boje auf das Deck und zieht an dem Tau, eine Hand um die andere, ohne den Flaschenzug einzusetzen. Hier ist es flach genug, dass man ihn nicht braucht. Zwischendurch hält er immer wieder an, um Seetang von dem Tau zu entfernen. Dann wird der Holzkasten sichtbar, der über einem rechteckigen Boden sitzt, und man kann schon ahnen, dass mindestens zwei Hummer in die Falle gegangen sind. Die netzartige Öffnung hat ein Loch, das gerade reicht, damit ein Hummer hineinkriechen kann und den Köder bekommt.

William zeigt auf diese Öffnung. „Warum bleiben sie in der Falle?"

„Es ist ihre Entscheidung. Sie könnten jederzeit wieder herausspazieren, sie müssten sich nur umdrehen und zurückgehen."

William lacht traurig, vielleicht versteht er die Tiere besser, als er zugeben möchte.

Bob zieht den ersten Hummer heraus und der rudert erregt mit den Zangen. Bob dreht ihn um, schaut nach Eiern. Tatsächlich, da sind welche, die Zukunft der Tiere klebt hier direkt unter dem Bauch. Mit einem weiten Wurf entlässt er das Tier zurück ins Meer.

„Warum hast du das gemacht?", fragt William, beugt sich über die Reling und sieht dem Tier nach, dessen Bewegung noch im Wasser zu sehen ist.

„Sie hat Wichtigeres zu tun", sagt Bob, „muss auf die Eier aufpassen, damit viele neue Hummer schlüpfen können. Ihre Bestimmung ist nicht die Küche, sondern neues Leben hervorzubringen."

„Und der andere?" William zeigt auf die Falle.

„Schau selbst nach."

Zögernd greift William in die Falle und zieht einen Seestern heraus. „Komischer Hummer", sagt er mit ausdruckslosem Gesicht.

Bob kneift die Augen zusammen und versucht, etwas im Gesicht des Jungen zu lesen. Macht er Spaß?

Da zieht sich ein Mundwinkel ein kleines bisschen hoch, was Bob als Erklärung genügt. Er nimmt das als Hinweis darauf, dass doch irgendwo eine Tür sein könnte, durch die er irgendwann die Festung betreten kann, die William um sich herum errichtet hat. Bob grinst und deutet mit einer Kopfbewegung aufs Wasser. William wirft den Seestern hinein.

Dann greift er erneut in die Falle und jetzt hat er den zweiten Hummer erwischt und hält ihn am Rücken, genau wie er es bei Bob beobachtet hat. Er dreht ihn um. Keine Eier.

„Das ist ein Wächter", erklärt Bob und holt einen großen metallenen Eimer, der auf dem Deck steht. Er bindet die Zangen mit Holzklammern zusammen und William legt das Tier in den Eimer.

Dann zeigt Bob ihm, wie man den neuen Köder einlegt, und als das Boot wieder Fahrt aufnimmt, wirft er die Falle ins Meer. „Du musst immer aufpassen mit dem Tau, egal was du gerade machst", sagt er ernst.

Bei der nächsten Falle macht William die Arbeit schon allein. Aber er stellt sich an, als hätte er zwei linke Hände. Dabei hat er lange, starke Finger, bestens geeignet für diese Arbeit, aber Hände und Augen sind ungeübt.

Ein- oder zweimal kocht die Frustration in William hoch, als es nicht klappen will. Aber er schafft es, sich zu beherrschen. Bob weiß aber auch, dass die Explosion umso größer ist, je länger man Gefühle unterdrückt. Das kennt er von sich selbst am allerbesten. Zum ersten Mal kommt ihm der Gedanke, dass William auch ihm selbst ein wenig ähnlich sein könnte.

„Du machst das prima, mein Junge", ermutigt Bob ihn freundlich und denkt sich nichts dabei, ihn „mein Junge" genannt zu haben. Aber Williams Bewegungen werden steif und Bob weiß, dass das falsch war. William ist nicht sein Junge. „Lass dir einfach nur Zeit, das wird schon", setzt er noch nach.

„Damit hat du eigentlich gesagt, dass ich es nicht gut mache", kommentiert William.

„Nein“, widerspricht Bob, „es braucht einfach nur Zeit.“

William grinst ein bisschen und Bob hofft, dass es auch für William ein guter Tag sein wird. Irgendwann werfen sie den Anker aus und essen zu Mittag. Bob hat sich ein Eierbrötchen gemacht, das er mit William teilt. Am besten werden sie heute nicht zu lange auf dem Meer bleiben. Ein halbes Brötchen wird den Jungen nicht lange satt machen, zumal er sich wirklich anstrengt und alles gibt. Seine Hände sind schon ganz wund. Dazu kommt, dass es für jemanden, der noch nie auf dem Meer gearbeitet hat, bestimmt auch ziemlich kalt ist, obwohl die Sonne heute scheint.

Bob duckt sich in das Steuerhaus und macht das Boot bereit für die Rückfahrt. „Komm rein, William.“ Es fühlt sich so seltsam an, diesen Namen auszusprechen. Wenn er William sagt, dann denkt er unwillkürlich an dieses Baby im Korb auf dem Küchentisch. „Willst du mal das Steuer übernehmen?“ Er bietet ihm seinen Platz an. So sind seine Hände zumindest eine Zeit lang nicht Wind und Wasser ausgesetzt. „Also wenn du in diese Richtung willst“, er zeigt nach rechts, „dann drehst du das Steuerrad nach steuerbord. Schön gleichmäßig und langsam, den Motor dabei etwas drosseln.“

Williams Wangenmuskeln sind angespannt, seine Augen schauen konzentriert aufs Meer. Sie fahren die gleiche Strecke zurück, auf der sie heute Morgen hinausgefahren sind. Bald haben sie die Öffnung der Bucht wieder erreicht. Sie müssen den felsigen Inseln ausweichen, um in die Meerenge einbiegen zu können. Bob steht im Hintergrund und beobachtet, wie William steuert. Auf seinem Handrücken zeichnet sich eine Vene ab. Doch als sie in die Bucht einfahren, ist William zu schnell. Sie halten auf ein Riff zu, hektisch dreht er am Steuerrad. Zu schnell. Er korrigiert, zieht das Rad wieder in die andere Richtung, zur Mitte hin. Vor Schreck hat er gar nicht daran gedacht, dass er den Motor drosseln kann, und nun hebt sich der Bug und mit einer Gischt-Fontäne pflügen sie durchs Wasser.

Sie rasen direkt auf Everleas Insel zu – und überall ragen Felsen aus dem Wasser, die ein Boot zerstören können. Bob spürt, wie Williams Panik zunimmt, und er tritt vor, übernimmt das Ruder und senkt den

Gashebel. Die Maschine beruhigt sich, das Schiff nimmt wieder Kurs auf die Meerenge.

Er wirft William einen auffordernden Blick zu, will ihm den Platz am Steuer wieder übergeben, aber William schluckt und schüttelt verneinend den Kopf. Seine Schultern heben und senken sich, er keucht.

„Passiert allen am Anfang", sagt Bob leichthin. „Dein Vater hat das Boot mindestens zweimal fast zerlegt." Er grinst bei der Erinnerung und William beugt sich interessiert vor. „Das hat deine Mom dir bestimmt oft erzählt."

„Nein, eigentlich nicht", sagt er und zuckt mit den Schultern. „Theodore, mein Stiefvater, hat immer gesagt, man soll nicht in der Vergangenheit leben." Seine Stimme klingt gepresst und der Satz spricht Bände.

Bob wiegt den Kopf. „Vielleicht stimmt das", sagt er nachdenklich, „vielleicht aber auch nicht. Manchmal liegen in der Vergangenheit Schätze verborgen, die es zu bergen gilt. Wer ganz auf die Vergangenheit verzichtet, der verpasst auch etwas. Das ist meine Meinung."

„Vielleicht."

Er weiß eigentlich, dass er es nicht tun sollte, aber Bob fragt trotzdem: „Wo ist Theodore jetzt?"

„Er hat in San Francisco Arbeit bekommen", antwortet er, „nach Mom."

„Und er hat dich nicht mitgenommen?"

William zuckt wieder mit den Schultern. „Die Firma hat ihm eine Penthouse-Wohnung angeboten. Er sagte", an der Stelle schließt er die Augen und kramt die Erinnerung buchstabenweise aus der Ecke seines Gedächtnisses hervor, in die er sie verbannt hatte, „es sei kein guter Ort für einen jungen Mann an der Schwelle zum Erwachsenenleben, der bereit ist, sein eigenes Leben zu führen."

Bob rechnet. William muss damals gerade sechzehn geworden sein. Und er hatte gerade seine Mutter verloren.

„Wie ich schon sagte", Williams Worte klingen bitter, „er lebt nicht gern in der Vergangenheit. Vielleicht kann ich ihm dafür nicht mal einen Vorwurf machen." Seine Stimme klingt jetzt mühsam beherrscht und steht im Widerspruch zu seinen Worten. „Ich bin ja auch nicht sein Kind.“

Mr Penthouse kann froh sein, dass er jetzt nicht Bob gegenübersteht. In ihm brodelt es. Jetzt sind es seine Fingerknöchel, aus denen jede Farbe gewichen ist, so krampfhaft hält er das Steuer fest. Er denkt an Roy. Jenny. Willam. Und dann an diesen Feigling, dem Jenny ihr Leben anvertraut hat.

„Ich bleibe bei dem, was *ich* gesagt habe …“ Bob beherrscht den Zorn und sieht William ernst in die Augen. „Er verpasst so viel.“

neunundzwanzig

Die Tage vergehen und die beiden Männer entwickeln einen gemeinsamen Rhythmus. Vor Sonnenaufgang gehen sie los. William trägt eine alte Arbeitsjacke von Bob und entweder das Hemd, in dem er gekommen ist, oder eines, das er von Bob bekommen hat. Ihr Mittagessen packen sie draußen auf dem Meer aus. Nach und nach kommen immer mehr Bruchstücke von Williams Geschichte zum Vorschein. Sie kommen nur abgehackt, wie die unruhigen Wellen, die ihr Boot tragen. Aber jedes Stückchen überbrückt einen kleinen Teil der zeitlichen Kluft zwischen ihnen, jedes verbindet den Riss ein bisschen mehr.

William redet nicht gern über sich, aber Bob sammelt die Schnipsel an Information so, wie sie kommen, setzt sie zusammen und macht sich sein eigenes Bild. Ein Jahr lang war der Junge auf sich selbst gestellt. Er schlief in Parks und Notunterkünften, zuletzt verbrachte er die kalten Nächte neben einem alten Schornstein in den Wäldern von New Hampshire. Er hatte dort Überreste eines Arbeitscamps aus den Dreißigerjahren entdeckt. Es war ihm gelungen, den alten Ofen wieder in Gang zu setzen, was zunächst seine Rettung war und ihn vor dem Erfrieren bewahrte. Aber es führte auch dazu, dass man auf ihn aufmerksam wurde. Er wurde gefragt, wie er an die Dose Bohnen gekommen war, die er gerade auf dem Feuer wärmte, als er aufgestöbert wurde. Für seine Antwort schämte er sich. Als man herausfand, dass er noch minderjährig war, sollte er vom Staat eine Unterbringung erhalten, ein Dach über dem Kopf und jemanden, der verantwortlich für ihn war.

Er wollte nicht warten, bis feststand, in welches Kinderheim sie ihn stecken würden, sondern schlich sich am nächsten Tag heimlich in einen Zug nach Maine.

Was sie in die Gegenwart zurückbringt, zu ihrer noch holperigen Routine, die dem Leben jedoch genug Gleichmaß gibt, um ihre noch junge Beziehung am Leben zu halten. Abends wird gegessen – Fleisch und Kartoffeln, oft am Lagerfeuer hinter dem Haus, eingehüllt in den Schutz der Bäume, der Sternenhimmel ihr Dach. Eva bringt selbst gemachten warmen Apfelwein aus dem Haus und mit ihrer angenehmen, herzlichen Art wärmt sie die kleine Gemeinschaft, die immer mehr zusammenwächst. Bob will sich gar nicht vorstellen, wie es ohne Eva wäre. Sie hilft ihm und William so sehr. Immer wieder dankt er Gott für seine Frau. Später am Abend gehen sie alle schlafen, müde von ihrer Tagesarbeit, und am nächsten Morgen geht es in aller Frühe wieder los.

Dann kommt die Nacht, in der Bob schlaflos im Bett liegt. Der alte schwarze Wecker auf seinem Nachttisch tickt, es ist schon nach Mitternacht. Endlich ist er fast eingeschlafen, da öffnen sich seine schweren Lider wieder. Was ist das? Ein Poltern, dann schlurfende Geräusche.

William. Aber es kommt nicht aus seinem Zimmer. Die Geräusche sind oben. Auf dem Dachboden, wo Bob monatelang nicht mehr war. Oder sind es schon Jahre, seit er zuletzt dort war? Er steht auf und schleicht sich über den Flur. Roys alte Petroleumlaterne leuchtet auf Williams Nachttisch. Aber Williams Bett ist leer, die Decken sind zurückgeschlagen.

Nun hört er Schritte auf dem Dachboden, sie gehen einmal, zweimal quer durch den Raum. Keine Frage, der Junge ist dort oben. Bob geht ins Schlafzimmer zurück und schließt die Tür. Soll er hochgehen? Oder unten bleiben? Soll er mit dem Besenstil an die Decke klopfen, wie Dad das früher manchmal gemacht hatte, wenn Roy und er zu wild waren? Er lächelt bei der Erinnerung. Sie hatten die lustigsten Sachen auf dem Dachboden gespielt, hatten Kisten in Autos verwandelt, hatten sich ein Radio gebastelt, das nicht funktionierte, und dafür das einzig funktionierende Radio im Haus zerlegt.

Später hatte Roy hier auch Pläne gezeichnet. Auf dem Dachboden hatte er zum ersten Mal das Design für ein Boot entworfen, dieses seinem Vater vorgelegt und gefragt, ob das so funktionieren könnte. Danach hatte er dann seine Werkzeuge ins Bootshaus gebracht und die Brüder hatten begonnen, unterschiedliche Interessen zu verfolgen.

Soll William doch den Dachboden erforschen. Dort oben ist nichts Gefährliches, nichts Wertvolles. Irgendwann hört Bob wieder Schritte auf der Treppe, William schleicht sich leise in sein Zimmer zurück und das Haus wird ruhig.

Am Morgen ist William draußen hinter dem Haus und hackt Holz. Auch eine Fähigkeit, die der Junge, der in der Stadt aufgewachsen ist, neu gelernt hat. Eigentlich will Bob die Privatsphäre seines Neffen respektieren, aber es zieht ihn förmlich nach oben auf den Dachboden.

Alles ist an seinem Platz. Der alte Spiegel ist mit einem Tuch verhangen und lehnt wie ein Gespenst in der Ecke. Daneben stehen die beiden Autos der Zwillinge, aus Kisten gebastelt, die sie abgeschliffen und lackiert hatten, sie wirken wie rostige Überbleibsel aus einer anderen Zeit. Eine Garderobe und ein paar Kartons stehen auch noch herum … und mitten drin ein schwarzer Koffer, die Ecken mit zerkratztem Messing beschlagen.

Der Anblick des Koffers ist für Robert wie ein Schlag in die Magengrube. Zuletzt hatte er seine Mutter mit diesem Koffer gesehen, als sie die Sachen ihres verstorbenen Sohnes wegpackte. Sie hatte die Hemden und Hosen aus Roys Kleiderschrank genommen, die Bücher und Andenken aus seinem Zimmer, seine Schätze, die aus Steinen und Muscheln bestanden. Bob hatte damals kurz durch die Dachbodentür geschaut und seine Mutter gesehen. Sie saß auf dem Boden, Sonnenstrahlen fielen durch das Dachfenster und umgaben sie mit warmem Licht. Ihre Hände zitterten, während sie sorgfältig jedes Kleidungsstück faltete. Sie bewegte ihre Hände feierlich, als wüsste jeder einzelne Finger, dass er diese Kleider zum letzten Mal faltete. Ein letztes Mal strich sie über die Stoffe, die Roys Körper berührt hatten. Robert blieb damals kurz an der Tür stehen und beobachtete, wie ihre zarten Schultern bebten, als die Tränen kamen und sie leise in das Flanellhemd ihres Sohnes weinte. Ihre Lippen bewegten sich betend, ohne dass er etwas hören konnte, aber er fühlte, wie verletzt ihr Herz war. Jeder einzelne Gegenstand wurde von ihr in diesen Koffer gebettet, als würde sie ihn schlafen legen oder auch gut aufbewahren für einen unwahrscheinlichen zukünftigen Tag.

Der Tag scheint gekommen zu sein. Robert öffnet den Koffer. Die Kleider sind aufgefaltet und wieder zusammengelegt worden, nicht unordentlich, aber auch nicht so, wie Mutter das damals gemacht hat. Da sind Jeans, Hemden, T-Shirts und Salzwasserstiefel, dazu die braune Cordjacke, die Roy so lange getragen hatte, bis man hindurchsehen konnte. Ganz oben liegt der Einberufungsbefehl, immer noch so glatt wie am ersten Tag.

Und dann ist da noch etwas. Bob beugt sich über den kleinen Stapel neben den Kleidern, es ist düster hier oben. Zwei Bücher liegen da aufeinander, Robert streicht über das alte Papier – *Rob Roy* und, ganz oben, die Bibel. Er blättert mit dem Daumen durch das Buch, ganz langsam, Blatt für Blatt. Mittendrin steckt das Foto, das neben Roys Krankenlager an der Wand hing, das Bild, das er ansah, während das Leben aus seinem Körper wich. Es war damals der Anker seiner Seele gewesen. Die strahlende Jenny und der winzig kleine William.

Wie viele Jahre ist es her, seit er diese wenigen Habseligkeiten bei Jenny abgeliefert hat? Es war an jenem Abend, als er den kleinen William im Arm hatte und sich nichts auf der Welt so sehr wünschte, wie dass es Roys Arme wären, die dieses Kind hielten, und nicht seine.

Er schließt die Augen und überlegt. Wie können diese Dinge in diesen Koffer gekommen sein? Jenny hat sie für William aufbewahrt, es ist das Erbe von seinem Vater Roy.

William war ohne einen Penny und nur mit dem, was er am Leibe trug, unterwegs gewesen. Aber er hatte das Erbe seines Vaters bewahrt und hierhergebracht, einen langen Weg, den er allein zurücklegen musste, als das Leben für ihn kalt und hart war. Er hatte diese Schätze die alte, knarrende Treppe hinaufgetragen und sie zu den Sachen seines Vaters gepackt. Eine Heimkehr … und mehr als das.

Eine Suche. Hier oben auf dem Dachboden. Ein Junge, kurz davor, ein Mann zu werden, sucht hier oben im Staub nach seinem Vater, den er nicht hatte kennenlernen dürfen. Er findet die wenigen Dinge, die an Roys Geschichte erinnern, eine Geschichte, die Bob erlebt und immer wieder durchlitten und schließlich verarbeitet hat. Erst jetzt wird Robert bewusst, dass auch William sich nach dieser Geschichte sehnt.

Bob packt alles zusammen, stapelt es auf seinen Arm, bis er fast nicht mehr daran vorbeisehen kann, dann geht er die Treppe hinunter. Der unwahrscheinliche zukünftige Tag ist da.

Als William am nächsten Morgen die Treppe herunterkommt und in der Küche erscheint, wo Eva gerade die Blaubeeren mit Zucker püriert und Bob Buchweizenpfannkuchen brät, sehen sie einen Jungen da stehen, der noch nie so verloren gewirkt hat wie heute.

Aber es ist ein verlorener Junge, der Schätze gefunden hat. Auf den vorgestreckten Händen trägt er ein Hemd von Roy, als hätte man es ihm gerade als Weihnachtsgeschenk überreicht. „Ich … Das habe ich gefunden. In meinem Zimmer", sagt er vorsichtig.

Es stimmt, was er sagt. Bob hat die Sachen gestern gewaschen und zum Trocknen hinter das Bootshaus gehängt. Als Eva ihn dabei antraf, wollte sie ihm die Arbeit abnehmen, aber er lehnte ab. Das war seine Aufgabe. Nachdem Wind und Sonne alles getrocknet hatten, schmuggelte er die Sachen wieder ins Haus und legte sie zusammen mit den Gegenständen vom Dachboden in Williams Zimmer.

„Das gehört dir", sagt Bob.

„Aber …" William streicht mit dem Daumen über das Flanell, das weich und warm auf seiner Hand liegt.

„Aber sind das nicht … waren das nicht …" Er weiß nicht, wie er Roy nennen soll.

„Ja, das ist von deinem Dad", vollendet Bob den Satz für ihn. „Und jetzt gehören die Sachen dir." Mit dem Pfannenwender in der Hand weist er auf das Hemd. „So ist es genau richtig."

In dem Moment verändert sich etwas. Ein Teil der Härte, die William umgibt, fällt ab. „Meinst du das wirklich?“

Bob trinkt einen Schluck Wasser aus dem Glas, das auf der Arbeitsplatte steht. Er nickt und unterstreicht seine Zustimmung, indem er das Glas fest und vernehmbar wieder auf die Platte stellt. „Ich bin mir absolut sicher. Hast du Hunger?“ Und damit stapelt er Pfannkuchen auf die Platte und reicht sie Eva. Sie gießt den frischen Blaubeersirup darüber und stellt die Platte vor William.

Er rückt den Stuhl vom Tisch weg, zieht Roys Hemd über seines und setzt sich genau auf den Stuhl, auf dem früher immer Roy gesessen hatte.

Eva schaut verstohlen zu Bob und ihre feuchten Augen drücken aus, was auch Bob gerade empfindet.

Von da an passieren tief greifende Veränderungen in dem jungen Mann. Die Tage werden kälter, aber William, dem die Arbeit auf dem Boot immer noch schwer von der Hand geht, ist jeden Morgen da. Er versucht es immer wieder. Steuert das Schiff nur um Haaresbreite an den Felsen vorbei. Aber eine Sache hat er in dem Jahr auf der Straße gelernt: immer weitermachen, weitergehen, nicht aufgeben. Und eines Tages … verwandelt sich etwas in ihm. Ansel, das Hafenstädtchen an der Küste, wird zu seiner Heimat. Der Tanz der Wellen wird zu seinem Tanz.

William trägt jetzt immer die Sachen seines Vaters und arbeitet in vollkommener Harmonie mit dem Meer, als wäre er mit Schaumkronen unter den Füßen geboren. Wer weiß … Immerhin ist er das Kind von Jenny und Roy. Auch in diesem Winter will er so oft wie möglich mit dem Boot aufs Meer. William ist jetzt mehr auf dem Wasser als an Land und Bob wird das Gefühl nicht los, dass er damit auch vor etwas davonläuft. Am liebsten lässt William das Land mit allem, was er dort erlebt hat, hinter sich.

Das geht den ganzen Winter so, William flüchtet aufs Meer … bis der Frühling kommt und die Natur neu erwacht. Da endlich erscheint William auch das Land wieder freundlich, es reicht ihm die Hand, bietet ihm einen neuen Anfang und einen Platz zum Leben an.

An einem sonnigen Frühlingstag fahren Bob und William zum Giebelhaus, einem Ausflugsziel direkt gegenüber von der Seemannsklause. Das Haus hat schon bessere Tage gesehen. Es ist seit drei Generationen im Besitz der Familie Flint, aber während des Krieges stand es leer. Erst 1950 wurde es wieder eröffnet, als Abner Flint nicht nur mit einer Beinprothese aus dem Krieg in Frankreich zurückkehrte, sondern auch mit einer großen Portion Hartnäckigkeit und Durchhaltevermögen sowie dem Traum, das alte Ausflugsziel wieder aufleben zu lassen. Seither hämmert und werkelt er in dem alten Ferienhaus und renoviert ein Zimmer nach dem anderen. Das Haus hat das Flair einer alten Villa, die Inneneinrichtung ist aus dunklem Holz, es gibt etliche Gästezimmer, einen Tennisplatz, einen Krocketplatz und eine Wiese mit einer Boule-Anlage. In seiner Blütezeit hat man hier ganze Theatergruppen und Musiker-Ensembles beherbergt – ein kleines Stück große weite Welt mitten in den Kiefernwäldern und der verschlafenen Bucht von Ansel. Im Sommer wurde damals immer ein Kostümball ausgerichtet, aber für die Einwohner von Ansel war das nichts. Dafür kamen Leute von weit her, aus Massachusetts, New Jersey, Connecticut und New York, und sie brachten ihren ganzen Luxus mit.

Abner hat Bob gestern in der Stadt getroffen und ihn gebeten, ihm heute seinen ganzen Fang vorbeizubringen, da er Gäste erwartet. Eine Familie will in der Vorsaison in seinem Ferienhaus Urlaub machen, dazu kommt noch ein frischgebackenes Ehepaar aus New York City. Er sprach den Namen der Stadt mit so viel Stolz aus, dass ihm fast die Knöpfe vom Hemdkragen geplatzt wären. Wenn Gäste aus New York in seinem Haus ihre Flitterwochen verbringen, dann hat sich offenbar herumgesprochen, dass sein Haus den Betrieb wieder aufgenommen hat.

Tatsächlich haben Bob und William heute recht viele Hummer gefangen und steuern nun direkt die private Anlegestelle des Giebelhauses an. Eine ganze Reihe Ruderboote schaukelt einladend auf dem Wasser und William steht am Ruder und achtet darauf, gegen keines der kleinen Boote zu stoßen.

„Super machst du das“, lobt Bob. „Ist dir klar, dass du gerade durch dieselbe Enge gefahren bist, in der du das Schiff am ersten Tag fast versenkt hättest?“

William grinst verlegen und nickt, er erinnert sich nur zu gut daran.

„Inzwischen bist du ein alter Hase“, lächelt Bob stolz.

William bedankt sich und Bob schleppt den Fang des Tages zur Küche des Giebelhauses. Abner kommt ihm entgegen und die beiden wickeln den Kauf ab und bleiben dann noch plaudernd stehen. Bob hat die Arme vor der Brust gefaltet, während Abner erzählt, wie er mit seiner Arbeit hier auf dem Gelände vorankommt. Der Wind zerrt an den beiden Männern und Abner berichtet von einem neuen Brunnen, der gegraben werden soll, auch von Ausrüstungen zum Muschelsammeln für Gäste, die er anschaffen will, und dann erwähnt er noch die Boote, die überholt werden müssen.

„Was ist mit den Booten?“, fragt Bob interessiert, den Blick auf William gerichtet, der sich interessiert über eines der Boote beugt, die in langer Reihe auf der Wiese liegen. Er streicht mit der Hand über das alte Holz. William hatte sich abends oft die Zeit damit vertrieben, in den alten Büchern seines Vaters zu lesen, Handbücher für Schiffbau. Man kann förmlich sehen, was jetzt gerade in seinem Kopf passiert, während er das Boot untersucht.

„Ach, du weißt ja selbst, wie das ist. Tag und Nacht setzt das Meer den Booten zu.“

„Über Winter hattest du sie drinnen, oder?“

„Das hätte ich wohl besser machen sollen …“

„Abner!“

„Ich weiß. Wenn ich nur jemanden hätte, der mithilft, es gibt so viel zu tun hier. Die meisten habe ich wieder einigermaßen repariert, aber eigentlich müsste man alle mal überholen.“ Er macht eine weite Armbewegung. „Das ganze Gelände müsste überholt werden.“

Dann fällt sein Blick auf William, der jetzt auf allen vieren kniet und mit bloßen Händen eine Schraube anzieht. „Das ist doch Roys Junge, oder?“ Wenn Abner Fragen stellt, holt er immer sehr weit aus.

„Ayuh.“

„Hab davon gehört. Er sucht nicht zufällig einen Job, oder?“

„Kann ich nicht sagen. Aber frag ihn doch selbst.“

In der nächsten Viertelstunde findet William heraus, dass Abner gern und viel redet und dazwischen kaum Luft holt, was für William ideal ist, da er selbst lieber schweigt. Abner fragt, ob er sich vorstellen könne, für ihn zu arbeiten. William wäre zuständig für die Boote und würde ihm bei allem helfen, was im Haus und auf dem Gelände zu tun ist. Er müsste so arbeiten, dass die Gäste ihn nicht bemerken. Er wäre Teil dieser Gemeinschaft, ohne sich unter sie mischen zu müssen. Er würde an Land arbeiten, hätte aber auch viel mit dem Meer zu tun.

Das Angebot ist wirklich maßgeschneidert für William.

Abner redet auch von einer Familie, die in ein paar Wochen aus New Hampshire kommen wird. Sie brauchen die Boote und vielleicht auch Tennisunterricht. Ob William das dann übernehmen könne?

Bei diesem letzten Ansinnen wird es William etwas flau in der Magengegend, aber auf dem Heimweg strahlt er. Von da an lässt Bob ihn vor Sonnenaufgang am Giebelhaus von Bord und holt ihn, wenn er von den Hummerfallen zurückkommt, wieder ab. Und die Person, die da nachmittags wieder an Bord kommt, wird jeden Tag ein bisschen weniger Kind und ein bisschen mehr Mann. William geht aufrechter und er hat Farbe im Gesicht. Die Sonne bräunt seine Haut sowohl bei der Arbeit an den Booten als auch auf dem Tennisplatz. Wobei sich bald herausstellt, dass Tennis nicht Williams Gabe ist. Selbst wenn sein Leben davon abhinge, er trifft den Ball einfach nicht. Gleichzeitig stellt sich aber heraus, dass manche Kinder der Gäste ihm gern zuschauen, wenn er an den Booten arbeitet.

Anfangs erklärt William einfach, was er gerade tut, manchmal dürfen sie ihm auch bei kleinen Handgriffen helfen. Als Abner das einmal beobachtet, erklärt er: „Du willst mir wohl was verheimlichen, oder? Hier stecken die Gören also und nicht beim Krocket.“ Von da an hat das Giebelhaus eine neue Attraktion: *Schiffbau-Workshop für Kinder und Jugendliche.*

„Schiffbau-Workshop“, erzählt William lachend, während er Bobs Schiff nach Hause fährt und berichtet, was er heute erlebt hat. „Ein stolzer Titel dafür, dass wir einfach nur kaputte Sachen reparieren.“ Bob und William lachen herzlich, dann drosselt William den Motor.

Er wirkt angespannt. Bob beugt sich auf seinem Sitz vor und wartet. Er hofft, dass sein Schweigen William hilft, das zu sagen, was ihm auf der Seele liegt.

„Onkel Bob, also ...“ Er kratzt sich am Kopf.

„Ja?“

„Ich dachte, ich wollte mal fragen ... Also, würde das gehen ... Kann ich das Boot heute Abend kurz haben? Nur für eine Stunde oder vielleicht für zwei?“

Der Junge versucht, sich nichts anmerken zu lassen, aber er ist total nervös. Er vermeidet es, Bob anzuschauen, und starrt stattdessen so konzentriert auf die vollkommen ruhige Wasseroberfläche, als würde er sein Schiff durch einen gefährlichen Sturm lenken. Bob fühlt sich plötzlich zurückversetzt in eine Zeit, als er jünger war als William heute. Damals wusste er nie, was er sagen sollte, und war vollkommen unbeholfen, wenn ein bestimmtes Mädchen in der Nähe war. Er weiß, wie William sich fühlt.

„Aber sicher“, sagt er leichthin und William entspannt sich merklich. Als er abends dann aus dem Haus geht und sich bücken muss, um durch die Tür zu gehen, sieht Bob, dass er die sorgfältig gekämmten Haare mit Haarwasser zum Glänzen gebracht hat, wahrscheinlich aus der Flasche, die plötzlich im Medizinschrank aufgetaucht ist.

Das geht auch an den folgenden Tagen so. Am vierten Abend wartet Bob in der Bibliothek auf ihn. Es ist bereits dunkel und Bob schaut aus dem Fenster und beobachtet den Himmel, an dem die Sterne funkeln. Unzählige Himmelskörper leuchten am Firmament, weit genug entfernt, um die Menschen in ehrfürchtiges Staunen zu versetzen. Er fühlt sich so klein. Die alten Psalmworte fallen ihm ein. *Ich blicke zum Himmel und sehe, was deine Hände geschaffen haben: den Mond und die Sterne – allen hast du ihren Platz zugewiesen. Was ist da schon der*

Mensch, dass du an ihn denkst? Wie klein und unbedeutend ist er, und doch kümmerst du dich um ihn.

Bob ist ganz in seine Gedanken versunken und hat noch gar nicht bemerkt, wie dunkel es inzwischen geworden ist. Er ist im Begriff, ein Blatt von dem alten Notizblock abzureißen und wieder einmal seine Gedanken aufzuschreiben, als die Haustür geöffnet wird und William hereinkommt, beschwingt, mit federndem Gang.

„Also, wie heißt sie?" Bobs Stimme ist rau, weil er lange nicht gesprochen hat, dazu kommt sie aus dem dunklen Raum, das muss ja unheimlich und bedrohlich klingen.

William springt zurück, als hätte ihn ein Panther angefallen, und Bob kann sein Lachen fast nicht unterdrücken. Schnell zieht er an der Kette und schaltet die Schreibtischlampe ein, räuspert sich, damit seine Stimme wieder menschlich klingt, und entschuldigt sich. „Tut mir leid, mein Junge, ich wollte dich nicht erschrecken."

William beruhigt sich wieder. Welch ein Unterschied zu jenem ersten Mal, als ihm diese Anrede – *mein Junge* – herausgerutscht war. Bob deutet auf den Stuhl auf der anderen Seite des Tisches, eine Einladung für den Jungen hereinzukommen.

„Du hast mich echt erschreckt", gibt William zu. „Ich dachte, du bist im Bett."

„Na, ich doch nicht. Hier gibt es eine Geschichte, die mich interessiert." William setzt sich ihm gegenüber, seine schlaksige Gestalt lässt den Stuhl mit der geflochtenen Rückenlehne klein erscheinen. Er legt die Hände auf die Knie und schweigt.

„Also", wiederholt Bob seine Fragen, „wie heißt sie?"

Williams Blick wandert zur Tür, flehend. Sucht eine Fluchtmöglichkeit. Doch dann sieht er Bob in die Augen, räuspert sich und holt tief Luft. „Anneliese."

Bob nickt zustimmend. Und wartet.

„Ich … habe sie im Giebelhaus kennengelernt. Sie ist mit ihrer Familie dort – sie haben irgendwie eine Verbindung mit Ansel."

„Ach?"

„Ja, aber ich weiß nicht, was für eine."

Bob zuckt mit den Schultern. „Viele Leute haben eine Verbindung zu diesem Ort, das würde man gar nicht erwarten. Das Giebelhaus gibt es schon so lange, da waren schon viele Leute hier zu Besuch. Manche kommen auch, weil sie einmal dort Urlaub machen wollen, wo ihre Großeltern oder sogar ihre Urgroßeltern den Sommer verbracht haben. Dieser Platz ist besonders, und wer ihn einmal entdeckt hat, kommt immer wieder her."

William lässt den Blick durchs Zimmer schweifen, als wäre dies der Ort, von dem Bob gerade spricht. „Ja", sagt er dann.

„Also, Anneliese heißt sie", sagt Bob schließlich. „Wann bringst du sie mal mit?"

William wird dunkelrot und Bob genießt die Situation. So hat er zuletzt jemanden aufgezogen, als Roy noch bei ihnen war.

„Ich … Weißt du, es ist so … Sie reisen bald ab und …"

Bob lacht erheitert und winkt ab. „Kein Problem, mein Junge, wenn du willst, lädst du sie ein, und wenn nicht, dann eben nächsten Sommer, okay?"

Williams Gesicht wird düster, sein Blick richtet sich direkt auf Bob. „Nächsten Sommer?"

„Wenn sie wieder hier ist. Natürlich nur, wenn du das willst."

Aber William hört gar nicht hin. Ihm geht es gar nicht mehr um Anneliese, sondern um diese „nächsten-Sommer"-Formulierung. „Du meinst, wenn ich nächsten Sommer wieder hier bin?"

Du liebe Güte, hat der Junge denn noch nicht gemerkt, wie schön es für alle ist, dass er da ist? Dieses Haus fühlt sich durch William wieder viel mehr wie ein Zuhause an, mehr, als es das seit Roys Tod jemals getan hat. Und die Seemannsklause ist so gut wie sein Eigentum, Williams rechtmäßiges Erbe.

Bob beugt sich vor, die Ellbogen auf die Knie gestützt, und schaut seinem Neffen in die Augen. „Ich meine, wenn du *hierbleibst* und sie wiederkommt. Dieses Haus gehört dir genauso wie Eva und mir", sagt er, „vielleicht noch nicht auf dem Papier, aber von Rechts wegen ist es deines." Er schüttelt den Kopf. „Bleib hier, solange du willst. Ich hoffe, du bleibst für immer. Wir sind eine Familie."

William stottert seinen Dank und geht schnell zu Bett, bevor Bob es sich noch anders überlegt. Und Bob folgt ihm die Treppen hoch zum Schlafzimmer, erfüllt von Freude und Dank.

Ganz sicher wird William morgen früh verstehen, dass hier wirklich sein Zuhause ist und er nicht nur bei Eva und ihm wohnt, weil er Hilfe braucht. Er ist hier, weil er hierhergehört.

dreißig

William sitzt in der Kirchenbank, auf demselben Platz wie immer, aber etwas ist anders als sonst. So unruhig war er schon lange nicht mehr. Von Anfang an war er im Gottesdienst dabei, kam mit in die kleine Kirche an dem Fluss, der auf halber Strecke zwischen der Seemannsklause und Ansel entlangfließt. Die ersten paar Sonntage hatte er die ganze Zeit nur auf seine Schuhe gestarrt. Doch mit der Zeit hatte er immer beteiligter gewirkt, hatte angefangen zuzuhören und schließlich, ganz er selbst, dem Pfarrer seine volle Aufmerksamkeit geschenkt.

Aber heute? Er verhält sich wie ein Tier im Käfig. Äußerlich ruhig, aber in ihm tobt ein Kampf. Seine Wangenmuskeln sind angespannt, die Hände umklammern die Kante der Kirchenbank. Beim Schlusslied bewegt er nicht einmal die Lippen und kaum hat der Pfarrer das letzte *Amen* gesagt, ist er schon draußen.

Bob geht ihm nach, gibt nur kurz dem Pfarrer die Hand, dann ist er schon im Freien. Er blickt sich suchend in alle Richtungen um. Wo ist der Junge? Er folgt dem Weg, der von einer Seite um die Kirche herumführt, auf der anderen schlängelt sich der Fluss, sodass es wirkt, als stünde das Gebäude mit dem weißen Turm auf einer Insel. Dahinter erheben sich hohe Berge, rau und steil, mit moosbedeckten Felsen und Kiefernwäldern. Wenn die Gemeinde zum Picknick oder zum Grillen in den angrenzenden Wald einlädt, ist das Gelände für Kinder einfach perfekt. Nirgends kann man besser Verstecken spielen als hier.

Allerdings kann sich auch ein Mann, in dem eine große Verzweiflung wütet, dort bestens verstecken.

Endlich entdeckt er William. Der junge Mann steht an einer scharfen Flussbiegung und scheint mit sich selbst zu reden. Bob weiß, was es bedeutet, sich mit dem Schöpfer des Universums auseinanderzusetzen. Ob William das gerade erlebt? Ist William an dem Punkt, an den auch Jakob aus der Bibel damals kam, als er eine ganze Nacht lang mit Gott kämpfte? Wenn es so ist, will Bob nicht stören. Zwischen einem Mann und seinem Gott müssen manchmal auch große Themen ausgefochten werden. Das sind wertvolle Prozesse, viel besser, als die schwierigen Themen unter den Teppich zu kehren.

Aber da hat William ihn schon gesehen. Er ruft ihm nur ein einziges Wort zu und seine Stimme versagt. „Warum?“

Bob will auf ihn zugehen, aber William hebt die Hand, signalisiert ihm, nicht näher zu kommen.

„Das ist eine große Frage, mein Junge.“ Ein kleines Wort, aber die größte Frage überhaupt.

William schüttelt den Kopf, seine Augen weiten sich. Sein Schweigen wiederholt die Frage. „Du hast deinen Bruder geliebt“, sagt er und wartet, als wäre es eine Frage gewesen. Worauf will der Junge hinaus?

„Ich habe nie aufgehört, ihn zu lieben.“

„Und dann stirbt er und … das war's dann mit der Liebe? Man packt seine Kleider auf den Dachboden und lebt weiter? Seine Frau und seinen Sohn schreibt man ab? Kann man Menschen einfach so abhaken?“

Wie ein Axthieb mitten ins Herz – so treffen diese Worte Robert. Ein Schlag ins Gesicht, der ihn zurückwirft in die Gefühle jener Tage, als er nicht wusste, wie er weiterleben sollte. Was für ein Kampf, diese beiden Menschen ziehen zu lassen, die ein neues Leben für sich suchen wollten. Wie unerträglich war es, als Jenny ihn nicht mehr anschauen konnte, weil es sie zu sehr schmerzte, dieses Gesicht zu sehen, das sie so sehr an Roy erinnerte. Sie war damals nur noch ein Schatten ihrer selbst gewesen, sie hatte dringend diese Veränderung gebraucht, um wieder zu Atem zu kommen.

„Ich habe dich nie abgehakt, William.“

William schnaubt verächtlich. Es ist so kalt, dass sein Atem wie eine Wolke aufsteigt. „Ja klar, deshalb warst du auch bei Moms Beerdigung.

Deshalb wusstest du auch genau, wo ich stecke! Deshalb warst du bestens informiert darüber, wie es mir nach ihrem Tod ging und was mit mir los war, als ich hier aufgetaucht bin."

Er sieht vieles nicht, ist blind für alles außer der einen Wahrheit, die er kennt. Seine einzige Realität – er ist allein. Vergessen. Verlassen. Zurückgelassen. Seine Worte machen Bob wütend, es ist eine menschliche, oberflächliche Wut, von Vorwürfen ausgelöst. Aber auf einer tieferen Ebene reißen sie seine Seele auf wie Granatsplitter, abgefeuert aus einem Ödland, wo Dürre und Einsamkeit regieren und wo jemand sich verzweifelt danach sehnt, nicht mehr im Krieg leben zu müssen. Warum hat William so lange gezögert, diese Fragen zu stellen, die die eigentliche Wurzel seiner inneren Kämpfe sind?

Vielleicht, weil er erst jetzt bereit ist, die Antwort zu hören.

Ein Schmerz wie dieser … der braucht mehr als Worte.

„Am besten kommst du mal mit", sagt Bob. „Es gibt da etwas, worüber du Bescheid wissen musst."

einunddreißig

Eine Stunde später trennt sie ein Abgrund des Schweigens und vor ihnen erhebt sich ein Turm aus gemauerten Steinen. Bob versucht, das Bauwerk mit Williams Augen zu sehen. Er beobachtet den jungen Mann, der um den Turm geht, dabei gelegentlich stehen bleibt und ein paar Steine näher in Augenschein nimmt. Der rostrote Stein aus Sedona. Ein Stück weißer Marmor aus einer Mine in Georgia. Grau in allen Abstufungen, aus dem ganzen Land zwischen West- und Ostküste und darüber hinaus. Auch Bobs Blicke tasten sich die Steine entlang und er erinnert sich an die Geschichten und die Gesichter.

Neben dem blau geäderten Stein von Luka entdeckt er einen Strauß verblühter Lilien. Liesl war hier. Sie kommt alle paar Jahre, ohne sich vorher anzukündigen. Dann hinterlässt sie einen Blumenstrauß, direkt unter ihrem Stein, in den Bob das Versprechen gemeißelt hat, das die Zeiten überdauert. *Eines Tages*. Bevor Liesl wieder abreist, kommt sie immer noch kurz bei Bob und Eva vorbei. Dieses Mal wird er ihr William vorstellen können. Bob betet, dass es für beide Seiten eine Begegnung wird, die dazu führt, dass die Wunden weiter heilen können.

Ziemlich weit oben ist der Stein, den Ed eigenhändig den ganzen Weg von Mississippi bis hierher getragen hat. Er hat ihn auch selbst eingefügt. Der Stein, den Ed vom Grab des zu früh verstorbenen Michael mitgenommen hatte und der Zerstörung bringen sollte, war endlich hier gelandet, Hunderte von Kilometern weiter nördlich, und statt Rache strahlt er nun Kraft aus, Kraft, um Licht zu tragen.

Für William muss das Ganze wie eine Ruine aussehen. Unfertig, jede Menge Steine liegen noch auf der Erde herum. Doch jeder Stein wird einen ganz bestimmten Platz erhalten, an dem seine Größe und Form sich perfekt einfügen. Alles ist mit Bedacht geordnet. Aber für den Uneingeweihten muss es wie Chaos aussehen.

Trotzdem scheint William etwas zu ahnen. Er tritt zurück und verschränkt die Arme vor der Brust. Nicht kämpferisch, eher abwartend. Etwas in ihm hat sich gelöst. Sein Kiefer ist immer noch verkrampft, aber Bob spürt, dass William bereit ist zuzuhören.

Aber wie kann man etwas erklären, das ... so unerklärlich ist? Er versteht ja selbst noch nicht so richtig, wie das alles gekommen ist. Also fängt er dort an, wo es noch leicht zu verstehen ist: bei Roy. Er erzählt William, was Roy und er als Kinder auf dieser Insel erlebt haben, von den Abenteuern, den Lagerfeuern, dem Steinewerfen und den Mutproben. Er erzählt, wie sie zu dritt die Insel erobert haben und wie der Krieg später alles verändert hat. Vorsichtig spricht er vom Tod des Vaters, aber er kann ihn nicht unerwähnt lassen. Es scheint, als würde William viele dieser Geschichten schon kennen, also hat ihm Jenny zumindest davon erzählt.

Aber das ist alles keine Erklärung für diesen hohen Steinhaufen, der sich da vor ihnen erhebt. Nebeneinander stehen die beiden Männer davor, den Blick auf das seltsame Bauwerk gerichtet.

„Es gibt eine Traurigkeit, die ist so tief, dass man schier verzweifelt", sagt Bob und blickt in ein Paar Augen, die ihn genau verstehen. Bob nickt William zu, er weiß, dass William davon vielleicht noch mehr erfahren hat als er selbst. „An dem Punkt war ich. Völlig zerstört. Genau hier auf diesem Felsen." Er bohrt den Absatz in die Erde und erinnert sich, wie sie hier gemeinsam den Tränen ihren Lauf gelassen hatten, er und seine Mutter. „Es war schlimm. So schlimm, dass es einen um den Verstand bringen konnte."

William nickt.

„Ich war kurz davor. Der Schmerz war so unausweichlich, schloss mich ein, dass ich fast darin ertrunken wäre. Und dann waren da auf einmal diese Worte, sie brachen durch die Trauer, als hätte jemand sie direkt in meine Seele hineingeschrieben. Sie sagten mir, was ich tun sollte. Anders kann ich es nicht erklären."

„Was erklären?“

„Das.“ Er zeigt auf den Leuchtturm. „Es war, als hätte sich Gott persönlich hier neben mich in den Staub gesetzt und die Bruchstücke aufgesammelt, die von mir noch übrig waren. Und dann sagte er: ‚*Baue.*‘“

Nie würde Bob vergessen, wie diese Stimme sein Herz berührt hatte. Es war die Stimme des Schöpfers des Universums, der Mensch wurde und seinen Jüngern die staubigen Füße wusch. Der auf den Boden spuckte, einen Brei anrührte, ihn auf die Augen des Blinden strich und ihn damit heilte. Die Stimme des Königs, der im Schmutz eines Stalles geboren wurde, direkt bei den Tieren.

Dieser Gott war dafür bekannt, große Dinge an unbedeutenden Orten zu vollbringen, und meist war auch Schmutz im Spiel. Staub. Oder Steine. Es war derselbe Gott, der einem einzelnen Mann gesagt hatte, er solle ein riesiges Schiff bauen und sich auf eine Flut vorbereiten, mitten auf dem trockenen Land, wo es schon seit Menschengedenken nicht mehr geregnet hatte.

Immer wenn Bob den Drang verspürt hatte, etwas reichlich Aberwitziges zu tun, und zwar aus Gründen, die nur er selbst kannte, hatte er Gott für die biblischen Geschichten über die Männer und Frauen gedankt, die Ähnliches getan hatten.

William hat die Hände in den Hosentaschen, beugt sich vor, wartet, aufmerksam und konzentriert. Sein Blick studiert den Turm. Schließlich fragt er: „Aber … was soll das denn nun sein?“

Bob geht zu der Nische in der Felswand hinter ihnen und zieht die Holzkiste heraus, in der ein inzwischen vergilbter Zeitungsausschnitt mit seinen Worten liegt. Das Gedicht. Der einzige Abdruck, den er behalten hat – ausgeschnitten aus dem *Pier Review*, der Lokalzeitung von Ansel. Die Leute hatten ihm viele Zeitungsausschnitte geschickt aus Städten, die er nie besuchen würde: Boston, New York, San Francisco. Nur diesen einen hat er aufbewahrt, den aus seiner Stadt.

Diesen Zeitungsausschnitt gibt er jetzt William. Der liest ihn. Blickt auf den Turm, versteht den Zusammenhang noch nicht. Liest die Worte ein zweites Mal und nun kann Bob förmlich zuschauen, wie sie ihm allmählich verständlich werden. Sie erreichen ihn, gehen durch ihn hindurch, umrunden den Turm, kehren zurück und dringen ihm ins Herz.

„Das habe ich an dem Abend geschrieben, als ich hörte, dass ich bauen soll. An dem Abend, als deine Mutter mir sagte, dass sie wegziehen würde. Meine letzte Begegnung mit deinem Vater war noch nicht lange her. Die Worte flossen einfach so aus mir heraus auf das Papier." Er hört die Salutschüsse, er sieht, wie der Körper seines Bruders ins Meer gleitet, während die Sonne am Horizont untergeht.

„Ich bin kein Wortkünstler", fährt er fort. „Auch kein Steinmetz." Lachend zeigt er auf den Turm. „Aber was man tun muss, kann man auch tun. Was die Seele einem befiehlt." Bob geht zum Turm und streicht mit den Händen über die unterschiedlich gefärbten Steine.

Er erzählt von den Steinen, wie sie aus dem ganzen Land hier eintrafen – immer noch kommen –, wie er Mörtel angerührt und Steine zusammengefügt hat und dass er bei jedem Stein, der den Turm höher wachsen ließ, an William gedacht hat.

„Ich habe aufgehört, euch zu schreiben, nachdem Jenny … nachdem deine Mutter wieder geheiratet hat." Er stoppt, unsicher, wie viel er davon erzählen soll. Auf keinen Fall soll William einen negativen Eindruck von Jenny bekommen. „Sie hat mir erklärt, dass dein Stiefvater …"

William schnaubt, kickt wütend Erde in die Luft. „Den Namen hat er nicht verdient."

Bob nickt langsam, bedächtig.

Jetzt redet William: „Er war eigentlich nie … für mich da. Als die Kinder in der Nachbarschaft Fahrrad fahren lernten, sind ihre Väter neben ihnen hergerannt und haben versichert: ‚Ich halte dich, mein Junge, keine Sorge, ich halte dich.'" William schüttelt den Kopf. „Theodore war der Meinung, ich müsse selbst herausfinden, wie man Fahrrad fährt. Er hat mir das Fahrrad hingestellt und ist im Haus verschwunden, um Zeitung zu lesen."

Bob kann diese Vorstellung nur schwer ertragen, seine Hände ballen sich zu Fäusten. Was hätte er darum gegeben, wenn er einfach auf dieser Straße hätte auftauchen und neben diesem Fahrrad hätte herrennen können! Tausendmal hätte er es dem Kind gesagt. *„Ich halte dich, William, ich halte dich."*

Er legt William die Hand auf die Schulter, aber der zuckt nur abwehrend zurück.

Bob atmet tief ein und erklärt: „Ihr neuer Mann … wollte nicht, dass sie mir schreibt. Immerhin bin ich auch ein Mann. In gewisser Weise kann ich ihn da auch verstehen." Zumal er mit dem verstorbenen Ehemann identisch war. Aber das spricht er nicht aus.

„Vielleicht hätte er nichts dagegen gehabt, dass ich dir schreibe, als du älter wurdest, aber ich wusste nicht, wo ich anfangen sollte. Du kanntest mich ja gar nicht. Ich sagte mir selbst, dass du ja einen Vater hast und dass es besser ist, wenn ich in eurer Familie nicht dazwischenfunke."

William schüttelt verneinend den Kopf. „Es hat doch keine Rolle gespielt, dass du nicht wusstest, wo du anfangen sollst. Du hättest … eben einfach irgendwo anfangen können. Dich einfach nur mal melden." Seine Stimme zittert. „Völlig egal, was du geschrieben hättest."

Das ist noch nicht alles, Bob spürt, dass diese Worte nur die Oberfläche von etwas Tieferem berühren.

„Ich hätte dich gebraucht", sagt er schließlich.

Die Luft vibriert zwischen ihnen und es wird kalt, während die Sonne hinter dicken Wolken verschwindet. Plötzlich aufkommender Wind beugt die Kiefern und flüstert in den Zweigen.

Bob ist wie erstarrt. Er hat keine Worte mehr. Wie schafft es ein Mensch, einen so tiefen Schmerz zu lindern? Auch William steht da wie aus Stein gemeißelt, seine Finger öffnen und schließen sich zur Faust, immer wieder. Es ist einer der Momente, die über ein Leben entscheiden, in denen Weichen gestellt werden, die über Jahre die Richtung vorgeben können. Werden sie alles hinunterschlucken, das Loch mit Mörtel verschließen und das Zerbrochene verbergen … oder erlauben sie dem Hammer, der über ihnen schwebt, sie mit voller Kraft zu treffen und die Versteinerungen der Seele zu zertrümmern?

Bob macht einen kleinen Schritt. Noch einen. Mehrere. Bis seine Füße sich vor den Neffen gestellt haben und seine Arme sich weit und stark um ihn legen. Er wartet. Der Junge bleibt steif, einen Atemzug lang. Dann dreht er sich zu Bob um – lässt die Schultern sacken und unterdrückt den Schmerz nicht länger. Ein Schluchzen schüttelt seinen Körper. Wie lange hat er das alles in seiner Seele aufgestaut und zurückgehalten? Es ist ein Zerreißen und ein Reinigen, tausend Bitten um Verzeihung, tausendfache Vergebung.

Als William sich schließlich aus der Umarmung löst, sind seine Augen rot und geschwollen, ist er ein anderer geworden. Noch ist nicht alles geheilt … Aber er hat einen Halt gefunden. Die Bruchstücke seines Lebens wurden aufgesammelt und im Augenblick ist das genug. Was noch nötig ist, wird später geschehen.

William hat etwas von seiner Jugendlichkeit verloren. Und in ihm sieht Bob Roy vor sich, wie er mit jedem Quäntchen Kraft, das ihm noch bleibt, seine letzten Worte herausbringt. Es ist Zeit – oder vielmehr, es wäre schon längst Zeit gewesen –, diese Worte weiterzugeben.

„Dein Vater hat mir aufgetragen, dir vier Dinge zu sagen." Wie oft hatte er diese Worte für sich widerholt, war damit eingeschlafen und wieder aufgewacht.

Williams ganzes Wesen hungert danach, diese Worte zu hören.

„Er sagte, dass er dich liebt. Dass alles gut werden wird, dass das Leben groß ist … und dass Gott größer ist."

Reglos nimmt William die Worte auf, lässt sie tief in seine Seele fallen. Bob betet, dass die Wahrheit, die darin liegt, ihre Wirkung entfaltet.

Der Junge zieht jetzt etwas aus seiner Hosentasche und streicht mit der Hand darüber. „Ich habe das bei Moms Sachen gefunden", sagt er und es hat den Anschein, als wolle er es nicht aus der Hand geben. Bobs Blick fällt auf ein zerknittertes Blatt Papier, das vom vielen Anfassen ganz dünn geworden ist.

Er kennt dieses Stückchen Papier. Roy hatte es ihm gegeben, als seine Kräfte ihn verließen, und Bob hatte es in Williams Bettchen gesteckt, sodass Jenny es finden würde.

„Siebenundsiebzig Klafter", sagt William. „Einmal saß sie mit diesem Zettel in den Händen auf ihrem Bett, hat ihn einfach nur gehalten."

Er hat nicht alles gesagt, das spürt Bob, aber der Rest ist für William nicht leicht zu erzählen.

Nach langer Pause stößt er die Worte heraus. „Sie saß einfach nur da und hat geweint, ihre Finger haben das Papier gestreichelt. Ich weiß, dass es die Handschrift von meinem Dad ist. Was ich auf dem Dachboden gefunden habe, ist in derselben Schrift." Er holt Luft, bebend. „Was bedeutet das?"

Zumindest diese Geschichte erzählt sich leicht, sie kann Bob voller Stolz weitergeben. Und so erzählt er von Roy und Jenny und wie ihre Liebe immer tiefer wurde, Klafter um Klafter. Es war so schön, so gut … und hätte nie enden dürfen. „Es ist das Maß einer vollkommenen Liebe, die immer tiefer wurde", beendet er schließlich die Geschichte, „eine Liebe, die zu jedem Opfer bereit war, um Leben zu schenken."

William hat die Kiefer zusammengepresst und nickt einfach nur, während er weiter auf das Papier in seiner Hand starrt.

Bob hat den Eindruck, dass sie jetzt lange genug in der Vergangenheit verweilt haben, und klopft William auf die Schulter. „Komm, schau es dir von innen an." Er geht ihm voraus um den Leuchtturm herum, wo der nach oben abgerundete Eingang ins Innere des Turmes einlädt. Er spricht von der roten Holztür, die er eines Tages hier einsetzen wird, eine schwere Tür, die Wind und Wetter trotzt. Sie ducken sich und gehen ins Innere, wo die Mauern sie von allen Seiten umgeben.

Es hatte eine Phase gegeben, in der Bob nicht sicher gewesen war, ob er all die Steine würde verbauen können, die ihm geschickt wurden. Aber als er dann über die Innenseite des Turmes nachdachte, wurde ihm klar, dass die Außenmauern bei Weitem nicht alles waren, er musste ja auch eine Treppe bauen.

Stein auf Stein wand sich nun die Treppe im Inneren des Turms nach oben, die Stufen stützten die Mauer. Nur so konnte der Turm auch eine gewisse Höhe erreichen. Über die Treppe kam Bob nach oben und zog die Wand des Turmes Lage um Lage weiter hoch.

„Wir haben's fast geschafft", sagt er und ihm fällt selbst auf, wie viel verzweifelte Hoffnung in seinen Worten liegt.

„Wir?" William runzelt die Stirn. „Hilft dir jemand?"

„Ja", sagt er, „Eva und Ed." Aber die eigentliche Triebkraft kommt nicht von diesen beiden, sondern von den Familien, für die diese Steine stehen, auch von Menschen wie Liesl und Luka – von allem, was sie durchlitten und gegeben haben. Das treibt ihn voran, auch wenn er allmählich sehr müde wird. Je länger er schon an dem Turm arbeitet, je stärker seine Augen brennen, seine Haut verschrammt ist und seine Gelenke verspannt sind … desto heller brennt in seinem Herzen das Verlangen, dem Turm endlich sein Licht zu geben und anderen den Weg nach Hause zu leuchten.

„Ich helfe auch", sagt William. Er steht jetzt genau an der Stelle, wo sein Vater zuletzt stand, an seinem letzten Abend auf dieser Insel, den gleichen Ausdruck unerschütterlicher Entschlossenheit im Gesicht.

Ein Lächeln breitet sich auf Bobs Gesicht aus. „Wir haben's bald geschafft", sagt er noch einmal. „Jetzt, wo es Sommer wird, können wir wieder ans Werk gehen. Erinnerst du dich an die Kisten, die am selben Tag angekommen sind wie du? Die werden für das Licht sorgen, es sind die Bauteile für die Linse." Er schüttelt ungläubig den Kopf. „Ich kann es immer noch nicht glauben, dass wir das geschafft haben. Es ist wirklich ein Wunder. Und es ist auch das Erbe unserer Familie." Und dann spricht Bob von dem Land in den Bergen, das seine Eltern zusammengebracht und jetzt für die Finanzen gesorgt hat, um vielen anderen – so hofft er – eine Zukunft zu ermöglichen.

Er zeigt auf das große, aber robuste Holzdach über dem Turm. Das sei nur provisorisch, erklärt er – zusammengezimmert aus Holzbohlen der stillgelegten Eisenbahnlinie hinter Birchdown Mountain, die ein schräges Dach halten, nur gebaut, damit sie auch bei Regen weiterarbeiten können. Später wird hier alles aus Stein und Stahl sein.

Er zieht den würzigen Geruch der Erde und der Familiengeschichten ein und denkt an den Verkauf des Waldes, durch den das alles möglich wurde. „Lebensgeschichten werden hier geschmiedet. Das soll es sein, mein Junge.“

Das Gefühl dieses Nachmittags auf der Insel bleibt ihnen auch in den kommenden Tagen erhalten, während William sich Bob immer öfter anschließt. Jeden Morgen verschwindet er zu seiner Arbeit im Giebelhaus, jeden Abend trifft er seine Anneliese und dazwischen verbringt er jede freie Minute bei Bob auf dem Bau.

An einem ganz normalen Donnerstag, als es auf dem Meer so neblig ist, dass Bob nicht zu seinen Hummerkörben hinausfahren kann, sind sie wieder auf der Insel. Die beiden Männer wuchten, zerren, schichten Steine und glätten Mörtel in einem Gleichklang, der wie ein harmonischer Tanz wirkt. Eva sitzt mit einem Klemmbrett auf den Knien auf einem Felsen und skizziert, wie der oberste Teil des Leuchtturms aussehen soll. Anneliese hat heute etwas mit ihrer Familie vor, sodass William den ganzen Abend Zeit hat, Bob zu helfen. Die drei sind ein entspanntes, eingespieltes Team und können zusammenarbeiten, ohne viel fragen oder erklären zu müssen. Ein gemütliches Feuer knistert neben ihnen und Eva summt eine Melodie, als sie plötzlich Schritte hören, die sich ihrer Lichtung nähern.

„William?“ Die freundliche, helle Stimme, die das fragt, erinnert an die Blumen, die Eva auf dem Weg zum Haus angepflanzt hat.

William richtet sich auf, wischt sich mit dem Ärmel Schweiß und Schmutz von der Stirn und hat dabei immer noch die Kelle in der Hand. „Oh … hallo“, sagt er überrascht und schaut unsicher zu Bob und dann wieder zu der jungen Frau. Sie sieht nicht fremd aus, hat dunkle Haare und ein freundliches, klares Auftreten, das vom Abendnebel angenehm umrahmt wird.

William geht ihr über die Lichtung entgegen und ihre leise Unterhaltung wirkt unbeschwert. Hier kann es sich nur um eine einzige Person handeln. William nimmt sie an der Hand und führt sie zu Bob, an dessen Seite sich Eva gestellt hat.

„Onkel Bob, Tante Eva … Das ist Anneliese."

Das Mädchen reicht den beiden die Hand, die zart und kräftig zugleich ist. Eine Hand, die zupacken kann, wenngleich sie so fein aussieht wie Porzellan.

„Schön", lächelt Bob und hält ihre Hand fest, während er den anderen Arm um Eva legt. „Wir freuen uns sehr, dich kennenzulernen. Du scheinst ja mächtig Eindruck auf unsren William gemacht zu haben."

William zieht den Kopf ein und kratzt mit den Fußspitzen im Staub, gleichzeitig kann er ein Grinsen nicht unterdrücken. An Anneliese gewandt sagt er: „Ich dachte, du bist heute mit deiner Familie unterwegs?"

Sie legt die Stirn in Falten. „Bin ich ja auch", erwidert sie, „deshalb bin ich überrascht, dass ich dich hier treffe. Meine Eltern haben uns hierhergebracht, damit wir jemanden kennenlernen."

„Uns?" Bob blickt sich um und jetzt erscheinen zwei weitere Gestalten im Nebel, der den Weg einhüllt.

Anneliese nickt. „Ja, meine beiden älteren Geschwister." Die Neuankömmlinge kommen näher, die Blicke auf den Turm gerichtet. Die beste Sonntagskleidung, die sie tragen, ist schlicht, aber viel zu gut, um damit auf einer Insel durch einen überwucherten Weg auf einen Felsen zu klettern.

„Vielleicht habt ihr die falsche Insel erwischt", mutmaßt Bob. „Ihr wolltet vielleicht zu Everleas Insel. Dort gibt es ein schönes Anwesen, die Familie Phelps ist dort vor Kurzem eingezogen. Wenn ihr dort eingeladen seid, können wir euch den Weg zeigen. Bei diesem dicken Nebel kann man schon mal mit den vielen Inseln hier durcheinanderkommen."

Er weist am Leuchtturm vorbei in die Richtung von Everleas Insel, als plötzlich deutlich sein Name ertönt.

„Mister Robert Bliss."

Bob dreht sich um und steht einem Mann gegenüber, den er noch nie gesehen hat. Dünnes Haar hat sich aus der Ordnung gelöst, in die es gekämmt worden war. In den Augen hinter der dunkel geränderten Brille liegt ein intensiver Ausdruck von Leid und Freude zugleich, wie Bob es bisher nur bei einem einzigen Menschen gesehen hat.

Und dieser andere Mensch schält sich auch noch aus dem Nebel, strahlend vor Freude.

Bobs Gedanken versuchen fieberhaft, das Bild zusammenzusetzen. Der Lilienstrauß vor dem Stein von Luka. Annelieses Familie hat einen Bezug zu Ansel … „Liesl?"

Neben ihm bricht Eva in einen Freudentaumel aus und presst beide Hände ans Herz. „Ja, heißt das denn … Ist das …?" Sie sieht den Mann an, dann Anneliese. Zum ersten Mal erlebt Bob, dass es Eva die Sprache verschlägt. Sie ergreift Liesls Hand und streichelt sie zärtlich, als Ersatz dafür, dass sie keine Worte hat, die diesem wunderbaren Moment gerecht werden könnten.

„Ja." Liesls Stimme ist voller Lachen. „Ihr habt mir mal gesagt, dass Gott nicht darüber Buch führt, wem wie viele Wunder zustehen. Er hat uns wirklich mit seiner Güte überschüttet …" Sie entzieht Eva ihre Hand und hakt sich bei ihrem geliebten Mann unter. „Es ist wirklich wahr, das ist mein Luka."

Luka tritt einen Schritt vor und streckt Bob die Hand entgegen. Der schüttelt sie kräftig. Sein schweigender Blick sagt mehr als Worte, während Eva und Liesl sofort zu erzählen beginnen. Luka, die Hände auf dem Rücken, tritt bescheiden in den Hintergrund und lässt die Frauen reden. Liesl berichtet, dass es Jahre gedauert hat, ehe die tiefen Wunden an Leib und Seele endlich zu heilen begannen. Weitere Jahre, in denen er seine Familie suchte. Ein Brief an die Schwester, der unterwegs verloren gegangen und deshalb nie dort angekommen war … bis er sie endlich alle gefunden hatte.

Luka geht zum Turm, befühlt die Steine, einen nach dem anderen, während seine Frau erzählt, wie er übers Meer nach Amerika kam. Bevor er Europa verließ, hörte er die Geschichte von dem Marinesoldaten, dem er die riskante Rettung seiner Familie verdankte. Während seiner Überfahrt über den Atlantik war er jeden Abend bei Sonnenuntergang auf Deck, dachte an den Amerikaner, grüßte in die Richtung, von der er annahm, dass das Kriegsschiff sich damals dort befand, dann kniete er nieder und dankte Gott für die bevorstehende Begegnung mit seiner Familie.

Es war im Oktober auf einem abgeernteten Maisfeld, als er seine Frau wieder in die Arme schließen konnte und seine Kinder an sich drückte, auch das Kind, das er noch nie gesehen hatte, Anneliese. Er hatte Annelieses Hand genommen und mit zärtlichen Küssen bedeckt.

Und jetzt liegt diese Hand in der von William. Zwei lebendige Menschen stehen heute hier auf der felsigen Lichtung, gesund und voller Leben – und das wegen Roy. *Ob Roy das weiß?*, fragt Bob sich im Stillen. Möge es so sein, betet er. Betet, dass auch in einer anderen Welt große Freude ausbricht über den erlösenden Moment, der hier gerade zwischen diesen acht Menschen auf seiner Insel stattfindet.

Bob geht zu Luka hinüber und zeigt ihm den Stein, den seine Frau für ihn hierhergebracht hat. Der Mann beugt sich vor, um die Linien der eingemeißelten Worte *Eines Tages* nachzuzeichnen. Und in Bob brennt die Sehnsucht, dass dieser Turm noch viele solcher Momente echten Heimkommens ermöglichen wird.

Nur noch wenige Monate, schätzt er. In wenigen Monaten werden sie alles geschafft haben und das Licht entzünden – und dieses Bauwerk endlich, endlich zum Leben erwecken.

zweiunddreißig

Es ist Winter geworden, ein Hauch von Weihnachten liegt in der Luft. Hummerfischerboote schmücken sich mit roten Schleifen und Kränzen aus frischem Immergrün. Die Hummerfallen sind bereits an Land gestapelt, in pyramidenförmigen Türmen recken sie sich wie Weihnachtsbäume gen Himmel, etliche verziert mit Lichterketten, vor allem in der Nähe des Hafens. Und aus allen Schornsteinen steigt unablässig der Rauch.

In der Seemannsklause verbringt man die Abende am Feuer und schmiedet Pläne, wie man im Frühjahr, wenn es wieder wärmer ist, die Fresnellinse zur Insel bringen und auf dem Leuchtturm installieren wird. Williams Eifer, seine Leidenschaft und seine logistische Begabung geben dem ganzen Projekt neue Dynamik. Bob staunt, wie gut William sich in die Bauweise und Funktion der Linse hineindenken kann. Er versteht viel besser als Bob, wie die einzelnen Bauteile der Linse zusammenwirken und das Licht so enorm verstärken können.

Über die Monate waren immer mehr Verkrustungen von dem Jungen abgefallen und seine Gaben kamen immer deutlicher zum Vorschein. Er hatte Leiterqualitäten und konnte ihr kleines Team ausgezeichnet organisieren. Manchmal stand er mitten im Raum, die Hände in die Hüften gestemmt, die Augen zu schmalen Schlitzen verengt, und man konnte förmlich sehen, wie in seinem Verstand die Funken flogen. Kurz darauf brachte er dann einen neuen, gut durchdachten und sinnvollen Vorschlag ein. Er machte Tagespläne, ohne dabei die Dinge zu übersehen, die Bob schon geplant hatte oder die Bob wichtig waren. Und das alles auf eine angenehm zurückhaltende

Weise, mit der er sich nicht in Bobs Position drängte, sondern ergänzte und half und sich einordnete. Schnell hatte er von Bob gelernt, wie man den richtigen Platz für die Steine fand. Die beiden Männer verteilten sie wie Puzzleteile auf dem Boden und probierten aus, wer zu wem passen könnte, sodass jeder Stein seine handverlesenen, passenden Nachbarn fand. Erst dann wurden sie zusammen in das Bauwerk eingefügt.

Bob hörte nie auf zu staunen, wie es möglich war, dass ein Stein aus einem Teil des Landes perfekt mit einem anderen Stein zusammenpassen konnte, der aus einer anderen Ecke der Welt kam, obwohl jeder seine eigene Form und Geschichte hatte. Jeder Stein besaß Ecken und Kanten, war abgebrochen oder aus einem Felsen herausgehauen, war geformt durch die Zeit oder gewaltsame Einwirkungen. Doch hier fand jeder Stein seinen Platz. Auch William faszinierte dieses Zusammenspiel und er baute Bobs Arbeit zu einer regelrechten Kunst aus. Er achtete nicht nur auf die Form, sondern auch auf Farben, Muster und Bestandteile, die Licht reflektierten, und schuf so ein Mosaik, das unglaubliche Effekte erzielte. Ihm zuzusehen war, als würde man Zeuge einer Geburt. Seine Begeisterung war ansteckend.

Er hatte angefangen, ganze Nächte im Bootshaus zu verbringen. Der alte Kanonenofen stand noch dort aus der Zeit, als Roy hier nachts Pläne für seine Boote entworfen hatte. Er sorgte auch jetzt wieder für behagliche Wärme, während draußen die Temperaturen sanken. William liebte es, in dem Klappbett neben dem Ofen zu schlafen, genau wie sein Vater früher. Hier hatte sein Vater überlegt, gemessen und Pläne entwickelt. Das Licht brannte jetzt oft den größten Teil der Nacht, genau wie damals bei Roy. Die hintere Wand wurde zu seiner Pinnwand, wo er Pläne und Skizzen ans Holz heftete. Aber mehr noch, es wurde eine Gedenkwand für das Leben derer, für die nicht nur Steine, sondern auch Briefe und Fotos nach Ansel geschickt worden waren. Bob hatte ein paar Mal vorbeigeschaut und sich zeigen lassen, nach welchen Kriterien William die Geschichten, die hinter den Steinen standen, kategorisierte und sortierte, aber es war ihm zu hoch und er zog sich wieder zurück. William brachte auf wunderbare Weise

Ordnung ins Chaos und Eva unterstützte ihn dabei mit dampfend heißer Schokolade, zubereitet aus der Milch, die sie vom Nachbarn holte, und ergänzt mit ihrer Geheimzutat, frisch geriebener Muskatnuss.

Sechs Tage vor Weihnachten gehen die drei am Hafen entlang, jeder hat ein Bündel in der Hand. Evas Wangen glühen, ihre Augen sind mit Lachfältchen gesäumt. Sie wird jeden Tag schöner und die zunehmenden Jahre unterstreichen ihre Anmut und ihr Temperament nur umso mehr. Williams Schultern sind breit geworden, seit er hier angekommen ist, aber seine Gestalt ist so schlaksig wie eh und je, als er jetzt zum Postamt hinübergeht und einen roten Brief in den Kasten wirft.

Eva stößt ihm neckisch den Ellbogen in die Rippen. „Für Anneliese?“ Er grinst. Jede Woche gehen die Briefe zwischen den beiden hin und her und Bob hat einen Kalender entdeckt, in dem die Zahl der Tage heruntergerechnet wird, bis Anneliese im nächsten Juli wieder nach Ansel kommt. Wenn es nach William ginge, würde sie kommen und für immer bleiben. Und dass ein Ring zum Einsatz kommt, darauf würde Bob wetten.

Zu Hause werden die Einkäufe in den Schränken verstaut und im Wohnzimmer wird der Baum aufgestellt. Einen ganzen Abend lang werden die Zweige mit Cranberry-Ketten geschmückt. Die Beeren haben den Frost überstanden und sind umso süßer geworden. Letzten Monat wurden sie in dem sumpfigen Gebiet eines Nachbardorfes geerntet und nur die kleinsten der rubinroten Beeren sind nicht in der Küche gelandet, sondern wurden für den Baum aufbewahrt.

Wie die meisten Leute in Ansel halten sie an der Tradition fest, dass richtige Kerzen am Baum brennen müssen – gerade lange genug, um die Weihnachtslieder zu singen, während jemand mit einem Krug Wasser neben dem Baum steht, zur Sicherheit. Noch nie hat in Ansel ein Weihnachtsbaum gebrannt, aber es sind auch alle vorsichtig. In diesem Teil der Welt kann ein außer Kontrolle geratenes Feuer unvorstellbar viel Schaden anrichten. Das wissen alle noch aus dem Jahr 1947, als Maine brannte. Die Erinnerung lässt auch heute noch alle erschaudern, die das miterlebt haben.

Alles ist ruhig heute Abend – nach dem Abendessen wird noch gesungen, mühsam begleitet von Eva am Klavier, dann gibt es Savannahs Haselnusskuchen. Im Kuchenbacken hat Eva es sehr viel weiter gebracht als am Klavier. William schürt die Glut im Kamin, bis er diese perfekte Temperatur erreicht, bei der die Holzscheite wie Windspiele summen.

„Bleib doch heute Nacht im Haus“, sagt Eva, als William nach der Jacke greift, um zu gehen. Es schneit und trotz Kanonenofen wird es in der Nacht im Bootshaus kalt werden. „Dein Zimmer hier oben verwaist ja ganz.“

William kann zu Eva grundsätzlich nicht Nein sagen. Die Herzensbeziehung, die seit Williams Ankunft zwischen den beiden gewachsen ist, tut Bob in der Seele gut. William ist ihnen zu dem Sohn geworden, den er Eva nicht hat schenken können. Und William, der seine geliebte Mutter so vermisst, hat in Eva einen unerwarteten Trost gefunden.

„Ich geh nur noch ein bisschen rüber und schlafe hier, okay?“, lächelt er und setzt die Mütze auf. Er hat Bobs alte Schiebermütze bekommen und trägt sie gern an Land, wo keine richtig warme Kopfbedeckung nötig ist. „In ein paar Stunden bin ich wieder da.“

„Du bist genauso stur wie dein Onkel“, sagt Eva augenzwinkernd. Ein Vergleich mit Bob ist das größte Kompliment, das Eva zu vergeben hat. Und als sie sich, kaum dass William verschwunden ist, in Bobs Arme schmiegt und ihn zu einem Tanz vom Stuhl zieht – einem Tanz wie damals am Charles River in Boston –, könnte Bobs Herz fast zerspringen vor Glück und Staunen, dass diese Frau von allen Männern in der ganzen weiten Welt ausgerechnet ihn gewählt hat.

Sie wissen, dass „ein paar Stunden“ bei William auch schnell bis in die frühen Morgenstunden gehen kann, deshalb legen sie sich dann schlafen, erfüllt von Dank für den Frieden und den Segen, der auf ihrer Familie ruht.

Irgendetwas weckt Bob aus dem Schlaf. Eigentlich ist alles ruhig, und doch beunruhigt ihn etwas und holt ihn aus dem Bett. *William.*

Er ist nicht in seinem Bett. Unten ist er auch nicht. Die Luft draußen ist rauchig, alle Häuser in der Bucht heizen in diesen kalten Nächten.

Bob wirft einen Blick auf seinen Anlegeplatz. Die *Savvy Mae* schaukelt im zunehmenden Wind, als würde auch sie etwas beunruhigen, genau wie ihn. Er dreht sich um und plötzlich schaltet seine Wahrnehmung auf Zeitlupe. Hinter dem Haus erhellt ein orangefarbenes Leuchten die Dunkelheit. Funken schießen in Schüben zum Himmel.

Ein einziger Gedanke – *William.*

Bob fliegt mehr, als dass er rennt. Raum und Zeit sind vergessen. Nichts anderes zählt jetzt. Nur das – William ist im Bootshaus. Das halbe Gebäude steht in Flammen. Jemand versucht zu löschen. Wände sind verkohlt, manche glühen, andere ächzen unter der Last der zitternden Balken.

„William!"

Keine Antwort.

Wo ist er? Jeder Herzschlag ist ein Schrei zu Gott. Seine Blicke durchdringen die Nacht. Er bemerkt nicht, wie ihm der Schweiß übers Gesicht läuft, seine Augen brennen, die Lunge ringt nach Luft. Das ganze Bootshaus scheint in Bewegung zu sein, Wände ziehen sich zusammen, dehnen sich aus, ringen nach Atem, genau wie er. *Wo. Ist. Er?*

Da – eine Bewegung. In der Ecke, die zum Hafen hin liegt, wo William sich eingerichtet hat. Ein Schatten taucht aus dem grauen Rauch auf, er krümmt sich und hustet heftig.

„William!"

Der junge Mann reißt den Kopf hoch. Sein Gesicht ist schwarz vom Ruß. Entgeistert. Mit zwei Eimern in Händen rennt er an Bob vorbei und direkt zum Fluss hinter dem Haus, wo Bob ihn damals, stromaufwärts, nach der Kirche angetroffen hatte.

Bob schnappt sich den Eimer, den Roy immer kopfüber als Hocker benutzte, und rennt hinter William her. Sie laufen wie im Tandem, dann kommen sie aus dem Rhythmus und hasten nur noch eilig zum Wasser. Dann zum Feuer. Wieder zum Wasser. Bob zählt nicht mit, wie oft. Die Situation wäre aussichtslos, wenn da nicht der Schnee wäre. Es schneit jetzt, wie es auch schon die ganze letzte Woche geschneit hat. Der Schnee und Williams frühzeitige Löschbemühungen geben dem Bootshaus eine Chance.

Irgendwann kommt Eva dazu. Sie haben kein Zeitgefühl mehr, alles fühlt sich an wie eine Ewigkeit. Bis plötzlich alle drei nicht mehr können. Alles qualmt. Aber das Feuer ist gelöscht. Und ein Teil des Bootshauses ist zerstört. Nicht alles, aber der Flügel, der zum Hafen hin liegt. Sie wachen in dieser Nacht, falls noch einmal Flammen auflodern sollten.

Eva hat sich in eine Decke von Williams Schlafplatz gehüllt und ist eingeschlafen, ihr Kopf ruht auf Bobs Schulter. Der Saum ihres weißen Nachthemds ist versengt, unregelmäßig wie die Flammen, die nach ihr gegriffen haben. Bob befühlt den Stoff und das Herz schlägt ihm bis zum Hals, als er daran denkt, was hätte passieren können. Wie nahe das Feuer ihr gekommen war. Diese Frau, die sich in Seide kleiden und Diamanten tragen sollte, hat sich für grobe Baumwolle und Asche entschieden, das ist ihr einziger Schmuck.

Er schaut hoch, spürt Williams Blick. Und was er darin sieht, schnürt ihm die Kehle noch mehr zu.

„William." Nur krächzend bringt er den Namen hervor, entschlossen, die Verzweiflung im Gesicht des Jungen zu lindern.

Der Blick des Jungen wandert vom versengten Saum von Evas Nachthemd zum Boden zwischen ihnen. Er schnieft, atmet schwer. Es steht jetzt im kalten weißen Mondlicht, wo ihn vor Kurzem noch der rote Feuerschein umgab. Das Licht erhellt seine Züge, auf denen sich zwei Empfindungen abzeichnen: Qual. Schuld.

Mit etwas tieferer Stimme wiederholt Bob den Namen. „William?"

„Ich hätte niemals die Petroleumlampe nehmen dürfen", murmelt er und alles erscheint so irreal. Ein Albtraum. Er schüttelt den Kopf, seine Augen sind aufgerissen, die Blicke wandern von einem Ende des Hauses zum anderen.

Bob wartet.

„Ich dachte … noch fünf Minuten. Dann wäre ich fertig gewesen. Ich war an den Briefen des Kriegsgefangenen." Sein Gesicht verzieht sich schmerzlich. „Eintausendzweihundertund …", er schluckt, seine Kehle ist trocken, „… undsiebzehn. So viele Steine von Kriegsgefangenen hast du hier."

Er spricht über Steine. Er wirkt wie betäubt. Der Junge braucht Schlaf. Morgen früh wird das alles nicht mehr so schlimm sein. Sie sind alle drei unversehrt und das Bootshaus steht noch – zum größten Teil jedenfalls.

„Ihre Berichte sollen geordnet sein. Was sie erlebt haben … Sie haben verdient, dass ich das gut mache." Er zieht trockene Grashalme aus dem Boden, reißt die Spitzen ab. Jetzt schaut er Bob in die Augen. „Wer will, kann jetzt hier etwas von ihnen finden. Vielleicht kommt ja jemand, sucht die Toten … und will die Geschichten sehen? Vielleicht will eines Tages jemand wissen, was mit den Steinen ist?"

Er wirkt fiebrig. Zeit, dass er ins Haus kommt. Aber er ist noch nicht fertig. Diese Gefühle müssen noch in Worte gefasst, ausgedrückt werden.

„Vielleicht will … eine Tochter etwas wissen? Oder ein Sohn? Wenn sie herkommen, dann sollen sie etwas finden können." Es fällt ihm schwer aufzustehen, er bewegt sich wie ein steifer alter Mann. Ist er verletzt? Hat er Verbrennungen? „Wenn sie kommen, müssen sie herausfinden können, was passiert ist, dass es wichtig war und dass dadurch einmal Leben gerettet wird und … dass es nicht umsonst war und …"

Er schwankt. Stützt sich gegen einen Baumstamm, legt seine Stirn dagegen. Es ist seine eigene Geschichte, die ihn so aufwühlt.

Bob steht jetzt neben ihm und führt ihn ins Haus. Danach wird er zu Eva zurückkommen, sie auch ins Haus schicken, die restliche Nacht selbst wachen. Der Junge muss jetzt vor allem ausruhen. Seine Augen schließen, den Albtraum vergessen, der ihn hätte verzehren können. Der ihn *tatsächlich* verzehrt.

„Schschhhh", beruhigt ihn Bob. „Jeder, der liebe Menschen vermisst, wird hier Trost finden. Du machst eine so wertvolle Arbeit, William." Das stimmt wirklich. Bob sieht, dass der Junge die ganzen Unterlagen vor dem Feuer bewahrt hat, er hat sie beschützt wie sein eigenes Leben. Manche hat er mit Fußtritten aus dem Feuer gekickt, andere mit Wasser gelöscht. Wasser trocknet, aber was die Flammen verschlingen, ist unwiederbringlich verloren. „Du hast das sehr gut gemacht."

Bob führt ihn zum Haus, aber William bleibt stehen. „Klafter … werden verbrennen“, murmelt er wirr und dreht sich zum Bootshaus um.

Bob hat dem Jungen die Hand auf die Schulter gelegt und dreht ihn sanft wieder um, Richtung Wohnhaus. Es tut ihm so weh, den Jungen in diesem wahnartigen Zustand zu erleben.

„Ich halte dich, mein Junge.“

Wie lange hatte William sich nach diesen Worten gesehnt. Er atmet schwer und sein Blick sucht den von Bob, hält ihn fest. Ein stummes *Danke* liegt in diesem Blick und zugleich ein inniges Flehen.

Ein kurzer Blick Richtung Bootshaus zeigt Bob, dass Eva wach geworden ist. Bob hebt einen Finger, will damit zeigen, in einer Minute ist er wieder da. Aber ihr Blick ist voller Entsetzen auf das Bootshaus geheftet.

Bob kommt zeitgleich mit Leonard Fink am Wohnhaus an. Der wohnt am Anfang der Straße und sagt, er habe den Rauch gerochen. Ein Blick auf Williams rußschwarzes Gesicht und seinen Zustand, der einer Ohnmacht nah ist, lässt ihn auf der Stelle umkehren, um den Arzt zu holen.

Als Bob mit William am Sofa ankommt, schläft der Junge schon fast. Bob bettet seinen Kopf auf das Kissen und legt die dicke rote Decke um ihn. Er ist noch so jung, so unschuldig. Unter all dem Ruß sieht er auch jetzt noch etwas von dem Baby, das er einmal im Arm gehalten hat, vor unendlich langer Zeit.

Er ist schon an der Tür, um wieder in das Schneetreiben hinauszugehen, da hört er ein leises Murmeln: „Klafter … Feuer …“

Wortlos betend lässt Bob ihn zurück und eilt zum Bootshaus. Aber als er wieder an der Stelle ist, wo er seine Frau in eine Decke gehüllt und an einen Baumstamm gelehnt zurückgelassen hat, findet er sie nicht mehr vor.

Leichte Fußabdrücke in der dünnen Schneeschicht über dem Matsch führen zum Bootshaus. Bobs Magen krampft sich unwillkürlich zusammen. Mit wenigen Sätzen eilt er ihr nach in den Rachen dieses Ungeheuers, das schon zu viel verschlungen hat.

Es dauert nur den Bruchteil einer Sekunde, er sieht unendlich langsam, was geschieht, kann es nicht verhindern. Die Stille macht alles noch irrealer. Eva, im weißen Nachthemd, bückt sich, streckt die Hand nach einem Stückchen Papier aus, das auf dem Boden liegt. Ihre goldenen Haare fallen ihr über die Schultern nach vorn.

Der Balken über ihr bewegt sich, nimmt einen gefährlichen Winkel ein. Verkohlt und rußbedeckt löst er sich, die tragende Kraft in seinem Inneren ist vom Feuer verzehrt.

Er stürzt herab und alles verstummt, während Bob zu Eva eilt.

Aber bis er sie erreicht – dieses Mädchen im roten Kleid mit dem Brecheisen, das ihm im Mondschein von Boston begegnet ist und seine Welt in Ordnung brachte –, liegt sie schon am Boden. Ein schwerer Balken drückt sie nieder, sie ist bewusstlos. Das Rot, in dem sie liegt, breitet sich aus. Eine verrückte, übermenschliche Kraft erfüllt ihn, er weiß nicht, woher, und er befreit seine geliebte Frau von dem mörderischen Balken.

dreiunddreißig

Bobs Herz klopft und bebt angstvoll und sein ganzer Körper vibriert, während der Arzt sich über das Sofa beugt, wo William für Eva Platz gemacht hat.

Es gibt oberflächliche Verletzungen – eine Schnittwunde über dem Kiefergelenk, gebrochene Finger, die nicht loslassen wollten, was sie umklammert hatten, wofür sie in das Bootshaus gegangen war.

Aber da ist auch der Blick des Arztes, der sich immer wieder über den Schnurrbart streicht, sein besorgtes Seufzen. Das verstärkt sich, als er ihre Beine untersucht. Keine Reaktion. Vielleicht werden sie nie wieder reagieren. Vorsichtig erwähnt er die Möglichkeit, dass die Bewegungsfähigkeit nach einer Rückenmarksverletzung auch zurückkehren kann. Aber sein Blick ist sehr ernst und widerspricht seinen Worten. Er sieht nicht so aus, als hätte er Hoffnung für Eva Bliss.

Aber sie atmet. *Gott sei Dank!* Jeder einzelne Muskel in Bob verlangt danach, sie in den Arm zu nehmen und festzuhalten, so wie sie damals die Bruchstücke seiner Seele aufgesammelt und zusammengefügt hatte, wie sie beide Seite an Seite gearbeitet und Steine in sein Bauwerk eingepasst hatten.

Etwas, das sie vielleicht nie wieder tun werden.

Das soll egal sein. Sie müssen nicht zusammenarbeiten. Er wird nun auf andere Weise an ihrer Seite sein. Das wird sein neues Leben sein. Bob ist zu allem bereit, er wird für seine Frau nach besten Kräften sorgen.

Als der Arzt das Haus verlässt, kommt ein Windstoß durch die Tür und weht ein Stück Papier heran, das neben Eva am Boden liegt. Als der Arzt ihre Hand untersuchte, um die verletzten Finger zu versorgen, ist es ihr entglitten.

Bob hebt es auf, streicht es glatt … und erstarrt. Es ist Roys Handschrift. Diese zwei Worte, die immer wieder auftauchen, als hätten sie es auf ihn abgesehen. *77 Klafter.*

Es ist der Code seines Bruders für eine Liebe, die nur zunehmen kann. Aber wohin führt sie, diese Liebe? Immer nur zur Zerstörung? Er lässt den Kopf hängen und zerknüllt das Papier in seiner Hand.

Eva bewegt sich und er spürt ihre sanfte Berührung an seinem Knie. Ihr Bewusstsein kommt und geht, seit sie hier liegt, und er weiß nicht, wie viel sie von den Worten des Arztes wahrgenommen hat.

Ihre schläfrigen Augen öffnen sich mit zitternden Lidern, blasse Lippen formen ein schmales Lächeln. „… das Unnötigste überhaupt", lächelt sie schwach.

Ihre Worte versetzen ihn zurück in jene Nacht, als er sie zum ersten Mal sah. Er ringt sich ein Lächeln für sie ab, erinnert sich an ihren alten Witz.

„Namen?"

„Nein", sagt sie, schließt die Augen und schüttelt entschieden den Kopf auf dem Kissen. „Beine."

Das sagt die Frau, die täglich mit ihm den Weg zur Lichtung hinaufgeht. Die ihre blauen Overalls aus Kriegszeiten und die Arbeit, die sie darin tat, für ihre besten Errungenschaften hält. Eine Frau, die auch zehn Leben leben könnte und nie müde würde, die Orte aufzusuchen, für die ihr Herz leidenschaftlich schlägt.

Ihr Mut erschüttert ihn.

„Weißt du, was nicht unnötig ist?" Sie hält die Augen geschlossen, während sie spricht.

Zeit vergeht und er fragt sich, ob sie wieder eingeschlafen ist. Aber dann streckt sie den Arm aus, legt ihre Hand um seine geschlossene Faust und streichelt sie mit ihren rußbeschmutzten Fingern, bis seine Hand sich öffnet und ihr Finger das zerknüllte Papier berührt. „Das."

Die Klafter. Sie spricht nicht von ein paar Buchstaben auf einem Stück Papier. Eva kennt die Bedeutung. Für Roy, für Jenny … für

William, den sie unendlich viele Klafter tief liebt – sie liebt ihn so sehr, dass sie alles dafür gab, ihm dieses Papier wieder in die Hand legen zu können. Sie hatte verstanden, wovon er sprach, als Bob ihn nach dem Feuer ins Haus führte. Bob nicht. Ein Fehler, den er sein restliches Leben lang bereuen würde. Wenn er gleich gegangen wäre, um das Papier zu holen, dann hätte Eva es nicht getan …

Bald darauf werden Evas Atemzüge regelmäßig und tief und Bob legt ihre verbundene Hand auf ihre Brust. Er steckt das Papier wieder ein und geht zum Bootshaus, nimmt allen Mut zusammen, um den Schaden zu begutachten.

Die Verzweiflung hat ihn im Griff, er versucht, die Taubheit zu durchbrechen, die sich lähmend um ihn gelegt hat. Er betritt das verbrannte Gebäude, lässt seinen Blick über die Nordseite schweifen, wo die Wände verkohlt sind und das Dach fehlt. Alles hier erzählt die Geschichte eines Mannes, der eine unmögliche Wahl treffen musste. Williams Geschichte.

Er hat die Papiere gerettet.

Da ist der Steinhaufen. William sitzt daneben, hat einen einfachen Lappen und reibt mit bloßen Händen Ruß von Steinen ab. Seine fieberhaften Bewegungen stocken, er sackt noch weiter in sich zusammen, als er spürt, dass Bob gekommen ist.

„Du solltest schlafen“, sagt Bob und seine Stimme klingt unnatürlich und wie aus weiter Ferne.

William dreht sich langsam um. „Geht nicht.“ Er steht auf. „Ich … habe gehört, was der Arzt gesagt hat.“

Bobs Kiefermuskeln arbeiten. Er will nicht an diese Worte denken. „Wir werden sehen“, weicht er aus. Dann spürt er, wie eine Hand ihn aus dieser Dunkelheit ziehen will. Er sollte William jetzt die Lichtquelle sein, die der Junge so dringend braucht. Aber der Schock lastet auf ihm und Tränen schießen ihm in die Augen.

Was werden wir sehen? Ob seine geliebte Frau eines Tages wieder laufen kann? Eva wird sich von der Lähmung nicht bremsen lassen, ihr Leben wird immer erfüllt sein, so gut kennt er sie. Aber der Arzt hat noch mehr angedeutet. Er sprach von Komplikationen bei dieser

Verletzung, davon, dass das Herz angegriffen sein könnte. Und das könnte ihr Leben früh beenden. Er krümmt sich, als könne er sich vor der Finsternis ducken.

„Meinst du, sie wird wieder gesund?“ Williams Blick ist verletzlich, voller Angst und voll sehnlichen Flehens nach einem Funken Hoffnung.

Bob will nicht lügen. Aber wie könnte er die Wahrheit sagen? Seine Angst um Evas Leben ist abgrundtief. Er atmet langsam aus, zwingt seine erstarrten Beine, zum Ofen zu gehen. Er nimmt die Blechtasse hoch, die Eva dort immer stehen hat, schwenkt sie, wie um Schokolade aufzurühren, die darin sein sollte, es aber nicht ist. Der Anblick der leeren Tasse schmerzt. Bob setzt die Tasse ab, geht mechanisch weiter. Da knirscht es unter seinem Schuh. Er tritt auf etwas, das auf dem harten Boden aus festgestampftem Lehm nicht zu erwarten ist. Er erstarrt.

Der Boden glitzert und funkelt, sieht fast schön aus, wenn nicht – wie eine Faust trifft es ihn mitten in die Magengrube. Ein schneller Blick rundum, Holzkisten sind geborsten, feindselig ragen Latten in spitzen Winkeln nach oben, in den Kisten noch viel mehr Scherben. In seinen Fingern, die wie taub waren, pulsiert das Blut.

Das ist – *war* – die Fresnellinse. Die Ersparnisse seines ganzen Lebens, der Erlös des Familienerbes. Die letzte Hoffnung für seinen Leuchtturm … in tausend Scherben.

Es sollte ihn nicht zerbrechen. Nichts ist passiert, nur teures Glas ist geborsten. Eva lebt. William lebt. Und doch, es ist, als bündelten sich in diesem letzten Schlag alle anderen und zögen ihm den Boden unter den Füßen weg. Wie ein gefällter Baum sinkt er zu Boden.

Handflächen fangen den Sturz auf, landen schmerzlich im Glasstaub. Wohin er blickt, Scherben, zerbrochenes Leben. *Die Linse ist nicht wichtig. Das Land ist nicht wichtig. Das ist alles nicht wichtig!* Aber jeder Glassplitter scheint ihn zu verhöhnen, anzuklagen. Alles, wofür er sich eingesetzt hat, hat den Menschen, die er liebt, nur Leid und Schmerz gebracht. Und das alles für einen blöden, belanglosen Turm.

Wie aus weiter Ferne hört er Williams Stimme, die ihn ruft. Eine Hand, die vorsichtig seine Schulter berührt. Eine zitternde Stimme, die fleht – *Es tut mir leid* –, immer und immer wieder.

Irgendwo tief in ihm steckt ein Mann, der mutiger ist als dieser Bob, den er dorthin verbannt hat und der nun gegen die Eisschicht in sich ankämpft, um die ausgestreckte Hand zu ergreifen, die Stimme zu trösten.

Aber dieser Bob – betäubt, gebrochen, ohne Hoffnung – verharrt am Boden, kniet in den Scherben.

Und am nächsten Morgen ist William nicht mehr da.

vierunddreißig

Juni 2001

Annie fühlt sich leer und erschöpft, ihre Gedanken drehen sich um die Geschichte, die sie sich aus dem, was sie selbst schon herausgefunden hat, und dem, was Bess ihr erzählt hat, zusammenreimen kann. Von Bess hatte sie gehört, dass ihr Vater als junger Mann in Ansel gewesen war – bis zu dem Feuer. Der Graben zwischen ihm und Bob wurde mit jedem Jahr, in dem die beiden keinen Kontakt hatten, tiefer. Eva lernte, im Rollstuhl zu leben, und es wurden ihr nicht nur Monate, sondern noch Jahre geschenkt. Bob verbrachte jede freie Minute an ihrer Seite, versorgte sie, trug sie und drehte sie im Rollstuhl jeden Abend zu einem langsamen Tanz auf seinem Bootsanlegesteg. Fünfzehn Jahre lang. Dann war ihre Zeit hier zu Ende.

Bob hatte William viele Briefe geschrieben, aber es gab keine Adresse, an die er sie senden konnte. In diesen Jahren war ihr Vater auf der Flucht vor der Vergangenheit, er kämpfte im Dschungel von Vietnam. Nach seiner Rückkehr waren schon so viele Jahre vergangen, in denen die Männer keinen Kontakt gehabt hatten, dass keiner wusste, wie er den ersten Schritt machen sollte.

Annies Mutter hatte schließlich Kontakt mit Bob aufgenommen und eine Geburtsanzeige nach Ansel geschickt, als Annie zur Welt kam. Das Gleiche tat er und schickte eine Todesanzeige von Eva an Anneliese. Er schrieb fünf Worte auf die Karte: *Sie hat euch sehr geliebt.* Das war von da an die Ebene ihrer Kommunikation – sie schickten sich Zeitungsausschnitte zu.

Annie hatte ihre Mutter einmal gefragt, warum das so sei. Sie waren in dem alten grünen Kombi unterwegs, der voller Koffer war, und Anneliese fuhr Annie nach Norden, immer an der Küste entlang, zu diesem Mann, den sie noch nie gesehen hatte. Warum Dad und der Onkel sich denn nicht mehr geschrieben oder sich besucht hätten? „Da sind Sachen passiert zwischen deinem Dad und dem Onkel, die nur die beiden verstehen", antwortete Anneliese und ihre Stimme klang traurig. Es sah so aus, als hätte sie gern noch mehr gesagt, aber sie beließ es bei einem schlichten „Ich schicke ihm das Einzige, was helfen kann. Das hoffe ich zumindest."

Annie hatte immer angenommen, dass ihre Mutter die Zeitungsausschnitte meinte und entsprechend hatte auch sie dann mit Bob über die Zeitung kommuniziert. Nie war ihr in den Sinn gekommen, dass ihre Mutter vielleicht auch sie, Annie, gemeint haben könnte. Sie kam genau zu dem Zeitpunkt an, als durch Evas Tod eine riesengroße Lücke in Bobs Leben entstanden war. Diese Lücke in Bobs Herz wurde für sie zu einem Zuhause, einem Ort, der ihr Halt und Geborgenheit gab.

Wenn sie doch damals mehr von all dem gewusst hätte, vielleicht hätte sie helfen können, den Graben zu überbrücken. Irgendwie beschämt es sie, wenn sie daran denkt, mit wie viel Verlust all diese Menschen in ihrer Familie zurechtkommen müssen. Wenn Bob nur zu sich kommt, dann kann sie vielleicht noch etwas gutmachen, den beiden Männern helfen, etwas von der verlorenen Lebenszeit nachzuholen. Die Ärzte hatten schon begonnen, die Medikamente langsam zu reduzieren, um ihn in den nächsten Tagen vielleicht aus dem Koma erwachen zu lassen. In ein paar Tagen würde man mehr wissen.

Jeremiah war zufällig zu ihr und Bess gestoßen, als sie mitten in der Geschichte waren, gerade an der Stelle, als Bob an jenem Sonntag William zum ersten Mal mit zum Leuchtturm nahm. Jeremiah hatte Bess ebenso gespannt zugehört wie Annie, ihr förmlich an den Lippen gehangen, als würde er jeden ihrer Sätze einzeln einpacken und ordentlich in dieser schier endlosen Tiefe in seinem Inneren verstauen. Das zu beobachten war für Annie unbeschreiblich tröstlich gewesen.

Und nun sitzt sie in der Seemannsklause, schaut aus dem Fenster aufs Meer und staunt, wie viele Sterne am Himmel funkeln. Es ist, als wäre der Himmel ihr ganz nahe gekommen.

Aber was kann der Himmel schon mit ihr anfangen nach all den Jahren, in denen sie nicht viel mit ihm zu tun haben wollte?

Ihre Gedanken kehren zu den alltäglicheren Themen zurück. Bobs Situation ist unverändert. Margie Lillian hat beschlossen, dass es zu spät ist, um für das Hummerfest in diesem Jahr den Fährverkehr zur Insel einzurichten. Vielleicht hat sie Wind davon bekommen, wie Annies Versuche, kleinen Orten zu helfen, in der Vergangenheit ausgegangen sind? Ob Alpenzell eine Warnung vor ihr herausgegeben hat? Wenn, dann ist es nur gut so. Aus Chicago kommen E-Mails mit Aufträgen, die dafür sorgen, dass ihr hier nicht langweilig wird. Aber mit jedem Diagramm und jedem Bericht, den sie erstellt, fühlt sie sich innerlich ausgelaugter.

Wo willst du mich haben? Sie schließt die Augen, während ihr Herz betend fragt. *Wohin gehöre ich? Hast du einen Platz für mich?*

Es klopft an der Haustür und sie schnellt hoch, wirft rasch einen Blick zur Uhr in der Ecke. 23.45 Uhr. Noch ein schneller Blick aus dem Fenster. Jeremiah. Die Haare schauen widerspenstig unter seiner Baseballkappe heraus. Er sieht aus, als hätte er zwei Nächte durchgemacht.

Ihr Herz schlägt schneller, als sie ihm öffnet.

„Hallo", sagt er, betont locker, aber mit rauer Stimme. „Könntest du mal …" Er wirft einen Blick über die Schulter zum Anleger, wo Annie jetzt ein zweites Boot entdeckt. Es wirkt klein und zerbrechlich neben der *Glad Tidings* und tanzt fröhlich auf den Wellen.

„Jeremiah." Ihr Gesicht lächelt, ihre Stimme auch. „Du hast Roys Boot wieder flottgemacht?"

Er antwortet mit einem schiefen Lächeln. „Schnapp dir deinen Umhang oder was das ist." Erschrocken weiten sich seine Augen, als wäre ihm aufgefallen, wie ruppig sein Tonfall ist. „Also natürlich nur, wenn du willst."

„Wohin geht's denn?"

„Überraschung."

Er sieht so begeistert aus, da ist es für Annie gar keine Frage, dass sie mitkommt. Jeremiah wirkt aufgeregt wie ein Kind, das einen Schatz gefunden hat. Und Ehrfurcht schwingt auch mit, als ginge es um etwas Heiliges.

Sie greift nach der Strickdecke, die wie immer auf dem Sofa liegt, zieht ihre Salzwasserstiefel an und kehrt dann schnell noch einmal ins Wohnzimmer zurück. Vor dem runden Spiegel kommt sie schlitternd zum Stehen und zupft ihren Pferdeschwanz in Form. Es ist der hilflose Versuch, ihr gemütliches Kurz-Vor-Mitternacht-Outfit aus Jeans und einem Flanellhemd vom Gemischtwarenladen noch etwas aufzupeppen.

Wobei es Jeremiah ja wirklich nicht zu interessieren scheint, wie sie aussieht. Also könnte es ihr eigentlich auch egal sein.

Er wartet auf dem Anleger und reicht ihr die Hand, um ihr an Bord der *Glad Tidings* zu helfen.

Wollten sie nicht das Ruderboot einweihen? Aber sie sagt nichts, und als sie ablegen, bemerkt sie, dass er das Ruderboot im Schlepptau hat.

Sie fahren am Hafen vorbei, wo die Schule mit großen Scheinwerfern das Gelände erleuchtet hat, auf dem die Aussteller noch spät am Abend ihre weißen Zelte aufbauen und alles für das morgige Fest vorbereiten. Blumenampeln wurden aufgehängt, es duftet nach Zimt, jemand scheint schon einmal etwas für morgen probezubacken. Auf der Grünfläche am Hauptplatz bescheint ein Scheinwerfer Spencer T. Ripley, der im Pavillon vor zwanzig leeren Stühlen auf und ab stolziert und offensichtlich seine Rede einstudiert.

Sie passieren Everleas Landsitz, wo Sullys Windspiel in den Bäumen sein sanftes Wiegenlied spielt. Annie fühlt sich, als hätte Jeremiah ihr den Arm geboten und führe sie nun über das Meer zu einer geheimen Tanzfläche, während der Rest der Welt schläft oder seinen Pflichten nachgeht. War es gerade nicht auch das erste Mal überhaupt, dass sie sein Boot betreten konnte, ohne vor Angst zu zittern?

Er nimmt Kurs nach Norden und fährt parallel zur Küste, mit genügend Abstand, um nicht zu nahe an die vielen schroffen Klippen zu kommen. Endlich drosselt er den Motor und wirft den Anker. Der Mond steht hoch und schmal am Himmel, sein blasses Licht fließt silbern über die aus dem Wasser aufragenden Felsen.

Hier draußen könnte man laut schreien, kein Mensch würde es hören. Schweigen hüllt sie ein. Wortlos klettert Jeremiah ins Ruderboot und bedeutet Annie, ihm zu folgen, streckt ihr die Hand entgegen und hilft ihr mit einem Strahlen in den Augen herunter.

Als beide in dem schmalen Boot sitzen, packt er die Ruder. Mit fragendem Gesichtsausdruck übergibt er ihr eines. Sie tauschen einen verschwörerischen Blick und sie lässt sich darauf ein, ohne zu wissen, wohin die Reise geht, aber in dem sicheren Gefühl, dass sie gerade etwas sehr Großes erlebt.

Das plätschernde Geräusch des Wassers, das ihre Ruder verursachen, wird allmählich zu einem gleichmäßigen Rhythmus, in dem sie sich gemeinsam vor- und zurücklehnen und ein Zweiergespann bilden, das eine gemeinsame Richtung verfolgt.

Er lenkt das Boot um einen Felsvorsprung herum in eine kleine Bucht hinein, die Annie fast übersehen hätte. Aus fast jedem Blickwinkel erscheint der Fels massiv, bis man näher an ihn herankommt und sieht, wie zerklüftet er ist; schroffe Landzungen, von schmalen Wasserstreifen getrennt, folgen dicht aufeinander, jede ragt weit ins Wasser hinein. Jeremiah lenkt dicht an den tief eingeschnittenen Klippen entlang, die einen engen Korridor bilden, der plötzlich in eine Nische mündet, klein und versteckt wie ein Zimmer im Meer, zu dem nur sie den Schlüssel haben. Das seichte Wasser ist von Granitwänden umgeben, welche die Sonne tagsüber aufgeheizt hat und die nun ihre Wärme an die Luft über der Lagune abgeben. Es gibt wenig Bewegung im Wasser, wie in einem Pool steht es in dem umschlossenen Raum. Hatte sie auf der anderen Seite der Felsen gerade noch ein kalter Ozean umschäumt, ist hier alles still, ruhig und warm.

„Oh“, haucht Annie. Ihr fällt kein anderes Wort ein.

Als sie sich zu Jeremiah umdreht, begegnet ihr ein so maßlos offenes Strahlen, wie sie es noch nie in seinem Gesicht gesehen hat, und es macht ihr Herz froh.

„Kleinen Moment“, flüstert er und sie ziehen die Ruder ins Boot.

Es entsteht eine andächtige Stille, während sich das Boot fast unmerklich über das Wasser bewegt, auf die Felswände zu. Dann lehnt Jeremiah sich vor und sagt: „Steck die Hand ins Wasser.“

Annie mustert skeptisch das dunkle Wasser. „Damit mir die Piranhas die Finger abbeißen? Das könnte dir so passen! Damit ich dir nicht mehr mit meinen ewigen Notizen und lästigen Fragen auf die Nerven gehe, wie?“

Jeremiahs Lachen ist warm und tief und legt sich weich um sie. „Ja, diese tropischen Piranhas sind wirklich eine Plage hier in Maine.“ Er hält ihrem Blick stand und nickt leicht zum Wasser hin. „Vertrau mir, Annie.“ Er streckt ihr die Hand entgegen und wartet.

Seine Worte und diese Hand, die einen Eimer festen Erdboden für sie aufs Deck geschüttet hat, die Hand, die den Stürmen trotzt, um Post auf die Inseln und zu den Küstenbewohnern zu bringen, um ihren Tag hell und ihre Herzen froh zu machen … ohne Zweifel, diesem Mann kann sie vertrauen. Sie würde ihm immer vertrauen, Tausende von Malen.

Seine Augen sind weiter fest auf sie gerichtet, sie reicht ihm die Hand. Er zögert nur kurz. Eine leise Regung in seinem Gesicht. Bedauern? Angst? Was auch immer – einen Augenblick später ist es verschwunden und sein vorgeschobenes Kinn signalisiert Entschlossenheit.

Er nimmt ihre Hand in die seine, dann streckt er den Arm übers Wasser und taucht ihre Hände mit einer plötzlichen Bewegung ins Wasser.

Es fühlt sich an wie kühler Samt, wild und weich zugleich. Im nächsten Augenblick flammt die flüssige Dunkelheit auf. Das eben noch tiefschwarze Wasser leuchtet plötzlich in reinstem Türkisblau.

Annie schnappt nach Luft, zieht ihre Hand zurück und presst sie an ihr Herz. Sie spürt die kühle Nachtluft an ihren weit aufgerissenen Augen. Fassungslos zeigt sie auf das leuchtende Wasser. Dann ebben die Wellen wieder ab und das helle Flackern wird zu einem Gespinst aus blauen Linien, einem Spinnennetz gleich, bis alles wieder ruhig und dunkel ist.

„Was … was war das gerade?"

Jeremiahs Augen strahlen. „Mach es noch mal."

Annie schüttelt den Kopf. „Erst, wenn du mir das … das", ihre Finger kreisen ziellos in der Luft, „diese Wasser-Elektrizität erklärt hast."

„Manche Dinge lassen sich besser erleben als erklären", widerspricht er, nimmt sein Ruder und taucht es ins Wasser. Rund um das Ruder und entlang des Bootes beginnt alles, intensiv türkis zu leuchten. Er rudert näher an die Felsen heran, die vor ihnen aufragen, und jede noch so kleine Welle, die dabei entsteht, leuchtet auf, bis sie am Felsen bricht. Dann wird die Wasseroberfläche wieder glatt und dunkel. Er rudert schneller und steuert das Boot in einem kleinen Kreis, bis die Wellen rundum gegen die Felsen schlagen und als Lichtpunkte wie leuchtend blaue Glühwürmchen durch die Luft schwirren.

Schließlich lässt er das Ruder ruhen und kämmt mit den Fingern durchs Wasser, wirbelt Licht auf, das zwischen seinen Fingern hindurchrinnt.

Woher kommt dieses geheimnisvolle Funkeln? Annie fühlt sich wie damals, als sie als Kind zum ersten Mal mit angehaltenem Atem und klopfendem Herzen eine Sternschnuppe sah. Erstaunt, verwundert und –

„Mikroben", sagt Jeremiah.

Annie spürt förmlich, wie das kindliche, faszinierte Staunen auf ihren Gesichtszügen erstarrt.

„Mikroorganismen", versucht es Jeremiah erneut. Seiner Stimme hört man an, dass er sich wie ein kleiner Junge freut, eine Freude, die gar nicht zu diesem Begriff aus der Wissenschaft passt. War dies nicht der Ort, wo es dem Meer gelungen war, Sterne einzufangen und ihr Licht im Wasser leuchten zu lassen?

Annie legt den Kopf schräg. „Erzähl mir mehr darüber."

„Stell es dir vor wie Glühwürmchen, Milliarden davon. Wenn es eine Bewegung im Wasser gibt", er zeigt auf die noch immer leuchtend umrissene Kontur des Bootes, „dann passiert das."

Annie stößt den Atem aus und verleiht ihrem Staunen damit Ausdruck. „Das ist unglaublich, Jeremiah."

Er grinst von einem Ohr zum anderen.

Dann rutscht er auf die Kante seiner Sitzbank und lehnt sich nach vorn. „Jetzt du", sagt er.

Vorsichtig zieht sie mit ihren Fingerspitzen Linien im Wasser. Feine Muster bilden sich und verschwinden wieder. Sie schließt ihre Finger unter Wasser zur Faust und öffnet sie ruckartig wieder. Eine ganze Wolke von hellblauem Licht leuchtet unter Wasser auf, tanzt um ihre Hand, windet sich durch ihre Finger und wirkt wie sichtbar gewordenes Lachen aus der Tiefe.

Bald kniet Annie im Rumpf des Kanus und lässt beide Arme im Wasser baumeln, zeichnet Wirbel und Formen und beobachtet die Lichtspuren überall. Jeremiah kniet neben ihr, hat einen Arm auf die Bootskante gelegt, der andere spielt ebenfalls in den Wellen.

Sie betrachtet ihn, diesen Mann, der ihr so lange so fremd und distanziert erschien, unnahbar geradezu. Erstaunt bemerkt sie diese unbändige Lebensfreude in seinem sonst eher ernsten Gesicht. Warum auch immer er das tut – er lässt sie teilhaben an etwas, das ihm sehr kostbar ist. Die sanften Linien um sein besonderes Lächeln verraten es.

„Danke, dass … dass du mir das zeigst", flüstert sie. „Das … ist etwas ganz Besonderes."

Er nickt … und dann hält er offenbar Worte zurück, die er gerade sagen wollte. Scheint mit sich zu ringen. Dann sagt er es doch.

„Annie, du … du bist ganz anders, seit wir hier sind."

Sie zieht einen Arm aus dem Wasser und legt ihn auf die Bootskante, um Jeremiah besser anschauen zu können.

„Anders?"

„Ja, so …" Er lacht ein wenig. „Na, schau dich doch an. Vor einer Woche hättest du um nichts in der Welt die Hand ins Wasser getaucht."

Annie sieht sich um. „Das hier ist anderes Wasser", sagt sie. Das sind nicht die Wellen, die ihr fast die Mutter geraubt hätten, die ihren Vater von ihr forttrugen und ihren Großvater begraben haben. Bei diesen Gedanken fröstelt sie und will ihre Hand aus dem Wasser ziehen.

Da schiebt Jeremiah seine Hand unter ihre, das Licht folgt jeder Bewegung, als er seine Finger mit ihren verschränkt. Seine Berührung vertreibt die traurigen Schatten der Erinnerung.

Er schluckt, ist jetzt wieder ganz ernst. „Weißt du, wie das funktioniert? Das mit dem Licht, meine ich."

Sie schürzt die Lippen und tut so, als würde sie konzentriert nachdenken. „Du warst vorhin schon mal hier und hast eine Ladung Knicklichter ins Wasser gekippt?"

Sie weiß, dass die Antwort wahrscheinlich aus einem der Bücher kommen wird, die sie auf seinem Boot gesehen hat, aber sie versucht, schlagfertig zu sein, bevor er ihr gleich etwas über Mikroben erzählen wird.

„Fast erraten." Jeremiahs Miene ist undurchdringlich. „Die Mikroben bestehen aus einer einzigen Zelle", setzt er an. „Und damit fangen sie den ganzen Tag über Sonnenlicht ein – das ist ihre einzige Beschäftigung. Bei Nacht, wenn Gefahr droht", er bewegt kurz seine Hand, um das Leuchten wieder auszulösen, „dann fliehen sie nicht. Sie rollen sich auch nicht zusammen oder verstecken sich. Ihr Schutz ist das Sonnenlicht, das sie tagsüber gespeichert haben. Damit erhellen sie die Dunkelheit. Sie verteidigen sich, indem sie Licht aussenden."

Ein Kribbeln läuft Annie über den Rücken, als Jeremiah ihre beiden Hände aus dem Wasser hebt. Er hält ihre Hand noch einen Moment fest, betrachtet ihre beiden Hände mit gerunzelter Stirn … und dann lässt er Annies Hand los.

Annie glaubt schon, er würde jetzt die Ruder nehmen und sie von hier wegbringen – und der Gedanke gibt ihr einen Stich ins Herz –, da schwingt er beide Beine über den Rand des Bootes und winkt ihr, kippt das Kanu ein wenig und lässt sich ins Wasser fallen.

„Jeremiah!"

Ihr Herz hämmert wie wild, Übelkeit und Panik haben sie erfasst, der Terror ist wieder da, den sie als Achtjährige erlebt hat, als sie ihrer Mutter nicht helfen konnte.

Es leuchtet und blubbert unter der Wasseroberfläche, viel zu lange. Annie ist in Panik. Endlich hört sie das Platschen, mit dem er wieder auftaucht – da ist er, prustend, schüttelt den Kopf, grinst mit einem vollkommen verzückten Ausdruck im Gesicht. Wasser tropft von seinen Wimpern, er schwimmt zum Boot und legt die gekreuzten Arme locker auf den Rand. „Und?“

Sie ist wütend und weiß genau, wie albern das ist. Aber der Schreck, den Jeremiah ihr eingejagt hat, muss irgendwie abreagiert werden – und er richtet sich gegen ihn. „Wenn du denkst, dass ich dir jetzt wieder ins Boot helfe, nachdem du mich so erschreckt hast, dann …“

„Also“, sagt er und zieht das Wort in die Länge, formt es rund und weich, als wolle er ihr eine Rampe ins Wasser bauen, „kommst du auch rein?“

Sie rutscht zurück, weg von ihm und vom Rand des Bootes.

Lichtkreise umspielen den Mann und das Boot, fließen durch die Dunkelheit, leuchten unter Wasser. Es ist ein unwirklicher Augenblick. Das Innerste ist nach außen gekehrt, alles steht Kopf. Vor allem in Annies Seele.

„Annie.“ Seine Stimme ist sanft und ernst. „Du bist … auch ein Phänomen. Das weißt du, oder?“

Hat sie gerade richtig gehört? Da ist er – der Satz, den jedes Mädchen hören will. Aber ihr Herz rast wie wild und sie muss viele aufgebrachte Worte unterdrücken, um zuhören zu können.

„Ich habe noch nie jemanden getroffen, der so an Menschen interessiert ist und der es zu seinem Job gemacht hat, das Leben zu studieren.“

Ihre Schultern lockern sich, nur ein bisschen.

„Aber bei aller Liebe zum Leben, Annie … darf ich dich mal etwas fragen? Lebst du selbst eigentlich auch?“

Sie will sich rechtfertigen, aber die Wahrheit trifft sie wie ein Pfeil.

„Du gleitest nur auf der Oberfläche des Lebens dahin.“ Er schiebt das Boot durchs Wasser, wie um seine Worte zu verdeutlichen. „Und tust diese unglaublichen Dinge. Aber irgendetwas hält dich davon ab, richtig einzutauchen.“

Er sinkt wieder ins Wasser und breitet die Arme aus. Hellblaues Licht umspielt seine Körper.

„Annie, das willst du dir doch nicht entgehen lassen?!"

Sie beugt sich vor, betrachtet das Wasser, Tränen lassen alles verschwimmen. Sie umklammert den Rand des Ruderbootes und lehnt sich hinaus, jedenfalls ein winziges Stück.

Jeremiah umfasst ihre Unterarme und stützt sie sanft, während seine Daumen ihre Haut streicheln, einladend, stärkend.

„Und *ich*", er schaut sie fest an, „ich will mir das auf keinen Fall entgehen lassen." Er atmet tief aus. „Und zwar zusammen mit dir."

Ihr Widerstand bröckelt. Sie sucht nach einer Ausrede. Hofft gleichzeitig, dass er nicht lockerlassen wird. „Meine Klamotten", wendet sie ein, „ich habe keine Badesachen an."

„Ich glaube nicht, dass dir das allzu viel ausmacht."

Stimmt.

„Außerdem habe ich mir sagen lassen, dass Phytoplankton keinen Dresscode für Gäste vorschreibt", fügt er hinzu.

Er ist in Shorts und T-Shirts im Wasser. Wenn er das kann …

Sie schluckt heftig, taucht wieder eine Hand ins Wasser. Er lässt ihren Arm los und schwimmt zur Seite, damit sie Platz hat zum Springen. Annie ist vollkommen bewusst, dass sie sich hier nicht nur dafür entscheidet, ihre Angst vor dem Meer zu überwinden. Es steht viel mehr auf dem Spiel. Das ist nicht nur ein mitternächtlicher Badeausflug. Was sie jetzt tut, bedeutet, den Sicherheitsabstand, den sie dem Leben gegenüber eingenommen hat, aufzugeben. Es ist die Herausforderung: Will sie leben – oder nur andere dabei beobachten?

Sie schließt die Augen, kneift sie fest zusammen. Sucht nach Worten für ein Gebet, in das sie ihr ganzes Herz hineinlegt – und springt.

Das Wasser schlägt über ihr zusammen. Luftblasen kribbeln auf der Haut. Die Kälte rüttelt alle Sinne wach. Das mag hier die wärmste Stelle im Meer sein, aber trotzdem sind sie hier am nördlichsten Zipfel von Maine, dazu noch mitten in der Nacht. Nichts für verzagte Gemüter.

Seid nicht verzagt.

Das Wasser umschließt sie, umwirbelt sie ungestüm, breitet ihr Haar aus wie einen Schleier, trägt sie schließlich wieder nach oben, bis sie auftaucht, hinaus in nachtschwarze Luft, die sie kalt und schneidend trifft, viel härter als die sanfte, gedämpfte Unterwasserwelt.

Ein satter Klang rollt heran und wirbt um Aufmerksamkeit. Es ist Jeremiah Fletchers Lachen, das ungehindert aus ihm herausströmt und einen eigenen Ozean der Freude füllt.

Sie schnappt nach Luft, atemlos von der Aufregung. „Ich bin im Meer. Ich bin …“ Annie dreht sich um sich selbst und spürt, wie etwas tief in ihrem Inneren aufbricht und aufsteigt. Eine Quelle, die verschüttet war, sprudelt wieder. Lautes Lachen blubbert hoch, eine untrennbare Mischung aus ungläubigem Staunen und reinem Entzücken. „Ich bin mitten in den Wellen.“

„Und?“ Jeremiah kommt näher. „Wie findet du diese Wellen?“

Ein leichter Wind erhebt sich, kräuselt das Wasser zu kleinen Wellen, hebt die Schwimmer hoch und lässt sie fallen, wieder und immer wieder.

„Ich glaube, sie haben mich gefunden“, murmelt sie.

Dann wird die Nacht noch schwärzer, dunkle Wolken schieben sich vor den Mond. Eine Bewegung ist in der Luft, etwas nähert sich … und dann ist es da. Der Himmel lässt Tropfen fallen, einen, dann noch einen. Jeder Tropfen löst ein Leuchten in der Tiefe aus, fein wie ein Nadelstich. Noch einer, noch einer – bis über der ganzen Bucht eine schimmernde Decke ausgebreitet ist, ein Tanz von Wasser und Licht.

Der Wind nimmt zu, draußen vor den Felsen brechen sich tosend die Wellen. Obwohl sie kaum mit dem offenen Meer verbunden sind und die Klippen sich wie starke Arme schützend um die Nische legen, kommt das Unwetter doch mit unerwarteter Wucht. Draußen vor der Bucht, nur einen Steinwurf entfernt, tobt das offene Meer. Aber es kann nicht nach ihnen greifen. Sie sind sicher.

Annie schützt blinzelnd die Augen vor dem Regen, wendet ihr Gesicht dem Himmel zu, dann sieht sie Jeremiah an. Er beobachtet sie. Nein, mehr als das. Er studiert sie. Erkennt sie.

Der Regen fällt jetzt heftiger, so stark, dass die Wasseroberfläche ein einziger leuchtender Farbteppich ist. Sie klettern zurück ins Boot, er hilft ihr dabei mit einer Räuberleiter, dann streckt sie ihm die Hand entgegen und zieht ihn herein. Sie rudern zu einem schützenden Felsüberhang, wo sie sicher und trocken sind, nur sprühende Feuchtigkeit des Regens, der auf ihr Felsendach prasselt, zieht wie Nebel an ihrer Koje vorbei.

Jeremiah greift hinter sich und holt eine Decke aus dem Heck, die er Annie anbietet.

„Danke", sagt sie und hüllt sich ein. Sie sitzen schweigend da, die Wellen schlagen gegen ihr Boot.

„Dieses Meer, Annie …" Seine Stimme ist rau und er blickt in die Ferne, als könnte er durch die Felswände, quer übers Land, bis nach Seattle sehen. „Dieses Meer ist wild. Und gefährlich. Unberechenbar."

Er stockt. Aber das war noch nicht alles. Sie kann fast hören, wie die unausgesprochenen Worte gegen die Mauern in seinem Inneren anlaufen, abprallen.

„Aber …" Annie versucht, einen Stein dieser Mauer zu lockern, um seinen Worten einen Weg nach draußen zu bahnen.

Jeremiah schüttelt den Kopf, als wäre es eine Wahrheit, die er lange nicht erkannte, obwohl sie die ganze Zeit über schon da gewesen war. „Aber … das ist nicht alles. Da ist auch dieses Licht", versucht er zu erklären, „mitten in der Dunkelheit. Das Licht braucht die Dunkelheit, um zu leuchten." Er zeigt auf die Lagune, deren kaltes Dunkel von einzelligen Wunderwesen erhellt wird. „Da ist auch Mut und …"

„Etwas Geheimnisvolles", wirft Annie ein.

„Das musstest du ja sagen", wehrt Jeremiah ab, aber in seiner Stimme ist eine Wärme, die stärker ist als der Sarkasmus und die Annie im Innersten erreicht. „Dein Meer …", fährt er wieder ernst fort, „ich wünsche dir, dass es in deinem ganz persönlichen Meer auch so ist."

Sie schluckt den Kloß herunter, der sich in ihrem Hals gebildet hat. Was ist mit seiner Dunkelheit? Seinem Meer? Sie möchte die tiefen Wasser in ihm auffangen, sammeln, an ihrem Herzen erwärmen.

„Darf ich dich etwas fragen, Jeremiah?"

Er hat die Ellbogen auf die Knie gestützt, die Hände gefaltet, und schaut jetzt zu ihr auf, und was sie sieht, verschlägt ihr den Atem. Sein

Blick ist ein einziges Flehen: *Bitte, versteh.* Aber wie? Indem sie die Frage stellt? Oder sie nicht stellt?

Sie nimmt ihren Mut zusammen und wählt ihre Worte sorgsam. „Der Brief." Er lässt den Kopf wieder sinken und starrt so konzentriert auf seine Füße, als rechnete er dort mit Antworten.

„Hast du …"

Wie kann sie um Einlass zu diesem innersten Ort seines Herzens bitten, ohne dass er sie eingeladen hat? Sie versucht es noch einmal anders. „Gehört der Brief … zu dem Meer mit dem Geheimnisvollen, dem Licht und dem Mut, von dem du gerade gesprochen hast? Oder zu dieser anderen Seite des Meeres?" Zur unbarmherzigen Seite. Ihrer Seite.

Er reagiert nicht. So lange, bis Annie bedauert, überhaupt gefragt zu haben. Natürlich wird er nicht antworten. Wahrscheinlich ist das auch besser so. Sie hätte einfach ruhig sein sollen.

„Das ist auch etwas", kommt dann plötzlich von ihm, „das sich besser erleben als erklären lässt." Wieder senkt er den Blick, wieder kämpft er mit sich. Und dann sagt er, ganz der entschlossene, resolute Mann: „Am besten, ich zeige es dir."

fünfunddreißig

Annie ist um Viertel vor fünf bereit, startklar wartet sie auf dem Bootssteg. Alles ist wie an ihrem ersten Tag hier, nur dass sie heute nicht Hals über Kopf und in eine wehende Decke gehüllt laut schreiend aus dem Haus stürzt. Heute ist es anders.

Heute wird sie ihn auf seiner Fahrt durch die Dunkelheit begleiten. Diese Fahrt, die er jeden Tag unternimmt und von der er nie redet.

Ihr Magen schlägt Purzelbäume – freudige Purzelbäume. Und das kann nicht daran liegen, dass heute das Hummerfest beginnt. Auch nicht an Bobs Zustand – im Blick auf ihn erfüllt sie ein unerschütterlicher Friede. Auch das verbindet Jeremiah und sie.

Jeremiah. Dieser Name. Dieser Mann. Es rumort in ihrem Bauch und sie presst die Hände gegen den Magen, während sie danach Ausschau hält, das auf seinem Boot das Licht angeht.

Nachdem der Regen letzte Nacht nachgelassen hatte und sie wieder zurückgefahren waren, konnte sie lange nicht einschlafen. Sie lag wach und dachte an den Mann in dem Boot am Ende des Anlegestegs. Ihr war nur zu bewusst, dass sie an einem Abgrund stand – und sie wusste nicht, ob da hineinzufallen wunderbar sein oder ob es direkt in die nächste Katastrophe führen würde.

Erst heute Morgen hatte sie Salzwasser und Plankton abgeduscht, ihre einfachen Jeans mit den Stiefeln angezogen, darüber den langen grünen Pulli, in dem sie sich so wohlfühlte. Sie hatte kurz überlegt, ob sie ein Kleid anziehen soll, den Gedanken aber sofort wieder verworfen. Nein, das hier war mehr sie selbst. Und mehr er. Genau … richtig. Ganz natürlich.

Dafür hat sie sich für ihre Haare umso mehr Zeit genommen, mehr als sie jemals zugeben würde, um sie mit der Wärme verschiedener Haar-Styling-Geräte zu bändigen. Sie weiß nicht wirklich, was sie heute erwartet, aber es ist möglich, dass Jeremiah ihr heute diese innerste, verschlossene Kammer seines Herzens öffnet. Dem will sie mit der allergrößten Wertschätzung begegnen.

Auf dem Boot kommt etwas in Bewegung. Das Licht geht an und Jeremiah taucht auf. Mit den dunklen Ringen unter seinen Augen sieht er aus, als hätte auch er kein Auge zugetan. Aber gleichzeitig brennt da ein Feuer in diesen Augen, das Annie nicht einordnen kann. Er trägt einen schwarzen Fleece-Pulli, Jeans und Wanderstiefel und sie fragt sich, in welches Gelände er sie heute wohl führen wird.

Er nimmt ihre Hand und führt sie an Deck. Die Dunkelheit der Nacht hüllt noch alles ein, was sie umgibt, und als sie an Bord gehen, steigen Nebelschwaden auf und geben der schwarzen Nacht einen grauen Schimmer. Der Sonnenaufgang kündigt sich an.

Es geht nach Norden, durch die Meerenge, an der versteckten Bucht der letzten Nacht vorbei. Immer weiter nach Norden, dann etwas östlich, doch immer in Sichtweite zur Küste. Sie kommen an einigen Fischern vorbei, die schon so früh unterwegs sind, und Jeremiah winkt ihnen im Vorbeifahren. Man merkt dem Gruß die Routine an, diese Männer begegnen sich hier jeden Tag.

Nach fünfundvierzig Minuten schaltet Jeremiah den Motor ab.

Annie sieht sich um. Meer, Meer, nichts als Meer. In der Ferne entdeckt sie den rot-weiß gestreiften Leuchtturm von West Quoddy Head, der den äußersten Zipfel des Landes bewacht. Er markiert den östlichsten Punkt von Maine und damit auch der Vereinigten Staaten von Amerika. Alle paar Augenblicke streichen seine Lichtfinger über das Wasser, wo jetzt im Osten der Himmel etwas heller wird. Der Sonnenaufgang kündigt sich an.

„Hier … kommst du jeden Morgen her?“

Er nickt.

Eine ungeheure Schwere scheint ihn niederzudrücken und sie würde zu gern wissen, was die Ursache ist.

„Warum gerade hierher?“, fragt sie vorsichtig und hofft, dass ihr anzuhören ist, dass sie seine Antwort wie einen Schatz hüten wird, egal was er sagt.

„Siehst du das?“, fragt er und zeigt nach steuerbord auf einen Punkt rechts vom Schiff, etwa einen Meter von ihnen entfernt. Annie nickt, obwohl es da nichts zu sehen gibt, nur das schwarze Meer.

„Das ist schon Kanada“, sagt er.

Sie nickt wieder und rätselt, worauf er wohl hinauswill.

„Das hier ist der östlichste Punkt unseres Landes.“ Er schaut zum Horizont, wo der Himmel jetzt aufreißt und der Sonne Platz macht, die als gleißendes Licht aus dem Wasser steigt.

„Stell dich hier hin“, er legt ihr die Hände auf die Schultern und schiebt sie in den Bug, „dann bist du die Erste im ganzen Land, auf die das Licht der aufgehenden Sonne fällt.“

„Wirklich?“ Sie schaut auf diesen unscheinbaren Punkt in den Wellen, nur einen Meter von ihr entfernt, und plötzlich ist es etwas ganz Besonderes, hier zu stehen.

Jeremiah hat sie nicht gehört. Er steht breitbeinig da, die Augen auf etwas gerichtet, das er in der Hand hält. Es ist der Brief.

Er hält den Brief sehr fest, presst ihn mit so viel Kraft zwischen Daumen und Zeigefinger, als wolle er das Papier nie wieder loslassen.

„Du hast bestimmt von Melissa gehört“, sagt er schließlich und erwidert endlich ihren Blick.

Seine Frau. Annie nickt und fühlt sich, als überschreite sie eine Grenze. Hitze steigt ihr in die Wangen. „Ja, Bess hat sie einmal erwähnt.“

Jeremiahs Blick wandert zuerst zum Brief, dann an den Horizont, wo jetzt jeden Augenblick die Sonne erscheinen wird … und dann zu ihr. Er zieht die Blätter aus dem Umschlag, faltet sie auseinander. Er setzt gerade an, ihr die beiden Blätter zu geben, da zieht er seine Hand noch einmal zurück, gibt ihr die erste Seite, hält die zweite zurück.

Annie sieht Jeremiah prüfend an. Ist er sicher, dass er das will? Dann streicht sie das Papier glatt. Sie ahnt, dass sich durch das, was sie gleich liest, alles verändern wird.

Hey Fletch,

Es fühlt sich diesmal anders an, diese Zeilen zu lesen, so als lese sie die Nachricht einer Freundin.

Ich weiß, Du wirst das in nächster Zeit nicht lesen wollen ... und das ist in Ordnung. Ich liebe Dich, das ist das Wichtigste, was ich Dir sagen will. Also leg diesen Brief beiseite, steck ihn in Deine Brieftasche, wie auch immer. Meine Worte können warten, bis Du bereit bist, sie zu lesen.

Oh, da bist Du ja schon. So schnell? Warten war ja noch nie Deine Stärke. Wie damals bei unserer ersten Verabredung. Du hast mich an dem Abend nach Hause begleitet und zwanzig Minuten später warst Du schon wieder da. Wie verlegen Du warst, hattest die Hände ganz tief in den Hosentaschen. Deine Haare standen unter der Schiebermütze hervor, als wollten sie aus einem Gefängnis ausbrechen, und was Du gesagt hast, klang genauso trotzig: „Morgen zum Frühstück."

Das kam so raus, als würden die Worte aus einem vorbeifahrenden Güterzug gestoßen. Fletch, wenn Du Dein Gesicht hättest sehen können. Du hast richtig entsetzt ausgesehen, weil Du das tatsächlich ausgesprochen hast. Und dann noch mal richtig: „Ich meine ... Hast du Lust, morgen mit mir zu frühstücken?"

Fletch, mit Dir zusammen frühstücken würde ich gern bis zum Ende aller Tage, für immer, wenn ich nur könnte. Ich würde das Unmögliche möglich machen: Dich vor Sonnenaufgang wecken, Dich irgendwie auf Deine Füße stellen, Dich nach draußen zerren, auch wenn Du noch ganz verschlafen bist. Dann würden wir den Sonnenaufgang beobachten und wir wären die Ersten in der ganzen Stadt, die den neuen Tag sehen. Die ersten Menschen in unserem kleinen Universum – ganz ehrlich, das würde mir reichen. Mehr bräuchte ich nicht.

Denn Du musst wissen, Fletch, wenn ich könnte, würde ich mein Leben immer wieder ganz neu mit Dir beginnen, tausendmal. Ich würde jeden Tag neben Dir sitzen und auf den Anbruch des neuen Tages warten, mit Dir träumen, einfach nur bei Dir sein.

Aber, na ja … Ich wiederhole jetzt nicht, was du schon so oft von den Ärzten hören musstest. Ich habe immer gesagt, dass ich nie wieder ohne Dich irgendwo hingehen möchte. Und jetzt … jetzt mache ich mich auf die größte Reise überhaupt. Doch danach bin ich auch nur einen Herzschlag weit von Dir entfernt. Und obwohl der Gedanke manchmal so schwer ist, dass ich kaum atmen kann, ist da auch dieser Friede in mir. Es ist schwer, wirklich schwer … Aber es ist auch okay. Weil ich weiß, wem Du gehörst, deshalb weiß ich auch, dass Du zurechtkommen wirst.

Dich zu verlassen ist das Schwerste überhaupt. Komisch, gerade die kleinen Situationen tun mir besonders weh. Belanglosigkeiten. Wenn ich an Deine widerspenstigen Haare denke, die ich nicht mehr mit meinen Fingern durchkämmen kann. Oder die Erinnerung, wie Du Deine Arme um mich legst und etwas Witziges sagst und wir in albernes Gelächter ausbrechen wie Teenager. Die Vorstellung, dass Du dieses Lachen verlierst, gefällt mir nicht.

Deshalb musst Du mir etwas versprechen, Fletch: Lass das Lachen nicht zu lange verstummen. Verpasse nicht zu viele Sonnenaufgänge. Ja, ich weiß, Du liebst es, lange zu schlafen, aber ab und zu, kannst du da den neuen Tag begrüßen? Für mich? Begegne dem Tag. Sei der Erste, der ihn sieht, wenn Du nicht mehr weißt, wer Du bist. Und denk daran, es ist noch nicht vorbei. Dieses schöne, chaotische, schwere, herrliche Leben – für Dich ist es noch nicht vorbei. Und ich kann Dir gar nicht sagen, wie dankbar ich dafür bin. Du hast der Welt so viel zu geben, Fletch.

Ich werde auf Dich warten, ich werde im Licht einer anderen Sonne sitzen und dich erwarten. Und diese Sonne – Er – erwartet Dich bei Sonnenaufgang, auch wenn ich nicht bei Dir sein kann.

Also, Fletch, morgen zum Frühstück?

Für immer
Deine Mel

Annie liest die Zeilen noch einmal. Der Schmerz in ihrer Brust ist jetzt brennend, wird zu einem tiefen Abgrund. Sie kann es fast sehen. Dieser Mann, von dem Bess sagte: „*… wenn er sich für jemanden öffnet …*, *dann ist das wirklich mit Haut und Haaren und unwiderruflich.*“ Und ausgerechnet er musste so viel loslassen.

Eine Träne rollt warm über ihre Wange, und ehe sie reagieren kann, ist sie auf das Papier in ihrer Hand getropft. Papier, das ganz dünn ist vom tausendfachen Lesen.

Erschrocken will sie den Fleck mit ihren Fingern wegreiben. Wie kann sie etwas beschädigen, das für ihn so kostbar ist? Sie versucht mit Pusten, den nassen Fleck zu trocknen, entschuldigt sich tausendmal.

„Oh Jeremiah, das tut mir so leid.“ Was in dem Brief steht. Dass sie so ungeschickt war und eine Träne darauf fallen ließ. Das alles tut ihr leid – und noch viel mehr.

Ihre Hände wandern an ihre Schläfen und sie senkt beschämt den Kopf. Es trifft sie im Innersten. Dass er so eine Frau verloren hat. Dass Melissa nicht mehr Zeit mit ihm vergönnt war. Und dass es – das sieht sie deutlich – nach einer solchen Liebe keine andere geben kann.

„Deshalb kommst du jeden Morgen hierher.“

Er nickt. „Um ein Versprechen zu halten.“

Natürlich. Der Sonnenaufgang. Ihr Herz jubelt und bricht zugleich – dass es da diesen Mann gibt, der tatsächlich jeden Morgen aufbricht, um als Erster im ganzen Land den Sonnenaufgang zu sehen. Dass es diesen Mann gibt, der jeden Tag den Sonnenaufgang begrüßt, als Zeichen seiner Liebe … Dass es eine solche Liebe gibt …

Eine Liebe für die Ewigkeit. Eine Hingabe, in die niemand eindringen sollte.

Und dann ist er bei ihr, legt seine Hände warm um die ihren. Er nimmt ihr den Brief aus den Fingern, faltet ihn zusammen, presst ihn gegen seine Brust, um ihn glatt zu streichen. Eine zweite Träne löst sich. Eine andere Hand hebt sich, um sie abzuwischen. Seine. Er legt seine warme Hand an ihre Wange, streicht mit dem Daumen zärtlich die Träne weg.

Langsam, ohne ein Wort, reicht er ihr das zweite Blatt. Seine Bewegung ist so behutsam, als würde er ihr sein Innerstes anvertrauen.

Annie liest.

PS: Ich meine das wirklich ernst, Fletch. Das, was ich über das Lachen geschrieben habe. Wenn Du eine Frau findest, die so lachen kann, dass es Dich mitten ins Herz trifft, eine Frau, die tief in Dein Inneres schauen kann und die Dich liebt, dann versprich mir, dass Du sie nicht wieder gehen lässt. Es wird passieren. Sich in Jeremiah Fletcher zu verlieben geht nämlich viel leichter, als Du denkst.

Ich weiß, wovon ich rede.

Also, schnapp sie Dir und lass sie nicht mehr gehen, okay? Versprich es mir. Halte sie fest.

Annie stockt der Atem. Sie schafft es nicht, ihn anzuschauen. Ihr Daumen streicht über Melissas Worte. *Sich in Jeremiah Fletcher zu verlieben geht nämlich viel leichter, als Du denkst.*

Oha. Wie wahr das ist.

Ihre Augen sind voller Tränen, als sie endlich den Blick hebt.

„Ihr PS“, sagt er.

Sie wartet. Er wird noch eine Erklärung geben, so weit kennt sie ihn jetzt schon. Erst platzt es aus ihm heraus. Später erklärt er das.

„Das PS – das kommt immer dann, wenn man denkt, die Geschichte wäre zu Ende.“

Ihr Herz klopft zum Zerspringen. Seine Stimme klingt so aufgewühlt, die tiefe Wunde liegt frei – und Hoffnung mischt sich in seinen Ton.

„Manchmal … manchmal gibt es dann da noch eine ganz andere, eigene Geschichte.“

Jeremiah Fletcher tritt einen Schritt näher. Sie spürt seine Wärme, seine Kraft.

„Und manchmal …“ Er streicht ihr eine Haarsträhne hinters Ohr und fährt mit dem Finger über ihr Haar. „Manchmal hofft man dann, die neue Geschichte wird nie“, seine Hand liegt jetzt in ihrem Nacken, der Daumen unter ihrem Kinn, „nie“, seine andere Hand faltet sich um die ihre, ihre Finger verschränken sich, „enden.“

Goldenes Licht fließt über sie, die Sonne erhebt sich aus der blauen Tiefe. Er senkt den Kopf, ihr entgegen, zögert einen Moment. Und dann, als hätte jemand den Eckstein aus der Mauer gezogen, die sein Herz umschließt, und sie damit bis auf den letzten Stein zum Einsturz gebracht, finden seine Lippen die ihren.

Wenn er sich für jemanden öffnet, dann ist das wirklich mit Haut und Haaren und unwiderruflich. Dieser Mann schließt sie in seine Arme. Dieser Mann ist alles – Kraft und Güte, Feuer und Sicherheit. Unerträgliche Sturheit und verstörend tiefes Verstehen, das ihr direkt in die Seele sieht. Das sie zu ihm zieht und einlädt, ihm in die Tiefe zu folgen, ins tiefe Wasser und in die Tiefen seiner Seele. Mit jeder Sekunde, die dieser Kuss dauert, schenkt er ihr sein Innerstes und bittet um ihr Herz.

Ein Krächzen dringt aus der UKW-Funkanlage, dann eine Stimme. Jeremiah hält Annies Kopf in den Händen, Stirn an Stirn hören sie zu.

„*Glad Tidings, Glad Tidings*. Hier ist Bess. Kanal achtundsechzig. Over."

Annie erstarrt. „Bess?"

Es muss etwas passiert sein, sonst würde Bess sie nicht rufen. Jeremiah verliert keine Zeit, ist schon am Gerät, sucht einen freien Kanal.

„Bess. Ist alles okay?" Seinem besorgten Gesichtsausdruck nach zu urteilen, geht er nicht davon aus.

Keine Antwort. Annie steht neben ihm.

Dann wieder die blecherne Stimme von Bess. „Es geht um Bob."

sechsunddreißig

Annie geht im Wartezimmer auf und ab, sie hätte zu gern eine Aufgabe. Den ganzen gestrigen Tag war sie hier, die letzte Nacht auch, seit die Nachricht von Bess kam, dass es Bob deutlich besser gehe und er vielleicht schon bald aufwachen werde.

Die Worte hatten sie in höchste Alarmbereitschaft versetzt. So schnell wie möglich waren sie und Jeremiah ins Krankenhaus gefahren, wo man ihnen dann aber mitteilte, dass es sich doch noch um einen längeren Prozess handeln würde. Auch als die Besuchszeit schon lange vorbei war, hatte man ihr und Jeremiah noch erlaubt, in Bobs Zimmer zu bleiben. Sie hatten ihm zugeredet, ein bisschen Mandoline gespielt und immer, wenn seine Lider sich hoben, gebetet, dass der flackernde Blick diesmal an etwas haften bleiben möge.

Und dann war es endlich passiert. Sein Blick fiel auf Annie, folgte ihren Bewegungen. Das Leben schien aufzuflackern. Er drückte sogar ihre Hand.

Die Ärzte waren sehr zufrieden. Seine motorischen Fortschritte und das Sehen waren vielversprechend, nur das Sprachzentrum schien nicht zu reagieren. Das Einzige, was er bisher gesagt hatte, klang wie *wom*. Dreimal hatte er diesen Laut im Laufe der Nacht ausgestoßen. Die Krankenschwester meinte, er habe wohl einen lebhaften Traum. Komapatienten müssten sich häufig durch viele wilde Träume hindurchkämpfen, ehe sie wieder in der Realität ankämen.

Die Tür öffnet sich, Jeremiah bringt ihr einen Becher Kaffee. Er lehnt sich gegen das Fenster, die Morgensonne wirft Schatten über sein Gesicht. Er hat sie nicht einen Moment allein gelassen. Ist es wirklich erst gestern gewesen – nur vierundzwanzig Stunden her –, dass er sie in seine Arme geschlossen hat? Jetzt ist er wieder unendlich weit von ihr entfernt. Sie sehnt sich nach der Sicherheit, die sie in seinen Armen spürte, nach der Hoffnung, die dieser Moment ihr gab. Nach so vielem sehnt sie sich.

Nach Trost und Frieden – *Leben* – für Bob. Nach Heilung für ihn und für ihren Vater.

Annie blickt auf ihr Handy, als könne sie mit ihrer Willenskraft eine Nachricht von ihren Eltern herbeirufen. Sie sollten jetzt eigentlich zu Hause sein. Sie hat schon so oft dort angerufen, aber das Telefon klingelt einfach nur und niemand nimmt ab. Dieser Klingelton macht sie ganz verrückt.

Die Türklinke wird gedrückt, eine Schwester kommt herein, sie trägt Schutzkleidung.

„Er macht das prima", sagt sie. Auf ihrem Namensschild ist *Gina* zu lesen, sie trägt einen fröhlich wippenden dunklen Pferdeschwanz. Es muss sich wohl im Dienstplan etwas geändert haben, sonst wäre jetzt Shirley gekommen und hätte ihnen gesagt, wie Bobs Zustand zu bewerten ist. „Ruhe ist jetzt gerade das Wichtigste für ihn."

Annie nickt. „Natürlich. Kann ich etwas für ihn tun?"

Gina schaut mitfühlend zu Jeremiah und zu ihr. „Sie brauchen auch Ruhe. In der Nacht gab es so viele beeindruckende Fortschritte, da wird er heute wahrscheinlich den größten Teil des Tages verschlafen. Ruhen Sie sich auch aus. Sobald sich hier irgendetwas verändert, rufen wir Sie sofort an, versprochen."

Ausruhen. Ihr Körper verlangt dringend danach. Aber wie sollen ihre Gedanken und Gefühle zur Ruhe kommen? Gina geht wieder und ein Arm legt sich um Annies Hüfte – Jeremiah. Er verbreitet Kieferndunft und Wärme.

Sie lehnt ihren Kopf an seine Schulter und hört in Gedanken noch einmal den rauen Klang von Bobs Stimme. „*Wom*". Sie zieht es in die Länge, versucht, daraus ein Wort zu formen. *Wo-om.*

William.

„Ich bringe dich nach Hause", schlägt Jeremiah vor.

In diesem Moment weiß sie genau, was sie zu tun hat. Ja, sie muss nach Hause. Aber nicht zu dem Zuhause, an das Jeremiah gerade denkt.

siebenunddreißig

Sturmwarnung.

Irgendwo in der Nähe piept es die ganze Zeit. Ein Licht scheint jenseits seiner geschlossenen Augenlider zu leuchten. Irgendetwas drückt darauf, er kann sie nicht öffnen. Sie waren schon einmal offen … oder nicht? Bobs Kehle brennt, alles ist trocken.

Sturmwarnung. Da ist der Gedanke schon wieder, wie ein unaufhörliches Drängen, endlich aufzuwachen. Seit damals ist das so, als Roy und er zehn waren, seit dem Sturm. Seither tut sein Ellbogen weh, bis ins Innerste schmerzt das Gelenk, wenn Wind und Wellen sich verbünden, um wieder einen vernichtenden Sturm zu entfesseln.

Er öffnet den Mund – versucht es zumindest. Es ist, als wolle er Leben aus der Wüste hervorbringen.

„S-s …" Seine Zunge klebt an seinen Zähnen, er kann das Wort nicht sagen. Aber wenn ein Sturm aufzieht, muss er dafür sorgen, dass William in Sicherheit ist. Das Einzige, was er jemals wollte. *William. Sturm.*

„Mister Robert?" Irgendwas ist los, Schritte, Bewegung, Geräusche überall, dann eine vertraute Stimme. Eine zweite, tiefere Stimme kommt dazu. Papiere rascheln, dann geht ein fürchterliches Gepiepe los. Er versucht, Luft zu holen. Seeluft braucht er jetzt. Nicht das hier. Hier ist es stickig wie in einem Terrarium.

Alles wird lauter, klarer, windet sich zu einem Tau zusammen, das ihn aus diesen dunklen Wassern zieht.

Er versucht es noch einmal und da kommt ein heiseres Flüstern aus seinem Mund. „Sturm."

Jemand sagt etwas über eine verbale Reaktion. „Zeit, anzurufen", beschließt jemand.

Annie hält sich an dem runden Handlauf fest, steigt die Stufen hoch, die sich an der Klippe hinaufwinden. Der Wind nimmt zu, aber sie haben alle Vorhersagen überwacht und den Radar beobachtet, während sie mit Jeremiahs Boot an der Küste entlang nach Süden gefahren sind, fast bis nach Portland, bis nach Casco Bay, wo Annie zu Hause ist. Es gab keine Hinweise auf dem Radar, keine Warnungen per Funk. Der Wind vor der Küste war nicht ungewöhnlich stark und sie hatten noch den ganzen Nachmittag vor sich. Vor Sonnenuntergang würden sie wieder im Krankenhaus sein … Dann aber mit einer sehr wichtigen Person im Schlepptau. Das hofft sie zumindest.

Sie kennt diese Treppen so in- und auswendig, wie man ein Lieblingslied kennt. Wie oft war sie die Stufen als Kind hinuntergehüpft und wieder hochgestiegen. Nicht einmal hatte sie daran gedacht, dass sie hinfallen, abstürzen könnte, dass das Meer, das unten toste, sie verschlingen könnte. Das erste Geräusch, das sie als Neugeborenes vernahm, als ihre Eltern sie vom Krankenhaus nach Hause brachten, war das Meeresrauschen. Das Meer war von Anfang an Teil ihres Lebens.

Bis es auf einmal nicht mehr so war. Bis das Meer zu der Gewalt wurde, die ihre Eltern monatelang entführte und ihrer Mutter fast das Leben genommen hätte.

Ein schneller Blick nach unten, schönstes Azurblau, so lebendig, in vielen Schattierungen fließen die Wellen ineinander und verschwinden wieder. Auf den Wellen liegt die *Glad Tidings*, mit ihrem Kapitän – dem Mann, der sie wieder mit dem Meer verbunden hat.

Jeremiah sieht zu ihr hoch. Seine Hand schirmt die Augen ab, die Sonne steht hoch am Himmel, und es sieht aus wie ein militärischer Gruß. Er steht unbewegt, hält sich mit einer Hand an der Reling fest. Als sie ihn da unten zurückgelassen hat, war er voller Tatendrang, sprühte geradezu vor der Leidenschaft, die sie beide hierhergebracht hatte. Er wäre gern mit ihr zusammen auf diese Klippe gestiegen. Aber er verstand dann auch, dass sie das allein tun musste. Er hatte ihr so fest die Hand gedrückt, dass sie den Mut bekam, diesen Aufstieg zu wagen, die Kluft zu überwinden.

Er winkt und Friede hüllt sie ein, trägt sie die restlichen Stufen hoch. Sie streift mit ihren Händen durch die Lupinenfelder am Rand der Klippe, überquert den gepflegten Rasen.

Hier ist alles aus Stein gebaut und Annie liebt die Geschichten, wie das alles entstanden ist. Aus dem Nichts hatte ihr Vater dieses Haus für seine Braut gebaut, Stein für Stein. Das Grundstück zu bezahlen hatte all ihre Ersparnisse verbraucht, danach besaßen sie keinen Penny mehr. Das Haus, das William dann baute, sah aus, als gehöre es noch zur Klippe, wie eine felsige Krone über dem Meer, bescheiden und großartig zugleich. Einen Namen hat das Haus nicht, anders als die meisten anderen hier. Sie sagten nur *die Hütte* zu ihrem Haus, aber für Annie hörte sich das immer an wie ein Adelstitel.

Aber jetzt war sie seit vorletztem Weihnachten nicht mehr hier gewesen. Und seit Alpenzell war es für sie hier nicht mehr dasselbe gewesen. Hier war alles zu gut, zu rein und vollkommen. Sie passte nicht mehr hierher.

„Annie?" Die vertraute Stimme empfängt sie, das ungläubige Staunen tut gut. Mom strahlt. Mom ist eine schöne Frau, war es schon immer. Mit einem Pinsel in der Hand steht sie in der Tür des Schuppens, der ihr Atelier ist, auf der rechten Seite des Rasens. Die Hütte ist kaum noch zu sehen zwischen all den hochrankenden Rosen und dem Meer aus Lupinen. Ein violetter Pinselstrich ziert Moms Wange. Sie läuft Annie entgegen und umarmt sie herzlich, bringt eine Wolke von Ölfarbe und Zimt mit.

Als sie Annies Hand nimmt, vergisst sie, wie viel Farbe an ihren Fingern klebt, mit der sie nun Annies Hand verziert. Mom kümmert das jetzt nicht. Sie ist überglücklich, lacht, zieht Annie dann ins Atelier und zu dem alten steinernen Waschtrog. „Hier kannst du die Farbe abwaschen. Ich habe dich vollgeschmiert. Na, das ist doch mal eine Begrüßung, was?"

Annie lacht, wäscht sich die Hände und registriert gleichzeitig, was Mom auf ihrer Fensterbank ausgebreitet hat. Ein Seestern. Eine Kreidezeichnung von einem Schiff, die Annie als Sechsjährige ausgemalt hat. Dazu etwas, das jede Menge alte Gefühle auslöst – das Foto ihrer Großeltern, der Eltern ihrer Mutter. Das Bild ist aus den Sechzigerjahren, die Farben sind verblasst, aber das Lächeln der beiden ist immer noch ansteckend. Opa Luka und Oma Liesl. Annie hatte ihre Geschichten geliebt, was die beiden erlebt haben, war so unglaublich. Vor allem, dass sie sich nach so vielen Jahren wiedergefunden haben. Wirklich eine besondere Geschichte.

Als die drei Kinder erwachsen waren, hatten die beiden ihren ganzen Mut zusammengenommen und waren nach Deutschland zurückgegangen. *„Unser Glaube an eine Zukunft,* eines Tages, *hat sich erfüllt. Wir wollen der Vergangenheit begegnen und ihr zeigen, dass es sich lohnt zu hoffen.“* So hatte Opa Luka ihre Entscheidung erklärt.

Die Geschichte ihrer Großeltern macht Annie auch jetzt Mut. Manchmal passiert auch Unmögliches. Deshalb hat sie Hoffnung für Bob und ihren Vater.

Ihre Mutter gibt ihr ein Handtuch, um sich die Hände abzutrocknen. Ihr Gesicht wird ernst. „Wie geht es ihm?“ Sie meint Bob.

Annie erzählt ihr von der aktuellen Entwicklung.

Die Augen ihrer Mutter weiten sich. „Ich wünschte, du hättest uns angerufen und erzählt, dass er aufwacht“, sagt sie ganz aufgeregt, „wir wären sofort gekommen …“ Sie klingt eher optimistisch als überzeugt.

„Ich habe versucht, euch anzurufen“, seufzt Annie. „Aber es ging keiner ran.“

Ihre Mutter schlägt sich die Hand an die Stirn. „Dieses Telefon! Wahrscheinlich steckt es wieder nicht richtig in der Station. Du kennst das doch noch von früher.“

Ja, Annie erinnert sich. Während ihrer Schulzeit hatte ihr soziales Leben immer unter diesem halb kaputten Telefon gelitten.

Ihre Blicke wandern aus dem Fenster des Ateliers, hin zum Haus, wo Dad vermutlich ist.

„Ist Dad da? Ich dachte, wenn ich mal mit ihm rede", damit verrät sie, wie unmöglich ihr Traum ist, „vielleicht kommt er ja mit."

Ihre Mutter ist immer noch ganz ernst, begleitet sie nach draußen auf den Rasen. Annie spürt, dass auch sie sich diese Versöhnung wünscht. „Du kannst es versuchen." Sie pustet eine dunkle Haarsträhne aus dem Gesicht, aus der schon einige Silberfäden herausleuchten. „Diese beiden! Einer dickköpfiger als der andere. Ich weiß nicht, ob sie ihren Konflikt jemals lösen werden."

Ein plötzlicher Windstoß treibt die beiden ins Haus und Annie wirft einen besorgten Blick zurück aufs Meer. Hoffentlich ist bei Jeremiah dort unten auf dem Boot alles in Ordnung? Die nächste Bö jagt ihr einen Schauer über den Rücken und sie betritt die Hütte, das Haus, das ihr Vater mit eigenen Händen erbaut hat.

Er sitzt an dem Panoramafenster, über eine Werkbank gebeugt. Die gab es noch nicht, als Annie zuletzt hier war. Zuletzt stand eine gemütliche Couch unter diesem Fenster, daneben ein Korb voller Bücher, um sich die Zeit zu vertreiben.

Aber offensichtlich ist Lesen ihrem Vater zu langweilig gewesen. Er hat das Wohnzimmer in eine Werkstatt verwandelt. Der Fußboden ist mit golden glänzenden Metallteilen bedeckt, präzise gestanzt, länglich, mit Rundungen, an den Kanten mit Sägezähnen.

Auf einem Monitor in der Ecke läuft eine Art von Techniksoftware wie für Ingenieure, Auto-CAD, Annie kennt sich da nicht aus. Sie glaubt ein dreidimensionales Diagramm eines archaischen Tiefsee-Taucher-Helmes zu erkennen, wie aus einem Roman von Jules Verne. Bauchig und voller Rillen.

Ihr Vater blickt konzentriert auf die Werkbank. Vor ihm liegen etliche glasartige Scheiben, alle leicht gekrümmt und mit einer sorgfältig in der Mitte positionierten zentralen Scheibe.

„Wir haben Besuch, William", sagt ihre Mutter mit vor Freude bebender Stimme.

Er dreht sich ihnen zu, seine blauen Augen schauen Annie durchdringend an. Sein Stuhl kratzt über den Boden, als er aufsteht, zu ihr kommt. Er hebt die Hände, um ihre Wangen zu streicheln, und schaut sie dabei an, als hätte er in ihr gerade einen längst verloren geglaubten Schatz wiedergefunden. Diese Arme, die für Gerechtigkeit gekämpft haben – vielleicht jetzt nicht mehr ganz so kräftig, die Muskeln nicht mehr so hart wie früher –, sie legen sich um Annie und ziehen sie an sein Herz.

Annie ist still, überrascht, wie er sich verändert hat. Er ist kein „junger Hüpfer" mehr, wie er am Telefon auch immer wieder betont. Aber dass er jetzt so grau geworden ist – mit deutlich mehr Salz als Pfeffer im Haar –, damit hätte sie doch nicht gerechnet. Auch seine Schultern sind nicht mehr so straff wie früher, als würden die Lasten, die er trägt, täglich schwerer werden. Was ist aus dem athletischen, starken, unbesiegbaren Vater ihrer Kindheit geworden? Dem Mann, der sich immer wieder mitten in die Konfliktherde dieser Welt hineinbegab, um die Gerechtigkeit zu verteidigen – und wenn er dann heimkam, seine Tochter in die Arme schloss?

Viele Erinnerungen wirbeln durch Annies Kopf. Die Geschichte, die sie von ihrem Vater gehört hat, der als junger Mann innerlich gebrochen war, bevor er ihre Mutter traf. Sich selbst überlassen. Aufgenommen. Und dann erdrückt von einer Schuld, die er nicht hätte tragen müssen. In diesem Moment, gehalten von den Armen, die Wasser in eine brennende Scheune gegossen haben, um etwas zu retten, das ihm damals so groß erschien, spürt Annie, wie sehr diese Schuld sein Leben geprägt hat. Sie hat ihn weich gemacht. Und sie hat ihn vielleicht auch hart gemacht. Auf jeden Fall hat sie ihn viel zu lange von Bob ferngehalten.

Seine Umarmung wird noch enger und Annie muss ihr schließlich nachgeben, sie legt ihren Kopf auf seine Schulter und gibt sich ganz ihrer Liebe zu ihm hin und dem Gefühl hierherzugehören. Bis vor Kurzem – ihre Gedanken sind jetzt wieder bei Jeremiah, der auf der *Glad Tidings* wartet – kannte sie diese Liebe außer von ihren Eltern nur noch von einem einzigen anderen Menschen.

Das war Bob.

Keiner hat ein Wort gesagt, aber alle drei spüren dieses Band, das sie umschlungen hält.

„Dad“, fragt Annie schließlich, „wirst du zu ihm gehen?“

Er weiß genau, von wem sie spricht, und seine geschürzten Lippen verraten schon, in welche Richtung die Antwort gehen wird.

„Ich kann nicht“, sagt er leise, „noch nicht.“

Die Frage, die sie als Nächstes stellen muss, könnte anmaßend klingen und Annie bemüht sich, viel Verständnis in ihre Stimme zu legen und durchklingen zu lassen, warum sie unbedingt seine Gründe verstehen muss.

„Warum?“

„Ich werde zu ihm gehen“, sagt er und streicht ihr übers Haar. Sein Blick wandert über alles, was er in dem Zimmer ausgebreitet hat. „Aber ich muss erst noch etwas fertig machen, bevor …“

Plötzlich ergeben die einzelnen Teile in Annies Wahrnehmung ein Bild. Die Animation, die da auf dem Bildschirm läuft, hat sich gedreht und zeigt jetzt ein Gebilde aus Glasteilen, die sich um einen Hohlraum drehen, in den … eine Lichtquelle gehört.

„Du baust eine Linse.“ Annie haucht es atemlos.

Sie hatte in den letzten Tagen selbst mit dem Amt für Seeschifffahrt telefoniert und sich erkundigt, wie und wo sie eine Linse für einen Leuchtturm bekommen könnte. Wie traurig war sie gewesen, als sie erfuhr, dass die klassischen Linsen der Vergangenheit angehörten. Was man heute verwendete, war elektronisch und beruhte auf derselben Technik, die auch für Blaulicht oder für die Signalleuchten in der Luftfahrt eingesetzt wurde. Die ganze geheimnisvolle Faszination rund um Bobs Fresnellinse kannte heute niemand mehr. Ein Feuer, das in der Linse brennen sollte, hatte diese zerstört, und zwar unwiederbringlich.

Aber hier, im Wohnzimmer ihres Vaters, entsteht eine echte Leuchtturm-Linse. Obwohl die Bauteile schon für sich sprechen, sieht Annie noch einen weiteren Hinweis darauf. Auf dem Tisch liegt ein Ausdruck, übersät mit Kaffeeflecken, er ist von der US-Küstenwache und trägt den Titel *Navigation: Bauanleitung für Privatpersonen*. Damit der Wind, der durch das offene Fenster kommt, das Papier nicht wegweht, ist es mit einer Ausgabe von *Rob Roy* beschwert.

„Du arbeitest nach der Anleitung?“

Er nickt. „Ich habe ja genug Zeit.“

„Diese vielen Fahrten nach Florida“, lacht Annie jetzt, „die hatten nichts mit einer beratenden Tätigkeit von dir zu tun, nehme ich mal an?“

Sie liebt ihn dafür, dass sein Gesicht an dieser Stelle verräterisch rot wird, als hätte sie ihn bei einer Lüge ertappt. „Na ja, ein bisschen schon. Ich habe mich von einem Fachmann beraten lassen. Es gibt da eine neue Technik, mit der man Fresnellinsen herstellen kann.“ Er zeigt auf die Blätter. „Ich musste ziemlich viel lernen, bis ich das umsetzen konnte, was hier steht.“

„Ist das … für Bobs Leuchtturm?“

Er wirft ihr einen schnellen, forschenden Blick zu. „Du weißt davon?“

Sie nickt.

„Ansel war noch nie gut darin, Geheimnisse zu hüten.“ Er steckt beide Hände in die Taschen seiner Jeans. „Gut, dann weißt du ja, warum ich das hier erst fertig machen muss.“

Sie lässt ihren Blick über die vielen Teile wandern, die im ganzen Raum verteilt sind. Es ist wirklich ein großes Projekt, das er sich da vorgenommen hat. „Das ist genial, was du da machst, Dad.“ Sie tritt näher, bestaunt die vielen Teile, betrachtet diesen Mann … mit Respekt und Bewunderung. „Aber …“

Besorgt sucht er ihren Blick. „Aber …?“

Sie schüttelt den Kopf, wünscht sich verzweifelt, dass er die Situation versteht. „Er will keine Wiedergutmachung.“

Annie kann sehen, wie die Kiefermuskulatur im Gesicht ihres Vaters arbeitet. Sie kann noch immer etwas von dem bedrückten jungen Mann in ihm erkennen, den Bob damals aufgenommen hat.

Schnell versucht sie, ihre Aussage abzumildern. „Er wäre überglücklich, wenn er wüsste, was du machst, aber wonach er sich am meisten sehnt …“, ihr Vater senkt den Blick, ahnt bestimmt, was sie gleich sagen wird, „… das bist du.“ Aber genau das ist schwieriger als alles andere, was er Bob geben könnte.

Es hat angefangen zu regnen. Ihr Vater schließt die Fenster. Dann nimmt er die Bauanleitung in die Hand und schaut darauf, als würde er darin eine Antwort auf die vielen unausgesprochenen Fragen finden. Endlich spricht er wieder.

„Es geht ihm aber gut, oder? Mom sagte, sein Zustand sei stabil und dass es bergauf geht …“

Annie will antworten, als ein gedämpftes Klopfen an der Tür ertönt. Ihre Mutter öffnet und Jeremiah steht vor ihr. Dringlichkeit steht ihm ins Gesicht geschrieben. Er atmet tief und rasch, er muss die Treppen hochgerannt sein.

Endlich sagt er etwas.

„Er ist wach. Bei vollem Bewusstsein.“

achtunddreißig

Was ist das bloß für ein Ort? Alle sind entschlossen, ihn festzuhalten. Überall haben sie Nadeln in seinen Körper gesteckt, als wäre er eine Zielscheibe für Schießübungen.

Aber das könnte ihnen so passen.

„Wo ist Annie?" Er weiß doch, dass sie hier war. Dieses Lachen, das hat er sich doch nicht eingebildet, und dann die Stimme, süß wie Blaubeeren im Frühling, mit der Mandoline. Fragend schaut er seine Besucher an.

Bess schaut Ed an. Sie sind im Krankenzimmer, Ed hat einen der Stühle ans Bett gezogen, rutscht nach vorn. „Sie … ist kurz mal weg."

Bob richtet sich im Bett auf und schaut ihn so eindringlich an, als ob der Mann ihn sehen könnte. Aber da er Ed kennt, weiß er genau, was hier gespielt wird.

„Schon gut, schon gut." Ed strafft seine Schultern und hält Bob die Handflächen entgegen, wie zu seiner Verteidigung. „Sie ist nach Casco Bay gefahren."

„Casco Bay." Bob wiederholt die Worte mit ungläubigem Staunen. Sie war seit über einem Jahr nicht dort gewesen – so lange war es her, dass sie ihm in *Rusty Joe's* mitgeteilt hatte, dass sie dort weiße Weihnachten erlebte. Er hatte zurückgeschrieben, sie solle schnellstens mal die Küste hoch in den Norden kommen und ihn besuchen, sonst würde er sie höchstpersönlich an einem langen Tau an Land ziehen wie eine Hummerfalle. Das hatte sie für einen Scherz gehalten.

„Casco Bay", wiederholt Ed und es klingt wie ein Eingeständnis. „Mit Jeremiah."

„Mit …“ Bob denkt an den schlaksigen wurzellosen Kerl, der so viele Lasten mit sich herumschleppt und fest entschlossen ist, nichts davon aufzugeben. Dann kommt Annie ihm in den Sinn, wie sie Musik macht, wie sehr sie das Licht liebt. Aber auch ihr fehlen Wurzeln, immer ist sie auf der Suche. „Schön, den Teil verstehe ich. Aber was machen die beiden da draußen in diesem Wetter?“ Er hebt seinen Arm, um nach draußen zu deuten, wo man einen tiefblauen Himmel sieht und Baumwipfel, die sich im sanften Wind beugen.

Sehr geschickt. Jetzt werden sie ihn alle für verwirrt halten. Aber er spürt es in seinem Ellbogen, da draußen wird schon bald ein heftiger Sturm losbrechen. Jetzt ist durch die Bewegung auch noch eine der Nadeln in seinem Arm verrutscht und etwas beginnt zu piepsen.

„Sie sind los, um ihn zu holen“, sagt Bess und schaut Bob direkt in die Augen. Sie schiebt ihr Kinn kämpferisch vor. Herausfordernd.

„Wen holen?“

„Das weißt du ganz genau.“

William. Hell und Furcht einflößend durchzuckt es Bob. Hoffnung.

Die Angst kommt sofort hinterher. „Hoffentlich nicht mit dem Boot“, murmelt er.

Bess entdeckt einen losen Faden in ihrem Pulli und versucht, ihn abzureißen. „Hat dir schon jemand vom Hummerfest erzählt? Rich hat sich einen Suchscheinwerfer gekauft und jetzt wandert der Lichtstrahl den ganzen Abend über den Himmel. Sieht schon von Weitem wie ein richtig großer Rummel aus. Aber nachts vergisst er regelmäßig, ihn auszuschalten. Außerdem, wo wir gerade von Festen sprechen, glaub ja nicht, dass wir alle“, sie lässt ihren Finger kreisen, „nicht genau wüssten, dass du das hier mit dem Unfall nur gemacht hast, um nicht zum Bobkongress kommen zu müssen.“

Sie versucht, ihn abzulenken. Aber er beharrt auf seiner Frage: „Bess Stevens. Haben sie das Boot genommen oder nicht?“

Ihr Blick bestätigt seine Vermutung.

„Mach dir ihretwegen keine Sorgen.“ Ed versucht mit seinem Südstaatenakzent, alle Bedenken wegzuwischen. Aber seine Stimme verrät, dass auch er nicht ganz unbesorgt ist.

Falls sie auf dem Meer sind, werden sie bestimmt bald eine Bucht anlaufen und sich irgendwo eine geschützte Stelle suchen. Sehr bald hoffentlich.

Und falls man in diesem Krankenhaus denkt, er würde sich von diesem Netz aus Schläuchen und Kabeln aufhalten lassen, können sie sich auf eine Überraschung gefasst machen.

Das Radio summt leise, der Nationale Seewetterdienst meldet, was fast täglich, Wort für Wort, so gesendet wird: „Hohe Luftfeuchtigkeit mit Aussicht auf Regen, begleitet von mäßigem Wind." Genauso gut hätten sie auch sagen können, der Himmel ist oben und die Erde ist unten. Die Aussicht auf einen möglichen Regenschauer war nun wirklich keine beunruhigende Mitteilung. Trotzdem hören alle mit einer gewissen Anspannung auf die Meldung, als Dad das Radio lauter dreht.

Annie schaut aufs Meer und sieht die Fischer draußen bei der Arbeit, sie sehen nicht so aus, als gäbe es gleich eine Massenflucht Richtung Ufer. Diese Leute können Himmel und Meer besser einschätzen als irgendjemand sonst. Also haben sie sicherlich genügend Zeit, um sicher zurückfahren zu können. Trotzdem spürt sie einen gewissen Zeitdruck, seit sie weiß, dass Bob wach ist. Die Unsicherheit mit dem Wetter kommt noch dazu. Hoffentlich können sie bald los.

Jeremiah steht an der Tür wie ein Läufer, der auf sein Startsignal wartet. Nachdem er die Nachricht von Bess ausgerichtet hatte, stellte Annie ihn kurz vor. Die Handyverbindung war schlecht gewesen, aber es war doch ganz klar zu verstehen, dass Bob vollkommen wach ist. Aber dann hatte Bess noch etwas gesagt, was nicht wirklich zu verstehen gewesen war. Es klang wie „nicht lange". Aber sicher war er sich nicht, ob das nun eine gute oder eine schlechte Nachricht gewesen war. Nicht lange, bis – oder seit was? Bis er vollständig aufgewacht ist? Dass er noch leben wird? Oder bis er aus dem Krankenhaus entlassen wird?

„Wir müssen los", drängt Annie schließlich.

„Vielleicht wäre es besser, das Auto zu nehmen", überlegt Jeremiah. Er hat recht und sie wirft ihren Eltern einen fragenden Blick zu. Die beiden schauen sich ernst an.

„Unser Auto ist in der Werkstatt", sagt Annies Mutter. „In Portland." Sie schaut ihren Mann an und die beiden scheinen sich ohne Worte zu verstehen. Sie bittet ihn. Er schluckt schwer, schaut zur Tür, aufs Meer, dann über die verstreuten Teile der Linse.

„Nimm das", wendet er sich an Annie, bückt sich, wickelt die Teile aus Metall in das Tuch, auf dem sie ausgebreitet sind, und reicht ihr das Bündel. Mit anderen Teilen macht er es ebenso und gibt Jeremiah das Tuch. Auch die gläsernen Teile packt er ein und bettet sie trotz der Eile sorgfältig und mit Präzision in eine hölzerne Kiste, die zu diesem Zweck hier steht.

Das Telefon, das an der Wand hängt, klingelt. Jetzt ist es endlich richtig eingehängt, sodass nicht mehr dauerhaft besetzt ist. Das altertümliche spiralige Kabel ist ausgeleiert, zu oft war jemand mit dem Hörer auf der Wiese hinter dem Haus. Mom geht dran und alle sind leise, versuchen herauszufinden, wer am Apparat ist.

„Was? Ach! Oh nein. Können Sie ihn davon abbringen? Okay. Vielen Dank, Shirley. Ja, bitte rufen Sie an, wenn es etwas Neues gibt." Sie legt auf und berichtet: „Die Nachricht ist gut und schlecht gleichzeitig. Es geht ihm gut … aber vielleicht besser, als im guttut."

„Was heißt das?", fragt Dad.

„Er hat das Krankenhaus auf eigene Verantwortung verlassen."

„Verlassen?" Annies Herz klopft bis zum Hals hoch.

„Ja, gegen den Rat der Ärzte. Er sagte, er müsse sich vor einem Literaturkongress in Sicherheit bringen, und damit ist er gegangen. Shirley sagt zwar, dass er besser beieinander ist als andere in seinem Alter, wenn sie aus dem Koma erwachen, trotzdem müsste er eigentlich noch überwacht werden. Und er bräuchte auch eine intensive Reha-Phase."

Jeremiah schüttelt den Kopf. Annie weiß, wenn die Situation nicht so ernst wäre, würde er jetzt lachen. Vielleicht würde er ihn sogar bestärken. „Sturkopf", murmelt er.

„Shirley hat vor, bei ihm zu Hause vorbeizuschauen, wenn ihre Schicht um ist. Seine Werte müssen überwacht werden, er braucht verschiedene Medikamente, Physiotherapie und …"

Dad schiebt entschlossen das Kinn vor. „Gehen wir!"

Wieder meldet sich der Wetterdienst. Keine Unwetterwarnung, nicht einmal eine Vorwarnung. Eigentlich sollte Annie jetzt beruhigt sein.

Also ist der Knoten, den sie im Magen fühlt, wohl nur wegen Bob, sagt sie sich selbst. Wenn nur diese Wellen nicht wären. Mom ist zu Hause geblieben, um ans Telefon gehen zu können, falls weitere Anrufe eingehen. Ihre Verbindung ist besser als die von Jeremiah auf dem Schiff. Sein Empfang ist nicht so zuverlässig und auch die Funkverbindung ist oft gestört, besonders wenn sich das Wetter verschlechtert.

Wenn ein Sturm kommt, werden sie ihm trotzen, um einer Macht zu begegnen, die stärker ist als jeder Sturm: Bob. Der Wind ist kräftig, aber nicht ungewöhnlich. Jeder von ihnen war schon bei solchem Wetter auf dem Meer unterwegs – besonders Annies Vater bei seinen vielen Einsätzen zur See und bei den unterschiedlichsten Wetterlagen. Sie legen ab, verlassen Casco Bay und folgen der Küste von Maine nach Norden. Nach relativ kurzer Zeit fahren sie schon an der Isle au Haut vorbei, doch dann müssen sie Fahrt rausnehmen, während sie die Mount-Desert-Insel passieren. Die Wellen werden immer unruhiger. Wenn sie erst Roque Bluffs hinter sich haben, dann ist es nicht mehr weit, versucht Annie, sich zu beruhigen.

Jeremiah ist am Steuerruder, ihr Vater beobachtet mit gerunzelter Stirn und verschränkten Armen den Radar. Er scheint etwas zu sehen, was ihm nicht gefällt. Jetzt tritt er hinaus aufs Deck, Annie folgt ihm. Beide betrachten den Himmel. Weiße Wolken haben sich vor die grelle Sonne geschoben, was nicht unangenehm ist.

„Nicht so schlimm", sagt sie und wartet auf die Antwort, die sie als Kind tausendmal von ihm gehört hat: *„Stimmt, ist nicht schlimm, Annie-Schatz."*

Aber er starrt in den Himmel, ohne auf ihre Worte zu reagieren, hebt dann eine Hand und fährt sich mit den Fingern durch die Haare.

„Das sieht aus wie eine Amboss-Wolke", sagt er beunruhigt und zeigt auf eine vertikal aufsteigende Wolkenformation, die tatsächlich an einen Amboss erinnert.

Annie überlegt fieberhaft, was das Wort bedeutet, sie hat es früher schon gehört. „Gewitter?"

Statt zu antworten, geht er direkt zum Radarschirm zurück und vergleicht dessen Anzeige mit den Diagrammen, die auf einem Stuhl neben ihm liegen.

Die Wolken, die sich vor ihnen erheben und gerade noch weiß waren, werden plötzlich grau, als hätte sich eine Wand vor die Sonne geschoben. Die Wolkenfront wird dichter.

Annie schaut zur Küste. Aber nun sind sie von einem undurchdringlichen Grau umgeben, sodass sie kaum noch die Hand vor den Augen erkennen kann, von der Küste ganz zu schweigen.

Die plötzliche Dunkelheit ist so unnatürlich. Dabei ist es noch lange nicht Abend und trotzdem wird es Nacht. Es wird immer dunkler. Da braut sich immer mehr Unheil zusammen.

Ihr Vater wirft jedem eine Schwimmweste zu, sein Gesicht ist ernst. Er zeigt ihnen, wie man sie anziehen muss, und Jeremiah und Annie beachten alles sorgfältig. Während sie die Westen anlegen, nehmen die Wellen weiter zu. Sie tragen jetzt hohe Gischtkronen und heben und senken das Boot, unaufhörlich. Die Temperatur ist plötzlich gefallen und Annie bekommt eine Gänsehaut.

Und urplötzlich bricht es los. Wie eine Sturzflut peitscht der Regen auf das kleine Boot, der Wind verwandelt jeden Wassertropfen in einen Nadelstich. Als wäre das Wasser, das sich von oben und von vorn auf sie ergießt, noch nicht genug, türmt der Wind die Wellen hoch und drückt sie mit unersättlicher Gewalt gegen die *Glad Tidings*.

Jeremiah lässt kurz das Steuerrad los und zieht Annie ins Steuerhaus. Die rasche Geste gibt ihr ein Gefühl der Sicherheit.

„Eine Sturmbö", erklärt er ruhig und bestimmt – es ist die Disziplin eines Mannes, der gelernt hat, in Krisen besonnen zu bleiben.

Annies Magen drückt sich gegen die Lungen, während das Wasser ihr Boot hoch in die Luft hebt und dann wieder fallen lässt. Und jedes Mal fühlt es sich an, als würden sie mindestens bis auf den Meeresboden stürzen.

Aber es ist nur die Wasseroberfläche.

Einfach nur Wellentäler. Und schon setzt die nächste Welle an und wirft sie hoch. Wie ein Spielzeug wird das kleine Boot umhergeschleudert. Dann schlägt eine schwarze Wand über die Reling und Annie steht knöcheltief im Wasser. Fast hätte sie das Gleichgewicht verloren.

„Dreh dich quer zu den Wellen", sagt ihr Vater zu Jeremiah. „Sehr gut. Noch etwas mehr. Fünfundvierzig Grad. Langsamer, sonst ...", der Schiffsbug rammt die nächste Welle seitlich, „... kentern wir."

Jeremiah zuckt zusammen und drosselt den Motor, bis er fast im Leerlauf dreht. Nun hat das Schiff nur so viel Kraft, wie es braucht, um auf den Wellen zu bleiben und dabei noch halbwegs die Richtung beizubehalten. William tritt zurück, seine Anwesenheit ist wichtig, er stellt sich mit seiner ganzen Erfahrung als Marinesoldat dem Sturm entgegen und schützt das Boot, aber er überlässt dem Jüngeren den wichtigsten Platz.

Sie finden einen holperigen Rhythmus und Annie entspannt sich ein wenig. Zusammen mit ihrem Vater studiert sie die ausgedruckten Karten und vergleicht sie mit dem GPS und dem Radar. Die Karten sind extrem wichtig, falls die Geräte ausfallen. Das könnte passieren, wenn der Sturm zum Gewitter wird.

Bitte, Gott, nur das nicht ...

Ihr Vater sagt etwas, seine Stimme ist die eines Marineoffiziers, aber sein Blick ist der eines Vaters.

„Lotse Ann", wiederholt er.

Und plötzlich ist sie wieder acht Jahre alt und begeistert, dass sie ihrem Vater als Lotse helfen kann, indem sie die Navigationsgeräte bedient. Sie schließt für einen Moment die Augen und erinnert sich an diese ungetrübten Tage unter einem blauen Himmel, als das Meer noch nichts von einem zornigen Ungetüm hatte.

„Gib mir die Daten!" Er greift auf die alten Formulierungen zurück, die sie in ihrer Kindheit benutzt hatten.

Mit offenen Augen und auf ihre Aufgabe konzentriert, bezwingt sie ihre Angst und findet neuen Mut. „Aye, aye, Sir."

William nickt und steht jetzt nicht mehr wie eben mit den Händen auf dem Rücken hinter ihr. Nein, er beugt sich über etwas, was er auf Deck befestigt. Seine Hände umfassen ein Tau, während er die nächste Anweisung gibt.

„Kurs."

Annie schaut auf den Kompass, dessen Nadel durch das Schwanken des Bootes nicht wirklich zur Ruhe kommt.

„Nordost." Das ist allerdings komplett falsch. Hier sollten sie nicht sein. Sie müssen die Richtung korrigieren, nach Westen halten, in der Hoffnung, rechtzeitig das Land erkennen zu können, ehe sie an den Klippen zerschellen.

„Position."

Sie schaut auf das GPS. „Vierundvierzig Nord, siebenundsechzig West." Sie näherten sich Machias, Cutler … und Ansel, aber sie sind viel zu weit draußen auf dem offenen Meer. Zu viele Hindernisse können sich zwischen ihr Boot und die Küste schieben. Jetzt ist der Radar lebenswichtig, um nicht einen Felsen oder eine Insel zu rammen, mit einem anderen Boot zu kollidieren oder einem schwimmenden Baum in die Quere zu bekommen. Es gibt so vieles, was passieren kann, wenn man keine Sicht hat.

Jeremiah notiert die Position auf seiner Karte.

Ihr Vater fährt fort. „Geschwindigkeit."

„Nahe Null."

„Gut. Wind?"

Ehe sie antworten kann, kommt eine Bö von Westen und eine riesige Wand aus Wasser erhebt sich neben ihnen.

„Dad!" Die Welle schlägt über ihm zusammen und drückt gegen das Fenster des Steuerhauses. Annie hält schützend die Arme vors Gesicht, während die Scheibe von der Wucht des Wassers in einem Stück hineingedrückt wird.

Das Boot neigt sich tief, richtet sich wieder auf und wird von einem nächsten Brecher überrollt. William klammert sich an dem Tau fest und kämpft sich mit Annies Hilfe ins Steuerhaus zurück. Er mag älter geworden sein, aber er ist immer noch zäh.

Jeremiah lässt das Ruder nicht los, wirft aber einen besorgten Blick nach hinten, erst zu William, dann zu Annie.

Sie kann fast hören, wie sein Sanitäter-Gehirn arbeitet, wie er sie beide mustert und nach Anzeichen von Verletzungen absucht.

„Alles in Ordnung?" Jeremiah wirft noch einen prüfenden Blick auf William, dann greift er nach einer Plastiktonne, die in einer Ecke befestigt ist, nimmt etwas heraus und wirft es ihm zu. Eine dicke Jacke. Ein Hut. Die Nässe und Kälte machen ihm Sorgen. Wie fürsorglich.

„Danke." Dad zieht beides an und Annie sieht, wie sein Kinn zittert. „Alles okay."

Jeremiah schaut jetzt Annie an, lange und prüfend.

„Bei mir auch", versichert sie. Jeremiah schaut sie unverwandt an, als würde er ihr nicht glauben. Er sieht so vieles.

Ihr Vater atmet schwer, während er den Schaden untersucht, den die Welle an dem Fenster verursacht hat. „Windstärke?", fragt er dann weiter und Annie lacht. Humor hilft immer, selbst in so einer Situation.

„Schlecht." Sie zeigt auf die offene Fensterluke. Dann schaut sie auf die Geräte und liest die Windgeschwindigkeit ab. „Wir haben sechzig Knoten." Das ist allerdings nun ziemlich viel. Damit sind sie auf der Skala zur Klassifikation der Windgeschwindigkeit gleich um mehrere Stufen nach oben geschnellt, haben die Kategorien starken Wind, steifen und stürmischen Wind und Sturm übersprungen.

Offiziell erleben sie gerade einen schweren Sturm und sind nicht mehr weit von einem Orkan entfernt, der bei vierundsechzig Knoten beginnt.

„Wellen?"

Die Höhe der Wellen kann man an keinem Instrument ablesen. Als Kind hat sie die Wellenhöhe immer mit der Körpergröße ihres

Vaters – ein Meter achtzig – verglichen und so abgeschätzt. Alle Wellen, die sie damals beobachtete, waren kleiner als er. Heute nimmt sie die Beaufortskala zur Windgeschwindigkeit zur Hilfe, die hier in Papierform an der Wand befestigt ist. Bei sechzig Knoten muss man mit einer Wellenhöhe von … *elf bis sechzehn Metern* rechnen.

„Zwölf Meter", schätzt sie und weiß dabei genau, dass das sehr optimistisch ist.

Ihr Vater schaut ernst. „Hört mal", er muss schreien, um gehört zu werden, „es hat uns ziemlich heftig erwischt. Hast du Überlebensanzüge?"

Jeremiah deutet auf eine Klappe an Deck, ganz vorn am Bug.

„Zwei."

„Und hast du eine Notfunkbake?"

Jeremiah wird kreidebleich. Wenn ihr Vater, ein erfahrener Seemann, nach den Rettungsanzügen fragt, mit denen Schiffbrüchige ein paar Stunden im Meer überleben können, und die Notwendigkeit sieht, vielleicht eine Funkbake einsetzen zu müssen, dann steht es mehr als ernst um sie. Diese Bake dient zur Kennzeichnung der Seenotposition. Sobald sie eingesetzt wird, startet eine umfangreiche satellitengestützte Such- und Rettungsaktion.

Eine eiskalte Hand greift nach Annies Herzen; in ihr wird alles starr und hart wie Stahl.

Jeremiah schiebt seine Hand unter das Steuer, hinter dem das neongelbe Gerät an der Wand befestigt ist.

„Da ist sie. Gut." William achtet darauf, dass auch Annie das Gerät gesehen hat. „Wenn es hart auf hart kommt, dann wird der von uns, der es zuerst schafft, das Gerät aktivieren." Er senkt den Kopf, dann schaut er den beiden nacheinander in die Augen, Jeremiah zuerst, dann Annie. „Ich habe schon Schlimmeres erlebt. Wir können das gemeinsam schaffen." Die Falten auf seiner Stirn vertiefen sich. „Normalerweise würden wir jetzt vor Anker gehen und den Sturm vorbeiziehen lassen, wenn das geht. Aber …"

Er lässt den Satz unvollendet und wartet auf ihre Reaktion. Die Sorge, die unausgesprochen bleibt, gilt Bob.

Seit Jahrzehnten läuft alles auf diesen Moment zu. Und nun hatte Bob auf eigene Verantwortung das Krankenhaus verlassen, während seine Gesundheit immer noch alles andere als stabil war …

Annie schaut ihren Vater an und eine unausgesprochene Sehnsucht leuchtet kurz in seinem Gesicht auf, das ansonsten wie versteinert wirkt.

„Fahren wir zu ihm", sagt sie.

Jeremiah nickt und braucht alle Kraft am Ruder, um das Boot auf Kurs zu halten. Er schaut Annie und ihren Vater einen Augenblick lang an, dann richtet er seinen Blick wieder auf die nasse Scheibe. „Ich bin dabei."

Und dieser Entschluss treibt sie an. Jeremiah und William wechseln sich am Steuer ab, während Annie mit jeweils einem der Männer auf Deck ist und die Dinge sichert. Schwere Brecher fegen über sie hinweg. In Annies Körper schmerzt inzwischen jeder einzelne Muskel vor Erschöpfung. War es wirklich erst gestern Abend, dass sie im Meer geschwommen ist? Sie fröstelt bei dem Gedanken.

Die Dunkelheit, die der Sturm mit sich bringt, geht allmählich über in die Dunkelheit der Nacht, der Wind lässt nach und der Regen peitscht nicht mehr horizontal, sondern fällt wieder vertikal vom Himmel.

Das Heulen des Windes beruhigt sich, eine trügerische Stille entsteht. Die drei schauen sich an, hoffen, beten.

Es ist eine unheimliche Ruhe. Alles liegt unter einer dicken Dunstglocke. Sie sind wie eingeschlossen in einer feindseligen Welt, vollkommen auf sich gestellt. Die Wellen sind immer noch lebensgefährlich hoch, aber ihr Tanz hat jetzt etwas Schläfriges an sich.

Die Ruhe hält lange genug an, sodass Annie wieder zu Atem kommt. Ihr Herzschlag beruhigt sich.

Bitte, Gott. Sie betet ohne Worte, weiß auch nicht, wie sie in dieser Dunkelheit darauf vertrauen kann, jemals wieder sicher nach Hause zu kommen. Das scheint zu viel verlangt zu sein. Sie will nicht nur um einen sicheren Hafen bitten. Versöhnung zwischen drei Generationen. Innere Heilung von Wunden, die durch unvorstellbaren Verlust gerissen wurden. Sie kann nicht in Worten ausdrücken, was sie sich wünscht. Wie viele Wunder sie braucht. Aber sie legt alles in diese zwei Worte, die an den einen gerichtet sind, der helfen kann … *Bitte, Gott!*

Da rollt der Donner.

Und fast gleichzeitig kommt … der Blitz.

neununddreißig

Der Wind rüttelt an dem alten Haus, er nimmt keine Rücksicht auf das ehrwürdige Alter der Seemannsklause. Auch nicht auf Bobs Alter oder das der Familie.

Jeder einzelne Muskel schmerzt, als Bob sich aus dem Sessel am Fenster erhebt und sich über seinen Rollator beugt. Er dreht den Rollator um, will aus dem Fenster sehen, doch draußen ist alles grau. Die Wellen schwappen aufs Land, Gischt spritzt hoch, es fühlt sich an wie die Sintflut – das Wasser fordert sein Gebiet zurück und verschlingt das Land.

In seinem Kopf dreht sich nur der eine Gedanke. *Sie sind dort draußen.* Oder Schlimmeres? Bess war vorhin da, hat fast geschrien. Sie konnte Annie nicht erreichen, hat bei ihr zu Hause angerufen und mit ihrer Mutter gesprochen. Die drei sind auf dem Weg hierher.

Aber dieses Meer, so wie es sich heute gibt, kennt keine Gnade.

„Nein." Er spricht es in das leere Haus und ringt das Zittern nieder, das in seiner Stimme schwingt. In den Tagen im Krankenhaus ist er um Jahre gealtert. Er protestiert lauter: „Nein! Sie *sind* da draußen." Müssen es sein. Alles in ihm – Atem, Seele, sein Innerstes – alles fleht ein Gebet, das ihm nur allzu vertraut ist.

„Bring ihn heim, Herr." Nur dass er heute nicht für Roy betet. Roy ist in Sicherheit. Das weiß er. Aber William … Der Junge ist noch nicht bereit. Zuerst muss noch eine Menge Schmerz bearbeitet werden. „Bring sie heim, Herr. Und den anderen auch." Annie. Jeremiah. Die beiden sind hoffentlich zusammen unterwegs, wenn sie wissen, was gut für sie ist.

Sein Blick fällt durch das andere Fenster, zum Bootshaus hin. Im Dunkeln flattert eine blaue Plane auf dem Dach. Jeremiah hat angefangen, das Dach zu reparieren – er hat die Arbeit fortgesetzt, bei der Bob von der Leiter gefallen ist. Da ist noch immer diese zur Ruine ausgebrannte Ecke des Bootshauses – Bob hat sich immer davor gescheut, das anzugehen. Hätte er sich hier an die Arbeit gemacht, wäre das wie ein Verrat an William gewesen, als würde er damit die schlimmsten Befürchtungen des Jungen bestätigen – dass alles völlig umsonst gewesen war. Aber Bobs Lebenszeit ist begrenzt, er fühlt das schön länger. Und ein Teil von ihm hat die verzweifelte Hoffnung entwickelt, dass ein repariertes Dach vielleicht ... wie eine Botschaft an William wäre, dass alles in Ordnung und längst vergeben ist.

Aber nicht einmal das hat er geschafft – stattdessen musste er von dieser unseligen Leiter fallen und in einem dunklen Abgrund landen.

Seine Muskeln zittern. Schon das Stehen und Beten ist zu anstrengend. Er sinkt auf den Sessel zurück, legt die Arme über die Rollatorgriffe, lässt den Kopf hängen. Die Erinnerung an jene Nacht hat ihn eingeholt, er ist wieder an Williams Seite, Flammen schlagen hoch, das Gesicht des Jungen ist rußverschmiert und gezeichnet von innerer Qual.

„Bitte, bring ihn heim“, betet er wieder. Aber vor seinen Augen ist Feuer, das Inferno, das William vertrieben hat.

Wird Feuer ihn zurückbringen?

Roys Stimme in seinem Kopf, wie ein Echo aus lange zurückliegenden Zeiten, aber näher, eindringlicher als jemals zuvor. *„Sag ihm, dass ich ihn liebe.“*

Bloß wie?

Wieder die Erinnerung an Roy, auf seinem Sterbebett. *„Bleib nicht im Dunkeln, Bob ...“*

Zum ersten Mal seit damals, als er auf dieser Insel stand, gebrochen, verloren und verzweifelt genug, um das Wort zu hören und es umzusetzen, um zu bauen – zum ersten Mal seit damals hört er diese Stimme wieder. Wieder ist es nur ein einziges Wort – und es brennt in seiner Seele.

Licht.

Es wird Zeit, dass dieser alte Turm sein Licht aussendet.

Bob geht zum Telefon an der Tür und zum ersten Mal bedauert er, das Kabel durchtrennt zu haben. Er zieht die Schublade des kleinen Tisches darunter heraus. Da liegt seine Stab-Taschenlampe, erwartet ihn wie ein alter Freund. Die schwarze Farbe am Griff ist schon seit Jahren abgerieben.

Er schaltet sie ein und verlässt das Haus.

Irgendwo auf dem Meer mischt sich ein Motorengeräusch in das Heulen des Sturms. Alles ist in Nebel gehüllt … und nicht nur außerhalb von ihm. Bob fängt an zu schwitzen. Er zittert. Feuer und Eis. Er zieht sich unter das Vordach über der Haustür zurück.

Zwei Gestalten kommen den Weg zum Haus herauf, mit gesenkten Köpfen stemmen sie sich gegen Regen und Sturm.

Die geschriene Botschaft geht im Tosen von Wind und Wasser fast unter. Aber Arthurs Stimme wiederholt den Satz so oft, bis er zu Bob durchdringt. „Geh ins Haus, du alter Idiot! Oder bist du lebensmüde?" Er hält ihm den weißen Beutel aus der Apotheke entgegen. „Diese ganzen Medikamente bringen nichts, wenn der Sturm dich mitnimmt." Ed steht dicht hinter ihm, der Stock hilft ihm, sich über die nassen Stufen nach oben zu tasten.

Bob spürt ein Drängen, das nichts mit seinem vielleicht baldigen Tod zu tun hat und alle anderen Gedanken und Gefühle überlagert. Er zieht die alte gelbe Regenjacke enger um seine Schultern und kämpft sich durch den Nebel in seinem Kopf. Entschlossen stellt er den Rollator vor sich auf die Treppe.

„Wir müssen zur Insel", erklärt er dann. Der Wind hält einen Augenblick inne, als würde er auf Bobs Worte antworten: „Ach ja?"

Arthur schaut giftig, Ed mitleidig.

Ed spricht zuerst. „Ganz ehrlich, das geht jetzt nicht. Du weißt genau, dass sie es auch allein schaffen. Mit all diesem modernen Technikkram, den sie heutzutage auf den Schiffen haben. Wenn du da rausgehst, bringt ihnen das gar nichts, außer dass noch jemand sein Leben riskiert."

Arthurs Antwort ist weniger einfühlsam. „Kannst du dir eigentlich vorstellen, was du dieser ganzen Stadt zugemutet hast? Was fällt dir ein, überhaupt hier herumzustehen? Wenn du denkst, wir machen mit dir diesen Ausflug …“ Er klingt wütend, aber seine Stimme ist voller Angst – und es ist nicht die Angst vor dem Sturm.

Bob streckt seine Hand aus, um sie zum Schweigen zu bringen, ihnen bewusst zu machen, wer da jetzt gerade draußen auf dem Meer ist. Dann erklärt er seinen verrückten Plan in allen Einzelheiten.

„Für Roy“, sagt er schließlich.

Arthur presst die Lippen zusammen. Er ist nicht glücklich. Und Bob spürt, wie seine Erinnerung ihn zurückbringt zu jenem Tag auf dem Meer, als er mitansehen musste, wie Roy von den Wellen verschluckt wurde.

Der Wind hat nachgelassen. Vielleicht ist es nur ein kurzes Innehalten und es kann sein, dass der Sturm draußen auf dem Meer ungebremst weitertobt. Aber Bob betet, dass der Wind so lange stillhält, bis sie auf der Insel angekommen sind.

„Ich gehe jetzt.“ Bob klingt entschlossen. „Ihr könnt mitkommen oder hierbleiben. Ich kann nicht von euch verlangen, da hinauszugehen.“

Ed spricht langsam, als hätte er sich die Worte lange überlegt. „Du musst zu Hause bleiben“, sagt er. „Du weißt, dass ich das Wort *unmöglich* fast nie benutze. Aber das hier ist ziemlich nahe dran. Es wäre in jeder Hinsicht falsch, wenn du jetzt rausgehst.“

Bob nickt. „Unmöglich … das ist der Ort, wo Wunder passieren, Ed. Wenn ich hierbleibe … dann lebe ich vielleicht länger. Aber was für ein Leben wäre das, wenn ich eigentlich dafür *bestimmt* bin, etwas anderes zu tun?“

Arthurs Kiefermuskeln spannen sich an. Dann stürmt er an Bob vorbei ins Haus. Treppenstufen ächzen, dann rumpelt etwas im oberen Stock. Man hört ihn wieder die Treppe herunterkommen, aber mit so viel Gepolter, als hätte er ein eisernes Ungetüm im Schlepptau.

Außer Atem tritt er aus dem Haus und stellt … Evas Rollstuhl auf die Schwelle.

Es ist ein Stück Metall, ein bisschen gepolstertes Plastik, Schrauben. Nur ein Gegenstand, der nicht in der Lage sein sollte, Bob völlig aus der Fassung zu bringen. Als Arthur den Stuhl auseinanderklappt und ihn vor Bob hinstellt, da bricht in Bobs Seele etwas auf. Der Rollstuhl ist leer. Eigentlich sollte sie jetzt hier sein.

In ihm erhebt sich etwas, entfaltet sich. Sie hätte genau das auch gewollt.

„Wenn du auf diese Insel willst", keucht Arthur, „dann nur so. Es ist der einzige Weg."

Bob laufen die Tränen übers Gesicht. Er setzt sich in den Rollstuhl, den er so oft über diesen Weg geschoben hat, hinunter zum Bootsanleger, wo er sich in der Abendsonne mit Eva im Rollstuhl langsam tanzend im Kreis gedreht hat. Heute ist es ein anderer Tanz, den drei alte Männer – blind, fast gehunfähig, unendlich stur – hier aufführen. Wild entschlossen gehen sie an Bord.

Arthur lacht trocken. „Schaut uns an", krächzt er, seine Stimme ist im Laufe der Jahre rau geworden. „Der Sturm hat sich drei besondere Gegner ausgesucht, mit denen er heute seine Kräfte messen will."

Er funkt die Hafenmeisterin an, die auf Nachricht von Jeremiah wartet. „Wir fahren zum Leuchtturm", teilt Arthur mit.

„Was für ein Leuchtturm?", fragt sie zurück. Margie Lillians Stimme versteht keinen Spaß. „Ihr wagt es hoffentlich nicht, jetzt in diesem …"

Arthur stellt sich breit vor Bob, als wolle er verhindern, dass der mithören kann.

„Na, du weißt schon …" Keine Reaktion. „Wir haben doch nur *einen* Leuchtturm." Schweigen. „Das Bauwerk."

„Seid ihr verrückt? Wagt es bloß nicht, auch nur in die Nähe dieser Insel zu fahren!" Margie schreit ins Funkgerät. „Wenn ihr denkt, wir …" Bob hat sich vorgebeugt und das Gerät abgeschaltet.

Er betet, dass die Windstille lange genug anhält.

„Runter!“, schreit Jeremiah. Ein zweiter Blitz zerreißt den Himmel, blendend hell, dazu ein Donnerschlag, dass es Annie durch und durch geht. Jeremiah hat das metallene Steuerrad losgelassen und greift jetzt nach einem Holzstift, um damit zu steuern. Er duckt sich. Macht sich klein, um nicht der höchste Punkt zu sein, der am ehesten vom Blitz getroffen wird. Dieses Boot, ganz allein hier draußen auf dem Meer, ist wie eine Zielscheibe für jeden Blitz.

„Geht unter Deck!“ Jeremiah winkt Annie und William, sie sollen die Treppe hinuntersteigen, den Raum betreten, in dem außer ihm noch nie jemand war. Er öffnet ihnen sein Allerheiligstes.

William sammelt Bücher und andere Gegenstände ein, die auf den Boden gefallen sind, öffnet die Tür, räumt gleichzeitig weiter Sachen aus dem Weg. Dann steigt er hinunter und Annie weiß, dass sie ihm folgen sollte. Aber etwas hält sie fest. Sie kann sich nicht bewegen, sie bleibt an der Seite dieses Mannes, der am Ruder steht.

Sie geht zu Jeremiah. Sein Blick ist ein wortloses Flehen.

Annie greift nach seiner Hand und faltet ihre Finger um die seinen. Diese Hände, die so oft Leben gerettet haben … Sie sehnt sich so sehr danach, nicht nur seine Hand, sondern sein ganzes Herz zu halten. Zu ihm zu gehören. An seiner Seite zu sein, was auch immer kommen mag.

Er erwidert ihren Händedruck, legt seine Stirn an ihre. Seine Haare sind nass, ihre Haarsträhnen verheddern sich.

Sie haucht seinen Namen. „Jeremiah …“ Sie liebt diesen Namen, die Täler und die starken Höhen, sie liebt die ganze Geschichte, die ihn ausmacht.

„Geh“, bittet er, „geh hinunter.“

Sie schüttelt den Kopf. „Ich kann dich hier nicht alleinlassen.“

„Ich darf dich nicht …“ Seine Stimme zittert. Der nächste Donnerschlag, noch ein Blitz. Diesmal noch näher. „Ich. Darf. Dich. Nicht. Verlieren.“

Damit macht er seine Hand von ihr los, streicht ihr übers Kinn, fährt mit seinem Daumen über ihre Wange. Zieht sie an sich, beugt sein Gesicht zu ihr hinunter, berührt ihre Lippen mit seinen.

Der Wind gewinnt wieder an Stärke, erhebt sich erneut. Mit dem Wind schwellen die Wellen an. Sie steigen, steigen, steigen.

Langsam entzieht sich Jeremiah.

Die Luft schwirrt vor Elektrizität. Die Härchen auf Jeremiahs Unterarmen stehen senkrecht. Annie streicht mit ihrer Hand darüber. Wie gern würde sie alles aus dem Weg räumen, was diesen Mann angreifen will.

„Geh", sagt er.

Die schweren Schritte auf der Treppe sagen ihr, dass ihr Vater kommt, um sie nach unten zu holen. Wenn sie noch länger hierbleibt, bringt sie alle in Gefahr.

Als sie sich abwendet, spürt sie, wie in ihrem Herzen etwas bricht. Sie dreht sich um, schaut Jeremiah noch einmal an und hofft, er spürt, dass ihr Herz hier oben bleibt bei ihm. Annie greift nach dem hölzernen Geländer, geht eine Stufe nach unten, noch eine, die dritte – und erstarrt bei dem ohrenbetäubenden Schlag, der ihr Trommelfell beinahe zum Platzen bringt und ganz sicher die Welt in Stücke gerissen hat.

Der Himmel hat seinen Pfeil aus Elektrizität direkt auf ihr Schiff abgezielt, mit der Kraft eines ganzen Orkans. Er trifft die *Glad Tidings* in einer Explosion von Licht. Annie ist geblendet, sieht Teile des Bootes auf dem Meer treiben, mit einem Lichtkranz wie ein Heiligenschein.

Dann ist alles dunkel.

vierzig

Ed klopft unruhig mit seinen Schuhen auf das Deck der *Savvy Mae*, hebt den Arm an die Augen, als hätte er eine Uhr um, die er nicht sehen kann. „Ob der noch lange braucht?"

Bob blinzelt in die Dunkelheit. Sie haben im Hafen bei der Schule angelegt und Arthur hat versprochen, in fünf Minuten wieder da zu sein. Endlich, ein Quietschen, Räder drehen sich nur unter Protest – der dunkle Schatten von Arthur taucht auf. Er schiebt einen verrosteten Kinderwagen vor sich her. Darin thront, viel zu groß, der Skyblaster 300, er ragt weit über den Wagen hinaus. Richs Suchscheinwerfer.

Es ist keine Fresnellinse, aber es ist Licht. Ein paar Kilometer weit wird es aufs Meer hinausstrahlen.

Sie können die Bucht gar nicht schnell genug durchqueren. Aber was Bob dann in der südlichen Kurve der Bucht sieht, lässt ihn in seinem Stuhl ganz nach vorn rutschen.

Kleine Lichter, wie eine Reihe von Glühwürmchen, die im Hafen eine Linie bilden.

Im ganzen Ort ist die Stromversorgung zusammengebrochen. Das kann nur eines bedeuten.

Menschen. Taschenlampen. Alte Petroleumlaternen, ein oder zwei Schweinwerfer. Die Kette der Lichter bewegt sich langsam voran, tanzt auf und ab, auf die Seemannsklause zu.

Arthur fährt nahe genug ans Ufer, um hinüberbrüllen zu können: „Hey!" Bob kann nicht sehen, wem der Gruß gilt. „Was läuft?"

Margie Lillian ruft zurück. „Ihr seid ja wohl völlig verrückt geworden."

„Ja, und?“ Früher war Arthur ein höflicher Mann. Aber das ist zwanzig Jahre her.

„Wir kommen, um euch zu helfen.“ Margies Stimme ist schneidend wie Stahl.

„Was?“

„Ich sagte, wir helfen euch.“

Arthur schaltet den lauten Schiffsmotor aus. „Da gibt es noch was, das ihr wissen solltet.“ Margie klingt plötzlich weich. „Der Funkkontakt der *Glad Tidings* zur Küstenwache ist abgebrochen.“

Der Wind weht die Worte fort und mit ihnen auch ein Stück Hoffnung.

Wenn das VDS, das satellitengestützte Schiffsüberwachungssystem, keine Signale mehr gibt … Niemand mag aussprechen, was das bedeuten könnte. Vielleicht ist das Gerät kaputt, das die Signale sendet, vielleicht ist die Elektronik an Bord beschädigt – aber es könnte auch bedeuten, dass das Schiff gekentert ist.

Bob beugt sich so weit wie möglich aus seinem Rollstuhl vor. Er würde so gern aufstehen, aber er weiß, dass er die wenige Kraft, die ihm bleibt, aufsparen muss. „Ihr geht jetzt alle nach Hause“, ruft er hinüber ans Land. „Wenn sie da draußen sind, werden wir ihnen helfen, unsere Bucht zu finden. Aber ihr geht wieder“, er atmet heftig, „geht in Sicherheit.“

Da ertönt die hohe Stimme von Bess von irgendwo aus der Mitte der Lichterkette. „Du wirst uns nicht davon abhalten!“

Warmherzige Zustimmung wird aus der Reihe der gesichtslosen Menschen aus Ansel hörbar, und bevor Bob es verhindern kann, haben sie eine Art Fährbetrieb zwischen dem Anleger und der Insel eingerichtet. Ein Glück, das Meer hat sich beruhigt, aber nur hier in der Bucht. Draußen auf See wütet der Sturm noch immer, das kann man sehen.

Mit der letzten Fähre kommt Rich, klettert von Bord und zieht sich den Rucksack vom Rücken, aus dem Metallstangen herausragen; sämtliche Außentaschen aus Netzmaterial sind mit Utensilien gefüllt, die man zum Überleben in der Wildnis brauchen kann.

„Willst du länger bleiben?“, fragt ihn Bob, beugt sich in seinem Rollstuhl vor und hält dem Mann die Hand hin.

„So lange wie nötig“, antwortet Rich. „Hab schon gehört, dass ihr meinen Scheinwerfer geklaut habt.“ Seine Stimme ist voller Stolz.

„Ja, haben wir. Aber wir bringen sie nach Hause“, beteuert Bob.

Rich schlägt ihm freundlich auf die Schulter. „Ja“, sagt er, „das werden wir.“ Dann macht er sich auf den Weg hinauf zur Lichtung, wobei er einen Schlauch aus dem oberen Fach seines Rucksacks zieht und einen Schluck aus der Trinkblase nimmt. „Immer genug trinken!“, ruft er noch über die Schulter und schließt sich dann einigen jüngeren Männern an, die den Schweinwerfer den Hügel hinaufschieben. Er liegt zwar in dem Kinderwagen, aber auf dem engen schlammigen Weg ist das nicht unbedingt hilfreich. Etwas weiter vorn sind Bess und einige andere dabei, den Weg zum Leuchtturm von Ästen und anderen Hindernissen zu befreien.

Ed, Arthur und Bess haben mit Meuterei gedroht, falls Bob auch nur daran denken würde, aus dem Rollstuhl zu steigen. Er wurde dazu verdonnert, als Strandwache unten zu bleiben, und Bess hat versprochen, ihn per Walkie-Talkie auf dem Laufenden zu halten. Bedingung ist aber, dass er nicht aus seinem Stuhl aufsteht. Die Blitze über dem Meer haben nachgelassen, und wenn er nicht dieses unselige Schwindelgefühl hätte, würde er niemals hier unten sitzen bleiben.

Er war oft allein auf dieser Insel. Aber noch nie hat er sich so verlassen gefühlt wie jetzt.

Oben gibt Bess das Kommando, zählt immer wieder auf drei, während die Männer das schwere Gerät Stufe um Stufe die nasse Wendeltreppe hinauf nach oben schaffen. Im Hintergrund hört Bob das Keuchen der Männer.

Dann haben sie endlich die Plattform erreicht, die schon vor so langer Zeit gebaut wurde und ihr Leben lang auf ihr Licht gewartet hat.

Bob gefällt das gar nicht. Es sollten nicht so viele Männer gleichzeitig oben sein. Schon gar nicht bei diesem Wetter. Das Holz, das die Plattform stützt, ist nicht allzu belastbar.

Gerade will er in das Funkgerät schreien, dass sie sich beeilen sollen herunterzukommen, nicht dass noch jemand sein Leben für diesen Leuchtturm riskiert. Er macht seinen Mund auf, um mit aller Kraft und aller Luft, die ihm zur Verfügung steht, nach oben zu rufen, da hört er Bess schreien. Ihre Stimme kommt nicht aus dem Walkie-Talkie, sondern klingt den Weg herunter. Bob dreht sich um, blinzelt im Regen, versucht, auf dem Weg etwas zu erkennen. Nur Dunkelheit.

Also drückt er den Knopf des Funkgerätes. „Was ist los?"

Schweigen.

„Bess, ist alles okay?" Seine Stimme klingt viel verzweifelter, als er selbst gedacht hätte.

„Rich", sagt sie und der Wind verwandelt ihre Stimme in ein inhaltloses Rauschen, „auf … der Kante … Seil … Knöchel."

Die Verbindung bricht ab.

„Hat einer ein Messer?" ruft Bob von unten und sucht selbst in seinen Taschen danach. Er hat es nicht dabei.

Bess scheint immer noch auf den Sendeknopf zu drücken, denn Bob kann jetzt alles mithören.

„Hat jemand ein Messer?"

Vier Stimmen rufen „Ich" und Bob kann sich lebhaft vorstellen, wie sie Rich, der sich irgendwie verheddert haben muss, ihre verkratzten Taschenmesser reichen.

Er hört Sullys Stimme. „Schneidet hier durch." Gut. Sie haben eine Bergsteigerin im Team. „Und jetzt holt ihr ihn zurück."

Eine Sekunde lang hört Bob nichts. Immer noch nicht. Und dann – ein klirrender Schlag, noch ein zweiter, es scheppert gewaltig. Stille. Das Funkgerät ist aus.

„Rich", fragt Bob, „was ist mit Rich?"

Jemand ruft, dass sie ihn losgemacht haben. Rich geht es gut. Aber dem Scheinwerfer nicht. Bob kämpft sich an der Küste entlang, folgt dem Strand um den Felsen herum, wo nur wenige Meter entfernt das Wasser im Kessel tobt. Hier haben sie als Kinder ihre Steine hineingeworfen. Mitten in der weißen Gischt tauchen plötzlich Lichtstrahlen auf.

Ein kleines Schiff hält auf die Insel zu, seine Scheinwerfer suchen die Wasseroberfläche ab. Eine steife, durchnässte Gestalt erscheint an der Reling. Bob kneift die Augen zusammen. Anscheinend geht es ihm doch schlechter, als er dachte. Er scheint Halluzinationen zu haben.

Spencer T. Ripley würde nie im Leben bei solchem Wetter draußen sein. Er hockt wahrscheinlich irgendwo warm und trocken in einer Bücherei und nascht Wörter wie Süßigkeiten.

„Mr Bliss", erklingt die vornehme Stimme.

„Sie sind es also tatsächlich", knurrt Bob. „Ich dachte, ich wäre Ihnen vielleicht doch entkommen."

Spencer lacht nicht. Er nimmt seine Brille ab und versucht, die Gläser trocken zu reiben. Aber sein nasser Mantel ist ihm dabei keine Hilfe. „Wir hörten, dass Sie krank waren", beginnt er höflich. „Der Kongress hat Sie in Abwesenheit geehrt und ich habe Sie gesucht, um Ihnen die Ehrenurkunde in Anerkennung Ihrer …"

Mannomann. Bob macht es teilweise sogar Spaß, diesen Vogel ein bisschen zu veralbern, aber er will den unschuldigen Kerl auch nicht zu lange in der Kälte aufhalten. „Das ist nett von Ihnen, junger Mann, aber Sie sehen ja selbst, dass hier gerade kein guter Ort für Reden und Urkunden ist. Gehen Sie nach Hause und ziehen Sie sich was Trockenes an."

Spencer schaut über seine Schulter zu dem kleinen Schiff, dann wendet er sich wieder Bob zu.

„Ich nehme Sie mit", schlägt er vor und schaut besorgt auf Bob, der jetzt am ganzen Körper zittert. „Sie gehören nach Hause."

Die Worte schwimmen an ihm vorbei wie schwarze Punkte. Gleich wird er ohnmächtig werden, er spürt es schon.

„Haben Sie das nächste Gedicht erhalten, das ich für Sie vorbereitet habe?"

„Ja, vielen Dank. Willst du dein Leben gut leben, musst du dich selbst gern geben."

„Selber."

Spencer senkt den Blick. „Ja, *selber*."

Bob hat seinen Spaß, aber auch ein schlechtes Gewissen, weil er diesen jungen Kerl so jämmerliche Reime aufsagen lässt.

Die Unterhaltung ist ins Stocken geraten und das Geräusch der Wellen, die am Strand brechen, füllt die Stille aus.

„Dafür bin ich heute hier."

Spencer faltet die Urkunde sorgfältig zusammen, die Bob ihm nicht abgenommen hat, und steckt sie zum Schutz vor der Nässe in seine Manteltasche.

„Dann würde ich mich auch gern hier aufhalten, wenn Sie gestatten?", fragt er viel zu höflich.

Bob mustert ihn kritisch. Der Kerl sieht ziemlich nass aus. Aber Courage hat er auch, der gute Junge.

Und dann bittet Bob ihn um einen Gefallen. In der *Savvy Mae* befindet sich etwas, was er braucht, in der Kiste mit den Angelsachen. Er könnte das natürlich auch selbst holen, aber er will mit seinen Kräften haushalten. Wahrscheinlich liegt noch einige Anstrengung vor ihm. Spencer holt ihm das benötigte Kästchen bereitwillig.

Er öffnet es und mit steifen Fingern findet er unter einem Hammer, einer Spule Angelschnur und einem einsamen Arbeitshandschuh den gesuchten Gegenstand. Seine Finger schließen sich um den kühlen Edelstahl und er steckt ihn in seine Manteltasche. Er versucht, sich fortzubewegen, indem er die Räder des Rollstuhls dreht. Aber seine Kraft reicht einfach nicht. Angesichts der eigenen Schwäche muss er um Hilfe bitten …

„Mr Spencer T. Ripley, ich hätte eine Bitte."

„Gern, alles, was Sie wollen."

Mürrisch und dankbar presst er den Satz hervor. „Könnten Sie einem Kerl wie mir helfen, auf den Berg zu kommen? Ich fürchte, die alten Knochen schaffen das heute nicht allein. Aber dieses Herz muss unbedingt da hoch."

Spencer schaut sich die Steigung an, dann betrachtet er den Rollstuhl. Ohne ein weiteres Wort zu verlieren, legt er seine Hände auf die Griffe, stapft mit seinen feinen Lederschuhen durch den Matsch und schiebt.

Endlich unterdrückt der junge Mann einmal seine gezierten Wortungetüme. Keine Reime, kein Zitieren von literarischen Kostbarkeiten. Bis heute hat Bob sich jedes Mal geärgert, wenn der Mann bei ihm auf der Schwelle stand. Aber jetzt … Selbst Bob muss einsehen, dass er jetzt eine Art Engel für ihn ist.

Der Aufstieg belebt Bob. Es ist anstrengend, aber irgendwie gewinnt er auch etwas von seiner Kraft zurück. Ist er nicht genau aus diesem Grund all die Jahre auf diesen Berg gestiegen? Hat er nicht die ganze Zeit immer nur seinem Bruder versichern wollen, dass er für ihn in den Kampf ziehen wollte?

Jetzt tobt der Kampf.

Spencer schiebt Evas verdreckten Rollstuhl auf die Lichtung. Die kleine Personengruppe drängt sich unter dem Felsvorsprung zusammen, sie beugen sich über Rich, dessen Schultern in eine Plane eingehüllt sind.

Rich sieht ihn als Erster. Er steht auf und geht auf Bob zu, hinkend.

Er räuspert sich. „Mr Bliss, es tut mir so leid."

Es regnet die ganze Zeit. Rich sieht gequält aus. Aber was ihm zusetzt, ist nicht das Wetter, es ist etwas tief in ihm.

„Was passiert ist, das ist nicht Ihre Schuld. Ich bin Ihnen vielmehr zu Dank verpflichtet", sagt Bob.

Er schaut umher und sieht in eine Runde ernster Gesichter. Er weiß, was das bedeutet. Niederlage. Aber das passt nicht an diesen Ort. Viel zu lange ist diese Lichtung ein Ort der Niederlagen gewesen.

„Hey", sagt Bob zu den Leuten, die ihm schweigend entgegenblicken. Seine Idee ist schlicht und braucht auch nur eine schlichte Erklärung. „Wisst ihr, wo die Leuchttürme früher ihr Licht herhatten, bevor es Linsen, Generatoren oder auch nur Fensterscheiben gab? Ganz früher?"

Besorgte Mienen schauen ihn reglos an.

Er beugt sich vor und spricht dieses eine magische und Furcht einflößende Wort aus.

„Feuer."

Alle schweigen. Und dann fangen alle an zu lachen. Ed steht mit verschränkten Armen aufrecht da, er versteht Dinge, die anderen verschlossen bleiben, und sieht Dinge, die keiner sonst sieht, und jetzt lacht er aus voller Kehle.

„Robert Bliss, du bist verrückt." Sein Lachen ebbt ab und er schüttelt den Kopf und geht in die Hocke. Seine Hände suchen nach Holz. Der Mann, dem sein Vaterland nicht erlaubt hat, Land zu kaufen und ein Haus zu bauen, sammelt jetzt mit beiden Armen das Holz auf. „Sag mir, wo", ruft er. „Ich schichte dir dein Feuer auf."

Das war alles, was es gebraucht hat. Einen Mann, der in die Hocke geht und Holz aufsammelt. Die Beklemmung ist verschwunden. Es ist wieder Hoffnung da.

„Danke." Bob holt Luft, so tief er nur kann. „Wenn wir eine Kette bilden, von hier außen über die Treppe nach oben, dann können wir alles nach oben befördern, was irgendwie brennt, bis oben alles voll ist."

Arthur schlendert zu ihm. „Das meinst du nicht ernst …"

„Doch Arthur, wir machen es wie im Mittelalter. Wir zünden da oben ein Feuer an, bis sie es vom Meer aus sehen und nach Hause finden."

„Das geht doch nicht", protestiert Arthur. „Dafür wurde der Turm nicht gebaut."

Bob überquert die kleine Lichtung und streicht mit der Hand über die nassen Steine. Jeder Stein repräsentiert ein Leben. Jeder Stein wurde von einer Familie ausgewählt, Pakete wurden geschnürt, Münzen zusammengekratzt, um Steine für diesen Moment an diesen Ort zu schicken.

„Doch, genau dafür wurde der Turm gebaut", murmelt er. „Feuer macht diesen Steinen nichts aus. Wir bringen so viel Brennmaterial wie möglich nach oben und dann …"

„Das wird nicht lange genug brennen", wirft Arthur ein. „Es wäre besser, wir vertrauen der Küstenwache. Sobald der Sturm vorbei ist, werden sie sich auf die Suche machen, das ist realistischer …"

„Das wird gut brennen", sagt Bob. Er schaut nach oben und zwischen den Wolken zeigt sich ein winziger Streifen silbernen Mondlichtes, gerade genug, um das Holzdach und die Balken, die es tragen, zu beleuchten.

Wahrscheinlich wird es wirklich nicht lange brennen, aber Gott steht über der Zeit. Er kann aus Sekunden so viel machen wie aus einer ganzen Ewigkeit.

Bob beugt sich vor, bekommt einen abgebrochenen Ast zu fassen, reicht diesen weiter zu Rich, der ihn in der Reihe weitergibt, die sich bereits gebildet hat. Bald ist die Plattform bis oben mit Holz gefüllt, Zweige, die der Sturm abgerissen hat, Laub, alles, was sie finden konnten und so aussah, als könnte es brennen. Dann treten alle zurück. Bob legt seine Hände auf die Räder des Rollstuhls – Räder, die Evas Hände jahrelang umfasst und bewegt haben – und befördert sich selbst bis zu einer Stelle, wo er sich an den Steinen festhalten und aufrichten kann.

Er achtet nicht auf die Proteste seiner Freunde. Zum ersten Mal, seit William fortgegangen ist, setzt er einen Fuß auf diese Steine. Mit jedem bisschen Kraft, das er irgendwo in seinem Körper mobilisieren kann – und noch etwas mehr, für das er keine Erklärung hat –, umklammert er die steinernen Griffe auf dem Weg nach oben. Jeder Griff, jeder Stein repräsentiert ein Leben. Jeder ist so unendlich kostbar. Die Steine rufen es ihm zu, laden ihn ein, dem Einen zu vertrauen, der ihn bis hierher geleitet hat … Für eine Zeit wie diese.

Oben angekommen, den Kopf in der jetzt mit Brennmaterial gefüllten Kuppel der Plattform, greift er zu dem Utensil in seiner Tasche, das Spencer ihm vorhin noch vom Schiff geholt hatte. Gebürsteter Edelstahl. Der neueste Stand der Technik. Aus einer High-Tech-Lifestyle-Schmiede der Luxusklasse, in New York für ihn gekauft. Von Rich. Nicht ein einziges Mal ist es mit Crème Brulée in Berührung gekommen. Aber das hier ist jetzt sein Einsatz. Bob entriegelt den Sicherheitsverschluss des Anzünders und drückt auf die Zündung. Eine helle blaue Flamme schlägt heraus. Er schiebt den Riegel auf maximale Flamme, hält sie an Laub und Papier, Zweige und alles andere, was hier aufgetürmt ist.

„Komm schon", murmelt er. Das Zeug ist nass und will nicht brennen. „Los geht's …" Seine Faust zittert, seine Muskeln, die im Krankenhaus schlapp geworden sind, schaffen es kaum, so lange auf den

Knopf des Anzünders zu drücken. „Licht", betet er zu dem Gott, der Licht und Feuer geschaffen hat, „bitte …"

Er stützt seine zitternde Hand mit der anderen und wartet.

Ein Funke.

Es schwelt.

Noch ein Funke. Der süße Geruch von brennendem Laub, Blätter flackern auf, Glut tanzt über die Blattadern, bis sie Feuer fangen. Dann führen sie die Arbeit des Anzünders fort, ein Blatt gibt das Feuer dem nächsten weiter, dann dem nächsten. Und so geht es weiter.

Unten wird aufgeregt gerufen. „Komm runter!" Bob schüttelt sich, taucht aus seinen Gedanken auf, besinnt sich auf seine Situation und steigt vorsichtig die Treppe hinunter. Es wird eine mühsame Reise, die Gelenke knarren, das Herz pocht heftig, er legt eine Pause ein, seine verwitterten, faltigen Hände halten sich an der Wand fest.

Er kann nicht weiter, als würde eine starke Macht ihn festhalten und ihn zwingen, dem lodernden Feuer auf der Plattform zuzuhören. Über ihm knackt und knistert es und um ihn herum ist ein Gerüst aus Steinen.

Er lässt die Hand über die sanfte Stärke dieser Steine gleiten, sieht die Gesichter wieder vor sich, die den Sendungen als Fotos beigelegt waren. Vor seinen inneren Augen sieht er die Briefe wieder, geschrieben auf Papier, auf das beim Schreiben Tränen getropft sind. Aus dem ganzen Land hatte man ihm diese Geschichten zugesandt. Dann taucht Liesl in seiner Erinnerung auf, in deren Gesicht Entsetzen und Hoffnung miteinander kämpften. Das unsägliche Leid hatte sich in tiefen Falten eingegraben, aber dann griff sie nach einem zerschlissenen Rucksack und holte einen Stein heraus. Er war groß, grau, mit blauen Streifen. *Eines Tages* steht jetzt darauf.

Bob denkt an den Strand in der Normandie mit seinen vielen Toten, dann an Paris, wo das Ende des Krieges mit so viel Licht gefeiert wurde. Gefrorene Landschaften in Russland, Flüsse, die sich durch Burma schlängeln, den Dschungel auf den Philippinen.

Seine Hand streicht über die Steine, die sich vom Feuer langsam erwärmen. Von unten kommen Hände ihm entgegen, man hilft ihm die letzten Stufen hinunter. Schatten tanzen auf den Mauern, Stimmen hallen wider, das Feuer kracht jetzt immer lauter.

Draußen haben sich alle mit respektvollem Abstand aufgestellt. Bob hält noch einmal inne, bevor er sich zu ihnen gesellt. Er setzt sich allein auf einen Stein, etwas abseits. Hier brannte das Feuer, als er zum letzten Mal mit Roy hier war.

Irgendwie ist es, als hätten Raum und Zeit das Lagerfeuer von damals aufgesammelt, aufbewahrt und ins Jetzt und Hier gebracht, auf den Leuchtturm gelegt, wo es unter seinem Holzdach immer mehr Kraft entfaltet. Das Feuer auf dem Turm wird immer stärker, die Flammen schlagen hoch und verschlingen die hölzerne Dachkonstruktion, sie entkommen den begrenzenden Balken, lodern nun hoch auf in den Himmel, verzehren den Regen.

Hoch in den Himmel brennt es. Trotzt dem Sturm. Furchtlos erhellt es die Nacht.

Spencer T. Ripley tritt zögernd an seine Seite.

„Alles in Ordnung, Mr Bliss?“

Arthur kommt von der anderen Seite, bleibt in Hörweite stehen.

Bob wendet den Blick nicht von dem Feuer ab. Nur ein Gedanke beherrscht ihn. „Also das hier“, sagt er schließlich und holt zitternd Luft, „das ist für mich Poesie.“

einundvierzig

Diese Benommenheit. Eine dunkle Benommenheit. Das Erste, was Annie registriert, als sie dort auf der Treppe wieder zu sich kommt, sind die Stiefel. Sie schaut auf die Sohlen von schwarzen Stiefeln.

Jeremiah.

Sie rutscht in seine Richtung und hört hinter sich weitere Schritte. Ihr Vater. Sein Mund bewegt sich, aber sie hört nur eine konturlose, verwaschene Stimme. Er beugt sich zu ihr hinunter, streicht Haarsträhnen aus ihrem Gesicht. *Wie geht es dir?* Sie sieht seine Worte mehr, als sie ihren Vater hören kann.

Annie nickt. Bei ihr ist alles in Ordnung … Denkt sie. Aber Jeremiah bewegt sich nicht. Sie zeigt auf ihn, sagt etwas, dann eilen beide zu ihm. Gleichzeitig verändert sich der Himmel, der Nebel reißt auf und das Donnergrollen wird leiser. Dazu kommt jetzt noch ein Geräusch von irgendwoher, das Annie nicht einordnen kann.

Jeremiahs Gesicht ist zur Seite gedreht, er blutet am Kopf, ist bewusstlos.

„Hat er einen Stromschlag bekommen?“ Ihre Stimme ist schwach und zittert. Das Letzte, woran sie sich erinnern kann, sind dieser grelle Blitz und der ohrenbetäubende Donnerschlag.

„Kann sein, aber ich sehe keine Verbrennungen“, er legt sein Ohr an Mund und Nase und fühlt den Puls, „und er lebt. Ich denke, es ist kein Stromschlag. Er ist einfach nur gestürzt, als das Boot getroffen wurde, und dabei hat er sich den Kopf angeschlagen und sich eine Platzwunde geholt.“

„Wir sollten ihn zudecken", sagt Annie. Das undefinierbare Geräusch wird lauter. Sie öffnet ihre Schwimmweste, zieht ihre Jacke aus und bettet Jeremiahs Kopf darauf. Ihre Hand streicht über sein Haar. Der Brief von Melissa kommt ihr in den Sinn und das Brennen in ihrem Herzen nimmt zu. Ihre Finger durchkämmen seine dunklen, wilden Haare, die sich nicht bändigen lassen. Sie tut es für Melissa … und für ihn. Und – sie kann es nicht leugnen – ganz klar auch für sich selbst.

Sie verbinden Jeremiahs Wunde, so gut es geht, und William dreht sich nach dem Geräusch um, das irgendwo unten im Rumpf rumort.

„Haben wir ein Leck?" Er eilt zur Brücke. Annie reißt sich von Jeremiah los und schaltet das GPS-Gerät ein, um zu sehen, wie weit sie vom Land entfernt sind.

Keine Reaktion.

Sie versucht es erneut, vergeblich, kein Signal. Also schaltet sie das Navigationsgerät ein. Der Bildschirm bleibt dunkel. Auch das Funkgerät sendet nichts, auf keinem einzigen Kanal haben sie Empfang. Sie können keinen Hilferuf absetzen. Niemand wird sie hören, das schwer beschädigte Boot kann nichts senden.

William versucht, den Motor zu starten, und Annie hört ein zaghaftes Geräusch. „Immerhin, die Maschine regt sich noch", sagt ihr Vater.

„Aber wenn wir nicht wissen, wo wir sind, dann hilft das auch nicht viel", wirft Annie ein. Neben dem Ruder liegt noch die Karte, auf der Jeremiah ihre letzte Position eingetragen hat. Aber das Wasser hat die Bleistiftnotiz unleserlich gemacht und das Papier fast aufgefressen.

Sie sind zurückversetzt ins Jahr 1890, haben nichts als die Sterne – die allerdings von Wolken verdeckt sind –, um sich zu orientieren, und vielleicht Leuchttürme.

„Ich kriege den Motor bestimmt wieder in Gang", sagt ihr Vater, „aber das bringt uns nichts, wenn wir das Eindringen des Wassers nicht stoppen können." Mit zusammengekniffenen Augen schaut er über das Deck. „Dort." Er zeigt auf eine Luke, deren Falltür im Wind auf- und zuschwingt. Das Wasser schwappt in mehreren Strömen hindurch. „Kannst du die Luke schließen?“ Er hält ihr eine Lampe hin. „Hier, damit du etwas sehen kannst. Ich sehe mal nach, ob wir eine Pumpe haben. Wir müssen so viel Wasser aus dem Rumpf rausbekommen, dass wir wieder halbwegs gerade liegen.“

Sie nickt, schluckt. Jeremiah bewegt sich, wacht aber nicht auf. „Was ist mit …“

„Ich weiß es auch nicht“, sagt ihr Vater bedauernd und sie sieht die Sorge in seinem Blick. „Vielleicht geht es ihm in ein paar Minuten schon wieder gut. Aber vielleicht muss er auch schnellstens in ein Krankenhaus, wenn er eine Gehirnblutung hat. Davon gehen wir jetzt aber nicht aus, es ist nur …“

Annie wischt sich Tränen aus dem Gesicht. Ihr Vater drückt ihre Schulter. „Das Beste, was wir jetzt gerade für ihn machen können, ist, dieses Boot wieder flottzukriegen.“

Ja, das ist jetzt ihre Aufgabe.

Sie nickt und geht hinaus in die Dunkelheit. Es ist schon fast grausam, wie plötzlich sich der Sturm beruhigt hat, er zieht einfach weiter, als hätte er sie nicht gerade eben noch fast verschluckt und nur mit knapper Not wieder ausgespuckt. Die Luft ist neblig-feucht, aber es regnet kaum noch. Die Wellen sind wie Zwerge, gerade mal dreißig oder vierzig Zentimeter hoch, unvorstellbar, dass sie eben noch meterhohen Brechern ausgesetzt waren.

Aber der Himmel ist immer noch wolkenverhangen. Vielleicht sind sie kilometerweit vom Kurs abgekommen. Möglicherweise sind sie schon in kanadischen Gewässern und auf der Höhe von Neuschottland. Sie schaltet die Lampe ein, die rot aufleuchtet und zu der offenen Luke führt.

Scharniere knarren warnend. *Zu nahe*, scheinen sie zu sagen, während sie näher zum Bug kriecht, wo die Wellen immer noch über die Reling spritzen und Kälte versprühen.

Sie kniet sich hin und schiebt ein Stück des Taus in die Kammer, um damit einen kleinen Blecheimer zu angeln. Dann schöpft sie das Wasser aus der Ladeluke, verstaut den Eimer und schließt die Luke fest zu.

Damit wäre diese Aufgabe erledigt und sie sollte schleunigst zu ihrem Vater zurückgehen. Aber etwas drängt sie, noch einen Moment hier zu verweilen, noch näher an die Reling zu treten. Sie umfasst die metallenen Stangen, die sich hier vorn am Bug treffen, steht da und wartet, der Wind bauscht ihre vom Sturm verwehten Locken im Nacken auf.

Ihre Lampe schickt einen Lichtstrahl in die Dunkelheit. Es gibt nur sie, die Nacht … und die Wellen, die alles mit feiner Gischt überziehen.

Diese Wassertaufe lässt sie frösteln. Sie wünscht sich den Sandboden, den Bob damals für sie gemacht hat. Etwas Festes, auf dem man hier draußen sicher stehen kann. In der Ferne heult der Wind, sein hohles Geräusch zieht sie auf die Knie und sie presst die Hände auf die Planken.

Irgendwo zwischen dem Jammern des Windes und dem gleichmäßigen Platschen der dunklen Wellen, ganz nahe, dass sie es fast schmecken kann … fühlt sie es. Das Flüstern einer Wahrheit, die wie eine Melodie ertönt.

„Wer diesem Felsen fest vertraut, der hat auf keinen Sand gebaut …"

Sie spreizt die Finger, sehnt sich nach dem Trost von festem Grund unter den Füßen.

„Mein Glaube fest sich bauen kann, auf das, was Gott für mich getan. Ein froh Gefühl gar bald zerstäubt, Christus, der ew'ge Felsen bleibt. Wer diesem Felsen fest vertraut, der hat auf keinen Sand gebaut."

Sie wird ganz ruhig, bekommt eine Gänsehaut, spürt, dass etwas Besonderes geschieht.

Hier, mitten in der Dunkelheit, auf schwankenden Wellen und ohne Land in Sicht, begegnet sie dem Fels der Ewigkeit.

„Was ist das?", flüstert sie.

Am Horizont werden die Wellen zu einem nur noch leicht bewegten schwarzen Teppich aus Samt, in dem sich silbern das Mondlicht spiegelt.

„Bitte", betet sie und ihre Stimme ist so klein unter diesem weiten Baldachin der Nacht, „bitte bring uns nach Hause."

Es herrscht vollkommene Stille. Sie steht an einem finsteren, tödlichen Abgrund, umgeben von endlosen Wellen, und sie fleht zu ihrem Schöpfer.

Und dann ertönt aus der Stille der Klang der Hoffnung. Ein Rumpeln, aber kein Donnerschlag, es kommt von unter ihr. Ihre Handflächen auf den Bodenbrettern spüren ein Vibrieren.

Der Motor.

Gott sei Dank! Doch etwas verschließt ihr die Kehle, die Worte wollen nicht kommen. Auch wenn der Motor wieder rund und kräftig läuft, das heißt noch nicht, dass sie schon zu Hause wären. Trotzdem – sie schaut die unberechenbaren Wellen an, ohne von der alten Angst erfasst zu werden. Wellen, die vorhin hoch waren wie Wände. Aber auch Wellen, die ihren Großvater in die Ewigkeit getragen und ihre Mutter wieder dem Leben zurückgegeben haben, noch bevor sie selbst geboren war. Die Wellen, die Annie als Baby in den Schlaf schaukelten, hatten ihr ihre Eltern nicht nur entführt, sie hatten beide auch immer wieder zurückgebracht. Dieses Meer hatte ihr das Herz zerrissen, aber als sie jetzt wieder nach Ansel gekommen war, hatte es ihr Herz mit Liebe umfangen. Sie sieht wieder das dunkle Wasser vor sich, mit blauem Funkeln durchsetzt, als Jeremiah ihre Hand genommen und das Meer sein Lichtgeheimnis preisgegeben hatte. Ein Aufschrecken, dann Schönheit und Gnade.

Diese Wellen hatten sie nach Hause gebracht, zu diesen Menschen, an diesen Ort … mitten hinein ins Leben.

Ihre salzigen Tränen mischen sich mit Salzwasserspritzern. Sie hat den Kopf gesenkt.

Da kommt die Stimme, stark und sicher, und sie spricht ihr mitten ins Herz.

Kopf hoch, Annie Bliss.

Das waren die Worte, die Josef Krause hörte, als er hier auf dem Meer in Seenot geriet. Es ist die Geschichte eines Gottes, der so konkret und persönlich handelt, dass es fast wie ein Märchen anmutet.

Und doch … Sie öffnet die Augen, hebt den Blick, der Nebel lichtet sich und ... da sieht sie es.

Ein unglaubliches Feuer. Hell wie die Sonne lodert es, oben auf einem Turm. Sie sind ganz nahe an der Küste, vielleicht nur wenige Kilometer entfernt.

Zu Hause.

Flammen züngeln, Schatten tanzen, Bäume drehen sich im Kreis. Bob taumelt auf die Klippe zu, stützt sich an einen Baum, weit genug vom Abgrund entfernt. Er schaut aufs Meer hinaus.

Er ist ganz versunken, Geist und Seele, Denken und Fühlen, alles ist so gedämpft, als wäre er unter Wasser. Nur sein Puls lässt erkennen, wie die Zeit vergeht.

„Bitte." Er kann seine eigene Stimme nicht hören, trockene Lippen formen das Wort.

„Bitte." Wie aus Schutt und Geröll muss er das Gebet freischaufeln.

Nichts zeigt sich am Horizont. Die Wolken weichen auseinander, der Regen lässt nach, das Feuer brennt nieder, verzehrt die letzten Reste des Brennbaren.

Auch Bobs Muskeln haben alle Kraftvorräte aufgezehrt. Er sinkt auf die Knie. Finger krallen sich in die Erde, krallen sich fest an der Hoffnung.

„Bitte." Egal wie heftig der Sturm tobt, es gibt einen Herrn der Welt, der Wind und Wellen lenkt. Es sind seine Wellen. Er steht über allem, auch das Meer ist sein. Bei friedlichem Wetter und im tosenden Orkan.

Dann hört er die Stimme wieder. Wie an dem Tag, als er den Auftrag bekam zu bauen. Worte, die von außen kommen und sich ihm aufs Herz legen. *Kopf hoch, Robert Bliss.*

Er gehorcht.

Es ist dunkel. Wellen – schwarz, Mondlicht – weiß. Alles ist leer. Er ermahnt sich selbst weiterzuatmen, seine müden Lungen sollen sich füllen. Alles verschwimmt vor seinen Augen. Und dann … dann kommt zwischen den Inseln der dunkle Schatten eines Bootes in Sicht.

Die Wellen unter der Klippe sind laut und stark und immer in Bewegung, sie verändern und verwandeln sich, bis sie als Nebel aufsteigen. Er versucht, den anderen zuzuhören, die sich irgendwo hinter ihm unterhalten. In seine Wahrnehmung der Zeit schleichen sich immer mehr dunkle Flecken ein, während tiefe Erschöpfung ihn überfällt. Einmal kommt es ihm so vor, als würde er auf der Lichtung Annie sehen, die mit wildem Blick nach ihm sucht. Wunderbar unversehrt. Und da ist eine große Gestalt neben ihr, mit Verband um den Kopf, die Annies Hand hält. Die beiden eilen auf ihn zu. Bob versucht, ihnen entgegenzublicken. Aber ein Wirbel von Nacht und Rauch, Licht und Steinen dreht sich um ihn. Er kauert auf dem verkohlten Boden, wo vor langer Zeit das Lagerfeuer der beiden Brüder brannte … Er kann nicht mehr darum kämpfen, wach zu bleiben. Alles, was ihm an Kraft noch blieb, hat er in einem anderen Kampf verausgabt.

Doch bevor die schwere Müdigkeit ihn vollends übermannt, da fühlt er, wie starke Arme seine schwachen Glieder – Glieder, die früher Steine zusammengefügt haben – umfassen. Mit der letzten verbliebenen Kraft, die er noch aufbringen kann, hebt er die Augenlider … und schaut in blaue Augen.

William.

Die Arme des Babys, die aus einem Korb auf dem Küchentisch in die Luft griffen, sind jetzt die Arme eines erwachsenen Mannes. Sie ziehen Bob an eine Brust, in der ein starkes Herz heftig klopft. Dann redet er, nur vier Worte.

„Ich halte dich, Bob."

Auch wenn seine Stimme voller und tiefer geworden ist, sie erinnert immer noch stark an die Stimme des Jungen, der damals auf Bobs Türschwelle saß. Es ist die Stimme des jungen Mannes, die zitterte, als er erzählte, wie schwer es war, Fahrradfahren zu lernen. Allein. Wie sehr er damals diese Worte gebraucht hätte. Bob gebraucht hätte.

„Ich halte dich."

Nachwort

Zehn Monate später

In diesem großen alten blauen Meer erzählt jede Welle eine Geschichte."

Es ist lange her, seit Bob mir das sagte, mit dieser Stimme, die Wind und Wasser rau gemacht hatten.

Ich erinnere mich, wie ich als kleines Mädchen lachte und versuchte, die Wellen zu zählen, bevor sie wieder verschwanden. Unmöglich, dachte ich – damals. Heute denke ich, wenn es nicht geht, dann nur, weil sie zu kostbar sind, diese Geschichten, um sie alle zu erfassen. Wunderbar unmöglich.

Es ist Frühling in Ansel und das bedeutet zweierlei: Bess fängt wieder an zu backen … und die Stadt sucht nach Konzepten, wie sie mit dem Strom der Touristen umgehen soll.

Es begann im letzten Sommer, nach dem Sturm. Der *Pier Review* brachte einen Bericht über den Leuchtturm und unsere wunderbare Rettung. Die Wetterexperten bestätigten, dass es wirklich ein Wunder war, dass wir überlebt haben.

Daraufhin erschien der Artikel in den Zeitungen von Jonesport, dann Bangor und Portland. Schließlich in der *New York Times*. Jemand hatte uns vom Ufer aus gefilmt, kurz bevor wir endgültig im Sturm verschwanden – die Wellen, die sich hinter uns auftürmten, sahen wirklich aus, als wollten sie uns verschlingen. Das Video wurde in den sozialen Medien tausendfach geteilt. Schließlich kam ein Reporter des *Time Magazine* für ein Interview her.

Bob gab dem Journalisten die Speicherkarte von seiner „neumodischen Digitalkamera“, mit ein bisschen Nachhilfe von Rich, der nicht stolzer hätte aussehen können.

Am Schluss wurde dann aber das Bild von Bob aus den *Time*-Archiven verwendet, das entstanden war, als damals sein Gedicht bekannt wurde. Daneben ein großformatiges Bild des Leuchtturms, aus einem perfekten Blickwinkel vom Wasser her aufgenommen. Das fertige Bauwerk, strahlend schön.

Von da an kamen sie. Dieses Mal nicht Steine, sondern Menschen. Witwen. Witwer. Söhne. Töchter. Enkel. Urenkel. Sie kamen, um sich dieses Zeugnis für den Mut und das Vermächtnis ihrer Angehörigen anzusehen, die für die Freiheit gekämpft hatten und deren Gedenksteine jetzt, mit Mörtel verbunden und zu einem Turm zusammengefügt, Licht spendeten und Leben retteten.

Die Pilger drängten sich im Bootshaus, wo die Briefe und Fotos sorgfältig archiviert waren. Manchen Dokumenten sah man noch an, dass sie durchnässt worden waren, als ein tapferer junger Mann hier versuchte, allein ein Feuer zu löschen. Alle waren sorgfältig geordnet von den Händen, die schon damals diese Arbeit begonnen hatten. Dieselben Hände hatten eine echte Linse auf dem Turm installiert und sie stützen Bob jeden Tag auf dem Weg zum Bootshaus, nachdem die Ärzte endlich eingewilligt hatten, ihn zu entlassen. Dad und Bob haben Seite an Seite gearbeitet, bis sie das Bootshaus in das schönste Museum verwandelt hatten, das ich kenne. Es ist eine rustikale, lebendige, lichtdurchflutete Halle geworden, ein authentisches historisches Zeugnis.

Nur der kalte Winter hier oben in Maine bremste den Besucherstrom dann eine Zeit lang. Doch jetzt ist nicht nur der Winter, sondern auch die matschige Jahreszeit vorbei und die Gästezahlen nehmen wieder zu.

Mitten im Winter erreichte mich ein Paket – es kam von der anderen Seite des Atlantiks. Darin war ein Foto mit den vertrauten Gesichtern aus Alpenzell, die den *Time*-Artikel hochhielten und in die Kamera strahlen. Der Bürgermeister schrieb dazu: *Wir sind stolz darauf, ein Teil Ihrer Geschichte zu sein. Und wir sind stolz darauf, dass Sie ein Teil unserer Geschichte sind.* Auch wenn unser gemeinsamer Anfang damals holprig verlaufen war, war daraus inzwischen doch eine Erfolgsgeschichte geworden. Die Alpenzeller hatten umgesetzt, was sie aus den ersten Erfahrungen lernen konnten, hatten ihre Angebote an zeitliche Bedingungen geknüpft und vereinbarten nun eine stufenweise Auszahlung der Fördermittel. Seither grifft das Konzept und das Dorf blühte auf.

Bob hat diesen Brief gerahmt und aufgehängt. Jedes Mal, wenn er mich darauf anspricht, werde ich rot – und er macht sich einen Spaß daraus. Aber wir kennen beide die Wahrheit, die dahintersteckt. Wenn man Scherben aufsammelt und auf Versagen und Zerbruch etwas Neues baut, dann ist das ein Erfolg, der einen demütig macht. Und der umso kostbarer ist.

Arthur kommt und hilft uns oft, außer wenn er auf dem Meer ist. Auch Ed kommt regelmäßig vorbei, er strahlt immer übers ganze Gesicht. Sein Strahlen hat wohl auch etwas mit dieser Frau zu tun, die aus den Bergen kommt und in einer riesigen alten viktorianischen Villa wohnt und deren Besteck neue Klänge in seine Welt bringt. Sully sieht man nun oft mit ihm zusammen, wie sie sich bei ihm unterhakt und ihr langer weißer Zopf seine Hand streichelt.

Gestern kamen schließlich zwei Besucher vorbei, die den langen Weg von Mississippi zurückgelegt haben. Hosea Jones und sein Enkel Jimmy sind angereist, um einen bestimmten Stein zu sehen. Sie strahlen von einem Ohr zum anderen. Es ist eine ganz besondere Freude, Jimmy zu beobachten, der ständig von seiner Bewerbung für eine der neu geschaffenen Stellen in Ansel redet. Mit staatlichen Geldern sollen in Zukunft die mündlich überlieferten Lebensgeschichten der Soldaten, die im Turm verewigt sind, erfasst werden. Mich hat es viel Mut gekostet, diesen Antrag auf öffentliche Fördermittel zu stellen. Umso mehr freue ich mich, dass der Plan jetzt ausgerechnet für Jimmy maßgeschneidert zu passen scheint.

Bleibt noch zu berichten, wie es mit Jeremiah und mir weiterging. Die ersten Tage nach dem Sturm ging er mir aus dem Weg. Bis wir die Küste erreicht hatten, war er wieder zu Bewusstsein gekommen und beharrte darauf, keine medizinische Behandlung zu brauchen. Am selben Abend verlegte er seinen Anlegeplatz. Als Bobs Zustand sich wieder stabilisiert hatte und er unter Shirleys Obhut wieder in der Seemannsklause war, suchte ich zwei Tage lang, bis ich Jeremiahs Boot endlich fand. Es lag vor Eds Insel, am Strand vor der Treibholzhütte.

Als ich ihm dann, noch etwas später, endlich gegenüberstand, dachte ich, die Verletzung hätte sich entzündet. Ich traf ihn in der alten Hütte an, wo er im Kreis herumlief, als wäre er im Fieberwahn oder als wolle er einen Graben in die Erde laufen.

Er stand in der Tür, hob den Blick, sah mich kurz an und erstarrte. Er war voller Kratzer und Schrammen, die Haare waren feucht vom Meerwasser und er trug dieses T-Shirt, in dem ich ihn zum ersten Mal sah. *Besser, du gehst.* Das Wort *Bitte*, das er nachträglich daruntergeschrieben hatte, war verblasst.

Sein Gesichtsausdruck passte dazu. Grimmig, mit vor Wut blitzenden Augen, auch verzweifelt. Als sehne er sich nach etwas – oder jemandem –, was unerreichbar war.

Der Brief lag ausgebreitet auf dem Kaminsims, mit einem Stein beschwert.

Also drehte ich mich um und wollte wieder gehen. Er sollte meine Tränen nicht sehen, die ich trotz größter Anstrengung nicht zurückhalten konnte. Was hatte ich auch gedacht? Nur weil wir zusammen einen Sturm überlebt hatten und nur weil er mir einen Sonnenaufgang gezeigt hatte – natürlich auch, weil er mir sein stacheliges, störrisches, wahnsinnig *viel verstehendes* Herz geöffnet hatte –, dass er mich deshalb lieben könnte?

Er brauchte seinen Freiraum und der stand ihm auch zu. Diesen Gefallen konnte ich ihm zumindest tun.

So ging ich zur Seemannsklause zurück und fing an, meine Sachen zu packen. Dad und Bob verbrachten viel Zeit zusammen. Jeremiah wollte in Ruhe gelassen werden. Und ich? Keine Ahnung, was für mich jetzt dran war. Auf jeden Fall musste ich zurück nach Chicago und meine Kündigung einreichen. Nach allem, was ich erlebt hatte, konnte ich nicht mehr in die Welt der Tabellen, Kalkulationen und Analysen zurückkehren. Ich hatte den Herzschlag dieses kleinen Hafenstädtchens gefühlt, das Leben geschmeckt, hatte angefangen, selbst zu leben … Nach diesen Erfahrungen konnte ich nicht mehr so weitermachen wie bisher.

Hier war der Ort, an den ich gehörte.

Vielleicht musste ich Jeremiah nur eine Weile aus dem Weg gehen, um mich daran zu gewöhnen, dass wir gute Freunde sein konnten. War es nicht viel wert, so einen Freund zu haben? Natürlich, es war *ausgesprochen viel wert.* Seine Freundlichkeit, sein unverblümter, trockener Humor, sein Einfühlen und Mitdenken, auch als Freund … Natürlich war diese Freundschaft es wert, alle anderen Gefühle, die in mir immer mehr Raum einnahmen, zu begraben.

Und dann klopfte es.

Alle waren in der Stadt zum Abendessen. Ich war ganz allein in dem alten knarrenden Haus. Ich öffnete die Tür und da stand Jeremiah.

Es war gar nicht so sehr sein Gesichtsausdruck. Seine gesamte Ausstrahlung war irgendwie elektrisch aufgeladen – schon allein die Art, wie er die Hände in den Hosentaschen stecken hatte, als wären sie Gefangene. Sein ganzes Wesen schien von einer Kraft gefangen gehalten zu werden, die er nur mit Mühe im Zaum halten konnte.

Er sagte kein Wort. Die Luft knisterte. Ich fragte mich, ob der Blitz irgendwie in dem Mann stecken geblieben war, als er in das Boot eingeschlagen war.

Langsam senkte er den Blick und sah zu Boden. Versuchte er, mir mit seinem Schweigen etwas mitzuteilen?

„Jeremiah?“, fragte ich schließlich.

Er hob eine Augenbraue und sah mich an – mit einem Funkeln, in dem Hoffnung und Schalk blitzten. Sofort senkte er den Blick wieder.

Aber er sah gar nicht auf den Boden. Er sah auf sein T-Shirt und zog am Saum, als wolle er selbst noch einmal lesen, was da stand. Dann kratzte er sich am Kopf. Ich fand mich in der unangenehmen Rolle wieder, Teil eines Theaterstücks zu sein, aber meinen Text vergessen zu haben und die Stichworte, die man mir gab, nicht zu verstehen.

Besser, du gehst. Immer noch dasselbe alte Shirt, mit diesem verblassenden Wort *Bitte* dazugekritzelt. Aber im gedämpften Licht der Lampe über dem Hauseingang sah ich schließlich, dass noch etwas dazugekommen war. Ein frischer Schriftzug am Ende der oberen Zeile. *Nicht.*

Besser, du gehst nicht. Bitte.

Ich schluckte. Mein Herz fing an zu beben. Hatte ich vielleicht doch Grund zu hoffen?

Er nahm meine Hand, legte beide Hände darum. Warm … sicher.

Leicht nach vorn gebeugt ergänzte er: „Niemals."

Wir sahen einander in die Augen. Bestimmt sah er alle meine Fragen. Meinte er das jetzt ernst? Oder war er im Fieberwahn? Wollte er das wirklich? Oder brauchte er eher dringend einen Arzt?

Er ließ sich auf einem Knie nieder und nahm auch meine andere Hand. „Bitte, Annie Bliss, geh nicht. Geh nie wieder."

Auch ich sank vor ihm auf die Knie, meine Hand strich über sein Gesicht und ich fragte mich, *wie in aller Welt* es möglich war, dass dieser Mann mir seine Liebe schenken wollte.

Die Mauer um Jeremiahs Seele war gefallen. Nichts trennte uns mehr, nur die Luft zum Atmen war zwischen unseren klopfenden Herzen. Ich sah ihm forschend in die Augen und las darin ein *Für immer.*

„Von ganzem Herzen ja, Jeremiah Fletcher."

Er zog mich in seine Umarmung, mit der unser gemeinsames Leben begann. Von da an schlugen unsere Herzen miteinander und füreinander. Dann schob er etwas auf meinen Finger. Es war nicht nur glatt und warm, es trug die Versprechen vergangener Jahrhunderte.

„Ich habe Bob und deinen Vater gefragt", erklärte er schließlich, „und zuerst haben sie mir gesagt, ich solle mir das gut überlegen, ob ich mich wirklich für immer mit dir verbinden will. Und dann", zärtlich strich er über den Ring aus Holz, der jetzt an meinem Finger steckt, „dann haben sie mir das gegeben."

Es war der Ring meiner Großmutter Jenny. Dad hatte ihn mir im Lauf der Jahre immer wieder einmal gezeigt. Ich war traurig, weil ich diese Frau nie kennengelernt hatte, und gleichzeitig erfreute ich mich an den Geschichten über die tiefe Liebe, die sie und mein Großvater Roy füreinander empfunden hatten. Auch wenn sie nur so wenig Zeit zusammen hatten.

Es war ein großes Erbe, mit dem wir unser gemeinsames Leben begannen.

Ich sah meinen Sanitäter-Briefträger an, nahm seine Hände und legte meine darum, um uns auf der Stelle miteinander zu verbinden.

Sein Name ist jetzt auch mein Name. Jeremiah und Annie Fletcher. Wir bauen gerade ein Haus auf einer gewissen Insel. Es wird unsere Aufgabe sein, einen Leuchtturm zu betreuen – und alle Geschichten, die mit ihm verwoben sind. Wir öffnen das Bootshaus für alle, die von nah und fern anreisen, um sich mit den Geschichten ihrer Familien zu beschäftigen. Mit unserem Boot befördern wir sie über die Bucht, wir zeigen ihnen unsere Insel, und wenn sie wollen, können sie bis zum Abend bei uns bleiben, bis es dunkel wird. Dann leuchtet unser Turm hell und sendet seine Strahlen in einer ganz besonderen Taktung: lang-lang-kurz-kurz-kurz. Zweimal nacheinander. Dann einmal aussetzen.

Es ist unser Morsecode für die, die das verstehen. Die Zahl siebenundsiebzig – sie steht für die Geschichte eines Lebens, einer Liebe – einer hart erkämpften Hoffnung, die auf einem kleinen Zettel stand, der aus einem Kriegsschiff geborgen wurde – nur ein paar Zeichen: 77 Klafter.

Anmerkung der Autorin

Ich stelle mir gern das kleine Postamt von Ansel vor, mit dem Briefschlitz aus mattiertem Messing in der Eingangstür. Der Wind, der vom Meer kommt, bewegt die Klappe und das rhythmische Knarren ähnelt einer Melodie.

Wäre ich jetzt dort, würde ich diesen Brief hineinschieben:

Liebe Leserin, lieber Leser,

mit diesem Buch habe ich Ihnen mein Herz geöffnet. Herausgekommen sind Worte, die ich mit Tränen gesät habe – Tränen des Schmerzes und Tränen der Freude – und die ich mit der aufrichtigen Hoffnung verknüpfe, dass sie doch zumindest ein kleines Geschenk für Sie sind.

Wenn ich überlege, wo die Geschichte ihren Ursprung hat, dann liegt auch für mich vieles im Dunkeln. Aber in einer Sache bin ich mir sicher: Ich habe aus der Perspektive eines Menschen geschrieben, der sich gehalten weiß. Als eine, deren sämtliche Bruchstücke von Gott aufgesammelt wurden, nachdem ich durch großes Leid gegangen und völlig zerbrochen war. Gott schloss mich in seine Arme und drückte mich an sein Herz. Mitten in meiner Dunkelheit schaute ich auf die Nägelmale in seinen Händen. Seine Liebe zu mir ließ ihn einen Weg gehen, auf dem er verletzt wurde, er selbst ging den Weg des Zerbruchs. Ich weiß es, ich habe seine Narben gesehen. Mit diesen vernarbten Händen fügte er meine Scherben wieder zusammen, während sein Herz meinen Schmerz teilte. Es ist ein Herz, es sind

Hände, die sich kümmern, die heilen, die alles Zerbrochene nehmen und es auf ihre eigene Weise, sanft und doch stark, zu etwas Neuem zusammenfügen. Er hat ein Licht in der Dunkelheit für mich leuchten lassen. Und Hoffnung.

Darum bete ich. Auch wenn Sie durch tiefe Täler gehen, durch Trauer, Trennung, Widrigkeiten aller Art, durch all die Phasen, die uns brechen und ihre Spuren hinterlassen, dann mögen auch Sie wissen: Gott selbst ist schon in Ihren Schmerz eingetaucht. Er hat sich selbst „hineingegeben", wie Liesl und Luka sagen würden. Er starb, damit wir leben können. Er allein kann aus unseren Scherben etwas Gutes machen, die Bruchstücke wieder zusammenfügen.

In seiner Geschichte von *Narnia* lässt C. S. Lewis den Löwen Aslan erklären, dass es einen tieferen Zauber gibt, den man in der Finsternis vor der Zeiten Dämmerung erspähen kann: „Wenn sich einer, der nichts verbrochen hat, freiwillig für einen Schuldigen opfert, dann weicht der Tod zurück."[3] Wenn der Schuldlose mitten in unserem Zerbruch seine Narben hinhält, dann kann neues Leben entstehen. Auch Tolkien hat darüber geschrieben, er prägte den Begriff der Eukatastrophe, der Wendung zum Guten: „Christi Geburt ist die Eukatastrophe der menschlichen Geschichte."[4] Jesus sagt von sich selbst, dass er dafür gekommen ist: „[…] Ich aber bringe Leben – und dies im Überfluss" (Johannes 10,10).

Deswegen: Kopf hoch! Fassen wir Mut. Unser Leben ist oft stürmisch, das wissen wir alle nur zu gut. Aber der eine, der Wind und Wellen lenkt, der sorgt auch für uns. Geborgen in seinen Händen können wir dem Sturm mutig entgegensehen. Wir sind eingehüllt in eine Liebe, die klaftertief ist – unendlich viele Klafter tief.

Er liebt uns bedingungslos. Oder, um es mit Roys Worten zu sagen: *„Es gibt so viel Licht."*

Möge sein Licht auch Ihr Herz erhellen.

Mit Segenswünschen,

Amanda Dykes

Personen dieses Buches

Familie Bliss

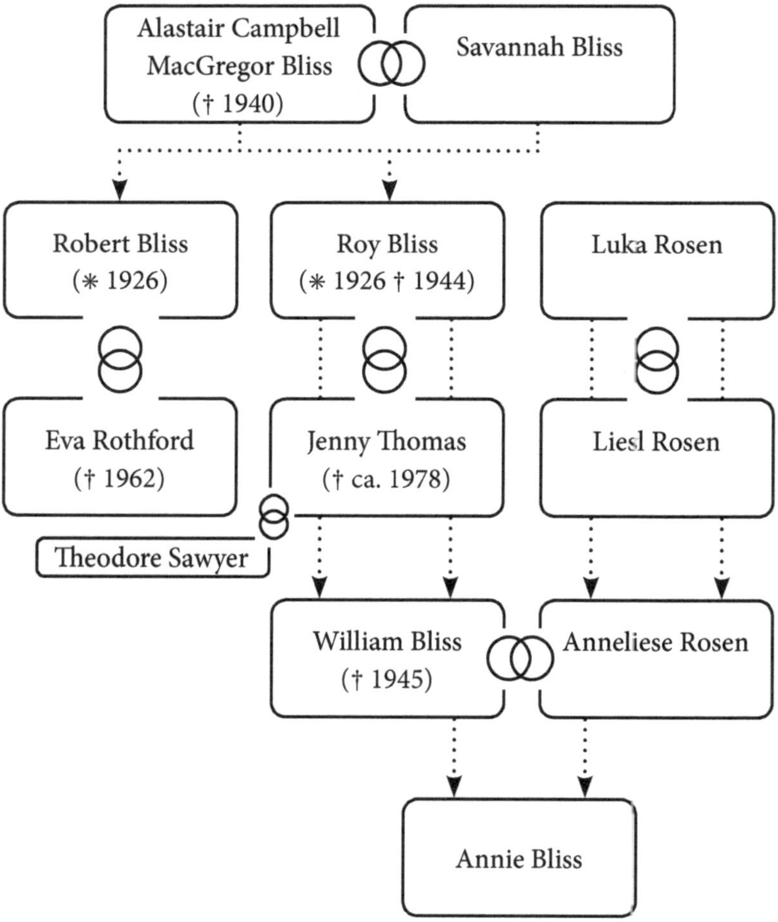

Weitere wichtige Personen

Jeremiah Fletcher	Postschiffer und Sanitäter in Ansel, Besitzer der *Glad Tidings*
Bess Stevens	Wirtin der *Kombüse*
Ed Carpenter	Freund von Bob, Farbiger aus den Südstaaten, erblindet
Arthur Baxter	Freund von Bob
Sylvia Phelps, auch:	
Sully (vom Berg)	bewohnt Everleas Landsitz, Insel-Nachbarin von Ed
Richard Wilkins (Rich)	Ehemaliger New Yorker, der sich in Ansel-by-the-Sea angesiedelt hat, Besitzer eines Suchscheinwerfers
Margie Lillian	Vorsitzende des Stadtrats von Ansel-by-the-Sea
Spencer T. Ripley	Vertreter des Komitees zur Förderung der Exzellenz im Bereich der maritimen Poesie
Shirley	Krankenschwester
Jim	Shirleys Mann, hatte einen Arbeitsunfall beim Fischen

Anmerkungen

1 „Bí Thusa 'mo Shúile"; Dichter: Dallan Forgaill, 8. Jh.; Englische Übersetzung: Mary Elizabeth Byrne, „Be Thou My Vision", 1905; Singweise: Irische Volksmelodie, „Slane"; Deutsche Übersetzung: Wolfgang Müller, 1992. Quelle: http://www.liederschatz.net/musik/Steh%20mir%20vor%20Augen.htm.

2 „My Hope Is Built on Nothing Less"; Dichter: Edward Mote, (1797–1874); Komponist: William Batchelder Bradbury, (1816–1868); Deutsche Übersetzung: C. A. Daniel. Quelle: http://www.liederschatz.net/musik/Mein%20Glaube%20fest%20sich%20bauen%20kann.htm.

3 Mühling, Markus: *Gott und die Welt in Narnia. Eine theologische Orientierung.* Vandenhoeck & Ruprecht, Göttingen 2005, S. 106f.

4 https://de.wikipedia.org/wiki/Eukatastrophe (Zugriff am 10.12.2019).

Der Verlag weist ausdrücklich darauf hin, dass im Text enthaltene externe Links vom Verlag nur bis zum Zeitpunkt der Buchveröffentlichung eingesehen werden konnten. Auf spätere Veränderungen hat der Verlag keinerlei Einfluss. Eine Haftung des Verlags ist daher ausgeschlossen.

FSC
www.fsc.org
MIX
Papier aus verantwortungsvollen Quellen
FSC® C014496

Die amerikanische Originalausgabe erschien im Verlag Bethany House Publishers,
11400 Hampshire Avenue South Bloomington, Minnesota 55438, U.S.A.,
unter dem Titel „Whose Waves These Are".

Bethany House Publishers ist ein Imprint der Baker Publishing Group,
Grand Rapids, Michigan 49516, U.S.A.

© 2019 by Amanda Joy Dykes
© 2020 der deutschen Ausgabe Gerth Medien, Dillerberg 1, 35614 Asslar
in der SCM Verlagsgruppe GmbH

Die Bibelzitate wurden der Übersetzung *Hoffnung für alle*® Bibel entnommen,
Copyright © 1983, 1996, 2002, 2015 by Biblica Inc.®.
Verwendet mit freundlicher Genehmigung des Herausgebers Fontis, Basel.
Alle weiteren Rechte weltweit vorbehalten.

1. Auflage 2020
Bestell-Nr. 817659
ISBN 978-3-95734-659-9

Umschlaggestaltung: Hanni Plato
Umschlagfoto: Ashraful Arefin / Arcangel
Clubausgabe: Jenny Sturm / Shutterstock
Illustration „Landkarte": Najla Kay
Satz: Apel Verlagsservice, Bad Fallingbostel
Druck und Verarbeitung: GGP Media GmbH, Pößneck
Printed in Germany

www.gerth.de